Franka Rubus
Unberührbar

atb aufbau taschenbuch

Franka Rubus, Jahrgang 1983, wuchs in einer kleinen Stadt am Teutoburger Wald auf. Sie hat Biologie studiert und lebt zurzeit in Bielefeld.

Ihr erster Roman »Die Blutgabe« beschreibt, wie Red zum Vampirjäger wurde.

Seit Blue erwacht ist, hat für sie ein neues Leben als Vampirin begonnen. Mit Hilfe des Wissenschaftlers Cedric, der ebenfalls ein Vampir ist, kämpft sie gegen die Wunden an Körper und Geist – und um die menschliche Vergangenheit, die ihr seither verborgen ist. Trotz ihres Erinnerungsverlustes spürt Blue tief in sich noch immer die starke Verbindung zu ihrem einstigen Gefährten Red. Sie ist fest überzeugt: Der Mensch, der einmal ihr Leben war, ist der Schlüssel, der ihr den Frieden zurückgeben kann.

Franka Rubus

Unberührbar
Die Blutgabe

Roman

aufbau taschenbuch

FSC
Mixed Sources
Product group from well-managed
forests and other controlled sources
Cert no. SA-COC-001819
www.fsc.org

ISBN 978-3-7466-2784-7

Aufbau Taschenbuch ist eine Marke
der Aufbau Verlag GmbH & Co. KG

1. Auflage 2012

Umschlaggestaltung Mediabureau Di Stefano, Berlin
unter Verwendung eines Motivs von picture-alliance/Trigger Images
Autorenfoto © Annette Klein
Satz LVD GmbH, Berlin
Druck und Binden CPI – Moravia Books, Pohorelice
Printed in Czech Republic

www.aufbau-verlag.de

Auftakt: Tiefer Fall

Vertrauen ist wie dünnes Glas.
Irreparabel.

Babel Tower Shopping Center, Kenneth, Missouri

Sie trafen sich um Mitternacht unter einem frostig kalten Winterhimmel. Ihr Treffpunkt war das Dach des Einkaufszentrums, wie schon so viele Male zuvor.

Diesmal jedoch waren sie nur zu zweit – wenn man davon absah, dass Tony ein bewusstloses Mädchen auf seinen Armen trug.

Hannah beobachtete ihn aus schmalen Augen, als er näher kam. Der riesige Vampir schwankte im eisigen Wind, als sei das Fliegengewicht zu schwer für ihn.

»Ich bring ihn um.« Tonys Stimme klang hohl wie der Kessel einer alten Dampflok. Er drückte das Mädchen fest an seine Brust. Auf seinem zerfetzten Hemd waren Blutflecken zu sehen. Noch hellrot und feucht. »Er wird dafür bezahlen.«

Nein, das würde er nicht, dachte Hannah und spürte einen dicken Kloß in ihrer Kehle. Kris hatte vorgesorgt. Er hatte Tony mit progressivem Blut infiziert. Wie auch immer dieser Vampir es geschafft hatte, so lange bei Verstand zu bleiben – ewig konnte es nicht mehr dauern.

Hannahs Hände begannen zu zittern, als sie nach ihrem Revolver griff – vorsichtig, um Tony nicht misstrauisch zu machen. »Hat er Sarah auch erwischt?«

Der große Vampir legte das Mädchen behutsam auf den Boden. Dann schüttelte er grimmig den Kopf. Den Speicheltropfen, der dabei über sein Kinn rann, schien er gar nicht zu bemerken. »Sie kommt durch. Ich gebe sie nicht auf. Zusammen kriegen wir ihn.«

Hannah atmete tief durch. *Mach ihn unschädlich oder bring dich in Sicherheit,* hatte Kris gesagt. *Aber was auch immer du tust – bitte, pass auf dich auf.*

»Tut mir leid, Tony.«

Das Krachen des Schusses wurde vom Lärm der nächtlichen Stadt und dem Heulen des Windes geschluckt. Aus großen Augen starrte Tony sie an, bevor er fiel.

Noch zweimal drückte Hannah ab. Dann erbebte der Boden unter dem Aufprall des massigen Körpers.

Hals.

Augen.

Herz.

In dieser Reihenfolge. So hatte er es ihr beigebracht.

Sekundenlang sah Hannah stumm auf ihren alten Freund hinunter. Eine kalte Hand presste ihr Herz schmerzhaft zusammen. Schließlich aber wuchtete sie den schlaffen Körper entschlossen auf ihre Schultern. Nur Augenblicke später durchtränkte das giftige Blut ihre Kleidung. Hannahs Augen brannten, doch sie blinzelte die Tränen weg. Der Weg in die Dirty Feet war nicht weit. Sie konnte es schaffen, bevor der noch zur Hälfte konservative Körper sich heilte.

Sie konnte Tony sowieso nicht mehr retten.

Mit einem letzten tiefen Atemzug biss sie die Zähne zusammen und machte sich auf den Weg.

Pass auf dich auf. Du bist vielleicht bald mein einziges Tor zur Welt.

ERSTER TEIL: FREI

Lüge und Wahrheit sind eineiige Zwillinge:
Sie unterscheiden sich nur durch vergängliche
Äußerlichkeiten.

Kapitel Eins

Forschungsstation White Chapel, Kenneth, Missouri

Sie wusste nicht, was sie geweckt hatte – der Windzug oder die Dunkelheit. Zusammengekrümmt lag Frei auf dem kalten Fußboden, lauschte ihrem eigenen langsamen Atem und dem schwerfälligen Schlag ihres Herzens. Noch mehr kühle Luft drang in den Raum und ließ sie frösteln. Das Fenster war offen. Das Fenster war immer offen.

Gänsehaut überzog ihre Arme und Beine, als sie sich auf Hände und Knie mühte und die Zugluft unter ihr dünnes Hemd fuhr. Jeder Zentimeter, den sie sich erzwang, brannte in ihren Muskeln, knirschte in ihren Gelenken. Und trotzdem kroch sie voran. Wie sie jede Nacht vorankroch, bis sie endlich das Fensterbrett erreichte und sich daran emporzog. Bis ihr Oberkörper auf dem noch sonnenwarmen Holz lag und sie mit lechzenden Augen den letzten roten Schimmer am Horizont in sich aufsog.

Rot.

Die einzige Farbe, an die sie sich erinnern konnte.

Doch das Licht verschwand viel zu schnell. Weit unter ihr verschwammen die Gebäude der Stadt zu schwarzen Schemen, auf denen schließlich nur noch silbrig weiß der Mondschein lag.

Tote Augen sehen nichts.

Zitternd umklammerten ihre Finger die Gitterstäbe vor dem Fenster. Sie würden kommen. Sie kamen immer, um sie zu holen. Trauer. Einsamkeit. Angst. Irrsinn. Und Schmerz. Eine

Gewissheit, die keinen Trost versprach. Und dennoch die Einzige, die sie hatte.

Als die Tür zu ihrer Zelle sich öffnete, drehte Frei sich nicht um. Sie wusste, wer dort über die Schwelle trat. Es gab seit Monaten nur einen einzigen Vampir, der sie je in ihrem Gefängnis besuchen kam.

»Cedric«, murmelte Frei und starrte auf die glitzernden Lichter, die sich nach und nach in der Stadt unter ihr entzündeten wie ein Spiegelbild des Sternenhimmels.

Die Schritte verhielten.

»Du hattest die Läden schon wieder nicht geschlossen.« Der Blick des Doktors bohrte sich wie ein spitzer Finger in ihren Nacken. Frei schlang die Arme um ihren Oberkörper und zuckte zusammen, als sie die Verbrennungen auf ihrer Haut streifte, die gerade erst zu heilen begannen.

Cedric seufzte. Es klang ein wenig angestrengt. Aber er sagte nichts. Vermutlich hatte er es aufgegeben, zu hoffen, sie möge etwas kooperativer und weniger kontraproduktiv sein.

»Ich kann nicht schlafen, wenn die Läden geschlossen sind.«

Ein weiteres Seufzen. »Du lügst.«

Ärger flammte in Freis Brust auf, und nun drehte sie sich doch um. »Wann kann ich hier raus?«

Cedric hob die dunklen Brauen und sah sie mit stoischer Ruhe an. »Wenn ich es sage.«

Auf keinen Fall, solange sie sich seinen Anordnungen widersetzte. Frei runzelte ärgerlich die Stirn. Dieses Gespräch hatten sie schon oft geführt. Sie verbrachte jede Nacht Stunden damit, sich neue Argumente zu überlegen. Aber Cedric weigerte sich, zu diskutieren, und allmählich gab sie es auf. »Ich gehöre dir nicht.«

»Du bist nicht zurechnungsfähig, das musst du zugeben.«

»Niemand wird normal im Kopf, solange er in einer Zelle eingesperrt ist!«

Cedric schloss die Augen und presste den Mittelfinger gegen seine Nasenwurzel. »Sei so gut und leg dich hin, Frei. Ich habe nicht die ganze Nacht Zeit.«

Er warf den Beutel, den er bisher in der Hand gehalten hatte, auf das Bett nahe der Wand. Die Laken raschelten. Ein Glucksen und Schwappen drang an Freis empfindliches Gehör, und sie wusste sofort, was der Beutel enthielt. Blutkonserven.

Blut …

Ein rötlicher Schleier fiel über ihre Augen. Frei ballte die Fäuste, bis ihre Handflächen aufsprangen, kämpfte gegen den Hunger und gegen die Machtlosigkeit, die er ihr aufzwang. Sie hasste diese Gier, die alle anderen Gedanken auslöschte. Jeden Tag gelang es ihr etwas besser, sich zu beherrschen.

Aber am Ende verlor sie.

Immer.

Als Frei wieder zu sich kam, lag sie zwischen blutigen Decken auf dem Bett. Auf ihren Wangen brannte noch das Salz der bitteren Tränen.

Neben ihr am Kopfende stand Cedric und sah auf sie herab. »Wären wir dann jetzt so weit?« Seine Stimme klang nun sanft und gar nicht mehr ungeduldig.

Frei schloss die Augen und gab keine Antwort. Es hatte einfach keinen Sinn, sich zu wehren. Cedric war der Einzige, der ihr helfen konnte. Und vermutlich war es auch nicht seine Schuld, dass es so lange dauerte. Am Ende war ja doch sie diejenige, die ihren Jagdtrieb nicht unter Kontrolle hatte. *Sie* war das Ungeheuer. Das hatte sie gerade wieder eindrücklich bewiesen.

Sie hörte Cedrics leise Schritte, und kurz darauf spürte Frei seine Finger an ihren Schläfen. Dumpfe Taubheit floss zäh in ihre Glieder. Er lähmte sie. Frei lachte stumm. Selbst der mächtige Dr. Edwards musste sich vor ihren unkontrollierten Angriffen schützen.

»Dein Jagdtrieb ist vollkommen durchschnittlich für eine Progressive deines Alters«, bemerkte Cedric. »Das ist nicht das, worum es mir geht.«

Frei zuckte innerlich zusammen. Manchmal vergaß sie, dass er ihre Gedanken hören konnte, sobald er die Verbindung zwischen ihren Körpern hergestellt hatte. Sie atmete tief ein und wieder aus. Wollte er sie für blöd verkaufen? Seit Monaten erzählte er ihr, dass sie nicht nach draußen konnte, weil sie zu unberechenbar war!

Was ist dann das Problem?, fragte sie wortlos.

Cedric antwortete nicht gleich. Stattdessen ging er zum Fußende des Bettes hinüber und legte seine Hände auf ihr Schienbein. Die unsichtbaren Finger seiner Blutgabe tasteten jede einzelne ihrer Zellen ab, beginnend beim Fußgelenk. Mit dem Fuß waren sie seit gestern endgültig fertig. Cedric hatte alle Rückstände von Betarelacin-Blockern und anderen toxischen Substanzen des Versuchsprogramms entfernt, die er hatte finden können. Er war wieder normal, ihr Fuß – so normal, wie ein Vampirfuß eben sein konnte. Nach zwei Wochen täglicher Behandlung. Der Rest des Beins würde noch einmal mindestens fünf Wochen in Anspruch nehmen, ehe sie die Behandlung auf der linken Seite wiederholten. Bei ihren Armen hatte es jeweils drei Wochen gedauert, sie zu reinigen. Aber im Vergleich zu den Qualen, die sie ausgestanden hatte, als Cedric ihren Rumpf und die darin liegenden Eingeweide behandelte, war die Reinigung ihrer Gliedmaßen ein regelrechter Spaziergang.

Cedric richtete sich auf. »Wir haben Abbauprodukte von BRA-45 und BRA-46«, erklärte er sachlich. »Du weißt noch, was das bedeutet?«

Hätte Frei gekonnt, sie hätte die Zähne zusammengebissen.

Die, die wirken wie lokale Amphetamine?

Wie hätte sie das vergessen können? Cedric hatte diese Rückstände auch in den Zellen ihres Herzens gefunden. Als er sie entfernte, hatte sie geglaubt, innerlich verbrennen zu müssen.

Cedric nickte. »Deine Nervenenden sind völlig überreizt. Vermutlich wirst du Schmerzen haben.«

Die habe ich doch sowieso.

Und im Bein würde es hoffentlich nicht so schlimm werden wie am Herzen.

Cedric schwieg einen Moment. Dann verstärkte sich der Druck seiner Finger an Freis Haut. »Ich fange jetzt an.«

Ja, bitte.

Denn wenn sie dadurch die anderen Schmerzen loswurde – die, die sie Nacht für Nacht drängten, sich das Bein einfach auszureißen –, würde sie diese Qualen nur zu gern ertragen.

Sie konnte nie sagen, wie lange es dauerte. Ab einem gewissen Punkt der Behandlung verschwamm jedes Mal die Zeit, strömte davon und spülte die Wirklichkeit mit sich fort, während sie in diesem Körper gefangen war, der sich winden und schreien wollte, es aber nicht konnte. Irgendwann ließ Cedric sie los. Die Lähmung verschwand und ließ Frei schwach und zittrig zurück. Sie spürte ihr Bein nicht mehr. Aber das war besser als die Schmerzen. Viel besser.

Cedric half ihr, sich hinzusetzen, und reichte ihr eine zweite Blutkonserve. Aber selbst für ihren Jagdtrieb fehlte Frei jetzt die Kraft. Hungrig saugte sie das kalte Blut aus dem Plastikbeutel, ohne sich darum zu kümmern, dass es aus ihren Mundwinkeln über ihr Kinn rann und ihr ohnehin schon schmutziges Nachthemd noch mehr befleckte.

Cedric beobachtete sie aufmerksam. »Das Problem ist«, sagte er sehr ruhig, »dein Drang, dich selbst zu verletzen.«

Frei hielt inne und sah auf. Blut quoll aus der Konserve und lief über ihre Hand. Sie hatte längst nicht mehr mit einer Antwort auf ihre Frage gerechnet – und vor allem nicht mit dieser. »Was kümmert es dich denn, was ich mit mir selbst tue?«, murmelte sie.

Cedric schüttelte den Kopf und stand auf. »Ich traue jedem meiner Mitarbeiter zu, sich gegen dich zu schützen. Aber dir nicht. Und solange du hier in White Chapel bist, bin ich für dich verantwortlich – ob dir das nun gefällt oder nicht. Trink aus.«

Frei starrte ihn weiter an. Ja, natürlich, dachte sie. Es war seine Forschungsstation. Also stimmte das mit der Verantwortlichkeit wohl in gewisser Weise. Für ihn wäre es vermutlich besser gewesen, sie los zu sein. Der Gedanke schmeckte bitter. Aber gut, das konnte er haben. Sie wollte ja auch nicht hierbleiben. Ohne einen weiteren Kommentar leerte Frei den letzten Blutrest aus der Konserve in ihren Mund. Plastik und Chemie. Ekelhaft.

Cedric schüttelte erneut den Kopf. »Ich erlaube nicht, dass du versuchst, dich zu töten, Frei. Und ich lasse dich erst aus dieser Zelle, wenn ich überzeugt bin, dass du es nicht tun wirst.«

Frei ließ den leeren Plastikbeutel zu Boden klatschen. Sie hätte widersprechen können. Sie hätte behaupten können, dass sie gar nicht sterben wollte. Aber Cedric hätte ihr doch nicht geglaubt. Und das zu Recht.

»Ich hasse dieses Leben«, flüsterte sie und starrte auf ihre Füße, auf die im fahlen Mondlicht graue Haut mit den dunklen Adern, die Zehen und Spann überzogen wie ein groteskes Spinnennetz. »Ich hasse die Dunkelheit. Ich will Farben sehen. Und die Sonne. Ich will … Wärme.«

Und Menschlichkeit. Auch wenn sie nicht mehr wusste, was das war.

Über ihr war es eine Weile still. Minuten später erst, so schien es ihr, ließ Cedric ein resigniertes Seufzen hören.

»Weißt du, Frei, es ist eigentlich sehr einfach.« Sie spürte seinen eindringlichen Blick, auch ohne den Kopf zu heben. »Wenn du auch nur ein kleines bisschen versuchen würdest, guten Willen zu zeigen, wäre ich höchstwahrscheinlich sehr viel eher bereit, meine Meinung zu überdenken.«

Nun richtete Frei sich doch auf. »Das glaubst du doch selbst nicht«, zischte sie verächtlich.

Cedric hob spöttisch die Brauen und schob die Hände in die Taschen seines Kittels. »Du könntest es auf einen Versuch ankommen lassen.« Er bückte sich, hob die leere Konserve vom Boden auf und legte schließlich einen dritten Blutbeutel auf den kleinen Tisch neben dem Kopfende von Freis Bett. »Also schön. Wenn du nichts weiter zu dem Thema zu sagen hast, sehen wir uns morgen. Bis dahin erhol dich gut. Und denk an deine letzte Mahlzeit. Ich werde es merken, wenn du sie wieder aus dem Fenster wirfst. Verlass dich drauf.«

Einen Moment noch blieb er stehen, wo er war, als wolle er ihr die Gelegenheit geben, noch etwas dazu zu sagen. Aber Frei schwieg. Ihre Gedanken waren zu laut. Für einen Augenblick fiel kaltes Neonlicht durch den Türspalt, als Cedric schließlich ohne ein weiteres Wort die Zelle verließ. Dann ertönte von draußen das dumpfe Krachen des schweren Riegels. Frei war wieder allein.

Noch immer zitternd rollte sie sich auf dem Bett zusammen und zog die fleckigen Laken über ihren geschundenen Körper. Die junge Aprilnacht trug kühle Luft herein. Das Fenster war immer noch offen.

Frei vergrub den Kopf zwischen den Armen und versuchte,

das dumpfe Pochen in ihrem Kopf zu ignorieren. Cedric verstand sie einfach nicht. Es war ja nicht so, dass sie nicht versucht hätte, etwas an ihrem Verhalten zu ändern. Wenn sie gekonnt hätte, sie hätte aufgehört, sich selbst weh zu tun. Aber der Hunger und die Qualen und vor allem dieser überwältigende Hass auf sich selbst und das, was aus ihr geworden war, waren doch immer stärker als sie.

Vielleicht, dachte Frei, konnte sie sich beherrschen, wenn sie fest genug daran glaubte, dass Cedric sie dann hier herauslassen würde. Wenn sie nur die endlosen Stunden bis zum Sonnenaufgang überstand, der jedes Mal den erlösenden bleiernen Schlaf mit sich brachte. Wenn sie es schaffte, bis dahin dem Drang zu widerstehen, die Schmerzen aus ihrer Haut herauszukratzen; wenn sie es fertigbrachte, zum Fenster zu gehen und es zu schließen. Dann würde sie irgendwann, bald, diese verfluchte Zelle verlassen dürfen.

Und irgendwo dort draußen musste er ja sein – der Mensch, der ihr sagen konnte, wer sie eigentlich war.

Frei drehte sich auf den Rücken und starrte mit brennenden Augen hinauf zur Zimmerdecke.

»Ich kann dir deinen Wunsch nicht erfüllen. Du musst warten, bis Red September kommt. Aber wenn es erst so weit ist, wird alles gut.«

Das hatte Kris gesagt. Er hatte ihr versprochen, dass Red September sie aus White Chapel befreien würde. Und Red war ja tatsächlich hier aufgetaucht, in jener eisigen Winternacht, die nun schon so viele Wochen zurücklag. Er hatte vor ihr gestanden und die Hand nach ihr ausgestreckt, sie bei einem Namen genannt, der ihr fremd war: Blue. Ein Name, der ihr nichts und alles bedeutete, mit dem sie nichts verband und der sich doch so vertraut anfühlte, dass Frei es in jenem Augenblick unmöglich zu ertragen fand. Wie sie alles unmöglich zu ertragen fand. Selbst Red, der sich geweigert hatte, sie zu töten.

Und darum hatte Kris ihn mitgenommen, hatte ihn fortgebracht an einen Ort, den selbst Cedric nicht kannte. Ohne sie. Weil sie ihn angegriffen hatte.

Frei presste die Hände vor ihr Gesicht und spürte heiße Feuchtigkeit aus ihren Augen tropfen. Sie hatte Red angegriffen, obwohl jener Augenblick, in dem er sie im Arm gehalten hatte, der einzige friedliche Moment gewesen war, seit der blutrote Schleier über ihrem Bewusstsein sich zum ersten Mal gehoben hatte. Frei erinnerte sich nicht an ihn. Aber er erinnerte sich an sie, das hatte sie deutlich gespürt. An ihr menschliches Ich, das sie verloren hatte. Er war derjenige, der *Einzige,* der sie aus diesem Wahnsinn retten konnte. Sie musste zu ihm, egal, was es sie kostete.

Aber zuerst musste sie sich selbst in den Griff bekommen. Sie musste gegen sich selbst gewinnen, damit sie ihn nicht gefährdete. Und dann würde sie ihn wiederfinden und mit ihm ihre Vergangenheit.

Irgendwie.

Kapitel Zwei

Forschungsstation White Chapel, Kenneth, Missouri

Cedric schloss die Tür zu Freis Zelle hinter sich ab und warf einen Blick auf die Uhr, die in der Tasche seines Kittels steckte. Zwanzig vor zwei. Er hatte schon wieder die Mitternachtspause durchgearbeitet.

Cedric ließ die Uhr in die Tasche zurückfallen und machte sich auf den Weg zum Fahrstuhl. Wäre Katherine noch hier, dachte er, während er auf den blinkenden Knopf neben der Fahrstuhltür starrte, wäre das nicht ständig passiert. Dafür hätte sie schon gesorgt.

Er schüttelte unwillig den Kopf. Es war nicht die Zeit, wehmütig zu werden. Er hatte ja nicht einmal Zeit für Müdigkeit. In seinem Büro wurde er sicher schon erwartet.

Als sich die Kabine in Bewegung setzte, ertönte jenseits der Wand ein leises Lachen.

Na endlich, Doc.

Cedric rieb sich über die Stirn. Er hatte Kopfschmerzen und wollte seine Ruhe. Aber die würde ihm so bald nicht vergönnt sein. Nicht, ehe die Sonne aufging und all diese Jungspunde endlich schlafen legte. »Sid, was gibt es?«

Als hätte er nur auf ein Zeichen gewartet, verschwamm im nächsten Moment die Wand vor Cedrics Augen, und die hagere Gestalt des Wächters von White Chapel floss in den Fahrstuhl. Die blauschwarzen Augen glühten unter dem zottigen weißen Haar, und er hatte die Fangzähne zu einem breiten Grinsen gefletscht.

»Ich dachte schon, Sie wollen sich die ganze Nacht bei der Irren da drin verstecken.«

Cedric hob die Brauen. »Verstecken ist nicht das Wort, das ich gebrauchen würde, Sid. Ich nenne es für gewöhnlich Arbeit.«

Sids Grinsen wurde noch ein wenig breiter. »Pei Lin schleicht schon seit einer halben Stunde über den Flur vor Ihrem Büro und hält Ausschau nach Ihnen. Und nach mir.« Er kicherte und ließ die langen Fingernägel mit einem nervenzerfetzenden Quietschen über die Schalttafel des Fahrstuhls gleiten. »Waren Sie verabredet oder so?«

Cedric spürte, wie er sich versteifte. Er wusste selbst, dass er Pei Lin schon um halb zwei hatte treffen wollen. Aber dass sie zu jedem Termin zu früh erschien, war nun wirklich nicht seine Schuld.

»Der neue Biotechniker kommt heute, Sid. Schon vergessen?« Nur mit Mühe gelang es ihm, den unwilligen Unterton in seiner Stimme zu unterdrücken. Nachdem der Antrag auf eine Neubesetzung der Biotechnik zunächst etliche Wochen auf die Bewilligung hatte warten müssen, hatten die Vertreter des Referats für Forschungsförderung endlich entschieden, dass White Chapel nach dem Verlust von gleich zwei Mitarbeitern tatsächlich unterbesetzt war. Doch anders als vorher lag es nun nicht mehr an Cedric selbst, die Stelle zu vergeben. Und das, dessen war er sich schmerzlich bewusst, bedeutete im Grunde nur eines: Man schickte ihm einen Spion. Sein Antrag, mit konservativen Versuchsobjekten arbeiten zu dürfen, hatte White Chapel unangenehm weit in den Fokus des Parlaments gerückt. Die allzeit auf ihren Vorteil bedachten Politiker witterten, dass hier etwas Bedeutsames vorging. Nur wussten sie nicht, was, und natürlich gefiel ihnen das überhaupt nicht. Also würde eines ihrer Schäfchen ab heute in Cedrics Team arbeiten – und er konnte nichts dagegen tun.

Der Fahrstuhl hielt mit leisem Klingeln. Cedric warf seinem Wächter einen scharfen Blick zu. »Sid, ich möchte, dass du dich jetzt zurückziehst. Verhalt dich genau so, wie wir es besprochen haben. Und kein Wort von der ›Irren‹. Zu niemandem. Ist das klar?«

Sid salutierte flapsig. »Jawohl, Doc. Sie können sich auf mich verlassen.« Innerhalb von Sekunden war er im Fußboden verschwunden.

Cedric warf einen letzten Blick auf die Stelle, wo die Metallplatten noch einen Moment vibrierten und dann zur Ruhe kamen, als wäre der Wächter niemals hier gewesen. »Ich weiß, Sid«, murmelte er. »Ich weiß. Aber auf wen sonst noch?«

Dann trat er auf den Flur hinaus.

Wie Sid es vorhergesagt hatte, wartete Cedrics Assistentin bereits vor seinem Büro. Ihr helles Kostüm saß wie immer tadellos, und kein einziges Haar fiel aus dem strengen Knoten in ihr Gesicht. Wenn es irgendeinen Vampir gab, auf den die Bezeichnung konservativ passte, dachte Cedric, dann war es ganz bestimmt Pei Lin. Sie war akkurat und fleißig, penibel und zuverlässig, gewissenhaft – und völlig leidenschaftslos.

Und sie war ihm eine große Hilfe, seit Katherine nicht mehr da war, erinnerte er sich selbst energisch. Seinen Zynismus an ihr auszulassen war nicht richtig. Er straffte die Schultern und bemühte sich um ein Lächeln, als er vor ihr stehen blieb. »Pei Lin, tut mir leid, dass du warten musstest.«

Auch Pei Lin lächelte, in ihrer wohlerzogenen, unverbindlichen Art. Sie würde niemals zu offen zeigen, wenn sie sich über ihn ärgerte. »Das macht nichts, Cedric. Ich weiß doch, wie viel du zu tun hast. Ich dachte nur, es wäre gut, wenn wir noch einmal besprechen, was wir diesen neuen Biotechniker fragen wollen.«

Cedric schloss die Tür zu seinem Büro auf und trat zur Seite, um seiner Assistentin den Vortritt zu lassen. »Ja, nun.« Er schaltete die Deckenbeleuchtung ein, obwohl er für gewöhnlich lieber im gedämpften Licht seiner Schreibtischlampe arbeitete. »Ich wüsste nicht, was es da groß zu fragen gäbe – abgesehen von seinem Namen vielleicht. Ändern können wir an der Entscheidung ja sowieso nichts.«

Pei Lin blieb kurz hinter der Schwelle stehen. »Du meinst also, wir sollten uns einfach auf ein zwangloses Gespräch vorbereiten?«

»Wir sollten«, versetzte Cedric trocken, ging an ihr vorbei und ließ sich schwer in seinen Schreibtischstuhl fallen, »versuchen, uns noch ein paar Minuten zu entspannen, ehe er hier auftaucht.« Er deutete auf die Sitzgruppe in der Nähe des Fensters. »Setz dich doch.«

Pei Lin presste ein wenig unwillig die Lippen zusammen und drückte ihre schwarze Notizmappe gegen die Brust. »Ich denke, ich werde dann schon zum Haupteingang gehen und ihn dort erwarten.«

Cedric unterdrückte ein Stöhnen. Es lag ihm auf der Zunge, sie darauf hinzuweisen, dass es durchaus als unhöflich gelten konnte, überall zu früh zu erscheinen. Aber er verkniff es sich. Stattdessen richtete er sich in seinem Stuhl auf und lächelte angestrengt. »Ja, bitte tu das. Vielen Dank, meine Liebe.«

Pei Lin nickte förmlich. »Aber gern. Bis später, Cedric.«

Die Tür schloss sich lautlos hinter ihr.

Cedric ließ sich gegen die Lehne seines Stuhls zurücksinken und legte den Kopf in den Nacken, um an die Decke zu starren. Nein, das alles gefiel ihm ganz und gar nicht. Allein die Tatsache, dass die Elite-Bürokraten des Parlaments es nicht für nötig gehalten hatten, ihm vorab Unterlagen zur Person seines neuen Mitarbeiters zu schicken, war beunruhigend genug.

Selbst auf seine direkte Nachfrage hin hatten sie ihm nicht einmal einen Namen genannt.

»Seien Sie unbesorgt, Dr. Edwards«, hatte die Dame am Telefon gesagt, *»das Referat wird Ihnen einen höchst kompetenten Mitarbeiter schicken.«* Mehr hatte Cedric beim besten Willen nicht aus ihr herausbekommen.

Die Ziffern der Digitaluhr auf seinem Schreibtisch sprangen auf Punkt zwei Uhr. Trotzdem war noch nichts zu hören, was die Ankunft von Pei Lin und ihrem Begleiter angekündigt hätte. Cedric tippte mit dem Zeigefinger einen Rhythmus auf die Schreibtischplatte und wünschte sich, die Deckenlampe ausschalten zu können. In letzter Zeit war ihm selbst künstliches Licht zunehmend unangenehm auf der Haut. Er wurde wohl doch allmählich alt.

Ein erneuter Blick auf die Uhr zeigte zehn Minuten nach zwei. *Zu spät,* dachte Cedric. *Na sieh einer an.* Pei Lin würde bester Stimmung sein.

Um dreizehn Minuten nach zwei erklang draußen am Ende des Gangs endlich das Klingeln der Fahrstuhlglocke.

Doch der Klang der Schritte, der nur Sekunden später den Kunststoffbelag des Bodens vor seinem Büro vibrieren ließ, hob Cedric vor Überraschung förmlich aus dem Stuhl.

Unmöglich!, dachte er – aber er wusste zu gut, dass er sich nicht täuschte. Diese Präsenz hätte er zehn Meilen gegen den Wind erkannt. Eine Präsenz, die Pei Lins zarte Gegenwart völlig verschluckte. Ihm blieb kaum Zeit, sich aufrecht hinzustellen und die Schultern zu straffen, ehe sich die Tür öffnete und seine Assistentin den Raum betrat.

»Cedric …« Pei Lin brach ab, ehe sie den Satz richtig begonnen hatte. Ihre Wangen waren gerötet, ihre Augen seltsam verklärt. Cedric hatte sie noch nie so verwirrt gesehen. Aber er konnte es ihr nicht verübeln. Nicht bei dem Anblick des

Vampirs, der jetzt hinter ihr über die Schwelle ins Licht trat. Nur mit Mühe widerstand Cedric dem Drang, die Fäuste zu ballen.

»Dorian. So eine Überraschung.«

Dorian Keaton betrat den Raum mit der trägen Eleganz einer sandfarbenen Kobra. Im kühlen Licht der Neonröhren schimmerte sein Gesicht wie weißes Gold, und als er die Lippen zu einem Lächeln öffnete, leuchteten makellose Fangzähne auf. Dorian Keaton. Ein konservativer Vampir, der, genau wie Cedric, vor dem Umbruch einer der wissenschaftlichen Gutachter des Konsulats in New York gewesen war. Ein brillanter und überaus ehrgeiziger Mann. Und, in zweiter Linie, einer, der es sich zum Ziel gesetzt hatte, Cedric das Leben schwerzumachen. Cedric hätte gern gesagt, dass sie einfach Rivalen waren, aber das traf es nicht ganz. Dorian hatte Cedric immer gehasst. Und jetzt war er hier, in Cedrics Station – und lächelte. Das war schlimmer als jeder Spion. Und ganz sicher auch kein Zufall.

»Cedric, alter Freund.« Dorians Lächeln vertiefte sich. »Wie schön, dass wir uns endlich wieder begegnen. Gut siehst du aus.«

Cedric rang sich ebenfalls ein Lächeln ab, das jedoch in einer gequälten Grimasse verendete. Dorian war nur wenige Jahrzehnte jünger als er, und trotzdem hatte die Zeit seinem Äußeren nichts von seiner Menschlichkeit genommen – geschweige denn von seiner Schönheit. Er war hochgewachsen und so schlank, dass man es fast zierlich nennen musste. Honigfarbenes Haar fiel ihm weich in die Stirn bis fast über die hellbraunen Augen, die in einem ungewöhnlich intensiven Bernsteinton leuchteten. *Ein junger Adonis, der aussieht, als sei er aus Elfenbein und Rosenblättern gemacht.* So hatte Oscar Wilde seinerzeit seinen Dorian Gray beschrieben, und ganz sicher wäre er auch von Dorian Keaton schlichtweg hingerissen gewesen. Genau wie jeder andere, der ihm begegnete. Daran hatten auch vierhundert Jahre Unsterblichkeit nichts ändern können – ein Vorzug, den Cedric definitiv nicht sein Eigen nennen konnte.

Und dabei war Dorians Schönheit längst nicht das Bemerkenswerteste an ihm. Ein leichtes Stechen bohrte sich in Cedrics Hinterkopf. Schon damals, als sie sich kennenlernten, war Dorian Keaton einer der mächtigsten psychischen Manipulatoren gewesen, die die Vampirgesellschaft kannte. Und das war mehr als zweihundert Jahre her.

Dorian legte inzwischen noch immer lächelnd den Kopf schief und schob in einer lässigen Bewegung die Hände in die Taschen seines Anzugs. »Aber was schaust du denn so verknittert, mein Lieber? Freust du dich gar nicht, mich zu sehen?« Sogar seine Stimme war angenehm, weich und mit einer Spur jugendlichen Schalks. Cedric spürte, wie die Worte sanft in ihn hineinflossen. Ihn streichelten, ohne ihn zu belästigen. Ganz beiläufig. Ganz harmlos. Ihm wurde schlecht davon.

Ruhig Blut, ermahnte er sich. *Bleiben wir beim Protokoll.*

»Du bist zu spät«, erklärte er so ruhig er konnte. »Ich würde dir raten, das nicht zur Gewohnheit werden zu lassen, falls du Wert auf gute Zusammenarbeit legst.« Er wandte sich an seine Assistentin, die noch immer mit diesem seltsam verklärten Gesicht auf der Schwelle stand. Heute würde sie ihm keine Hilfe mehr sein, so viel stand fest.

»Pei Lin, du kannst gehen. Ich möchte mit Mr. Keaton allein sprechen.« Er nickte ihr zu und bemerkte besorgt, mit wie viel Verzögerung sie auf seine Stimme reagierte. Aus dem Augenwinkel sah er, wie Dorian die Hand vor den Mund hielt – in einer scheinbar nachdenklichen Geste. Aber Cedric wusste genau, dass er es tat, um ein Lachen zu verbergen.

Pei Lin nickte. »Natürlich ... Ruf mich, wenn du mich

brauchst, ja?« Auf unsicheren Beinen, wie eine Betrunkene, verließ sie den Raum und schloss die Tür hinter sich.

Doch erst, als von ihren Schritten auf dem Gang längst nichts mehr zu hören war, wandte Cedric sich wieder seinem Gast zu.

»Also. Setz dich.« Er deutete auf den Besucherstuhl und beobachtete, wie Dorian sich geschmeidig darauf niederließ. »Nimm es mir nicht übel, aber ich werde nicht sagen, dass ich mich freue, dich zu sehen.«

Dorian ließ ein sanftes Lachen hören und schlug lässig die Beine übereinander. »Ehrlich wie eh und je. Du weißt, ich schätze das. Und ich hoffe, du wirst mir verzeihen: Ich für meinen Teil bin sehr froh, hier zu sein.«

Cedric runzelte ärgerlich die Stirn. »Verschwenden wir keine Zeit mit Floskeln, Dorian. Reden wir Klartext. Was willst du hier? Ich habe genug am Hals, auch ohne dass du meine Arbeit boykottierst.«

Dorian hob die Brauen und lehnte sich in seinem Stuhl zurück. Die bernsteinfarbenen Augen glitzerten spöttisch. »Was ich hier will? Mein alter Freund, du willst mir doch nicht erzählen, dass du dir das nicht denken kannst.«

Cedric presste die Lippen zusammen. »Wir waren niemals Freunde, Dorian. Und ich will von dir persönlich hören, dass das alles kein schlechter Witz ist.«

Dorian antwortete nicht sofort. Dann aber breitete sich erneut ein träges Lächeln auf seinem Gesicht aus. »Also gut. Wie du meinst. Meine Geschichte ist ganz einfach: Ich habe aus zuverlässiger Quelle erfahren, dass du dringend einen Biotechniker suchst, und diese Gelegenheit konnte ich mir unmöglich entgehen lassen. Nicht, nachdem ich seit sieben Jahren deine Forschungsberichte verfolge.« Dorian richtete sich wieder auf und fixierte Cedric mit funkelndem Blick. »Ich kenne dich. Du bist etwas auf der Spur, habe ich recht? Dieser Antrag, diese halbgaren Hinweise ... Du hältst etwas zurück. Und wenn du etwas verheimlichst, dann ist es immer etwas, das sich zu wissen lohnt, nicht wahr?« Er zog die Oberlippe zurück, dass seine Eckzähne sichtbar wurden. »Du willst Ehrlichkeit, die kannst du haben. *Ich* will deine Geheimnisse, Cedric – jedes einzelne davon.«

Ein weiches Prickeln lief Cedrics Wirbelsäule hinab. Gleichzeitig wurde das Stechen in seinem Hinterkopf stärker. Sein Körper warnte ihn mit Nachdruck davor, dass eine Blutgabe gegen ihn eingesetzt wurde. Aber das hätte er auch so gewusst. Er presste die Lippen zusammen und zwang sich, keine Miene zu verziehen. »Bevor wir zu den Drohungen kommen, würde ich gern dieses Arbeitsgespräch beenden«, sagte er, so ruhig er konnte.

Wieder lachte Dorian – so liebenswürdig und sympathisch, dass Cedric glaubte, sein Kopf müsse im nächsten Augenblick platzen. »Verlangst du von mir, dir Gefolgschaft zu schwören? Ach, ich vergaß: Du bist ja ein Organischer. Du hast diese Kraft gar nicht.« Er zwinkerte schelmisch.

Cedric schloss kurz die Augen, um sich zu konzentrieren. Protokoll. Darauf kam es jetzt an, daran musste er sich festhalten, wenn er sich von dieser Stimme und diesem Lachen nicht mitreißen lassen wollte. Ja, Dorian war stärker geworden in den letzten Jahren, das war offensichtlich. Aber er war nicht der Einzige, der seine Gabe trainiert hatte.

»Und ich habe sie auch nicht nötig. Kommen wir zu unserer Forschung. Hast du schon mit vampirischen oder menschlichen Versuchsobjekten gearbeitet?«

Dorian schnalzte tadelnd mit der Zunge. »Das ist jetzt aber nicht nett von dir, Cedric. Du weißt genau, dass White Chapel nach wie vor die einzige Forschungsstation ist, die dafür eine Genehmigung erhalten hat.«

Cedric lächelte gequält. Natürlich wusste er das. Das war ein Grund, warum Dorian ihn so hasste. Einer von vielen. »Dann werde ich dich später mit Janet bekannt machen. Sie ist für die Pflege der Versuchsobjekte verantwortlich und wird dich in alles Nötige einweisen. Sie und Pei Lin zeigen dir auch das Labor. Ich nehme nicht an, dass ich dich fragen muss, wie vertraut du mit dem Stand unserer Forschung bist?«

Dorian strich sich die Haare aus der Stirn und lächelte spöttisch. »Ich weiß alles. Zumindest alles, was du verraten hast. Und den Rest finde ich schon noch heraus.«

Cedric presste die Lippen zusammen. »Natürlich. Alles andere hätte mich auch schwer enttäuscht. Trotzdem – ich halte es für das Beste, wenn du dich zusätzlich detailliert in unsere Ergebnisse vom letzten Jahr einarbeitest. Die Mechanismen der BRA-Substanzen zu kennen und die Tücken im Umgang mit den entsprechenden Enzymen, das kann unter Umständen lebenswichtig sein. Wir wollen ja nicht, dass dir etwas zustößt, nicht wahr?« Er stand auf und ging zu einem Regal an der hinteren Wand seines Büros, um einen Stapel schwarz gebundener Kladden hervorzuholen. Mindestens eintausendfünfhundert Seiten, dicht an dicht gefüllt mit Kris' sauberer Handschrift. Cedric legte den Stapel vor Dorian auf den Tisch. »Dein Vorgänger hat seine Laborbücher sehr gewissenhaft geführt. Mit ihrer Hilfe solltest du keine Schwierigkeiten haben, dich vorzubereiten. Und wenn du damit fertig bist, besprechen wir, wie wir weiter vorgehen.«

Dorian hob die Brauen, und Cedric spürte für einen Augenblick grimmige Befriedigung in sich aufsteigen. Ja, es war enorm viel Material, sogar für eine Koryphäe wie Dorian Keaton. Es würde ihn eine ganze Weile beschäftigt halten – mit Dingen, die kaum noch von Bedeutung waren. Aber wenn er sein Spielchen weiterspielen wollte, wie er es begonnen hatte, konnte er sich nicht verweigern, wenn Cedric als Forschungsleiter ihm Anweisungen gab.

»Ich hoffe, du fühlst dich nicht überfordert. Wenn du dich der Aufgabe nicht gewachsen fühlst, melde dich bitte rechtzeitig.«

Etwas blitzte in Dorians Augen auf. »Wirklich komisch, Cedric. Aber ich denke, ich komme zurecht.«

»Das freut mich zu hören.« Cedric streckte Dorian die Hand entgegen. »Also dann, willkommen in White Chapel – alter Freund.«

Dorian ergriff die Hand – und zum ersten Mal seit Beginn ihres Gesprächs glaubte Cedric zu sehen, dass er sich zum Lächeln zwingen musste. »Vielen Dank, mein Bester. Ich werde mich deines Vertrauens würdig erweisen.«

»Aber selbstverständlich.« Als Cedric Dorian losließ, hatte er das dringende Gefühl, seine Finger an seinem Kittel abwischen zu müssen. Oder noch besser: Sie zu desinfizieren. Er zog eine Chipkarte aus der Tasche und legte sie auf die Notizbücher. »Dein Büroschlüssel. Raum 336, nur ein paar Türen den Gang runter. Soll ich dich hinbringen?«

Dorian stand auf und griff nach der Karte und dem Stapel mit den Kladden. »Vielen Dank, aber ich denke, das wird nicht nötig sein. Mein eigenes Büro – was für ein Luxus! Dann hast du wohl nichts dagegen, wenn ich den Tag über hierbleibe und durcharbeite? Schließlich will ich so bald wie möglich in die richtige Forschung einsteigen.«

Cedric verkniff es sich, die Augen zu verdrehen. »Das hatte ich befürchtet. Meinethalben tu, was du nicht lassen kannst.«

Etwas zuckte kurz in Dorians Gesicht, aber er sagte nichts mehr, sondern lächelte nur – eine Maske aus glattem Elfenbein. Dann schloss sich die Tür hinter ihm.

Nachdem Dorian das Büro verlassen hatte, blieb Cedric noch eine ganze Weile hinter seinem Schreibtisch stehen und sah mit leerem Blick auf den Stuhl, in dem sein neuer Biotechniker eben noch gesessen hatte. Ein Desaster. Das war alles, was ihm dazu einfiel. Noch vor einem halben Jahr hätte Cedric niemals geglaubt, dass er das einmal denken würde. Aber er wünschte sich Kris zurück. *Bloodstalker* hin oder her – er hatte der Forschung und White Chapel gutgetan. Und er hatte kein einziges Mal versucht, Cedric gezielt für seine Zwecke zu beeinflussen. Mit Dorian würden sich die Dinge kaum so positiv entwickeln, da war Cedric sich sicher. Er schüttelte sich, um die Reste des Prickelns loszuwerden, das sich hartnäckig über seine Gedanken legen wollte und sie seltsam unscharf werden ließ. Er musste etwas tun, und zwar schnell. Es gab zu viele Geheimnisse in White Chapel. Geheimnisse, von denen das Parlament noch nichts wissen durfte – und solche, von denen es besser niemals erfuhr. Allen voran das ehemalige Versuchsobjekt Nr. 159.

Frei.

Wenn Dorian anfing, herumzuschnüffeln, würde er zweifellos bald Fragen stellen, auf die Cedric ihm unmöglich antworten konnte, wenn ihm am Fortbestehen seiner Forschungsstation etwas lag. Er musste sich schleunigst eine plausible Geschichte einfallen lassen, für den Fall, dass es dazu kam. Und er war ein miserabler Lügner. Er verabscheute Unehrlichkeit.

Nein, dachte Cedric, es musste eine andere Möglichkeit geben, damit Frei gar nicht erst in Gefahr geriet, entdeckt zu werden. Eine Möglichkeit, die es ihm trotzdem erlaubte, sie ungestört weiter zu behandeln – und vor allem die wahnsinnige Absonderlichkeit zu untersuchen, die er in ihrem Blut entdeckt zu haben glaubte.

Eine irrwitzige Idee tauchte in seinem Kopf auf. Eine Idee,

deren Durchführung zweifellos eine Menge Blut, Schweiß und Nerven kosten würde. Aber etwas Besseres würde ihm so schnell nicht einfallen, das wusste er genauso gut. Und es war wirklich nicht schwer, abzuschätzen, welche der beiden Alternativen auf Dauer nervenaufreibender sein würde.

Cedric presste mit Zeigefinger und Daumen seine Nasenwurzel zusammen. Sein tonloses Lachen verklang in der trockenen Stille.

Sieh an, Frei. Nun bekommst du also doch deinen Willen. Und das viel schneller als gedacht.

»Sid.« Sein Tonfall geriet etwas harscher als beabsichtigt. »Hör auf zu lachen und komm her.«

Der Fußboden in der Nähe der Tür verschwamm, und der Wächter wuchs daraus in die Höhe, bis er in voller Größe vor Cedric stand. Die hageren Schultern zuckten vor unterdrücktem Kichern.

»Wow, Doc.« Er blies sich eine weiße Haarsträhne aus den Augen. »Er ist ein echter Psycho!«

»Das ist nicht komisch.« Cedric zog finster die Brauen zusammen und ließ sich in seinen Stuhl fallen. »Wir sind verdammt noch mal in Schwierigkeiten. Ich brauche deine Hilfe.«

Sid stützte die sehnigen Hände auf die Tischplatte und lehnte sich vor. Seine Augen funkelten begeistert. »Jederzeit, Doc.«

Cedric nickte grimmig. »Ich möchte, dass dir eins klar ist, Sid: Die Sache ist ernst, viel ernster, als wir befürchtet haben. Ich kenne diesen Mann, und er kann White Chapel sprengen, wenn wir nicht aufpassen. Wenn er sich ins Zeug legt, findet er unter Garantie etliche Möglichkeiten, uns vor dem Parlament sehr schnell sehr dumm dastehen zu lassen. Du weißt, was das bedeutet. White Chapel würde geschlossen werden. Und das können wir uns nicht leisten. Ich nicht – und du erst recht nicht.«

Für einige Sekunden blieb es still im Zimmer. Bedenklich still, wenn man bedachte, dass Sid anwesend war. Das Grinsen war von seinem Gesicht verschwunden, und seine Augen waren groß geworden. Zum ersten Mal seit sehr langer Zeit sah Cedric eine Spur von Angst im Blick seines Wächters. Ja, Sid wusste, was es bedeutete. Er begriff es nur zu gut. Und er begriff auch, dass Cedric seine Worte todernst meinte.

»White Chapel schließen …?«, flüsterte er endlich heiser. »Das … das werden Sie doch aber nicht zulassen, oder, Doc? Sie … Sie schmeißen ihn raus, Sie machen ihn platt! Sie lassen ihn das nicht durchziehen – nicht wahr?« Seine Finger auf der Schreibtischplatte bebten. Seit dem Strahlenexperiment vor sechs Jahren war Sid ein Teil von White Chapel. Er konnte die Station nicht verlassen – nie wieder. Eine Schließung – das wusste er ebenso gut wie Cedric – wäre sein Ende.

Cedric atmete tief durch. Er musste jetzt ruhig bleiben oder zumindest so wirken. »Nicht, solange ich noch irgendetwas tun kann, um es zu verhindern. Und wir fangen gleich heute damit an.« Er räusperte sich, um das raue Gefühl in seiner Kehle zu vertreiben. »Nach Feierabend holen wir Frei hier raus.«

Ein fast zaghaftes Funkeln leuchtete in Sids Augen auf. »Sie meinen … ich darf die Irre nach draußen jagen?« Ein Teil der gewohnten Begeisterung schwang nun wieder in seiner Stimme mit, und Cedric konnte ein schiefes Lächeln nicht unterdrücken – obwohl die Situation wirklich alles andere als komisch war.

»Nein. Um Frei kümmere ich mich. Du wirst unseren geschätzten Dorian im Auge behalten und ihn ablenken, falls er versucht, mir nachzuschnüffeln.«

Sid ballte aufgeregt die Fäuste. »Im Ernst, Doc? Ich soll ihn austreiben?«

Cedric seufzte angestrengt und schüttelte den Kopf. Auch

wenn er zugeben musste, dass die Vorstellung von einem »ausgetriebenen« Dorian äußerst reizvoll war – das Risiko war zu groß, als dass er seinem Wächter und engstem Vertrauten hätte erlauben können, es einzugehen.

»Nein, auch das nicht. Halte so viel Abstand von ihm wie möglich. Wenn du direkten Kontakt vermeiden kannst, dann tu das unter allen Umständen. Ich kann noch nicht sicher beurteilen, wie stark er inzwischen ist, aber er ist gefährlich.«

»Sie meinen, er könnte versuchen, mich zu beeinflussen?« Sids Stimme zitterte vor freudiger Erwartung. Der Wächter verabscheute Dorian schon jetzt, das war ihm deutlich anzusehen, und er brannte darauf, sich mit ihm zu messen. Aber das konnte Cedric nicht verantworten. Er rieb sich angestrengt über die Stirn. »Das ist kein Spaß, Sid. Dorian spielt in einer anderen Liga als Kris, und er hat noch viel weniger Skrupel. Aber er weiß bisher nichts von dir und deinen Fähigkeiten, und ich möchte, dass das möglichst lange so bleibt.«

Sid lachte sein heiseres Lachen. »Boom Baby«, sagte er. »Das wird ein Mordstheater!«

»Du wirst nichts unternehmen, um ihn zu provozieren.« Cedric sah seinen Wächter eindringlich an. »Hast du das verstanden?«

Sid rollte mit den Augen. »Klar doch, sicher, Doc. Aber …«

»Nein«, unterbrach ihn Cedric mit Nachdruck. »Nicht, solange es sich vermeiden lässt.«

Sids Mundwinkel sanken herab. »Jawohl, Chef«, murmelte er missmutig.

Cedric seufzte nachsichtig. »Du wirst deine Gelegenheit schon bekommen, da bin ich mir sicher. Versprich mir nur, dass du dich nicht überschätzt. Ich brauche dich noch, Sid.«

Und vor allem, dachte er in Gedenken an Dorians Blutgabe, *brauche ich dich auf meiner Seite.*

Die Augen des Wächters glühten auf. »Ja, ja, ist ja gut. Geht klar, Doc. Soll ich dann gleich anfangen, ihn zu beobachten?« Er knackte vernehmlich mit den Fingerknöcheln.

Cedric nickte. »Sofort. Unbedingt.«

Ein breites Grinsen verzog Sids Gesicht. »Mit Vergnügen, Doc. Sagen Sie bloß Bescheid, wenn's losgehen soll. Ich sehe Sie dann später!« Mit einem großen Satz sprang er in die Wand und war kurz darauf verschwunden.

Einen Moment noch blieb Cedric auf seinem Stuhl sitzen und starrte auf die dunkle Maserung der Tischplatte. Dann stand er schwerfällig auf und ging hinüber zum Lichtschalter, um endlich die grelle Deckenbeleuchtung auszuschalten. In der Dunkelheit lehnte er sich gegen die Bürotür und ließ den Kopf schwer gegen das glatte Holz sinken.

Kris, mein Freund, dachte er müde. *Ich hätte dich niemals gehen lassen dürfen.*

Kapitel Drei

Milngavie Railway Station, Milngavie, Schottland

Mit geschlossenen Augen lauschte Red auf das Klicken des Lüfters. Ein schwacher Strom stickiger Luft strich an seinen Wangen entlang – kühl im Vergleich zu seinem abgestandenen Atem, der bewegungslos über ihm in der Dunkelheit gehangen hatte. Kurz überlegte er, sich umzudrehen, um seinen Rücken zu entlasten, auf dem er seit sicher zwei Stunden lag. Aber er hatte sich heute schon einmal den Ellbogen an den glatten Kunststoffwänden aufgescheuert. Außerdem hatte das Ruckeln und Rattern unter ihm schon vor einiger Zeit aufgehört. Irgendwann bald würde ihn wohl endlich jemand herauslassen.

Red öffnete die Augen. Aber die Dunkelheit um ihn war genauso schwarz wie zuvor. Kein Wunder – er reiste in einer Kiste. Wieder einmal. Und ironischerweise war es tatsächlich eine Transportkiste für Blutkonserven, die der, die er für seine Flucht aus der OASIS genutzt hatte, zum Verwechseln ähnlich sah. Nur dass dieses Exemplar einen doppelten Boden hatte, unter dem Red auf Kissen lag, und ein Belüftungssystem. Es wäre also regelrecht komfortabel gewesen – wenn er nicht seit Wochen jede Nacht darin hätte verbringen müssen. Und zwar die ganze Nacht, auf ihrer Reise quer über den halben nordamerikanischen Kontinent, ebenso wie während ihres Aufenthalts in dem billigen Hotel in New York – wo sie fast einen Monat auf ein Schiff nach Europa warteten, dessen Besatzung das Reisegepäck nicht zu genau kontrollieren würde. Auf der stürmischen Überfahrt nach Dover, und auch jetzt, auf der

Zugfahrt bis in irgendein verlassenes Nest im Süden von Schottland – dem äußersten Rand der europäischen Zivilisation. Red versuchte, diese Nächte zu verschlafen, aber das klappte nicht immer. Anfangs hatte er oft geträumt, er würde ersticken, und er war dann jedes Mal froh darüber – denn es bedeutete, dass die schlimmeren Träume ausblieben. Träume von einer engen Zelle mit Gittern vor dem Fenster, in der er ein Blutermädchen namens Frei zurückgelassen hatte.

Gemeinsam mit der letzten Hoffnung, Blue jemals wiederzusehen.

Als sie noch in Imsomniac Mansion gewesen waren und auch zu Beginn der Reise – oder Flucht, wie man es ja nennen musste –, hatte jeder Gedanke an sie geschmerzt wie ein Messer, das in einer verschorften Wunde gedreht wurde. Aber jetzt, nach so vielen Wochen in einer Kiste, war jede Empfindung von einer Schicht aus stickiger Luft bedeckt. Red konnte sich nicht erinnern, sich jemals so schlaff und leblos gefühlt zu haben, und ihm war mittlerweile eigentlich alles egal – abgesehen von der Tatsache, dass er diese Kiste aus tiefstem Herzen verabscheute.

Ein Stoß erschütterte die Dunkelheit seines Gefängnisses, dass sein Kopf schmerzhaft gegen eine der Seitenwände stieß.

»Hey«, erklang dumpf eine Stimme von draußen. »Bist du wach?«

Red verdrehte in der Dunkelheit die Augen. »Jetzt schon, Arschloch«, murmelte er halblaut. Noch ehe er ausgesprochen hatte, ruckelte und krachte es erneut, und die beiden Deckel über ihm wurden beiseitegezerrt. Etliche Blutbeutel sanken mit dumpfem Glucksen zu Boden – dann fiel blassgoldenes Morgenlicht in die Kiste. Red blinzelte.

»Endstation, Farmer.« Chase' Stimme klang trocken wie eh und je. Red konnte ihn gegen das Licht nur schemenhaft erkennen. Aber er wusste auch so, dass ein Grinsen auf den hageren Zügen erschien, als er sich aufsetzte – vorsichtig, weil seine Glieder vom Liegen steif waren wie morsche Eichendielen. Und genau so knirschten und krachten sie auch.

»Die Kopfschmerzen gehen auf deine Karte«, knurrte Red unwirsch und tastete unter den verfilzten Zotteln, zu denen seine Haare in den letzten Wochen herangewachsen waren, nach der Stoßstelle. Kein Blut. Nur eine dicke Beule. Immerhin.

Chase ließ ein raues Lachen hören und hockte sich auf den Kistenrand. Seine hellen Augen funkelten. »Ab heute kannst du deinen Hintern wieder selbst bewegen. Wird Zeit, dass du in Form kommst, du schmeckst schon ganz abgestanden.«

Red runzelte die Stirn. »Trink Konserven, wenn's dir nicht passt.« Unwillkürlich hatte er die Hand an den Hals gelegt – dort, wo Chase ihn für gewöhnlich biss. Er hatte sich noch immer nicht daran gewöhnt, dass Chase kein Mensch mehr war. Und er wusste auch noch nicht, wie es ihm gefiel. Was vielleicht daran lag, dass er seit dem Zwischenfall in der Forschungsstation keine Gelegenheit mehr gehabt hatte, länger als ein paar Minuten ungestört mit ihm zu sprechen. Blinzelnd sah er sich um, während seine Augen sich langsam an das dämmrige Licht gewöhnten. Die Kiste stand auf einem verlassenen Bahnsteig unter einem Dach, das kaum noch mehr als ein Gerippe aus modrigen Balken und wenigen moosbewachsenen Schindeln war. Die Fenster in den verwitterten Wänden des Unterstandes waren zersprungen und blind und ließen die ersten trüben Sonnenstrahlen in unscharfen Flecken auf den Bahnsteig fallen. Unkraut hatte die alten Steine hochgedrückt und zerspringen lassen. Von dem Zug, mit dem sie hergekommen sein mussten, war weit und breit nichts zu sehen. Ebenso wenig wie von einem gewissen dunkeläugigen Vampir, der sie alle von Kenneth bis hierher geschleift hatte. Red runzelte die Stirn.

»Wo ist Kris?«

Chase schnalzte abfällig mit der Zunge. »Der Fürst der Finsternis erkundet die Lage. Wir folgen ihm Richtung Norden und treffen ihn später. Keine Sorge, ich bin mit ihm in Kontakt.« Er tippte sich vielsagend an die Stirn, stand auf und streckte sich. Dann griff er mit einer bemerkenswert beiläufigen Bewegung an seine Hüfte und zog etwas hervor. »Und du machst dich jetzt besser nützlich. Ich habe dich wirklich lang genug durch die Gegend geschleppt.«

Etwas fiel in Reds Schoß. Etwas silbrig Glänzendes. Ein Gewicht, das ihm nur zu vertraut war.

Ein Revolver.

Reglos starrte Red einige Sekunden auf die Waffe. »Was soll ich damit?«

Chase stieß einen gereizten Seufzer aus. »Du sollst deinen faulen Hintern in Bewegung bringen! Verdammt, ich hab die Schnauze voll davon, mir dieses Rumgeheule von allen Seiten anzuhören. Ich brauche Training und du auch!«

Langsam stand Red auf und bewegte vorsichtig seine eingerosteten Gelenke. Training, dachte er. Nein, schaden würde ihm das sicher nicht. Er war außer Form, keine Frage. Nur …

»Wozu?« Er warf den Revolver zu Chase zurück und stieg aus der Kiste. »Hatte Kris nicht gesagt, hier draußen ist nichts?« Er deutete mit einer umfassenden Handbewegung auf den verrotteten Bahnsteig. »Sieht aus, als hätte er recht, oder? Keine Vampire, keine Menschen, gar nichts. Warum fährt überhaupt ein Zug hier raus?«

Für ein paar Sekunden war Chase sehr still. Dann machte er einen Schritt nach vorn und hieb Red die Faust in den Magen.

Red keuchte auf, sackte vornüber und presste die Hände auf

den Bauch. Der Schlag war so schnell gekommen, dass er nicht hatte reagieren können. Hannah wäre enttäuscht von ihm gewesen. Er biss die Zähne zusammen. »Scheiße, spinnst du?«

»Du bist so ein Penner.« Chase ließ den Revolver achtlos in die Kiste fallen. »Wenn du dich weiter so hängen lässt, ist deine ganze Ausbildung bald für den Arsch – kapierst du das eigentlich? Wie willst du jemals unsterblich werden, wenn du so eine verdammte Lusche bist?«

Red knirschte mit den Zähnen und richtete sich auf. Chase starrte ihn hinter seinem Haarvorhang hervor böse an. Aber Red hatte sich inzwischen zu viele Blickduelle mit ihm geliefert, um sich davon einschüchtern zu lassen. »Wer sagt, dass ich das überhaupt will? Ich bin nicht du.«

Chase stieß verächtlich Luft durch die Nase. »So. Willst du nicht. Aber Blue – hast du an die mal gedacht, nur ausnahmsweise, meine ich? Die will bestimmt, dass du ein Vampir wirst. Und zwar bevor du nur noch ein fetter Fleischsack bist.«

»Lass Blue da raus.«

»Wer weiß, vielleicht ist sie inzwischen wieder klar im Kopf.«

»Lass sie da raus, habe ich gesagt!« Red ballte die Fäuste. Aber Chase grinste nur höhnisch.

»Vielleicht heilt der Doktor ja sogar ihre Erinnerungen – der kann so was, hab ich gehört. Aber so hässlich, wie du jetzt bist, würde sie dich wahrscheinlich trotzdem nicht wiedererkennen.«

»HALT DEINE VERDAMMTE KLAPPE, CHASE!« Der Schrei brach lauter aus Red heraus, als er erwartet hatte. Er trug weit in der morgendlichen Stille, glitt vibrierend die verlassenen Schienen entlang und zitterte in den zerborstenen Fensterscheiben des Bahnüberstands.

In Chase' Augen erschien ein zufriedenes Funkeln. »Schlaffer, hässlicher, nichtsnutziger Klotz«, sagte er mit boshafter

Ruhe. »Wahrscheinlich sucht sie sich sowieso einen anderen, sobald sie dich sieht.«

Mit einer Bewegung, so schnell, dass es Red selbst überraschte, dass er dazu noch fähig war, ging er in die Knie und griff nach der Waffe, die Chase fallen gelassen hatte. Es krachte, zweimal. Warmes Blut spritzte in Reds Gesicht.

Und Chase stürzte.

Herz und Hals. Zwei tödliche Treffer. Red wusste es, ohne hinzusehen. Er konnte es doch noch, dachte er mit grimmiger Zufriedenheit. Und im gleichen Moment hatte er plötzlich das Gefühl, dass die Kruste aus stumpfer Gleichgültigkeit, die sich während der Reise über ihn gelegt hatte, mit einem lauten Knacken riss. Grelles, wütendes Licht drang durch den Spalt und brach sich seinen Weg durch die Apathie, die Red gefangen gehalten hatte. Er stand auf und feuerte noch zweimal auf den Boden, direkt neben Chase' Kopf, dass der spröde Stein zu allen Seiten spritzte. Dann ließ er die Trommel aufschnellen und lud die fehlenden Patronen nach, während er beobachtete, wie Chase' Wunden sich langsam schlossen.

Ächzend kam der Vampir zu sich. Red konnte seinem Gesicht ansehen, dass er höllische Schmerzen hatte. Doch auf seinen Lippen lag noch immer dieses zufriedene Grinsen, als er hustend ein paar Patronensplitter hochwürgte und sie ausspuckte.

»Meine Fresse.« Er presste die Hand auf die Brust und rappelte sich auf. »Das wollte ich schon immer mal machen.«

Red stieß ein freudloses Lachen aus und richtete seine Waffe erneut auf Chase. »Ich tue dir den Gefallen jederzeit gerne wieder. Du warst schon immer ein mieses Aas, aber diese Psychonummer ist neu, oder?«

Chase hob die Schultern. »Ich teste nur aus, was ich mit meiner Gabe tun kann. In einem Jammerlappen wie dir Wut zu erzeugen scheint ziemlich einfach zu sein. Jetzt reg dich ab und komm.« Er drehte sich um, ging zum Ausgang des Bahnsteigs und stieß die morsche Tür auf. Mit grässlichem Kreischen schwang sie nach außen und gab den Blick auf einen grasbewachsenen Hang frei, der bald in einen dichten Wald aus knorrigen Eichen und feuchtgrünen Fichten überging. In der Ferne leuchteten die Kuppen eines schroffen Gebirges in der Morgensonne. Chase sah über die Schulter zu Red.

»Naturschutzgebiet«, erklärte er und grinste schief. »Das beste Trainingsgelände, das du dir vorstellen kannst.«

Red steckte den Revolver in seinen Hosenbund und trat zu Chase hinüber. Schweigend standen sie nebeneinander und betrachteten die Landschaft, die sich einsam vor ihnen ausbreitete, nur gefleckt von wenigen zerrütteten Ruinen, in denen seit Jahrzehnten niemand mehr wohnen konnte. Es war so rau, so wild, so fremd – und vor allem so unendlich weit, dass Red einen seltsamen Druck auf der Brust spürte. Noch nie hatte er so ungehindert in alle Richtungen sehen können, noch nie war seine Umwelt so unglaublich unbegrenzt gewesen. Es weckte in ihm den Drang, laut zu schreien. Aber er atmete nur tief den kalten Wind ein, der mit seinen Haaren spielte, und spürte, wie die Wildnis ihn ausfüllte, sich prickelnd bis in seine Fingerspitzen zog. Das also, dachte er, war Schottland.

»Wir werden nicht ewig hierbleiben«, sagte Chase neben ihm plötzlich. »Wir werden zurückgehen, das verspreche ich dir. Und wir werden finden, was wir suchen. Aber dazu musst du stark bleiben. Klar?«

Red wandte überrascht den Kopf. Aber Chase sah ihn nicht an. Sein Kiefer war angespannt, seine Augen waren schmal, und er starrte mit regloser Miene auf die Wiesen, den Wald und die Berge in der Ferne. Der Wind war stärker geworden und zerrte an seinem Hemd, das von Reds Schüssen zerrissen und blutbefleckt war. Zusammen mit den dunklen Spritzern auf seinem Gesicht verlieh es ihm eine irgendwie martialische Aura. Der beißende Spott war verschwunden. Es war lange her, dachte Red, dass er Chase zuletzt so ernst und offen gesehen hatte. Und ihm fiel ein, dass er in all den Monaten, die sie nun schon gemeinsam jagten, immer noch nicht herausgefunden hatte, was seinen Partner eigentlich antrieb, zu sein, wie er war.

»Du kennst deinen Weg, Farmer«, sagte Chase. »Also geh ihn auch.«

»Klar«, murmelte Red, noch immer ein bisschen verblüfft. »Geh du vor.«

Ein winziges Grinsen erschien in Chase' Mundwinkeln. »Als ob du mich jemals einholen könntest.«

In diesem Moment hätte Red fast gelacht. In seiner Brust begann ein Funke zu glühen, den er vergessen und verschüttet geglaubt hatte. Eine Kraft, die jetzt nach draußen drängte, weil Chase sie auf seine unnachahmlich rücksichtslose Art ausgegraben hatte. Ja, natürlich, dachte er. Was Chase sagte, war geradezu bestechend logisch. Was immer er auch tat und was immer ihn noch erwartete – er musste lebendig sein, wenn er es überstehen wollte. Und dazu durfte er nicht in Starre verfallen. Red warf einen Blick zurück auf die Kiste, die noch immer am Gleis stand. Die konnten sie später holen, dachte er. Sie hatten jetzt Besseres zu tun.

Er zog den Revolver aus dem Hosenbund, entsicherte ihn und drückte die Mündung gegen Chase' Hinterkopf.

»Moving Target«, flüsterte er und spürte, wie sich ein grimmiges Lächeln auf seinem Gesicht ausbreitete. »Move!«

Die nächsten Tage und Nächte auf ihrer Reise verbrachte Red damit, ins Leben zurückzufinden. Tag um Tag jagte er Chase über Steilhänge, schmale Bachläufe entlang, über bröckelnde

Mauern und verrottende Zäune, die von längst vergessenen Viehweiden zeugten. Dann zogen sie weiter, immer Richtung Norden. Chase trug die Kiste mit den Konserven, Red nur sich selbst, was oftmals schwer genug war. Vor allem, da Chase in seinem Trainingsprogramm unerbittlicher war als ihr ehemaliger Ausbilder Tony an seinen schlechtesten Tagen.

Gegen Mittag wurde Chase allerdings für gewöhnlich müde – sein junger Vampirkörper zehrte bei allen Vorzügen, die er mit sich brachte, unglaublich viel Energie und ließ Chase nach der Jagd jedes Mal ausgemergelt und blass zurück, so dass Red sich oftmals lebendiger fühlte als sein unsterblicher Freund. Dann trank er von Red und legte sich in die Konservenkiste, um wie ein Stein zu schlafen. Für den Rest des Tages war Chase daraufhin nicht mehr ansprechbar. Und auch Kris war bisher noch nicht wieder aufgetaucht. Aber Red war froh, ab und an ein paar Stunden für sich zu haben. Also wanderte er jeden Tag noch einige Meilen allein weiter, in dem Wissen, dass Chase ihn schon finden und notfalls wieder auf den richtigen Weg bringen würde. Bei Einbruch der Dunkelheit suchte er sich für die Nacht einen Platz in einer der Ruinen, die immer wieder wie einsame Überreste der Zivilisation zwischen den Felsen auftauchten, oder er verkroch sich im Unterholz der immer karger werdenden Wälder auf den Steilhängen. Es überraschte ihn selbst, wie ruhig er mitten in der Wildnis und ohne jeden Schutz schlafen konnte. Die Einsamkeit und die Bewegung taten ihm gut. Selbst der Regen, der ihn immer öfter begleitete, je weiter er ins Gebirge vordrang, fühlte sich niemals unangenehm an, sondern vielmehr, als ob er Reds Gedanken von allem Schmutz reinigte, der sich darauf im vergangenen Jahr seit seiner Flucht aus der OASIS abgelagert hatte. Er konnte sich selbst wieder atmen hören. Und morgens, wenn er aufwachte, war Chase schon da, und der Kreislauf begann von vorn.

Doch eines Tages, fast eine Woche nach ihrer Ankunft auf dem verlassenen Bahnhof, geschah etwas, mit dem Red im Leben nicht gerechnet hätte.

Denn an jenem rotgrauen Morgen war es weder der Wind, der ihn weckte, noch der Regen und auch nicht Chase.

Es war ein Menschenmädchen.

Kapitel Vier

Forschungsstation White Chapel, Kenneth, Missouri

Cedric wartete bis kurz vor Sonnenaufgang, ehe er sein Büro verließ. Die übrigen Mitarbeiter von White Chapel mussten längst nach Hause gegangen sein – bis auf einen, vermutlich. Der, von dem Cedric sich am meisten wünschte, er würde sich einfach in Luft auflösen und niemals wieder in seiner Nähe auftauchen. Dann hätte er diese Wahnsinnsaktion gar nicht erst anfangen müssen.

Er schloss die Bürotür ab und legte die Hand auf den Rahmen. »Sid – Licht aus!«

Es dauerte ein oder zwei Augenblicke, dann vibrierte das Holz unter seinen Fingern. *Geht klar, Doc.*

Die Lampen an der Decke flackerten, eine nach der anderen, und verloschen dann. Dunkelheit senkte sich über den Gang. Nur unter der Tür von Büro Nr. 336 leuchtete ein schwacher gelber Schimmer. Dorian arbeitete noch.

Auch Cedric verlegte sich jetzt darauf, seine Gedanken anstelle seiner Stimme zum Sprechen zu benutzen, während er den düsteren Flur in Richtung Fahrstuhl entlangging. Er war unruhig, das konnte er nicht leugnen, auch wenn er sich gewünscht hätte, er könnte diese Situation gelassener wegstecken.

Wie ist die Lage bei dir, Sid?

Es dauerte einen Moment, bis Sid antwortete. *Er liest,* teilte er schließlich sehr leise und ein wenig zögernd mit. Es klang beinahe kleinlaut. *Aber er ist ein ganz schöner Fuchs, Doc. Ich bin nicht sicher, ob er mich nicht schon bemerkt hat.*

Cedric runzelte die Stirn und drückte auf den Knopf, um den Fahrstuhl zu rufen.

Warum hast du mir nicht sofort Bescheid gesagt?

Er konnte spüren, wie Sid sich innerlich wand. Seine Stimme war nun noch leiser.

Tut mir leid, Doc. Ich habe mich nicht weggetraut. Ich dachte, dann erwischt er mich auf jeden Fall.

Cedric hob die Brauen. Dass Sid sich etwas nicht traute, war bemerkenswert – aber er sollte wohl froh sein, dass der Wächter den Ernst der Lage erkannt hatte. Natürlich, Dorian war ein Spezialist darin, die Anwesenheit anderer Vampire zu erspüren. Niemand konnte sich auf Dauer vor ihm verstecken.

Dann ist es umso wichtiger, dass du dich auch weiterhin nicht zeigst. Solange er dich nur spürt, aber nicht orten kann, wird es ihn verwirren – und hoffentlich ablenken. Bleib, wo du bist, und gib mir sofort durch, wenn sich etwas tut. Ich gehe jetzt zu Frei.

Sids Flüstern vibrierte in seinem Kopf, gerade als sich die Fahrstuhltür öffnete.

Ist gut, Doc. Viel Glück.

In der Dunkelheit zwischen Feierabend und Sonnenaufgang waren die Gänge von White Chapel ein endloses Netz voller Schweigen und Schatten, in dem nur die Sicherheitslampen über den Türen wie winzige Augen blinzelten. Auf dem Flur im zweiten Stock, wo die Versuchsobjekte gehalten wurden, war es totenstill. Die Menschen schliefen, und auch die jungen Bluter hatten ihre letzte Mahlzeit in dieser Nacht beendet und lagen in ihrem bleiernen Schlaf, der sie erst loslassen würde, wenn die Sonne am nächsten Abend wieder unterging. Cedric hoffte allerdings, dass Frei noch wach sein würde, damit er keine Zeit darauf verschwenden musste, sie mühsam zu wecken. Ganz abgesehen davon, wie riskant das für ihn selbst sein konnte, wollte er schnell von hier verschwinden – ehe Dorian bemerkte, dass er noch nicht gegangen war, wie er vorgegeben hatte.

Und er hatte Glück.

Als er den Riegel von Freis Zelle zurückschob und die Tür öffnete, sah er gerade noch, wie sie herumfuhr – und mit einer hastigen Bewegung ihr Nachthemd über ihre Oberschenkel zerrte. Aus großen Augen starrte sie ihn an. Sie hockte auf dem Bett, ihre bleiche Haut schimmerte fahl in der Dunkelheit. Die blonden Locken waren wirr, als hätte sie sich die Haare gerauft, und trotz ihrer Bemühungen sah Cedric sofort die riesigen Blutergüsse an ihrem rechten Bein. Sie hatte sich schon wieder selbst geschlagen. Cedric unterdrückte ein leidgeprüftes Seufzen. Es war nicht die Zeit, ihr Vorhaltungen zu machen.

»Frei, kannst du aufstehen?«

Frei antwortete nicht, sondern starrte ihn nur weiter an, als sei sie sich nicht sicher, ob er wirklich da war. Es war kein Wunder, dass sein Besuch sie überraschte – Cedric war noch nie zweimal in derselben Nacht bei ihr gewesen. Aber auch für Erklärungen hatten sie jetzt keine Zeit.

»Du kannst nicht länger hierbleiben.« Er fasste sie beim Arm. »Frag nicht, warum, darüber sprechen wir später. Erstmal müssen wir dich hier rausbringen, bevor die Sonne aufgeht.«

Freis Augen weiteten sich. Ein Funke flackerte in der Tiefe der gelben Iriden – und zum allerersten Mal, seit Cedric begonnen hatte, sie zu therapieren, widersprach sie ihm nicht. Nicht einmal aus Prinzip. Stattdessen packte sie mit entschlossener Miene seinen Arm und mühte sich auf die Füße. Ihr Bein, das von der Behandlung noch taub sein musste, gab unter ihr nach. Aber sie klammerte sich an Cedrics Ellbogen und hielt sich aufrecht.

»Es geht schon«, murmelte sie heiser und biss die Zähne zusammen, als ihre Finger unkontrolliert zuckten und sie beinahe doch den Halt verloren hätte.

Cedric hielt sie am Arm fest, bis sie sich wieder einigermaßen gefangen hatte. Ja, dachte er grimmig. Es musste gehen. Sie in der Zelle zu lassen war keine Option. Unruhig horchte er auf das warnende Vibrieren des Bodens unter seinen Füßen. Aber Sid rührte sich nicht und gab auch keinen Laut.

»Keine Angst.« Cedric versuchte, seine Stimme möglichst ruhig zu halten. »Ich passe auf dich auf.«

Frei nickte stumm. Ihr Gesicht war zu einer verbissenen Grimasse verzerrt. Sie musste starke Schmerzen haben. Aber sie klagte nicht. Cedric musterte sie von oben bis unten, ihr dünnes, blutbeflecktes Nachthemd, das im Wind vom Fenster her leicht flatterte. »Es ist zu kalt«, murmelte er, eher zu sich selbst, als an sie gerichtet. Behutsam löste er Freis Finger von seinem Arm und half ihr, sich am Metallrahmen ihres Bettes festzuhalten. Dann zog er seinen Mantel aus und legte ihn um ihre Schultern; hielt ihn offen, damit sie in die Ärmel schlüpfen konnte. Schließlich legte er ihren Arm um seine Schultern und umfasste mit seinem ihre Taille. Ein letztes Mal atmete er angestrengt durch und spürte, wie sich Freis dürre Finger in sein Hemd krallten.

»Also dann«, murmelte er. »Wollen wir mal.«

Der Weg vom zweiten Stock bis in die Eingangshalle schien Cedric doppelt und dreifach so lang zu sein wie sonst – vor allem, da er Frei mehr schleppte als führte. Immer wieder knickte ihr Bein unter ihr weg, und sie hing in seinem Arm wie ein nasser Sack Mehl. Als sie den Eingangsbereich erreichten, sickerte bereits bläuliches Zwielicht durch die gläsernen Schiebetüren. Der Morgen war angebrochen. Draußen am Fuß der

Treppen, die zum Eingang hinaufführten, wartete ein Auto mit spiegelnd getönten Scheiben. Cedric atmete auf. Fast geschafft. Jetzt musste er Frei nur noch die paar Schritte durch das erwachende Tageslicht bis in den Wagen bringen.

In diesem Augenblick schoss Sids Stimme kribbelnd durch Cedrics Beine bis hinauf in sein Hirn.

Doc?

Stocksteif blieb Cedric stehen. Die Stimme des Wächters klang eindeutig nervös. Zu nervös. *Sid, was ist?*

Noch ehe er ganz ausgesprochen hatte, setzte sich hinter ihm, am Ende des Ganges, erneut der Fahrstuhl in Bewegung – und Cedric wusste, was los war.

Dorian.

Er war auf dem Weg zu ihnen. Irgendwie hatte er gespürt, was vorging – dass sich jemand an Orten bewegte, an denen er nicht sein sollte. Er war wirklich noch viel stärker geworden, als Cedric erwartet hatte.

Er hat die Wand angefasst, und plötzlich war er weg! Sid klang verwirrt, aufgeregt – und beinahe kläglich. *Ich kann ihn nicht spüren, Doc, ich weiß nicht, wo er ist! Mein Kopf … Aua … ah … ich kann …* mich *nicht spüren …*

Cedric warf einen Blick über die Schulter zum Fahrstuhl, der jetzt nach oben glitt und im dritten Stock hielt. Dort, wo die Büros waren.

Cedric fluchte stumm und zog an Freis Arm, zerrte sie vorwärts durch die Halle, auf den Ausgang zu. Nein, er würde nicht scheitern. Nicht jetzt! Nicht auf den letzten Metern! *Ich bin gleich da, Sid. Bleib, wo du bist!*

Frei sah aus großen Augen zu ihm auf, während sie neben ihm her stolperte. Sie begriff nicht, was vorging, aber Cedric konnte es ihr jetzt auch nicht erklären. Sie musste hier weg, und zwar sofort. Er legte den freien Arm über ihren Kopf und drückte ihre Stirn gegen seine Schulter, bis sie nichts mehr sehen konnte außer einem winzigen Stück Fußboden vor ihr.

»Keine Sorge.« Nur mit Mühe konnte er die Anspannung in seiner Stimme unterdrücken. »Es ist nur ein kurzes Stück bis zum Auto.«

Dann drückte er den Knopf, der die Tür öffnete. Als die Morgensonne durch den Spalt zwischen Cedrics Arm und ihrer Schläfe auf Freis Gesicht fiel, zuckte sie zusammen, und ein erstickter Schrei kam über ihre Lippen. Sie strauchelte und klammerte sich an Cedric, der den Griff um ihre Hüfte verstärkte. »Komm«, drängte er. »Dir passiert nichts, geh weiter!«

Er hielt sie jetzt so fest, dass er sie fast trug. Ihre Füße berührten kaum die Stufen, während er sie die Treppe hinunter zog. Frei presste das Gesicht gegen seine Schulter, und Cedric spürte, wie sie die Lider zusammenkniff.

Die Fahrertür des Wagens öffnete sich, und Carl, Cedrics dunkelhäutiger Lieblingstaxifahrer, stieg aus.

»Guten Morgen, Dr. Edwards«, sagte er. »Wie …«

Als sein Blick auf Frei fiel, verstummte er. Einmal mehr war Cedric froh, dass Carl keine Aufforderungen brauchte, um zu tun, was nötig war. Wie selbstverständlich stellte er sich vor Frei, so dass sein Schatten auf sie fiel und sie von dem gleißenden Licht abschirmte. Dann öffnete er die Autotür, packte Frei an den Schultern und bugsierte sie ins Innere des Wagens. Mit einem dumpfen Klacken fiel die Tür wieder ins Schloss, und Frei war für alle Augen unsichtbar.

Vergeblich versuchte Cedric, seinen Atem zu beruhigen. »Bringen Sie das Mädchen zu mir nach Hause«, wies er den Fahrer knapp an. »Dann holen Sie mich hier ab. Und beeilen Sie sich!«

Carl tippte an den Schirm seiner Mütze. »Sofort, Dr. Edwards.« Er schwang sich ins Auto, ließ den Motor an, und der Wagen rollte die Auffahrt hinunter. Kurz darauf bogen das Fahrzeug und seine empfindliche Fracht um die Ecke und waren außer Sichtweite – gerade in dem Moment, als auch die Eingangstür mit leisem Zischen zur Seite glitt.

Cedric drehte sich nicht um, als die lautlosen Schritte verhielten. Sein Herz pochte noch immer wie wild. Doch gleichzeitig breitete sich eine grimmige Ruhe in ihm aus. Er hatte es geschafft. Diese Runde hatte er gewonnen. Frei – und mit ihr das größte Geheimnis von White Chapel – war in Sicherheit.

»Oh«, sagte Dorian hinter ihm sanft. »Ich komme zu spät, wie es aussieht.«

Erst jetzt wandte Cedric langsam den Kopf. Dorian war nur eine Armlänge von ihm entfernt stehen geblieben und sah mit sinnender Miene die Auffahrt hinab. Die Morgensonne glänzte auf seinem Haar und schimmerte auf seinen Wangen, dass es aussah, als würde das Licht aus ihm heraus leuchten. Er wirkte entspannt, als wäre er nur zufällig ausgerechnet jetzt vor die Tür gegangen, um etwas frische Morgenluft zu schnappen. Cedric verkniff sich ein finsteres Lächeln. Natürlich war das Fassade. Innerlich musste Dorian toben, weil eines von Cedrics Geheimnissen schon jetzt außer Reichweite für ihn war.

Cedric hob eine Braue. »Das liegt im Auge des Betrachters. Wenn du mich fragst, wärst du fast noch zu früh. Aber ja, so gesehen hast du natürlich recht.«

Dorian seufzte tief. Von seiner Wut war immer noch nichts zu sehen, und Cedric war kurz davor, sich deswegen Sorgen zu machen. »Wie bedauerlich. Dann bleibt mir wohl nichts anderes übrig, als für heute wieder an die Arbeit zu gehen.« Langsam wandte er sich um – hielt aber im letzten Moment noch einmal inne. »Mein Büro gefällt mir übrigens sehr. Es ist so lebendig. Ich hätte schwören können, dass ich die Wände atmen höre.«

Sid. Cedric spürte, wie seine Schultern sich verkrampften. Die klägliche Stimme seines Wächters fiel ihm wieder ein.

Mein Kopf … Aua … ah … ich kann … mich nicht spüren …

Ein nervöses Ziehen griff nach Cedrics Eingeweiden. Was hatte Dorian schon über den Wächter herausgefunden? Und was hatte er mit ihm gemacht?

Er machte einen Schritt auf Dorian zu. »Lass die Finger von meinen Wänden«, sagte er sehr deutlich. »Oder du wirst es bereuen.«

Jetzt endlich erschien wieder ein Lächeln auf Dorians Gesicht, und er lachte leise. »Cedric, Cedric.« Er schüttelte den Kopf. »Seit wann hast du es denn nötig, mir zu drohen? Ich arbeite für dich, vergiss das nicht.« Er zwinkerte. »Also, wir sehen uns morgen. Ich wünsche dir einen schönen Tag.«

Cedric antwortete nicht. Schweigend beobachtete er, wie Dorian mit lässigen Schritten durch die Eingangshalle schlenderte und schließlich im Fahrstuhl verschwand. Er hatte plötzlich das seltsame Bedürfnis, zu brüllen und etwas zu zertrümmern. Aber er musste sich zusammenreißen. Sein Wächter brauchte ihn jetzt. Er konnte das leise Wimmern noch immer unter seinen Füßen spüren.

»Sid! Wo steckst du? Komm her!«

Es dauerte einige Zeit, bis Sid sich rührte, als müsse er sich erst vergewissern, dass Dorian wirklich fort war. Dann aber tropfte zögernd seine Gestalt vom Dach über der Treppe. Sids hageres Gesicht war kalkweiß, seine Schultern verkrampft. »Na endlich, Doc.« Seine Stimme war brüchig und schwankte, als könne er sie nicht richtig kontrollieren.

Cedric runzelte finster die Stirn. »Was ist mit dir? Was ist passiert?«

»Er hat irgendwas Komisches mit der Wand gemacht«, röchelte Sid. »Er hat mich *angefasst.*« Er schüttelte sich. Nur langsam kehrte etwas Farbe in seine Wangen zurück.

Eine tiefe Falte erschien auf Cedrics Stirn. War das denn wirklich möglich? Hatte Dorian schon jetzt herausgefunden, dass Sid mit White Chapel verbunden war? Oder war das ein Zufallstreffer? »Lass mal sehen.«

Sid neigte gehorsam den Kopf und ließ zu, dass Cedric die Hände an seine Schläfen legte. Vorsichtig tastete Cedric sein Gehirn ab, überprüfte die synaptischen Verbindungen und die Blutversorgung. Schließlich ließ er die Hände sinken. Innerlich atmete er auf. Nein, Dorian war nicht gezielt vorgegangen. Es war ein Schuss ins Blaue gewesen, von dem er vermutlich nicht einmal wusste, ob er Wirkung gezeigt hatte.

»Alles in Ordnung. Deine sensomotorischen Signalwege sind ein bisschen gehemmt, das ist alles. Ruh dich aus, das legt sich wieder.«

Sid stieß ein tiefes Schnaufen aus. Es war wirklich lange her, dachte Cedric, dass er seinen Wächter so verunsichert gesehen hatte.

»Ich hoffe, du begreifst jetzt, warum ich dich vor ihm gewarnt habe.« Er klopfte Sid leicht auf die Schulter. »Halt dich fürs Erste fern von ihm, in Ordnung?«

Sid nickte. Er war immer noch blass, aber seine Augen funkelten wieder. Er war tödlich wütend, das war offensichtlich. »Ich lasse das auf keinen Fall noch mal zu, Doc. Ich fühle mich schon viel besser.«

Cedric seufzte nachsichtig. »Pass auf dich auf, versprich mir das. Ich überlasse die Station für heute deiner Aufsicht. Funk mich sofort an, wenn etwas passiert.«

Sid nickte. »Zählen Sie auf mich, Doc. Und geben Sie gut auf die Irre acht.«

Kapitel Fünf

46 West Street, Kenneth, Missouri

Mit angezogenen Knien kauerte Frei in der Tiefgarage vor dem Fahrstuhl und wartete, dass etwas geschah. Dies war also Cedrics Zuhause – oder wenigstens das Haus, in dem er lebte. Das hatte zumindest der Fahrer gesagt, ehe er sie hier zurückgelassen hatte. Seitdem saß sie hier. Allein. Frei legte das Kinn auf die nackten Knie und versuchte, die Sekunden zu zählen, um sich zu beschäftigen. Aber ihre Gedanken schweiften immer wieder ab. Die Situation verwirrte sie so sehr, dass sie kaum wagte, sich über die unerwartet gewonnene Freiheit zu freuen. Was bedeutete das alles? Warum holte Cedric sie aus der Station? So plötzlich – und so heimlich? Und warum war er nicht gleich mit ihr gekommen? Er hatte so grimmig ausgesehen. Irgendetwas war passiert. Etwas, das ihm gar nicht gefiel. Seit Monaten sah sie ihn jede Nacht, und er war bei weitem nicht immer freundlich zu ihr gewesen. Sie hatte ihn zynisch erlebt, gereizt, ungeduldig oder stoisch kühl. Aber nie so finster.

Endlich hob sich das Tor der Tiefgarage erneut. Weißes Licht fiel herein, und obwohl es Frei längst nicht erreichte, zuckte sie zusammen und schlang die Arme fester um die Knie. Die Sonne … Sie hatte immer gedacht, sie wüsste, wie die Verbrennungen sich anfühlten. Aber jetzt, wo sie einmal bei vollem Bewusstsein in diesem grellen Licht gestanden hatte, fragte sie sich, wie sie jemals bei offenem Fenster hatte schlafen können. Es war brutal, als würde man bei lebendigem Leib gegrillt.

Das Taxi hielt nur wenige Schritte von ihr entfernt und

schnitt die beißenden Strahlen für den Moment ab. Die hintere Tür des Wagens öffnete sich – und dann stand Cedric vor Frei und sah auf sie herab. Im Halbdunkel erkannte sie die harte Linie seines Kiefers unter der blassen Haut. Was auch immer ihn an diesem Morgen dazu bewegt hatte, sich so merkwürdig zu verhalten, es trieb ihn offensichtlich immer noch um.

Cedric streckte ihr die Hand entgegen. »Komm.« Bei aller Anspannung auf seinem Gesicht klang seine Stimme dennoch gewohnt ruhig. »Zeit, schlafen zu gehen.«

Zögernd griff Frei nach seiner Hand und ließ sich auf die Füße ziehen. Allmählich kehrte immerhin etwas Gefühl in ihr Bein zurück. Sie war dankbar dafür, weil es bedeutete, dass sie es einigermaßen normal benutzen konnte. Auch wenn jeder Schritt sich anfühlte, als würden tausend Nadeln in ihrer Fußsohle stecken, die sich beim Auftreten tiefer in ihr Fleisch bohrten.

Zum Glück war die Strecke, die sie zurücklegen musste, diesmal nicht sehr weit. Cedric rief den Fahrstuhl, der sie etliche Stockwerke nach oben beförderte.

Und als die Türen sich öffneten und sie Cedrics Wohnung betraten, hatte Frei das Gefühl, dass sie zum ersten Mal einen Schritt in ihr neues Leben tat.

Der Raum war groß, riesig geradezu. Ohne jede Form von Trennwänden war er in verschiedene Bereiche aufgeteilt – ein Arbeitsplatz, eine Sitzecke, eine Küchenzeile. Das Herzstück bildete ein Konzertflügel in der Mitte des Zimmers. Alles war sauber und ordentlich und wirkte ein wenig steif, wie Cedric selbst manchmal. Aber in diesem Augenblick erschien es Frei wie der schönste Ort, den es auf der Welt geben konnte. Die Außenwand der Wohnung war mit getönten Scheiben verglast, die die Strahlen der Morgensonne nur gedämpft hereinließen. Das Licht schimmerte auf den Möbeln und dem schwarzen

Lack des Flügels und funkelte in einer Karaffe mit Wasser, die auf einem Tisch nahe der Fensterfront stand. Frei spürte, wie sich hinter ihren Lidern Tränen sammelten. Der Anblick war so schön und berührte sie an einem Punkt so tief in ihrem Inneren, von dem sie nicht einmal gewusst hatte, dass es ihn gab. Sie hätte ewig im Eingang stehen und zusehen können, wie das Licht mit dem steigenden Stand der Sonne gemächlich über den hellen Teppich wanderte.

Farben.

Sie konnte *Farben* sehen!

Als Cedric sich hinter ihr leise räusperte, zuckte sie zusammen und blinzelte hastig. Eine Hand legte sich behutsam auf ihren Rücken.

»Ich zeige dir dein Zimmer.« Eine Spur grimmige Finsternis war noch immer in Cedrics Stimme zu hören. Aber Frei bemerkte es kaum. Sie war zu überwältigt, um sich jetzt Sorgen zu machen. Widerspruchslos folgte sie ihm durch eine der beiden Türen, die aus dem Hauptraum herausführten, in ein fensterloses Zimmer. Eine Kiste aus Ebenholz, gut zwei Meter lang, stand an der rechten Wand. Daneben eine schlichte Truhe. Sonst war der Raum leer.

Kein Bett. Ein Sarg.

Ein Lächeln zitterte auf Freis Lippen. Dies war so viel besser als das Metallgestell in ihrer Zelle.

»In der Truhe sind Blutkonserven. Trink etwas, bevor du dich schlafen legst.«

Frei wandte sich um und sah Cedric ins Gesicht. Und nun fiel doch eine der ungeweinten Tränen aus ihren Augen. »Danke«, flüsterte sie.

Cedrics Mundwinkel zuckten, zu schwach, um ein echtes Lächeln zu sein. »Schlaf gut, Frei«, sagte er nur. »Ich sehe dich heute Abend.«

Leise schloss er die Tür hinter sich, und Frei blieb allein in der Finsternis zurück. Aber zum ersten Mal, seit sie sich erinnern konnte, hörte sie keinen schweren Riegel den Ausgang versperren.

Als der totenähnliche Schlaf sie wieder freigab, hätte sie um nichts in der Welt sagen können, wie spät es war – oder wann sie sich hingelegt hatte und wie oder wo. Um sie herum war es dunkel, aber es war eine andere Dunkelheit als die, die sie gewohnt war. Weich, schwarz und absolut. Kein Wind, der sie bewegte. Und kein roter Schimmer am Horizont.

Das Fenster!

Frei fuhr in die Höhe – und schlug sich den Kopf empfindlich an einer dicken Holzplatte. Unter dem Aufprall platzte die Haut an ihrer Stirn, und sie spürte einen klebrigen Tropfen ihre Schläfe hinabrinnen. Blut. Und sie hatte keine Konserve. Das war schlecht. Sehr schlecht.

Frei kniff die Augen zusammen und versuchte, ruhig zu atmen, obwohl es in ihrem Unterleib bereits schmerzhaft zu ziehen begann. Es war alles gut, versuchte sie sich zu beruhigen. Es war ihr eigenes Blut, es gab keinen Grund, sich selbst zu beißen …

Aber ihr Körper sah das anders. Ein heftiges Zittern setzte sich von Freis Magen aus bis in ihre Finger und Zehenspitzen fort. Hektisch betastete sie die Holzdecke über ihr. Sie musste hier raus! Dicker Stoff raschelte und scheuerte an ihren Armen – und endlich fiel es ihr wieder ein. Cedrics Mantel! Richtig. Sie war nicht mehr in White Chapel. Cedric hatte sie mit zu sich nach Hause genommen, und sie hatte in einem Sarg geschlafen. Sie war nicht eingesperrt, und da draußen gab es Blut …

Hastig schob Frei den Deckel zur Seite und setzte sich auf.

Im Zimmer war es immer noch dunkel. Aber die Tür war nur angelehnt, und ein schmaler Streifen gelbes Licht fiel herein, flackernd und ein wenig unstet. Schritte erklangen auf der anderen Seite. Cedric?

Frei hielt den Atem an und lauschte, aber die Schritte näherten sich nicht. Stattdessen hörte sie ein Quietschen, und einen seltsam hohlen Laut.

Und dann …

Ein dunkler Akkord brachte die Luft zum Schwingen. Der Klang schien direkt nach Freis Seele zu greifen, wie ein Glockenschlag aus weiter Ferne. Ein zweiter, dritter, vierter Akkord reihten sich mit der gleichen Intensität an den ersten, dann folgten weitere vier, mit mehr Nachdruck gespielt, um sich schließlich in einer schwingenden Linie bestechend klarer Töne aufzulösen.

Der Flügel sang.

Frei schloss die Augen und spürte, wie eine Gänsehaut über ihren Körper lief, die nicht von der Kälte kam. So etwas hatte sie noch nie gehört, nicht, seit sie erwacht war, und auch niemals vorher. So etwas konnte man nicht vergessen. Unmöglich. Die Töne waren so schwermütig und gleichzeitig so leicht und mühelos, so hell und hoffnungsvoll und zugleich unendlich traurig.

Wunderschön.

Mit zitternden Knien kam sie auf die Füße und bemerkte kaum den altbekannten Schmerz, der in ihren Gelenken brannte. Auf unsicheren Beinen schlich sie zur Tür und spähte durch den Spalt in den Hauptraum.

Das riesige Zimmer war von Kerzen erhellt. Der Flügel war geöffnet, und Cedric saß davor, die Hände auf den Tasten. Frei konnte sein Profil sehen und den ungewohnten Ausdruck auf seinem Gesicht – seltsam gelöst und gleichzeitig hochkonzentriert. Er hatte die Augen geschlossen, und sein Körper wiegte sich leicht im Takt der Musik. Er schien völlig versunken, und Frei bemerkte, wie auch sie selbst mehr und mehr in die Melodie hineingezogen wurde, die an- und abschwoll und jede Faser ihres Körpers mit Wärme füllte. Sie hätte ewig zuhören mögen.

Am Ende hätte sie nicht sagen können, wie lange sie dort stand, die Hand um die Türklinke gekrampft. Doch schließlich, nach einem letzten vibrierenden Akkord, lagen Cedrics Finger still. Eine eigentümliche Ruhe legte sich über den Raum. Eine Ruhe, die sich leer und trocken auf Freis Zunge anfühlte. Sie räusperte sich leise.

Langsam stand Cedric auf. Seine Finger lagen noch immer auf den Tasten. »Ah. Du bist wach.«

»Cedric. Das war …« Frei verstummte. Ihr fehlten die Worte, um zu beschreiben, was sie gerade empfunden hatte.

Cedric wandte sich zu ihr um. »Rachmaninow«, erklärte er in eigenartig nüchternem Ton. »Klavierkonzert Nr. 2, Opus 18 in c-Moll.« Ein schmales Lächeln erschien auf seinem Gesicht, und er schob die Hände in die Hosentaschen. »Er hat es seinem Neurologen gewidmet. Nett, oder? Vielleicht mag ich es deshalb so sehr.«

Es war seltsam, dachte Frei, ihn ohne seinen Kittel zu sehen. Und dann auch noch im Licht – selbst wenn es nur der flackernde Schein der Kerzen war. Seine Haut wirkte nicht so fahl wie sonst, und in Jeans und dem dunklen Rollkragenpullover sah er viel weniger aus wie der Cedric, der sie jeden Abend in ihrer Zelle besucht hatte, um sie zu therapieren. Freundlicher.

Menschlicher.

Frei lachte stumm. Wie kam sie bloß immer wieder auf diesen Gedanken? Cedric war uralt, weit über vierhundert Jahre. Er war ganz bestimmt noch viel weiter von der Menschlichkeit entfernt als sie.

Er hatte gelbe Augen.

Frei wusste nicht, warum, aber das kam ihr komisch vor. Als wäre das nicht so, wie es eigentlich sein sollte.

»Hast du getrunken?« Cedric fuhr sich durch die Haare, die sich wirr über seinen Rollkragen lockten.

Frei schüttelte den Kopf. Nein – seit die Musik begonnen hatte, hatte sie keinen Gedanken mehr an Blut verschwendet, erkannte sie erstaunt, und auch nicht an den Hunger, der sie so überhastet aus dem Sarg getrieben hatte.

Cedric seufzte verhalten. »Tu mir einen Gefallen, Frei. Lass dich nicht um alles bitten, einverstanden?«

Frei runzelte die Stirn. Sein Tonfall ärgerte sie. Warum musste er die kleine Spur friedlicher Stimmung, die er mit seinem Spiel geschaffen hatte, gleich wieder zerstören? War das wirklich notwendig? Aber letztendlich, dachte sie, war es ja immer noch Cedric. Auch wenn er sich in den letzten Stunden etwas merkwürdig verhalten hatte. »Ich habe dir zugehört«, erklärte sie unwillig. »Keine Sorge, ich wäre schon von allein darauf gekommen, dass ich Hunger habe.«

Cedric hob die Brauen. Dann wandte er sich ab und ging zur Kochnische auf der anderen Seite des Raums hinüber. »Beeil dich ein bisschen«, sagte er über die Schulter. »Wir haben einiges zu besprechen. Und ich kann nicht ewig auf dich warten.«

Natürlich, dachte Frei und zwang sich, nicht mit den Zähnen zu knirschen, das konnte er vermutlich wirklich nicht. Sie hatte keine Ahnung, wie spät es war, aber Cedric würde wohl bald nach White Chapel aufbrechen müssen. Sie wandte sich um und kehrte in den Raum mit dem Sarg zurück. Ein Kribbeln in ihrem Bein fiel ihr auf, ähnlich dem, das sie am Morgen gespürt hatte, ehe sie sich schlafen legte. Frei sah hinunter zu ihrem Fußgelenk. Äußerlich war keine Veränderung festzustellen. Aber war es möglich, dass Cedric sie schon behandelt hatte, während sie noch schlief? Auch ihr Kopf fühlte sich heute anders an. Der Druck hinter ihren Schläfen und ihrer Stirn war schwächer als sonst. Sie warf einen Blick zurück zur Tür, aber sie konnte Cedric von hier aus nicht sehen. Was hatte er mit ihr gemacht? Etwas, das er sonst nicht tat? Oder war es die normale Therapie gewesen, die endlich richtig anschlug?

Sie schüttelte den Kopf und hob den Deckel der Truhe an, die neben dem Sarg stand. Blutkonserven. Frei blieb stehen, starrte auf die dunkel glänzenden Beutel und wartete auf den Jagdtrieb, der ihre Sinne verschleiern würde; auf den Hunger und die Zerstörungswut, die er mit sich brachte.

In diesem Moment ertönte hinter ihr erneut Musik. Ein sanftes Klavierstück, melancholisch und zugleich ein wenig verspielt. Ein leichter, aromatischer Duft mischte sich in den Klang. Frei kannte diesen Geruch. An dem Mantel, den sie noch immer trug – Cedrics Mantel – hafteten ebenfalls Spuren davon. Und obwohl sie es kaum glauben konnte, blieb die rasende Gier aus. Zögernd griff Frei nach einer der Konserven. Das Blut darin schwappte und klatschte gegen die Kunststoffhülle. Spätestens jetzt hätte sie in den altbekannten Rausch verfallen müssen. Aber selbst als sie ihre Zähne in das Plastik bohrte und das Blut herausquoll, über ihren Gaumen und ihre Zunge in ihren Rachen hineinfloss, war alles, was sie spürte, ein schwaches Ziehen in ihrem Unterleib.

Diese Musik …

Frei knüllte die leere Konserve zusammen, warf sie in die Truhe und ging zurück in den großen Raum. Cedric hatte sich wieder an den Flügel gesetzt. Neben seinem Hocker stand nun ein kleiner Rollwagen mit einer Kanne und zwei Tassen darauf, aus denen weißer Dampf aufstieg. Und von dort kam auch der Duft, der Frei schon zuvor aufgefallen war. Eine goldfarbene Flüssigkeit zitterte im Klang des Klaviers über dem dünnen

Porzellan. Vorsichtig trat Frei näher und legte eine Hand auf den Rahmen des Flügels. Die Musik strömte durch sie hindurch. Sie konnte sie fühlen.

Cedric warf ihr einen langen Blick zu, ohne mit dem Spielen aufzuhören. »Nimm den Tee ruhig in die Hand, Sterntaler. Er wärmt dann besser.«

Frei runzelte verwirrt die Stirn. »Sterntaler?«

Ein eigentümliches Lächeln erschien auf Cedrics Gesicht. Er senkte den Blick und spielte weiter, bis die letzten Töne des Liedes unter seinen Fingern verklangen. Erst dann sah er wieder auf. »Eine etwas makabere Version natürlich.« Sein Blick streifte das blutfleckige Nachthemd unter dem offenen Mantel, das Frei nun seit mehr als zwei Nächten trug. »Diese Sterne müssen ziemlich scharfkantig gewesen sein.«

Frei schüttelte den Kopf und griff nach einer der Tassen. »Du redest völlig wirres Zeug, weißt du das eigentlich?«

Cedrics Blick verriet nichts von dem, was er dachte. »Wenn du jetzt getrunken hast, dann fangen wir am besten gleich an mit den Erklärungen.« Er stand auf und wies auf eine Sitzgruppe aus altmodischen Polstermöbeln in scheußlichem Grün, die sich halb hinter hohen Bücherregalen versteckten. »Ich muss in einer Stunde in der Station sein, und ich möchte wirklich nicht zu spät kommen.« Ein paar Falten waren bei den Worten auf seiner Stirn erschienen.

Frei seufzte tonlos. Vermutlich, dachte sie, war es am klügsten, ihm vorerst einfach zuzuhören. Man konnte Cedric einiges vorwerfen – zum Beispiel, dass er immer wieder seltsame Anspielungen auf Literatur, Musik oder Malerei machte, die heutzutage wirklich niemand mehr kannte oder verstand –, aber dass er um den heißen Brei herumredete, gehörte nicht dazu. Im Gegenteil. Er konnte geradezu brutal direkt sein, das hatte Frei in der kurzen Zeit ihrer Bekanntschaft schon herausgefunden. Sie folgte also seinem Wink und trug ihre Tasse mit dem Tee behutsam zu einem der Sessel hinüber. Cedric hatte recht, die Wärme tat wirklich gut. Und auch der Geruch war alles andere als unangenehm. Das leichte Aroma beruhigte ihre Nerven.

Cedric klappte den Deckel über die Tasten des Flügels. Dann kam er ebenfalls zu der Sitzgruppe hinüber, um sich gegenüber von Frei auf ein Sofa mit geschwungenen Beinen zu setzen. »Also«, begann er, »die Sache ist die: Es hat gestern in White Chapel eine Veränderung im Personal gegeben. Wir haben einen neuen Biotechniker: Dorian Keaton. Er ist eine Art alter Bekannter von mir, nur leider kein guter. Ich halte es für besser, wenn er nichts von deiner Existenz erfährt. Vor allem nicht, dass du ein Versuchsobjekt warst. Darum bist du jetzt hier.«

Frei runzelte die Stirn. »Das verstehe ich nicht. Warum darf er das nicht wissen? Ist doch die Wahrheit.«

Cedrics Gesicht verdunkelte sich ein wenig. Für einen Moment schien er mit sich zu ringen, ob er ihr die Antwort wirklich geben sollte. »Wegen deines Zustands. Ich bin mir noch nicht sicher, was Dorian wirklich will, aber er ist nicht in White Chapel, um mir zu helfen – im Gegenteil.«

Er hielt inne, und Frei wurde bewusst, dass sie verwirrt aussehen musste. Vermutlich machte sie sogar ein wirklich dummes Gesicht.

Cedric schüttelte den Kopf. »Die genauen Zusammenhänge sind im Moment nicht so sehr von Bedeutung, mach dir darum keine Gedanken. Fest steht jedenfalls, dass dieser Mann alles versuchen wird, um mich schlecht dastehen zu lassen – und du, so ärgerlich das ist, wärst dafür ein äußerst nützliches Mittel zum Zweck. Dorian hat gute Verbindungen zu mehreren hochrangigen Politikern. Und unter denen gibt es einige, die White Chapel gern geschlossen sähen – vor allem natürlich bei den

Progressiven, aber auch viele Konservative sind nicht gerade begeistert davon, dass wir Experimente an Vampiren durchführen. Wenn bekannt würde, was für Auswirkungen die Versuche auf den Organismus haben können, wäre meine Station in ein paar Wochen Geschichte.« Er legte auch seine zweite Hand um die Teetasse – mit einer Ruhe, die seltsam gezwungen wirkte.

Frei starrte ihn mit offenem Mund an. Im ersten Moment wusste sie nicht, was sie sagen sollte. Sie fühlte sich wie vor den Kopf geschlagen, und in ihrer Brust begann ein heißer Ball aus Zorn zu glühen. Sie wusste nicht, auf was für eine Erklärung sie gehofft hatte – aber ganz sicher auf eine, die zumindest ein bisschen persönlicher war. Und die vor allem ihre Schmerzen und die Mühe, die sie sich gab, nicht so abwertete. »Du meinst … *das* ist der Grund, warum du mich hier verstecken willst?«, brachte sie fassungslos hervor. »Weil jemand herausbekommen könnte, dass es Vampire verletzt, was du mit ihnen tust?«

Cedric hob die Brauen. »Ja, so könnte man es ausdrücken.«

Frei rang nach Luft. »Und das erzählst du mir *einfach so*?« Die Tasse in ihrer Hand zersprang mit scharfem Klirren. Heißer Tee verbrühte ihre Beine, und eine Scherbe bohrte sich in das weiche Fleisch zwischen Daumen und Zeigefinger. Keuchend vor Schmerz und Wut sprang Frei auf.

Cedric war reglos sitzen geblieben. Doch auch seine Miene war nun angespannt. »Setz dich wieder hin, Frei.«

»Ich denke nicht daran!« Frei ballte die Faust, ohne sich darum zu kümmern, dass sich die Scherbe dabei tiefer in ihre Haut grub. All die Schmerzen … Wie viele mochte es noch geben, die litten wie sie? Wie viele, die Cedric und seine Mitarbeiter gequält hatten, nur für ihre Wissenschaft? Wie viele, die nicht das Glück hatten, in der Station erwacht zu sein und vom großen Dr. Edwards persönlich wieder zusammengestückelt zu werden? Und vor allem tat es weh, zu begreifen, dass Cedric sie nicht um ihretwillen hergebracht hatte. Er wollte nicht sie schützen, sondern sich selbst. Und diese grausame *Forschung.* Der Gedanke versetzte Frei einen Stich. Einen Stich, der tief ging.

»Ich fürchte, du verstehst die Situation nicht ganz.« Cedrics Blick war nun fast unheimlich eindringlich. »Du bist vielleicht gerade zwanzig Jahre alt, Frei, und deine Infektion liegt kaum ein Jahr zurück – also welche Grundlage hast du, über mein Handeln zu urteilen? Ich quäle Vampire oder Menschen nicht zum Spaß, das sollte dir wohl klar sein. Ich habe dich hierhergebracht, weil ich glaube, dass es vorerst die beste Lösung ist. Aber ich werde dich ganz sicher nicht zwingen, hierzubleiben und mir weiter zur Last zu fallen. Du kannst meine Hilfe annehmen oder es bleibenlassen, aber ich sage dir eins: Allein wirst du da draußen untergehen. Also überleg es dir gut.«

Frei presste die Lippen zusammen und starrte Cedric wütend an. In diesem Moment hasste sie ihn. Sie hasste den nüchternen Ausdruck auf seinem Gesicht, seine ruhigen Augen, die so tief in ihr Inneres sehen konnten und so viel von ihr wussten. Sie hasste die Art, wie er recht hatte. Es war zu grausam. Und doch so wahr. Sie wusste nichts von der Welt und wie man in ihr lebte. Alles, was sie kannte, war die dunkle Zelle, in der sie gefangen gewesen war, solange sie sich erinnern konnte. Aber davor musste es etwas anderes gegeben haben. Etwas, das mehr war als ein jämmerliches Versuchsobjekt!

Red September. Er wusste es. Er musste es wissen.

Frei holte zitternd Atem. »Wer bin ich wirklich, Cedric? Warum hast du mich nicht weggeworfen wie die anderen? Warum behältst du mich?«

Für einen Moment huschte Cedrics Blick zum Regal, wo vor etlichen alten Büchern ein Bilderrahmen stand, in dem das

Foto einer blonden Frau steckte. Dann sah er Frei wieder an. Täuschte sie sich, oder war sein Blick weicher geworden?

»Weil es zu spät ist, um dich in der Anstalt für noch nicht erwachte Progressive anzumelden«, sagte er, und seine Stimme klang plötzlich eigentümlich belegt. »Und zu früh, um dich allein zu lassen.«

Frei schluckte. Ihre Beine zitterten, ihre Finger bebten, die Schmerzen waren fast unerträglich – die Nachwirkungen der Experimente setzten wieder ein. Zu früh, um sie allein zu lassen, ja. Und das war *seine* Schuld.

»Werde ich denn jemals geheilt sein?« Sie brachte die Worte nur mühsam hervor. Die Wut erstickte ihre Stimme.

Cedric antwortete nicht gleich. Er sah nachdenklich in seinen Tee. Schließlich hob er den Blick, um ihr erneut mit dieser schrecklichen Gelassenheit in die Augen zu sehen. »Das kommt darauf an, was du unter ›geheilt‹ verstehst.«

Langsam ließ Frei sich zurück in den Sessel sinken. »Ich will keine Schmerzen mehr«, flüsterte sie bitter. »Ich will meine Erinnerungen zurück. Und ich will … wieder ein Mensch sein.«

Cedric seufzte ergeben, als hätte er diese Antwort befürchtet. »Dann solltest du wissen, dass das eine mit dem anderen nicht das Geringste zu tun hat.« Erneut flog sein Blick zum Regal. »Die Schmerzen kommen von den biotoxischen Rückständen in deinem Körper. Die kann ich restlos entfernen, und damit wäre das Problem behoben. Was deine Erinnerung angeht …« Er schüttelte den Kopf. »Die hast du verloren, weil du zum progressiven Vampir geworden bist. Niemand weiß bisher, warum das geschieht – das ist, nebenbei bemerkt, eins der Rätsel, die wir in White Chapel zu lösen versuchen.«

Frei verkrampfte die Hände im Schoß. Sie wusste, was er ihr damit sagen wollte. Ohne Versuchsobjekte wie sie wäre eine

Forschung überhaupt nicht möglich. Natürlich begriff sie das. Aber das machte es nicht besser. Nicht im Geringsten.

»Und die Erinnerung kannst du nicht heilen?«

Eine steile Falte erschien zwischen Cedrics Brauen. Seine Antwort kam eine Spur zu schnell. »Nein. Das werde ich nicht.«

»Du wirst nicht, oder du kannst nicht?«

Cedric stellte die Tasse zur Seite. Das dünne Porzellan klirrte. »Ich werde nicht, Frei. Und darüber gibt es keine Diskussion.«

Frei starrte ihn überrascht an. Die für Cedrics Verhältnisse ungewohnt heftige Reaktion verwirrte sie. Da war etwas in seinen Augen, das ihr sagte, dass dies etwas Persönliches war. Ein Thema, das er nicht berühren wollte. Aber für sie war es auch persönlich! Frei biss die Zähne zusammen. »Warum nicht? Du *kannst* es, habe ich recht?«

Aber Cedric schüttelte nur den Kopf. »Ich habe weder die Zeit noch die Kraft dafür. Ich werde es nicht tun. Das ist mein letztes Wort.«

»Also soll ich hier untätig herumsitzen und darauf warten, dass du entscheidest, was du mit mir tust?« Frei schnaubte höhnisch. »Was für ein Unterschied ist das zu vorher?«

Cedric warf ihr einen langen Blick zu. »Wer behauptet, dass du untätig sein sollst? Im Gegenteil. Du wirst lernen, dich wie ein vollwertiges Mitglied der Gesellschaft zu benehmen.« Er deutete mit einer ausladenden Handbewegung auf die Wohnung, auf die Bücherregale, den Flügel, den Arbeitsplatz mit dem Computer. »Es gibt hier genug Möglichkeiten, wie du dich sinnvoll beschäftigen kannst.«

Frei starrte mit verkniffenem Mund auf die Scherbe, die noch immer in ihrer Hand steckte – ohne sich dazu entschließen zu können, sie herauszuziehen. Warum war er bloß so? Er musste doch begreifen, was sie durchmachte!

»Kannst du dir überhaupt vorstellen, wie das ist?«, presste

sie hervor. »Nicht zu wissen, wer du bist?« Sie zwang sich, den Kopf zu heben und Cedric direkt anzusehen; ihre Stimme ruhig zu halten, obwohl die Verzweiflung in ihrem Inneren tobte, dass sie glaubte, explodieren zu müssen. Wenn sie die Beherrschung verlor, verlor sie die ganze Diskussion, das wusste sie. Das war immer so. Aber ruhig zu bleiben war nicht einfach. Wenn nicht sogar unmöglich. »Weißt du, wie es ist, sich selbst nicht zu kennen? Ich brauche meine Erinnerungen! Du bist schuld, dass ich ein Monster bin, Cedric! Du hast verhindert, dass Red September mich rettet, also hilf du mir wenigstens, verdammt noch mal!«

Lange Zeit sagte Cedric nichts. Nur seine gelben Augen fixierten sie mit eindringlichem Blick. Dann schüttelte er langsam den Kopf. »Nein, du irrst dich. Du warst schon ein Monster, als ich dich zum ersten Mal gesehen habe.«

Frei blieb der Mund offen stehen. Seine Worte trafen sie hart. Sehr hart. Der letzte Rest ihrer Selbstbeherrschung zerbröckelte unter dem nüchternen Ton seiner Stimme wie eine Sandburg, die Wind und Sonne ausgetrocknet hatten. Noch ehe sie wirklich begriff, was sie tat, war sie aufgesprungen und hatte sich auf Cedric gestürzt, schlug mit den Fäusten auf ihn ein, bis ihre Knöchel seine Schläfe zertrümmerten und sein Kiefer brach, bis er in sich zusammensackte und Blut aus seinem Mund lief und über sein Kinn rann. In Freis Ohren rauschte es, und ein schriller Ton bohrte sich schmerzhaft tief in ihr Gehirn. Und erst als er verstummte, wurde ihr klar, dass sie es war, die kreischte, dass ihre Glieder unkontrolliert zuckten und dass ihr Hinterkopf mit einem dumpfen Laut auf den Teppich aufschlug.

Schwer atmend blieb sie auf dem Rücken liegen. Ein Gewicht drückte auf ihre Brust und presste die Luft aus ihren Lungen. Cedric. Er kniete über ihr und hielt ihre Handgelenke fest umschlossen. Die gelben Augen glühten, und seine Zähne waren gefletscht. Aber er war unversehrt. Nicht die kleinste Schramme verunstaltete sein Gesicht.

»Genug. Es reicht, Frei!« Die zähe Taubheit, die Frei so gut kannte, floss durch seine Hände in sie hinein. Aber sie wollte sie nicht zulassen. Diesmal nicht.

»Hör auf!«, fauchte sie. »Lass mich los!«

Ein Kribbeln schoss durch ihre Adern, ihre Arme hinab bis in ihre Hände. Cedrics Augen weiteten sich, und seine Finger zuckten. Eine Winzigkeit nur, ehe er sie mit grimmigem Blick umso fester wieder schloss. »Nein. Du liegst jetzt still!«

Das Kribbeln verblasste unter Cedrics Blutgabe. Aber Frei dachte nicht mehr an Widerstand. Sie starrte Cedric nur entgeistert an. Hatte sie ihn gerade fast dazu gebracht, sie loszulassen?

Die Lähmung überwältigte sie, ehe sie den Gedanken beenden konnte – stärker und schneller, als sie es jemals erlebt hatte. Hilflos musste sie zulassen, dass ihre Glieder erschlafften und dass Cedric sie schließlich vom Boden hob und in den Sessel setzte, als wäre sie eine Puppe.

»Wir sollten«, sagte er in sachlichem Tonfall, »etwas tun, damit du diese Fähigkeit in den Griff bekommst. Ich denke, das könnte dich weiterbringen. Mehr, als dich über mich zu ärgern.« Sein Lächeln war selbstironisch – fast zu selbstironisch, als dass Frei es hätte ertragen können. Aber was sollte sie tun? Sie konnte ja nicht einmal mehr sprechen, ehe er ihr das nicht erlaubte.

»Siehst du, Frei, ich möchte, dass du eins verstehst«, fuhr Cedric fort. »Ich habe dich nicht hergebracht, um dich zu unterdrücken oder zu demütigen; ich will dir helfen – aber ich werde dir nicht erlauben, meine Wohnung zu verwüsten oder mich noch einmal anzugreifen. Wenn du es irgendwie schaffen könntest, dich nicht über alles aufzuregen, was ich dir erkläre, kommen wir sicher bald hervorragend miteinander aus.« Er bückte sich und begann seelenruhig, die Scherben von Freis Tasse aufzusammeln.

Frei starrte ihn nur stumm an. Ihre Gedanken überschlugen sich. Diese Fähigkeit … Was meinte er denn damit? Was war eben passiert? Und warum war er überhaupt nicht verletzt? Sie hatte doch gespürt, wie ihre Fäuste ihn trafen, wie die Knochen splitterten, und das Blut an ihrer Haut … Frei senkte den Blick auf ihre Hände. Es ging quälend langsam, gelähmt wie sie war. Nein. Da war kein Blut an ihren Fingern. Nicht einmal ein winziger Spritzer.

Eine Hand legte sich auf ihre Schulter. Cedric hatte sich wieder aufgerichtet und musterte sie aufmerksam. Seine Miene war nun versöhnlicher. »Die Lähmung wird mit der Zeit nachlassen. Ruh dich so lange aus. Ich bin bei Sonnenaufgang wieder da. Dann reden wir weiter.« Er griff nach der Scherbe in ihrer Hand und zog sie mit einem leichten Ruck heraus. Blut quoll hervor, so dunkel, dass es fast blau war. »Und denk darüber nach, was ich gesagt habe.«

Frei nickte schwerfällig. Sie hätte sich bei ihm bedanken sollen, dachte sie matt. Dafür, dass er sie aus der Zelle befreit hatte. Dass er sie behandelte und dass er sie bei sich aufnahm. Aber sie konnte nicht. Ein Teil von ihr hasste ihn noch immer. Vor allem dafür, dass ihn das nicht kümmerte.

Reglos blieb sie sitzen, während Cedric die Wohnung durchquerte, die Scherben in einen Mülleimer warf und sich schließlich eine dünne Jacke überzog. Vermutlich war es zu kalt dafür, aber er fragte sie nicht, ob er seinen Mantel zurückbekommen könnte. Und Frei brachte es nicht über sich, ihm das wärmere Kleidungsstück anzubieten, auch wenn ihre Zunge bereits kribbelte und sie es wohl hätte aussprechen können, wenn sie wirklich gewollt hätte. Aber sie wollte nicht. Also verharrte sie einfach, wo sie war, schlaff gegen die Lehne des Sessels gesunken, als hätte sie jemand dorthin gespuckt; bis der Fahrstuhl mit einem leisen Klingeln hielt und Cedric davontrug. Sie war wieder allein. Aber sie kannte es ja nicht anders.

Kapitel Sechs

Upper Eastside, Kenneth, Missouri

Der Junge schrie.

Er schrie nicht sehr lange, und seine dünne Stimme hatte kaum Zeit, sich über ein Wimmern und Quieken hinaus zu steigern, ehe Hannah ihm die Luftröhre zerbiss und er keinen Atem mehr zum Schreien hatte. Dennoch vibrierte der spitze Ton in den Nebelschlieren über dem trägen Strom des Violet River, noch lange nachdem das Herz des jungen Menschen aufgehört hatte zu schlagen.

Hannah ließ den schlaffen Körper fallen und lehnte sich erschöpft an die feuchtschmierige Betonwand des alten Brückenpfeilers hinter ihr. Ihr Handrücken hinterließ eine warme Spur aus Blut und Dreck auf ihrer Haut, als sie sich über die Stirn wischte. Mit der Fußspitze stieß sie noch einmal nach dem Jungen. Er rührte sich nicht. Natürlich nicht. Er war schwach gewesen, außerdem nicht von Hannahs Stamm, und Wahres Blut hatte er erst recht nicht gehabt.

Müll, dachte Hannah frustriert und trat ein zweites Mal nach der Leiche – diesmal, weil sie die Enttäuschung nicht länger in sich behalten konnte. *Beschissener, dreckiger Müll.* Seit Wochen war das der erste Mensch gewesen, den sie hatte aufspüren können. Und er taugte nicht einmal, um ihr mehr als eine der Mahlzeiten zu bieten, die sie so dringend nötig hatte. Aber sie war nun mal kein Jäger. Menschen ließen sich nur von Menschen aufspüren.

Hannah biss die Zähne zusammen und lud sich den mageren

Körper auf den Rücken. Zu heulen hatte keinen Zweck. Sie würde weitersuchen müssen. Aber zuerst musste sie diese blutleere Hülle wegschaffen. Auch wenn das Flussufer an der Upper Eastside eine ruhige Gegend war – man konnte nie wissen, wer auf die Idee kam, hier einen Spaziergang im Mondschein zu machen. Und dabei musste nun wirklich niemand unnötigerweise auf eine Menschenleiche stoßen. Jagen in freier Wildbahn war immerhin eins der schwersten Verbrechen, die die Vampirgesellschaft kannte. Ein Verbrechen, auf das entsprechend hohe Strafen standen, wenn man sich dabei erwischen ließ.

Hannah schnürte die Leiche mit zwei Ratschengurten auf ihrem Rücken fest, um die Hände frei zu haben. Dann rannte sie los, die sumpfige Böschung hinauf und über eine versiffte Halde aus Schutt, Abfall und Geröll auf die nahegelegene Plattenbausiedlung zu. Wenigstens, dachte sie, während sie sich vom Boden abdrückte und mit einem einzigen Satz auf dem flachen Dach eines Reihenhauses landete, war ihre körperliche Verfassung noch nicht völlig im Keller. Möglicherweise war sie sogar noch schneller geworden, seit sie so stark an Gewicht verloren hatte. Über die Dächer der Vorstadt hinweg dauerte es kaum eine Minute, bis sie das mit Stacheldraht umzäunte Gebiet erreichte, das sie inzwischen als ihren Universalmülleimer bezeichnete: die Dirty Feet.

Hannah blieb auf dem Dach eines der verlassenen Häuser stehen, die an das Ghetto grenzten, und starrte hinab in die schmutzige Dunkelheit, wie sie es in den vergangenen Monaten schon so oft getan hatte. Ein Fleck mit ausgefransten Umrissen bezeichnete die Stelle, an der sie für gewöhnlich die Leichen der wenigen Streuner fallen ließ, die sie fand.

Und Tony.

Mit zwei schroffen Handgriffen löste Hannah die Ratschengurte. Die Leiche des Jungen vom Fluss taumelte durch die Luft in die Tiefe, drehte sich im Fallen mehrmals um sich selbst und kam schließlich mit einem knackenden Geräusch am Rand des Flecks zu liegen. Der Hals war unnatürlich abgeknickt und das Bein seltsam verdreht – aber in Hannah regte sich nichts bei dem Anblick. Wieso auch? Der Junge spürte es ohnehin nicht mehr. Der schale Geruch nach blutleerem Menschenfleisch drang zu ihr herauf und vermischte sich mit dem muffig-säuerlichen Gestank der verwahrlosten Bluter, die zu Tausenden in den Dirty Feet lebten. Es konnte nicht lange dauern, bis sie hier auftauchten und über den leblosen Körper herfielen. Es blieb nie etwas übrig. Nichts außer dem Fleck mit den ausgefransten Rändern.

Hannah schob die zitternden Hände in die Hosentaschen und wandte sich ab. Tony hatte auch dort gelegen. Auch er war nicht mehr da. Ob er selbst gegangen war oder ob ihn die Bluter geholt hatten – Hannah wollte es nicht wissen. Und sie würde auch nicht hier sitzen und warten, ob er vielleicht eins der Monster war, die kamen, um die Leiche, die sie vom Dach geworfen hatte, in ihre Einzelteile zu zerfleischen. Heute nicht.

Es dämmerte bereits, als Hannah nach Insomniac Mansion zurückkehrte. Die kühle Feuchtigkeit der Frühjahrsnacht war längst durch sämtliche Schichten ihrer Kleidung gedrungen, die ihr nach der Kälte in den Tunneln, die Insomniac Mansion mit dem stillgelegten Kanalisationssystem von Kenneth verbanden, klamm auf der Haut klebte. Aber durch das Fenster des Raumes, in dem der Tunnel endete, schimmerte sanftes Morgenlicht in Gold und Altrosa. Es würde ein schöner Tag werden. Für alle, die damit etwas anfangen konnten.

Mit müden Schritten schleppte Hannah sich in die Eingangshalle und die Treppe zur Galerie hinauf. Staubige Sonnenstrahlen kletterten durch die Buntglasscheibe in der Eingangstür, glitzerten im Kronleuchter unter der hohen Decke und schimmerten warm auf dem dunklen Holz des Treppengeländers. Aber Hannah hatte für die Schönheit des Tagesanbruchs keinen Blick übrig, nachdem sie den Rest der Nacht damit verbracht hatte, erfolglos nach weiteren Menschen zu suchen. Sie war völlig erschöpft – und es war höchste Zeit für die letzte karge Mahlzeit in dieser Nacht.

Die Vorhänge in Sarahs Zimmer waren zugezogen, und das Licht war gelöscht, genau wie Hannah den Raum zurückgelassen hatte. Aus dem Bett unter dem Fenster waren leichte Atemzüge zu hören. Leise trat Hannah näher. Sie dämpfte ihre Schritte aus Gewohnheit, obwohl sie wusste, dass es nicht nötig war. Sarah hätte sie auch dann nicht gehört, wenn sie brüllend über die Dielen gestampft wäre. Denn Sarah war taub.

Überhaupt hatte das Wesen, das dort im Bett lag, kaum noch etwas mit der energiegeladenen Vampirjägerin gemeinsam, die Sarah einmal gewesen war. Ihr Gesicht war zur Hälfte von schwulstigen Narben entstellt – Zeichnung einer gewaltigen energetischen Entladung, die bis ins Innere ihrer Zellen vorgedrungen war und sie irreparabel zerstört hatte. Die Narbe zog sich Sarahs Hals hinunter über ihre Schulter, ihren Arm hinab und an ihren Rippen entlang. Nutzloses Gewebe, gerade genug durchblutet, um nicht endgültig abzusterben. Und als wäre das nicht genug, setzte sich die Verletzung bis ins Innere ihres Kopfes fort, hatte Teile des Gehirns beschädigt, so dass Sarah weder hören noch sich verständlich artikulieren konnte. Sie war dem Tod näher als dem Leben, und das seit Monaten. Ohne Hannahs Pflege, so viel war sicher, hätte sie niemals so lange durchgehalten. Aber Hannah brauchte sie – den einzigen Menschen mit Wahrem Blut, den sie noch hatte. Natürlich hatte sie auch versucht, Sarah zu heilen. Aber gegen diese vollständige Zerstörung der Zellen konnte auch keine noch so hohe Dosis Relacin etwas ausrichten. Das Enzym förderte die Zellregeneration, aber komplett vernichtetes Gewebe konnte es nicht wiederherstellen. Erst recht nicht bei einem Menschen. Wie Sarah es überhaupt geschafft hatte, nach dem Zusammentreffen mit dem Wächter von White Chapel aus der Forschungsstation zu fliehen und zu Tony zu gelangen, war Hannah nach wie vor ein Rätsel. Letztendlich musste sie froh darüber sein, denn sonst hätte sie nun völlig ohne Quelle dagestanden. Und seit sowohl Céleste als auch Kris nicht mehr in Insomniac Mansion waren, fehlte Hannah auch das Geld, mit dem sie Konserven hätte kaufen können. Aber das änderte nichts daran, dass Sarah ihr Blut am allernötigsten selbst brauchte – und dass Hannah mit ihrer Blutgabe nichts gegen diesen Zustand ausrichten konnte. Selbst wenn sie die richtige Gabe gehabt hätte – die seltene Fähigkeit der Organischen Manipulation statt der Anorganischen –, wäre sie doch zu schwach gewesen. Das war und blieb die unumstößliche Wahrheit.

Hannah starrte auf ihre Hände in den schwarzen Lederhandschuhen. Die Finger, die vor nicht allzu langer Zeit die feinsten mechanischen Arbeiten mühelos beherrscht hatten, zitterten wie Espenlaub. Sie war kaum noch in der Lage, einen Revolver zu halten, geschweige denn einen zu bauen. Ihre Blutgabe verkümmerte – und das, was davon übrig war, entlud sich von Zeit zu Zeit in unkontrollierbaren Stößen. Und sie konnte nichts dagegen tun. Gar nichts.

Wütend schüttelte sie den Kopf und griff nach Sarahs gesundem Arm. Vorsichtig hob sie das Handgelenk zum Mund und grub langsam die Zähne in die weiche Haut. Ein Ruck ging durch Sarahs Körper. Ihr Mund öffnete und schloss sich, und gequälte Laute drangen heraus. Aber Hannah ließ sie nicht los.

Ja, es schmerzte, sie war sich dessen bewusst. Sie waren nicht von einem Stamm, und deswegen litt Sarah, wenn Hannah von ihr trank. Sie würde das ertragen müssen. Dies war Wahres Blut, und Hannah konnte nicht darauf verzichten. Sarahs Wärme breitete sich in ihr aus, rann bis in ihre Fingerspitzen und vertrieb das taube Gefühl aus ihrer Haut. Ein rettender Moment – und viel zu kurz, ehe sie aufhören musste, um das Leben des Mädchens nicht zu gefährden.

Hannah hockte sich neben dem Bett auf den Boden und lauschte auf Sarahs rasselnde Atemzüge. Sie kam sich jämmerlich vor. Und sie hatte nicht die kleinste Idee, wie sie aus dieser Nummer heil herauskommen sollte. Weil sie Kris dieses dämliche Versprechen gegeben hatte. Jetzt musste sie hierbleiben. Warten, egal, was sie das kostete, und egal, wie erbärmlich das war. Und wer wusste, wie lange noch.

Als ein Gedanke leicht an ihren Geist klopfte, schreckte Hannah auf. Vor dem Fenster war es dunkel. Hinter sich hörte sie Sarahs mühsame Atemzüge. War sie eingeschlafen? Und was noch beunruhigender war – hatte sie den ganzen Tag hier neben dem Bett verbracht? Nach ihren verkrampften Muskeln zu urteilen, hielt sie das durchaus für möglich.

Erneut berührte ein leiser Finger ihre Gedanken. Psychische Manipulation, und zwar sehr gut ausgebildet. *Kris!*, war ihr erster Gedanke. Ihr Herz schlug augenblicklich schneller. Aber dann schüttelte sie über sich selbst den Kopf. Das war nicht Kris. Ihn hätte sie sofort erkannt.

Hannah schloss die Augen, versuchte zu spüren, woher die Berührung gekommen war – und erstarrte. So nah! Jemand war im Haus. Jemand, der wusste, dass sie hier war. Oder der immerhin wusste, dass *irgendjemand* hier war. Und es war definitiv niemand, den sie kannte.

Lautlos kam sie auf die Füße und schlich in den Flur. Wenige Schritte von ihr entfernt mündete der Korridor auf die inzwischen von grauem Mondlicht überflutete Galerie. Noch einmal spürte sie den fremden Gedanken in ihrem Geist – der Eindringling, wer auch immer es sein mochte, machte sich mit voller Absicht bei ihr bemerkbar. Hannah konnte keine aggressive Absicht spüren, aber das musste noch gar nichts heißen. Niemand außer Kris sollte wissen, dass sie hier war – oder? Sie legte die Hand an den Griff ihres Revolvers und näherte sich vorsichtig der Galerie, um in die Eingangshalle hinunterzuspähen.

Wie erstarrt blieb sie stehen.

Unten standen zwei fremde Vampire, eine schwarzhaarige Frau in einem grauen Kostüm und ein elegant gekleideter Herr, der die langen Haare mit viel Haargel aus dem hochmütigen Gesicht gekämmt hatte. Und an ihrer Seite – zwei Menschen mit Revolvern am Gürtel.

Menschen!

Hannah atmete tief ein, aber noch immer konnte sie kaum menschlichen Geruch wahrnehmen. Nur ganz schwach, wie eine entfernte Ahnung, drang die warme, schwere Note von Menschenblut in ihre Nase. Und als sie genauer hinsah, erkannte sie auch, warum: Unter den schweren Wollmänteln blitzten die Ärmelsäume von hautengen Anzügen hervor. Anzüge, deren Textur den typisch menschlichen Körpergeruch unterdrückte. Anzüge, die Hannah vor kaum einem Jahr selbst entwickelt hatte, um den Jägern von Insomniac Mansion ein unerkanntes Eindringen nach White Chapel zu ermöglichen. Céleste und Kris hatten Prototypen dieser Anzüge mit auf die jährliche Hauptversammlung der *Bloodstalkers* in Paris genommen, von der Céleste nie zurückgekehrt war. Dass diese Menschen hier nun solche Anzüge trugen, konnte nur eins bedeuten: Hannahs ungebetene Gäste kamen aus Europa. Und sie waren sicher nicht auf einem Höflichkeitsbesuch hier.

Hannahs Herz schlug unwillkürlich schneller. *Nicht aufregen,* ermahnte sie sich. *Ich weiß nichts, gar nichts.* Sie räusperte sich vernehmlich und machte einen Schritt nach vorn, so dass sie dicht am Geländer der Galerie stand.

»Guten Abend, die Herrschaften.«

Beim Klang ihrer Stimme hoben ihre Besucher die Köpfe.

»Ah«, sagte die Frau mit einer Freundlichkeit, die seltsam steif klang. »Es ist also doch jemand zu Hause. Bitte entschuldigen Sie die Störung.«

Sie hatte einen Akzent, bemerkte Hannah – deutsch, wenn sie sich nicht täuschte –, der ihrer Stimme einen unangenehm kantigen Ton gab. Hannah erkannte sie sofort: Sie war diejenige, die geklopft hatte. Dabei hatte sie geglaubt, alle Psychischen Manipulatoren müssten jenes überwältigende Charisma besitzen, das sie von Kris und Céleste gewöhnt war. Offensichtlich war dem nicht so.

»Das macht nichts.« Sie ließ ihre Waffe los. »Ich komme runter.« Sie richtete sich auf und verbarg das Beben ihrer Hände in den Hosentaschen. Natürlich machte es ihr sehr wohl etwas aus. Aber sie würde sich hüten, das zwei *Bloodstalkers* auf die Nase zu binden, die vermutlich in offizieller Mission hier waren. Während Hannah die Treppe hinunterstieg, spürte sie die Blicke der beiden Vampire unangenehm eindringlich auf sich ruhen.

»Außer mir ist keiner hier«, sagte sie, als sie schließlich vor ihnen stand. »Ich bin Hannah Blake. Kann ich Ihnen weiterhelfen?«

Die Frau verengte leicht die Augen. Ihr Blick war misstrauisch, und ihr Lächeln wirkte aufgesetzt. »Mein Name ist Carina

Braun.« Sie streckte Hannah die Hand entgegen. »Und das ist mein Partner, Henri de la Rivière.«

Ein Franzose also. Hannah drückte erst die Hand der Frau, dann die ihres Begleiters, ehe sie ihren Arm rasch wieder zurückzog. »Freut mich«, sagte sie und wusste, dass das die größte Lüge war, die sie seit langem ausgesprochen hatte.

Aber Carina Braun ließ sich nicht anmerken, ob sie etwas davon mitbekommen hatte. Oder vielleicht kümmerte es sie auch einfach nicht. »Die Versammlung hat uns beauftragt, herzukommen«, fuhr sie fort. »Wir sind auf der Suche nach Kris Saturnine. Wir haben Informationen bezüglich des Verschwindens seiner Schwester. Laut Reiseprotokoll ist er doch hierher zurückgekehrt?«

Hannah biss sich auf die Unterlippe und warf einen Blick auf die zwei Menschen, die mit ausdruckslosen Mienen an ihr vorbeistarrten, als würden sie kein Wort von dem verstehen, was geredet wurde. »Ist er …? Ich meine, ja. Ja, er war hier, aber er ist schon seit einer Weile wieder weg. – Entschuldigen Sie, aber ich bin es nicht gewöhnt, über solche Sachen zu reden, wenn Menschen dabei sind.«

Monsieur de la Rivière hob die feingeschwungenen Brauen – Hannah hätte darauf gewettet, dass er sie zupfte. In seinem Blick sah sie das herablassende Mitleid eines Konservativen aus der Alten Welt, der dem minderbemittelten amerikanischen Mädchen etwas erklären musste. »Oh, verzeihen Sie. Sie sind vermutlich mit dem Stand der Anwärter nicht vertraut, daran hätten wir denken müssen. Bei uns in Europa werden die Jäger, wie Sie sie hier nennen, vornehmlich dazu ausgebildet, Positionen in den ewigen Reihen der Blutgilde einzunehmen. Friedrich und Eloy werden schon bald in unseren Stand erhoben. Sie können ihnen vertrauen, Mademoiselle.«

Hannah konnte eben noch ein gereiztes Schnauben unterdrücken. Allein der weiche Singsang und der überkandidelte Akzent des Mannes reizten sie dazu, ihre Faust in dieses hochmütige Gesicht zu rammen. Der Typ war doch mindestens dreihundert Jahre alt – warum musste er trotzdem so tun, als könne er kein normales Englisch sprechen? Natürlich wusste sie das alles, sie war ja nicht blöd. Aber deshalb gefiel es ihr noch lange nicht.

»Können Sie uns dann bitte sagen, wohin Mr. Saturnine gegangen ist«, fuhr Frau Braun inzwischen fort, als hätten weder Hannah noch ihr Begleiter irgendetwas gesagt.

Hannah runzelte gereizt die Stirn. »Nein.«

Frau Braun verengte die Augen. In ihrem Blick lag plötzlich etwas Hartes. Vermutlich war sie es nicht gewöhnt, dass man ihren Forderungen nicht augenblicklich nachkam.

»Und warum nicht, wenn ich fragen darf? Miss Blake, Ihnen sollte doch ebenfalls daran gelegen sein, das Verschwinden von Céleste Noir aufzuklären.«

»Er hat mir aber nicht gesagt, wohin er gegangen ist«, erklärte Hannah ungeduldig. »Er wollte sich bei mir melden, wenn er gefunden hat, was er sucht. Mehr weiß ich nicht. Wenn Sie unbedingt wollen, kann ich ihm ausrichten, dass Sie ihn sprechen möchten, wenn ich von ihm höre. Ich habe aber keine Ahnung, wann das sein wird.«

Frau Braun verengte die Augen und wechselte einen Blick mit Monsieur de la Rivière. Hannah konnte nicht sagen, ob die beiden ihr glaubten – aber zu ihrer Erleichterung spürte sie keine Anzeichen, dass der Franzose versuchte, ihre Gedanken mit Gewalt aus ihrem Kopf zu zerren. Entweder er hatte die entsprechende Gabe nicht, oder er zögerte noch, sie einzusetzen – beides war Hannah im Augenblick recht.

»Ich verstehe. Nun, ich denke, in dem Fall haben wir keine Wahl. Wir werden in der Stadt bleiben, bis er zurückkehrt oder mit Ihnen Kontakt aufnimmt. Wenn er sich meldet, sagen Sie ihm bitte, dass seine Anwesenheit vor der Versammlung als dringend erforderlich angesehen wird.« Frau Braun machte eine bedeutungsvolle Pause und funkelte Hannah aus ihren hellen Augen an. »Man hat Céleste Noirs rechte Hand gefunden. Vergraben in einer Kiste am Fuß des Eiffelturms.«

Hannah zuckte innerlich zusammen. Ihr wurde heiß und kalt zugleich. Kris. Was hatte er getan? Er hatte ihr nur versichert, dass Céleste nicht zurückkehren würde – wie dumm war sie gewesen? Was hatte sie denn *gedacht,* das er getan hatte, nachdem er ihr das erzählt hatte?

Und in diesem Moment wurde Hannah klar, dass sie es wirklich nicht wusste. Sie hatte nicht einmal gefragt, als er ihr sagte, dass er fort musste, hatte es einfach hingenommen, wie sie seit jeher alles einfach hingenommen hatte, was Kris sagte. Dieser verdammte Psycho! Einen verzweifelten Augenblick lang war ihr danach, wild und wie von Sinnen zu lachen.

Aber sie waren Freunde.

Sie waren immer Freunde gewesen, schon bevor sie unsterblich wurden und Kris diese verfluchte Blutgabe bekam. Er würde sie nicht verraten. Und sie ihn auch nicht.

»Wir gehen also davon aus, dass sie vorerst nicht zurückkommen wird«, warf Monsieur de la Rivière ein. Der hochmütige Ausdruck auf seinem Gesicht war einem scharfkantigen Ernst gewichen. »Obwohl wir selbstverständlich nach dem Rest ihres Körpers suchen, ist es doch fraglich, ob und wann es gelingen wird, sie wieder in unserer Mitte begrüßen zu dürfen. Aber es ist unumstritten, dass wir einen fähigen Korrespondenten für den Mittleren Westen der Vereinigten Staaten brauchen. Nach allem, was Monsieur Saturnine in den vergangenen Jahren an Célestes Seite geleistet hat, erschien es uns eine logische Folgerung, ihn zu bitten, die Nachfolge seiner Schwester anzutreten.

Als Sohn von Gregor Laurenti ist er zweifellos ein würdiger Vertreter für diesen Posten.«

Hannah schüttelte entschlossen den Kopf. Das alles wurde ihr jetzt wirklich zu viel. In ihrem Nacken fühlte sie einen leichten Schweißfilm – wie viele Jahrzehnte war es her, dass ihr das zuletzt passiert war? Wenn sie diese beiden nicht schnell loswurde, würden sie sehr bald misstrauisch werden. Wenn sie es nicht längst waren. Aber so lange die Herrschaften sich dumm stellten, sah Hannah nicht ein, warum sie es anders halten sollte.

»Also, solche Sachen müssen Sie mit ihm selbst besprechen, wenn's recht ist. Ich habe von so was echt keine Ahnung. Und ganz ehrlich, ich habe auch keinen Schimmer, wann er wiederkommt – das kann Monate dauern oder Jahre, was weiß ich denn. Gehen Sie besser zurück nach Europa. Wenn ich kann, schicke ich ihn zu Ihnen. Ehrenwort, okay?«

Monsieur de la Rivière legte leicht den Kopf schief. Sein Blick war nun mitfühlend – aber Hannah kaufte ihm das nicht ab. Ein Konservativer, der seine Umwandlung vor mehreren Jahrhunderten hinter sich gebracht hatte – und Mitleid? Das war doch lächerlich. »Sie sind einsam, Mademoiselle Blake, nicht wahr? Und Sie bekommen nicht genug Blut.«

Hannah beschloss, auf diese Fragen nicht einzugehen. Jedes Wort konnte jetzt ein Fallstrick sein.

Frau Braun räusperte sich. »Ich kann keine Menschen im Haus riechen. Wo sind Ihre Quellen? Mr. Saturnine wird Sie doch nicht völlig allein hier zurückgelassen haben.«

In den Hosentaschen ballte Hannah die Fäuste. Natürlich konnte Frau Braun keine Menschen riechen. Céleste in ihrer überaus vorsichtigen Art hatte mit Hannahs Hilfe schon vor Jahrzehnten dafür gesorgt, dass niemand, vor allem kein Vertreter des Parlaments, der sich zufällig nach Insomniac Mansion verirrte, etwas davon mitbekam, dass sich in diesem Gebäude sterbliche Blutquellen aufhielten. Aber über so etwas machte man sich als unabhängiger Europäer vermutlich keine Gedanken. Und das war vielleicht auch ganz gut so. Hannah war es wesentlich lieber, Sarahs Zustand nicht genauer erklären zu müssen.

»Nein«, sagte sie, so ruhig sie konnte. Es war egal, dachte sie. Sollten diese Schnösel sie doch für dumm und unfähig halten. Es war egal. Egal. Wenn sie nur endlich von hier verschwanden. »Das nicht. Aber ich – hab sie verloren. Bei einem Einsatz. Und es ist verdammt schwer, in Kenneth neue Jäger zu finden, müssen Sie wissen.«

Monsieur de la Rivière hob eine Braue. »Oh. Das ist ja wirklich tragisch.« Er warf einen Blick auf die beiden Menschen – die Anwärter, wie er sie genannt hatte. »Welche Gabe tragen Sie?«

Als sie dem jungen Mann, der dem Monsieur am nächsten stand, ins Gesicht sah, stockte Hannah für einen Moment der Atem. So klare, unerschrockene Augen. Wissend. Abgeklärt. Hannah brauchte nicht von ihm zu trinken, um zu wissen, dass er Wahres Blut hatte, und zwar sehr starkes. Speichel sammelte sich in ihrem Mund. Wahres Blut. So viel sie brauchte …

»Anorganische Manipulation«, murmelte sie.

»Ah!« Monsieur de la Rivière verzog den Mund zu etwas, das wohl ein herzliches Lächeln darstellen sollte. »Eine Schwester im Blute. Was für ein glücklicher Zufall! Mademoiselle Blake, mit Verlaub, Eloy wird Ihnen seine Dienste gern zur Verfügung stellen. Mir scheint, Ihre Versorgung ist derzeit wirklich nicht ausreichend.«

Hannah konnte den Blick kaum von den Augen des Menschen lösen. Ihre Vernunft sagte ihr mit Nachdruck, dass sie dieses Angebot annehmen musste. Sie brauchte Blut, das war nicht von der Hand zu weisen. Aber wenn sie jetzt zustimmte, wenn sie zugab, allein nicht zurechtzukommen, hätte sie diesen Franzosen unter Garantie in Zukunft jede Nacht an der Backe, und seine deutsche Kollegin gleich mit – wenn sie nicht direkt beschlossen, auf Insomniac Mansion einzuziehen.

»Danke, das ist nett von Ihnen«, zwang sie sich zu sagen. »Aber ich komme schon klar. Wenn Sie nichts dagegen haben, würde ich jetzt gern noch ein paar Stunden schlafen.«

Frau Braun runzelte die Stirn und wechselte erneut einen Blick mit Monsieur de la Rivière. Dann aber nickte sie knapp. »Selbstverständlich. Wir haben Quartier im Ormond Hotel. Sie können uns dort jederzeit erreichen.« Sie gab den Menschen einen Wink. »Henri, wir gehen. Der Tag war auch für uns sehr lang.«

Monsieur de la Rivière verzog seinen Mund noch einmal zu diesem falschen Lächeln und bedachte Hannah mit einem langen, wissenden Blick. »Oh, aber natürlich. Bis bald, Mademoiselle Blake. Wir werden Sie zeitnah noch einmal aufsuchen, wenn es passender ist.«

»Klar doch.« Hannah unterdrückte ein erleichtertes Aufatmen. »Ich wünsche Ihnen noch 'ne angenehme Nacht.« Ungeduldig beobachtete sie, wie Monsieur de la Rivière Frau Braun und den Menschen zur Eingangstür folgte und die Hand auf den Rahmen des Buntglasfensters legte. Unter seinen Fingern floss die Struktur der Tür auseinander und teilte sich wie ein Vorhang, den er für seine Begleiter zur Seite hielt. Anorganische Manipulation in Perfektion, dachte Hannah. Er musste wirklich schon sehr alt sein. Sie selbst würde noch Jahrhunderte brauchen, ehe sie mehreren Materialien gleichzeitig vorübergehend die Struktur eines anderen Stoffes verleihen konnte …

In diesem Moment fühlte sie den Boden unter ihren Füßen

erzittern. Alles in ihr schien plötzlich starr und kalt zu werden. Hannah riss die Augen auf und schnappte nach Luft.

Ihre Gabe!

Sie spürte die Kraft, die sie in dieser Nacht so mühsam gesammelt hatte, mit einem Schlag aus sich herausfließen. Der Boden unter ihr bäumte sich auf, dehnte sich und schoss in bizarren Formen in die Höhe. Hannah wurde mit einem Ruck nach oben geschleudert. Erschrocken keuchte sie auf und versuchte hastig, ihr Gleichgewicht wiederzufinden. Aber die Luft, auf die sie für gewöhnlich ihre Füße setzen konnte wie auf einen Teppich, zerfloss unter ihr. Haltlos stürzte sie zurück in die Tiefe – bis eins der grotesken Gebilde, die aus dem Fußboden geschossen waren, ihren Fall bremste. Hannah spürte, wie sich der scharfkantige Dorn der wuchernden Skulptur durch ihren Brustkorb bohrte und zwischen ihren Rippen wieder hervorbrach. Ihr Mund öffnete sich zu einem überraschten Schrei – doch alles, was hervorkam, war ein Husten, begleitet von einem Schwall Blut, während sich das Gebilde unter ihrer Berührung bereits erneut veränderte. Der Dorn verschwand, und Hannah fiel, wie der Junge vom Fluss gefallen war. Taumelnd. Ohne jede Kontrolle. Die Welt verschwamm vor ihren Augen. Und dann schlug sie hart auf den Boden auf.

Reglos blieb sie liegen. Die Dunkelheit hinter ihren geschlossenen Lidern war blutrot. Ihr Körper schmerzte, als wäre jeder einzelne Knochen darin gebrochen. Nicht weit von ihr erklangen Schritte, dröhnten dumpf in Hannahs Kopf, und sie zwang sich, die Augen zu öffnen. Die Farben der Welt stimmten nicht mehr, waren verzerrt in grelles Licht und tiefschwarze Schatten und nichts dazwischen. Schemenhaft tauchte Monsieur de la Rivière über ihr auf. Er lächelte noch immer.

»Sind Sie sicher, Mademoiselle, dass Sie nichts trinken möchten?«

Neben ihm erschien das Gesicht des Menschen, undeutlich wie eine unscharfe Fotografie. Nur die Augen. Die Augen leuchteten in grellem Licht. Jetzt endlich roch Hannah auch das Blut in aller Deutlichkeit. Menschenblut. Wahres Blut. Und sie wusste, ihr blieben keine Argumente mehr. Und keine Wahl.

Kapitel Sieben

Forschungsstation White Chapel, Kenneth, Missouri

Cedric erreichte White Chapel eine knappe Stunde, nachdem er Frei in der Wohnung zurückgelassen hatte – und damit eine halbe Stunde später, als es sonst seine Art war. Aber er hatte Zeit gebraucht, um nachzudenken, ohne dass ständig jemand etwas von ihm wollte, ihn beobachtete – oder neuerdings auch zu beeinflussen versuchte. Die Anonymität der überfüllten Fußgängerzone von Kenneth schien ihm dafür genau der richtige Ort zu sein. Außerdem hatte er ein paar Kleider für Frei kaufen wollen, damit er seinen Mantel endlich wieder selbst tragen konnte.

Cedric seufzte und lauschte dem Widerhall seiner Schritte im verlassenen Eingangsbereich der Forschungsstation. Wirklich beruhigt hatte ihn sein Spaziergang nicht, auch wenn er sich noch so oft sagte, dass es in seiner momentanen Lage die einzige halbwegs vernünftige Möglichkeit gewesen war, Frei mit zu sich nach Hause zu nehmen. Denn das war schlicht und ergreifend nicht die Wahrheit. Natürlich, sie reizte seinen Forschungsdrang. Vor allem, da sein Verdacht, was Freis Absonderlichkeit betraf, seit ihrer jüngsten Überreaktion durchaus als bestätigt gelten konnte. So unglaublich das scheinen mochte – Frei war auch als progressive Vampirin in der Lage, die Blutgabe zu nutzen, die ihr zur Verfügung gestanden hätte, wäre sie eine Konservative gewesen. So weit Cedric informiert war, war das ein einmaliger Präzedenzfall. Progressive hatten keine Blutgaben. Stattdessen waren sie mit irrsinniger Kraft und selbst für Vampire übernatürlich scharfen Sinnen ausgestattet. Das war die wissenschaftlich gemeinhin anerkannte Wahrheit. Frei aber war anders. In so vieler Hinsicht. Anders und faszinierend. Und gerade deshalb wäre es wohl das in Wahrheit Vernünftigste gewesen, sie einmal mehr zu einem Versuchsobjekt zu machen und sie an eine andere Forschungsgruppe zu übergeben. Eine, die sich schwerpunktmäßig mit der Erforschung der Blutgaben beschäftigte. Es wäre sehr leicht gewesen, sie abzuschieben und sich damit eine größere Sorge vom Hals zu schaffen. So schwach und zerbrechlich, wie Frei zurzeit war, hätte sie dem nichts entgegenzusetzen gehabt. Aber er hatte es nicht getan, und Cedric fragte sich, warum. Es verband ihn nichts mit diesem Mädchen, er mochte sie nicht einmal besonders. Ganz bestimmt tat er es auch nicht für Kris, dem so viel an ihr gelegen hatte. Und trotzdem hatte er sich entschieden, Frei bei sich zu behalten, bis sie in der Lage war, selbstständig zu überleben. Ihr zu helfen, ihre Fähigkeiten kontrollieren zu lernen und sie nicht ein weiteres Mal der Willkür eines Forschungsteams zu überlassen. Warum wohl?

Beinahe hätte Cedric über sich selbst gelacht. Wem machte er hier eigentlich etwas vor? Im Grunde wusste er die Antwort längst.

Denn es war nun einmal so, dass er schon vor einer ganzen Weile damit begonnen hatte, seltsame Dinge zu tun. Dinge, wie sich einen Flügel zu kaufen und das Klavierspielen wieder aufzunehmen, beispielsweise. Dabei hatte er die Musik bereits vor Jahrzehnten aufgegeben, weil sie ihm sinnlos erschien. So sinnlos wie Zigaretten und Schokolade. Sinnlos wie Alkohol, wie Zärtlichkeit oder Leidenschaft. Sogar sinnlos wie Tee. Es war, wie es war: Nach über vierhundert Jahren Unsterblichkeit war in Cedric nicht genug Menschlichkeit übrig, um sich über menschliche Dinge zu freuen.

Bis er Katherine kennengelernt hatte.

Katherine hatte immer gewollt, dass er sich ein Klavier kaufte, um ihr etwas vorzuspielen. Als der pragmatische Wissenschaftler, der er war, hatte Cedric sie dafür nur belächelt. Aber jetzt, wo sie nicht mehr da war, hatte er es getan. Und jetzt, wo sie nicht mehr da war, begann er, sich um dieses Vampirmädchen zu sorgen, obwohl er wusste, dass er seine Schuld dadurch nicht wiedergutmachen würde.

Cedric schloss kurz die Augen, atmete tief durch und zwang sich, die Gedanken an Katherine einmal mehr beiseitezuschieben. Sich Vorwürfe zu machen würde sie nicht zurückbringen, und er brauchte einen klaren Kopf. Besonders, da das Erste, was ihm ins Auge sprang, als er den Flur im ersten Stock betrat, Dorian war.

Er stand vor der Tür zu Cedrics Büro, unter dem Arm die Laborbücher, die er am Vortag mitgenommen hatte. Als Cedric den Fahrstuhl verließ, erschien ein Lächeln auf seinen Lippen, das Cedric augenblicklich den Magen umdrehte.

»Ah, guten Abend, Cedric!«

Cedric stellte die Taschen mit seinen Einkäufen vor der Tür zum Büro ab und legte den Finger auf das Sicherungsfeld über dem Schloss. Er machte sich nicht die Mühe, das Lächeln zu erwidern. »Dorian, was kann ich für dich tun?«

Dorian trat neben ihn. »Ich wollte dir nur mitteilen, dass meine Überstunden erfolgreich waren – ich dachte, das wird dich sicher freuen.« Das samtige Timbre seiner Stimme glitt weich über Cedrics Haut – und sofort meldeten sich auch die Kopfschmerzen vom Vorabend zurück. »Wir sollten ja auch wirklich allmählich mit der richtigen Arbeit anfangen, findest du nicht? Vielleicht hast du gleich Zeit, mich in die aktuellen Experimente einzuweisen?«

Cedric spürte, wie er sich versteifte. Das konnte doch einfach nicht wahr sein. *Niemand* hätte sich in nicht einmal vierundzwanzig Stunden alles aneignen können, was er und Kris über Monate hinweg mühevoll erarbeitet hatten, egal, wie nutzlos diese Erkenntnisse waren.

Blender, dachte Cedric angewidert.

Er wandte kaum den Kopf, aber aus dem Augenwinkel sah er, wie Dorians Lächeln ein wenig breiter wurde. Cedric verzog grimmig den Mund. *So nicht, mein Freund. Nicht mit mir.*

»Nein«, sagte er kurz angebunden. »Vielleicht später.« Damit betrat er sein Büro und schloss die Tür vor Dorians Nase. Zum Teufel mit diesem Kerl! Glaubte er wirklich, dass er sich so leicht an der Nase herumführen ließ? Cedric schüttelte gereizt den Kopf und stellte die Einkaufstüten mit den Kleidern für Frei neben seinen Schreibtisch, ehe er die Schreibtischlampe einschaltete und seinen Kittel aus dem Schrank nahm.

In diesem Moment erklang auf dem Flur erneut das Klingeln des Fahrstuhls und kurz darauf Pei Lins zierliche Schritte. Viel zu früh. Mal wieder. Cedric blieb neben seinem Tisch stehen und lauschte. Dorian war immer noch dort draußen. Was würde er nun tun? Würde er dreist genug sein, Cedrics Assistentin direkt vor seiner Nase noch einmal zu beeinflussen? Cedric traute es ihm durchaus zu.

»Mrs. Mae, wie schön, Sie zu sehen.« Das Lächeln war Dorians Stimme deutlich anzuhören.

»Mr. Keaton.« Pei Lin antwortete auf seine Begrüßung mit einer Mischung aus reservierter Freundlichkeit und Misstrauen. Natürlich, dachte Cedric – sie war alt genug, um zu wissen, was Dorian gestern mit ihr angestellt hatte, nachdem die Wirkung seiner Gabe verflogen war, und sie war von Natur aus vorsichtig. Aber das würde ihr auf Dauer nicht helfen. Nicht gegen Dorian. »Was machen Sie denn hier?«

Dorian schwieg einen Moment, als sei er peinlich berührt. »Ich wollte Dr. Edwards die Laborbücher wiedergeben, aber …«

Cedric konnte sich fast zu genau vorstellen, wie Pei Lin die schmalen Brauen hob und die Andeutung eines verständnisvollen Lächelns in ihren Mundwinkeln erschien. Er hatte seine Assistentin oft genug genau so auf dem Flur stehen lassen, wie er es eben mit Dorian getan hatte.

»Oh, das können Sie natürlich nicht wissen. Er mag es gar nicht, wenn man ihn vor elf Uhr abends stört.«

»Ist das so?« Dorian klang nun zerknirscht – die perfekte, reuige Unschuld. »Das wusste ich wirklich nicht.«

»Ja, nun.« Pei Lins Stimme klang von Sekunde zu Sekunde wärmer und offener. *Geteiltes Leid ist immer noch Leid,* dachte Cedric zynisch. *Was Mitgefühl so alles anrichten kann.* »Lassen Sie sich von seinen Launen nicht zu sehr aus der Fassung bringen. Wenn es wichtig ist, wird er Ihnen zuhören. Er hat ein wirklich gutes Herz.«

An dieser Stelle wäre Cedric beinahe ein überraschtes Lachen herausgerutscht. Ein gutes Herz! So also dachte Pei Lin über ihn? Das war wirklich erstaunlich, nach all den Ungerechtigkeiten, die sie unter seiner oft mehr als wechselnden Stimmung ertragen musste.

»Oh, das bezweifle ich keine Sekunde.« Dorians Stimme klang nun noch weicher als zuvor. »Ich habe ihn immer bewundert. Und ich will ihn wirklich nicht verärgern, verstehen Sie?«

Pei Lin ließ ein nachsichtiges Seufzen hören. »Hören Sie, ich habe jetzt einen Termin bei ihm. Ich lege ein gutes Wort für Sie ein, einverstanden?«

»Das würden Sie tun?«

»Natürlich, machen Sie sich keine Sorgen.« Cedric hörte die letzten Reste von Pei Lins Misstrauen schmelzen wie Schnee in der Sonne. »Ich schicke ihn später zu Ihnen. Es könnte allerdings etwas dauern.«

Cedric hielt es nicht länger aus. Dieses Theater war doch einfach nicht zu ertragen. Dorian wollte ihn also sprechen? Das sollte er haben. Er ging zurück zur Tür und zog sie mit einem ungeduldigen Ruck auf. »Kommt rein. Beide.«

Er sah, wie Pei Lin zusammenzuckte, als hätte er sie bei einem heimlichen Stelldichein ertappt. Flammende Röte stieg ihr in die Wangen, und sie zog die Schultern hoch, als wolle sie sich zwischen ihnen verstecken. Dorian seinerseits brachte es tatsächlich fertig, redlich überrumpelt auszusehen. Cedric lächelte freudlos und wandte sich um, um zurück zu seinem Schreibtisch zu gehen. Die Tür ließ er offen. Nacheinander betraten seine zwei Mitarbeiter den Raum – Pei Lin mit vorsichtigen Schritten, Dorian mit sanfter Belustigung in den Mundwinkeln.

»Setzt euch.« Cedric wies auf die Besucherstühle, die vor seinem Tisch standen, und ließ sich ebenfalls in seinen Schreibtischstuhl sinken. »Also.« Er fixierte zunächst Dorian mit stechendem Blick. »Was hast du für ein Anliegen, außer dass du mir diese Bücher zurückgeben willst, deren Inhalt du unmöglich in so kurzer Zeit aufgenommen und verarbeitet haben kannst?«

Dorian räusperte sich und wischte damit das spöttische Lächeln aus seinem Gesicht. Er legte die Notizbücher auf den Schreibtisch und lehnte sich dann in seinem Stuhl zurück, um Cedric aufmerksam zu mustern. »Also ... mal ganz im Ernst, Cedric. Sei mir nicht böse, deine Sorge rührt mich wirklich. Aber ich denke, ich habe schon alle Informationen, die ich brauche, um ein nützliches Mitglied deiner Arbeitsgruppe zu sein. Was ich darüber hinaus unbedingt wissen muss, kann mir deine reizende Assistentin sicher wunderbar erklären.« Er warf

Pei Lin einen Seitenblick zu, der ihr einmal mehr die Röte in die Wangen trieb. »Also, was hältst du davon, wenn wir versuchen, friedlich miteinander umzugehen? Du kannst es dir doch gar nicht leisten, deine Experimente noch weiter zu verzögern, nur weil du mich nicht in deine Forschungsergebnisse einweihen willst. Habe ich recht?«

Cedric hatte plötzlich das dringende Gefühl, seinen Kopf auf die Tischplatte hämmern zu müssen. Eine seltsame Unruhe ballte sich in seiner Brust zu einem unangenehmen Klumpen. Ja, dachte er unwillig. Natürlich hatte Dorian recht. Er musste seine Experimente machen, es war wichtig, dass Katherines Theorie bewiesen wurde, und dafür brauchte er einen patenten Biotechniker, der wusste, was er tat …

Als er Dorian lächeln sah, hielt er in seinen Gedanken inne.

Er hatte *keine Eile.* Überhaupt keine. Unter dem Tisch ballte Cedric die Faust. Er hasste psychische Manipulatoren. Er hasste sie wirklich.

»Ich möchte etwas klarstellen«, brachte er hervor, ohne auf Dorians Worte einzugehen. »Ich weiß nicht, ob es dir bewusst ist. Aber der Einsatz von Blutgaben, sofern er nicht zu Forschungszwecken dient, ist in White Chapel strengstens untersagt.«

Ein Lachen leuchtete in Dorians Augen auf. »Cedric, also bitte …«

»Es steht in der Hausordnung!« Cedric ließ ihn nicht ausreden. Es war ihm jetzt gleich, ob Dorian dachte, dass er kläffte wie ein in die Enge getriebener Köter. Er musste das klären, bevor es vielleicht zu spät war. »Vom Referat abgesegnet und unterschrieben. Ich bin befugt, jeden aus meinem Team auszuschließen, der sich an diese Vorgaben nicht hält, sogar dich, Dorian. Und deswegen wirst du jetzt den Mund halten. Da du deine Gabe offensichtlich nicht kontrollieren kannst oder willst, möchte ich innerhalb von White Chapel kein einziges Wort mehr von dir hören, das nicht unmittelbar für deine Arbeit nötig ist. Wenn du dagegen verstößt, werde ich das dem Parlament melden und einen neuen Biotechniker beantragen. Verstehen wir uns?«

Er sah, wie Dorians Augen sich erst überrascht weiteten und dann für einen winzigen Moment ein zorniger Funke darin aufleuchtete. *Erwischt,* dachte Cedric grimmig. *Zwei zu null.*

Er warf einen Blick zu Pei Lin, die nun regelrecht verstört wirkte. Sie begriff vermutlich nicht ganz, was sich da zwischen den beiden älteren Vampiren abspielte, zumal sie zusätzlich unter Dorians Einfluss stand. Aber das war nun hoffentlich zumindest für eine Weile ein geringeres Problem. »Pei Lin, ich möchte, dass du darauf achtest, dass Dorian sich an diese Auflage hält, wenn ich nicht in der Nähe bin. Ich will sofort benachrichtigt werden, wenn er ein Wort fallen lässt. *Sofort,* ist das klar?«

Pei Lin riss die Augen auf. »Ja … natürlich, Cedric.«

Cedric atmete tief durch. Dann räusperte er sich und bemühte sich um eine nüchterne Miene, als er sich wieder an Dorian wandte. Selbstkontrolle. Wenn es etwas gab, das in diesem Augenblick zählte, dann das. »Und ja – selbstverständlich hast du recht«, erklärte er, so sachlich er konnte. »Du solltest so bald wie möglich in den Forschungsalltag von White Chapel eingeführt werden. Ich habe mir schon Aufgaben für dich überlegt. Tatsächlich war das der Grund, warum ich heute Abend mit Pei Lin sprechen wollte. Aber wo du schon da bist, kann ich dich natürlich auch direkt anweisen.« Er zog eine seiner Schreibtischschubladen auf und fischte einige Versuchsvordrucke heraus. »Die hier sind für dich. Ich möchte, dass du zusammen mit Pei Lin und Janet der Fütterung von Versuchsobjekt Nr. 163 beiwohnst und im Anschluss dabei hilfst,

Blutproben zu nehmen. Du darfst deine Gabe einsetzen, um das Versuchsobjekt zu beruhigen.« Er machte eine vielsagende Pause, um zu unterstreichen, dass dies eine absolute Sondergenehmigung war. »An den frischen Proben führst du dann bitte Färbungen mit Lystropinin durch.« Cedric hob die Hand, als Dorian den Mund öffnete. »Kein Wort, schon vergessen? Hör einfach zu.« Er konnte nicht leugnen, dass er eine hässliche Art von Schadenfreude dabei empfand, Dorian zu unterdrücken, obwohl seine Fragen sicherlich gerechtfertigt gewesen wären. Natürlich wusste Dorian als studierter Biotechniker, dass man mit Lystropinin den Befall von Bakterien durch einen bestimmten Virus nachweisen konnte. Aber er begriff nicht, warum er diesen Test an progressivem Vampirblut durchführen sollte. Und Cedric würde sich hüten, ihn früher aufzuklären als unbedingt nötig. Auch Pei Lin würde das nicht wagen, das sah er an ihrem Blick. Nicht, solange sie noch halbwegs bei Verstand war. Vielleicht, dachte Cedric, konnte er doch noch genug Beweise für einen offiziellen Bericht sammeln, ehe es so weit kam, dass er Dorian mehr Details offenbaren musste. Es *musste* möglich sein.

Noch einmal atmete er tief durch und wandte sich an seine Assistentin. »Schön, also … würdest du Dorian dann bitte das Labor zeigen und ihn mit Janet bekannt machen?«

Pei Lin nickte. Sie sah noch immer verwirrt aus, aber ohne den Einfluss von Dorians Stimme schien sie bereits jetzt viel eher ansprechbar zu sein. Nur ihr Gesicht wirkte erstaunt, als sei sie verwundert, sich selbst sprechen zu hören, und ihre Worte klangen ein wenig mechanisch. »Gern, Cedric. Bist du denn später noch da, um die Testergebnisse zu besprechen?«

Cedric nickte. Noch nie, dachte er, war ihm die Aussicht auf ein Dienstgespräch allein mit Pei Lin so entspannt vorgekommen. Außerdem konnte er die Gelegenheit nutzen, sie noch einmal ausdrücklich vor Dorian zu warnen. Pei Lin war erst knapp hundertsiebzig Jahre alt, aber sie war willensstark und diszipliniert. Mit etwas Glück hielt sie lange genug gegen Dorian durch, wenn sie wusste, worauf sie achten musste.

»Ich bin die ganze Nacht hier, also komm vorbei, wenn du so weit bist. Hast du sonst noch ein Anliegen?«

Pei Lin schüttelte den Kopf. »Ansonsten läuft alles wie gewohnt.«

Cedric nickte erleichtert. »Gut. Dann an die Arbeit.«

Pei Lin sprang sofort auf die Füße, als könne sie es kaum erwarten, aus dem Büro herauszukommen. Dorian erhob sich ein wenig langsamer und folgte ihr zur Tür. Doch bevor er den Raum endgültig verlassen konnte, hielt Cedric ihn noch einmal zurück. »Ach, und Dorian.«

Ein wenig zu langsam drehte Dorian sich um. Sein Lächeln aber leuchtete wie gewohnt, als wäre überhaupt nichts vorgefallen. »Ja?«

Cedric spürte, wie sich zwischen seinen Brauen eine steile Falte bildete. Er hatte es ja geahnt. »Ich rate dir, meine Anweisungen in Zukunft ernst zu nehmen. Ich verstehe keinen Spaß, wenn es um meine Regeln in dieser Forschungsstation geht. Das solltest du wissen.«

Für einen Moment blieb Dorians Mund offen stehen. Dann schloss er betont langsam die Lippen und nickte. Sein Gesicht verriet nicht, was er dachte, aber Cedric glaubte zu wissen, dass er die Warnung verstanden hatte. Immerhin. Er lächelte schmal. »Sehr schön. Dann wünsche ich einen erfolgreichen Tag.«

Wieder nickte Dorian. Und ohne ein weiteres Wort verließ er hinter Pei Lin den Raum.

Mit einem tiefen Aufatmen ließ Cedric sich in seinem Stuhl zurückfallen. Ja, nun – es hätte schlimmer laufen können, versuchte er sich selbst zu beruhigen. Sogar viel schlimmer. Aber so richtig glaubte er seinen eigenen Worten nicht. Die Situation eben war knapp gewesen, sehr knapp. Beinahe hätte Dorian ihn gehabt. Cedric wagte kaum, sich auszumalen, was passieren würde, wenn er anfinge, Dorian Versprechungen zu machen, ohne es zu merken. Und wenn selbst er schon so nahezu hilflos war – was war dann mit seinen restlichen Mitarbeitern? Das Redeverbot, so viel war Cedric klar, war bestenfalls eine Übergangslösung. Irgendetwas musste ihm einfallen, und zwar besser früher als später.

Cedric stöhnte lautlos und legte den schmerzenden Kopf auf den Schreibtisch. Er brauchte Hilfe. Er musste Dorian loswerden, irgendwie. Oder die Situation, da war er sich sicher, würde schon sehr bald in einer Katastrophe enden.

»Was sagst du dazu?«, murmelte er und sah aus dem Augenwinkel zu dem Besucherstuhl hinüber, in dem Katherine so oft gesessen hatte.

Katherine lächelte ihn mitfühlend an. *Du solltest ihn zurückholen,* sagte sie sanft. *Kris. Er wäre die Lösung.*

Cedric lächelte gequält. »Du mochtest ihn doch nie«, wandte er ein. »Und ich habe keine Ahnung, wo er steckt.«

Eine Weile schwieg Katherine. Aber Cedric spürte ihren aufmerksamen Blick. Als ihre Hand sich behutsam über seine legte, richtete er sich auf, um sie anzusehen.

Der Besucherstuhl war leer.

Genau wie seine Hand.

Nur Katherines Stimme hing noch einen Moment im Raum wie ein schwaches Echo, weit entfernt und unerreichbar.

Wo schon – bei Red September natürlich. Ein Lächeln schwang in den Worten mit.

Also hast du jetzt einen echten Grund, Frei zu helfen.

Kapitel Acht

46 West Street, Kenneth, Missouri

Später in der Nacht saß Frei im Schneidersitz vor der Fensterfront und sah hinunter auf den Park, der jenseits der breiten Straße am Fuß des Gebäudes lag. Die kahlen Bäume verwandelten sich im Licht der Straßenlaternen, der Autoscheinwerfer und des kühlen Schimmers, der aus den Fenstern über und unter Cedrics Wohnung drang, in bizarre Riesen mit knorrigen Gliedern. Fußgänger eilten geschäftig den Bürgersteig entlang, manche blieben zu zweit oder in kleinen Gruppen stehen, um zu plaudern und zu lachen. Frei hatte die Kerzen gelöscht, so dass sie sehen konnte, was draußen geschah, ohne selbst gesehen zu werden. Die Welt dort unten war so lebendig und voller Bewegung, so groß und fremd – und ein wenig furchteinflößend. Frei fragte sich, ob sie wirklich jemals würde Teil davon sein können. Von dem, was vermutlich ein ganz normales Leben war.

Vampirleben.

Frei schloss die Hände um den leeren Blutbeutel in ihrem Schoß. Sie beobachtete die Straße nun seit mehr als drei Stunden, und sie hatte keinen einzigen Menschen gesehen. Warum wohl nicht? Nur Vampire, überall. Aber sie alle mussten einmal Menschen gewesen sein. Das Blut, das sie tranken, war Menschenblut. Wo also waren die Menschen? Sie musste Cedric danach fragen – auch wenn sie eigentlich kein besonderes Bedürfnis danach hatte, ihn schon wieder zu sehen. Die Lähmung hatte nachgelassen, wie er es versprochen hatte. Die leise schwelende Wut auf ihn war geblieben. Aber es war, wie es war. Cedric blieb vorerst die einzige Person, der Frei Fragen stellen konnte, also musste sie sich irgendwie mit ihm arrangieren. Auch wenn sie sich nicht recht vorstellen konnte, wie. Mit dem Cedric, der Klavier spielte, wäre es vielleicht gegangen. Aber nicht mit dem, der sie demütigte und ihr seinen Willen aufzwang.

Oder war das ungerecht? Schließlich hatte er sie doch gerettet …

Frei seufzte leise. Sie wusste gar nicht mehr, was sie denken sollte. Aber wie auch, wenn ihr ständig dieser rasende Hunger dazwischen kam? Sie tastete über die Blutflecken, die Cedrics Mantel bei ihrer letzten wilden Mahlzeit abbekommen hatte, drüben im Zimmer mit dem Sarg, das jetzt vermutlich grauenhaft zugerichtet war – nur fiel das in der Dunkelheit nicht so sehr auf. Dann legte sie ihre Finger gegen die kühle Fensterscheibe, in der Hoffnung, dadurch das Zittern abzustellen, das ihren Körper vibrieren ließ.

Es half nicht. Natürlich nicht.

Als sie endlich den Fahrstuhl summen hörte, kündigte ein blasser Schimmer über den Bäumen im Park bereits den Morgen an. Auf der Straße am Fuß des Gebäudes war nun kein einziger Vampir mehr zu sehen. Fasziniert beobachtete Frei, wie die klaren Scheiben der Fensterfront sich mit dem kräftiger werdenden Licht dunkler tönten, so dass die Strahlen niemals stark genug wurden, um sie verletzen zu können.

Sie saß noch immer so da, als sich die Tür öffnete und Cedric auf leisen Sohlen die Wohnung betrat. Er sagte nichts, und Frei drehte sich nicht um. Sie konnte den Blick einfach nicht von den Farben lösen. Vom satten Grün des Rasens unter den Bäumen, violett und weiß gesprenkelt von den Blüten der ersten Krokusse. Vom Braun der nackten Äste und vor allem nicht vom Rosa, Silber, Gold und Blau des nahenden Sonnenaufgangs. Wie viel schöner musste all das aussehen, wenn man es nicht durch getöntes Glas betrachtete?

Etwas raschelte hinter ihr, ganz in ihrer Nähe, und dann wurde etwas sacht neben ihr auf den Teppich gestellt. Leise Schritte entfernten sich. Frei hörte helles Klappern und das Klirren von Porzellan – und kurz darauf das Brodeln von Wasser, das zu kochen begann. Der Duft von schwarzem Tee erfüllte die Wohnung. Und schließlich kehrte Cedric zu Frei zurück, um sich neben sie auf den Teppich zu setzen. Wortlos reichte er ihr eine Tasse.

Frei warf ihm einen kurzen Blick zu. Er sah erschöpft aus, dachte sie. Oder lag es daran, dass die Schatten unter seinen Augen im Morgenlicht besser zu sehen waren als bei Kerzenschein? Frei schien es plötzlich sehr schwierig, die Wut aufrechtzuerhalten, die sie die Nacht über wie einen Klumpen Blei in ihrem Magen mit sich herumgetragen hatte.

Cedric lächelte matt, als hätte er beim Anblick seines verschwommenen Spiegelbilds in der Fensterscheibe ähnliche Gedanken gehabt. »Ich habe dir etwas zum Anziehen gekauft.«

Erst jetzt fiel Frei wieder ein, dass er etwas neben ihr abgestellt hatte. Sie wandte sich um und erkannte mehrere Tüten, die verschiedene Kleidungsstücke enthielten – und einen Schuhkarton.

»Vielleicht ist das ein oder andere zu groß.« Cedric hob die Teetasse näher an sein Gesicht. »Damit wirst du leben müssen. Fürs Erste.«

Frei nickte sprachlos. Sie musste zugeben, dass sie mit so viel Fürsorglichkeit nicht gerechnet hatte – nicht nach ihrem Gespräch am Abend. Warum tat er das für sie, wenn er doch nur vermeiden wollte, dass jemand erfuhr, was für Auswirkungen seine Experimente auf die Versuchsobjekte hatten? Bei dem Gedanken fing es in Freis Magen doch wieder an zu brodeln, aber sie verkniff sich einen Kommentar. So undankbar wollte sie nicht sein.

»Was macht dein Bein?« Cedric musterte sie aufmerksam.

Frei hob leicht die Schultern. »Etwas besser.«

Cedric nickte. Sein Blick fiel auf die leere Konserve in ihrem Schoß. Er kommentierte sie nicht, aber Frei glaubte zu sehen, dass er erleichtert war, sie nicht schon wieder ans Trinken erinnern zu müssen.

»Glaubst du, du könntest es schaffen, dich für ein paar Minuten vernünftig mit mir zu unterhalten, ohne gleich in Berserkerwut zu verfallen?«

Frei atmete tief ein und spürte, wie das beruhigende Aroma des Tees durch sie hindurch strömte. Dann zwang sie sich, Cedric direkt anzusehen. »Das kommt darauf an, ob du mir noch mal einen Grund gibst, dich zerfleischen zu wollen.«

Cedric lächelte schief – und zum ersten Mal, seit sie ihn kannte, hatte Frei das Gefühl, dass er wirklich sie damit meinte. »Ich gebe mein Bestes.«

Es war entwaffnend, dachte Frei verblüfft. Dieses seltene Lächeln, das so ganz ohne den beißenden Zynismus auskam, der Cedric für gewöhnlich auszeichnete.

»Erzähl schon«, murmelte sie, während sie sich noch bemühte, ihre Überraschung nicht zu offensichtlich zu zeigen. »Ich werde mich zusammenreißen.«

Cedrics Gesicht wurde wieder ernst. »Das hoffe ich für uns beide«, sagte er ruhig. »Es gibt nämlich so einiges, um das wir uns von jetzt an kümmern müssen. Und es wäre von Vorteil, wenn wir unsere Energie dabei nicht mit unnötigem Kräftemessen verschwenden. Dass du dabei den Kürzeren ziehst, ist dir ja wohl klar.«

Frei holte etwas angestrengt Atem. Ja, dachte sie, es fing gut an, wenngleich der vierte Satz ihrer Unterhaltung sie schon wieder zur Weißglut brachte.

Cedric lächelte verhalten, als wüsste er genau, was sie dachte. Aber er sagte nichts dazu. »Fangen wir mal damit an«, fuhr er fort, »dass du mir erzählst, was du eigentlich willst. Was stellst du dir vor, wie es mit dir weitergehen soll? Und sag mir nicht, dass du die Unsterblichkeit hasst. Du kannst nicht sterben, und wir werden keine Zeit damit verschwenden, Unmögliches zu diskutieren. Also: Was willst du tun mit deinem Leben?«

Frei schwieg und sah zum Fenster hinaus, wo die Morgensonne inzwischen auf dem noch taufeuchten Gras glitzerte und den Asphalt der Straße unter einem diesigen Schleier verschwinden ließ. Ihre Lider waren bereits furchtbar schwer, aber sie spürte deutlich, dass dieses Gespräch wichtig und ihre Antwort entscheidend für den Weg war, den sie von nun an einschlagen würde. Natürlich konnte sie die Ewigkeit nicht mit Wut auf Cedric und Hass auf sich selbst verbringen. Die Ewigkeit, bei der allein der Gedanke daran ausreichte, ihr Übelkeit zu verursachen. Cedric hatte recht: Es gab Dinge, die waren weitaus wichtiger als das, wenn sie überhaupt eine Chance haben wollte, ihr Schicksal jemals zu akzeptieren.

»Ich will eine richtige Person sein«, sagte sie endlich leise. »Ich fühle, dass mir etwas fehlt, damit ich vollständig bin. Ich … muss Red September finden. Er hat den anderen Teil von mir. Frag mich nicht, warum ich das glaube. Ich weiß es einfach. Ich will meine Vergangenheit zurück, unbedingt. Und er gehört dazu. Er *ist* meine Vergangenheit.«

Neben ihr war es eine Weile still. Aber Frei spürte, dass Cedric sie ansah. Sehr lange. Und sehr nachdenklich.

»Es gibt«, sagte er schließlich langsam, »zwei Dinge, um die wir uns kümmern sollten. Zum einen werden wir herausfinden müssen, wie wir deine Aggressivität zuverlässig unter Kontrolle bringen können. Ich verstehe, warum du diesen Menschen suchen willst, aber es wäre sehr unvernünftig, Hals über Kopf loszustürmen, ehe du dir sicher bist, dass du jede deiner Handlungen absolut im Griff hast. Und ich sage dir auch, warum. Denn zum Zweiten besitzt du etwas, das außer dir meines Wissens kein anderer progressiver Vampir hat: eine Blutgabe. Eine sehr seltene noch dazu. Das ist eine große Verantwortung, und du wirst üben müssen, damit umzugehen – gewissenhaft und gründlich. Je eher wir damit anfangen, desto besser. Ich helfe dir dabei, aber du musst bereit sein, dich nach exakt meinen Anweisungen zu richten. Fragen stellen kannst du natürlich jederzeit. Aber dir muss klar sein, dass du dich selbst und andere gefährdest, wenn du mir nicht vertraust. Glaubst du, dass du das kannst?«

Nun wandte Frei sich doch wieder zu ihm um. »Eine Blutgabe?« Sie starrte Cedric entgeistert an. »Du meinst … so wie du?« Das Kribbeln, das am Abend zuvor durch ihre Arme geflossen war und Cedric fast dazu gebracht hätte, sie loszulassen, kam ihr wieder in den Sinn. Konnte es sein … war es das, was er gemeint hatte? Sie hatte eine Blutgabe?

Cedric nickte ernst. »Um genau zu sein, ist es die gleiche wie meine. Was vermutlich dein Glück ist, denn ich hatte schon ein paar Jahre Zeit, mich damit auseinanderzusetzen, wie sie funktioniert.« Er hob einen Mundwinkel zu einem halben Lächeln. »Aber keine Sorge, wir fangen nicht mehr heute damit an. Du kannst ja kaum noch die Augen offen halten.« Für einen Moment legte er ihr eine Hand auf den Kopf. Dann stand er auf. »Also, Zeit zu schlafen. Morgen wird eine lange Nacht.«

Frei stellte vorsichtig die Teetasse auf den Boden. Sie durfte Cedric nicht widersprechen, wenn sie ihn nicht verärgern wollte, das hatte sie inzwischen verstanden. Wenn er sagte, sie solle schlafen, war jetzt nicht der passende Augenblick, um ihm weitere Fragen zu stellen. Und wenn sie ehrlich zu sich selbst war, musste sie das, was er ihr gerade eröffnet hatte, auch erst einmal verarbeiten. Aber sie wollte ihn trotzdem um etwas bitten.

»Cedric …«

Cedric wandte sich um, die Brauen leicht zusammengezogen, als fürchtete er eine erneute Diskussion. Frei konnte es ihm nicht verübeln. Sie bemühte sich um ein Lächeln. »Kannst du … mir vielleicht noch einmal das Stück von gestern Abend vorspielen?« Sie sah zum Flügel hinüber. »Ich glaube, dass es mir helfen würde. Beim Einschlafen, meine ich.«

Cedric strich sich die Haare aus der Stirn. Er sah erleichtert aus. »In Ordnung. Leg dich hin.«

Frei stand rasch auf, ohne auch nur an weitere Einwände zu denken. Sie griff nach den Tüten mit den Kleidungsstücken und trug sie hinüber in das Zimmer mit dem Sarg. Dann kroch sie in die weichen Decken, zwischen denen sie schon am vorangegangenen Tag so fest und traumlos geschlafen hatte. Und als sie den Deckel über sich zog, erklangen jenseits des Holzes die ersten Klaviertöne.

Als Frei am nächsten Abend erwachte, kam ihr die Dunkelheit des Sarges schon beinahe vertraut vor. Leise stand sie auf und wühlte im schwachen Licht, das durch den Türspalt drang, in den Tüten, die Cedric ihr mitgebracht hatte. Hosen, T-Shirts und Pullover, eine dicke Jacke und gefütterte Schnürschuhe. Das war definitiv besser als das Nachthemd. Wärmer vor allem.

Frei streifte Cedrics Mantel ab und warf ihn über die Truhe mit den Blutkonserven.

Blut … Sie hielt inne. Vermutlich war es besser, erst zu trinken und dann die neuen Kleider anzuziehen. Frei warf einen Blick zur Tür, durch die wie schon am Vorabend gelbes Licht fiel, und lauschte. Aber aus dem Hauptraum war nichts zu hören. War Cedric überhaupt da? Aber sicher, dachte Frei. Bestimmt hätte er ihr gesagt, wenn er die Wohnung verlassen musste. Sie hätte sich gewünscht, dass er wieder Klavier spielte, während sie trank. Aber schließlich wollte sie ja selbstständig werden. Dann musste sie sich auch allein ernähren können.

Mit einem tiefen Atemzug öffnete sie die Truhe – und brachte es hinter sich.

Als der rote Schleier sich wieder hob, war es im Hauptraum immer noch still. Mit den letzten Fetzen ihres Nachthemds wischte Frei sich notdürftig das Blut aus dem Gesicht und schlüpfte rasch in die neuen Kleider. Dann ging sie ins Wohnzimmer hinüber.

Draußen war die Sonne wieder untergegangen, und die Kerzen erhellten die Wohnung. Wie Frei vermutet hatte, war Cedric tatsächlich da. Er saß an dem Tisch bei der Fensterfront und wandte ihr den Rücken zu. Die Tischplatte hatte er mit alten Zeitungen ausgelegt, und darauf stand eine Reihe von Tontöpfen, die mit feuchter Erde gefüllt waren. Daneben lag ein Plastikbeutel mit etwas, das aussah wie kleine, vertrocknete Zwiebeln. Als Frei das Zimmer betrat, drehte Cedric sich halb zu ihr um. »Ah, Frei. Guten Abend.« Er musterte sie aufmerksam. Falls er sie toben gehört hatte, ließ er es sich nicht anmerken. »Du bist früh wach, das ist gut.«

Zögernd trat Frei näher. »Was ist das?«

Cedric stand auf, rückte ihr den Stuhl zurecht, auf dem er eben noch gesessen hatte, und ließ sich anschließend neben ihr nieder. »Deine erste Aufgabe. Ich sagte ja gestern schon: Je früher wir anfangen, desto besser.« Er zog einen der Töpfe zu sich heran und grub mit Zeige- und Mittelfinger ein Loch in die Erde, bis sie bis zum Grundgelenk darin verschwanden.

Dann wischte er sich die Hand an der Zeitung auf dem Tisch notdürftig ab und griff nach dem Beutel, um eine der Zwiebeln herauszuschütteln.

Verständnislos griff Frei nach dem Kärtchen, das unter der Tüte gelegen hatte. Schlanke Blumen mit langen, spitzen Blättern und blutroten Blüten waren darauf abgebildet. Etliche Sekunden lang sah Frei auf das Foto, ohne begreifen zu können, was das alles mit ihrem Gespräch vom letzten Morgen zu tun haben sollte.

»Gladiolen«, erklärte Cedric, »oder auch Schwertlilien. Sie sind angeblich ein Symbol für Charakterstärke.« Er lächelte schief. »Aber du kannst dir vielleicht denken, dass es nicht das ist, worum es hier gehen soll.«

Frei runzelte die Stirn. Nein, dachte sie, das sollte es nicht, zumindest hoffte sie das. Sie war nicht hier, weil sie Gärtnerin werden wollte, und auch nicht, um sich kryptische Vorträge über Blumensymbolik anzuhören. Zum Glück konnte sie sich bei Cedric wirklich kaum vorstellen, dass er auf so etwas aus war.

Cedric schloss die Hand um die Blumenzwiebel. »Deine und meine Blutgabe, Frei«, fuhr er fort, »ist die seltenste, die es gibt – und auch diejenige, die die größte Verantwortung mit sich bringt. Offiziell nennt man sie die Organische Manipulation, falls dich jemals jemand danach fragen sollte. Aber es lässt sich auch einfacher beschreiben: Wenn du diese Gabe beherrschst, beherrschst du das Leben. Deins und das von anderen.«

Frei starrte ihn entgeistert an. Wollte er sie veralbern? Solche Kräfte sollte sie haben? Aber Cedric sah keineswegs so aus, als wolle er sich über sie lustig machen. Im Gegenteil.

»Es ist wichtig, dass du von Grund auf begreifst, was für eine Macht du besitzt und wie ungeheuer notwendig es ist, sie absolut unter Kontrolle zu haben«, fuhr er fort. »Und zwar selbst dann, wenn man vom moralischen Aspekt absieht – oder von der Gefahr, dich selbst und andere zu verletzen. Gerade Vampire mit unserer Gabe unterliegen strengen Auflagen und Kontrollen, was den Einsatz unserer Fähigkeiten betrifft. Die Organische Manipulation ist selten, aber wir sind trotzdem längst nicht die Einzigen, die sie besitzen. Und es gibt unter uns einige, die darauf spezialisiert sind, den rechtmäßigen Einsatz von Blutgaben zu kontrollieren – und bei schweren Verstößen die Gabe des Straftäters zu löschen. Ich kann dir versprechen, dass das kein angenehmer Vorgang ist.« Er fuhr sich mit der freien Hand durch die Haare. »Um ehrlich zu sein, bin ich nicht sicher, ob es in deinem Fall nicht schon als Verstoß gilt, dass du überhaupt eine Blutgabe besitzt. Wie gesagt, ich wüsste nicht, dass vor dir jemals ein progressiver Vampir eine gehabt hätte.«

Frei schluckte mühsam. Cedrics Worte klangen bedrohlicher, als ihr lieb war. Die Gabe löschen. Nein, das hörte sich keineswegs gemütlich an, wenn sie bedachte, wie unangenehm selbst Cedrics Lähmung sein konnte. »Das heißt, du willst mir raten, vorsichtig zu sein.«

Cedric nickte. »Genau das. Denk lieber dreimal nach, ehe du deine Gabe einsetzt oder auch nur über sie sprichst, wenn andere Vampire in der Nähe sind.«

Frei konnte nicht anders. Sie musste lachen. »Also, die Gefahr scheint mir ja ganz unglaublich zu sein. Oder hast du vor, hier demnächst eine Party steigen zu lassen, um mich all deinen zahlreichen Freunden vorzustellen?«

Eine kleine Falte erschien über Cedrics Nasenwurzel. »Nein, Frei. Nicht direkt. Aber irgendwann wirst du dich mit der Welt da draußen auseinandersetzen müssen. Oder willst du dich ewig hier verkriechen und hoffen, dass Red September von allein zu dir kommt?«

Freis Lachen verblasste. Ja, natürlich, dachte sie. Er hätte ihr das nicht sagen müssen. Sie musste sich auf die Suche machen, und zwar bald, das war ihr sehr bewusst. Aber schon jetzt, nach nur einer Nacht, in der sie lediglich die Straße am Fuß des Gebäudes beobachtet hatte, kam ihr dieses Vorhaben unendlich viel waghalsiger und unmöglicher vor, als sie es sich jemals ausgemalt hatte. Cedric hatte es am Morgen schon gesagt: Sie hatte keine Ahnung von der Welt und wie man darin lebte. Frei kam sich plötzlich sehr klein vor. Sie wagte kaum, den Kopf zu heben, um Cedric anzusehen.

»Wirst du mir helfen, ihn zu finden?«

Cedric antwortete nicht sofort. Eine kleine Ewigkeit lang sah er sie nur an, mit einem Gesichtsausdruck, den Frei nicht deuten konnte. Schließlich aber nickte er langsam. »Ich kann dir nichts versprechen. Aber wir werden es versuchen. Allerdings erst, wenn ich der Ansicht bin, dass du so weit bist. Und du musst es mir überlassen, den Zeitpunkt zu bestimmen. Im Augenblick bist du noch ein sehr großes Risiko, für dich und für andere – aber das weißt du ja selbst.«

Frei ballte die Fäuste und senkte den Blick. »Ja, ich weiß.«

Aber nicht mehr lange, dachte sie verbissen. Sie musste es schaffen, und sie würde es schaffen. »Fangen wir an mit den Übungen!«

Ein kleines Lächeln erschien auf Cedrics Gesicht. »So gefällst du mir.« Er öffnete die Hand, die noch immer die Blumenzwiebel umschlossen gehalten hatte. Sie lag dort, wie sie auch schon in der Tüte gelegen hatte – klein, schrumpelig und unscheinbar.

»Das Wichtigste, was du über die Gabe wissen musst, um sie zu verstehen«, erklärte er, »ist, dass du damit nichts tun kannst, was von Natur aus unmöglich ist. Ich will nicht mit einer biologischen Definition von Leben anfangen, aber die Biologie – die Lehre vom Leben – gibt uns bestimmte Gesetzmäßigkeiten und Regeln an die Hand, die eingehalten werden müssen.

Jeder Organismus ist ein in sich geschlossenes System, das sich selbst erhält. Natürlich gibt es Verbindungen zur Umwelt, die lebensnotwendig sind, wie beispielsweise die Aufnahme von Nährstoffen. Aber die müssen kontrolliert ablaufen und dürfen nicht mit Gewalt erzwungen werden. Nehmen wir an, du würdest versuchen, aus dieser Gladiolenzwiebel eine Gerbera wachsen zu lassen. Das würde nicht funktionieren. Sie würde sterben.«

Frei starrte auf die Zwiebel in Cedrics Hand. Daraus sollte sie eine Blume wachsen lassen können, die aussah wie die auf dem Kärtchen? Aber keine andere?

»Könntest du es?«, fragte sie leise.

Cedric hob einen Mundwinkel. »Ich? Nun ja – ich könnte, vermute ich. Aber ich würde es nicht tun. Wenn ich Gerbera haben wollte, würde ich Gerberasamen kaufen.« Er schüttelte den Kopf. »Gegen die Natur zu arbeiten ist schwierig, kräftezehrend und oft auch gefährlich. Alles in allem: nicht empfehlenswert.« Er legte die Zwiebel behutsam in das Loch und schob die Erde wieder darüber. »Es verlangt der Pflanze genug ab, mitten in der Nacht zu keimen. Aber ich denke, morgen früh sollten wir die ersten Ergebnisse sehen. Also. Jetzt du.« Er griff nach der Tüte mit den Zwiebeln und schüttelte eine zweite heraus. »Gib mir deine Hand.«

Frei schluckte und starrte auf Cedrics ausgestreckte Finger. Ihr Herz schlug plötzlich sehr schnell.

»Frei«, wiederholte Cedric sehr bestimmt. »Gib mir deine Hand!«

Zögernd streckte Frei den Arm aus, bis ihre Fingerspitzen fast die seinen berührten. Ein seltsames Gefühl prickelte auf ihrer Haut, erwartungsvoll und gleichzeitig nervös. Cedric umschloss ihren Handrücken mit leichtem Druck. Er hat ziemlich große Hände, dachte Frei überrascht. Bisher war ihr das nie aufgefallen, weil seine Finger lang und schmal waren. Aber jetzt, im direkten Vergleich, wirkte ihre eigene Hand sehr klein. Zerbrechlich und schutzlos wie die Zwiebel, die Cedric nun in ihre Handfläche legte.

»Konzentrier dich auf die Pflanze«, wies er Frei an. »Was spürst du?«

Frei atmete tief durch und richtete ihren Blick fest auf die Blumenzwiebel. Aber alles, was sie spürte, war der Druck von Cedrics Fingern und das Gefühl von seiner Haut, die kühl, aber im Vergleich zu ihrer eigenen so unendlich viel wärmer war. Wenn sie nur ein bisschen von dieser Wärme für sich haben könnte … Ihr Atem ging schneller.

»Frei!«

Sie zuckte zusammen, als ein jäher Schmerz durch ihre Finger bis hinauf in ihre Schulter schoss. Aber Cedric erlaubte ihr nicht, den Arm zurückzureißen.

»Genau solche Dummheiten sind es, die du unter Kontrolle bekommen musst.« Er sah sie scharf an. »Wenn du das bei deinem Red machst, bringst du ihn damit um, ist dir das klar?«

Frei schnappte nach Luft. Ihn umbringen … nein! Niemals! Sie presste die Lippen zusammen und nickte.

»Die Pflanze«, wiederholte Cedric mit Nachdruck. »Konzentrier dich!«

Frei schloss die Augen. Die Pflanze … Er hatte gut reden! Die Zwiebel war so leicht, dass sie ihr Gewicht kaum wahrnahm. Aber sie war da, sie wusste es ja, es musste also möglich sein, sie auch zu spüren!

Und dann spürte sie es tatsächlich.

Es war nur ein vages Gefühl, blass und so schwach, dass es fast unwirklich schien – als wäre mitten in ihrer Handfläche ein winziger, warmer Fleck, der schwach waberte, sich langsam ausdehnte und wieder zusammenzog …

Nein. Kein Wabern. Frei schluckte mühsam. Ihr Hals fühlte sich plötzlich trocken an. Es war wie ein schwaches Atmen. Ein. Aus. Ein und wieder aus.

Frei öffnete die Augen und sah Cedric ungläubig an. »Sie schläft.« Ohne sich dessen bewusst zu sein, hatte sie die Stimme gesenkt, wie in einem albernen Versuch, die Zwiebel nicht zu wecken.

Cedric nickte. »So könnte man es nennen – es sei denn, man hat Biologie studiert. Aber über die Feinheiten sprechen wir später.«

Frei leckte sich über die Lippen. Die winzige Knolle in ihrer Hand fühlte sich jetzt so warm und lebendig an und gleichzeitig so zerbrechlich, dass es sie schrecklich nervös machte. »Was jetzt?«

Cedric warf einen Blick auf die Blumentöpfe. »Wir wecken sie, um bei deiner Metapher zu bleiben. Das ist eine der einfachsten Übungen. Grundsätzlich weiß die Pflanze, was sie tun muss. Sie braucht nur einen Reiz, der die nötigen Stoffwechselprozesse in Gang setzt. Normalerweise sind das Wärme und Licht. Und heute Nacht bist du es. Also, bring sie zum Keimen. Alles Weitere geht dann erst einmal von selbst.«

Frei starrte auf die Blumenzwiebel. Sie zum Keimen bringen. Aber … »Wie denn?«, fragte sie hilflos.

Cedric seufzte leise. »Mit einem Gedanken. So wie du mich gestern dazu bringen wolltest, dich loszulassen. Es ist das gleiche Prinzip. Nur ein bisschen vorsichtiger, wenn ich bitten darf.«

Mit einem Gedanken? Frei schluckte. Dann nickte sie entschlossen. Cedric würde schon wissen, wovon er sprach. Wenn er sagte, sie könnte es, dann konnte sie es auch. Ihre Hand begann zu kribbeln, als ob sie lange darauf gelegen hätte und nun die Blutzufuhr wieder in Gang kam.

Wach auf!, sagte sie stumm zu der Zwiebel. *Genug geschlafen!*

Cedrics Griff wurde fester. »Langsam, Frei!« Ein Teil des Kribbelns floss durch seine Finger davon, verlor sich in der Kühle seiner Haut.

Frei atmete mühsam durch, versuchte die Energie zu bremsen, die in ihr prickelte und brannte. Nur widerwillig beruhigte sich das Flattern, das von ihrem Inneren Besitz ergriffen hatte, kam zur Ruhe im Rhythmus ihres Atems, den sie, ohne es zu merken, an den des warmen Flecks in ihrer Handfläche angepasst hatte. Und dann spürte sie, wie sich im Inneren der Blumenzwiebel etwas regte. Sie hätte kaum beschreiben können, was es war, das sie fühlte. Aber sie wusste plötzlich mit Sicherheit, dass die Pflanze aus ihrem Schlaf erwacht war; dass sie darauf drängte, sich zu strecken, zu wachsen und zu blühen.

»Sehr gut.« Cedrics Stimme klang nun wieder gelassen. »Du kannst sie jetzt pflanzen. Versuch die Verbindung zu halten, wenn ich dich loslasse, einverstanden?«

Frei nickte angespannt und lauschte auf den leisen Atem der Blumenzwiebel. Als Cedric die Finger von ihrem Handrücken löste, wurde der warme Fleck augenblicklich kälter. Das Gefühl, etwas Lebendiges in der Hand zu halten, schwand. Frei biss die Zähne zusammen und versuchte, sich an dem Gefühl festzuklammern, richtete all ihre Sinne auf den schrumpeligen Ball in ihrer Handfläche. Etwas zuckte auf ihrer Haut. Dann schoss erneut ein Kribbeln ihren Arm hinab, fast schmerzhaft in seiner Intensität – und plötzlich war die Zwiebel glühend heiß. Ein erschreckter Schrei rutschte über Freis Lippen, und sie ließ die Zwiebel fallen, sprang mit einer hastigen Bewegung auf die Füße, dass der Stuhl umfiel und der Tisch kippte. Das schwere Möbelstück polterte zu Boden und riss die Blumentöpfe mit sich. Scheppernd gingen mehrere von ihnen zu Bruch, und die Erde verteilte sich über den Teppich vor dem Fenster. Mit dem nackten Fuß trat Frei auf die trockene Knolle, um die Glut zu ersticken – einmal, zweimal, bis nichts mehr von der gefährlichen Hitze übrig war …

Schwer atmend hielt sie inne. Im Zimmer war es plötzlich sehr still. Langsam hob sie den Blick.

Cedric saß noch immer auf seinem Stuhl, als wäre nichts geschehen. Er hatte sich zurückgelehnt und die Arme vor der Brust verschränkt. »Ich meine mich zu erinnern«, bemerkte er trocken, »dass ich etwas von Vorsicht erwähnt habe.« Er schüttelte leicht den Kopf. »Noch mal von vorn.«

Frei starrte auf das faserige Häufchen hinunter, das von der Zwiebel übrig geblieben war. Ihre Beine zitterten heftig, und sie sank auf die Knie. Frustrierte Tränen brannten hinter ihren Lidern. »Ich habe sie getötet«, flüsterte sie.

Cedric nickte. »Sehr gut erkannt.« Er stand auf, ging um den gestürzten Tisch herum und fischte den Beutel mit den Zwiebeln aus dem Trümmerhaufen. Dann hielt er Frei die Tüte hin. »Also. Ich denke, dir wird es heute Nacht nicht langweilig werden.«

»Nein!« Mit einem wütenden Laut schlug Frei ihm den Beutel aus der Hand. Die Zwiebeln verteilten sich über den Fußboden. »Ich … ich kann das nicht! Ich werde sie alle umbringen!«

Cedric hob die Brauen und musterte sie kritisch. *»Ich kann das nicht* ist eine Formulierung, die du dir unbedingt abgewöhnen solltest. Natürlich kannst du es noch nicht, deswegen sollst du es ja üben. Du weißt jetzt, worauf es ankommt. Nun musst du lernen, dieses Wissen anzuwenden.«

Frei schlang die Arme um ihre Brust und kauerte sich in der feuchten Erde zusammen. Sie schwitzte und zitterte inzwischen am ganzen Körper. »Du hättest es mir sagen müssen …« Ihre Stimme brach. »Du hättest das nicht zulassen dürfen!« Die letzten Worte drangen als erstickter Schrei über ihre

Lippen. Warum? Warum war sie bloß so? Sie zerstörte immer alles … Frei vergrub die Finger in den Haaren und zerrte daran, bis es schmerzte.

Monster. Bösartiges, grausames Monster!

Eine Hand griff nach ihrer und löste mit sanfter Bestimmtheit die verkrampften Finger. Als Frei aufsah, blickte sie in Cedrics ernstes Gesicht.

»Ich denke«, sagte er ruhig, »du bist zu hart mit dir selbst.«

Frei presste die Lippen zusammen und schwieg. Die ersten Tränen tropften zwischen die Erdklumpen vor ihren Knien. Was wusste er denn schon, dachte sie wütend. Was wusste er davon, ein Monster zu sein …?

Cedric seufzte leise. »Sieh mal, Frei, du musst das nicht allein tun. Ich bin hier und helfe dir. Es ist nur eine Pflanze. Sie hat kein Bewusstsein und kein Schmerzempfinden. Du brauchst dir keine Vorwürfe zu machen.«

Frei atmete mühsam ein und wieder aus. »Aber …« Ihre Stimme fühlte sich noch immer brüchig an. »Ich habe gespürt, dass sie lebt! Und ich habe sie umgebracht!«

»Ich weiß. Ich weiß, es ist schwer.« Ganz leicht strichen Cedrics Finger über ihre Wange. Warm und behutsam. Die Berührung tat Frei gut, als würde er mit den Tränen einen Teil der brennenden Schuld von ihrer Haut wischen. »Du wirst schon lernen, deine Kraft zu kontrollieren. Mach dir nicht zu viele Sorgen. Das haben noch ganz andere geschafft.«

Noch Sekunden zuvor hätte Frei ihn für diese Worte bitter ausgelacht. Aber jetzt, wo er sie so ruhig und freundlich ansah, konnte sie nicht. Das hatte er nicht verdient, egal, wie enttäuscht sie von sich selbst war.

»Tut mir leid … wegen dem Teppich«, murmelte sie kleinlaut.

Cedric warf einen kurzen Blick auf den hässlichen braunen

Fleck, der den Boden vor der Fensterfront zierte. Dann hob er leicht die Schultern. »Halb so wild. Meine Reinigungsfachkraft kommt morgen früh.« Er stand auf und klopfte sich die Erdkrümel von der Hose. Dann streckte er Frei die Hand entgegen. »Na komm. Es wird niemals besser werden, wenn du den Kopf in den Sand steckst. Das weißt du doch.« Er ließ seinen Blick über die verstreuten Zwiebeln schweifen. »Wenn ich das richtig sehe, haben wir noch etwa fünfundzwanzig Versuche – das sollte mehr als genug sein.«

Frei atmete tief durch. Hatte sie denn eine Wahl?

»Wenn du das bei deinem Red machst, bringst du ihn damit um.«

Nein, dachte sie. Niemals, niemals durfte sie das zulassen! Sie musste lernen, diese unheimliche Kraft zu kontrollieren. Um jeden Preis.

»Ist gut«, sagte sie und bemühte sich energisch, das Zittern in ihrer Stimme zu unterdrücken. »Ich … ich pack das schon.«

Ein schiefes Lächeln erschien in Cedrics Mundwinkeln. Dann bückte er sich nach dem Plastikbeutel, in dem noch einige wenige Zwiebeln übrig waren, und drückte ihn Frei in die Hand.

»Aber natürlich«, sagte er freundlich. »Da bin ich mir ganz sicher.«

Kapitel Neun

In der Nähe von Loch Liath, Schottland

Zuerst war es nur ein Geruch – fein und schwer zugleich wie eine Ahnung von wilden Blumen –, der Red im Halbschlaf in die Nase stieg. Schläfrig atmete er mit geschlossenen Augen ein, lauschte auf das Wispern und Knacken der Zweige über ihm und spürte die kühle Feuchtigkeit des Mooses an seiner Wange.

Doch erst, als sich zwei warme Fingerspitzen an seine Wange legten, begriff er endlich, dass er nicht allein war. Er fuhr in die Höhe, die Hand schneller an seinem Revolver, als er denken konnte. Ein erschrecktes Keuchen, jemand zuckte zurück – und dann, als seine Augen endlich seinen übrigen Sinnen folgen konnten, sah Red das Mädchen.

Er blinzelte.

Ein *Menschen*mädchen?

Noch einmal blinzelte Red, aber das Wesen vor ihm löste sich wider Erwarten nicht in Luft und Morgenflimmern auf. Auf den zweiten Blick war es allerdings kein Mädchen, sondern vielmehr eine junge Frau. In seinem Alter vermutlich – obwohl sie auf Red im ersten Moment ein wenig unterentwickelt wirkte. Sie hatte den sehnigen Körper von jemandem, der sich viel und gern bewegte. Im Augenblick allerdings saß sie reichlich ungrazil auf ihrem Hinterteil und starrte Red verblüfft an. Ihr Haar hatte die Farbe von vertrocknetem Laub, dunkler an manchen Stellen vom Morgennebel, der noch in einer dicken Schicht über dem Felshang lag und von den knorrigen Eichen im Gehölz hinter ihr tropfte. Auf dem Rücken trug sie einen Rucksack mit abgewetzten Riemen, und an ihrer Hüfte steckten in einem breiten Ledergürtel verschiedene Gerätschaften, die auf Red ziemlich bizarr wirkten – und nicht ganz ungefährlich. Die Haut um die hellen Augen und die spitze Nase war gesprenkelt mit unzähligen winzigen, braunen Flecken.

Endlich rührte sich die Frau.

»Hallo«, sagte sie. Sie schien noch immer überrumpelt von Reds heftiger Reaktion, alles in allem aber nicht besonders ängstlich. Ein zögerndes Lächeln entblößte eine streichholzbreite Lücke zwischen ihren Schneidezähnen.

Langsam ließ Red den Revolver in seinen Schoß sinken. »Hallo«, erwiderte er.

Die Frau richtete sich auf die Knie auf – vorsichtig und ohne Red dabei aus den Augen zu lassen, als sei er ein wildes Tier, das sie nicht erschrecken durfte.

»Was für ein Baumgeist bist du denn?«

Es kostete Red etliche Sekunden, zu begreifen, dass sie tatsächlich Englisch gesprochen hatte – allerdings in einem so ungewöhnlichen Dialekt, dass er es um ein Haar nicht als seine Muttersprache erkannt hätte. Es war eine Mischung aus melodischem Singsang und stark gerollten Rs, die trotz der vertrauten Worte so fremd in seinen Ohren klang, dass er sich nicht sicher war, sie richtig verstanden zu haben. Reds Verwirrung wuchs.

Ein Baumgeist? Er? War das ein Witz?

Er fuhr sich mit der Hand durch die feuchten Haare, in denen noch Moosstückchen hingen, und warf einen unsicheren Blick auf das Eichengehölz.

»Ich bin Red September«, sagte er endlich, weil er nicht wusste, was er sonst antworten sollte.

Ein paar kleine Falten erschienen auf der Stirn der Frau.

»Red … September …« Sie schmeckte dem Klang einen Augenblick lang nach. »Red – wie rot?«

Red nickte stumm.

Die Frau hob eine Braue und musterte ihn skeptisch. Dann aber streckte sie Red die Hand entgegen. »Ich bin Elizabeth.«

Zögernd schloss Red seine Finger um ihre. Sie waren warm und kräftig, aber gleichzeitig angenehm weich. Ein bisschen wie Sarahs Hände, dachte Red, und ohne dass er es wollte, erschien ihm die Fremde namens Elizabeth gleich viel sympathischer.

Elizabeth lächelte erneut. Die braunen Flecken in der Nähe ihrer Augenwinkel kräuselten sich dabei. »Du fühlst dich ziemlich echt an.«

Red runzelte die Stirn. »Ich bin echt!«

Ein kleines Lachen rutschte über Elizabeths Lippen. Dann lehnte sie sich ein Stück vor und sah Red aus schelmisch funkelnden Augen an. »Also kein Geist?«

Reflexartig zog Red seinen Arm zurück und befreite seine Finger aus ihrem Griff, ehe sie noch fester zupacken konnte. Er wusste nicht recht, warum, aber er fühlte sich seltsam berührt von ihren Worten, obwohl sie scherzhaft klangen. Berührt – und verunsichert.

Er schüttelte den Kopf. »Nein. Wie kommst du darauf?«

Das Lachen verschwand von Elizabeths Gesicht. »Okay … Spaß beiseite. Wer bist du? Hier kommt nie ein fremder Mensch her.« Sie stockte, und ihre Miene verfinsterte sich. »Niemand kommt hierher.«

Ein eigentümliches Kribbeln breitete sich in Reds Brust aus – wie eine Ahnung, von der er nicht wusste, ob sie schrecklich oder wunderbar war. Eine unbestimmte Erregung, unheimlich intensiv und gleichzeitig so flüchtig, dass er sie nicht fassen konnte, wie der Wind, der an ihm vorbeistrich und in den Eichenzweigen raschelte. Und mit einem Mal war er sich wirklich nicht sicher, wer von ihnen beiden nun der Geist war.

»Hierher?«, hörte er sich fragen, noch ehe er wusste, dass er diese Frage stellen wollte. »Wo … wo ist das denn eigentlich? Hier?«

Zwischen Elizabeths Brauen erschienen zwei kleine Falten. »Du weißt nicht, wo du bist?«

Dann aber zeichnete sich plötzlich Begreifen auf ihrem Gesicht. »Du … Bist du etwa auf der Flucht?«

Red biss sich auf die Unterlippe. Flucht?, dachte er. Ja, allerdings. Aber nicht seine.

In diesem Moment fiel ein Schatten auf seine Gedanken. Red horchte auf, spürte, wie sich seine Sinne auf die wohlbekannte Dunkelheit ausrichteten. Jetzt endlich konnte er auch das Prickeln in seiner Brust zuordnen – und wunderte sich, dass er es nicht gleich als das erkannt hatte, was es war: eine Berührung durch ein Bewusstsein, das nicht seins war, dessen Körper jedoch noch zu weit entfernt war, um ihn zu erreichen. Nein, es war kein Zweifel möglich. Und es war ja auch so typisch. Von allen Tagen der Welt suchte Kris sich ausgerechnet diesen aus, um wieder aufzutauchen.

Elizabeth starrte Red noch immer fasziniert an und wartete auf eine Antwort. Aber dies war nicht der richtige Zeitpunkt, um die Wahrheit zu sagen – so viel war sicher. Schnell schüttelte er den Kopf. »Nein, ich bin nur … auf der Durchreise.«

Elizabeth stand auf. »Keine Angst«, sagte sie. Ihre Stimme klang nun rau und ein wenig zittrig – aber gleichzeitig auch wild entschlossen. »Hier wird dich niemand finden. Ich nehme dich mit nach Kinlochliath. Es ist nicht weit. Heute Abend sollten wir da sein.«

Red erstarrte. Er brauchte zwei oder drei Atemzüge, um seine Stimme wiederzufinden. Kinlochliath?

»Willst du damit sagen, hier in der Nähe gibt es eine Stadt?«

Eine Menschenstadt?

Elizabeth lachte kurz auf. Fast klang es, als schämte sie sich. »Wenn du so willst, ja. Ich würde es lieber ein gottverlassenes Nest nennen.« Sie streckte Red erneut die Hand entgegen. »Komm. Ich zeige es dir.«

Der Schatten in Reds Geist verdichtete sich zu tintendunkler Schwärze. Beinahe fühlte es sich an wie ein leises Lachen. Ein wenig benommen rappelte er sich ebenfalls auf. »Ich weiß nicht … ob das eine gute Idee ist«, wandte er lahm ein – und wusste doch nur zu genau, dass mindestens einer, der diese Unterhaltung verfolgte, die Idee ganz fantastisch finden würde. Langsam schob Red den Revolver in das Halfter an seiner Hüfte. Irgendwo tief in sich spürte er plötzlich ein fast schmerzhaftes Drängen, das ihn trieb, die Hand dieser Frau zu ergreifen. Aber Red ahnte, dass dieser Drang nicht nur aus ihm selbst kam – dass er den Wunsch von jemand anderem spürte, als wäre es seiner. Und er wusste ja sogar, von wem.

Elizabeth hielt ihm noch immer die Hand entgegen. »Bitte«, sagte sie. »Ich will dir doch helfen, Red September.«

Innerlich seufzte Red. Andererseits, dachte er dann, warum eigentlich nicht? Es würde ja niemandem schaden, wenn er sich ein wenig in dieser Stadt umsah. Und er würde wieder unter Menschen sein. Red schluckte trocken. Menschen. Es schien ein ganzes Leben her zu sein, seit er zuletzt mit einem gesprochen hatte. Und wenn er ehrlich war, fehlte ihm die Gesellschaft von seinesgleichen. Selbst wenn es Fremde waren und völlig unabhängig von dem, was Kris ihm eingab – er wollte sie sehen.

Trotzdem schaffte er es nicht, zu lächeln, als er seine Finger um Elizabeths schloss und die Erleichterung auf ihrem Gesicht sah. Und noch während er neben ihr den Hang hinaufstieg, regte sich in ihm bereits das schlechte Gewissen.

Weil er, indem er ihr folgte, die Dunkelheit in ihre Stadt brachte, ohne dass sie etwas davon ahnte.

Und weil er, seit langer Zeit zum ersten Mal, die Wärme einer menschlichen Hand in seiner genoss.

Einer Hand, die nicht Blues war.

Kapitel Zehn

Asia Park, Kenneth, Missouri

Der nächtliche Asia Park war ein bizarres, düsteres Märchenland voll raschelnder Stimmen und grotesker Schattenrisse, fleckenweise silbern und fahlblau angepinselt vom Mondlicht und der entfernten Straßenbeleuchtung. Frei und Cedric saßen auf einer Bank im Schatten einer ausladenden Trauerweide, am Rand eines der Wege, die zwischen finsteren Baumriesen und düster funkelnden Wasserläufen hindurchführten. Gelegentlich kamen andere Vampire an ihnen vorbei – Gruppen von Frauen, die lachten und plauderten, vereinzelte Jogger, Spaziergänger mit ihren Hunden. Niemand beachtete sie. Und trotzdem wurde Frei das Gefühl nicht los, dass alle sie anstarrten.

Seit dem Samstag, an dem sie zum ersten Mal daran gescheitert war, eine Blumenzwiebel zum Keimen zu bringen, hatte sie eine harte Woche hinter sich gebracht. Viel zu oft war sie in diesen Tagen an sich selbst verzweifelt, und viel zu oft hätte sie am liebsten alles hingeworfen. Aber Cedric war, was das betraf, absolut unnachgiebig. Er ließ es sie wieder und wieder versuchen – besänftigte sie zwar, wenn sie vor Hoffnungslosigkeit außer sich war, aber zwang sie doch gleich danach, weiterzumachen, auch wenn sie längst glaubte, nicht mehr zu können. Frei wusste nie, ob sie ihn dafür hassen oder lieben sollte, und oft genug war sie nah daran gewesen, vor Frust und Wut einfach aus dem Fenster zu springen und davonzulaufen.

Aber nach und nach, Schritt für Schritt, war sie unter seiner

Anleitung besser geworden. Inzwischen standen immerhin drei kräftige, gesunde Gladiolen auf dem Tisch an der Fensterfront, und es kostete Frei längst nicht mehr so viel Mühe, die Verbindung zu ihnen herzustellen und sie wachsen oder blühen zu lassen.

Doch sie hatte sich über diesen Fortschritt nur so lange freuen können, bis Cedric an diesem Samstagmorgen verkündet hatte, sie sei nun weit genug, um einen Ausflug in den Park zu machen. In den Park, das hieß dorthin, wo die Vampire waren, die sie bisher nur vom Fenster aus beobachtet hatte. Allein die Vorstellung, mitten unter ihnen zu sein, war für Freis Empfinden bei weitem zu überwältigend. Aber weil sie Cedric und seine Lehrmethoden inzwischen fast besser kannte, als ihr lieb war, hatte sie nicht einmal versucht zu widersprechen. Und nun saßen sie also hier.

Frei verkrampfte die Hände ineinander und hielt den Blick auf ihre Schuhspitzen gerichtet. Am liebsten hätte sie die Beine an die Brust gezogen und ihr Gesicht zwischen den Knien versteckt. Aber damit hätte sie erst recht die Aufmerksamkeit auf sich gezogen. Sie wünschte sich nur, die Zeit würde schneller vorübergehen, damit sie in die Sicherheit von Cedrics Wohnung hinter den getönten Scheiben zurückkehren konnte.

»Früher oder später«, sagte Cedric unvermittelt neben ihr, »wirst du dich an die Gesellschaft anderer gewöhnen müssen. Und auch an die Blicke von Fremden.«

Frei hob den Kopf. Cedrics Gesicht im Halbschatten von Weidenzweigen und Mondlicht war ruhig und sehr ernst. Manchmal war es ihr unheimlich, dachte Frei, wie genau diese gelben Augen stets zu sehen schienen, was in ihr vorging. Sie presste ihre Finger gegeneinander, bis es schmerzte. »Ich weiß«, murmelte sie.

»Die meisten von ihnen«, fuhr Cedric fort, »nehmen dich gar

nicht richtig wahr, auch wenn es sich für dich anders anfühlt. Aber ich kann dir versichern, sie denken kaum über dich nach.«

Frei runzelte ein wenig gereizt die Stirn. »Ach. Und woher willst du das so genau wissen?«

Cedric sah nicht länger zu ihr hin. Sein Blick ging den Weg hinunter und folgte den Schritten eines Pärchens, das eng umschlungen den mondbeschienenen Pfad entlang auf sie zukam. Aber auch ohne sein Gesicht zu sehen, hörte Frei an seiner Stimme, dass er die Brauen gehoben hatte, wie er es immer tat, wenn er der Ansicht war, dass sie sich unnötig bockig verhielt. »Weil ich ihnen zugehört habe.«

Frei riss die Augen auf. »Du hast … was?«

Nun wandte Cedric ihr doch wieder das Gesicht zu. »Das Leben, Frei«, erklärte er, »beinhaltet sehr viel mehr, als nur Pflanzen wachsen zu lassen. Die Möglichkeiten unserer Gabe schließen alles ein, was mit biochemischen Prozessen reguliert wird. Auch das Gehirn. Und das wiederum bedeutet, wenn wir es wollen und gelernt haben, kontrollieren wir auch die Gedanken.«

Frei starrte ihn ungläubig an. Das, dachte sie, erklärte natürlich einiges. »Das ist nicht dein Ernst. Du kannst Gedanken lesen?«

Cedric schüttelte leicht den Kopf. »Sei nicht albern. Du hast es doch selbst erlebt. Das sollte dich wirklich nicht überraschen.«

Frei biss sich auf die Unterlippe. Ja … sicher, es stimmte. Jedes Mal, wenn er sie behandelte, hatte er ihre Gedanken mühelos hören können. Es klang nur alles so viel unglaublicher, seit sie diese Dinge auch auf sich selbst beziehen musste. Wenn sie die gleiche Gabe hatten, musste sie grundsätzlich alles können, was er auch konnte. Und sie konnte definitiv keine Gedanken lesen. Oder?

»Aber da hast du mich berührt und eine Verbindung hergestellt«, wandte sie ein. »Du hast keinen von den Leuten hier im Park angefasst!«

Sie sah Cedrics Mundwinkel zucken, als sei er kurz davor, zu lachen. »Nein«, bestätigte er. »Das hast du gut beobachtet.« Er strich sich mit einer nachlässigen Bewegung die Haare aus der Stirn. »Berührung hilft. Am Anfang. Aber ich mache das schon eine Weile, wenn du verstehst. Du wirst es auch lernen. Sobald du gelernt hast, nicht alles zu töten, was du anfasst – wenn es nicht gerade Blumen sind.«

Frei presste die Lippen zusammen. Diese brutale Ehrlichkeit. Da war sie wieder. Dabei wäre es ihr lieber gewesen, er hätte nie mehr von ihrem Versagen gesprochen.

Als Cedrics Finger ihre verkrampften Hände berührten, fuhr sie erschrocken zusammen.

»Gib mir deine Hand«, sagte Cedric in dem gleichen bestimmten Tonfall, wie er ihn benutzt hatte, als er sie zum ersten Mal zwang, eine Pflanze zu wecken. Frei spürte, wie in ihr etwas zu zittern begann. Was hatte er denn jetzt wieder vor? Sie schüttelte den Kopf. »Ich würde lieber einfach hier sitzen«, sagte sie schnell.

Cedric seufzte. »Nein, Frei. Je eher du dich an das Gefühl gewöhnst, desto besser. Du musst nichts tun, und dir passiert nichts. Ich verspreche es dir.«

Frei schluckte. Nein, dachte sie, sie wollte das nicht. Sie wollte es nicht hören, nichts davon, was diese fremden Leute zu sagen oder zu denken hatten.

»Es spielt keine Rolle, ob du es willst oder nicht«, sagte Cedric. Er klang nun wieder ein wenig ungeduldig. »Jeder Aspekt deiner Gabe, den du nicht gewissenhaft trainierst, könnte früher oder später außer Kontrolle geraten. Und ich erlaube dir das nicht, Frei. Ist das endlich klar?«

Frei holte angestrengt Luft – aber sie widersprach nicht noch einmal. Es würde ja doch nichts bringen. Immerhin waren sie vermutlich für genau diese Übung hierhergekommen. Zögernd löste sie ihre schmerzenden Finger voneinander und legte ihre Hand in Cedrics.

Zunächst einmal geschah gar nichts. Nur das Gefühl von Cedrics kühler und zugleich warmer Haut an ihrer zog sich kribbelnd ihren Arm hinauf. Aber Frei zwang sich, nicht darüber nachzudenken, etwas von dieser verlockenden Wärme in sich aufnehmen zu wollen. Sie hasste es, wenn Cedric ihr zur Strafe einen elektrischen Schlag versetzte. Sie sah ihn schief lächeln und wusste, dass er auch diesen Gedanken gehört hatte – und dass er sich im Stillen darüber freute. Er hielt ihre Hand nur sehr leicht, als wolle er ihr die Möglichkeit geben, sie jederzeit fortzuziehen. Aber Frei wusste inzwischen, dass das eine trügerische Sicherheit war. Cedric allein entschied, wann es genug war. Ob ihr das nun gefiel oder nicht – und nicht einmal das wusste sie noch genau.

»Siehst du die beiden da drüben?« Er ließ seinen Blick erneut den Weg hinabschweifen, zu dem Pärchen, das sich ihnen langsam näherte. »Sie kommen gleich hierher. Sie sind zu jung, um zu bemerken, dass wir ihnen zuhören, und sie interessieren sich kein Stück für uns. Jetzt versuch bitte, keine Angst zu haben.«

Frei beobachtete, wie die beiden Vampire sich gemächlich auf sie zubewegten. Sie kicherten und tuschelten verliebt, tauschten unablässig kleine Blicke, Küsse und Zärtlichkeiten und schienen ihnen alles in allem tatsächlich überhaupt keine Beachtung zu schenken. Trotzdem saß die Angst kalt in Freis Magengrube, und ihr Kopf schien zu summen und zu vibrieren, als warte ihr Gehirn nur darauf, was als Nächstes passieren würde. Um sich abzulenken, zählte sie die Schritte der Frau, die sie immer weiter auf sie zu trugen. Zehn. Fünfzehn. Achtzehn. Dreiundzwanzig. Und dann …

Du meine Güte, ist die dünn.

Die Stimme, hoch, weich und sehr weiblich, rann wie eine leichte Erschütterung von Cedrics Hand in Freis Körper. Frei schnappte nach Luft, aber es war, als würde sie plötzlich in einem Vakuum sitzen.

Ein Glück, dass ich so nicht aussehe, fuhr die Gedankenstimme der Frau fort, während sie einen schiefen Blick auf Frei warf und ihrem Begleiter etwas zuflüsterte. Auch die Augen des Mannes streiften Frei und Cedric für einen Moment, ehe er sich schnell wieder abwandte. Und kurz darauf hörte Frei auch seine Stimme.

Total abgewrackt, das arme Mädchen. Was findet der Typ bloß an ihr? Der ist doch mindestens zweihundert Jahre älter als sie.

Cedric neben ihr seufzte leise. »Vierhundert«, murmelte er, und Frei hätte fast hysterisch angefangen zu kichern, als sie den Spott in seiner Stimme wahrnahm. Dachten diese beiden wirklich, dass sie und Cedric …?

Aber was sollten sie auch sonst denken? Die Erkenntnis durchfuhr Frei wie ein Blitzschlag. Was sollten sie denken, wo sie doch Hand in Hand auf dieser Bank im Park saßen, allein, an einem Samstagabend …

Mit einer Hektik, die sich beinahe wie Panik anfühlte, versuchte sie ihren Arm zurückzuziehen. Aber wie erwartet, erlaubte Cedric ihr nicht ohne weiteres, ihn loszulassen.

»Cedric … Es … es reicht mir«, brachte sie flehentlich hervor. »Ich will das nicht mehr. Es ist genug für heute.«

Cedric schloss kurz die Augen. »Stell dich nicht so an«, sagte er, aber trotz der schroffen Worte klang seine Stimme sanft. »Die beiden befriedigen nur ihre jugendliche Eitelkeit. Nicht alle Vampire sind so, daran solltest du immer denken.« Dann ließ er sie endlich los – vorsichtig, als könne eine zu abrupte Trennung ihr weh tun. »Also schön. Machen wir eine Pause. Beruhige dich erst einmal.«

Frei atmete tief durch. Ihr Kopf fühlte sich aufgebläht an, als hätte jemand mit viel Druck Luft hineingepumpt, die zitterte und von innen gegen ihre Schädeldecke drückte, bis sie die Hände gegen ihre geschlossenen Lider presste, um ihre Augäpfel am Herausspringen zu hindern. Sie spürte, wie Cedric sich bewegte, sie vielleicht ansah mit diesem eindringlichen, besorgten Blick, den er manchmal an sich hatte. »Du darfst das alles nicht so nah an dich heranlassen, Frei.«

Frei schnaufte unwillig. »Aber ich will gar nicht wissen, was jeder Blödmann auf der Straße über mich denkt«, nuschelte sie in ihre Handflächen.

Cedric seufzte. »Gerade darum musst du lernen, wie du diese Fähigkeit gezielt einsetzen kannst. Sie ist manchmal recht nützlich. Aber vor allem ist sie sehr unangenehm, wenn sie außer Kontrolle gerät. Dann nämlich, wenn du eben nicht mehr entscheiden kannst, was du hörst und was nicht.«

Frei spürte einen Schauer über ihren Rücken laufen. Sie wollte sich das gar nicht vorstellen. Ständig angeschrien zu werden von Stimmen, die sie nicht hören wollte – nein, das wollte sie um nichts in der Welt erleben müssen. Mit einem Mal schien es ihr noch bedrohlicher als zuvor, sich unter anderen Vampiren aufzuhalten. Sie zwang sich, die Hände vom Gesicht zu nehmen. »Bitte. Ich möchte wieder reingehen.«

Eine Weile blieb es neben ihr still. »Nein«, sagte Cedric dann mit einem kleinen Seufzer. »Aber das hast du dir wohl schon selbst gedacht.« Erneut griff er nach ihrer Hand – so behutsam diesmal, dass es sich fast wie ein Streicheln anfühlte. Mühsam versuchte Frei, ihren Atem zu beruhigen. Nein, sie *wollte* das nicht, dachte sie verzweifelt – aber das spielte natürlich mal wieder keine Rolle.

Der Druck von Cedrics Fingern verstärkte sich ein wenig. »Siehst du, Frei, wenn du diesen Schritt gehen kannst, dann bist du schon einmal ein großes Stück weiter«, erklärte er sehr ruhig. In der Ferne konnte Frei nun wieder die Gedankenstimmen der anderen Vampire hören, ein unverständlicher Brei aus Wortfetzen, der an- und abschwoll wie Meeresrauschen. Cedrics echte Stimme aber war lauter und stand klar und seltsam plastisch vor ihr wie ein Fels in der Brandung, auf den sie sich retten konnte. Frei atmete mühsam durch.

Cedric musterte sie eindringlich. »Wir haben doch schon festgestellt, dass du Red September nicht finden wirst, solange du dich in meiner Wohnung versteckst, erinnerst du dich?«

Jetzt zog Frei doch die Knie an die Brust. Es war immer das Gleiche, dachte sie wütend. Mit Red kriegte er sie jedes Mal. Und er wusste das genau. Das Schlimme war nur, dass sie dagegen nicht ankam – nicht einmal ankommen wollte, obwohl sie es hasste, dass dieses Thema ihr jedes Mal Tränen in die Augen trieb. »Ich weiß«, flüsterte sie tonlos. »Aber was ist, wenn ich es nicht kann?«

Cedric seufzte. »So ein Unsinn. Du hast nur deshalb das Gefühl, keine Fortschritte zu machen, weil du viel zu ungeduldig bist.« Er legte die freie Hand an ihr Kinn. »Sieh mich mal an.«

Widerwillig ließ Frei zu, dass er ihren Kopf herumdrehte, bis sie sich direkt in die Augen sahen.

»Also.« Cedrics Blick war sehr ernst. »Ich will, dass du ab sofort aufhörst, zu denken, du könntest irgendetwas nicht. Wenn es so wäre, würde ich nicht meine Zeit damit verschwenden, es dir beizubringen.«

Frei presste die Lippen zusammen. »Aber …« Ihre Stimme

fühlte sich plötzlich schrecklich kratzig an. »Du glaubst nicht, dass ich ihn finden werde, stimmt's? Ich meine … Wofür soll ich das alles überhaupt lernen, wenn ich ihn sowieso nicht treffen kann? Wie viele Jahre muss ich üben, bis du sagst, dass ich so weit bin? Vielleicht ist er dann schon uralt oder tot!« Frei ballte die Fäuste und versuchte noch einmal verzweifelt, die Tränen zurückzudrängen. »Ich weiß doch nicht mal, ob er überhaupt noch etwas mit mir zu tun haben will, nachdem er … mich *so* gesehen hat …!« Sie starrte auf ihre Hände, auf die im Mondlicht graue Haut mit den dunklen Äderchen, die ausgezehrten, zittrigen Finger, die mehr an Spinnenbeine erinnerten als an menschliche Glieder. Grotesk und abstoßend. Es gab einfach keine anderen Worte, um ihren Anblick zu beschreiben. Ein trockenes Schluchzen schüttelte Freis Brustkorb.

Eine ganze Weile sah Cedric sie nur schweigend an. Dann legte er ihr behutsam die Hand auf den Kopf.

»Es wäre hilfreicher«, sagte er sanft, »wenn du weniger jammern und mehr üben würdest.« Er hob einen Mundwinkel, und obwohl das Lächeln kaum als solches zu erkennen war, wusste Frei doch, dass es eines sein sollte. »Weißt du, um ehrlich zu sein: Ich habe auch ein persönliches Interesse daran, dass du deinen Menschen so bald wie möglich findest. Und darum werde ich dir nicht erlauben, dass du aufgibst.«

Ruckartig hob Frei den Kopf. »Du … willst Red finden? Warum?«

Das schiefe Lächeln verschwand von Cedrics Gesicht. Ein Schatten fiel über seine Augen. »Du willst Red«, sagte er eine Spur zu ruhig. »Ich will Kris. Und zusammen finden wir sie.«

Frei starrte ihn an und wusste nicht, was sie erwidern sollte. Sie hätte auch gar nichts sagen können, weil ein dicker Kloß ihre Kehle verstopfte. Sollten ihr seine Worte Hoffnung machen? Sie war sich nicht sicher, ob das funktionierte. Oder ob es überhaupt etwas änderte.

Cedric schüttelte den Kopf, als könne er so die finsteren Gedanken vertreiben, und drückte ihre Finger. »Denk nicht zu viel darüber nach. Versuch, dich zu entspannen. Du machst das gut.«

Erst jetzt wurde Frei bewusst, dass das Rauschen der vielen Stimmen verstummt war, obwohl Cedric ihre Hand noch immer festhielt. Überrascht sah sie sich um, doch der Park war noch genauso belebt wie zuvor.

Sie atmete tief durch und streckte langsam die Beine wieder aus. Ein stechender Schmerz schoss durch ihren linken Oberschenkel – den, der noch nicht gereinigt war. Frei biss die Zähne zusammen. Die Ausbildung ihrer Gabe war nicht das Einzige, was für ihre Begriffe viel zu langsam voranging.

Aber vielleicht, dachte sie und versuchte, den Kloß in ihrer Kehle endlich hinunterzuschlucken, wenn Cedric es sagte, dann würde sie es vielleicht doch irgendwann schaffen. Wenn sie endlich aufhörte, so viel Angst zu haben, konnte sie sich vielleicht trauen, nach und nach die Grenzen ihrer Fähigkeiten auszutesten – und sich schließlich selbst zu akzeptieren. Das Leben konnte schließlich nicht für jeden Vampir so düster, bedrückend und schmerzhaft sein.

Frei spürte, wie sich der Druck von Cedrics Fingern um ihre sanft verstärkte. Sie war auf dem richtigen Weg mit diesen Gedanken, sagte das Lächeln in seinen Mundwinkeln, auch wenn er sie jetzt nicht mehr ansah, sondern seinen Blick scheinbar ziellos durch den Park schweifen ließ. Mit seiner Hilfe würde sie es schaffen. Sie würde ein normaler Vampir sein. Eine Frau, die nicht angestarrt wurde, weil sie so ungesund und ausgezehrt aussah. Eine Frau, die mit einem Partner an ihrer Seite durch den Park spazieren und …

Frei krampfte die Finger um Cedrics Hand und schüttelte sich innerlich.

Nein. Das würde nicht gehen.

Denn der Partner, den sie wollte, war ein Mensch. Und so wenig Frei auch über die Welt wusste, in der sie zu leben lernen sollte – der Platz eines Menschen in dieser Gesellschaft war nicht an der Seite eines Vampirs. Sie würde sich über eine Lösung für dieses Problem Gedanken machen müssen. Aber erst einmal musste sie ihn finden. Und das würde sie.

Auch wenn sie noch nicht wusste, wie.

Kapitel Elf

Insomniac Mansion, Kenneth, Missouri

Der Mensch kniete vor Hannah nieder und neigte den Kopf ein Stück zur Seite. Die klaren Augen schlossen sich, und über seine leicht geöffneten Lippen strömte der Atem flacher als gewöhnlich. Reglos hockte er auf dem Boden und bot seinen langen, weißen Hals völlig ungeschützt dar. Wartete geduldig, dass Hannah ihn nehmen würde. Wie sie es immer tat. Jede Nacht wieder.

Hannah atmete tief durch. Der Anblick der pulsierenden Halsschlagader zwischen den festen Muskelsträngen ließ ihr das Wasser im Mund zusammenlaufen. Sie wusste inzwischen viel zu gut, wie Eloy schmeckte, weil sie seit mehr als einer Woche von ihm trank. Sein kräftiges, etwas herbes Blut und das Salz auf seiner seidigen Haut. Sie wusste, wie sich seine Stimme anhörte, heiß und tonlos dicht an ihrem Ohr. Er sehnte sich nach ihr. Und auch sie konnte es kaum erwarten – obwohl er der Feind war. Obwohl er daran schuld war, dass dieser widerwärtige Franzose und seine deutsche Kollegin jede Nacht bei ihr auf der Matte standen und sich einfach nicht abschütteln ließen. In diesem Moment gehörte er ihr. Und das entschädigte sie für vieles.

Hannah ging in die Hocke und strich die Spitzen von Eloys im Mondlicht silbergrau schimmerndem Haar beiseite. Bei Tag war es goldbraun, auch das wusste sie inzwischen. Er war ein schöner Mensch. Viel zu schön, um es lange zu ertragen. Sie schloss die Augen, als sie ihre Lippen auf seinen Hals senkte.

Seine Haut bot ihren Zähnen nur einen winzigen Widerstand. Würzige, satte Wärme durchströmte sie. Kräftige Arme umschlossen ihren Oberkörper, und sie ließ es geschehen, ließ sich nach vorn ziehen, bis sie auf Eloys Oberschenkeln saß, die Beine um seine Hüfte geschlungen. Sein Herzschlag dicht an ihrer Brust vermischte sich mit ihrem, bis sie eins waren, ein vollkommenes Wesen in zwei Körpern. Die Grenzen zwischen ihnen zerflossen, als Hannah sich tiefer in das feste Fleisch seines Halses verbiss und ihre Finger in seine Schultern krallte, bis aus winzigen Wunden warmes Blut hervorquoll. Ein Atem. Ein Puls. Ein Leben. Hitze brandete über sie hinweg, als seine heisere Stimme ihren Namen flüsterte. Mit keinem anderen Menschen hatte sie je eine so perfekte Verschmelzung erlebt. Sie hätte sich aufgeben können, völlig verlieren in diesem Leben, dieser rohen Kraft, die mit ihrer eigenen so vollständig harmonierte. Es wäre leicht, so leicht. Sie müsste nur loslassen …

Ein weiterer Herzschlag, dröhnend laut in ihren Ohren. Mit aller Willenskraft, die sie aufbringen konnte, riss Hannah sich von Eloy los und sprang auf die Füße, ohne darauf zu achten, dass sie ihn dabei trat. Sie wich zwei Schritte zurück, die Hände zu Fäusten geballt.

Langsam, fast zögernd öffneten sich Eloys Augen. In der glasklaren Iris sah Hannah eine seltsame Leere, als sei ihm etwas Kostbares entrissen worden. Und ein Lächeln, das ihr allein galt.

Hannah zwang sich, sich abzuwenden. Sie trat ans Fenster, hielt die schweren Vorhänge zur Seite und starrte hinaus in den nachtschwarzen Garten von Insomniac Mansion. Wie jedes Mal, wenn es vorbei war, war sie wütend auf sich selbst. Wütend, weil sie sich selbst so abhängig machte von diesem Menschen – und damit auch von seinem Mentor. Schrecklich wütend, weil es ihr auch noch gefiel. Sie war nahe daran, sich vor sich selbst zu ekeln. Aber aufhören konnte sie auch nicht.

»Hannah?« Sie hörte, wie sich Eloy hinter ihr aufrichtete. Seine tiefe Stimme war noch voll von dem erregten Rausch, aus dem Hannah ihn so jäh zurückgestoßen hatte. Doch er zögerte, näher zu kommen.

Hannah drehte sich nicht um. Sie biss die Zähne zusammen und starrte weiter aus dem Fenster, obwohl es dort draußen nichts zu sehen gab. »Danke. Ich hab genug. Hau ab. Und nimm dein Herrchen mit.«

Eine Weile blieb es hinter ihr still. Eloy sagte nie viel – abgesehen von ihrem Namen. Sie erwartete, dass er jetzt gehen würde, wie er es immer tat.

Stattdessen aber hörte sie seine Schritte, die sich näherten. Und dann lagen seine Arme um ihre Taille. Seine breite Brust presste sich gegen ihren Rücken.

»Tu das nicht«, flüsterte er rau. »Schick mich nicht weg.«

Hannah wurde steif wie ein Stock. »Was machst du da?«

Eloy antwortete nicht sofort. Sein heißer Atem streifte Hannahs Hals, als er den Kopf senkte. Seine Hände an ihrem Bauch waren schweißfeucht, das spürte sie sogar durch den Stoff ihres Shirts hindurch.

»Ich will nicht zu ihm zurück«, stieß er endlich hervor. »Er ekelt mich an.«

Hannah drehte sich ruckartig um, schob Eloy von sich und starrte ihn durchdringend an. Im Mondlicht war sein Gesicht fahlweiß, die Augen leuchtend hell. »Was ist das jetzt wieder für ein Trick?«

Eloy schüttelte den Kopf. Und als Hannah noch einmal genauer hinsah, erkannte sie, dass auf seiner Stirn ein feiner Schweißfilm glänzte. »Kein Trick, Hannah. Ich habe lange gewartet, weil ich nicht wusste, wie ich es dir sagen soll. Aber du spürst es auch, das weiß ich.« Seine Hände zuckten, und Hannah konnte sehen, wie er darum kämpfte, nicht noch einmal nach ihr zu greifen.

»Du passt besser zu mir als *er.*« Es klang fast, als würde Eloy die Worte ausspucken, obwohl er die Stimme gedämpft hielt. Monsieur de la Rivière und Carina Braun waren nur ein Stockwerk tiefer im ehemaligen Aufenthaltsraum der Menschen. Man konnte nie wissen, wann sie sich entschieden, zu lauschen, was hier oben geschah, egal, wie höflich und respektvoll gegenüber dem intimen Vorgang des Trinkens sie sich gaben.

Hannah stieß ein fassungsloses Lachen aus. »Alter, das ist ein echt blöder Witz, weißt du das?«

Noch einmal schüttelte Eloy den Kopf. »Ja, du bist jünger«, fuhr er leise, aber eindringlich fort. »Aber dein Blut ist besser als seins. Viel besser.«

Betont gelassen lehnte Hannah sich zurück und stützte die Ellbogen auf die Fensterbank. »Dein *Englisch* ist besser als seins«, bemerkte sie trocken, in einem letzten Versuch, locker zu bleiben. »Viel besser.«

Eloy lachte heiser. Dann machte er einen weiteren Schritt nach vorn, dass Hannah nicht weiter zurückweichen konnte, und legte seine Hände um ihr Gesicht.

»Ich meine es ernst. Ich will, dass du diejenige bist, die mich verwandelt«, wisperte er tonlos. »Bitte, Hannah.«

Sein Duft machte Hannah schwindelig. Es war schwer, einen klaren Gedanken zu fassen, wenn er so dicht vor ihr stand. Nein, begriff sie, es war wirklich kein Trick und auch kein Witz. Dies war wichtig für ihn. Sehr wichtig. Und das machte es sogar noch gefährlicher. Denn Monsieur de la Rivière würde sich diesen Menschen nicht wegnehmen lassen, so viel war sicher.

Und vor allem gab es da auch noch diesen dunklen Fleck in

Hannahs eigenen Gedanken, den selbst Eloy nicht würde auslöschen können. Niemand konnte das. Bis auf einen.

»Ich kann hier nicht weg«, sagte sie so ruhig sie konnte. »Ich habe ein Versprechen gegeben.«

Sie atmete tief durch. Die Worte auszusprechen verlangte ihr mehr Willenskraft ab, als sie geglaubt hatte. Aber als angehender Vampir würde Eloy wissen, was sie meinte – und sie hoffentlich in Frieden lassen.

Etwas Hartes lag plötzlich in Eloys Blick. Aber er ließ Hannah nicht los. Im Gegenteil – er neigte sich noch ein Stück näher zu ihr, bis ihre Gesichter sich fast berührten. »Na und? Dann musst du doch nur den Ort des Versprechens zerstören.«

Hannah zuckte unwillkürlich zusammen. *Nein!*, war ihr erster Gedanke, *alles, aber nicht das!* Der Ort des Versprechens – der Ort, an dem Hannah Nacht für Nacht auf eine Botschaft von Kris wartete. Ihn zu zerstören … Das würde bedeuten …

»Du kannst es«, drängte Eloy. »Das weißt du genauso gut wie ich. Du musst es nur wollen.«

Hannah presste die Lippen zusammen. Natürlich konnte sie es. Es war nicht so, dass sie nie darüber nachgedacht hatte, einfach von hier zu verschwinden. Tatsächlich hatte sie sogar schon recht genau ausgetüftelt, wie. In den langen Jahren ihrer Freundschaft mit Kris und während der Erforschung effektiver Waffen gegen die Bluter hatte sie einiges über Chemie gelernt. Zum Beispiel, dass Alkalimetalle schnell und heiß brannten und mit Wasser hochreaktiv waren. Wenn sie mit Hilfe ihrer Gabe die Steine, aus denen Insomniac Mansion gebaut war, mit Lithium und Kalium durchsetzte … dann wäre es ein Leichtes, das uralte Anwesen in kürzester Zeit niederzubrennen. So weit die Theorie. Aber Hannah war sich durchaus nicht sicher, ob sie die Kraft und den Willen hatte, diesen Plan in die Tat umzusetzen.

»Und du?« Entschlossen erwiderte sie Eloys Blick. »Bist du nicht an *ihn* gebunden? Irgend so ein europäischer Psycho wird sich doch darum gekümmert haben, oder?«

Eloy legte seine Stirn an ihre. Seine Worte kitzelten an ihren Lippen. »Die wahren Anwärter sind niemals gebunden«, flüsterte er. »Die *Bloodstalkers* interessieren mich nicht. Wir können irgendwo hingehen, nur wir zwei. Neu anfangen. Was hält dich denn noch hier?«

Ein dumpfer Druck legte sich schwer auf Hannahs Brust. Ja, was hielt sie noch hier? Nicht dieses Haus, das längst nicht mehr das war, das sie so lange ihr Zuhause genannt hatte. Wenn sie ehrlich war – nichts, abgesehen von dem Versprechen. Ihrer letzten Verbindung zu Kris. Aber war das denn nicht genug? Hatte sie nicht noch kürzlich getönt, ihn niemals zu verraten?

»Du brauchst mich«, wisperte Eloy. »Du weißt es.«

Hannah ballte die Fäuste, drückte sie gegen seine Brust und schob ihn energisch von sich, bis sie wieder Luft zum Atmen hatte.

»Ich kann nicht vernünftig denken, wenn du das machst«, erklärte sie barsch. »Und ehrlich, von solchen Mitteln habe ich die Schnauze voll. Du bist doch kein Psycho!«

Langsam ließ Eloy sie los und trat zwei Schritte zurück. Er sah nicht besonders verletzt aus – allerdings auch nicht gerade glücklich.

»Aber ich will dich, Hannah«, sagte er mit eigentümlich weicher Stimme.

Hannah schnaufte und wandte den Blick ab. »Ja, klar«, murmelte sie schroff.

Eloy schüttelte sanft den Kopf. »Überleg es dir gut. So eine Gelegenheit bekommst du vielleicht nie wieder.«

Hannah runzelte die Stirn. Wut flackerte in ihr auf. »Hör

mal, du hast keine Ahnung, okay? Echt absolut keine Ahnung! Woher soll ich überhaupt wissen, ob ich dir vertrauen kann?«

Eloy legte leicht den Kopf schief. »Das stimmt«, gab er zu. »Die habe ich nicht. Auch wenn ich wünschte, dass es anders wäre.« Er seufzte leise und wandte sich zur Tür. »Ich werde nach einer Möglichkeit suchen, es dir zu beweisen«, sagte er, als er nach der Türklinke griff. »Vielleicht triffst du bis dahin schon mal ein paar Vorbereitungen – was hältst du davon?«

Hannah atmete angestrengt durch. »Hau einfach ab«, knurrte sie – und spürte absurderweise Tränen gegen ihre Lider drücken.

Eloy nickte. Aber in seinem Blick lag eine Entschlossenheit, die beinahe unheimlich war. »Ich *werde* es beweisen. Gute Nacht, Hannah.«

Leise schloss sich die Tür hinter ihm.

Ein wenig benommen, blieb Hannah am Fenster stehen. Eloys Blut und seine Nähe brannten und prickelten noch immer in ihren Adern und auf ihrer Haut.

Den Ort des Versprechens zerstören … Sie presste die Lippen zusammen. Was für eine dumme, dumme Idee! Sie hatte doch sonst nichts mehr, nur noch dieses dünne Band zu Kris, und auch das würde zerreißen, wenn sie Insomniac Mansion zerstörte. Dann würde sie niemals merken, wenn er sich meldete!

Aber würde er das überhaupt? Wenn sie ehrlich zu sich selbst war, hatte Hannah längst begonnen, ihren Glauben an so ein Wunder aufzugeben. Kris war fort, genau wie Céleste. Wie die Menschen und wie Tony, den sie selbst in die Dirty Feet geworfen hatte. Sie konnte nicht bis in alle Ewigkeit warten. Irgendwann, früher oder später, würde sie neu anfangen müssen, ob mit Eloy oder ohne ihn. Und da war es besser, wenn von ihrem bisherigen Leben keine Spur übrig blieb.

Hannah atmete tief durch und legte die Fingerspitzen auf den Putz über der Mauer neben dem Fenster, fühlte den rauen Stein und die winzigen Moleküle, die sich ihrer Willenskraft und ihrer Gabe beugten. Nein, dachte sie, im Grunde war es längst nicht mehr die Frage, ob es geschah. Die Frage war nur: Wann?

Insomniac Mansion würde brennen. Und mit ihm alles, was Hannahs Leben bisher ausgemacht hatte.

Kapitel Zwölf

Forschungsstation White Chapel, Kenneth, Missouri

Am Montagabend, nur zwei Nächte nach Freis erstem Ausflug in die Welt außerhalb seiner Wohnung, stand Cedric zwischen Pei Lin und Janet im Labor und blickte konzentriert auf den Monitor, der an Pei Lins Mikroskop angeschlossen war. Das gleiche Ergebnis wie bei den letzten dreiundsechzig Prätests: Die dunkle Maserung, die die Lystropininfärbung auf den lymphoiden Stammzellen ebenso wie auf den B- und T-Lymphozyten hinterlassen hatte, war deutlich zu sehen.

Vierundsechzig Mal, dachte Cedric. *Eine vierundsechzigfache Bestätigung an konservativem Blut.* Er wusste, was das bedeutete. Und seine Mitarbeiterinnen wussten es auch. Die vorgeschriebene Anzahl an Vorversuchen betrug genau fünfzig. Nicht mehr. Und allmählich gingen ihm wirklich die Begründungen aus, immer noch einen Test zu machen, ehe er in die echten Versuchsreihen einstieg – und Dorian endgültig detailliert in seinen Arbeitsbereich einweisen musste. Es ließ sich nicht länger hinauszögern, auch wenn sich alles in Cedric dagegen sträubte. Frei war noch nicht so weit. Sie hatten weder Red gefunden noch Kris. Nein, schlimmer: Sie hatten nicht einmal mit der Suche angefangen. Und jetzt lief ihnen allmählich die Zeit davon.

Pei Lin und Janet indes, das war Cedric nur zu klar, konnten seine Verzögerungspolitik nicht im Geringsten nachvollziehen. Von außen betrachtet, sah ja auch alles gut aus. Die Prätests liefen mit Hilfe des neuen Biotechnikers wirklich hervorragend – Dorians langjährige Erfahrung und sein Fachwissen, was Biochemie und Laborarbeit betraf, zahlten sich aus. Und darüber hinaus verhielt er sich seit jenem letzten Gespräch in Cedrics Büro tatsächlich vorbildlich ruhig. Er kam pünktlich zur Arbeit und machte ebenso pünktlich Schluss, hielt sich an das Redeverbot und war alles in allem bemerkenswert friedlich und freundlich.

Doch natürlich war es genau das, was Cedric solche Bauchschmerzen bereitete. Natürlich fürchtete er, dass Dorian insgeheim sehr wohl einen Weg gefunden hatte, sein Team zu infiltrieren – auch ohne zu reden. Aber ganz gleich, wie genau er hinsah, selbst mit Sids eifriger Hilfe konnte Cedric ihm nichts dergleichen nachweisen. Er konnte Dorian nicht schon wieder beschuldigen, ohne massiv an Glaubwürdigkeit zu verlieren. Und zu allem Überfluss konnte er das seinen Mitarbeiterinnen unmöglich erklären, solange er nicht sicher war, ob und wie stark sie wirklich unter Dorians Einfluss standen. Cedric war ihr Teamleiter, und sie hatten ihn herbestellt, damit er endlich eine klare Entscheidung traf, wie sie es von ihm gewöhnt waren. Aber Cedric konnte innerhalb der Wände von White Chapel nicht klar denken. Schon seit einer ganzen Weile nicht mehr.

»Du solltest endlich mit ihm reden.« Als Pei Lin ihre Stimme erhob, zuckte Cedric unwillkürlich zusammen. Erst jetzt wurde ihm bewusst, dass er schon seit etlichen Sekunden auf den Bildschirm neben dem Mikroskop starrte, ohne das Testergebnis wirklich zu sehen. Seine Assistentin saß neben ihm auf ihrem Schreibtischstuhl, ihre Hände lagen ungewohnt angespannt in ihrem Schoß. Cedric runzelte die Stirn. Aber er kam gar nicht erst dazu zu antworten.

»Er kann unmöglich vernünftig mit uns zusammenarbeiten, wenn du ihm nicht endlich erzählst, worum es eigentlich geht«, fuhr Pei Lin eine Spur zu hastig fort, ehe er auch nur darüber nachdenken konnte, was er erwidern sollte. »Ich meine, was hast du nur für ein Problem mit ihm – abgesehen davon, dass er nicht Kris ist? Am Anfang war er ein bisschen merkwürdig, das gebe ich zu, aber er hat sich doch seither vorbildlich verhalten! Er ist klug, hilfsbereit und immer höflich, und er macht seine Arbeit gut – er ist sogar viel besser als Kris! Aber wie soll er uns helfen, wenn er nicht wissen darf, was wir tun? Ich verstehe dich einfach nicht!«

Ein nervöses Pochen breitete sich hinter Cedrics Stirn aus. Es war schlimmer, als er vermutet hatte. Viel schlimmer. Dass seine Assistentin ihre asiatische Zurückhaltung aufgab, war eine Sache. Aber so unverblümt mit ihren Ansichten herauszuplatzen hätte er zwar der impulsiven Janet zugetraut – doch keinesfalls Pei Lin.

Janet währenddessen nickte eifrig, als hätte sie nur darauf gewartet, dass das Thema endlich auf den Tisch kam. Ihre Augen funkelten. »Pei Lin hat recht. Dorian ist doch nett, Cedric! Und er gibt sich solche Mühe, alles richtig zu machen. Er beschwert sich nie, obwohl du ihn immer bloß die Drecksarbeit machen lässt. Schau – wir haben vierundsechzig positive Prätests. Wie lange willst du denn noch warten? Wir können die Infektion durchführen, darauf würde ich jede Wette eingehen. Und ich bin mir sicher, auch wenn Dorian noch nicht lange bei uns ist, wird es super funktionieren! Bitte, lass es uns versuchen. Du kannst uns doch vertrauen!«

Cedric lächelte gequält. *Ach, Janet,* dachte er müde. *Wenn du wüsstest, dass du mir gerade genau das Gegenteil beweist.*

Es dauerte eine Weile, bis er sich zu einer Erwiderung durchringen konnte. Er wusste einfach nicht mehr, was er sagen sollte. Natürlich hatte er jeden Tag damit gerechnet, dass der trügerische Friede brechen würde – aber das machte es jetzt, wo es so weit war, kein bisschen leichter zu ertragen. Für den Moment war Cedric sich jedenfalls nicht sicher, ob ein Schweißausbruch oder Schüttelfrost die angemessenere Art der Überkompensation für seinen Körper wäre. Innerlich litt er an beidem zugleich.

Endlich schüttelte er langsam den Kopf. »Nein, noch nicht. Wir machen noch einen Test«, sagte er und hatte das Gefühl, dass seine Stimme seltsam mechanisch klang. »Wir haben erst vier Proben aus Gruppe F. Ich möchte da noch einen Prüfgang machen. Dann sehen wir weiter. Fangt gleich heute mit der Infektion an. Ich erwarte euch dann morgen um vier zum Bericht.« Er rang sich ein Lächeln ab. »Gute Arbeit bis hierher.«

Die Enttäuschung in Janets Gesicht war so schmerzlich, dass es Cedric in der Seele weh tat. Pei Lin sah er lieber gar nicht erst an. Ja, ihm blutete auch das Herz bei dieser Verschwendung von Zeit und Arbeitskraft. Aber was blieb ihm anderes übrig?

Ohne noch einen Blick auf den Monitor zu werfen, wandte er sich ab und verließ das Labor. Ein wenig übereilt musste sein Rückzug in diesem Moment scheinen, das war ihm bewusst. Aber das war ihm egal. Er musste hier raus, er musste dringend nachdenken. Er musste planen, wie er weiter vorgehen sollte – und er musste handeln. Heute noch. Ihm blieb definitiv keine Zeit mehr. Ihm blieb nur zu hoffen, dass es nicht schon längst zu spät war.

Die Lichter über den verriegelten Türen der Zellen im zweiten Stock waren im kalten Schein der Deckenbeleuchtung kaum zu erkennen. Zielstrebig durchquerte Cedric den Hauptkorridor in Abschnitt A – den Teil des Traktes, in dem die Versuchsobjekte untergebracht waren. Und, seit einigen Monaten, auch drei ganz besondere Menschen. Zwei Männer und eine Frau, die das seltene Wahre Blut in sich trugen und daher als die ersten konservativen Versuchsobjekte vorgesehen waren, die die Vampirgesellschaft je gesehen hatte.

Kris' Abschiedsgeschenk.

Und, darüber hinaus, Menschen, die nicht nur Kris, sondern auch Red September gekannt hatten. Cedric hatte ohnehin mit ihnen sprechen wollen, doch sein ursprünglicher Plan war gewesen, zu warten, bis Frei wenigstens in einigermaßen passabler Verfassung war. Bis er sie so weit aufgepäppelt hatte, dass sie selbstständig seine Wohnung verlassen und Nachforschungen anstellen konnte. Damit er diesen Zustand jetzt schon als gegeben betrachten konnte, musste Cedric die Wirklichkeit aus einem sehr schiefen Winkel betrachten. Aber darauf musste er es jetzt ankommen lassen. Für Frei – und auch für sich selbst. Wahrscheinlich wussten die Menschen überhaupt nichts. Vielleicht konnten sie aber wenigstens sagen, wo sie mit ihrer Suche anfangen sollten.

Bevor er den Finger auf das Schlüsselfeld legte, um den Riegel zu entsichern, schloss Cedric ein letztes Mal die Augen und lauschte. Der Rest des Teams war bereits vor mehr als einer Stunde nach Hause gegangen – einschließlich Dorian. Cedric hatte Sid die gesamte Station noch einmal durchsuchen lassen, ehe er sein Büro verließ. Doch abgesehen vom Reinigungspersonal, das gegenwärtig die Flure des Erdgeschosses und den Eingangsbereich säuberte, war niemand mehr hier.

Mit einem Klicken erlosch die Sicherungslampe über der Tür. Ein letztes Mal atmete Cedric tief durch. Dann schob er entschlossen den Riegel zurück und betrat die Zelle.

Menschlicher Geruch schlug ihm entgegen. Hinter der Tür war es dunkel, und als sie ins Schloss fiel, verschwand auch der letzte Lichtschein, der vom Gang in den Raum gefallen war. Aber Cedrics Augen machte die Finsternis nichts aus. Drei Betten standen in der Nähe des Fensters und an den Seitenwänden des Raums. Die gleichen nackten Metallgestelle, wie sie überall in den Zellen zu finden waren. Und unter den weißen Decken lagen die Menschen und verströmten ihren unverkennbaren, süßlich-schweren Geruch.

Ohne hinzusehen, tastete Cedric nach dem Lichtschalter, von dem er wusste, dass er sich neben der Tür befinden musste. Die Neonröhren unter der Decke zuckten und klickten – und im nächsten Augenblick erhellte weißes Licht die Zelle. Auf dem Bett am Fenster fuhr mit einem Schrei eine Frau in die Höhe und blinzelte unter einem wirren, mausbraunen Haarschopf zur Tür hinüber. Der scharfe Geruch nach Angstschweiß mischte sich in das schwere Aroma von Schlaf. Auch die anderen Menschen waren aufgewacht. Die beiden Männer richteten sich alarmiert in ihren Betten auf und starrten Cedric an, die Augen geweitet in einer Mischung aus Furcht, Verwirrung und Wut. Natürlich – sie hatten ihn bisher nicht persönlich kennengelernt. Und sie wussten auch nicht, was ihnen bevorstand. Dass es aber nichts Gutes war, das konnten sie sich mit tödlicher Sicherheit denken.

Behutsam schloss Cedric die Tür hinter sich. »Gute Nacht allerseits«, sagte er so beruhigend er konnte. »Entschuldigt die Störung um diese Zeit. Und entspannt euch. Ich will nur mit euch reden.«

Für eine Weile war es sehr still im Raum. Dann verengte der älteste der drei Menschen – ein gedrungener Mann mit einem wettergegerbten Gesicht – die Augen.

»Wer«, fragte er misstrauisch, »bist du?«

Cedric sah von einem zum anderen. »Mein Name ist Cedric Edwards«, erklärte er dann. »Ich bin auf der Suche nach Informationen über den Verbleib von Kris Saturnine und Red September. Nach allem, was ich gehört habe, habt ihr mit ihnen zusammengelebt.«

Als hätte jemand einen unsichtbaren Schalter umgelegt, veränderte sich die Stimmung in der Zelle schlagartig. Cedric hatte das Gefühl, dass die Temperatur innerhalb von Sekunden um mehrere Grad sank. Selbst das Licht schien nicht mehr so hell zu sein wie zuvor. Und auch der Blick des älteren Mannes war eisig geworden.

Er weiß etwas. Der Gedanke durchzuckte Cedric wie ein elektrischer Schlag.

»Willst du damit sagen – Red September lebt?« Die Stimme des Mannes klang nun zornig.

Der junge Mann auf der anderen Seite des Raums stieß ein vielsagendes Schnaufen aus. *Ich hab's euch ja gesagt!*, sagte dieses Schnaufen – aber es klang ganz und gar nicht so, als sei der Mensch glücklich darüber, im Recht gewesen zu sein.

Cedric hob eine Braue. Er hatte keine Geduld für große Erklärungen und erst recht nicht für ein Kräftemessen mit einem Menschen, ob er nun Wahres Blut hatte oder nicht. »Ja, Red September lebt. Kris hat ihn mitgenommen«, erklärte er. »Und von euch würde ich jetzt gern alles hören, was ihr über die beiden wisst.«

Der jüngere Mann zischte höhnisch. »Ach, das wüsstest du also gern.«

»Bruce!«, flüsterte die Frau scharf. »Pass auf, was du sagst!«

Aber Bruce lachte nur. »Also bitte, Claire – mach dich nicht lächerlich! Was soll er uns tun, er braucht uns doch offensichtlich! Warum sollten wir einem verdammten Vampir irgendetwas erzählen – und wenn er hundertmal der verdammte Leiter dieser verdammten Station ist?«

Leise Wut begann in Cedrics Magen zu brodeln. Nein, er hatte wirklich keine Geduld für diese respektlosen Menschen übrig. Die dünne Fistelstimme des Mannes stach in seinen Ohren, dass er glaubte, es nicht eine Sekunde länger ertragen zu können.

»Weil«, erklärte er kühl, »ich mir jeden eurer Gedanken einfach holen kann, wenn ihr nicht auf der Stelle mit mir kooperiert.«

Eisiges Schweigen antwortete ihm. Die Menschen starrten ihn an, die Gesichter kalt und voller Ablehnung. Eine kleine Ewigkeit lang war die Stille im Raum absolut. Und dann rührte sich der Mann mit den harten grauen Augen.

»Fahr zur Hölle.«

Cedric atmete tief durch, versuchte die Frustration, die Wut und die lähmende Hilflosigkeit, die er nun seit so vielen Tagen mit sich herumschleppte, im Zaum zu halten, aber es war nicht einfach. Wie sie wollten! Er musste nicht nett sein. Mühsam beherrscht machte er einen Schritt auf den älteren Mann zu und starrte ihm fest in die Augen.

»Sag mir sofort, was du über Red September weißt!«

Die Verbindung gelang innerhalb eines Wimpernschlags. Cedrics Blutgabe breitete sich ringförmig um ihn aus, als hätte jemand einen Stein in stilles Wasser geworfen. In Sekundenschnelle war der Raum von vibrierender Kraft erfüllt, die jede Regung der Menschen unterdrückte – und zwar die aller Menschen. Hätte Cedric diese Energie in einen einzigen Sterblichen hineinpumpen wollen – der Körper wäre einfach explodiert. Bilder und Wortfetzen strömten auf ihn ein, als er die tastenden Finger seiner Gabe wieder einzog und andere dafür aussandte, um tiefer vorzudringen zu den zentralen Motiven, zu Orten und Stimmen, die verknüpft waren mit dem, was er suchte.

Insomniac Mansion.

Victoria Hill.

Es waren diese beiden Begriffe, die immer wieder ohne eindeutigen Zusammenhang aus dem Klangteppich auftauchten. Sie trieben auf Atemzügen, Lachen und Reden, ehe sie wieder untergingen und neues Treibgut an die Oberfläche des Geräuschflusses drang, zusammen mit in schneller Folge aufflackernden Bildern eines Gebäudes, verborgen zwischen uralten Bäumen.

Das Haus auf dem Hügel. Dort musste er suchen. Cedrics Herz schlug schneller. Dies war mehr, als er sich erhofft hatte. Viel mehr.

Er war kurz davor, die Verbindung abzubrechen und sich zurückzuziehen – als er plötzlich merkte, dass etwas nicht stimmte. Etwas war dort, ein Gedankenfaden, der nicht zum feinen Netz aus Erinnerungen passte, das er aus den Köpfen der Menschen zog. Ein Faden, der bei seiner Berührung in sandfarbenem Gold aufleuchtete …

Dorian.

Ein jäher Schmerz durchzuckte Cedrics Kopf, im gleichen Augenblick, als er es begriff. Das war doch nicht möglich! Was zum Teufel passierte hier?

In diesem Moment erklang eine sanfte Stimme körperlos in Cedrics Geist.

Hallo, Cedric. Wie schön, dass du hergefunden hast. Herzlichen Glückwunsch! Du hast gerade meinen Ort des Versprechens betreten.

Cedric erstarrte. In seinem Kopf überschlugen sich die Gedanken. Ort des Versprechens? Ein Ort, den Dorian durch die mentale Verbindung mit einer anderen Person markiert hatte, so dass er auch aus der Ferne beobachten konnte, was dort geschah – das war die Paradedisziplin der psychischen Manipulatoren. Natürlich war ein mächtiger Vampir wie Dorian dazu fähig. Aber hier, in dieser Zelle …?

Ein leichtes, fröhliches Lachen ließ die Fäden des Gedankennetzes erzittern. *Nein, Cedric. Falsch geraten. Nicht die Zelle. Für wie dumm hältst du mich – das hättest du doch sofort gemerkt. Es ist der Mensch! Sein Ich, seine Gefühlswelt. Janet hat mir von diesem kleinen Schatz erzählt – wir haben zufällig den gleichen Heimweg, weißt du? Und ein kleines Plaudertäschchen ist sie. Du solltest besser auf sie aufpassen.*

Cedric ballte die Fäuste. Janet … Nein. Das konnte nicht

sein! Er hatte aufgepasst wie ein Schießhund, er hätte das bemerken müssen!

Wieder lachte Dorian in seinem Kopf. *Ich wusste sofort, du würdest irgendwann herkommen. Es war ganz leicht. Und jetzt habe ich dich.*

Ein goldener Schimmer breitete sich in der Zelle aus, so weich und schön, dass der karge Raum in einem behaglichen Licht zu leuchten schien. Es war der Schein des fremden Fadens, der Cedric aufgefallen war und der nun auf die anderen Gedanken übergriff, die er noch nicht ganz in sich aufgenommen hatte. Cedric wurde innerlich eiskalt. So schnell er konnte, schüttelte er die Fäden ab, ließ sie los und trennte die Verknüpfungen zu seinem Geist.

Zu spät.

Er spürte noch, wie eine haarfeine Linie aus Licht in sein Hirn eindrang, es in Sekundenbruchteilen durchbohrte wie ein heißer Draht – so schnell, dass er nicht einmal Schmerz verspürte. Sein Körper bäumte sich auf, das Blut schoss in seinen Kopf, und das Relacin verschloss die Wunde innerhalb eines einzigen Augenblicks.

Aber eine feine Spur blieb in seinem Geist zurück. Ein winziger Riss, den er nicht schließen konnte, zumindest nicht sofort – und durch den unaufhaltsam Informationen heraussickerten.

Das Lachen in seinem Kopf verklang in einem triumphierenden Lächeln. *Wirklich spannend, mein Freund. Nein, ehrlich – das ist hochinteressant.* Ein Bild von Cedrics Wohnung im Schatten der Nacht schwamm vor seinem inneren Auge vorbei – und das einer schmalen Silhouette vor der Fensterfront.

West Street also. Na dann will ich mir doch mal ansehen, was du bei dir zu Hause versteckst.

Kapitel Dreizehn

46 West Street, Kenneth, Missouri

Cedric kam spät an diesem Morgen. Frei stand an der Fensterfront, die Hände an die kühle Scheibe gelegt, und beobachtete den ersten silbrigen Schimmer hinter den Bäumen im Park, der allmählich heller wurde. Es war lange her, dass Cedric erst nach Tagesanbruch aus White Chapel zurückgekehrt war. Für gewöhnlich schaffte er es früher, damit er ihr noch beim Training ihrer Gabe helfen konnte. Heute aber würden sie zumindest nicht mehr für Gedankenleseübungen nach draußen gehen. Frei war erleichtert darüber – doch gleichzeitig fühlte es sich seltsam an, so lange allein in der Wohnung zu sein. Sie hatte sich mit ihren Gladiolen beschäftigt, in Cedrics Büchern gestöbert, versucht, Tee zu kochen und eine ganze Weile auf den Tasten des Flügels herumgeklimpert. Langsam bekam sie ein Gefühl dafür, welche Tasten welche Töne erzeugten, welche gut zusammen klangen und welche nicht. Aber bisher hatte sie noch keine Gelegenheit gefunden, Cedric zu bitten, ihr Unterricht zu erteilen. Vielleicht, dachte Frei, war es allmählich Zeit dafür. Es war nun nicht so, dass sie sich die Nächte zurückwünschte, in denen die körperlichen Schmerzen sie ununterbrochen beschäftigt hielten. Aber ein wenig Ablenkung von der Rastlosigkeit, die sie durch die Wohnung trieb, wenn Cedric in der Station war, wäre wirklich schön gewesen.

Als sie endlich den Fahrstuhl summen hörte, leuchtete der Himmel hinter den Bäumen bereits in blassem Gold. Erleichtert wandte Frei sich um, um Cedric zu begrüßen.

Doch als sie sein Gesicht sah, in dem Moment, in dem er aus dem Fahrstuhl trat, blieben ihr die Worte im Hals stecken.

Seine Haut war kalkweiß, seine Wangen eingefallen und die Augen blutunterlaufen. Die gelben Iriden leuchteten seltsam intensiv in den schattigen Höhlen und blickten gehetzt, als sei er auf der Flucht. Er sieht krank aus, dachte Frei erschrocken. Sterbenskrank.

»Frei. Komm her.« Er wartete nicht auf eine Reaktion, sondern durchquerte mit hastigen Schritten den Raum, riss die Tür zu dem Zimmer auf, das neben Freis lag, und zerrte einen großen Wanderrucksack heraus. Vorsichtig näherte sich Frei, während Cedric schon auf dem Weg in ihr Zimmer war. Dort warf er den Deckel der Truhe mit den Blutkonserven beiseite und begann, die Beutel in den Rucksack zu stopfen.

Sprachlos blieb Frei auf der Schwelle stehen. »Cedric … was …?«

Mit einem Ruck zerrte Cedric das Band zu, das den Rucksack verschloss. Dann richtete er sich auf. »Wir haben keine Zeit für Erklärungen. Du musst hier weg, und zwar sofort.«

Frei riss die Augen auf. »Weg? Aber …«

»Jemand hat herausgefunden, dass du hier bist.« Cedric ließ sie nicht ausreden. »Jemand, dem du nicht begegnen möchtest. Ich habe Informationen über den Ort, an dem Red September zuletzt gelebt hat. Ich gebe sie dir, aber du darfst keine Fragen stellen. Geh einfach dorthin, ich komme nach, sobald ich kann.«

Frei hatte das Gefühl, vom Schlag getroffen worden zu sein. Das alles war zu viel und zu schnell für sie. Cedric hatte Informationen über Red? Warum auf einmal? Warum jetzt? Und warum musste sie gehen? Was war passiert? Sie warf einen Blick zum Fenster, wo der Morgen den Himmel inzwischen in milchigem Blau gefärbt hatte. Der Morgen! Die Sonne! Sie konnte unmöglich da rausgehen!

Cedric fasste sie an den Schultern. »Hör zu, Frei. Du musst mir jetzt vertrauen, einverstanden?«

Frei presste die Lippen zusammen und nickte. Ihr war plötzlich schlecht. »Warum kommst du nicht mit?«

Cedric schüttelte den Kopf. »Ich kann nicht. Er findet dich sonst. Aber ich komme nach. Ich verspreche es dir.«

Frei atmete zitternd ein. Er … wer zur Hölle war denn *er*? Und …

»Die Informationen?«, brachte sie hervor. Sie hatte das Gefühl, ihr ganzer Körper würde unter Strom stehen.

Cedric sah sie eindringlich an. Dann griff er nach ihren Händen. »Ich kann sie dir nicht geben.« Seine Stimme klang nun sehr angespannt. »Du musst sie dir nehmen.«

Frei schnappte nach Luft. Sie nehmen? Ja, er hatte ihr einmal beschrieben, dass das mit ihrer Gabe möglich war. Aber sie hatte das noch nie gemacht!

»Frei«, drängte Cedric. Sein Blick flog zur Tür, hinter der sich der Fahrstuhl verbarg. »Tu es. *Jetzt.*«

Frei verkrampfte ihre Finger um seine, als ob ihr Leben davon abhinge. »Aber … ich kann das nicht!«

Cedric atmete tief durch. Frei spürte seine Unruhe mit jeder Faser ihres Körpers. Wie sollte sie ruhig sein, wenn sogar er – *Cedric!* – sich fürchtete?

Noch einmal holte Cedric Luft, und sein Gesicht entspannte sich ein wenig. Dann lehnte er sich vor und legte seine Stirn gegen Freis. »Doch, du kannst«, sagte er eindringlich. »Du musst, Frei. Schnell. Sprich mir einfach nach: Sag mir alles, was du über Red September weißt!«

Frei schluckte mühsam. Cedrics flacher Atem streifte ihre Haut. Sie konnte es. Er hatte es gesagt.

»Sag mir alles, was du über Red September weißt!«, flüsterte sie.

Und dann war es, als hätte sich eine Schleuse geöffnet. Die Welt verschwamm vor Freis Augen. Für einen Moment noch sah sie Cedric, sein bleiches Gesicht und die leuchtend gelben Augen. Wie von weit her glaubte sie noch einmal seine Stimme zu hören, aber hinter dem Summen und Vibrieren, das ihren Schädel zu sprengen drohte, schien alles entfernt zu sein. Cedrics Leben pulsierte unter ihren Händen, kribbelte und prickelte ihre Arme hinauf wie eine Armee von tausend Ameisen. Seins – und das dreier fremder Menschen.

Sag mir sofort, was du über Red September weißt!

Cedrics Stimme hallte durch ihren Kopf. Und dann stürzten Bilder in sie hinein, in so schneller Folge, dass sie sie nicht fassen konnte. Ein Haus, Kerzen, ein Graben, Blut, ein enger Schacht und Red, Red, immer wieder Red …

Red, schweißüberströmt auf einem weitläufigen Sandplatz.

Red, an einem Tisch in einer Küche, gemeinsam mit den Menschen, die sie in der Zelle gesehen hatte.

Red, der die Waffe auf einen Vampir richtete.

Red, mit Blut bespritzt.

Red, gelöst und frei lachend.

Red September. In jedem einzelnen Bild. Untermalt von einem wilden Stakkato aus Geräuschen, Wortfetzen und Stimmen.

Frei taumelte, schwankte auf weichen Knien und spürte, wie vertraute Arme sie festhielten. Ihre Wange drückte sich in den weichen Stoff von Cedrics Hemd, das nach Tee roch und ein wenig nach Schweiß. Langsam, ganz langsam schob sich ihre Wahrnehmung wieder in ihre gewohnte Dimension zurück.

»Alles ist gut, Frei. Ich wusste, dass du es kannst. Verstehst du jetzt besser?«

Frei holte zitternd Atem.

Insomniac Mansion.

Victoria Hill.

Ja, sie verstand jetzt. Zumindest etwas.

Doch die Verschnaufpause dauerte nicht lange. Schon schob Cedric sie wieder von sich weg und beugte sich ein Stück herunter, um ihr aufmerksam ins Gesicht zu sehen. »Bist du in Ordnung? Kannst du laufen?«

Frei nickte. Sie fühlte sich schwach und ein wenig taumelig, aber es würde schon gehen. Cedric erwiderte das Nicken und drückte ihr den Rucksack in die bebenden Finger. »Gut. Dann los.«

Er fasste sie am Arm und zog sie quer durch den Wohnraum zum Ausgang – und in diesem Moment hatte Frei das Gefühl, in einem bizarren Déjà-vu zu stecken: Cedric, der sie mit verbissenem Gesicht voranzerrte. Und der Fahrstuhl, der sich in diesem Moment wie von selbst in Bewegung setzte, ohne dass sie oder Cedric irgendetwas getan hätten. Frei hatte das schon einmal erlebt. Nur kam es ihr diesmal unendlich viel bedrohlicher vor. Und diesmal würde sie keine Eingangstür in greifbarer Nähe retten.

Cedric fluchte laut. Frei hatte ihn noch nie fluchen gehört.

Hektisch sah sie sich um. Es musste doch einen Ausweg geben! Ihr Blick fiel auf die Fensterfront. Wenn sie mit voller Kraft dagegen rannte …

… würde sie aus dem siebten Stock in die Tiefe stürzen. Frei schluckte mühsam. Es würde ziemlich weh tun. So viel war wohl sicher.

Sie sah zu Cedric, im gleichen Moment, als auch er den Blick von der Fensterfront nahm. Er nickte grimmig.

»Sieht aus, als wäre es an der Zeit herauszufinden, wie unsterblich du wirklich bist.«

Frei drückte den Rucksack mit den Blutkonserven fest an ihren Bauch. Die Beutel durften nicht kaputtgehen – sie würde sie vielleicht schon bald sehr dringend brauchen. Also war es wohl am klügsten, sie mit ihrem Körper zu schützen. Sie schloss die Augen und atmete tief durch. Sie hatte keine Wahl. Und sie würde nicht zögern.

»Bis bald, Cedric«, flüsterte sie.

Ein schwaches Lächeln erschien in Cedrics Mundwinkeln. »Pass auf dich auf.«

Frei nickte und versuchte, das Zittern in ihren Beinen zu ignorieren. Und dann, ohne noch unnötig lange nachzudenken, wie es sich anfühlen mochte, von so weit oben auf den Asphalt zu prallen, rannte sie los. Ein kräftiger Sprung schleuderte sie mit der Schulter voran gegen das Glas. Es splitterte. Klirrte. Tausend Scherben leuchteten im Licht des Sonnenaufgangs auf. Und Frei stürzte.

Im Fallen schien die Zeit sich zu verlangsamen. Wind rauschte in ihren Ohren und knatterte im Stoff ihrer Jacke. Frei klammerte sich an ihren Rucksack. Der Sturz drückte ihren Magen bis hinauf in ihre Kehle, die Welt raste in einem irren Farbrausch an ihr vorbei – und dann schlug sie mit Wucht auf den Boden auf.

Für endlose Sekunden konnte sie ihren Körper nicht mehr spüren. Es war, als schwebte sie in einem weißen Rauschen, in das sich langsam graue Schemen mischten. Schemen, die nach und nach mehr Kontur bekamen, bis Frei sie als die Silhouetten von Vampiren erkennen konnte und das entfernte Dröhnen als Stimmen, die sich aufgeregt unterhielten. Rollsplitt an wunder Haut – das mussten ihre Handflächen sein. Klebrige Fetzen und Schmutz über einem Knochen, der sich quälend langsam wieder zusammenfügte: ihr Schienbein. Doch, sie war noch da, begriff Frei. Diese wunden, zertrümmerten Glieder, das waren ihre, und sie konnte sie bewegen – wenn auch unter Qualen. Sie lebte. Und sie heilte sich.

Allmählich wurden auch ihre Sinne wieder klar. Neben sich bemerkte sie aus dem Augenwinkel den Rucksack mit den Konserven. Blut sickerte in dunklen Flecken in den Stoff. Mindestens ein Beutel musste beim Aufprall geplatzt sein, wahrscheinlich mehr. Frei sah etliche Vampire in einem Pulk um sie herum stehen und weit über sich den blassblauen Morgenhimmel über dem Hochhaus mit der Glasfassade.

Der nun eine Scheibe fehlte. Sonst war nichts zu sehen. Aber Cedric musste dort oben sein! Frei versuchte, sich hinzusetzen, aber ihre Glieder wollten ihr noch nicht wieder gehorchen.

»Bleiben Sie liegen! Ruhig. Alles wird gut.« Die Stimme war ganz nah, aber Frei kannte sie nicht. »Wir helfen Ihnen bei der Heilung.«

Freis Herz begann wild zu schlagen. Es brannte wie Feuer in ihrer Brust. Nein!, dachte sie, dafür hatte sie keine Zeit, das hatte Cedric deutlich gesagt! Sie musste hier weg! Sie musste nach Insomniac Mansion!

Obwohl jede Bewegung das Flimmern vor ihren Augen verstärkte und grellen Schmerz durch ihre Glieder fahren ließ, zwang sie sich, sich aufzurichten. Verschwommen sah sie die anderen Vampire zurückweichen und hörte ein heiseres Fauchen. Ihr eigenes.

»Vorsicht! Sie ist progressiv!«

» … ansteckend!«

Ihr gebrochenes Bein wollte Frei kaum tragen. Aber das war sie ja gewöhnt. Es würde sie nicht daran hindern, zu laufen. Trotzdem wusste sie kaum, wie sie es schaffte, auf die Füße zu kommen und den Rucksack zu packen. Ein qualvolles Stechen zog sich bei jedem Schritt bis in ihre Hüfte hinauf, und sie keuchte. Taumelte. Sie konnte die anderen Vampire nur unscharf erkennen, aber sie wichen ihr aus, als sie vorwärtsstolperte. Manche streckten zaghaft die Hände nach ihr aus.

»Bleiben Sie liegen, Miss! Wir wollen Ihnen helfen!«

»Haltet sie auf!«

Aber niemand hielt sie auf. Niemand wagte, ein Monster anzufassen. Frei beschleunigte ihre Schritte und ignorierte die Schmerzen, die sie schüttelten. Grelles Licht traf sie, als sie aus dem Schatten des Wolkenkratzers hinaus auf die Straße lief. Frei unterdrückte einen Schrei und riss instinktiv die Arme hoch, um ihr Gesicht zu schützen. Die Morgensonne verbrannte ihre Haut und das Fleisch darunter, drang bis tief in ihre Eingeweide, bis sie sich vor Schmerzen innerlich wand – aber sie stolperte einfach weiter.

Als sie die Straße überquert hatte, waren die Schatten des Asia Parks nicht mehr weit. Frei tauchte zwischen die Bäume, brach durch niedriges Gestrüpp und fühlte Ranken nach ihrem Gesicht schlagen. Den Kopf gesenkt und die Arme fest um den Rucksack vor ihrem Bauch geschlungen, drängte sie weiter voran, in das wuchernde Unterholz abseits der Wege. Die Stimmen hinter ihr verklangen, wurden übertönt vom schweren Rasseln und Pfeifen ihres Atems. Verbissen kämpfte sie sich vorwärts. Sie hätte nicht sagen können, ob noch jemand hinter ihr war. All ihre Sinne waren nur noch auf eins ausgerichtet: so weit von Cedrics Wohnung und der zerbrochenen Scheibe fortzukommen wie möglich. Sie konnte nicht mehr sehen, wohin sie lief, und der Grund unter ihr hätte ebenso gut aus Wattebäuschen wie aus Nägeln bestehen können. Frei stolperte, taumelte auf tauben Füßen. Die Welt um sie herum waberte und flirrte, und sie hatte das Gefühl, sich in dem schmierigen Nebel aufzulösen, der sich in ihrem Kopf ausbreitete.

Und dann konnte sie nicht mehr weiter.

Ihre Beine knickten einfach weg, und sie stürzte zu Boden, blieb zwischen Farnwedeln und Rhododendron liegen, während die Erde unter ihr schwankte und sich drehte wie ein unvertäutes Boot, das bei starkem Seegang abgetrieben worden war. Nur sehr langsam beruhigte sich ihr Atem, und noch langsamer verebbte das Rauschen in ihren Ohren. Ganz allmählich kam der Boden zur Ruhe. Frei drückte ihre Wange gegen den rauen Stoff des Rucksacks und lauschte auf das Kribbeln und Brennen, mit dem ihre Wunden sich quälend langsam heilten. Es war vorbei, ihre Kräfte am Ende. Sie konnte nicht einen Finger mehr rühren.

Wie weit war sie gelaufen? Von den Stimmen hinter ihr war endgültig nichts mehr zu hören. Nur der Morgenwind wisperte in den Baumkronen. Die ersten Singvögel begrüßten zwitschernd den neuen Tag. Und von fern drang das Rauschen unzähliger Automotoren heran.

Hätte Frei gekonnt, sie hätte sich fest zusammengerollt. Sie konnte nicht mehr lange hier liegen bleiben. Für den Augenblick boten die Zweige über ihr ausreichend Schatten. Aber die Sonne würde schnell höher klettern, ihre Strahlen an Kraft gewinnen, so dass die spärlichen Frühlingsblätter kaum noch Schutz bieten würden. Und bis dahin musste Frei verschwunden sein, wenn sie nicht bei lebendigem Leib zu Asche verbrannt werden wollte.

So weit die Theorie.

Nur wie sollte sie einen Unterschlupf suchen, wenn sie sich nicht bewegen konnte? Frei versuchte, wenigstens ihre Hände zu öffnen und zu schließen – vergeblich. Mehr als ein schwaches Zucken brachte sie nicht zustande. Wenn sie irgendwie an das Blut in ihrem Rucksack kommen könnte … Aber es war zwecklos. Sie konnte nur hoffen, dass die Heilung schnell genug ging. Dass sie rechtzeitig genug Kraft sammeln konnte, um sich irgendwo zu verkriechen oder sich wenigstens im feuchten Laub einzugraben, ehe die Sonne sie erwischte.

Frei schloss erschöpft die Augen und versuchte zugleich mit aller Macht, den Schlaf zurückzudrängen, der sich schwer über sie legen wollte. Wenn sie jetzt einschlief, würde sie niemals mehr rechtzeitig aufwachen, das war ihr nur zu klar.

In diesem Augenblick raschelte es im Gebüsch hinter ihr, und Frei fuhr zusammen. Ein strenger Geruch stieg in ihre Nase, und sie hörte ein trockenes Schnüffeln.

»Mmh. Bingo, alter Junge«, murmelte eine heisere Stimme.

Schritte raschelten im Laub. Der Geruch wurde stärker. Frei kämpfte noch darum, ihren Kopf wenigstens ein Stück weit zu drehen – als sie etwas Hartes grob an der Wirbelsäule traf. Ein Wimmern glitt über ihre Lippen, ehe sie es verhindern konnte, und sie spürte, wie mehr Blut in ihren Pullover sickerte.

»Noch nicht tot? Wow. Jackpot.«

Ein Gesicht tauchte über ihr auf. Das Gesicht eines fremden Mannes unter einem siffigen Schlapphut, schmutzig und unrasiert. Strähnige Haare hingen in seine Stirn und in einem zotteligen Zopf über seine Schulter. Die Spitze des Zopfes wischte über Freis Wange und ihre Nase, als der Fremde sich noch ein Stück weiter vorbeugte, um sie genauer zu inspizieren – und mitten in der Bewegung erstarrte, als sein Blick Freis traf.

»Ja, da hol mich doch der Sonstwer.« Der Mann pfiff leise durch die Zähne. »Du bist ja schon ewig und drei Tage kein Mensch mehr!« Er schnaufte fassungslos – und ganz offensichtlich auch recht enttäuscht. »Mmh. Verflixte Kiste. Was machst du denn hier, Püppi?«

Frei schluckte mühsam. Wer auch immer dieser Vampir sein mochte, er war vielleicht ihre letzte Rettung. »Hilfe«, brachte sie heraus. Das Wort kratzte unangenehm in ihrer Kehle. »Blut …«

Der Fremde lachte trocken und tippte sich an die Krempe seines Schlapphuts. »Ja, Süße. Das hätte ich auch gern, mmh, das kannst du mir glauben. Verflixt, verflixt.«

Ein kurzes, scharfes Bellen ertönte, das Frei zusammenzucken ließ. Ein Hund!

Der Fremde richtete sich auf. Sein Gesicht verschwand aus Freis Blickfeld.

»Was? Ach so …!« Seine Stimme nahm einen versöhnlicheren Klang an, gemischt mit etwas, das Frei von sich selbst nur zu gut kannte. Hunger. Und ungestillte Gier. »Mmh, jetzt versteh ich. Wir haben gar nicht dich gerochen, mmh. Du hast da einen Schatz bei dir. Na dann lass mal sehen.«

Eine sehnige Hand mit langen, spinnenbeinartigen Fingern packte Freis Rucksack und zog daran. Kaltes Begreifen durchzuckte Frei. Der Mann hatte nicht die geringste Absicht, ihr zu helfen! Er würde ihre Konserven nehmen und ihr Geld und sie hier liegenlassen, wenn sie nichts dagegen unternahm. Mit aller verbliebenen Kraft klammerte sie sich an den Rucksack und fauchte wütend.

Die Hand zuckte augenblicklich zurück. »Schon gut, schon gut! Hab's kapiert. Nicht beißen, ganz ruhig.«

Schritte raschelten. Kurz darauf konnte Frei den Mann wieder sehen. Und seinen Hund. Einen struppigen Köter mit verfilztem schwarzem Fell, der leise knurrte, als Freis Blick ihn traf. Der Fremde hockte sich vor sie hin und musterte sie aus schmalen, listigen Augen. Er stank. Nein, Gestank war noch zu freundlich ausgedrückt für den Moder aus säuerlicher Fäulnis und Verwesung, den er verströmte. Frei wurde allmählich übel davon.

»Du bist ganz schön fertig, was? Hast so viel Blut und kannst es nicht trinken. Aber ich sag dir was, wenn du hier liegenbleibst, dann hast du bald sowieso nichts mehr davon.«

»Hau ab«, zischte Frei und umklammerte den Rucksack noch fester.

Der Fremde seufzte, schob den Hut ein Stück zurück und kratzte sich am Kopf. Hinter seiner Stirn schien es zu arbeiten.

»Hör mal, Püppi«, sagte er schließlich gedehnt. »So wird das nichts mit uns beiden. Weißt du, *mir* macht das Sonnenlicht nichts aus. Ich könnte einfach warten, mmh, bis du verbrutzelt bist. Aber weil ich so'n netter Onkel bin, mmh, schlag ich dir 'nen Deal vor: Ich zeig dir 'nen Platz, wo du dich den Tag über verkriechen kannst, und du gibst mir was von deinem Schatz da. Mmh?«

Frei presste die Lippen zusammen. Sie konnte diesem heruntergekommenen Kerl nicht trauen, so viel stand fest. Von wegen netter Onkel. Und dieser seltsame Sprach-Tick, jedes Mal von einem Zucken des rechten Augenlids begleitet, machte sie irgendwie nervös. Aber sie brauchte Hilfe, sie brauchte Schutz vor dem Sonnenlicht – und allein würde sie es nicht schaffen. Das war die bittere Wahrheit.

Der Fremde bewegte sich ungeduldig. Sein Blick hing begierig an dem Rucksack. »Also, was ist?«

Frei atmete tief durch. Dann nickte sie widerwillig. »Okay«, flüsterte sie.

Ein zufriedenes Grinsen erschien auf den schmalen Lippen des Mannes. »Bingo.« Er rieb sich die Hände. »Dann lass Onkel Hank mal machen. Erstmal trinken wir jetzt einen Schluck zusammen, mmh. Damit kriegen wir dich schon wieder auf die Beine.« Eifrig griff er nach Freis Schultern und half ihr, sich aufzusetzen. Dann nestelte er an den Schnüren des Rucksacks, wobei er Frei nicht aus den Augen ließ.

Das Blut in den Konserven schwappte und gluckste. Unbehaglich spürte Frei, wie sich in ihr der altbekannte Jagdtrieb regte. Es wäre sehr ungünstig, wenn sie ihren zweifelhaften Retter jetzt zerfleischte. Der einzige Trost war, dass ihr gerade im Augenblick ganz bestimmt die Kraft fehlte, um in Raserei zu verfallen. Sie war ja kaum mehr als ein nasser Sack voll loser Knochen.

Der Fremde namens Hank zerrte inzwischen einen Blutbeutel aus dem Rucksack. Frei sah, wie seine Augen sich kurz weiteten, als er entdeckte, wie viele Konserven sie auf ihre Flucht mitgenommen hatte.

»Finger weg!« Sie zischte warnend und fletschte die Zähne.

Hank hob abwehrend die Hände. »Schon gut, schon gut! Du zuerst, okay? Du zuerst. Mmh. Kannst du allein sitzen?« Er drückte ihr den Plastikbeutel in die Hände und entfernte sich ein Stück, wobei er sie argwöhnisch beobachtete – als könne sie ihn wirklich jeden Moment angreifen. Dann griff er nach einer dicken Metallstange, die im Laub gelegen hatte, und hielt sie schützend vor sich, die geschliffene Spitze auf Freis Brust gerichtet. Damit musste er sie vorhin schon gestoßen haben. Es sah jedenfalls ganz so aus, als wäre er im Umgang damit geübt. Von dieser Stange durchbohrt zu werden war sicher keine angenehme Erfahrung, dachte Frei. Aber sie schaffte es nicht, ihre Gedanken länger als eine Sekunde darauf zu konzentrieren. Zu vertraut waren das Gefühl des Blutbeutels in ihrer Hand und das träge Glucksen seines Inhalts, obwohl ihre zitternden Finger ihn kaum halten konnten. Sie neigte den Kopf so weit nach unten, wie sie konnte, und schmeckte schales Plastik an ihren Lippen. »Na los, Püppi. Es geht doch nichts über einen guten Drink, mmh?«, hörte sie Hank noch sagen – dann war alles, was sie spürte, das kalte, zähe Blut, das in ihren Mund drang und klebrig süß ihre Kehle hinunterlief. Ihren Magen mit Hitze füllte. Und mit Kraft.

Als sie auch den letzten Tropfen aus dem Beutel gesaugt hatte, fühlte Frei sich schon viel besser. Langsam klärte sich ihre Sicht, und sie konnte Hank wieder sehen, der sie noch immer argwöhnisch beobachtete, die Stange vor sich ausgestreckt.

»Na, mmh? Bist du jetzt satt?«

Frei antwortete nicht. Stattdessen versuchte sie vorsichtig, sich noch ein Stück weiter aufzurichten, bis sie auf den Knien saß, und dann aufzustehen – langsam, sehr langsam, den Rucksack dabei fest umklammert.

»Hey.« Hank war dreimal so schnell auf den Füßen wie sie. »Was wird das denn jetzt? Du willst doch nicht abhauen! Wir hatten einen Deal, mmh, schon vergessen? Was ist mit meinem Blut? Mmh?« Er stupste Frei mit der Stange in die Seite, dass sie beinahe wieder umgefallen wäre. Frei keuchte.

»Wenn wir bei dir sind.« Sie drückte den kostbaren Rucksack noch etwas fester vor die Brust. »In deinem Unterschlupf.«

Hank stieß ein Schnaufen aus. »Na, hol dich doch der …«

Frei ließ ihn nicht ausreden. »Wir müssen uns beeilen«, erklärte sie entschlossen.

Hank warf einen kurzen Blick zum Himmel. Dann schüttelte er den Kopf. »Na fein. Deal ist Deal. Dann komm mal mit.«

Er wandte sich ab und pfiff nach seinem Hund, der Frei noch einmal misstrauisch beäugte, ehe er sich an Hanks Fersen heftete.

Frei atmete auf. Dann rückte sie den Rucksack vor der Brust zurecht und folgte Hank ins Unterholz.

Kapitel Vierzehn

46 West Street, Kenneth, Missouri

Cedric sah Frei nicht nach, als die Scheibe zersprang. Das Mädchen musste für den Moment allein klarkommen – er konnte ihr jetzt nicht helfen. Was ihn selbst erwartete, war schlimm genug. Und er hatte kaum Zeit, sich darauf vorzubereiten, ehe sich die Fahrstuhltür öffnete.

Steif wie ein Stock stand Cedric neben dem Flügel und beobachtete, wie Dorian seine Wohnung betrat. Dorian, der hier eindringen konnte, weil er einen Teil von Cedrics mentaler Signatur gestohlen hatte – winzig nur, aber genug, um die Zahlenfolge zu kennen, mit der sich der Fahrstuhl über die Notfallkonsole neben dem Schlüsselfeld bedienen ließ. Der haarfeine Riss in Cedrics Geist schmerzte immer noch. Sicher konnte er ihn schließen, aber dazu brauchte er Ruhe und Zeit. Und die würde Dorian ihm ganz bestimmt nicht geben.

Dorian lächelte. Die ersten Strahlen der Morgensonne hatten die Wohnung inzwischen erreicht und leuchteten auf seinem jungenhaften Gesicht und seinen Haaren. Wie immer war Dorian ebenso schön, wie er bösartig war.

»Keinen Schritt weiter«, sagte Cedric.

Dorians Lächeln vertiefte sich ein wenig, aber er blieb, wo er war. Er war wütend. Rote, glühende Wut, die sogar seine Selbstgefälligkeit überstrahlte. Weil er einmal mehr zu spät gekommen war.

»Cedric«, bemerkte er eine Spur zu sanft. »Du hast da ein Loch in deiner Fensterscheibe.«

Cedric atmete tief durch. Durch den Sprung, den Dorian in seine Barrieren geschlagen hatte, drang die Kraft des Rivalen ungefiltert in seinen Kopf und seine Gedanken. Es fühlte sich an, als würde er von innen heraus vertrocknen. Aber er durfte jetzt nicht schwächeln. »Verschwinde«, sagte er, so ruhig er konnte. »Es gibt hier für dich nichts zu holen.«

Dorians Lächeln verblasste. Ein paar winzige Falten erschienen auf seiner Stirn – erstes Zeichen seiner Ungeduld. »Wo ist das Mädchen?«

Cedric hob in gespieltem Erstaunen eine Braue. »Wer?«

Ein zorniger Funke leuchtete in Dorians Augen auf. »Versuch nicht, Zeit zu schinden. Wo hast du sie hingeschickt?«

Cedric verschränkte die Arme vor der Brust und lehnte sich gegen den Flügel. Die kühle Glätte des lackierten Holzes beruhigte seine Nerven ein wenig. »Wenn du aus dem Fenster springst, erwischt du sie vielleicht noch. Aber dazu müsstest du natürlich erst an mir vorbei.«

Er sah Dorian kurz die Augen schließen und langsam einatmen, als müsse er sich konzentrieren. Als er die Lider wieder hob, verwandelte ein harter Glanz das Bernsteinbraun in finstere Spiegel. Spiegel, in denen Cedric das Zimmer und den Flügel sehen konnte, aber nicht sich selbst. In die er hineinfallen würde, wenn er nicht aufpasste.

»Ich hätte dich für klüger gehalten, Cedric. Willst du mich wirklich zwingen, mir die Informationen mit Gewalt zu holen?« Ein Lächeln teilte Dorians Lippen, so leicht und strahlend, dass Cedric schwindelig wurde. Es bohrte sich wie spitze Finger in den Riss, der seine mentalen Barrieren durchzog, und zwang die fransigen Ränder noch etwas weiter auseinander. Furcht kroch durch den Spalt in seinen Geist und versuchte, ihn zu lähmen.

Dorian legte leicht den Kopf schief, sein Gesicht eine Maske reinster Liebenswürdigkeit. Seine Stimme aber war gefährlich leise. »Ich kann dich hier und jetzt fertigmachen. Das weißt du, nicht wahr?«

Cedric fuhr sich mit der Zunge vergeblich über die staubtrockenen Lippen. Sie sprangen auf und bluteten. Er wusste, dass er fürchterlich aussehen musste – kein Gegner für jemanden wie Dorian, nachdem er ihm direkt in die Falle gelaufen war. Trotzdem weigerte sich Cedric, seine aufrechte Haltung aufzugeben, obwohl ihm durchaus danach gewesen wäre, sich einfach auf den Teppich zu legen.

»Von mir erfährst du nichts. Geh nach Hause.«

Natürlich, dachte er und bemühte sich verkrampft, seine Gedanken beisammen zu halten, wäre es ein echtes Problem, wenn Dorian an diesem Punkt tatsächlich einfach gehen würde. Frei brauchte jede Sekunde Vorsprung, die er ihr verschaffen konnte. Aber Cedric vertraute darauf, dass sein erbitterter Rivale so kurz vor dem Ziel und mit so einem Trumpf in der Hand keinen Rückzieher machen würde. Er lächelte schmal und dachte an ihr erstes Gespräch in seinem Büro zurück – daran, wie Dorian ihn verspottet hatte.

»Oder hast du etwa vor, mir mein Wissen aus dem Kopf zu zerren? Ach, ich vergaß: Du bist ein Psychomanipulator. Du hast diese Fähigkeit gar nicht.«

Dorian machte einen Schritt auf ihn zu. Keinen großen oder bedrohlichen Schritt. Es war nur eine winzige, fließende Bewegung nach vorn – und doch spürte Cedric, wie die Kraft der Blutgabe ihn traf wie ein Regen aus tausend Nadeln, die sich tief in seinen Körper bohrten. Ein Keuchen rutschte über seine Lippen, und er rang nach Luft. Der Riss in seinem Kopf klaffte auf, verästelte sich und zog feine Linien bis in die tiefsten Winkel seines Bewusstseins.

»O nein, Cedric, da irrst du dich. Du *wirst* es mir sagen.«

Dorians Stimme war glühend heiß und klirrend kalt, samtig warm und beruhigend kühl zugleich. »Weil du es mir sagen *willst.* Ich bin dein Wille, Cedric Ignatio Edwards, und ich befehle dir, es mir zu verraten: *Wo hast du das Mädchen hingeschickt?*«

Cedric würgte und hustete. Seine Finger klammerten sich an den Rahmen des Flügels, und er wankte auf weichen Knien. Dorians Blutgabe wütete in seinem Inneren wie ein Sandsturm, um die Worte, die Dorian zu hören wünschte, aus ihm herauszupressen. Er konnte sich nicht dagegen wehren.

Aber das brauchte er auch nicht.

Denn aus seinem Mund fiel nichts als Leere.

Mit verschwommenem Blick sah Cedric auf. Dorians Wangen waren gerötet, seine Augen nun wieder sehr lebendig. Sie brannten vor Wut.

Cedric lächelte grimmig und spürte, wie ein warmer, feuchter Tropfen über sein Kinn rann. »Komm«, flüsterte er. »Versuch's noch mal.«

Dorians Kiefer bebte. Er machte noch einen Schritt auf Cedric zu und streckte die Hand aus.

Cedric holte zitternd Luft. Federleicht legte sich Dorians Hand über seine Augen und seine Stirn. Für einen winzigen Augenblick war es, als würde selbst die Zeit den Atem anhalten.

Und im nächsten Moment donnerte die geballte Kraft von Dorians Gabe über Cedric hinweg, fegte die bröckeligen Reste der Barrieren um seinen Geist fort und ließ ihn nackt und schutzlos zurück. Aus weiter Ferne hörte er sich selbst schreien. Unartikulierte Laute, das Brüllen eines zu Tode gequälten Tieres. Innerlich aber war er ganz klar. Er hatte keine Angst. Er wusste, die Information, die Dorian aus ihm herauszuzwingen versuchte, war nicht mehr da.

Frei hatte sie mitgenommen.

Und nun stand der Weg weit offen.

Berührung hilft. So hatte er selbst es erst kürzlich Frei beigebracht. Und obwohl jede Faser seines Körpers danach drängte, den weißen Fingern auszuweichen, die sein Gesicht umschlossen, hielt er still. Er hatte nur den einen Versuch. Wenn der misslang, war alles vorbei.

Tief unter dem wütenden Schmerz, der in seinem Kopf tobte, lächelte Cedric. Dorians Kraft hatte nicht nur die Barrieren niedergerissen – sie hatte auch eine Verbindung hergestellt. Sie ließ einen Punkt tief in Cedrics Sein beben, den er seit Jahrhunderten nicht berührt hatte. Die reine Essenz seiner Blutgabe, uralt und stark – und viel zu gefährlich, um sie im alltäglichen Leben einzusetzen. So gefährlich, dass Cedric sie seit einer Ewigkeit eisern unter Verschluss hielt und sich geschworen hatte, sie nie wieder einzusetzen. Aber jetzt war das alles gleichgültig. Dorian hatte keine Skrupel. Also würde er auch keine haben.

Mühsam hob er die wunden Lider und blickte Dorian durch den Sturm hindurch fest an. Dann schloss er die Finger um dessen Handgelenk.

Er sah noch, wie Dorian die Augen aufriss, spürte, wie er versuchte, seinen Arm zurückzureißen, als er erkannte, welche Gefahr er geweckt hatte. Aber Cedric ließ ihn nicht mehr los. Ein mörderischer Energieschub strömte aus seinen Händen, raste Dorians Arme hinauf bis in seinen Kopf – rohe, ungezügelte Kraft, die in sein Stammhirn eindrang, die synaptischen Verbindungen im Hippocampus zerfetzte und große Teile des limbischen Systems lahmlegte.

Er spürte den Schlag, der Dorians Hirn erschütterte, wie einen Rückstoß, der ihn selbst innerlich in winzige Splitter zerspringen ließ. Wie ein Sturzbach floss sämtliche Energie, die ihm geblieben war, aus ihm heraus und über die Verbindung in Dorian hinein. Selbst wenn er sie hätte halten wollen, er hätte es nicht mehr gekonnt. Seine letzte Aktion. Der einzige Versuch. Er *durfte* nicht verlieren.

Dorians Augen verdrehten sich, bis nur noch das Weiße zu sehen war, und sein Mund öffnete sich zu einem stummen Schrei. Er taumelte. Krallte seine Finger in Cedrics Haare, als könne er sich daran festhalten.

Dann stürzte er.

Und Cedric mit ihm.

Kapitel Fünfzehn

Asia Park, Kenneth, Missouri

Etwas Warmes und Feuchtes drückte sich gegen Freis Hand und weckte sie aus einem unruhigen Schlaf. Noch ein wenig benommen schlug sie die Augen auf und wusste im ersten Augenblick nicht, wo sie sich befand – bis sie es roch. Säuerlich. Faulig. Und nach alten Exkrementen.

Mit einem Schlag kehrte die Erinnerung zurück. Hank hatte sie am Morgen zuvor tatsächlich, wie versprochen, in seinen Unterschlupf geführt: eine verlassene öffentliche Toilette am Rand einer der verwilderten Wiesen tief im Herzen des Asia Parks. Feucht, siffig und stinkend zwar, aber sie bot zuverlässigen Schutz vor der brennenden Sonne. Frei war, kaum dass sie die Tür hinter sich verrammelt hatten, in einer Ecke zusammengesunken, wo auch die goldenen Streifen, die die Sonne durch die Ritzen der Bretter vor den verrammelten Fenstern warf, sie nicht erreichen konnten. Und sie hatte es so eben noch geschafft, Hank die versprochene Konserve vor die Füße zu werfen. Dann war sie innerhalb von Sekunden eingeschlafen.

Nun fiel Mondlicht durch die Ritzen zwischen den Brettern, und Frei fühlte sich bereits viel besser. An ihre Brust gedrückt hielt sie nach wie vor den Rucksack mit den Blutkonserven. Das Schnürband, das sie sich vor dem Einschlafen sicherheitshalber fest um ihr Handgelenk geschlungen hatte, saß ebenfalls noch an seinem Platz. Doch an ihrem Unterarm spürte Frei, wie eine struppige Hundeschnauze versuchte, sich zwischen sie und den Rucksack zu drängeln. Mit einem Ruck fuhr sie in die Höhe und fauchte warnend. Ein Knurren und Winseln ertönte, und das Kitzeln der Haare verschwand so abrupt, wie es gekommen war. Ein Schatten fiel auf Freis Gesicht.

»Na, na, Püppi. Nun tu mal nicht so. Mmh.« Die heisere Stimme war nicht weit von ihr entfernt. Um genau zu sein, sogar zu dicht bei ihr, so dass sie den fauligen Atem auf ihrer Haut spürte. Hank ließ sich schwerfällig neben sie auf den Boden sinken. Im Schatten seines Schlapphuts konnte Frei seine Augen kaum erkennen. »Gut geschlafen?«

Frei nickte stumm, auch wenn es gelogen war. Sie glaubte sowieso nicht, dass es Hank ernsthaft interessierte, wie sie geschlafen hatte.

Hank streckte auffordernd die Hand aus. »Zeit fürs Frühstück. Mmh.« Seine Zähne schimmerten im Mondlicht auf, als er den Mund zu einem Grinsen verzog.

Frei runzelte die Stirn. Ihr erster Gedanke war, brüsk abzulehnen. Sie brauchte ihre Konserven selbst, und Hank hatte seinen Lohn für die Unterkunft immerhin schon bekommen. Aber dann wieder, dachte sie, musste sie sich auch überlegen, wie sie von hier aus weiterkam. Sie musste den Weg nach Victoria Hill finden – schnellstmöglich, damit Cedric sie dort auch finden konnte. Und so, wie sie aussah, mit zerrissenen, dreckigen Kleidern, stinkend und schmierig nach einem Tag auf dem Fußboden einer Toilette, gab es in Kenneth bestimmt nicht viele Vampire, die ihr bereitwillig den Weg beschrieben, geschweige denn überhaupt mit ihr gesprochen hätten. Abgesehen natürlich von denen, die genauso aussahen und rochen.

Frei schloss die Arme wieder fester um den Rucksack und sah Hank geradeheraus ins Gesicht. »Nur unter einer Bedingung.«

Hank zog unwillig die Brauen zusammen. »Also, Mädchen …«

»Du kennst dich doch aus in der Stadt.« Frei ließ ihn nicht

ausreden. »Ich muss nach Victoria Hill. Wenn du mich hinbringst, gebe ich dir noch eine von meinen Konserven.«

Hank blieb der Mund offen stehen. »Victoria Hill! Dahin brauchen wir zu Fuß fast drei Stunden, mmh, was willst du denn da draußen?«

Frei rappelte sich auf. »Also, wenn es so weit ist, dann gehen wir wohl besser gleich.«

Auch Hank kam auf die Beine. Sein Gesicht war eine unwillige Grimasse. »Hör mal, Schätzchen, du fühlst dich ja vielleicht taufrisch, aber ich bin nicht mehr der Jüngste, wenn du verstehst. Für eine lumpige Konserve, mmh, da lauf ich nicht bis nach Vicky Hill raus, verstehst du?«

Frei atmete tief durch. Sie hatte wirklich keine Geduld für diese ständigen Verhandlungen. Es konnte doch nicht so schwer sein, ihr kurz den Weg zu zeigen, und er sollte froh sein, wenn er auch noch Blut dafür bekam – wo er doch offenbar so scharf darauf war. »Dann sag mir, wie ich hinkomme. Ich finde mich schon zurecht.«

Hank rieb sich angestrengt über die Stirn. »Püppi«, stöhnte er, »du bist auf dich gestellt doch gar nicht lebensfähig.« Er schüttelte den Kopf. Aber seine Augen funkelten listig, das sah Frei ganz genau. »Na komm schon. Drei Konserven für den netten Onkel, und ich bring dich hin.«

Frei schloss kurz die Augen und versuchte, die Wut zu unterdrücken, die in ihrem Magen zu brodeln begann. Nicht lebensfähig! Von wegen! Aber objektiv betrachtet, dachte sie widerwillig, war sie sich tatsächlich gar nicht so sicher, ob sie sich wirklich zurechtfinden würde. Drei Konserven – das war sehr viel mehr, als sie abzugeben bereit war. Aber sie konnte es sich noch weniger leisten, sich in der Stadt zu verlaufen, so viel war ihr klar.

»Zwei«, sagte sie entschlossen und löste die Schnur von ihrem Handgelenk. »Eine jetzt. Die andere später.«

Das Grinsen kehrte auf Hanks Gesicht zurück. »Du bist echt härter, als du aussiehst, Kleine.« Er tippte sich an die Krempe seines Schlapphuts. »Ja, dann – Deal, Schätzchen. So wird's gemacht. Mmh.«

Die Innenstadt von Kenneth übertraf alles, was Frei sich jemals vorzustellen gewagt hätte. Hatte sie die Straße vor Cedrics Wohnung schon als beängstigend lebhaft empfunden, fühlte sie sich hier geradezu erdrückt von der schieren Masse an Vampiren, die durch die breite Fußgängerzone drängten, sich durch die Läden schoben oder in Cafés saßen und Blut aus kleinen Tassen tranken. Frei fragte sich beim Lesen der Werbeschilder unwillkürlich, wie aromatisiertes Blut wohl schmeckte – oder solches, das mit Sauerstoff oder Mineralien angereichert war. Aber nicht nur Blut gab es zu kaufen, auch nostalgische Getränke wie Tee, Schokolade oder Kaffee zu horrenden Preisen. Kleidung, Schuhe, Kosmetik, Elektronikware, Bücher, Schmuck und Krimskrams wurden in grell erleuchteten Schaufenstern angepriesen, Lichter blinkten. Millionen von Stimmen, Motoren und Schritten füllten die Luft mit einem niemals endenden Surren. Und nirgends konnte man einen Schritt vor den anderen setzen, ohne in Gefahr zu geraten, einen anderen Vampir anzurempeln. Allerdings machten die meisten Leute, wie erwartet, einen Bogen um Frei, Hank und seinen Hund, wann immer sie konnten. Frei war froh darüber. Sie fühlte sich von den vielen unterschiedlichen Sinneseindrücke ohnehin schon völlig überwältigt. Ihre Hände waren schweißfeucht, und ein leichter Würgereiz schien ständig nach ihrer Kehle zu greifen. Der rötliche Schleier ihres Jagdtriebs waberte in zähen Schlieren durch ihr Blickfeld, ohne sie ganz zu verschlucken, weil sie ohnehin nicht gewusst hätte, worauf sie sich zuerst stürzen sollte.

So viel Blut.

So viel Leben.

Es war fast unerträglich – obwohl noch immer nicht ein einziger Mensch zu sehen war.

Während sie sich ihren Weg durch die Einkaufspassage bahnten, murmelte Hank ununterbrochen vor sich hin. Den Hut hatte er tief ins Gesicht gezogen, und sein Gesichtsausdruck wirkte mürrisch. Der Hund drückte sich dicht an seine Beine und kläffte von Zeit zu Zeit einen besonders wohlhabenden Vampir an. Doch gerade diese beachteten den Obdachlosen und die verwahrloste junge Bluterin am allerwenigsten.

Schon bald musste Frei zugeben, dass sie sich ohne ihren Führer tatsächlich sehr schnell hoffnungslos verlaufen hätte. Sie war nun froh, auf Hanks Handel eingegangen zu sein, auch wenn sich ihr Rucksack seit ihrem gemeinsamen Frühstück unangenehm leicht anfühlte. Neugierig musterte sie Hank von der Seite. Er hatte das Blut heruntergestürzt wie ein Verdurstender, und sein Blick hatte sich dabei selig verklärt. Vermutlich bekam er nicht oft Konserven – woher auch? Der Gedanke brachte Frei zurück zu der Frage, die sie schon eine ganze Weile beschäftigte. Vielleicht war es allmählich an der Zeit, sie zu stellen.

»Sag mal …« Sie räusperte sich verlegen. »Wovon ernährst du dich eigentlich? Wenn du nicht gerade jemanden findest, der einen Rucksack voll Blut dabei hat, meine ich.«

Hank unterbrach sein finsteres Selbstgespräch und hob den Kopf. Seine dunklen Augen glühten im Schatten des Schlapphuts. Dann hob er spöttisch einen Mundwinkel. »Willst bei mir einziehen, mmh? Nee du, Püppi, ich bin glücklicher Single.«

Frei schüttelte schnell den Kopf. Bei ihm einziehen! »So ein Blödsinn. Ich habe mich das nur gefragt. Irgendwie musst du ja trinken. Wegen deiner Gabe, oder? Damit sie nicht außer Kontrolle gerät, meine ich.«

Hank hob die Brauen. Nun sah er wirklich überrascht aus – und keineswegs glücklich. »Gabe … Mmh. Was weiß so ein kleines progressives Dummchen wie du denn von Blutgaben?«

Frei vergrub die Hände tiefer in den Taschen. »Du bist ein Konservativer. Du musst doch eine haben.«

Hank lachte auf, laut und trocken. Es klang so bitter, dass Frei sich ein wenig erschreckte. Zum ersten Mal sahen nun auch ein paar der Passanten zu ihnen hin, aber Hank schien das nicht groß zu stören. Er hob sogar die Stimme, als wäre es ihm ganz recht, wenn alle ihm zuhörten. »Klar hab ich eine. Klar, mmh. Wir haben alle eine. Aber weißt du, Schätzchen, wenn meine Blutgabe stark genug wäre, dass ich irgendetwas damit ausrichten könnte, säße ich bestimmt nicht auf der Straße, sondern in 'nem schicken Büro in der West Street.« Er schüttelte den Kopf und schnalzte verächtlich mit der Zunge. Dann spuckte er aus und ließ seinen Blick grimmig über die Vampire schweifen, die an ihnen vorüberströmten.

»Kein Wahres Blut, verstehst du?«, erklärte er dann, wieder ein wenig leiser. »Is ja nich mein Fehler, sagen sie, die feinen Herrschaften, mmh, aber nee, es hat mir auch keiner vorher erklärt, damals, wie man behandelt wird – als Dünnblut. Waren nur scharf drauf, die konservative Gesellschaft zu stärken, so nannten sie das seinerzeit, wegen der progressiven Seuche. Unsterblichkeit, übermenschliche Kraft, großes Kino, haben sie gesagt. Kommt zu uns oder verreckt. Die Zeit der Menschen is vorbei, also als Vampir, da habt ihr's besser. Klar, is ja nur logisch, hab ich gedacht. Aber gewollt haben die uns nie. Wie 'n Vogeldreck, so lästig sind wir. Ich sag's dir, je schwächer die Gabe, desto ärmer das Schwein. Holz zu Stahl machen, mmh, das kann ich. Nach fast hundert Jahren. Und mehr läuft da auch nicht.« Er zuckte die Schultern und lachte noch einmal, aber es klang eher wie ein Husten. »Also keine Sorge, Püppi.

Wenn meine Blutgabe Amok läuft, reicht das höchstens, um ein Eichhörnchen zu kitzeln.«

Frei schwieg betroffen. Sie hatte bisher geglaubt, die grundsätzlichen Unterschiede zwischen Konservativen und Progressiven seien die einzige Art, auf die Vampire sich unterschieden. Sie war davon ausgegangen, dass alle Konservativen so mächtig sein müssten wie Cedric, Kris oder Sid. Aber offenbar war das keineswegs der Fall.

»Und wenn du also nicht trinken musst«, hakte sie vorsichtig nach, »warum bist du dann so hinter meinen Konserven her?«

Hank blieb stehen. Sie hatten inzwischen eine Seitenstraße erreicht, in der es etwas ruhiger war und wo man nicht jeden Moment fürchten musste, über den Haufen gerannt zu werden, wenn man einen Augenblick stehen blieb. Hank sah Frei scharf an und neigte sich ein Stück zu ihr hin. Der modrige Gestank, den er verströmte, prickelte in ihrer Nase. »Bloß weil ich keine Angst um meine Gabe haben muss«, raunte er verschwörerisch, »heißt das noch lange nicht, dass ich von innen verfaulen will.« Er machte eine bedeutungsvolle Pause, in der er ganz offensichtlich den Anblick von Freis entgeisterter Miene genoss. »Ja, ganz genau«, fuhr er dann fort und tätschelte ihr die Wange. »Es dauert ein Weilchen, aber irgendwann passiert es. Zu lange kein Frischfutter für den Körper, mmh, und es geht immer mehr bergab, bis du nur noch ein gammliger Haufen Fleisch und Knochen bist – und das bis ans Ende aller Tage. Mmh. Keine schöne Unsterblichkeit. Siehst du ein, oder?«

Frei wich seiner Berührung unwillkürlich aus. Das war es also, was sie die ganze Zeit gerochen hatte. Innerliche Verwesung durch Unterernährung. Sie schluckte mühsam die bittere Galle hinunter, die ihr den Hals hinaufstieg.

Hank warf einen Blick auf seinen Hund hinunter. Ein schmales Lächeln stahl sich auf sein hageres Gesicht. »Der alte Junge hier sucht Menschen für mich. Ein paar gibt's noch, hier und da. Verstecken sich im Park oder in den Gassen. Schwer zu finden – aber er hier, er treibt sie auf, wenn sie sich mal raustrauen.« Er beugte sich hinunter, um dem Hund den Kopf zu tätscheln und die Ohren zu kraulen. Dann richtete er sich wieder auf und setzte seinen Weg fort. »Das Problem ist nur, ich bin zu langsam«, erklärte er im Weitergehen. »Meistens sind die verdammten Bluter schneller als ich. Diese Biester, die beißen die Menschen, bevor ich sie in die Finger kriege. Aber wenn genug übrig ist, schneide ich die Bissstelle einfach raus und esse den Körper dann am Stück. So 'n bisschen Restblut ist ja immer noch drin. Ist aber 'ne riskante Sache, klar. Nichts für dich, Kleine. Falls du drüber nachgedacht haben solltest. Mmh.«

Frei schwieg und folgte ihm die Straßen entlang, die allmählich immer ruhiger wurden, je weiter sie die Einkaufspassage hinter sich ließen. Hanks Geschichte verstörte sie mehr, als sie sich selbst eingestehen wollte. Allein bei dem Gedanken, von Blutern leergesaugte Kadaver zu essen, drehte sich ihr der Magen um. Genau das, begriff sie, hatte er mit ihr vorgehabt, als er sie fand. Frei schüttelte sich innerlich. Nein, das war nichts für sie, ganz sicher nicht. Wenn sie aus Konserven trank, war es leicht zu vergessen, woher dieses Blut kam. Dass sie sich von Menschen ernährte. Menschliche Leichen zu essen war noch etwas ganz anderes und eine wirklich abartige Vorstellung. Andererseits – wenn sie die Wahl hätte, sich entweder von Leichen zu ernähren oder aber selbst von innen zu verwesen – hätte sie dann nicht genauso entschieden?

Den Rest des Weges sprachen sie nicht mehr. Hank schien nicht besonders scharf darauf zu sein, das Thema zu vertiefen, und Frei selbst war auch die Lust vergangen, noch weitere Details über seinen Lebensstil zu erfragen. Stumm wanderten sie durch die dunklen Vorstadtsiedlungen, wo die Zahl der erleuchteten, belebten Fenster immer spärlicher wurde. Und schließlich blieb Hank am Rand einer Straße stehen, die sich einige Meter weiter einen Hügel hinaufzog.

»So, bitte sehr, Madam«, sagte er spöttisch. »Da wären wir. Vicky Hill zu Ihren Diensten.«

Frei blieb ebenfalls stehen und spähte hinauf in die Schatten der Bäume, die den Hügel bedeckten und die Straße schon bald verschluckten. Dort oben also sollte Insomniac Mansion sein? Sie konnte keine Anzeichen entdecken, dass es dort oben ein Gebäude gab. Sie durchsuchte die gestohlenen Erinnerungen, die sie von Cedric bekommen hatte – fand aber nichts, was ihr weitergeholfen hätte. Aber wenn dies wirklich Victoria Hill war, dann war sie hier richtig.

Sie wandte sich zu Hank um. »Danke sehr.« Mehr fiel ihr beim besten Willen nicht zu sagen ein. Sie wusste nur, dass sie froh sein würde, endlich wieder allein zu sein. Hanks Gegenwart war nicht tröstlich. Im Gegenteil.

Hank legte ein wenig den Kopf schief. »Ich sollte dir eins überziehen, deinen Schatz nehmen, mmh, und mich aus dem Staub machen, weißt du.« Einer seiner Mundwinkel zuckte. »Scheint mein netter Tag zu sein. Hast Glück.«

Frei konnte nicht anders – sie musste lächeln. Sie war wieder fast vollständig geheilt und bei Kräften. Sie hätte Hank den Hals aufgebissen, ehe er auch nur einen Finger an die Konserven hätte legen können, da war sie sich sehr sicher. Und er wusste das auch.

»Ja«, erwiderte sie trotzdem. »Da hast du wohl recht. Danke noch mal.« Sie ließ den Rucksack vom Rücken gleiten und zog die versprochene Konserve heraus, um sie Hank zuzuwerfen. »Gute Heimreise.«

Hank fing die Konserve auf und tippte sich an den Hut.

»Meinen Dank, Gnädigste. War mir ein Vergnügen.« Er deutete eine spöttische Verbeugung an. »Viel Erfolg bei deinem Ausflug. Vielleicht sehen wir uns mal, mmh?«

Frei nickte knapp. »Vielleicht.« Sie glaubte das nicht. Aber man konnte ja nie wissen.

Sie beobachtete noch eine Weile, wie Hank sich umwandte und, den Hund dicht an seiner Seite, die Straße wieder hinunter in Richtung Innenstadt schlenderte, bis er hinter einer Biegung verschwand. Dann wandte sie sich um. Der Victoria Hill ragte stumm und düster über ihr auf. Frei atmete tief durch. Hier war sie also.

Nun konnte sie nur hoffen, dass sie auch etwas finden würde.

Die Straße, die den Hügel hinaufführte, wurde schnell zu einer staubigen Schotterpiste, auf der nur noch wenige aufgesprungene Inseln aus Asphalt übrig geblieben waren und die vermutlich seit Jahrzehnten kein Auto mehr befahren hatte. Und schließlich wäre sogar die Bezeichnung Schotterpiste weit übertrieben gewesen, um den schmalen Pfad zu beschreiben, der sich mehr und mehr im Dickicht verlor, je weiter Frei bergauf kletterte. Manchmal war sie sich nicht einmal sicher, ob sie überhaupt noch einem Weg folgte.

Doch dann tauchte es endlich vor ihr im Schatten des Waldes auf: das Haus, dessen Bilder sie in Cedrics Kopf gefunden hatte. Das einzige Gebäude auf dem Victoria Hill. Insomniac Mansion.

Es hatte seinen Namen eigentlich nicht verdient, dachte Frei, als sie vor dem Tor in der Bruchsteinmauer stehen blieb, hinter dem sich in einem verwilderten Vorgarten das gewaltige Anwesen erhob. Genaugenommen sah es mit seinen moosbewachsenen Schindeln und dem Efeu, das sich über zwei Stockwerke die alten Wände emporrankte und sogar den schlanken

Turm an der Vorderseite umschlang, so aus, als würde es seit Jahren in tiefem Schlaf liegen. Und doch spürte Frei etwas, als sie das Gemäuer betrachtete. Etwas Lebendiges, das diese bröckelnden Mauern atmen ließ. Insomniac Mansion schlief. Aber es war nicht tot. Frei konnte es fühlen, mit jeder Faser ihres Körpers.

Eine dicke Kette mit einem großen, altmodischen Vorhängeschloss hielt die Flügel des schmiedeeisernen Tores zusammen. Frei verengte leicht die Augen. Wahrscheinlich gab es irgendwo noch einen zweiten Eingang. Dieser hier sah nicht so aus, als wäre er in den letzten zwanzig Jahren benutzt worden. Aber sie hatte keine besondere Lust, die ganze Nacht mit der Suche nach einem solchen Eingang zu verbringen. Das Schloss war zwar vielleicht nicht genauso alt wie das Haus selbst, aber besonders stabil sah es auch nicht aus. Eher marode und halb durchgerostet. Wenigstens versuchen konnte sie es ja mal. Entschlossen packte Frei das Schloss mit einer Hand. Die korrodierte Oberfläche schürfte ihr die Haut auf, aber sie griff trotzdem fester zu und zog mit einem energischen Ruck daran. Es knirschte, und im nächsten Moment hielt Frei das untere Teil des Schlosses in der Hand. Der Bügel steckte noch immer in den Gliedern der Kette. Ungläubig starrte Frei auf ihre Finger. Sie hatte kaum Widerstand gespürt – war das Metall wirklich so stark durchgerostet gewesen? Tatsächlich sahen die Überreste des Schlosses eher danach aus, als wären sie mit Gewalt auseinander gesprengt worden. Frei hatte gewusst, dass sie seit ihrer Verwandlung deutlich stärker war als ein normaler Mensch. Aber das überrumpelte sie nun doch. Sie öffnete und schloss ihre Finger vorsichtig, allein die fühlten sich an wie immer. Ein Schauer lief über ihren Rücken.

Ein Windstoß raschelte in den Baumkronen und rüttelte am Tor, als wolle er Frei daran erinnern, dass sie nicht hergekommen war, um am Rand des Grundstücks zu stehen. Frei schüttelte energisch den Kopf. Jetzt war nicht die Zeit, über den Unterschied zwischen ihr und einem normalen Menschen nachzudenken. Das Tor war offen, das war alles, was für den Moment zählte. Hastig wickelte sie die Kette von den Eisenstangen und ließ sie am Fuß der Mauer zu Boden fallen. Dann schob sie einen der Flügel einen Spaltbreit auf. Die rostigen Scharniere kreischten gequält, und das Tor stockte in den Angeln, verhakte sich im Gestrüpp aus Wurzeln und Flechten, die über die Auffahrt zum Haus wucherten. Aber Frei verzichtete darauf, es mit Gewalt weiter aufzudrücken, und zwängte sich durch den engen Durchschlupf in den Garten.

Das Gefühl, einen lebendigen Ort betreten zu haben, wurde augenblicklich stärker. Der Nachtwind wisperte in den Zweigen und dem Gras und den Blättern des Efeus, als trüge er ferne Stimmen heran. Glühwürmchen leuchteten wie winzige Augen im Geäst der gewaltigen Bäume. Und auch das Haus selbst schien sie aus leeren schwarzen Augenhöhlen zu beobachten. Frei blieb vor den Stufen stehen, die zur Eingangstür mit dem Buntglasfenster hinaufführten. War dort nicht eine Bewegung gewesen? Dort oben im ersten Stock hinter den finsteren Scheiben? Ein bleiches Gesicht? Frei verschränkte fröstelnd die Arme vor der Brust und starrte etliche Sekunden lang hinauf zu dem Fenster, hinter dem sie die Gestalt zu sehen geglaubt hatte. Nein, da war nichts.

Zögernd stieg sie die Stufen zum Eingang empor und drehte probehalber am Türknauf. Abgeschlossen. Natürlich. Diese Tür war genauso unbenutzt wie das Haupttor. Frei atmete tief durch und starrte auf ihre Hand. Sie war nicht hier, um unnötige Zerstörung anzurichten. Aber alle anderen Eingänge würden sicherlich ebenfalls verschlossen sein. Also konnte sie es ebenso gut gleich hier versuchen.

Mit einem letzten tiefen Atemzug ballte Frei die Faust und öffnete sie wieder. Dann ließ sie ihren Arm vorschnellen und schlug mit der flachen Hand gegen den Türknauf, so fest sie konnte. Holz splitterte und krachte, und der Schließmechanismus brach zusammen mit einem zwei Handteller großen Stück heraus. Quietschend schwang die Tür nach innen.

Trockene Stille schlug Frei entgegen. Vor ihr lag eine weitläufige Eingangshalle. Zu allen Seiten führten im Nachtlicht schwarze Türen in Räume und Gänge voll staubiger Dunkelheit. In der Mitte der Halle schwang sich eine breite Treppe nach oben und führte auf eine Galerie hinauf, von der weitere Türen und Gänge abzweigten. Ein riesiger Kronleuchter hing von der gewölbten Decke. Mondlicht fiel durch die Fenster auf der Galerie und fing sich in den geschliffenen Glastropfen.

Vorsichtig machte Frei einige Schritte in die Halle hinein und lauschte auf die Stille, in der sie immer noch leisen Atem zu hören glaubte. Hier war sie also. Hier hatte Red gelebt. Ihr Herz schlug bei dem Gedanken unwillkürlich schneller. Irgendwo in diesem Haus musste er Spuren hinterlassen haben. Und wenn sie noch so klein waren, sie würde sie finden.

Unschlüssig blieb sie stehen und sah sich um. Wo sollte sie anfangen zu suchen? Das Haus schien unglaublich groß zu sein. Das Gesicht, das sie am Fenster im ersten Stock zu sehen geglaubt hatte, fiel ihr wieder ein. Hatte sie sich das wirklich nur eingebildet?

In diesem Moment drang ein Klicken an ihre Ohren, so fein, dass es kaum zu hören war. Und im gleichen Augenblick spürte Frei, wie ein Adrenalinstoß durch ihren Körper jagte. Sie machte einen Satz zur Seite und war wieder auf den Füßen, ehe ihr klar wurde, wie ihre Muskeln sich spannten und sie in einem einzigen Sprung bis auf die Galerie katapultierten. Für einen Moment hing sie auf Augenhöhe mit dem Kronleuchter in der Luft, die Hände fest um das glatte Holz des Galeriegeländers geschlossen. Unter sich hörte sie ein Krachen und Bersten, wo sie eben noch gestanden hatte – und kurz darauf explodierte das Geländer unter ihren Fingern. Mit einem gellenden Schrei fiel Frei zurück in die Tiefe und fühlte, wie mehrere ihrer Rippen unter dem Aufprall brachen. Vor Schmerz und Schreck wie betäubt, versuchte sie, sich aufzurappeln – als sie eine Bewegung wahrnahm, so schnell, dass sie unmöglich menschlich sein konnte. Ein weißer Fleck in den Schatten auf der Galerie, ein weiteres Krachen – und dann zerbarst Freis Welt in grellem Licht.

Als sie wieder zu Bewusstsein kam, war sie an einen Stuhl gefesselt – so fest, dass ihr nicht ein Fingerbreit Bewegungsfreiheit blieb. Diese Seile, das wusste Frei sofort, würde sie nicht zerreißen können, auch wenn sie ihre ganze Kraft einsetzte. Eher würde sie sich den Arm abschneiden, als dass die Seile nachgaben.

Und selbst wenn sie sich irgendwie von ihren Fesseln hätte befreien können, wäre da immer noch die Vampirin gewesen, die ihr gegenüber auf einem zweiten Stuhl saß und einen Revolver auf sie gerichtet hielt. Der Lauf der Waffe glänzte matt im Mondlicht, das durchs Fenster hereinfiel und ein milchiges Rechteck auf den Teppichboden zwischen ihnen malte.

Ein tonloses Lachen rüttelte schmerzhaft an Freis Brust. Ihre gebrochenen Knochen hatten bereits zu heilen begonnen, und was auch sonst in ihr zerstört worden war, regenerierte sich allmählich. Aber dieses spindeldürre Wesen, das kaum aussah, als sei es älter als fünfzehn, und das nach seinem staubigen Geruch zu urteilen doch etliche Jahrzehnte älter sein musste als Frei selbst, konnte sie töten. So wie Red sie hätte töten können, weil er ein Vampirjäger war.

Er zumindest hatte sich geweigert.

Aber Frei war sich nicht sicher, ob diese Vampirin ähnlich entscheiden würde. Und das wirklich Absurde daran war: Frei wollte nicht sterben. In diesem Moment, wo sie die Möglichkeit hatte, diesem elenden Dasein zu entkommen, das sie so lange und inbrünstig gehasst hatte – wollte sie nicht. Es gab nur einen, von dem sie getötet werden wollte, wenn es dazu kommen musste.

Sie hatte Red noch nicht gefunden.

Und nicht sich selbst.

»Schau an, wer da wach wird.« Die Stimme der Vampirin war rau, tief und kein bisschen mädchenhaft. Sie blies sich eine struppige Haarsträhne aus der Stirn. »Bist ja noch ein ganz junger Hüpfer, was?«

Frei schwieg. Was sollte sie auch sagen?

Das Mädchen schlug lässig die Beine übereinander und hob den Revolver ein wenig höher. »So, Schätzchen. Und jetzt spuckst du aus, wer du bist und wer dich hergeschickt hat. Aber ein bisschen plötzlich, oder ich blase dir direkt das Hirn raus.«

Frei presste die Lippen zusammen. Sie war nicht auf diese Situation vorbereitet. Sie hatte nicht darüber nachgedacht, was sie sagen sollte, wenn sie tatsächlich jemanden in diesem Haus antreffen sollte. Jemanden, der nicht Red oder Kris war, zumindest. Die Wahrheit? Das schien ihr das Vernünftigste zu sein. Zu lügen hätte sich doch nur gelohnt, wenn sie gewusst hätte, was das Vampirmädchen von ihr hören wollte, damit sie sie laufen ließ. Oder zumindest am Leben.

»Ich …«, brachte sie hervor – mühsam, weil das Atmen mit gebrochenen Rippen schmerzte. »Niemand hat mich geschickt. Ich suche nach Red September.«

Eine ganze Weile geschah nichts. Das Gesicht des Mädchens blieb unverändert misstrauisch, und der Revolver bewegte sich nicht einen Millimeter. »Nach Red. Na klar. Und warum sollte eine Bluterin nach Red suchen? Raus damit. Wer zur Hölle bist du?«

Der Atem quälte sich durch Freis Luftröhre, kaum genug, um ihre Lungen zu füllen. »Frei«, brachte sie hervor. »Ich bin …«

Nein. Nicht Frei. Das Bild fuhr wie ein Blitz durch ihren Kopf.

Red steht vor ihr, trägt seine Wärme in ihre kalte Zelle. Sieht sie an mit diesen ungläubigen, verzweifelten Augen.

»Blue«, flüsterte Frei. »Ich bin Blue.«

Etwas zuckte im Gesicht des Mädchens. Der Lauf der Waffe senkte sich ein winziges Stück. »Blue? Verarsch mich nicht, Kleine. Reds Blue ist ein Mensch.«

Frei ballte die schmerzenden Fäuste. Wut brandete durch sie hindurch. »Das war ich auch mal!«, fauchte sie zornig. »Glaubst du, ich habe mir ausgesucht, *das hier* zu werden?«

Die Vampirin starrte sie an, mit einem Blick, den Frei nicht deuten konnte. Langsam stand sie auf und kam einen Schritt näher, bis sie mitten in dem hellen Fleck Mondlicht stand, und beugte sich herunter, um Frei aus der Nähe zu mustern. Ihre Nasenflügel blähten sich, als sie mehrmals tief einatmete. »Ich glaub's nicht. Wahnsinn. Ich glaub das einfach nicht«, murmelte sie endlich und steckte den Revolver in ein Halfter an ihrer Hüfte. »Meine Fresse. Du siehst ihm sogar ähnlich.«

Frei schluckte schwer. »Ähnlich?«

Das Mädchen griff nach den Seilen, die Frei am Stuhl hielten. Fasziniert sah Frei, wie sie unter den Fingern der Vampirin erst weich wurden und dann an mehreren Stellen auseinanderfielen, als hätte sie jemand mit einem Messer durchtrennt. Augenblicklich fiel ihr das Atmen leichter.

»Verdammt, mit dir hätte ich im Leben nicht gerechnet.«

Das Mädchen schob die Seilreste mit dem Fuß zur Seite. Dann ließ sie sich wieder auf ihren Stuhl fallen – ohne damit aufzuhören, Frei ungläubig anzustarren. »Mann, tut mir leid, das mit dem Schießen. Hätt ich ehrlich nicht gedacht, dass ich dich je zu Gesicht kriege. Und dann stinkst du auch noch nach Bluter, dass man diesen OASIS-Geruch kaum noch riecht ... hab ich echt nicht geahnt.« Sie fuhr sich durch die wirren Haare und schüttelte, augenscheinlich noch immer fassungslos, den Kopf. »Wo kommst'n du jetzt so plötzlich her, sag mal? Und wer hat dir von Red erzählt – kannst du dich an deine Vergangenheit etwa erinnern? Das ist ja mal abgefahren.«

Frei schloss kurz die Augen. Erleichterung durchströmte sie. Sie verstand kaum, wovon die Vampirin redete – OASIS, was zum Henker sollte das sein, und warum sollte sie danach riechen? Aber zumindest eins war klar: Sie glaubte ihr. Glück gehabt. Und ihre letzte Frage war nur logisch. Doch wo sollte sie anfangen zu erzählen? Vermutlich wusste diese Vampirin mehr über Freis Herkunft als sie selbst. Der Gedanke war frustrierend. »Ist eine lange Geschichte«, murmelte sie.

Das Mädchen legte den Kopf schief und musterte sie nachdenklich. »Verstehe. Keine Sorge, ich werd dich nicht drängen. Ach – und ehe ich's vergesse: Ich bin Hannah. Ich war Reds Ausbilderin. Er war immer so drollig, ehrlich, so versessen wie er darauf war, dich zu finden.« Sie stockte und sah Frei mitleidig an. »Ist ganz schön schiefgelaufen, das alles, was?«

Schiefgelaufen. Ja, so konnte man es vermutlich nennen, dachte Frei und spürte Bitterkeit in sich aufsteigen. Auch wenn sie nicht wusste, was geschehen war, ehe sie nach White Chapel kam, ihr ursprüngliches Ziel war es wohl nicht gewesen. Vielleicht hatte Hannah endlich ein paar Antworten für sie. Sie wagte kaum zu fragen, die Hoffnung wachsen zu lassen. Aber natürlich tat sie es doch.

»Weißt du, wo er jetzt ist?«

Hannahs Gesicht verdüsterte sich schlagartig. »Wer, Red? Tja, ehrlich gesagt – keine blasse Ahnung. Hier jedenfalls nicht. Kris hat mir nicht gesagt, wo sie hingehen, weißt du. Und ich habe keinen Schimmer, ob sie jemals wiederkommen.«

Frei hatte das Gefühl, ihr Inneres würde bei Hannahs Worten zu einem faserigen Häufchen vertrocknen, wie die Gladiolenzwiebeln, die sie getötet hatte. Keine Ahnung. Keinen Schimmer. Deutliche Worte. Deutliche Wahrheiten. Sie taten noch viel mehr weh, als sie befürchtet hatte. »Also kannst du mir nicht helfen?«, flüsterte sie mutlos. »Du weißt gar nichts?«

Hannah sah sie mitleidig an. »Nein. Gar nichts. Tut mir leid, Kleine.«

Frei spürte, wie alles in ihr leer und kalt wurde. Nein, dachte sie, aber selbst ihre Gedanken fühlten sich jetzt wie eine Lüge an. Es konnte nicht wahr sein. Dieses Haus durfte einfach keine Sackgasse sein. Wo sollte sie denn sonst suchen, wo doch selbst dieser Hinweis sie und Cedric schon so viel gekostet hatte? Cedric ... Freis Magen zog sich schmerzhaft zusammen. Was er wohl jetzt tat? Ob es ihm gutging?

Hannah seufzte und stand auf. »Hör mal, es war wirklich nett, dich kennenzulernen. Aber du kannst hier nicht bleiben. Am besten, du verschwindest wieder dahin, wo du hergekommen bist. Und zwar so schnell wie möglich.«

Frei zuckte bei ihren Worten zusammen. Etwas funkelte plötzlich in Hannahs Augen, das sie nervös machte. Eine Unruhe, die nicht zu ihrem lockeren Tonfall passen wollte.

»Ich ... würde mich gern erst noch hier umsehen«, bat sie unsicher. Wenigstens einmal wollte sie Reds Zimmer sehen. Einmal dort stehen, wo er gestanden hatte. Vielleicht gab es Hinweise, die Hannah noch nicht gefunden hatte. »Geht das nicht?«

Hannah hob die Brauen. Ungeduld zeichnete sich auf ihrem Gesicht ab. »Sag mal, hast du nicht zugehört? Wenn ich sage, du kannst nicht bleiben, dann meine ich das auch. Und wenn du tausendmal Blue bist – du bist eine Bluterin, und du bist in einem *Bloodstalkerhaus,* ist dir das eigentlich klar? Nur zu deiner Information: Seit Kris und die anderen weg sind, schnüffeln ein paar ziemlich militante Bluterhasser aus Europa hier rum. Die kennen Red nicht, die kennen dich nicht, und die machen dich platt, ehe du Piep sagen kannst, kapierst du das?«

Frei runzelte die Stirn. Militante Bluterhasser? *Bloodstalkers*? Sie verstand nur halb, wovon Hannah sprach, aber es klang ihr doch sehr nach Übertreibung. »Warum sollten sie? Ich hab ihnen nichts getan.«

Hannah presste den Handrücken gegen ihre Nasenwurzel. »Okay. Okay, du kommst vom Mond, oder? Du hast keine Ahnung, wer die *Bloodstalkers* sind, hab ich recht?«

Frei presste die Lippen zusammen und schüttelte den Kopf. »Sag's mir.«

Hannah seufzte schwer. »Na schön. Pass auf. Es ist ganz einfach. Wir *Bloodstalkers* sind konservative Vampire, die euch Bluter hassen, weil ihr eine widernatürliche Lebensform seid. Wir bilden Menschen zu Jägern aus und bringen ihnen bei, wie man euch kaltmacht. Das große Ziel ist, alle Bluter wieder auszurotten. Ich hab dich laufenlassen, weil du Red kennst. Aber die Europäer machen keine Ausnahmen. Und deswegen verschwindest du von hier, ehe sie auftauchen. Ist das klar jetzt?«

Frei starrte Hannah ungläubig an. Eine Gruppe von Vampiren und Menschen, die nur existierte, um andere Vampire zu töten? Nein, berichtigte sich Frei. Um Bluter wie sie zu töten. Und Red hatte zu diesen Leuten gehört. Bedeutete das dann … dass auch er Bluter hasste? Frei schüttelte den Gedanken energisch ab. Nein. Red hatte sie gesucht.

Und war verschwunden, gleich nachdem er sie gefunden hatte. Nachdem er gesehen hatte, was aus ihr geworden war. War es möglich, dass Kris ihn gar nicht gezwungen hatte? War er vielleicht doch freiwillig gegangen und hatte sie zurückgelassen? Frei wurde übel. Nein, sie durfte so etwas nicht denken! Er war fort, weil sie eine Gefahr für ihn war. Aber jetzt nicht mehr! Sie würde beweisen, dass sie in seiner Nähe sein konnte, ohne ihm weh zu tun, wenn sie ihn bloß fand …

Sie hörte Hannah leise seufzen. Es klang resigniert – und mitleidig. »Also schön. Aber nur fünf Minuten! Kannst du laufen?«

Frei hob ruckartig den Kopf. Ob sie laufen konnte? Natürlich konnte sie. Jeder Knochen tat ihr weh, aber das war ja nichts Neues. So betrachtet, hatte sie die letzten Stunden immerhin fast ausschließlich damit verbracht, irgendwo herunterzufallen oder sich sonstwie zu verletzen oder an den Rand des Zusammenbruchs zu bringen. Allmählich gewöhnte sie sich daran. Und wenn es um Red ging, konnte sie auch in noch viel schlimmerem Zustand laufen, wenn es sein musste!

Aufgeregt stand sie auf und folgte Hannah in einen schmalen Flur, der zu beiden Seiten in einer Treppe endete. Links wanden sich die Stufen hinauf in den Turm, den Frei schon von außen gesehen hatte. Rechts führte eine schlichte Holztreppe in die unteren Stockwerke. Und dorthin ging Hannah. Sie führte Frei durch eine Tür am Fuß der Treppe und einen Korridor voll staubiger Dunkelheit entlang. Und schließlich blieben sie vor einer Tür stehen, die genauso aussah wie alle anderen – aus glattem, dunklem Holz und mit verschlungenen Schnitzereien verziert. Hannah zog einen Schlüssel aus der Tasche und drehte ihn im Schloss. Die Tür sprang auf, und Hannah trat zur Seite, um Frei den Vortritt zu lassen.

»Vielleicht bist du dann ja endlich zufrieden«, murmelte sie.

Hinter der Tür lag ein kleiner Raum, der mit wenigen altmodischen Möbeln dürftig eingerichtet war. Ein breites Bett, ein Nachttisch, ein Kleiderschrank – sonst nichts. Keine Besonderheiten, die ins Auge sprangen oder darauf hingewiesen hätten, wessen Zimmer dies war.

Und doch brauchte Frei keinen zweiten Augenblick, um es zu wissen. Die Luft im Raum war getränkt mit diesem Geruch, den sie erst einmal wahrgenommen hatte, seit sie erwacht war – und der ihr doch so deutlich und vertraut im Gedächtnis haftete, dass sie die feinste Spur davon unter tausend anderen wiedererkannt hätte. Wie erstarrt blieb Frei auf der Schwelle stehen. Dies war Reds Zimmer. *Sein* Kleiderschrank. *Sein* Nachttisch. *Sein* Bett. Und das allein machte es zum bedeutendsten Zimmer, das sie je betreten hatte.

Jemand stupste sie von hinten zwischen die Schulterblätter. »Nun geh schon rein«, brummte Hannah. Zögernd, ehrfürchtig fast kam Frei der Aufforderung nach. Auf dem alten Läufer vor dem Bett blieb sie stehen und legte behutsam die Hand auf die Matratze, schloss die brennenden Augen und atmete tief ein. Red war nicht hier. Aber sie hatte das Gefühl, ihm noch nie so nah gewesen zu sein. Nicht einmal in dem Moment, als er direkt vor ihr gestanden hatte. Am liebsten hätte sie sich einfach zwischen die hellen Laken gelegt und geschlafen, eingehüllt von dem Duft, nach dem sie so lange gesucht hatte und der sich noch immer so lebendig auf ihrer Haut anfühlte, obwohl der Mensch, zu dem er gehörte, diesen Raum seit Monaten nicht betreten haben konnte.

Das ächzende Knarren von Holz riss sie aus ihrer Versunkenheit. Überrascht öffnete Frei die Augen. Hannah war ans Fenster getreten und hatte sich dort auf einen gepolsterten Stuhl mit geschwungenen Beinen fallen lassen, ähnlich dem, an den Frei kurz zuvor noch gefesselt gewesen war. Das Kinn in die knochige Hand gestützt, starrte sie mit grimmiger Miene nach draußen.

»Vollidiot«, hörte Frei sie murmeln.

Sie runzelte verwirrt die Stirn und trat näher heran. Durch das Fenster konnte sie den Vorgarten sehen, das Tor und die Mauer – und weit unter ihr das Meer aus winzigen Lichtern, das sie so oft von ihrer Zelle aus beobachtet hatte. Dies war das Fenster, hinter dem sie von unten das bleiche Gesicht zu sehen geglaubt hatte, begriff sie. Dann war das tatsächlich Hannah gewesen.

»Wer ist ein Vollidiot?«

Hannah ließ ein verächtliches Zischen hören. »Ach, vergiss es.« Sie winkte ab und sah kurz über die Schulter zu Frei herauf. »Also, willst du irgendwas mitnehmen? Ein Andenken oder so was? Wenn ja, beeil dich, okay? Ich hab doch gesagt, du musst schnell von hier weg.«

Frei schluckte. Es war ihr also ernst. Hannah würde sie rauswerfen. Und vermutlich hatte sie auch irgendwie recht damit, auch wenn Frei jetzt, wo sie einmal hier war, am liebsten bis in alle Ewigkeit in diesem Zimmer geblieben wäre. Aber schließlich konnte sie Hannah immer noch bitten, sie bei Cedric aufzusuchen, wenn sie irgendetwas von Kris oder Red hörte. Das würde sie sicher tun, wenn Frei sie jetzt nur nicht verärgerte. Schnell sah sie sich im Zimmer um. Ein Andenken, irgendetwas. Eins der Kissen vielleicht, oder … Ihr Blick fiel auf den Kleiderschrank. Aber natürlich! Sie zögerte nicht länger. Mit ein paar Schritten durchquerte sie das Zimmer und riss den Schrank auf. Der Geruch, der das Zimmer tränkte, wurde so intensiv, dass sie glaubte im nächsten Moment umfallen zu müssen. Es war nicht mehr viel in den Fächern und an der Stange – das meiste hatte Red wohl mitgenommen. Aber auf dem Boden lag noch ein ungeordneter Haufen wild zusammengewürfelter Kleidungsstücke. Zwei Hosen, ein paar schlichte T-Shirts, Socken und ein Wollpullover. Freis Knie wurden weich. Mit vor Aufregung zitternden Fingern griff sie nach dem Pullover und drückte ihre Nase hinein. Die rauen Fasern kratzten leicht an ihren Wangen, aber das störte sie nicht.

Red …

Es war, als wäre er wieder bei ihr, hielte sie fest. Vervollständigte sie. Frei schloss die Augen und atmete tief ein. Dafür, dachte sie, nur dafür hatte es sich gelohnt, herzukommen. Dieser Geruch, das war ihr Zuhause. Sie würde es niemals wieder hergeben.

In diesem Augenblick hörte sie, wie Hannah hinter ihr zischend einatmete. »Scheiße!«, flüsterte sie. Dann sprang sie auf die Füße und packte Frei grob an der Schulter.

»Verflucht noch mal, wir waren zu langsam.«

Frei riss die Augen auf. »Du meinst …«

Hannah musste nicht antworten. Die Europäer. Sie waren hier.

»Du bleibst hier drin.« Hannah starrte Frei eindringlich an. »Du tust keinen Schritt aus diesem Zimmer raus, kapiert? Wenn die dich erwischen, dann bist nicht nur du in Schwierigkeiten!«

Frei nickte. Natürlich, sie hatte keinerlei Bedürfnis, Hannahs »militanten Bluterhassern« in die Finger zu geraten. Ihr Herz raste vor Aufregung, und sie klammerte sich mit aller Kraft an den Pullover in ihrer Hand. »Ich mache keinen Ärger. Versprochen.«

Hannah schnaufte und wandte sich zur Tür. »Das will ich dir auch geraten haben. Also, keinen Laut, klar? Ich versuche, sie loszuwerden.« Und ohne noch eine Antwort abzuwarten, verließ sie das Zimmer und warf die Tür mit einem Knall hinter sich zu.

Kapitel Sechzehn

Insomniac Mansion, Kenneth, Missouri

Nachdem die Tür hinter ihr ins Schloss gekracht war, blieb Hannah noch eine ganze Weile stehen und versuchte, sich zu beruhigen. In diesem aufgewühlten Zustand konnte sie nicht vor die Europäer treten. Sie presste die Hände vor die Augen und stöhnte leise. Blue. Ausgerechnet Blue! Wo kam das Mädchen plötzlich her – und warum tauchte sie ausgerechnet hier auf? Hannah konnte nur vermuten, dass Kris seine Finger im Spiel hatte. Er hatte so viele Geheimnisse vor ihr gehabt, mehr, als sie jemals gedacht hätte. Und sie durfte das jetzt alles ausbaden! Hannah schnaufte wütend. Sie sollte darauf pfeifen, dachte sie, es sollte ihr einfach egal sein, was die Europäer mit Blue anstellten.

Aber sie würde es nicht über sich bringen, diesem Mädchen etwas anzutun. Hannah stöhnte leise. Céleste, Tony und sogar Kris hatten es ihr immer wieder gesagt: Sie war zu gutmütig für eine Unsterbliche.

Miss Blake?

Hannah fuhr zusammen. Wie lange stand sie schon hier und grübelte?

Miss Blake!

Carina Braun. Und, natürlich, der Franzose und die Menschen waren bei ihr. Warum um alles in der Welt kamen sie ausgerechnet heute so früh?

Wenn Sie weiterhin keine Antwort geben, muss ich mir Sorgen um Sie machen und nach Ihnen sehen.

Das könnte dir so passen, du blöde Schnepfe, dachte Hannah grimmig. Eilig lief sie über den Flur und die Treppe hinunter in die Eingangshalle. Frau Braun und Monsieur de la Rivière standen mit ihren Menschen im verzerrten Schattenmuster, das durch das Buntglasfenster in der Eingangstür fiel – dicht neben der Stelle, an der Hannah auf Blue geschossen hatte. Hannah hatte die Fliesen repariert, während das Blutermädchen bewusstlos war, und auch die Tür, das Schloss am Tor und das Geländer der Galerie. Insomniac Mansion sah hundertprozentig aus wie immer. Trotzdem konnte sie ein flaues Gefühl im Magen nicht unterdrücken.

Als sie vor ihren Gästen stehen blieb, erschien auf den Lippen des Franzosen ein feines Lächeln. »Ah, guten Abend, Mademoiselle Blake. Wir haben Sie doch nicht geweckt?«

Hannah fuhr sich durch die Haare, die gewohnt wild von ihrem Kopf abstanden. »Nein, kein Ding«, murmelte sie unwillig. An Monsieur de la Rivière vorbei warf sie einen Blick zu Eloy. Seit ihrem letzten Gespräch hatten sie nicht mehr als das Nötigste miteinander gesprochen, und er hatte auch nicht noch einmal versucht, sie umzustimmen. Hannah war froh darüber. Trotzdem hasste sie es, zu sehen, wie ausdruckslos sein Gesicht war, wann immer sein Mentor in der Nähe war – als würde sie überhaupt nichts verbinden.

»Sie sehen erschöpft aus.« Frau Braun musterte sie kritisch. »Dabei wollten Sie sich doch einen ruhigen Tag machen. Hatten Sie das nicht behauptet?«

Auch in Monsieur de la Rivières Augen war ein Glitzern erschienen. Er warf einen vielsagenden Blick zur Galerie hinauf, ganz kurz nur, aber lang genug, dass Hannah ihn auf keinen Fall übersehen konnte. Hannah wurde innerlich kalt. Er spürte es. Natürlich spürte er es.

»Sie sollten sich wirklich nicht überanstrengen, Mademoiselle. Gibt es vielleicht etwas, das Sie uns mitteilen möchten – von Schwester zu Bruder, wo wir doch eine Quelle teilen?« Er warf einen Blick auf Eloy. Hannah lief ein Schauer über den Rücken. Das war nicht gut. Gar nicht gut. Das Verlangen regte sich sofort, so sehr hatte sie sich in den letzten Wochen daran gewöhnt. Sie wollte ihn, sie wollte sein Blut, und zwar jetzt! Ihr Körper schrie förmlich danach.

Stocksteif blieb sie stehen, wo sie war. »Ich habe keine Ahnung, wovon Sie reden.«

Frau Braun wechselte einen Blick mit Monsieur de la Rivière. Dann schüttelte sie den Kopf und schnaubte unwillig. »Also wissen Sie, Miss Blake, allmählich habe ich wirklich genug von Ihrem ständigen Theater. Raus mit der Sprache: Wen oder was verstecken Sie hier?«

Hannah musste sich sehr zusammenreißen, um nicht zu zeigen, wie ihr bei dieser offenen Anschuldigung die Luft wegblieb.

»Sie brauchen gar nicht versuchen, es zu leugnen«, fuhr Frau Braun unerbittlich fort. »So schlau, wie Sie glauben, sind Sie nicht – Sie können uns nicht täuschen. Ich spüre eine fremde Präsenz, die gestern ganz sicher nicht hier war, und das werden Sie diesmal nicht wegdiskutieren können.«

In den Hosentaschen ballte Hannah die Hände zu Fäusten. Sie spürte ein vertrautes Kribbeln, wie Elektrizität, die in ihren Körper eindrang und in ihrem Hirn prickelte. Frau Braun war kurz davor, ihre Gabe einzusetzen, um Hannahs Willen dem ihren zu unterwerfen. Auch wenn sie nach außen hin nicht eine Spur des überwältigenden Charismas trug, das Céleste oder Kris auszeichnete – Hannah durfte nicht vergessen, dass sie es mit einer Psychomanipulatorin zu tun hatte. Sie konnte Hannah gefügig machen, wenn sie es darauf anlegte, daran gab es keinen Zweifel. Und vermutlich würde selbst die deutsche

Höflichkeit sie nicht mehr lange davon abhalten. Aber ihr freiwillig von Blue zu erzählen kam überhaupt nicht in Frage.

»Ich weiß nicht, was Sie für eine Paranoia haben«, erklärte Hannah steif. »Aber von mir erfahren Sie nichts, so viel ist mal sicher. Schon gar nicht, wenn Sie mich weiter so anfeinden wollen.«

Monsieur de la Rivière hob beschwichtigend die Hände. »Bitte, beruhigen wir uns doch. Niemand wird hier angefeindet, Mademoiselle. Wir machen uns Sorgen um Sie.«

Sorgen am Arsch, dachte Hannah grimmig. »Selbst wenn ich jemanden verstecken würde, würde es Sie einen feuchten Dreck angehen«, sagte sie laut. »Sie sind wegen Kris gekommen, und der ist hier nicht – oder glauben Sie, er würde sich nicht trauen, Ihnen gegenüberzutreten?«

Ein verkniffenes Lächeln zuckte in Frau Brauns Mundwinkeln. »Gäbe es denn einen Grund, warum er sich vielleicht nicht trauen könnte? Sagen Sie es mir.«

»Ich sage Ihnen«, knurrte Hannah, »dass Sie jetzt besser verschwinden. Ich habe Ihr Spielchen lang genug mitgespielt. Nehmen Sie ihre Menschen und hauen Sie endlich ab!«

Monsieur de la Rivière hob die Brauen und schnalzte missbilligend mit der Zunge. »So undankbar. Dabei freut sich Eloy schon seit Stunden auf Sie. Ich hatte geglaubt, Sie mögen ihn auch. Fast wäre ich eifersüchtig geworden.«

Hannah biss die Zähne zusammen und verbot sich, Eloy noch einmal anzusehen. Was wusste dieser Typ denn noch alles?

Doch auch ohne hinzusehen, ging ihr Eloys Blick tief unter die Haut. Nein, sie mochte ihn nicht. Sie vergötterte ihn. Aber sie hätte sich lieber die Zunge abgebissen, als das vor den Europäern zuzugeben.

»Bitte, Mademoiselle.« Monsieur de la Rivière trat einen

Schritt auf sie zu. »Lassen Sie uns beweisen, dass wir in guter Absicht hier sind. Wir hatten ja keine Ahnung, dass wir Ihnen so zur Last fallen, nicht wahr, Carina?«

Frau Brauns Mund war nicht mehr als ein schmaler Strich in ihrem hageren Gesicht. Sie sagte nichts, aber ihre Miene sprach Bände.

»Wir wollten Ihnen helfen, indem wir unsere Quellen mit Ihnen teilen, das ist alles«, fuhr der Monsieur fort. »Aber wenn Ihnen dermaßen unwohl dabei ist, werden wir uns von nun an von Ihrem Haus fernhalten.« Er lächelte weiter – aber es war ein kaltes Lächeln, das Hannah frösteln ließ. »Ich verlasse mich auf Sie, dass Sie uns benachrichtigen, sobald Monsieur Saturnine sich meldet, nicht wahr?«

»Henri …«, fiel ihm Frau Braun ins Wort. Aber Monsieur de la Rivière ließ sich nicht beirren. »Wie wäre es, meine Liebe, mit einem letzten Trank von meinem kostbaren Eloy – zum Beweis, dass ich Ihnen wirklich nur Gutes will? Danach sind Sie uns los, ich verspreche es Ihnen.«

Wie auf ein unausgesprochenes Kommando trat Eloy vor. Hannah wich einen Schritt zurück, obwohl alles in ihr auf ihn zustürzen wollte. Ein einziger Blick auf das glatte Gesicht des Monsieurs zeigte ihr glasklar, dass sie dieses Mal ablehnen *musste*. Aber sie brachte die schroffen Worte nicht heraus.

Eloy trat weiter auf sie zu. Sein betörender Duft schwängerte die trockene Luft. Er trug seinen Anzug nicht, bemerkte Hannah. Warum wohl? Unruhe stieg in ihr auf. Was war da los?

Etwas stimmte nicht mit Eloy. Sie sah es in dem Moment, als sein Blick endlich ihren traf – zum ersten Mal in dieser Nacht. Ein milchiger Schleier lag über seiner Iris und trübte ihr intensives Leuchten.

Das Lächeln auf Monsieur de la Rivières Gesicht vertiefte

sich. »Nur einen Schluck«, sagte er mit geschmeidiger Freundlichkeit. »Dann lassen wir Sie endgültig in Ruhe.«

Übelkeit stieg Hannahs Kehle hinauf. Sie wollte es, dachte sie, dieses Blut … Sie wollte es so sehr! Eloy stand jetzt so dicht vor ihr, dass ihre Körper sich berührten. An ihrer Hüfte spürte Hannah durch den Stoff seiner Hose etwas Hartes in seiner Leiste. Ihr Herz begann zu rasen.

Eloy beugte sich ein Stück hinunter, bis sein Mund dicht bei ihrem Ohr war. Sanft griffen seine Finger nach ihren und führten sie behutsam, aber bestimmt unter sein T-Shirt, bis sie die Haut oberhalb der Wölbung in seiner Hose berührten – und den glatten Griff eines Revolvers.

»Nicht trinken!«, flüsterte er so leise, dass selbst Hannah es kaum verstehen konnte.

Seine Haut an ihren Lippen, ihrer Zunge, war glatt und schmeckte nach Salz. Wie von selbst öffnete sich ihr Mund, um zuzubeißen, während sich ihre Hand um den Griff der Waffe schloss.

Kapitel Siebzehn

Insomniac Mansion, Kenneth, Missouri

Frei lief unruhig in Reds Zimmer auf und ab. Was war dort draußen los? Sie konnte nichts riechen oder hören, und das war sie nicht gewöhnt – ihre feinen Sinne nahmen meistens ja sogar mehr wahr, als ihr lieb war. Jetzt drang nur das Wispern der Nacht durch das offene Fenster zu ihr herein und vermischte sich mit Reds Geruch, der noch immer überall im Zimmer hing – im Haus selbst aber rührte sich nichts, bis auf die wandernden Schatten, die das Mondlicht warf, und der unsichtbare Atem, den Frei gespürt hatte, seit sie zum ersten Mal einen Fuß auf das Grundstück gesetzt hatte. Mehrmals war sie kurz davor, einfach die Tür aufzureißen und sich bis zur Galerie vorzuwagen. Hier war doch niemand! Aber sie hatte es versprochen, und sie würde sich daran halten. Also wartete sie, auch wenn es sie verrückt machte.

Schließlich streifte sie sich Reds Pullover über den Kopf, ließ sich auf den Stuhl am Fenster fallen und starrte mit mühsam erzwungener Beherrschung hinunter in den Garten. Auch dort unten war alles verlassen. Frei grub ihre Nase tief in den Kragen des Wollpullovers und atmete den beruhigenden Duft ein. Ihr konnte nichts passieren, sagte sie sich immer wieder, Hannah würde sie nicht verraten. Wenn sie die Europäer nicht riechen konnte, dann konnten die sie sicher auch nicht wahrnehmen. Bestimmt sollte sie deshalb hier drinbleiben. Sie würde einfach warten, bis die Luft wieder rein war.

Sie war so versunken in ihre Gedanken, dass sie das Kribbeln in ihrem Kopf erst bemerkte, als es schon zu einem tief vibrierenden Summen angeschwollen war. Wie elektrisiert richtete Frei sich auf. Was war das? Sie glaubte, dieses Gefühl zu kennen – dieses Zittern, das sich unter ihrer Schädeldecke ausdehnte und gegen ihre Augäpfel drückte, kurz bevor sie … eine Stimme hörte.

Cedric?

Nein. Nicht Cedric. Seine mentale Berührung war von dieser weit entfernt. Dies war anders. Drängender. Dunkler.

Hannah? Die Worte klangen lockend. Tief, voll und weich. *Hannah, bist du das?*

Frei schnappte nach Luft. Sie *kannte* diese Stimme!

»Kris!«

Er zuckte zurück, als hätte er sich an ihrer Stimme verbrannt. Das Kribbeln schwand, zog sich zusammen, drohte davonzugleiten in die Schatten des nächtlichen Gartens. Frei sprang auf und klammerte sich an den Fensterrahmen, so fest, dass sie fürchten musste, ein Stück herauszubrechen. »Warte! Ich bin es!«

Ein Zögern, zitternd wie ein feines Wispern in ihrem Kopf. Dann ein behutsames Tasten. *Wer?*

Frei holte tief Luft. Er war hier! Sie hatte keine Ahnung, warum oder wie das funktionieren konnte, aber er war es, sie spürte ihn! Sie durfte ihn jetzt nicht gehen lassen, unter keinen Umständen. »Blue«, flüsterte sie, während ein Teil von ihr sich noch wunderte, wie leicht ihr der fremde Name inzwischen über die Lippen kam. »Hier ist Blue.«

Einen Moment lang herrschte Schweigen. Dann fühlte Frei, wie das Kribbeln sich vorsichtig weiter vorantastete und sich erneut in ihrem Kopf ausbreitete. Sie presste die Lippen zusammen und zwang sich, die Berührung über sich ergehen zu lassen. Zuzulassen, dass dieser Geist, der nicht ihrer war, in sie hineinfloss und sie ausfüllte, sie erkundete und bis in die tiefsten Winkel ihres Seins vordrang, um zu erkennen, wer sie war. Ob sie log.

Blue. Kris' Stimme klang verwirrt, aber nicht ungehalten. *Du hast dich verändert. Geht es dir gut? Wo ist Hannah?*

Frei spürte ihre eigenen Worte zitternd an ihren Lippen hängen. »Ich weiß es nicht«, murmelte sie.

Und in diesem Moment hörte sie endlich etwas. Nein, sie spürte es vielmehr. Oder Kris, der in ihr war und ihre Sinne nutzte, spürte es. Er, der dieses Haus und seinen Atem so viel besser kannte als sie.

Da ist noch jemand. Er hatte es ausgesprochen, ehe Frei auch nur die Chance hatte, ihre Empfindungen in Worte zu fassen. Sein Misstrauen kehrte zurück. Prickelnd tröpfelte es ihre Wirbelsäule hinab. *Wer ist das?*

Frei schüttelte den Kopf, ohne darüber nachzudenken, dass Kris das ja gar nicht sehen konnte. Das Gefühl, dass jemand, dass *mehrere* fremde Personen in ihr Reich eindrangen, war überwältigend, selbst wenn es nicht ihre eigenen Empfindungen waren. Unwillkürlich sprach sie mit gedämpfter Stimme. »Hannah hat von Vampiren gesprochen, die regelmäßig herkommen. Aus Europa. Sie hassen Bluter.«

Endlose Sekunden verstrichen, in denen die Finsternis in ihrem Kopf wuchs und dichter wurde, bis Frei glaubte, darunter ersticken zu müssen.

Verdammt. Kris klang nun sehr unruhig. *Hör zu, Blue. Ich habe nicht viel Zeit. Ich muss mit Cedric sprechen. Dringend. Kannst du ihn zu mir bringen?*

Frei rang verzweifelt nach Luft. Ob sie Cedric *zu ihm* bringen konnte? Aber das bedeutete … Die Gedanken überschlugen sich in ihrem Kopf.

»Wo bist du?«, flüsterte sie atemlos.

Wieder blieb es etliche Sekunden still. Dann ertönte ein Summen, so intensiv, dass es fast ein Stechen war. Es bohrte sich schmerzhaft in Freis Hirn, und sie unterdrückte ein überraschtes Wimmern, krümmte sich und presste ihre Hand gegen die Stirn. Was zur Hölle tat er da?

Ich markiere dich, einverstanden? Als Kris wieder sprach, ließ das Stechen nach. Aber ein unangenehmer Druck blieb zurück, als läge der Dorn noch immer auf der frisch gestochenen Wunde und wartete nur darauf, dass ihn jemand wieder hineindrückte. *Dann kann Cedric mit deiner Hilfe den Weg finden. Er wird wissen, was zu tun ist. Du musst ihn aufsuchen, Blue. Versprich es mir!*

Mit aller Kraft klammerte Frei sich an den Fensterrahmen. Übelkeit stieg ihren Hals hinauf, und ihr wurde schwindelig. »Kris …«

Der Druck ließ weiter nach, bis er kaum mehr als ein Streicheln war. Und ebenso sanft drängend klang auch Kris' Stimme. *Versprich es. Bitte. Sonst kann ich nichts tun.*

Frei schloss die Augen und versuchte sich zu konzentrieren. Sie durfte jetzt nicht die Fassung verlieren – und vor allem nicht sich selbst. Es gab nur eins, das wichtig war. Nur *einen*. »Ist Red bei dir?«

Sie spürte Kris zurückzucken – ein Prickeln von einer Intensität, die Frei verwirrte. Endlose Sekunden gab er keine Antwort, und Frei spürte überrascht, dass eine fast schmerzliche Trauer von Kris ausging.

Ja, sagte er endlich zögernd. *Das ist er.*

Das Holz des Fensterrahmens knackte unter Freis Fingern, als sie die Fäuste ballte. »Dann verspreche ich es.«

Erleichterung durchströmte sie wie heißes Wasser, das bis in ihre Finger und Zehenspitzen rann. Und im nächsten Augenblick schlang sich ein unsichtbares Band um ihren Geist, behutsam wie eine lose Schlinge – und doch so fest, dass sie es niemals allein würde abstreifen können. Frei schnappte überrascht nach Luft. Plötzlich konnte sie Kris' Anwesenheit so deutlich spüren, dass sie ihn beinahe vor sich sah. Die weiße Haut, die schwarzen Augen. Die stille Wehmut in seinem Lächeln. Frei schluckte trocken. So also fühlte sich ein Versprechen an?

Es wird weh tun. Kris' Stimme klang behutsam, als wolle er sie schon im Voraus um Verzeihung bitten.

Aber jetzt war es Frei, die lächelte. Was konnte er ihr schon von Schmerz erzählen? Sie hatte sich von Schmerzen noch nie aufhalten lassen. »Tu es einfach.«

Das Lächeln wurde ein wenig heller. *Mein starkes Mädchen. Ich danke dir.*

Frei antwortete nicht mehr. Sie atmete ein letztes Mal tief durch und machte sich bereit für das, was kommen würde.

Doch als der Dorn tief in ihren Kopf hineinfuhr, hörte sie kaum, wie sie schrie.

Kapitel Achtzehn

Insomniac Mansion, Kenneth, Missouri

Blue!

Im selben Augenblick, als das Kreischen des Vampirmädchens die Spannung zerriss wie ein überdehntes Gummiband, erstarrte die Zeit zu fast kompletter Reglosigkeit. Hannahs Körper handelte wie von selbst. Sie begriff kaum, was sie tat, ehe sie bereits Eloys Revolver aus seinem Hosenbund gerissen und eine Kugel an seiner Hüfte vorbei in den Bauch des anderen Menschen gejagt hatte. Sie sah noch die Überraschung in Friedrichs Blick, ehe seine Augen dunkel wurden – und dann, unendlich langsam, fiel er.

Hannah nahm sich nicht die Zeit, zu beobachten, wie sein Körper auf dem Boden aufschlug. Verschwommen nahm sie aus dem Augenwinkel wahr, dass Monsieur de la Rivière an ihr vorbeigestürmt und auf dem Weg die Treppe hinauf war. Sie wirbelte herum und riss die Zeit mit sich, die sich nun beschleunigte, als müsse sie die verlorene Spanne wieder aufholen. Das Donnern des zweiten Schusses ließ die Luft erbeben – im gleichen Augenblick, als eine mentale Faust sie traf und zu Boden schleuderte. Im letzten Augenblick konnte sie ihren Sturz abfangen. Hannah keuchte überrascht, sprang wieder auf die Füße und fuhr herum.

Doch da war nichts mehr.

Gar nichts, außer düsterem Rot und Grau, das formlos auf sie zukroch und eine Woge eisiger Luft vorausschickte. Und eine Stimme, die wie wabernde Schlieren in Hannahs Kopf erklang, der pochte, als müsse er im nächsten Moment explodieren.

»Ich habe Sie gewarnt, Miss Blake.« Nun zeichneten sich die Umrisse von Frau Braun geisterhaft zwischen den Schwaden ab. Doch es war nicht die Gestalt der hageren Vampirin, die Hannah kennengelernt hatte. Es war etwas anderes. Etwas Furchteinflößendes, das Hannahs Sinne nicht greifen konnten. Hastig sah sie sich um, versuchte sich zu orientieren, obwohl sie wusste, dass sie keinen Ausgang entdecken würde. Ihr Herz pochte wie rasend. Wo war der Franzose? Hatte sie ihn getroffen? Und wo war Eloy? Hannah konnte ihn nicht sehen oder spüren. Dabei hatte er eben noch so dicht vor ihr gestanden!

Ein Wimmern zu ihren Füßen erregte ihre Aufmerksamkeit. Hannah sah zu Boden – und dort lag Eloy, zusammengekrümmt wie ein Embryo. Sein Gesicht war schmerzverzerrt und kreidebleich, und aus einer Wunde in seiner Hüfte quoll rubinrotes Blut. Hannah erstarrte. Nein, unmöglich! Sie hatte ihn nicht getroffen, sie hatte an ihm vorbeigeschossen! Oder …?

Eine eiskalte Hand legte sich um Hannahs Kehle und drückte ihr die Luft ab. »Eloy«, flüsterte sie bestürzt. »Du …«

»Sie haben Angst vor mir.«

Frau Brauns nüchterne Worte rissen Hannahs Aufmerksamkeit wieder an sich. Sie ballten sich wie ein lästiger Klumpen in ihren Eingeweiden zusammen. Der Schweiß brach ihr aus, und sie begann zu zittern. Angst. Ja, die hatte sie.

Sie riss den Revolver in die Höhe und richtete ihn auf die formlose Gestalt vor ihr. »Verschwinden Sie aus meinem Kopf!« Ihre eigene Stimme klang schrill in ihren Ohren. Erbärmlich. Und das war sie. Erbärmlich, unwürdig. Ein unbedeutender Wurm. Sie hatte Eloy erschossen …!

Sie spürte ein Lächeln, schmal und voller Genugtuung. »Es ist doch lächerlich, mit diesem Ding auf mich zu zielen. Sie sind zu schwach. Sehen Sie, Sie können die Waffe nicht einmal in Form halten.«

Entsetzt starrte Hannah auf den Revolver. Vor ihren Augen verflüssigte sich das Metall und lief zwischen ihren Fingern hindurch, tropfte zischend zu Boden. *Es ist nicht wahr,* versuchte sie sich zu beruhigen, versuchte durch die Illusion hindurch den Griff ihrer Waffe zu fühlen, den Abzug unter ihren Fingern. Aber da war nichts. Gar nichts.

Das ist alles nicht wahr!

Hektisch ließ sie ihre Gabe durch ihren Arm in das Metall fließen, um es in seine Form zurückzuzwingen. Aber stattdessen floss es nur noch schneller auseinander.

»Ah, nein. Lassen Sie das. Sie schaden sich doch nur selbst. Sagen Sie, wie hoch ist doch gleich die Schmelztemperatur von Stahl?« Frau Brauns Stimme vibrierte triumphierend in Hannahs Kopf. Hannah glaubte, nicht atmen zu können. Das flüssige Metall begann zu glühen. Es verbrannte sie, fraß sich durch Haut und Muskeln bis auf die Knochen. Im nächsten Moment ging der Ärmel ihres Pullovers in Flammen auf. Hannah schrie erschrocken auf. Panisch streckte sie ihren Arm so weit von sich weg, wie sie konnte, aber das Feuer kletterte immer weiter hinauf, bis es ihre Haare erreichte. Beißend süßlicher Brandgeruch drang in ihre Atemwege. Sie röchelte und keuchte, schnappte nach Luft wie ein Fisch auf dem Trockenen – vergeblich. Das Feuer verbrannte sogar ihre Gedanken, bis nichts mehr übrig war außer Hitze und Qual. Ihre Beine zitterten, drohten nachzugeben. Schwarze Flecken tanzten vor ihren Augen, und sie hörte Carina Braun höhnisch lachen. Hannah griff sich an die Kehle. Sie durfte nicht ohnmächtig werden! Selbst wenn das Feuer eine Illusion war – ein unsterblicher Körper nützte wenig, wenn der Geist überzeugt war, tot zu sein …

In diesem Augenblick erschütterte ein erneutes Krachen die Luft.

Das Feuer erstarrte. Die Flammen standen still, wie eingefroren. Auch die rotgrauen Schlieren hielten in ihrer stetigen Bewegung inne. Es war, als blicke Hannah auf eine surreale Fotografie – die im nächsten Moment zerbarst. Lautlos fielen die Scherben der Illusion zu Boden. Selbst das Feuer, der grässlich entstellte Anblick ihres Arms und der Gestank verbrannten Fleisches zerbröckelten und lösten sich noch im Fallen auf. Hannah stolperte nach vorn und rang keuchend nach Atem.

Vertraute, staubige Stille füllte ihre Lungen. Zu ihren Füßen erklang ein dumpfes Stöhnen, und als Hannah nach unten sah, erkannte sie eine Gestalt. Eloy.

In der Hand hielt er den Revolver, der Hannah aus den Fingern gefallen sein musste und dessen rauchende Mündung nun auf Carina Braun gerichtet war. Noch einmal krachte es. Wieder und wieder. Fünf Schuss. Jeder einzelne traf zielsicher in Hals, Augen und Herz der Vampirin, ehe sie zu Boden stürzte. Hannah konnte ihr Gesicht nicht sehen. Aber sie atmete nicht, so viel erkannte sie.

BRA-47. Es setzte Vampire außer Gefecht. Alle Vampire. Und zu viel davon war tödlich – vielleicht. Das hatte Kris gesagt, aber er hatte es nie bestätigt. Im Augenblick war es gleichgültig. Frau Braun jedenfalls rührte sich nicht mehr.

Hannah fiel neben Eloy auf die Knie. Sein Shirt war schmutzig, und über seine Wange lief ein tiefer Kratzer – aber es war keine Schusswunde zu sehen. Nicht einmal ein Streifschuss. Seine hellen Augen glühten selbst in der Dunkelheit.

»Es tut mir leid«, flüsterte Hannah. »Ich dachte … ich hätte dir vertrauen sollen.«

Eloy hob die Hand und legte sie an ihre Lippen. »Ist schon gut«, murmelte er rau. »Ich bin nur froh, dass du nicht getrunken hast. Er … hat mich vergiftet, um dir zu schaden. Du wirst eine ganze Weile nicht von mir trinken können.« Ein Lächeln verzerrte sein Gesicht. »Wenigstens habe ich es bewiesen, nicht wahr? Dass ich auf deiner Seite bin.«

Hannah schluckte mühsam. »Ich heile dich. Ich kriege dich wieder hin!«

Eloys Lächeln wurde ein wenig breiter. »Ruhig, Hannah. Ich sterbe nicht. Das würde er niemals tun. Ich bin erschöpft, das ist alles. Kümmere dich lieber darum … dass er nicht wiederkommt.«

Hannah biss sich auf die Unterlippe. Er hatte recht, dachte sie. Monsieur de la Rivière würde seinen kostbaren Menschen niemals töten. Und er würde ihn auch nicht aufgeben. Es sei denn, man zwang ihn dazu.

Eloy berührte ihr Knie. Mit einem weiteren Lächeln hielt er ihr den Revolver entgegen. »Friedrich hat Munition. Und eine zweite Waffe. Ich warte hier auf dich.«

Hannah presste die Lippen zusammen. Dann nickte sie und griff nach der Waffe. »Ich bin gleich zurück.«

Sie richtete sich auf und warf einen letzten Blick auf den Menschen, der sie gerettet hatte.

Dann sprang sie mit einem Satz auf die Galerie.

Kapitel Neunzehn

Insomniac Mansion, Kenneth, Missouri

Viel zu spät fiel Frei ein, dass es dumm war, zu schreien, während unten im Haus Hannahs »militante Bluterhasser« warteten. Kris war verschwunden und mit ihm der stumpfe Schmerz. Aber der Abdruck, den der mentale Dorn hinterlassen hatte, hatte sich tief in ihren Geist geprägt, und auch die unsichtbare Schlinge lag noch immer unverrückbar an ihrem Platz. Frei kauerte sich auf dem Boden unter dem Fenster zusammen und presste die Hand auf den Mund, um die erstickten Laute zu unterdrücken, die ihr Magen noch immer zuckend heraufwürgen wollte. Sie hörte aufgeregte Stimmen und ein Krachen, dann ein zweites. Schüsse. Dann erklangen die raschen, nahezu lautlosen Schritte eines Vampirs auf der Galerie, und Frei stolperte auf die Füße – im gleichen Moment, als die Tür aufschwang.

Ein hochgewachsener Vampir erschien auf der Schwelle. Die dunklen Haare trug er streng aus dem Gesicht zurückgekämmt. Bei Freis Anblick malte sich Überraschung auf seinen Zügen.

»Eine Bluterin?« Er kniff die Augen zusammen, als könne er nicht glauben, was er sah.

Frei rappelte sich auf und warf einen hastigen Blick über die Schulter zum Fenster. Der Fluchtweg durch die Tür war versperrt, aber sie konnte nach draußen springen, vermutlich ohne sich zu sehr dabei zu verletzen. Aber sie wusste nicht, wie viele Vampire noch dort unten waren – oder Menschen, die auf sie schießen würden. Menschen, die sie töten konnten. Frei ballte die Fäuste. Sie musste es riskieren.

»Na, na, Mademoiselle. Wo willst du denn hin?«

Frei erstarrte. Und sie begriff, der Moment, den sie gebraucht hatte, um eine Entscheidung zu treffen, war zu lang gewesen. Noch während sie ihre Muskeln spannte, spürte sie, wie die Luft sich um sie herum verdichtete, bis sie sich nicht einen Fingerbreit mehr rühren konnte. Mitten in der Bewegung gefangen, stand sie da, während der Vampir langsam auf sie zukam. Er musterte sie aus schmalen Augen, wie er vielleicht einen besonders seltenen Schmetterling inspiziert hätte, den er auf einer Nadel aufgespießt verenden ließ. »Die ganze Scharade … für ein Blutermädchen?« Er schüttelte den Kopf. »Was hast du an dir, Chérie, dass Mademoiselle Blake so ein Risiko für dich auf sich nimmt?«

Hannah! Frei wollte ihn anschreien, darauf bestehen, zu erfahren, was aus ihr geworden war. Aber sie konnte nicht einmal ihre Zunge bewegen, um Worte zu formen. Dies war anders als Cedrics Lähmung und in gewisser Weise noch viel schlimmer. Sie behielt die Kontrolle über ihren Körper, aber sie war nicht stark genug, um gegen den Widerstand der Luft anzukämpfen oder auch nur zu atmen.

Der Vampir stand nun dicht vor ihr und sah ihr direkt in die Augen. »Ich erkenne nichts Außergewöhnliches an dir«, stellte er fest und legte eine Hand unter ihr Kinn, um es leicht anzuheben. Unter seiner Berührung schien die Bewegung völlig mühelos, aber Frei ließ sich davon nicht täuschen. Unvermittelt kamen ihr Cedrics Worte in den Sinn.

Berührung hilft.

Dieser Vampir wusste nicht, dass sie eine Gabe hatte, obwohl sie eine Progressive war. Frei lächelte grimmig. Nichts Außergewöhnliches? Wenn er das dachte, war er dumm. Sie brauchte nicht vorsichtig zu sein. Diesmal nicht.

Verrecke!

Ein Energiestoß jagte über ihre Haut, kaum dass sie den Gedanken zu Ende gedacht hatte, und fuhr über die Finger des Vampirs in ihn hinein, traf seine Innereien mit voller Wucht und zerquetschte sie zu einer breiigen Masse. Seine Augen weiteten sich entsetzt, und er taumelte rückwärts. Ein blutiges Rinnsal troff aus seiner Nase, und er presste den Zeigefinger darunter, um es aufzuhalten. Der Käfig, der Frei gefangen gehalten hatte, löste sich schlagartig auf. Aber sie brauchte einen Augenblick, um ihr Gleichgewicht wiederzufinden. Und schnell, viel zu schnell hatte sich auch der andere Vampir wieder gefangen. Das Blut versiegte, und ohne auch nur einen Sekundenbruchteil zu zögern, griff er in die Luft. Eiskristalle bildeten sich an seinen Fingern und wuchsen in rasender Geschwindigkeit zu einem Speer, der im Mondlicht funkelte. Er warf die Waffe im gleichen Augenblick, als Frei auf das Fenster zusprang. Die brennend kalte Spitze bohrte sich tief in ihre Eingeweide und schleuderte sie zu Boden. Frei kreischte vor Schmerz.

Mit einem geschmeidigen Satz war der Vampir über ihr und bohrte den Speer mit kalter Entschlossenheit weiter in sie hinein, wobei er darauf achtete, sie nicht noch einmal zu berühren. Frei wand sich verzweifelt – vergeblich.

»Ich habe noch nie gegen das Gesetz verstoßen«, zischte der Vampir. »Aber für dich, ma chère, werde ich eine Ausnahme machen.«

Das Eis breitete sich von der Wunde durch Freis Körper aus und durchzog ihren Körper mit Kälte. Das Wasser in ihren Zellen gefror, und die messerscharfen Eiskristalle zerfetzten die Zellwände. Sie würde sterben, dachte sie panisch und kämpfte wie wild gegen den Speer an, der immer tiefer in sie eindrang. Er würde sie umbringen!

In diesem Moment zuckten am Rand ihres Sichtfeldes

Schatten. Etwas bewegte sich mit unglaublicher Geschwindigkeit auf sie zu – und dann krachte es, wieder und wieder und wieder.

Die Augen des Vampirs weiteten sich. Seine Hände zuckten, er ließ den Speer los und fuhr herum – doch noch in der Bewegung wurde er von innen heraus in Stücke gerissen. Warmes Blut spritzte auf Freis Gesicht. Dann polterte der schlaffe Körper des Vampirs neben ihr zu Boden.

Stille fiel über den Raum. Schwer atmend blieb Frei liegen. Ihre Glieder waren vor Kälte noch immer wie gelähmt, obwohl der Eisspeer bereits zu schmelzen begonnen hatte und seine scharfen Kanten verlor.

»Man kann dich echt keine zwei Minuten allein lassen«, sagte eine raue Stimme über ihr.

Frei konnte nicht anders – sie musste lachen. Dabei war die Situation kein bisschen komisch. Aber sie wusste einfach nicht, was sie sonst mit ihrer Erleichterung anstellen sollte, auch wenn jede Erschütterung schrecklich weh tat, während das Wasser, in das der Speer immer schneller zerrann, kalt ihre Kleider tränkte.

Neben ihr, nur durch den schlaffen, blutigen Körper des Vampirs von ihr getrennt, stand Hannah. In jeder Hand hielt sie einen Revolver.

»Hannah … Du … Es geht dir gut!«

Hannah zuckte die Schultern und stieg über den gefallenen Franzosen hinweg, um neben Frei in die Hocke zu gehen. »Na ja«, sagte sie. »Geht so. Ich lebe noch.«

Vorsichtig richtete Frei sich auf, bis sie Hannah gerade ins Gesicht sehen konnte. Die letzten Eisstücke rutschten von ihrem Bauch zu Boden. »Da habe ich aber wirklich Glück gehabt«, murmelte sie.

Hannah nickte. »Verdammt richtig.«

In diesem Augenblick ging ein Ruck durch Freis Schädel.

Die Empfindung fegte selbst den Schmerz fort. Sie presste die Hand an ihre Schläfe. Ihr Versprechen! Tief in ihrem Kopf spürte sie noch immer die Markierung, die Kris ihr aufgedrückt hatte. *Cedric wird wissen, was zu tun ist.*

»Hannah, es ist etwas passiert! Ich habe mit Kris gesprochen!«, stieß sie hastig hervor.

Hannah erstarrte. »Er ... hat sich gemeldet? Wirklich?« Ihre Stimme war nur noch ein heiseres Flüstern.

Frei schluckte mühsam und nickte. »Er wollte eigentlich dich sprechen, aber du warst nicht da. Es war ... Zufall, dass ich dort gesessen habe. Er will mit Cedric reden – das ist ein Freund von mir, Kris kennt ihn. Wir müssen zu ihm, sofort!«

Hannah zog die Brauen kritisch zusammen. »Cedric? Doch nicht etwa Cedric Edwards?«

Frei sah sie überrascht an. »Du kennst ihn auch?«

Hannahs linker Mundwinkel zuckte. »Der große Dr.-Cedric-von-der-verdammten-Forschungsstation-Edwards?« Sie schnalzte abfällig mit der Zunge. »Nicht persönlich, ehrlich gesagt. Aber Kris hat ständig von ihm erzählt.« Ein raues Lachen vibrierte in ihrer Kehle. »Hat er dich hergeschickt? Der Typ hat ja anscheinend den Hintern voll mit guten Ideen.«

Wäre sie nicht so überrascht und erschöpft gewesen, Frei hätte mitgelacht. Das war wirklich treffend ausgedrückt – auch wenn sie um nichts in der Welt hätte sagen können, ob Hannah Cedric gerade ein Kompliment machte oder ihn beschimpfte. Cedric! Frei spürte bei dem Gedanken ein seltsames Stechen in der Brust. Sie hatte fest damit gerechnet, dass er nur kurz nach ihr hier auftauchen würde. Selbst während sie mit dem Franzosen kämpfte, hatte sie noch geglaubt, dass er derjenige sein würde, der sie rettete. Was war mit ihm passiert? Beinahe fürchtete sie sich davor, zurück in seine Wohnung zu gehen und es herauszufinden.

»Hat er sonst noch etwas gesagt?« Hannahs Stimme klang so hoffnungsvoll, dass es Frei beinahe weh tat. »Kris?«

Langsam schüttelte Frei den Kopf. »Nein. Er hat nur etwas für Cedric dagelassen. Hier.« Sie tippte gegen ihren Kopf. »Ich glaube, es ist ein Wegweiser oder so etwas.«

Eine ganze Weile musterte Hannah sie schweigend. Dann presste sie kurz die Lippen zusammen. »Dass ich mit euch gehe, ist dir ja wohl klar.«

Frei nickte. »Ich hoffe nur, mit Cedric ist alles okay«, murmelte sie halblaut. Aber Hannah hörte schon gar nicht mehr zu.

»Gut, dann gehen wir am besten gleich. Wir müssen nur die hier irgendwie loswerden.« Sie stand auf und stieß den reglosen Körper des Franzosen mit dem Fuß an. Er rührte sich noch immer nicht. Aber die Wunden, bemerkte Frei erschrocken, hatten bereits begonnen, sich zu schließen.

»Nà ja.« Hannah schob die Hände in die Hosentaschen und wandte sich ab. Aber Frei hatte den verbissenen Zug um ihren Mund schon gesehen. »Ich wollte den Kasten sowieso niederbrennen.«

Frei glaubte nicht richtig zu hören. »Insomniac Mansion? Niederbrennen?«

Hannah nickte grimmig. »Bis nur noch Staub und Asche übrig ist.«

Frei starrte sie entgeistert an. »Wieso?«

Hannah drehte sich nicht wieder um. »Dann bin ich sie alle los«, sagte sie zu den Schatten hinter dem Türrahmen. »Für immer.«

Sie schüttelte den Kopf und sah kurz über die Schulter zu Frei zurück. »Mach dir darüber keine Gedanken. Hör zu, ich muss noch etwas holen. Geh du schon mal nach draußen. Unten in der Eingangshalle wartet ein Mensch – das ist ein Freund von mir. Sag ihm, dass er dich begleiten soll. Dann wartet am Tor auf mich.« Und ohne noch eine Antwort abzuwarten, verschwand sie in der Dunkelheit auf dem Gang.

Frei rappelte sich mühsam auf. Ganz allmählich wurde ihr wieder etwas wärmer. Das alles hier … sollte brennen? Auch Reds Zimmer? Sie grub ihre Finger in die nasse Wolle des Pullovers, der nun ein großes Loch in der Bauchgegend hatte. Der Gedanke, dieses Zimmer in Flammen aufgehen zu sehen, trieb ihr Tränen in die Augen. Aber was, dachte sie, war das schon gegen den echten Red? Vorsichtig betastete sie ihren Kopf, wo sie noch immer den Druck des Dorns zu spüren glaubte, den Kris in ihren Geist getrieben hatte. Die Markierung. Frei lächelte, während ihr die Tränen in die Augen stiegen. Es war nicht so schlimm. Sie konnte jetzt gleich gehen und Red finden – da durfte sie nicht um ein Zimmer weinen, das er doch längst nicht mehr bewohnte.

Mit vorsichtigen, aber entschlossenen Schritten machte sie sich auf den Weg zum Ausgang. Sie zwang sich, nicht noch einmal zurückzusehen.

Auf den schwarzweißen Fliesen in der Eingangshalle fand sie den Menschen, wie Hannah gesagt hatte – neben einem Toten und einer weiteren reglosen Vampirgestalt. Frei sah lieber nicht zu genau hin. Sie half dem erschöpften Menschen auf die Füße und führte ihn aus dem Haus.

Und als sie schließlich das schmiedeeiserne Tor erreichten, das aus dem Garten in den Wald hinausführte, flackerte hinter ihnen im zweiten Stock eine erste orangerote Flamme auf.

Kapitel Zwanzig

Insomniac Mansion, Kenneth, Missouri

Zu dritt standen sie vor dem Tor und sahen zu, wie Insomniac Mansion in atemberaubender Geschwindigkeit seinen aussichtslosen Todeskampf verlor. Hannah, Frei und der Mensch. Schweigend beobachteten sie gemeinsam, wie die Flammen in den Nachthimmel schlugen – feurig orange, durchsetzt mit tiefroten, weißen und violetten Stichflammen, die immer wieder grell aufloderten. Rings um das Gebäude hatten inzwischen auch die Bäume Feuer gefangen. Krachend stürzten verkohlte Äste zu Boden, knickten die uralten Baumriesen ein wie brennende Strohhalme. Wenn das so weiterging, dachte Frei, würde am Ende der ganze Hügel mit abbrennen. Die Hitze war fast unerträglich. Bald schon musste jemand aus der Stadt das Feuer bemerken oder zumindest den Qualm riechen. Vielleicht sollten sie doch besser verschwinden?

Dann aber fiel ihr wieder ein, wie verstopft mit Gerüchen die Stadt gewesen war, wie grell im Schein ihrer eigenen Lichter, und gleich erschien es ihr viel unwahrscheinlicher, dass irgendjemandem so bald auffallen würde, was hier draußen geschah. Außer vielleicht denen, die in den Randbezirken lebten, so wie Hank. Aber würden die sich darum scheren? Vermutlich nicht. Nun, Hank selbst vielleicht. Wenn er das Feuer durch Zufall sah, dachte er jetzt vielleicht an sie. Aber vermutlich sah er es gar nicht.

Frei warf einen Blick zu Hannah hinüber. Das flackernde Licht warf unstete Schatten auf ihr angespanntes Gesicht. Sie trug ein großes, schlaffes Bündel auf den Armen, das schwach atmete und nach Menschenblut roch. Aber Frei wagte nicht zu fragen, wer es war, den sie da gerettet hatte. Hannahs Miene war betont ausdruckslos, und Frei fragte sich unwillkürlich, welche Empfindungen sie wohl dahinter versteckte. Trauer, sicherlich. Aber da musste noch mehr sein. Viel mehr, wenn sie Hannahs verkrampfte Schultern betrachtete. Aber sie sagte nichts, sondern beobachtete nur weiter, wie das Haus abbrannte, bis nicht mehr als ein unförmiger Haufen geschmolzenen Steins übrig war.

Ein leichter Wind trieb eine Wolke grauen Staubs zu ihnen herüber und hüllte sie alle in einen milchigen Schleier. In der Ferne erklangen nun Sirenen, aber Frei hätte nicht sagen können, ob sie sich näherten. Der Mensch, der sich bisher still verhalten hatte, legte eine Hand auf Hannahs Oberarm. »Ich denke«, sagte er leise, »wir können unsere Wache als erfüllt betrachten.«

Hannah schwieg. Eine einzelne Träne fiel aus ihrem Auge und hinterließ eine helle Spur in der Ascheschicht auf ihren Wangen. Sie warf einen letzten, langen Blick auf den riesigen Haufen Staub, in den sie ihr Zuhause verwandelt hatte. Dann wandte sie sich mit einer schroffen Bewegung ab und stieg mit energischen Schritten den Victoria Hill hinab.

Frei und der Mensch wechselten einen Blick. Dann folgten sie ihr in stummem Einverständnis ein wenig langsamer. Hannah brauchte etwas Zeit für sich, das war offensichtlich. Es war das Mindeste, was sie tun konnten, um ihr zu helfen – wenn es überhaupt etwas gab, das ihr jetzt noch helfen konnte. Die Zeit der *Bloodstalkers* in Kenneth war endgültig vorbei, sie wussten es alle.

Es war an der Zeit, ein neues Kapitel aufzuschlagen.

ZWEITER TEIL: NEUE WEGE

Die Vergangenheit liegt in Scherben.
Aus den Bruchstücken formen wir das Mosaik
unserer Zukunft – immer ängstlich,
uns zu schneiden.

Kapitel Eins

Kinlochliath, Schottland

Sie erreichten den Gipfel in der Abenddämmerung. Zuvor waren sie eine ganze Weile einem Trampelpfad bergauf gefolgt, zwischen schroffen Felsen und Heidekraut hindurch. Red hielt sich dicht hinter Elizabeth. Zu Anfang hatte es ihn kribbelig gemacht, sich an ihr für seine Begriffe gemächliches Tempo anzupassen. Elizabeth ging nicht langsam, das nicht. Aber es war kein Vergleich zu dem Schritt, den Red sich angewöhnt hatte, wenn er allein war – oder der Geschwindigkeit, mit der er sich während der Jagd in Kenneth oder beim Training mit Chase bewegte. Obwohl er sich bemühte, nicht zu ungeduldig zu werden, hatte er von Zeit zu Zeit das Gefühl, sie würden bei dieser Gangart niemals irgendwo ankommen. Jetzt aber bestiegen sie – laut Elizabeths Worten – den letzten Gipfel an diesem Tag. Gerade rechtzeitig, ehe es dunkel wurde. Der Pfad wand sich um eine Felsnase herum und stieg ein letztes Mal steil an.

Und dann, als er endlich vom Kamm des Berges in das langgestreckte Tal zwischen zwei weiteren Bergketten hinunterblicken konnte, sah Red die Stadt.

Tatsächlich war es nicht viel mehr als eine Ansammlung von Häusern, die sich in der Talsenke aneinanderdrängten, umgeben von dichtem Wald auf der einen und Viehweiden und kleinen Feldern auf der anderen Seite. Auf dem benachbarten Gipfel entdeckte Red etwas, das aussah wie große Windräder, die sich langsam drehten. Über Holzmasten führten Stromleitungen von dort ins Tal. Ein schmaler Fluss schlängelte sich durch die Siedlung und mündete schließlich in einen See, der im roten Licht der Abendsonne funkelte. Und auf einer Insel, einige hundert Meter vom Ufer entfernt, erhob sich eine halbzerfallene Burg.

Elizabeth war ebenfalls stehen geblieben. Ihr Atem ging ein wenig schwer, und einzelne Haare hatten sich aus ihrem Zopf gelöst und klebten ihr schweißfeucht in der Stirn. »Also das«, sie warf Red ein kurzes Lächeln zu, »ist Kinlochliath. Und, findest du, es ist eine Stadt?«

Red antwortete nicht sofort. Ein seltsamer Druck lag plötzlich auf seiner Brust, der ihm die Luft nahm. Er hatte das Gefühl, nicht sprechen zu können, selbst wenn er gewollt hätte. Sicher, die Häuser dort unten waren klein, mit spitzen Dächern und nicht kastenförmig. Ihre Anordnung war wie willkürlich hingeworfen und ohne erkennbare Struktur. Und trotzdem rief ihr Anblick sofort eine Erinnerung in ihm wach. Ein vertrautes Gefühl und gleichzeitig unendlich weit entfernt.

Die Farm.

OASIS. Der Ort, an dem er aufgewachsen war. Hier zu stehen und auf das winzige Städtchen hinunterzublicken – absurderweise war es, als würde er in dieses fast vergessene Zuhause zurückkehren.

»Red September?« Elizabeths Finger berührten ihn an der Schulter. Red blinzelte kurz und schüttelte leicht den Kopf, um sich von dem seltsamen Gefühl loszureißen. Nein, dies war nicht die Farm. Die beiden Orte hatten nicht das Geringste miteinander zu tun. Und selbst wenn es die Farm wäre – jene Menschenzuchtstation, die Tausende von Meilen entfernt von hier lag –, er könnte doch nie wieder wirklich Teil davon sein. Unwillkürlich tastete Red nach den verfilzten Haaren in seinem Nacken. Er wollte es ja nicht einmal.

»Red … nur Red, das reicht«, murmelte er und warf Elizabeth einen schnellen Blick zu. Dann versuchte er ein Lächeln, in der Hoffnung, dass es den verwunderten Ausdruck auf ihrem Gesicht vertreiben würde. »Ich denke, es ist einfach eine sehr kleine Stadt, oder? Wie viele Menschen leben bei euch?«

Elizabeth seufzte und schob die Hände in die Hosentaschen. »Knapp über neunhundert. Viel zu wenig, wenn du mich fragst. Irgendwann kennt man wirklich jeden.« Sie zuckte die Schultern. »Na ja, was soll's. Gehen wir, bevor es dunkel wird.«

Sie lief den Hang hinunter und kletterte über einige verwitterte Felsbrocken hinweg abwärts. Red folgte ihr in einigem Abstand. Was Elizabeth zuletzt gesagt hatte, hinterließ einen schalen Geschmack auf seiner Zunge. In Kinlochliath kannte jeder jeden? Das bedeutete, er würde jedem, wirklich jedem einzelnen Menschen, dem er begegnete, sofort auffallen. Wie wünschenswert war das wohl, in einer Stadt, in die, wie Elizabeth sagte, niemals Fremde kamen? In diesem Augenblick wünschte sich Red, dass er doch erst mit Kris hätte sprechen können, ehe er ihr folgte – oder wenigstens mit Chase. Aber von der Schwärze in seinem Kopf war schon seit Stunden nichts mehr zu spüren. Und Red hatte das sichere Gefühl, dass auch Chase sich nicht zeigen würde. Nicht, solange Elizabeth in der Nähe war.

Sein einziger Trost war, dass es, kaum dass die Sonne endgültig hinter den Bergen verschwand, sehr rasch dunkel wurde. Red hoffte, dass dann nicht mehr so viele Menschen auf den Straßen unterwegs sein würden, so dass ihm wenigstens eine Nacht blieb, um darüber nachzudenken, wie er sich gegenüber diesen fremden Leuten verhalten sollte. Was er ihnen *sagen* sollte. Elizabeth hatte bisher taktvoll darauf verzichtet, ihn über seine Herkunft und seine Ziele auszufragen. Aber selbst wenn sie die Neugier, die in ihren Augen funkelte, wann immer sie ihn ansah, auch weiter im Zaum halten konnte – bei mehr als neunhundert Menschen in diesem Ort war es ganz unmöglich, dass nicht wenigstens einer schon bald unangenehme Fragen stellen würde. Unangenehm vor allem deshalb, weil Red nicht die Wahrheit sagen durfte. Das war das Einzige, was er mit Sicherheit wusste.

Im Tal flammten inzwischen Lichter auf und tauchten Kinlochliath in eine gelb leuchtende Aura. Schon bald konnte Red kaum noch sehen, wohin er die Füße setzte. Doch zum Glück erreichten sie schon kurz darauf einen breiteren, gut begehbaren Weg, der sie an ersten vereinzelten Häusern vorbeiführte. Schafe lagen wie helle, wollige Kugeln zum Schlafen zusammengerollt im Gras. Hinter den Fenstern der Häuser schimmerte flackerndes Licht, wie von Kerzen. Ein Stück voraus aber erkannte Red elektrische Laternen, die ihr dämmriges Licht auf den Weg warfen. Seine Anspannung wuchs.

Doch zu seinem Glück stellte er schnell fest, dass die schmalen Straßen der Siedlung längst wie ausgestorben waren, die Türen fest verschlossen und die Vorhänge zugezogen. Bei manchen Fenstern waren sogar die Läden verriegelt, als hätten die Gebäude zum Schlafen die Augen geschlossen. Die einzigen Geräusche waren Reds und Elizabeths Schritte auf dem alten und mehrfach ausgebesserten Asphalt und das Rauschen und Plätschern des Flusses, der sich durch den Ort wand. Irgendwo in der Ferne schrie eine Katze. Es roch nach feuchten Steinen und Moos, vermischt mit dem Duft von gebratenem Fleisch, Zwiebeln und Brühe. Reds Magen begann leise zu grollen. Elizabeth hatte unterwegs ihren Proviant mit ihm geteilt – Weißbrot und Schafskäse und geräucherten Schinken. Nichts Besonderes eigentlich. Aber wie lange hatte Red sich fast ausschließlich von Haferplätzchen, Trockenobst und Nüssen ernährt? Ganz zu schweigen von dem nahrhaften, aber nahezu geschmacklosen Brei, den Kris als Notfallration aus dem Versorgungslager für die Menschen in White Chapel entwendet hatte. Aber aus Insomniac Mansion hatten sie nicht viele unverderbliche Lebensmittel mitnehmen können, und Menschennahrung war schwer zu bekommen, wenn man kein unnötiges Aufsehen erregen wollte. Da war es kein Wunder, dass der Geruch einer Mahlzeit – einer *richtigen* Mahlzeit – Reds Magen in Aufruhr versetzte. Aber natürlich konnte er kaum einfach an irgendeiner Tür klopfen und fragen, ob er mitessen durfte.

Elizabeth führte ihn am Ufer entlang, über eine Brücke und vorbei an Reihen von Häusern, so winzig, dass Red sich nicht sicher war, ob sie die Bezeichnung »Haus« überhaupt verdienten. Kein Vergleich mit den mehrstöckigen Wohnkästen der Farm oder dem riesigen Anwesen von Insomniac Mansion – geschweige denn mit den Hochhäusern von Kenneth, deren oberste Etagen in den diesigen Ausdünstungen der Großstadt verschwanden. Vereinzelte Fenster waren erleuchtet, und die Schattenrisse von Menschen bewegten sich hinter den dicken Gardinen. Manchmal, wenn ein Spalt offen geblieben war, sah Red die Personen, die die Schatten warfen. Fremde Gesichter. Menschliche Gesichter – nicht die ewig alterslosen Mienen von Vampiren. Reds Herz schlug schneller.

Menschen.

Seinesgleichen. Und doch so ganz anders als alle Menschen, die er kannte. Denn wenn es hier Vampire gab, dann verbargen sie sich gut. Diese Menschen waren unberührt. Wie auch immer sie das geschafft hatten.

Am Ende einer weiteren schmalen Straße hielt Elizabeth schließlich auf eines der Häuschen zu. Es hatte nur ein Stockwerk, ein spitzes Dach und einen kleinen Vorgarten. Ein kiesbedeckter Weg führte hinter einem blau lackierten Holztor zur Vordertür. Aus dem Schornstein stieg Rauch auf – und auch hier waren die Fenster erleuchtet. Red blieb wie angewurzelt stehen.

»Elizabeth, du … lebst nicht allein?«

Auch Elizabeth hielt inne, die Hand bereits auf den Rahmen des Törchens gelegt. Ihre Brauen hoben sich überrascht. »Allein? In einem ganzen Haus? Unsinn. Ich wohne hier mit einer Freundin, Morna. Sie ist in Ordnung, wirklich!«, fügte sie schnell hinzu, als müsse sie sich dafür entschuldigen.

Red schwieg und starrte auf die flackernden Lichter hinter den Fenstern. Jetzt, wo er darüber nachdachte, hätte er selbst nicht sagen können, wie er auf den absurden Gedanken gekommen war, sie würden bei Elizabeth daheim unter sich sein. Er hatte doch selbst in seinem ganzen Leben noch nie allein irgendwo gewohnt. An dem unguten Gefühl in seinem Bauch änderte diese Erkenntnis allerdings auch nichts. Was sollte er tun? Von hier aus konnte er nun wirklich keinen Rückzieher mehr machen. Wo hätte er denn hingehen sollen, außer vielleicht in den Wald?

»Schon gut«, murmelte er. Heute Abend oder morgen – was machte das schon für einen Unterschied? Irgendwann würde er auf diese Menschen treffen müssen. Vielleicht war es ganz gut, wenn es erstmal nur einer war.

Oder eine.

Elizabeth holte tief Luft. »Okay. Tut mir leid, ehrlich. Sei mir nicht böse. Sie wird dich nicht beißen, in Ordnung? Kein Grund, so ein grimmiges Gesicht zu machen.«

Red sah sie verblüfft an. Grimmig? Er hatte sich in seiner Zeit bei den *Bloodstalkers* vieles anhören müssen, aber dass er jemals grimmig gewesen wäre, gehörte nicht dazu.

»Ich … nein, so war's nicht gemeint.« Er kratzte sich verlegen am Kopf. »Es ist wirklich okay.«

Ein winziges Lächeln erschien in Elizabeths Mundwinkeln,

und für einen Augenblick war die Lücke zwischen ihren Schneidezähnen zu sehen. »Das gefällt mir schon besser.« Sie wandte sich um und öffnete das Gartentor, um über den Kiesweg voranzugehen.

Red folgte ihr. Grimmig … Wie ernst hatte sie das wohl gemeint? Aber er hatte keine Zeit, länger darüber zu grübeln, da Elizabeth bereits die Eingangstür öffnete und in den Flur trat.

»Ich bin wieder da!«

Warme, trockene Luft schlug ihnen entgegen. Der Flur war schmal und düster. Nur schemenhaft konnte Red ein paar Kleiderhaken an der linken Wand erkennen. Eine Tür auf jeder Seite. Und eine Leiter, die durch eine Luke in der Decke auf den Dachboden führte. Es roch nach Holz, Kaminfeuer und getrockneten Kräutern. Die Schwelle knarrte unter seinen Stiefeln, als er darauf stehen blieb.

Im nächsten Augenblick öffnete sich die Tür auf der rechten Seite. Gedämpftes Licht fiel in den Flur – zusammen mit einer Gestalt.

»Lizzy!«

Die Person – Red konnte nicht viel mehr von ihr erkennen als eine kompakte Statur und ein wildes Gewirr dunkler Locken – stürzte auf Elizabeth zu und drückte sie mit nicht unbeträchtlicher Gewalt an sich. »Wo, um Himmels willen, warst du so lange?«

Elizabeth lachte und tätschelte der Frau beruhigend den Rücken. »Hat Colin dir nicht gesagt, dass ich noch die Schäferhütten kontrolliere? Er müsste doch seit drei Tagen wieder da sein.«

Die andere Frau ließ ein unwilliges Schnaufen hören. »Allerdings. Ich habe ihm schon gesagt, was ich davon halte, dass er dich nicht begleitet hat. Um die Jahreszeit allein in den Bergen! Du machst mich krank, Lizzy, wirklich!«

»Jetzt bin ich ja zurück. Gesund und munter.« Elizabeth schob die Frau ein Stück von sich weg. »Morna – ich habe jemanden …«

Im gleichen Moment atmete die Frau scharf ein. Jetzt, wo Elizabeth zur Seite trat und das Licht der Straßenlaternen durch die offene Tür auf die Frau fiel, konnte Red auch ihr Gesicht erkennen. Ein freundliches Gesicht für gewöhnlich, vermutete er. Jetzt aber hatte sie die Augen vor Überraschung und Schreck weit aufgerissen und starrte ihn an wie – nun ja. Wie einen Geist.

»Lizzy … wer *ist* das?«

Red versuchte, sich vorzustellen, was sie sah. Einen Mann, nicht eben klein, in einem abgewetzten Mantel und zerrissenen Hosen. Mit schmutzigem Gesicht unter verfilztem Haar, das ihm weit in die Augen hing; die Wangen ein wenig eingefallen, vermutlich durch die eher spärliche Ernährung der letzten Wochen, und mit einem Bart, den er seit deutlich mehr als ein paar Tagen nicht rasiert hatte. Ihm ging auf, dass er die Stirn tief gefurcht hatte, weil er sich so sehr hatte konzentrieren müssen, um der Unterhaltung der Frauen in ihrem seltsamen Dialekt zu folgen. Kein Wunder, dass diese Morna sich vor ihm erschreckte.

Er versuchte ein Lächeln.

»Morna, das ist Red.« Elizabeth legte der Frau leicht die Hand auf die Schulter. »Ich habe ihn in den Bergen gefunden, er ist …« Ihr Blick flog zu Red. »… auf der Durchreise. Ich dachte, er könnte bei uns in der Küche schlafen.«

Morna starrte Red immer noch an, als könne sie nicht glauben, dass er wirklich vor ihr stand.

»Verrückt«, brachte sie heraus. »Das ist völlig verrückt. Mach die Tür zu!«

Gehorsam machte Red einen Schritt in den Flur hinein und

zog die Tür hinter sich ins Schloss. Es wurde noch ein bisschen dunkler.

»Wir müssen reden«, sagte Morna zu Elizabeth. »Sofort!«

Elizabeth ließ ein leises Seufzen hören. »Geh doch schon in die Küche, Red.« Sie wies auf die Tür, durch die Morna eben gekommen war. Dann ließ sie sich von ihrer Freundin durch die gegenüberliegende Tür zerren, die mit einem dumpfen Laut hinter ihnen zufiel.

Unschlüssig blieb Red noch einen Augenblick im Flur stehen. Die Stimmen der beiden Frauen drangen gedämpft durch das Holz der Tür und die dünne Wand – Elizabeths beschwichtigend, Mornas heiser und aufgeregt. Aber bei dem Sprechtempo, das sie nun vorlegten, konnte er wirklich kein Wort mehr verstehen. Schließlich folgte er Elizabeths Rat und betrat die Küche.

Der Raum war klein und wurde von einem langen Holztisch bestimmt. In der Kochstelle brannte ein Feuer. Das flackernde Licht schimmerte auf den Messingtöpfen im Regal, die sich zwischen Geschirr, Gewürzfässer, Krüge und jede Menge Krimskrams drängten. Auf dem Tisch stand ein halbvoller Becher mit schwarzem Tee.

Red setzte sich auf die Kante eines der Stühle, die um den Tisch standen. Noch einmal versuchte er, Fetzen von der Unterhaltung im anderen Zimmer aufzufangen – vergeblich. Unruhig klopfte er mit der Schuhspitze auf die Holzdielen. Kurz überlegte er, einfach zu verschwinden. Und wieder landeten seine Gedanken in dieser Sackgasse. Wohin hätte er denn gehen sollen?

Und warum war er eigentlich so nervös?

Es schien ihm eine Ewigkeit zu dauern, bis er endlich auf dem Flur das Quietschen von Türangeln und die Schritte von Morna und Elizabeth hörte. Red sprang auf und bemühte sich, den Eindruck zu erwecken, er hätte überhaupt nicht gesessen. Angespannt starrte er in die Flammen der Feuerstelle und sah sich auch nicht um, als die beiden Frauen die Küche betraten.

Morna marschierte an ihm vorbei und ließ sich mit einem Ächzen auf den Stuhl vor dem Teebecher fallen. »So, mein Freund.« Ihre Stimme klang scharf – aber seltsamerweise nicht unfreundlich dabei. »Und jetzt setzt du dich zu uns und erzählst mal, warum du dich hier rumtreibst.«

Langsam wandte Red sich um. Er war froh, seine Hände in den Manteltaschen vergraben zu können, sonst hätte er ganz sicher unruhig an seinem Revolver herumgefummelt. Und das hielt er unter dem bohrend misstrauischen Blick der Schottin am Tisch für nicht besonders klug.

Wenigstens, dachte er, konnte er sie im Licht nun genauer sehen. Morna war vielleicht Anfang oder Mitte zwanzig und hatte ein breites Gesicht mit einem kantigen Kinn. Sie war klein, aber kräftig, mit geradezu unproportional großen Händen. Ihre Augen waren ebenso dunkel wie ihre Locken, und sie hatte Krähenfüße in den Augenwinkeln, die davon zeugten, dass sie oft lachte.

Im Moment allerdings lachte sie nicht. Sie musterte Red kritisch – sehr kritisch sogar. »Lizzy sagt, du bist auf der Flucht. Vor wem?«

Red warf einen schnellen Blick zu Elizabeth, die abwehrend die Hände hob. »Das hast du doch gesagt, oder nicht?« Sie setzte sich neben Morna.

Red runzelte die Stirn. »Habe ich nicht.«

Elizabeth seufzte. »Na gut – hast du nicht. Du hast den Kopf geschüttelt und eine ausweichende Antwort gegeben, als ich dich gefragt habe. Wie soll ich das sonst interpretieren?« Sie neigte sich ein Stück vor. »Aber hier hört dich keiner. Hier und jetzt musst du ehrlich sein, okay? Du bist schließlich Gast bei uns.«

Morna nickte energisch. »Und vor allem setz dich endlich hin. Es macht mich nervös, wenn du da so finster herumstehst.«

Red schloss kurz die Augen. Grimmig. Finster. Was wollten sie ihm eigentlich noch alles vorwerfen? Ehrlich sein ... wenn sie gewusst hätten, wie schwierig das in seiner Situation war. Wenn er eins gelernt hatte bei den *Bloodstalkers,* dann war es, niemals mehr zu verraten als unbedingt nötig.

Langsam ließ er sich gegenüber von Elizabeth und Morna auf einen Stuhl sinken. »Also schön ... Ich bin auf der Flucht«, erklärte er zögernd. »Schon ziemlich lange.«

Morna nickte erneut, schien aber noch immer nicht zufrieden zu sein. »Vor wem? Und woher kommst du? Du redest ziemlich merkwürdig.«

Mit erzwungener Ruhe nahm Red die Hände aus den Taschen und legte sie auf die Tischplatte. »Ich bin von einer Menschenfarm geflohen«, sagte er so sachlich er konnte. »In Amerika.«

Elizabeth riss die Augen auf, und Morna keuchte ungläubig. »Du willst uns hochnehmen!«

Red schüttelte den Kopf. »Nein.« Er sah Elizabeth gerade in die Augen. »Es ist wahr.«

»Wie ...«, begann Morna, brach aber ab. Sie fuhr sich mit der Hand durch die Locken und starrte Red fassungslos an. »Meine Güte. Ich brauch einen Whisky. Sofort.« Sie stand auf und ging zum Küchenschrank hinüber, aus dem sie eine verkorkte Flasche angelte, die mit einer bernsteinfarbenen Flüssigkeit gefüllt war. Dann wandte sie sich um. »Lizzy?«

Elizabeth nickte. »Einen dreifachen. Mindestens.«

»Red?«

Red runzelte die Stirn. »Was ist das?«

Morna hob überrascht die Brauen. »Du kennst keinen Whisky?«

Red schüttelte den Kopf.

Elizabeth lachte kurz und trocken auf. »Trink einen mit. Wird dir guttun. Uns allen.«

Morna nahm drei Gläser aus dem Schrank und goss sie großzügig jeweils zur Hälfte voll, ehe sie sie zum Tisch trug und die Flasche daneben stellte. Dann brachte sie noch einen Krug Wasser von der Anrichte und setzte sich wieder auf ihren Platz.

»Ist ganz mild.« Sie schob Red eins der Gläser zu. »Aber du kannst ihn noch verdünnen, wenn du willst.«

Zögernd griff Red nach dem Glas und hob es vorsichtig an sein Gesicht, um daran zu riechen. Das Getränk roch wie nichts, das er jemals probiert hatte, würzig und gleichzeitig ein wenig scharf. Es sah hübsch aus, wie es im Schein des Herdfeuers leuchtete.

»Also. *Slàinte!* Auf unseren Gast!« Elizabeth und Morna stießen ihre Gläser aneinander und prosteten dann Red zu, ehe sie tranken. Red atmete tief durch. Dann setzte er das Glas an die Lippen und nahm einen beherzten Schluck.

Im ersten Augenblick fühlte es sich an, als ob sich sein Rachen und seine Kehle in viele winzig kleine Fetzen auflösten. Red hustete und würgte erschrocken und presste die Lippen zusammen, um nicht ausspucken zu müssen. Sein ganzer Mundraum brannte, und er spürte, wie die Flüssigkeit sich glühend heiß seine Speiseröhre hinunterfraß. Er hörte Elizabeth und Morna lachen, aber er hatte die Augen fest zugekniffen, um die Tränen zurückzudrängen, die hinter seinen Lidern hervorquellen wollten. Was zur Hölle war das?

»Hey …« Elizabeths Stimme klang nun ein wenig besorgt. »Alles klar?«

Red blinzelte, wischte sich über das Gesicht und nickte mühsam. Langsam ließ das Brennen nach. Was zurückblieb, war ein schwerer, samtiger Geschmack auf seiner Zunge, weich und voll und zugleich ein wenig wie verbranntes Holz, ein Aroma wie wilde Sommerblumen, aber auch wie das Fell eines nassen Hundes, wie Karamell und Torf und noch so viel mehr, das er nicht sofort benennen konnte. Es war ekelhaft und wunderbar zugleich. Red hatte nicht gewusst, dass man so viele Dinge auf einmal schmecken, riechen und fühlen konnte – und vor allem hatte er nicht damit gerechnet, dass sich ein so sinnliches Erlebnis hinter so brutalem Schmerz verbarg.

»Entschuldige. Wir hätten dir sagen sollen, dass du am Anfang besser vorsichtig bist.« Elizabeth unterdrückte ein Grinsen, und Red fiel es schwer, ihr zu glauben, dass es ihr wirklich leidtat. »An Whisky muss man sich gewöhnen. Aber dann willst du nie wieder ohne leben, versprochen.«

Red schwieg und starrte ehrfürchtig auf den übrigen Whisky, der unschuldig in seinem Glas schimmerte. Dann warf er einen Blick auf Elizabeth und Morna, die offenbar völlig gelassen tranken. Konnte man sich an dieses Gefühl wirklich gewöhnen? Red war sich nicht sicher. Aber das, was danach kam, war es vermutlich wert, es zu versuchen. Selbst jetzt noch, beim Atmen, strichen Aromen an seinem Gaumen vorbei, die er zuvor nicht geschmeckt hatte.

Entschlossen griff er ein weiteres Mal nach dem Glas. Er sah, wie Elizabeth anerkennend die Brauen hob. Sie wusste ja nicht, dass Red nach allem, was er in den letzten Monaten erlebt hatte, keinen Grund sah, sich vor einem Getränk zu fürchten, selbst wenn es noch so außergewöhnlich war. Im Gegenteil. Er hatte gelernt, Herausforderungen zu mögen.

Diesmal war er vorsichtiger und das Brennen nicht ganz so schmerzhaft. Red schaffte es, den Schluck seine Kehle hinunterfließen zu lassen, ohne zu sehr das Gesicht zu verziehen. Der Geschmack aber war genauso überwältigend wie beim ersten Mal – sogar besser, da der Whisky mehr Zeit hatte, den Weg über seine Zunge durch seinen Hals bis in seinen Magen zu finden.

Morna nickte, ganz offensichtlich beeindruckt. »Ich wollte dir gerade anbieten, den Rest stehenzulassen. Nicht schlecht fürs erste Mal.« Sie grinste schief und trank selbst noch einen Schluck. Dann wurde ihr Gesicht wieder ernst.

»Aber jetzt noch mal von vorn.« Sie starrte Red eindringlich an. »Du bist – in *Amerika* – von einer Menschenfarm geflohen und bis hierher gekommen?«

Red nickte. Es war ja die Wahrheit, obwohl ein großer Teil der eigentlichen Geschichte fehlte.

Morna runzelte die Stirn. »Und die Vampire von der Farm, die … sind die dir immer noch auf den Fersen?«

Red schluckte. Jetzt wurde es kompliziert. Er zuckte halbherzig die Schultern. »Ich denke … Nein, ich glaube nicht, dass sie einen einzelnen Menschen wirklich vermissen. Vermutlich suchen sie längst nicht mehr nach mir.«

Morna und Elizabeth wechselten einen Blick. »Aber du weißt es nicht«, stellte Morna fest.

Red schüttelte den Kopf. »Nein.«

Noch einmal sahen sich die beiden Frauen an. Ihre Blicke verfingen sich ineinander, als würden sie einen stummen Kampf ausfechten. Unruhig nahm Red noch einen Schluck Whisky. Die Wärme in seinem Magen lenkte ihn angenehm wirkungsvoll von seiner Nervosität ab.

Endlich wandte sich Elizabeth wieder an ihn. »Du kannst hierbleiben«, erklärte sie bestimmt. »Niemand weiß, dass es Kinlochliath gibt. Wir haben hier seit hundertfünfzig Jahren keinen Vampir mehr gesehen.«

Hundertfünfzig Jahre! Unwillkürlich richtete Red sich ein Stück auf. War das denn wirklich möglich? Konnte es sein, dass dieses winzige Städtchen so unscheinbar, so versteckt lag, dass selbst die umfassende Menschenjagd, bei der gegen Ende des zweiundzwanzigsten Jahrhunderts alle wilden Menschen, derer man habhaft werden konnte, gefangen und in OASIS gesperrt wurden, es nicht berührt hatte?

»Lizzy!« Morna schüttelte ärgerlich den Kopf. »Wir haben das noch nicht endgültig geklärt!«

Elizabeth runzelte die Stirn. »Ach, komm schon, du hast gesagt, wenn er keine Vampire in die Stadt schleppt, kriegen wir das hin. Und du hast doch gehört, was er gesagt hat! Sie suchen längst nicht mehr nach ihm.« Sie schnaufte. »Du schickst ihn jedenfalls nicht mehr heute Nacht weg. Das kannst du nicht machen. Wir können morgen immer noch überlegen, ob wir ihn dem Stadtrat vorstellen. Oder was auch immer.«

Morna ließ ein widerwilliges Knurren hören. Dann sah sie entschuldigend zu Red. »Nimm's nicht persönlich. Aber du kannst dir wohl denken, dass wir Fremde hier nicht gewöhnt sind. Keiner von uns.«

Red wusste nicht, was er tun sollte, als zu nicken. Seltsamerweise fiel es ihm zunehmend schwerer, dem Gespräch zu folgen, obwohl er sich allmählich an diesen Dialekt gewöhnte. Eine ungewohnt schwere Schläfrigkeit machte sich in seinem Kopf breit, und er trank noch einen Schluck Whisky, um sie zu vertreiben. Merkwürdig, dachte er, dabei hatte er sich heute doch nicht gerade verausgabt …? Trotzdem brachte er seine Gedanken nicht mehr richtig zusammen. Spätestens als Elizabeth so vehement ihre Überzeugung vertrat, dass Red keine Vampire in die Stadt bringen würde, hätte er etwas sagen sollen, das wusste er. Aber er hatte das Gefühl, keinen geraden Satz herauszubekommen. Die Worte entglitten ihm einfach.

In seinem ganzen Leben war er noch nie so schrecklich müde gewesen, und es wurde von Sekunde zu Sekunde schlimmer. Was zur Hölle war mit ihm los? Red schüttelte sich innerlich. Er konnte doch jetzt nicht einfach einschlafen! Entschlossen griff er nach seinem Glas und stürzte den letzten großen Schluck Whisky hinunter, obwohl sich seine Zunge seltsam taub anfühlte und er kaum noch etwas von den Aromen oder auch nur der Schärfe des Getränks bemerkte. Für ein paar Augenblicke fühlte sich sein Kopf immerhin etwas klarer an.

»Ich will keine Umstände machen«, brachte er heraus. Seine Lippen waren ungewohnt träge und konnten die Silben kaum so schnell bilden, wie er sie aussprechen wollte. »Ich kann morgen sofort weiterziehen, ich würde nur gern vorher etwas schlafen …«

Sein Kopf war so furchtbar schwer. Er konnte ihn nicht mehr halten … Dumpf nahm er wahr, dass Elizabeth aufstand und um den Tisch herum zu ihm kam.

»Hey … Red, was ist denn mit dir? Du bist doch nicht etwa schon dicht? Sag bloß, du verträgst keinen Alkohol?«

Red verstand nicht, was sie von ihm wollte. Alkohol, was sollte das sein? Er wusste es nicht, aber es war ihm im Augenblick auch eigentlich egal, er wollte sich einfach nur hinlegen.

Elizabeth fasste ihn am Arm. »Morna, die Decken!« Ihre Stimme klang fürsorglich und gleichzeitig irgendwie belustigt. Aber vielleicht bildete er sich das auch nur ein. Er starrte auf die Maserung des Tischs, die sich vor seinen Augen bewegte, bis ihm die Augen einfach zufielen. Die Welt schwankte, und er riss die Augen wieder auf. Irgendetwas stimmte mit ihm nicht! Das war doch keine normale Müdigkeit!

Als Elizabeth sanft an seinem Ellbogen zog, kam er mühsam auf die Beine – und wäre beinahe sofort wieder hingefallen. Er stolperte, sein Stuhl kippte um, und Red hielt sich an Elizabeths Schulter fest.

»Nur zwei Schritte«, hörte er sie sagen, »dann kannst du dich hinlegen.«

Red machte den ersten Schritt, dann den zweiten. Da lagen Decken vor seinen Füßen, die vorher nicht dagewesen waren. Und dann fiel er einfach auf die Knie und kippte vornüber. Der Boden fing ihn auf, die Decken dämpften den Aufprall nur mäßig, aber Red spürte das mit seinem tauben Körper ohnehin nicht. Verschwommen nahm er wahr, dass eine weitere Decke über ihn gebreitet wurde und eine Hand über seinen Kopf strich.

»Keine Sorge«, flüsterte Elizabeth, und er hörte sie lächeln, »das geht vorbei. Morgen ist alles wieder gut.«

Der Boden schwankte noch immer. Oder war er selbst es, der schwankte? Begann der Raum sich zu drehen, sobald er die Augen schloss? Red griff nach Elizabeths Hand, um wenigstens einen klaren Fixpunkt zu haben.

»Erstmal keinen Whisky mehr für dich, hm?« Elizabeths Daumen strich sanft über seinen Handrücken. »Tut mir echt leid. Ist dir schlecht?«

Red wollte den Kopf schütteln, ihr erklären, dass es ihm gutging, dass er einfach müde war, schlafen wollte, schlafen *musste* … Aber er fand die Worte nicht. Und schneller, als er selbst es je für möglich gehalten hätte, dämmerte er in einen bleischweren Schlaf hinüber.

Einen Schlaf, in dem er nicht einmal mehr träumte.

Kapitel Zwei

28 Forest Lane, Kinlochliath, Schottland

Sehr viel später wachte Red auf, weil sich ein Prickeln von seinem Kopf aus durch seinen ganzen Körper ausbreitete.

Es dauerte eine Weile, bis er es zuordnen konnte. Sein Schädel dröhnte, und im ersten Moment wusste er nicht einmal, wo er eigentlich war – bis er in dem schwachen roten Schimmer zu seiner Linken die Glut einer Feuerstelle erkannte. Hinter den Gardinen vor dem Fenster auf der anderen Seite des Raums war es noch dunkel, aber Red erinnerte sich jetzt. Er war im Haus dieser zwei jungen Frauen, er hatte zum ersten Mal in seinem Leben Whisky getrunken. Und es hatte ihm fürchterliche Kopfschmerzen beschert. Red stöhnte und presste die Knöchel gegen die Schläfe. Was war dieser Whisky bloß für ein Zeug? Das konnte doch nicht gut sein? Und warum machte es Elizabeth und Morna nichts aus? Red wischte sich über die verklebten Augen und legte den Arm darüber. Wenigstens hatte die Erde aufgehört zu schwanken, aber er war völlig durchgeschwitzt, und seine Zunge lag trocken wie ein Stück Sandpapier in seinem Mund. Hatte nicht auf dem Tisch ein Krug Wasser gestanden?

In diesem Moment regte sich erneut das Prickeln in seinem Geist, stärker diesmal – und jetzt konnte Red auch die Stimme darin erkennen, die besorgt seinen Namen wisperte.

Red?

Red, was ist mit dir?

Die Worte vibrierten unter Reds Schädeldecke, bis er glaubte, sein Kopf müsse im nächsten Augenblick platzen. Ein schmerzvolles Ächzen rutschte über seine Lippen.

»Kris! Sei leise«, flüsterte er. »Bitte. Ich habe etwas Schlechtes getrunken, mein Kopf tut weh … Geh raus da, ja?«

Eine Weile war es tatsächlich still. Dann erklang die Stimme erneut, sehr behutsam diesmal – und eindeutig belustigt.

Oh. Ich verstehe. Wenn das so ist, dann treffen wir uns bei Sonnenaufgang unten am See. Nimm den Weg durch den Wald, der hinter dem Haus anfängt. Ich warte am Ufer auf dich.

Red stöhnte noch einmal, drehte sich auf die Seite und zog die Decke über den Kopf. »Mach, was du willst«, murmelte er. »Aber lass mich jetzt einfach schlafen.«

Kris lachte leise. *Schon gut. Ich wecke dich rechtzeitig.* Dann war er verschwunden.

Red rollte sich auf seinem provisorischen Lager zusammen. Wecken, dachte er. Er hätte schon jetzt gut darauf verzichten können. Im Augenblick brachte er es nicht einmal fertig, sich darüber zu freuen, dass Kris zurück war.

Nur kurz dachte er darüber nach, doch aufzustehen und sich in der dunklen Küche zum Tisch zu tasten, um zu sehen, ob das Wasser noch dort stand. Aber er kam nicht mehr dazu, da der Schlaf ihn erneut überwältigte.

Kris hielt Wort. Noch bevor das erste blasse Morgenlicht den nachtschwarzen Himmel mit einem blassen Silberschleier überzog, stupste sein unsichtbarer Finger Red erneut an – sanft, aber doch unnachgiebig genug, dass Red ihn unmöglich hätte ignorieren oder gar weiterschlafen können.

Schwerfällig stand er von seinem provisorischen Lager auf. Sein Kopf war noch immer ungewohnt schwer und pochte unangenehm. Aber vielleicht, dachte er, würde Kris ihm wenigstens sagen, was er dagegen tun konnte. So leise wie möglich verließ er das Haus. Tatsächlich begann der Wald direkt am Ende der Straße, so dass es nicht allzu schwer war, zwischen den Bäumen unterzutauchen, ohne von irgendeinem verrückten Frühaufsteher entdeckt zu werden. Doch erst, als er bereits etliche Meter in den Schutz des Waldes vorgedrungen war, wagte Red aufzuatmen. Mehrere Sekunden noch blieb er stehen und lauschte auf Geräusche aus der Stadt. Der Fluss plätscherte und gurgelte in der Ferne, kaum zu hören über dem Rauschen des Nachtwindes in den Zweigen. Davon abgesehen war alles still.

Red hatte nur eine ungefähre Vorstellung davon, wo der See liegen musste. Aber das kümmerte ihn kaum. Solange er in etwa die richtige Richtung einschlug, würde er schon ankommen. Die frische Luft tat seinem Kopf gut. Ganz vertreiben konnte sie den dumpfen Druck auf seinem Gehirn allerdings nicht.

Nach einer guten Viertelstunde lichtete sich der Wald vor ihm, und Red konnte zwischen den Bäumen hindurch den breiten Strand erkennen. Das Eichengehölz war inzwischen zu einer stillen Lebendigkeit erwacht – eine Ruhe, die nur von wenigen Vögeln und dem Rascheln der Blätter im feuchten Luftzug vom See her unterbrochen wurde. Zwischen den knorrigen Stämmen herrschte schattige Dunkelheit. Keine dichte Schwärze mehr, da nun doch ein erster Schimmer am Horizont den Sonnenaufgang ankündigte. Aber noch dunkel genug, um einen Vampir zu verbergen.

Red blieb stehen, nur wenige Meter vor dem Saum des Gehölzes, und verzog den Mund zu einem halbherzigen Lächeln. »Wurde ja auch Zeit, dass du dich mal wieder blicken lässt.«

Die Schatten bewegten sich. Im Unterholz raschelte es leise. Und dann trat Kris zwischen den Bäumen hervor.

»Wunderschön. Und dunkel.«

Red konnte nichts dagegen tun, dass Blues Stimme diese Worte in seinem Kopf aussprach, wann immer er seinem Mentor begegnete. Und auf eine makabere Art war das allein schon ein Grund, sich über ein Treffen mit Kris zu freuen. Auch wenn es sonst in letzter Zeit nicht allzu viel Grund zur Freude gab. Red musterte ihn aus schmalen Augen.

»Du siehst hungrig aus.«

Ein sanftes Lachen strich über ihn hinweg, als Kris näher trat. Wie gewöhnlich umgab den hochgewachsenen Vampir eine gewisse Finsternis, an der auch die fahle Blässe seiner Haut nichts änderte. Tatsächlich war er allerdings um eine deutliche Schattierung blasser, als Red ihn in Erinnerung hatte. Oder lag das am Licht?

»Keine Sorge. Es ist nicht so schlimm, dass du etwas davon bemerken würdest.« Kris schob mit der ihm eigenen Gelassenheit die Hände in die Hosentaschen und lächelte sein schiefes Lächeln. »Du hast mir gefehlt.«

Red runzelte die Stirn und schüttelte den Kopf. »Ja, sicher. Wo ist Chase?«

Kris hob die Schultern. Seine Augen glitzerten in sanftem Spott. »Er sagt, er will unser Wiedersehen nicht stören und wartet deswegen ein Stück entfernt.«

Red hob die Brauen. »Ach wirklich?«

Das klang so überhaupt nicht nach Chase, dass er fast gelacht hätte – aber er kam nicht dazu. Ohne Vorwarnung machte Kris einen weiteren Schritt auf ihn zu und zog ihn in seine Arme. Dicht an seiner Brust konnte Red sein Herz hastig schlagen fühlen, während Kris die Lippen auf die Haut an seinem Hals presste.

»Chase hat dich lange genug für sich gehabt«, flüsterte er

rau – und im gleichen Moment wurde Red eiskalt bewusst, wie ausgehungert Kris wirklich war und wie dünn der Faden, an dem seine Selbstbeherrschung hing. Natürlich hatte Kris ihn vermisst. Vor allem sein Blut. Das war der letzte Gedanke, den Red fassen konnte, ehe der schwarze Strom, der pulsierend in ihn hineinfloss, ihn mit sich riss. Ehe er hineinstürzte in diese samtige Dunkelheit, wo von dem wilden Sog schon bald nichts mehr zu spüren war, wo ihn vertraute Schwärze umschloss, und die Kraft, die er dem Vampir gab, ihm um ein Vielfaches zurückgezahlt wurde.

O ja, dachte Red verschwommen. Er hatte Kris auch vermisst. Dies war etwas, das selbst Chase ihm nicht bieten konnte. Wie hatte er das vergessen können? Chase nahm nur von ihm. Er gab nie etwas zurück. Aber Kris war anders. Was sie teilten, war unbezahlbar.

Eine Ewigkeit standen sie eng umschlungen da, noch lange nachdem Kris sich von Red gelöst hatte. Red, weil er etwas brauchte, um sich festzuhalten, während die ungewohnte Überdosis Relacin ihn schwanken ließ; ihn zugleich hellwach und unendlich müde machte und endlich das dumpfe Gefühl aus seinem Kopf spülte, das der Whisky hinterlassen hatte. Und Kris hielt ihn, weil er Red niemals fallen lassen würde. Niemals.

Sie ließen sich erst los, als es erneut im Unterholz raschelte. Wütende Schritte, die Red nur zu gut kannte.

Ein Lachen vibrierte in Kris' Brust, und er lockerte den Griff um Reds Hüfte, um sich umzudrehen – gerade als ein selbst für seine Verhältnisse außergewöhnlich finster dreinschauender Chase auf der Bildfläche erschien. Er baute sich zwischen den Bäumen auf und starrte Kris vernichtend an.

»Bist du jetzt fertig, oder was?«

Kris' Lächeln vertiefte sich ein wenig. »Danke, Chase«, sagte er sanft. »Es war sehr taktvoll von dir, zu warten.«

Chase schnaufte und warf einen grimmigen Blick zu Red hinüber, der sofort klarmachte, dass er keinesfalls aus freien Stücken zurückgeblieben war – genau wie Red vermutet hatte. Ein wenig verstimmt verschränkte er die Arme vor der Brust. Was lief denn da zwischen den beiden? Was auch immer es war, dachte Red, er hatte wirklich nicht das Bedürfnis, sich einzumischen. Er schüttelte den Kopf und sah wieder zu Kris hinüber. »Apropos Wiedersehen: Wo bist du überhaupt die ganze Zeit gewesen?«

Kris hob leicht die Schultern und schob seine Hände zurück in die Hosentaschen. Auch sein Blick flog noch einmal zu Chase, aber er ging bereitwillig auf den Themenwechsel ein.

»Ich war bei den schottischen Vampirlords vorstellig. Da wir offiziell als parlamentarisch geförderte Wissenschaftler unterwegs sind, gehört das unbedingt zum guten Ton, habe ich mir sagen lassen. Man kann hier nicht einfach in irgendeine verlassene Burg ziehen. Das Land ist ja im Großen und Ganzen unbewohnt, aber ein paar unverbesserliche und vor allem enorm traditionsbewusste Lords hocken nach wie vor in ihren Castles und klammern sich an nostalgische Bräuche.« Er grinste schief. »Nun ja, vielleicht würde ich das auch tun, wenn ich mir dann ein Rudel Menschen halten und auf Blutkonserven verzichten dürfte.«

Red hob die Brauen. »Ach, so ist das? Hast du also vor, ein schottischer Vampirlord zu werden?«

Kris lachte leise. »Wer weiß.« Er legte leicht den Kopf schief und sah Red mit liebevollem Spott an. »Warum nicht – wo mein bester Jäger uns doch jetzt ein Rudel aufgetrieben hat, das wir nicht für einen Haufen Geld in einem OASIS-Camp einkaufen müssen. Stimmt's, Chase?«

»Dein *einziger* Jäger«, knurrte Chase und trat näher zu ihnen. »Der darüber hinaus nichts zu jagen hat. Ganz toll.«

»Zum Glück hat er ja dich«, erwiderte Kris freundlich. Dann aber schüttelte er den Kopf, und sein Gesicht wurde ernst. »Spaß beiseite. Ich muss sagen, ich bin überrascht. Lord Sinclair hat nur erwähnt, dass dieses Gebiet seit Ewigkeiten verlassen ist und dass es keine Schwierigkeit darstellen sollte, eine unbewohnte Burg zu finden, in der wir hausen können – wenn man davon absieht, dass es wohl durchs Dach regnen wird. Von Menschen in der Gegend hat er kein Wort gesagt. Erst recht nicht von so einer großen Siedlung. Ich frage mich, wieso.«

Red runzelte nachdenklich die Stirn. »Keine Vampire seit hundertfünfzig Jahren. Zumindest hat Elizabeth das gesagt. Vielleicht hat man sie einfach vergessen?«

Kris hob erstaunt die Brauen. »Hundertfünfzig, sagst du? Bist du sicher?«

Chase ließ ein trockenes Lachen hören. »Elizabeth heißt sie also. Na, wie auch immer. Ich denke, wenn die in diesem Nest keine Vampire kennen, dann bleibt das auch besser erstmal so. Wenn's nach mir geht, braucht echt keiner zu wissen, dass wir hier sind.«

Kris verschränkte die Arme vor der Brust und nickte nachdenklich. »Das sehe ich allerdings genauso. Wir ziehen für eine Weile in diese Burg auf der Insel. Wie es aussieht, ist dort auch schon seit ziemlich langer Zeit niemand mehr gewesen. Wir richten uns häuslich ein und überlegen in aller Ruhe, was wir weiter tun.«

»Und wann wir nach Kenneth zurückgehen«, warf Chase ein und starrte Kris aus schmalen Augen an.

Kris antwortete nicht sofort. Er sah zwischen den Bäumen hindurch zur Burg auf der Insel hinüber. Sein Gesicht war unbewegt, als hätte er Chase überhaupt nicht gehört. Aber natürlich hatte er das sehr wohl.

»Ja, auch das werden wir dann sehen«, sagte er endlich. »Aber vermutlich wird das so bald nicht möglich sein.«

Chase schnaufte. »Für dich vielleicht«, knurrte er. »Aber Red und mich betrifft das nicht, richtig?«

Kris' Augen verengten sich um eine Winzigkeit. Sein Blick streifte Chase für einen Sekundenbruchteil und blieb dann an Red hängen. Und obwohl seine Worte eine Antwort auf Chase' Frage waren, hatte Red das Gefühl, dass sie ausschließlich ihm galten.

»Wie sehr euch betrifft, was mit mir geschieht«, sagte Kris leise, »ist ganz allein eure Entscheidung.«

Red runzelte die Stirn. Ein Fetzen eines Gesprächs flackerte in seiner Erinnerung auf.

»Glaub mir, Red, wenn es wirklich dein Wunsch ist, dann kannst du gehen. Jederzeit.«

Kris' schwarze Iriden glitzerten. Ja, auch er erinnerte sich. Red atmete einmal tief ein und wieder aus. Sie beide, dachte er, wussten viel zu genau, dass er Kris nicht verlassen würde. Erst recht nicht, seit ihm klar war, dass es das Mädchen, das er geliebt hatte – das Menschenmädchen namens Blue –, nicht mehr gab. Das war die bittere Wahrheit.

Auch wenn Chase anders darüber dachte.

Auch wenn Chase ihn aus seiner Lethargie befreit hatte.

Red würde Kris folgen. Und daran würde sich so bald nichts ändern.

Kris lächelte leicht. Seine Augen glühten nun in dunklem Licht. »Aber vielleicht«, sagte er mit sanfter Stimme und sah an Red vorbei, »hängt es auch ein wenig vom Verhalten der jungen Dame ab, die dort hinter dem Baum steht und uns zu belauschen versucht, nicht wahr?«

Red hörte, wie hinter ihm jemand nach Luft schnappte, und erstarrte. Er brauchte sich nicht umzudrehen, um zu wissen, wen er sehen würde. Er hatte sie nicht kommen gehört, ihre Anwesenheit nicht bemerkt. Aber vor den Vampiren konnte sie sich nicht verstecken.

»Komm raus, Elizabeth.« Kris' Lächeln vertiefte sich. »Wir fressen dich nicht. Ehrenwort.«

Schritte raschelten im Unterholz, und nun drehte Red sich doch um. Elizabeth war bleich, ihre Bewegungen seltsam abgehackt. Sie würdigte Red keines Blickes, sondern starrte nur Kris an, ohne ein einziges Mal zu blinzeln.

»Vampire«, flüsterte sie. »Echte … Vampire …!«

Chase stieß ein raues Lachen aus. »Großartig. Die ist ja völlig weggetreten.«

Red zog finster die Brauen zusammen. »Hey. Lass sie in Ruhe.«

Chase verdrehte die Augen und verschränkte die Arme vor der Brust. »Mach dir nicht in die Hosen, Red. Keiner fasst sie an, okay?«

In diesem Moment ging ein Ruck durch Elizabeths Körper. Und nun zuckte ihr Blick doch zu Red. Ihre Augen funkelten, anklagend und fassungslos »Du … du hast gelogen!« Ihre Stimme klang rau. »Du …!«

Red schüttelte hastig den Kopf und wollte einen Schritt auf sie zugehen. Aber Kris war schneller als er. Er legte eine Hand auf Reds Schulter und hielt ihn mit leichtem, aber bestimmtem Druck zurück.

»Bitte, Elizabeth. Bleib ruhig. Es ist alles in Ordnung. Und es ist nicht Reds Schuld.«

Red schluckte mühsam. Er wusste genau, wie es sich anfühlte, wenn Kris so besänftigend sprach. Er wusste, wie gut es tat. Aber es war seltsam, es zu hören und nicht selbst gemeint zu sein.

»Du darfst nicht wütend auf ihn sein, weil er dir nichts von uns erzählt hat«, fuhr Kris fort. »Es ist erst einmal besser, wenn niemand weiß, dass wir hier sind. Das verstehst du doch?«

Elizabeth starrte Kris etliche Sekunden lang sprachlos an. Aber dann, sehr langsam entspannte sich ihre Miene ein wenig. »Ja, das verstehe ich allerdings«, murmelte sie. Erneut huschte ihr Blick zu Red, ehe er zu Kris zurückkehrte. Ihre Augen waren nun viel weniger wütend. Ihre Stirn aber blieb weiterhin misstrauisch gefurcht.

»Ich will mit ihm allein sprechen.«

Red sah von ihr zu Kris, dann zu Chase und wieder zu Kris.

Kris hob kurz die Brauen. Dann aber nickte er. »Natürlich. Er gehört ganz dir. Wir ziehen uns zurück.« Er ließ Reds Schulter los und widmete ihm ein Lächeln. »Ruf mich, wenn du mich brauchst. Du weißt ja, wo du uns finden kannst.«

Red nickte stumm und trat einen Schritt zurück, bis er neben Elizabeth stand. Dann sah er zu, wie Kris und Chase sich abwandten und über den Strand davongingen. Wie sie den breiten Streifen Wasser, der zwischen der Burg und dem Ufer lag, mit einem einzigen Sprung überbrückten und schließlich zwischen den Mauern der Ruine verschwanden. Für ihn schon längst kein ungewöhnlicher oder schockierender Anblick mehr.

Doch er wusste nur zu gut: Elizabeth hatte es auch gesehen.

Kapitel Drei

Callahan Castle, Loch Liath, Schottland

Zwischen den Mauern von Callahan Castle war es düster, feucht und ungemütlich. Es war kein Ort zum Wohnen oder um sich darin wohl zu fühlen, im Gegenteil. Aber Kris war das ganz recht so. Er hatte weder die Absicht noch das Bedürfnis, diese Burg dauerhaft zu seinem Zuhause zu machen.

Im ersten Geschoss, in einer immerhin noch halbwegs bewohnbaren Kammer, hatten er und Chase Quartier bezogen. Es gab ein nacktes Bettgestell, das Kris mit einigen morschen Sofapolstern aus einem anderen Teil der Ruine zu einer provisorischen Schlafstatt aufgerüstet hatte. Auch die Kiste mit den Konserven stand dort, dazu zwei große Rucksäcke mit Kleidung zum Wechseln und ihren wichtigsten Habseligkeiten – ansonsten war das Zimmer leer. Kris stellte sich ans Fenster, lehnte die Unterarme auf das breite Sims und sah über das im Morgenlicht bleigraue Wasser des Loch Liath hinüber zum Ufer. Das Dorf lag noch im frühmorgendlichen Schlaf. Doch dort, zwischen den Bäumen am Ufer, sprachen nun Red und Elizabeth miteinander. Kris konnte sie nicht hören und auch nicht mehr eingreifen. Er konnte nur hoffen, dass das Gespräch so verlaufen würde, wie er es sich wünschte.

»Du spielst nicht fair.« Chase stand reglos in der geöffneten Tür. Feuchte Zugluft drang durch den Treppenschacht herauf. Kris konnte Chase' Blick nicht sehen. Aber er spürte ihn im Nacken.

Langsam drehte er sich um und lächelte leicht. »Seit wann

steht denn Fairness so weit oben auf deiner Prioritätenliste, Chase?«

Chase betrat mit energischen Schritten den Raum und ließ sich aufs Bett fallen, das gefährlich wackelte und ächzte. Dann lehnte er sich gegen das marode Kopfteil und musterte Kris mit ausdrucksloser Miene.

»Auf meiner nicht«, erklärte er schließlich. »Aber Red wird dich hassen, wenn er's rauskriegt. Das ist dir schon klar, oder?«

Kris hob die Brauen und lehnte sich mit dem Rücken gegen das Fenstersims, um Chase seinerseits eingehend zu mustern. »Wie soll er davon erfahren, solange du ihm nichts erzählst? Und ich glaube nicht, dass du das tun wirst.«

Eine ganze Weile sagte Chase gar nichts, sondern starrte ihn nur weiter mit diesem ausdruckslosen Blick an.

»Ich hatte Red versprochen, dass niemand das Mädchen anfasst. Das war so abgemacht, erinnerst du dich?«

Kris schwieg und ließ die Finger über den feuchten Stein der Mauer gleiten. Die raue Struktur half ihm, das unruhige Pochen zu unterdrücken, dass sich bei Chase' Worten in seiner Brust regte. Nicht zuzulassen, dass es sich zu einem Brodeln auswuchs, das er irgendwann nicht mehr würde kontrollieren können. Seit er aus Paris zurückgekehrt war, war es nie ganz verschwunden. Es war, als wäre es in ihm noch eine Spur dunkler geworden, seit er sich für immer von Céleste verabschiedet hatte.

Chase schüttelte ungeduldig den Kopf. »Du gehst ganz schön weit, nur um zu verhindern, dass er mitkommt, wenn ich von hier verschwinde.«

Kris verstärkte den Druck seiner Finger an der Wand, bis er fürchten musste, sich die Haut an den Steinen aufzureißen. Natürlich. Dieser Drang, Red an sich zu binden, und der fast zwanghafte Wunsch, alles zu tun, damit er bei ihm blieb – und dem Jungen damit genau das anzutun, worunter er selbst sein ganzes unsterbliches Leben lang gelitten hatte, erst unter Gregor und später unter Céleste. Chase musste ihn nicht daran erinnern, dass das falsch war. Doch je länger er dieses Pochen mit sich herumtrug, desto schwerer fiel es ihm, sich dagegen zur Wehr zu setzen. Es drängte ihn, die strenge Selbstkontrolle aufzugeben und Red – und am besten gleich auch noch Chase – mit Hilfe seiner Gabe für immer und ewig unwiderruflich an sich zu ketten.

Aber das wäre ein Verrat an sich selbst, den Kris nicht zulassen durfte. Niemals.

»Ich habe dich nicht gebeten, mir Gefolgschaft zu schwören«, sagte er sehr langsam. »Und ich werde es auch nicht tun. Du bist frei, genau wie Red. Du weißt, dass ich euch niemals auf diese Art anrühren werde.«

Eine skeptische Falte erschien zwischen Chase' Brauen. »Red vertraut dir. Ich nicht. Was ist mit dir? Vertraust du dir selbst?«

Kris schloss kurz die Augen. Er hasste es, wie Chase die Dinge auf den Punkt brachte. Und eine passende Erwiderung fiel ihm auch nicht ein.

»Du kannst ihn nicht loslassen«, stellte Chase nüchtern fest. »Du hast eine Scheißangst, dass er dich verlässt.«

Kris seufzte tonlos. Dieses Gespräch führte zu nichts. Chase war niemand, mit dem er über so etwas hätte sprechen können. Wenn es so jemanden überhaupt gab. Er konnte ja nicht einmal mit Hannah reden, die er schon so unendlich lange kannte.

Céleste, ja. Seine Schwester hätte ihn verstanden. So wie er sie jetzt auch verstand.

Aber Céleste war für immer fort.

Kris wandte sich wieder um und starrte erneut auf das Wasser und die Bucht hinaus. Der Wind vom See her zupfte an seinen Haaren und trieb schwarze Strähnen in seine Augen. Von Red und Elizabeth war nichts zu sehen.

»Du solltest heute noch von ihm trinken«, sagte er schließlich. »Vielleicht täusche ich mich. Aber ich hatte den Eindruck, dass sein Blut anders geschmeckt hat als sonst.«

Chase schwieg einen Moment, als wüsste er nicht, ob er bereit war, das Thema fallenzulassen. Doch schließlich entschied er sich zu Kris' Erleichterung dafür, ihm das Ablenkungsmanöver durchgehen zu lassen.

»Und du glaubst nicht, dass das an diesem Alkohol liegt, von dem du gesprochen hast? Wenn das Zeug ihn dermaßen ausgeschaltet hat, kann's ja nicht gerade wenig gewesen sein. Ist vielleicht noch in seinem Blut.«

Kris sah über die Schulter. Er konnte ein leichtes Lächeln nicht unterdrücken, obwohl ihm keineswegs fröhlich zumute war. »Chase, im Gegensatz zu dir weiß ich, wie Alkohol schmeckt.«

Chase schnalzte abfällig mit der Zunge. »Klingt, als wärst du stolz darauf.«

Kris schüttelte den Kopf und strich sich die Haare aus dem Gesicht. »Im Ernst. Triff dich mit ihm, wenn er dieses Gespräch hinter sich hat. Ich möchte deine Meinung hören. Aber sei vorsichtig.«

Chase seufzte gereizt. »Schon klar.« Er stand auf und ging zur Kiste hinüber, um eine Blutkonserve herauszunehmen. Eine der letzten. Aber wenigstens das würde zum Glück vorerst ihr kleinstes Problem sein. »Heute war dein Tag. Ich weiß. Ich will ihn nicht umbringen, okay?«

Kris lächelte. »Das will ich hoffen.«

Chase setzte die Konserve an und stürzte den Inhalt hinunter. Dann wischte er sich über den Mund und warf den leeren Beutel in die Ecke neben dem Bett. »Ich sehe nach ihm.«

Kris nickte langsam. Er war froh, für eine Weile allein sein zu dürfen. »Es wäre schön, wenn du ihn herbringen könntest. Und komm nicht zu spät zurück.«

Chase hob spöttisch die Brauen, sparte sich aber einen weiteren Kommentar. Er griff nach seinem Messer und seinem Revolver, die er in die Ritze zwischen Kopfteil und Polster des Bettes geschoben hatte. Kris lächelte unwillkürlich. Auch als Vampir ging Chase niemals unbewaffnet irgendwohin. Auch wenn das Gefährlichste, auf das er sich hier einzustellen hatte, ein wütendes Menschenmädchen war.

Auf der Schwelle blieb Chase noch einmal stehen und sah mit bohrendem Blick zu Kris herüber. »Spätestens wenn Blue wieder ins Spiel kommt, werden die Karten sowieso neu gemischt. Und das wird sie. Wenn du etwas anderes glaubst, bist du dumm.«

Einen Moment noch verharrte er, wo er war. Die hellen Augen glitzerten hinter dem Haarvorhang, der in seine Stirn fiel. Dann wandte er sich schroff ab und verschwand in den Schatten des Treppenschachtes.

Kris lauschte auf Chase' Schritte, bis sie in der Dunkelheit verklangen. Dann richtete er sich langsam auf, durchquerte den Raum und ließ sich auf das provisorische Bett sinken, um an die Decke zu starren. Geistesabwesend horchte er auf die pochende Dunkelheit in seinem Inneren, die – ganz ungewollt – den Rhythmus von Reds Herzen wiedergab, das am Morgen so dicht an seinem geschlagen hatte. Kris legte den Arm über die Augen und lachte leise. Es war einfach alles zu absurd. Was er tat. Was er sagte. Was er dachte. Er erkannte sich selbst kaum wieder.

Aber dieses eine Mal, dachte er mit zynischer Belustigung, hatte Chase dennoch nicht den Nagel auf den Kopf getroffen. Das letzte Wort in Sachen Blue war noch nicht gesprochen, das stimmte. Aber es war keineswegs so, dass Kris vorhatte, ein erneutes Treffen zwischen ihr und Red zu verhindern. Im Gegenteil. Er wünschte es sich sogar. Nur war Blue definitiv *sein* Trumpf – nicht der von Chase.

Blue gehörte Kris.

Sie hatte ihm immer gehört, seit er in die OASIS eingedrungen und ihr an der Mauer begegnet war; seit er von ihr getrunken und sie ihn angefleht hatte, sie mitzunehmen. Jetzt, wo sie eine Bluterin war, konnte Kris natürlich nichts mehr mit ihr anfangen. Aber sie war und blieb der endgültige Schlüssel zu Reds Loyalität, und das war es, was zählte.

Kris drehte sich auf die Seite und schloss die Augen. Das Pochen in seiner Brust war ein wenig stärker geworden, aber in diesem Moment kümmerte er sich nicht darum. Sie war nicht nur schlecht, diese Dunkelheit. Sie wärmte ihn auch und machte ihn schläfrig – und er brauchte Schlaf, brauchte Kraft. Noch konnte er Blue sowieso nicht erreichen. Noch musste er auf Cedric vertrauen, dass er das Mädchen aus ihrem Bluterwahnsinn befreite. Und bis es so weit war, würde er eben auf andere Weise dafür sorgen, dass sein einziger Jäger bei ihm blieb. Es würde alles gut werden – auf seine Art.

Auch, wenn er dafür ein Menschenmädchen unglücklich machen musste.

Kapitel Vier

Im Wald bei Kinlochliath, Schottland

Nachdem die Vampire verschwunden waren, standen Red und Elizabeth noch eine ganze Weile schweigend nebeneinander. Graues Zwielicht sickerte langsam zwischen die Bäume. Es war kein angespanntes Schweigen, nichts, was die Luft auflud oder wie eine Wand zwischen ihnen gestanden hätte. Keine Kluft, die sie trennte. Sie schwiegen einfach, jeder für sich allein, und betrachteten den Strand hinter den knorrigen Eichenstämmen, der längst wieder verlassen war.

»Ich bin dir nicht böse«, sagte Elizabeth endlich, als Red schon glaubte, sie würde sich vielleicht einfach umdrehen und gehen, ohne dass sie noch ein einziges Wort gewechselt hätten – als wäre er gar nicht da und niemals da gewesen.

Überrascht sah er zu ihr hinüber. »Bist du das wirklich nicht?«

Elizabeth lächelte schief und schob die Hände in die Hosentaschen. »Sollte ich?«

Red hob die Schultern. »Ich wär's.«

Elizabeth betrachtete ihn nachdenklich. Ihr Blick war prüfend, aber Red konnte nicht abschätzen, ob sie ihn prüfte oder doch sich selbst. »Gehen wir ein Stück?«

Red nickte stumm und folgte ihr, als sie voranging, tiefer in den Wald hinein. Nebeneinander stapften sie durch das modrige Unterholz. Zweige knackten leise unter ihren Füßen, und Fetzen von Bodennebel krochen um ihre Waden. In der Ferne blökte ein Schaf. Ein zweites antwortete. Die Morgenluft lag feucht auf Reds Wangen und verfing sich in feinen Tröpfchen in seinen Wimpern und Haaren.

Elizabeths Schweigen war nun deutlich unruhiger als zuvor. Zumindest hatte Red diesen Eindruck. Es war, als ob sie sich sammelte, um etwas auszusprechen, das ihr auf der Seele brannte und das ihr doch schwerfiel, in Worte zu fassen. Red hätte zu gern gewusst, was es war. Aber er störte sie nicht. Er wartete einfach.

Und schließlich holte Elizabeth tief Luft.

»Um ehrlich zu sein, habe ich immer gehofft, dass so etwas passiert. Seit Jahren, verstehst du?«

Red runzelte die Stirn und warf ihr von der Seite einen Blick zu. »So etwas?«

Elizabeth presste die Lippen zusammen und strich sich ein wenig fahrig eine feuchte Haarsträhne aus den Augen. Ihr Kinn war angespannt und ein winziges Stück zu weit nach vorn geschoben. War ihr Schritt energischer geworden, oder bildete Red sich das ein?

»Na ja – *irgendetwas* eben. Etwas, das mein Leben verändert. Egal, was.«

»Veränderung?« Red hob zweifelnd die Brauen. »Aber wieso?«

Elizabeth atmete angestrengt ein. Doch wirklich, dachte Red, sie schritt jetzt deutlich kräftiger aus als zuvor.

»Ich will hier weg«, brachte sie nach etwa zehn weiteren Schritten endlich heraus. »Ich halte dieses Nest nicht mehr aus. Ich weiß, es ist das Sicherste, hierzubleiben, aber darauf pfeife ich! Ich will die Welt dort draußen sehen, auch wenn sie gefährlich ist!«

Red zuckte unwillkürlich zusammen. Es war, dachte er und spürte, wie ihm innerlich kalt wurde, als hätte er dieses Gespräch schon einmal geführt. Die gleichen Worte gehört, an einem anderen Ort, aus einem anderen Mund, ein ganzes Leben weit entfernt. Als hätte er dieses entschlossene Gesicht schon einmal betrachtet und sich gewünscht, die Verbissenheit und Verzweiflung von den schmalen Zügen vertreiben zu können. Und wieder war ihm klar, dass er keine Chance hatte. Dabei wusste er es diesmal besser. Viel besser. Veränderungen – warum sollte sich die überhaupt jemals jemand wünschen? Er hatte so viele davon mitgemacht in den letzten Monaten. Sein Umfeld hatte sich verändert, die Personen, mit denen er umging, und vor allem er selbst. Massiv verändert. Und hätte er die Wahl gehabt – nichts davon hätte je geschehen müssen. Wäre Kris niemals auf der Farm aufgetaucht … Wäre Blue niemals gegangen, dann …

Entschlossen blieb er stehen.

»Wie stellst du dir das vor?« Er brachte die Worte kaum heraus. Die plötzliche Erinnerung lag wie ein Betonklotz auf seiner Brust und schnürte ihm die Luft ab. »Es gibt dort draußen kein Leben für uns Menschen.«

Elizabeth war ebenfalls stehen geblieben und hatte sich zu ihm umgedreht. »*Du* lebst.« Ihre Stimme klang rau. »Du bist hier – und du reist mit Vampiren. Bist du nicht der Gegenbeweis für das, was du gerade behauptest?«

Eine schmerzhafte Unruhe regte sich bei ihren Worten in Reds Brust. Hilflosigkeit, so ohnmächtig, dass er am liebsten gebrüllt und mit den Füßen aufgestampft hätte vor Verzweiflung. Energisch schüttelte er den Kopf.

»Nein, Elizabeth, du siehst das falsch. Ich bin nicht hier, weil ich hier sein will. Ich bin hier, weil ich keine Wahl habe, begreifst du das?«

Elizabeth machte einen Schritt auf ihn zu.

»Glaubst du an das Schicksal, Red September?« Sie starrte ihm eindringlich in die Augen. »Ich schon.«

Sie war nun so nah, dass Red die Wärme spüren konnte, die ihr Körper selbst durch die vom Nebel klamme Kleidung ausstrahlte. Fast bildete er sich sogar ein, ihr Herz schlagen zu hören.

Noch einmal schüttelte er den Kopf.

»Tut mir leid«, sagte er leise, aber bestimmt. »Ich bin nicht der, für den du mich hältst. Ich bin nicht der Held, der dich von hier fortbringen wird.«

Elizabeth antwortete nicht. In den Tiefen ihrer Augen sah Red etwas funkeln. Er hörte, wie ihr Atem ein wenig rascher ging – und dann, ehe er wusste, wie ihm geschah, hatte sie sich nach vorn geneigt, auf die Zehenspitzen gestellt und ihren Mund auf seinen gedrückt.

Ihre Lippen waren weich und sehr warm, fiebrig fast. Der leichte Duft ihrer Haut stieg Red in die Nase. Sein Körper erzitterte von innen heraus unter der Berührung.

Doch wie sehr er in diesem Gefühl, diesem Augenblick gefangen war, wurde ihm erst bewusst, als er bemerkte, dass er längst die Hände auf Elizabeths Hüften gelegt hatte. Dass er sie an sich zog und den Kuss erwiderte, mit einer Innigkeit, die er längst vergessen geglaubt hatte.

Wie vom Schlag getroffen, zuckte er zurück. Stolperte fast über seine eigenen Füße und fing sich im letzten Moment. Mühsam zwang er die Luft in seine Lungen und bemühte sich, zu Atem zu kommen; das wilde Kribbeln zu beruhigen, das durch seine Adern jagte.

Elizabeth blieb stehen, wo sie war. Sie sah unsicher aus und ein wenig verloren. Aber sie lächelte.

»Doch«, sagte sie leise. »Der bist du.«

Red schluckte trocken. Noch immer spürte er den Druck ihrer Lippen auf seinen und die Wärme ihres Körpers an seinen Fingern und seiner Brust. Er wollte ihr widersprechen, ihr erklären, dass dies nichts war, was er tun konnte oder wollte. Aber kein einziges Wort hätte in diesem Moment überzeugend geklungen. Nicht einmal in seinen eigenen Ohren.

»Sei mir nicht böse«, sagte er endlich heiser. »Aber ich denke, es ist keine gute Idee, wenn ich weiter bei euch wohne.«

Elizabeth senkte den Kopf. Ihre Lippen bebten leicht. »Vermutlich«, gab sie leise zu. Zögerte. Und sah Red dann wieder fest in die Augen. »Aber du gehst nicht wirklich, oder? Du lässt mich jetzt nicht einfach hier.«

Red schwieg. Ihr Blick war so flehend, dass es ihm beinahe weh tat. Nur gab es nichts, was er hätte antworten können, wo er die Antwort doch selbst nicht wusste. Ob er ging oder nicht, hing ja nicht von ihm ab. Auch wenn es ganz sicher das Vernünftigste gewesen wäre. Für sie beide. Aber das sagte er nicht. Nichts davon.

»Es ist ja nicht so, dass ich gehen will«, murmelte er stattdessen und fühlte sich schlecht dabei. »Wirklich nicht.«

Elizabeth biss sich auf die Unterlippe. »Dann bleib«, bat sie schlicht. »Wenigstens für eine Weile. Niemand wird davon erfahren – Ehrenwort. Nicht einmal Morna.«

Red schloss kurz die Augen und atmete tief durch. »Es geht doch nicht nur um mich, Elizabeth. Sie werden von euch trinken. Sie werden euch benutzen.«

Elizabeth musterte ihn fragend. »Ist das denn schlimm? Dir macht es doch nichts aus.«

Red schüttelte den Kopf. »Nein, das stimmt. Es ist jedenfalls nicht schädlich. Aber es verändert die Menschen. Ich … würde nicht wollen, dass sie dich anfassen, verstehst du?«

Er sah Elizabeth schlucken. Für einen Moment bedeckte sie ihre Augen mit den Fingern, als müsse sie die Welt aussperren, um besser begreifen zu können, was er sagte. Natürlich verstand sie es nicht. Wie sollte sie auch? Red wusste ja selbst nicht, wie er dieses Gefühl erklären sollte. Dass er sich, seit er Elizabeth getroffen hatte, unrein fühlte im Vergleich zu ihr. Weil noch nie ein Vampir ihr Blut genommen hatte, war sie ein Mensch – und nur das. Nichts und niemand anderes. Und Red würde nicht zulassen, dass sich das änderte. Es war schlimm genug, dass er Kris und Chase trotz besseren Wissens in ihr Dorf gebracht hatte. Aber um das zu ändern, war es jetzt zu spät.

Endlich senkte Elizabeth die Hände und atmete tief durch. »Du musst mir mehr darüber erzählen. Bitte. Nicht jetzt, ich muss gehen, bevor Morna aufwacht. Aber vielleicht … können wir uns später sehen?«

Red rieb sich unsicher über den Nacken. Sein Gefühl sagte ihm deutlich, dass das nicht klug war. Dass es für Elizabeth besser sein würde, wenn sie sich nie wieder begegneten. Und trotzdem – er hatte das Gefühl, es ihr schuldig zu sein. Langsam nickte er.

»Heute Abend. Wenn es dunkel ist. Kannst du kommen, ohne dass es jemand merkt?«

Elizabeths Gesicht leuchtete hoffnungsvoll auf. »Versprichst du, dass du da sein wirst?«

Red hob einen Mundwinkel zu einem halben Lächeln. »Ich warte genau hier. Versprochen.«

Auch in Elizabeths Mundwinkeln erschien ein Lächeln. Dann streckte sie noch einmal die Hand aus und griff nach Reds – eine ruhige, unaufgeregte Bewegung, als wäre es das Selbstverständlichste auf der Welt. Ihre Finger verschränkten sich mit seinen.

»Dann bin ich auch da.«

Red zog seine Hand nicht weg, obwohl sein erster Reflex eine erneute Flucht nach hinten war. Elizabeths Haut war trotz der morgendlichen Kühle warm und seltsam vertraut. Es war ein eigentümliches Gefühl. Nicht das, was Red sich so schmerzhaft wünschte. Aber ihm war plötzlich, als könnte diese Wärme, diese Nähe – und dieser flüchtige Duft nach wilden Blumen – ein winziges Stück des gähnenden Lochs füllen, das in seiner Seele klaffte. Den dumpfen Schmerz wenn schon nicht heilen, dann doch wenigstens lindern.

Sekundenlang sahen sie sich nur an. Lauschten auf den Wind, der die Geräusche der erwachenden Stadt herantrug. Ihr zweiter Kuss war viel weniger erschreckend als der erste. Er kam nicht unerwartet, sondern geschah einfach – etwas, das geschehen musste, das sie beide wollten und bei vollem Bewusstsein erlebten. Red spürte den Schlag seines Herzens, der sich leicht beschleunigte, als ihre Lippen sich trafen, und das elektrisierende Prickeln, das sanft durch seinen Körper floss, bis er ganz leicht und warm war. Es fühlte sich nicht richtig an. Aber auch nicht falsch. Überhaupt nicht falsch. Er war lebendig, und das konnte einfach nicht falsch sein. Der Moment dauerte eine Ewigkeit. Und war doch viel zu kurz.

Aus hellen Augen sah Elizabeth ihn an, als sie sich trennten. Ihr Gesicht war noch immer ganz nah an seinem. Ihre Hand löste sich aus Reds und strich ihm wirre Strähnen aus der Stirn.

»Heute Abend«, murmelte sie. Ihr Atem streifte Reds Wange. Dann trat sie einen Schritt zurück.

Ein Teil von Red wollte sie in diesem Augenblick aufhalten, sie festhalten – aber er schloss nur seine nun leeren Finger zur Faust und nickte.

»Versprochen«, sagte Elizabeth etwas lauter, und ihre Mundwinkel verzogen sich zu einem Lächeln. Dann wandte sie sich endgültig um und verschwand zwischen den Bäumen im Nebel.

Eine ganze Weile noch blieb Red genau dort stehen, wo er war, und sah ihr nach, auch als sie schon längst nicht mehr zu sehen war. Erst als die langsam kräftiger werdenden Strahlen der Morgensonne immer heller durch die Zweige blinzelten, machte er sich langsam auf den Weg zurück zum Strand. Wenn er heute noch unbemerkt in die Burg kommen wollte, musste er sich allmählich beeilen.

Kapitel Fünf

Am Ufer des Loch Liath, Kinlochliath, Schottland

Als er zu der Stelle kam, an der das Ufer des Sees zwischen den Baumstämmen vor ihm auftauchte, blieb Red stehen.

Er wurde bereits erwartet.

Nicht, dass ihn das überrascht hätte.

Chase stand nur wenige Meter entfernt an einen Baum gelehnt und starrte ihm unbeirrt entgegen. Die Arme hatte er vor der Brust verschränkt, und seine Augen hinter den dunklen Stirnfransen waren gewohnt stechend.

Red zog die Brauen zusammen. Gerade im Augenblick hatte er keine große Lust auf Chase' Gesellschaft. Vor allem nicht auf das schlechte Gewissen, das allein der Anblick seines Freundes in ihm auslöste. Chase würde weniger als gar nichts davon halten, dass er Elizabeth geküsst hatte. Das wusste Red genau. Aber er fand auch, dass Chase das überhaupt nichts anzugehen hatte.

»Was willst du?«

»Der Fürst der Finsternis schickt mich«, erklärte Chase in gewohnt nüchternem Tonfall. »Shuttleservice.«

Red seufzte verhalten. »Ja, sicher. Und was *willst* du?«

Chase richtete sich auf und kam auf ihn zu. Er zog die Oberlippe zurück und entblößte seine Fangzähne. »Dein Blut natürlich. Was sonst?«

Red schüttelte ungeduldig den Kopf. »Keine Chance. Kris war schon dran.«

Chase blieb vor ihm stehen und warf einen Blick hinüber

zur Burg, als hätte er Reds Antwort gar nicht gehört. »Wir beeilen uns besser. Ehe uns das ganze Dorf zusieht, wie wir da rüberspringen.« Er drehte sich um und deutete mit dem Daumen über die Schulter. »Los, rauf mit dir.«

Red unterdrückte ein gereiztes Schnaufen. Gerade in diesem Moment hätte er am liebsten dankend darauf verzichtet, sich von Chase durch die Gegend tragen zu lassen. Aber was blieb ihm anderes übrig, wenn er nicht zur Insel schwimmen wollte? Und schließlich hatte er sich gerade eben erst selbst dazu entschieden, bei den Vampiren in der Ruine leben zu wollen. Ergeben legte er die Hände auf Chase' Schultern und sprang auf seinen Rücken. Kaum oben, blieb ihm allerdings nicht mehr viel Zeit, darüber nachzudenken, ob es ihm gefiel, von Chase mitgeschleift zu werden. Die Welt verschwamm, als der Vampir losrannte und mit einem einzigen kraftvollen Satz das Ufer hinter sich ließ – und dann war es auch schon wieder vorbei. Weich und sicher landeten sie jenseits des Wassers zwischen den Felsen, die sie vor allen Blicken verbargen – Blicken von der anderen Seite. Von der Menschenseite, zu der Red nicht gehörte.

Chase ließ Red von seinem Rücken rutschen. Ein spöttisches Grinsen zuckte in seinen Mundwinkeln, als er sich zu Red umdrehte. »Willkommen zu Hause.«

Red starrte an den feuchtdunklen Mauern der verfallenen Burg hinauf. Nicht weit von ihnen hing ein gewaltiges Tor schief in den Angeln und öffnete den Blick auf einen weitläufigen, mit Flechten überwucherten Vorhof, von dessen anderer Seite ihnen das Hauptgebäude finster entgegenstarrte.

Zu Hause, dachte er. *Nein, ganz bestimmt nicht.*

Chase schob inzwischen die Hände in die Hosentaschen und musterte Red eindringlich. »Also, was ist jetzt mit dem Blut?«

Red hob überrascht die Brauen. Dann war das also kein

Scherz gewesen? Nach Chase' Gesichtsausdruck zu urteilen, offenbar nicht. Aber was sollte das?

Er schüttelte den Kopf. »Was soll damit sein? Kris war schon dran, also kriegst du nichts. Ist doch ganz einfach.«

Chase verengte die Augen. »Und wenn ich dir sage, dass er es war, der meinte, ich soll so bald wie möglich von dir trinken?«

Red stieß höhnisch Luft aus. »Dann ist er verrückt geworden. Vergiss es, Chase. Heute nicht.«

Chase schnaufte gereizt. »Stell dich nicht so an. Kris sagt, du schmeckst komisch, und ich soll das überprüfen. Und genau das werde ich jetzt auch, also hör auf, die Diva zu spielen, klar?«

»Ich habe schon mal gesagt, trinkt Konserven, wenn euch mein Geschmack nicht passt.« Red runzelte ärgerlich die Stirn. Trotzdem neigte er widerwillig den Kopf zur Seite. Er war nicht so dumm zu denken, dass er sich ernsthaft gegen Chase hätte wehren können, wenn der sich durchsetzen wollte. Früher vielleicht, als ein faires Kräftemessen noch realistisch war. Jetzt aber war es das ganz sicher nicht mehr. Also ergab Red sich lieber gleich. Denn Chase, das wusste er, konnte wirklich ungemütlich werden, wenn er seinen Willen nicht bekam.

Überhaupt war es nie besonders angenehm, wenn Chase von Red trank. Obwohl er stets mit der ihm eigenen Präzision zubiss und die Hauptschlagader nur zu Anfang ein paarmal verfehlt hatte, tat es immer wieder höllisch weh. Chase' Zähne waren noch deutlich weniger lang und scharf als die von Kris, und sein Speichel enthielt weniger Relacin, so dass es sehr viel länger dauerte, bis die Wunde sich schloss. Aber das war nicht das Schlimmste daran. Das Schlimmste in Reds Augen war, dass er Chase einfach nicht als Vampir sehen konnte. Und von dem Chase, mit dem er über Monate hinweg gemeinsam trainiert und gejagt hatte, in den Hals gebissen zu werden, war schlicht und ergreifend ein völlig absurder Gedanke.

Zum Glück dauerte es dieses Mal wirklich nicht lange. Chase nahm nur einen einzigen Schluck, den er sehr langsam seine Kehle hinunterfließen ließ. Dann runzelte er skeptisch die Stirn.

»Und?« Red hob spöttisch die Brauen und wischte Reste von Blut und Speichel von seiner Schulter. »Ist es nun komisch, oder nicht?«

Chase schüttelte langsam den Kopf. Die Falten auf seiner Stirn vertieften sich. »Nein«, erklärte er endlich. »Nicht, soweit ich das beurteilen kann. Ich schätze, Kris wird allmählich ein bisschen paranoid.« Er zögerte kurz. »Er ist sowieso seltsam drauf in letzter Zeit.«

Red hob überrascht die Brauen. Mit so einer ernsthaften und direkten Antwort hatte er tatsächlich nicht gerechnet. »Was meinst du damit: seltsam?«

Chase hob die Schultern und wandte sich ab. »Wie ich's gesagt habe – seltsam. Los, komm. Wir sehen nach, was er treibt.« Und ohne noch auf eine Reaktion von Red zu warten, wandte er sich ab und verschwand in der Burg.

Red seufzte. Hatte er sich gerade noch über die ehrliche Reaktion auf seine Frage gefreut? Er hätte es besser wissen müssen. Das war mal wieder so typisch. Und natürlich war es völlig sinnlos, jetzt auf einer Erklärung zu beharren, das war ihm nur zu klar. Er würde sich nur vor Chase lächerlich machen und trotzdem nichts aus ihm herausbekommen.

Schweigend folgte er seinem Freund ins Innere der Ruine, wo auch Kris warten musste. Und außerdem, so hoffte Red, wenn schon keine Antworten, dann doch wenigstens ein Bett, saubere Kleidung und ein bisschen Ruhe. Und, sobald er seine Gedanken etwas geordnet hatte, auch eine Idee, wie er von nun an mit Elizabeth umgehen sollte. Ihr letzter Kuss glühte noch immer in ihm nach, aber er konnte sich einfach nicht entscheiden, ob ihm das gefiel oder nicht.

Und erst jetzt, während er hinter Chase den düsteren Treppenschacht hinaufstieg, wurde ihm bewusst, dass der Vampir sich mit keinem Wort nach dem Menschenmädchen erkundigt hatte.

Kris lag auf dem Bett, als sie das Zimmer betraten. Er hatte sich lang auf den schäbigen Polstern ausgestreckt und die Augen geschlossen. Seine glatten Züge waren gelöst, und seine weiße Haut schimmerte im grauen Licht. Er regte sich nicht, als Red und Chase sich näherten, und wären nicht die gleichmäßigen Atemzüge gewesen, man hätte ihn für eine lebensgroße Porzellanpuppe halten können.

Red blieb vor dem Bett stehen und sah auf seinen Mentor hinunter. Tatsächlich, dachte er erstaunt, hatte er Kris bisher noch niemals schlafend gesehen. Es war ein befremdliches Bild, fast, als wäre das jemand völlig anderer, der da vor ihm lag. Es schien nicht richtig zu sein, dass er sich nicht rührte, wenn sich ihm jemand näherte – das war nicht der Kris, den Red kannte. Seltsam, hatte Chase gesagt. Vielleicht gehörte dies auch dazu.

Neben sich hörte er Chase leise seufzen.

»Was ist mit ihm?« Unwillkürlich dämpfte Red die Stimme, obwohl es doch unwahrscheinlich war, dass seine Worte Kris aufwecken würden, wenn es schon ihre Schritte nicht geschafft hatten.

Chase zuckte die Schultern. »Er ist ein Idiot, nichts weiter. War klar, dass er pennt, wenn man ihn braucht.« Er klang unzufrieden.

Red hob die Brauen. »Dann weck ihn doch.«

Chase schnaufte missbilligend. »Den kriegen wir so schnell

nicht wach.« Er zog sein Messer aus dem Halfter an seinem Oberschenkel. Und ehe Red überhaupt die Chance hatte, zu begreifen, was Chase da tat, hatte er die Klinge bereits an Kris' Wangenknochen angesetzt und einen tiefen Schnitt bis hinunter zu seinem Mundwinkel gezogen. Dunkelrotes Blut quoll hervor und rann über Kris' Hals, ehe es in seinem Kragen versickerte. Aber Kris rührte sich nicht. »Siehst du?«

Red schnappte nach Luft. »Chase!«

Chase schnalzte verächtlich mit der Zunge. »Idiot«, wiederholte er leise und beobachtete aus schmalen Augen, wie sich die Wunde innerhalb von Sekundenbruchteilen wieder schloss.

Auch Red starrte auf Kris hinunter, ohne den Blick abwenden zu können, selbst als der Schnitt längst ohne eine Spur wieder verschwunden war. Eigentlich hätte er sich am liebsten direkt neben ihn gelegt und auch eine Stunde Schlaf nachgeholt. Oder zwei. Aber etwas hielt ihn davon ab. Es war seltsam, dachte Red, eine so verwundbare Seite an dem Vampir zu sehen, der ihm zuvor immer so unantastbar erschienen war. Der Gedanke war nicht angenehm. Überhaupt nicht.

»Irgendwas stimmt doch mit ihm nicht«, murmelte er. »Erklär's mir.«

Chase warf ihm aus dem Augenwinkel einen kurzen Blick zu. »Ich kann es dir nicht erklären. Ich bin mir nicht mal sicher, ob er es könnte. Er ist ... irgendwie finsterer als sonst. Als ob er manchmal nicht ganz da ist.« Er hob leicht die Schultern. »Ist wahrscheinlich gar nichts – abgesehen davon, dass er müde ist und dich mit mir teilen muss. Mach dir keinen Kopf.«

Einen Moment noch sah Red auf den schlafenden Kris hinunter. Dann wandte er sich entschlossen ab. Er wollte nicht länger darüber nachdenken, was mit Kris nicht stimmte. Er hatte genug eigene Sorgen, über die er sich das Hirn zermartern konnte, und davon einmal abgesehen, war ihm danach, sich mitsamt seiner Kleidung einfach in den See fallen zu lassen, ganz gleich, wie kalt der sein mochte. Es war Ewigkeiten her, dass er zuletzt ein Bad genommen hatte, und allmählich war der Punkt erreicht, dass er es nicht mehr ertrug, so dreckig und verschwitzt zu sein.

Chase sah ihm überrascht nach. »Wohin gehst du?«

Red verharrte auf der Türschwelle und sah über die Schulter zurück. »Mich waschen«, erklärte er. »Damit hier wenigstens einer von uns halbwegs menschlich bleibt.«

Chase lachte trocken. »Guter Punkt.«

Red antwortete nicht mehr. Er wusste, Chase glaubte ihm nicht, dass das der einzige Grund war, warum er aus der Kammer floh. Und natürlich stimmte das. Der wahre Grund war ein seltsamer Druck, der auf seiner Brust lastete, seit sie am Ufer der kleinen Insel gelandet waren. Red konnte ihn selbst noch nicht richtig erklären – und diese Ratlosigkeit war vielleicht das Schlimmste daran. Er war nur froh, dass Chase sich inzwischen mit einer Konserve auf die Fensterbank hockte und keine Anstalten machte, sich ihm anschließen zu wollen.

Er schloss die Tür ein wenig zu laut hinter sich.

Kapitel Sechs

Kinlochliath, Schottland

Elizabeth konnte sich nicht erinnern, wann sie zuletzt so früh im Dorf unterwegs gewesen war, dass außer ihr noch kaum jemand auf den Beinen war. Hinter einigen Fenstern brannte schon Licht, und der leichte Duft nach frischgebackenem Brot hing in der Luft, als sie den Marktplatz überquerte. Aber sonst war Kinlochliath bis auf das leise Plätschern und Gurgeln des Flusses, der den Ort in zwei Hälften teilte, noch schläfrig still.

Vor dem Gartentor des Hauses, das sie mit Morna bewohnte, blieb sie stehen. Wenn sie ehrlich zu sich selbst war, fühlte sie sich noch keineswegs in der Lage, ihrer besten Freundin halbwegs gefasst gegenüberzutreten. Ihr ganzer Körper fühlte sich leicht an und seltsam flatterig, und ein leises Zittern setzte sich beständig von ihrer Magengrube bis in ihre Fingerspitzen fort. Wie um alles in der Welt sollte sie Morna da glaubwürdig versichern, dass Red fort war? Denn das war er nicht. Ganz und gar nicht. Er meinte sein Versprechen ernst, das hatte sie in seinen Augen gesehen. Sie würde ihn wiedertreffen. Beim bloßen Gedanken daran prickelte Elizabeths Haut, als würde ein Schwarm Ameisen darüber laufen.

Hinter den Mauern der anderen Häuser war inzwischen das Leben ihrer Bewohner zu hören: Emma Dunlop versuchte mit sich überschlagender Stimme, ihren zweijährigen Sohn Dylan davon abzuhalten, sein Frühstück durch die Küche zu werfen, während seine Schwester Cassia lautstark verkündete, dass sie auf keinen Fall das grüne Kleid anziehen würde. Der zahnlose

Mr. Hobbes übte schon frühmorgens auf seiner Geige, die noch viel älter war als er selbst. Und Peps, Cassias schwarze Katze, saß auf einem Zaunpfahl und beobachtete Elizabeth aus golden blinzelnden Augen. Nicht mehr lange, dachte Elizabeth, dann würden sich die ersten Türen und Fenster öffnen. Sie konnte hier nicht stehen bleiben. Nicht, wenn sie nicht der ganzen Nachbarschaft erklären müssen wollte, warum sie um diese Uhrzeit schon unterwegs war. Sie schloss kurz die Augen, um sich zu sammeln. Dann öffnete sie das Tor und ging ins Haus.

Morna war bereits wach. Selbstverständlich war sie wach. Elizabeth hatte nichts anderes erwartet. Morna hatte einen leichten Schlaf, und vermutlich hatte sie, seit Elizabeth kurz nach Red das Haus verlassen hatte, kein Auge mehr zugetan. Nun saß sie am Küchentisch vor einem Becher Tee, die Haare noch vom Schlaf zerwühlt und mit tiefen Ringen unter den Augen. Die Decken, zwischen denen Red in der Nacht geschlafen hatte, hatte sie bereits weggeräumt, den Whisky zurück in den Schrank gestellt und die Gläser gespült. Die Küche sah aus, als wäre niemals ein ungewöhnlicher Fremder hier gewesen, den Elizabeth in den Bergen aufgegabelt hatte. Aber das allein hätte Elizabeth nicht noch mehr aus der Fassung bringen können, als sie es ohnehin schon war.

Was – oder besser wer – sie starr wie eine Salzsäule in der Küchentür stehen ließ, war der junge Mann, der Morna gegenüber saß und sich in diesem Augenblick zu ihr umdrehte. Klare graue Augen musterten sie eindringlich aus einem kantigen Gesicht, das eine deutliche Ähnlichkeit zu Mornas nicht verleugnen konnte.

»Guten Morgen, Lizzy!«

Colin.

An jedem anderen Morgen hätte Elizabeth sich über den Anblick von Mornas älterem Bruder gefreut. Aber nicht heute.

Denn sein sorgenvolles Gesicht machte ihr in Sekundenschnelle viel zu deutlich bewusst, wie sehr sich ihr Leben, ihr ganzes Denken und Fühlen in nur so wenigen Stunden verändert hatte. Colin, der nicht nur einer ihrer engsten und ältesten Freunde war – so lange Elizabeth sich erinnern konnte, hatte festgestanden, dass sie einmal ein Paar würden. Jeder in Kinlochliath wusste das, und auch für Elizabeth selbst hatte diese Tatsache nie in Frage gestanden, obwohl, abgesehen von gelegentlichen sanften Küssen und geschwisterlich innigen Kuscheleinheiten, bisher nichts zwischen ihnen geschehen war. Irgendwann würde es so kommen. Sie würden heiraten. Kinder bekommen. Gemeinsam alt werden. Eine vertraute, sichere Zukunftsvision, die Elizabeth im Großen und Ganzen keineswegs unangenehm war.

Aber jetzt war Red aufgetaucht, und ihre wildesten Träume von einem freien Leben außerhalb ihres geschützten Tals sprudelten über. Red war so anders als alles, was Elizabeth kannte; faszinierend, weil er den geheimnisvollen Unbekannten glich, von denen in Romanen erzählt wurde. Weil er auf den ersten Blick so düster und geradezu gefährlich wirkte – und doch eine so klare, fast schutzbedürftig wirkende Facette zu besitzen schien, die nur ganz schwach unter all dem Mysterium schimmerte, das ihn umgab. Die von der Tatsache, dass er mit Vampiren so vertraut war, unangetastet blieb. Es reizte Elizabeth fast unwiderstehlich, diese verborgene Seite hervorzulocken, in der dummen Hoffnung, ihn dann für sich gewinnen zu können, wie es auch die Romanheldinnen fertigbrachten. Sie war so voll von seiner Gegenwart und seinem Kuss, der immer noch auf ihren Lippen brannte, dass sie glaubte, platzen zu müssen.

Und in diesem Zustand konnte sie Colins Anwesenheit einfach nicht ertragen. Sie warf Morna einen scharfen Blick zu.

Dass ihr Bruder gerade heute Morgen hier auftauchte, war ganz bestimmt kein Zufall. Aber Morna kümmerte der Vorwurf offenbar herzlich wenig.

Elizabeth holte angestrengt Luft. »Guten Morgen«, brachte sie mühsam heraus.

»Wo ist er hin?« Eine tiefe Falte war auf Mornas Stirn erschienen.

Elizabeth hob zögernd die Schultern. Es hatte keinen Sinn, zu versuchen, sich herauszureden. Sie konnte Morna nicht anlügen und auch Colin nicht, dafür kannten sie sich viel zu gut. Sie konnte höchstens versuchen, es zu verschweigen. Und selbst das fühlte sich schlecht an. Sehr schlecht.

»Ich weiß nicht«, sagte sie stockend – aber immerhin wahrheitsgemäß. »Ich habe nicht gesehen, wo er hingegangen ist. Er sagte … er hielte es für keine gute Idee, weiter bei uns zu wohnen.«

Morna schnaufte leise. Es klang ein wenig erleichtert. »Gar nicht so dumm von ihm.«

Elizabeth presste die Lippen zusammen und schwieg. Stumm streifte sie ihre Jacke ab und hängte sie über die Stuhllehne, wobei sie versuchte zu verbergen, dass ihre Finger immer noch leicht zitterten.

Aber sie sahen es. Natürlich sahen sie es beide. Und zu Elizabeths Glück verstanden sie es falsch.

Colin schob seinen Stuhl zurück und stand auf, um sie in den Arm zu nehmen. Sein Geruch, der Elizabeth schon so oft ein Gefühl der Geborgenheit geschenkt hatte, hüllte sie ein, so vertraut, dass ihr das Herz weh tat. »Lizzy, was ist denn los mit dir?«, fragte er sanft. »So verschreckt kenne ich dich gar nicht.«

Elizabeth schluckte mühsam und legte widerstrebend die Arme um seine Hüfte. Sie wusste, warum er hier war. Sie wusste es sogar ganz genau. Er war hier, weil Morna sich Sorgen um sie gemacht hatte, und ganz sicher hatte sie ihm alles erzählt. Natürlich machte er sich nun auch Sorgen um sie. Und wenn sie wollte, dass die beiden damit aufhörten, dann musste sie es schaffen, sich endlich zusammenzureißen.

»Schon gut«, murmelte sie an Colins Brust. »Ich bin nur … irgendwie verwirrt.«

Endlose Sekunden noch ertrug sie die Umarmung, während Colin ihr behutsam über den Kopf strich. Dann machte sie sich los und ließ sich auf einen Stuhl sinken.

Morna goss ihr einen Becher Tee ein, während Colin sich neben sie setzte und seinen Stuhl dicht an Elizabeths rückte.

»Na, komm, trink erstmal etwas Warmes.« Morna lächelte aufmunternd. In ihren Augen glaubte Elizabeth einen leisen Zweifel zu sehen, den sie jedoch rigoros unter ihrem Optimismus verbarg. »Es ist ja nun vorbei. Du wirst sehen, bald kommt dir das alles nur noch wie ein komischer Traum vor. Mir geht es jetzt schon so, ehrlich gesagt. Eine irre Geschichte, wirklich.«

Schweigend schüttete Elizabeth etwas Milch in ihren Tee und trank einen vorsichtigen Schluck.

»Eins steht jedenfalls fest«, erklärte Colin und griff nach Elizabeths Hand. Seine Finger waren rau und schwielig und ein bisschen feucht. Ganz anders als Reds, dessen Hände zwar auch kräftig, aber trocken und warm und ohne Risse waren. Ohne Schwielen, die sich wie Schmirgelpapier anfühlten … Elizabeth schluckte.

Colin sah ihr in die Augen und lächelte. Doch das Lächeln spiegelte sich in seinem Blick nicht wider, und Elizabeth wusste, auch ihn hatte sie noch nicht überzeugt. Sie sah Angst, die das helle Grau seiner Augen verdunkelte; Angst davor, dass sie sich von ihm zurückzog. Berechtigte Angst, wie sie zugeben musste.

»Ich werde dich von jetzt an ganz bestimmt nicht mehr allein in den Bergen herumlaufen lassen.« Colin lachte, aber es klang nicht so herzlich, wie sie es von ihm gewöhnt war. »Wer weiß, was für Gestalten sich da noch herumtreiben.«

Elizabeth wusste, sie hätte mitlachen sollen. Aber das hätte ihr niemand geglaubt. Mit Mühe brachte sie ein Lächeln zustande. »Ich denke, der Vorrat an finsteren Gestalten in den Bergen ist erstmal für die nächsten fünfzig Jahre aufgebraucht.« Ein wenig zu hastig stand sie auf. »Ich bin jedenfalls völlig fertig. Ich muss mich ein bisschen hinlegen.«

Morna hob skeptisch die Brauen. »Na klar, ruh dich aus. Colin bleibt noch eine Weile hier, und ich bin in der Brennerei, wenn du mich brauchst. Melde dich, wenn etwas ist, ja?«

Elizabeth nickte schnell. »Sicher. Mir geht es gut, ehrlich.« *Nur wie gut*, dachte sie, das durfte keiner ihrer beiden Freunde wissen. Sie zwang sich, Colin einen Kuss auf die Wange zu geben. Dann wandte sie sich hastig ab und verließ die Küche, um die Leiter hinauf auf den Dachboden zu klettern, wo ihre Schlafkammer lag. Sie wusste, dass ihre Freunde ihr noch immer besorgt nachsahen. Aber mit etwas Glück würden sich diese Zweifel über den Tag zerstreuen. Und bis zum Abend würde Elizabeth sich schon so weit zusammenreißen können, um sich trotz allem halbwegs normal zu benehmen, so dass Colin wie jeden Freitagabend beruhigt mit seinen Freunden in den Pub gehen könnte.

Zumindest hoffte sie das.

Denn nach Anbruch der Dunkelheit würde sie Red wiedersehen. Und diesmal durfte wirklich niemand etwas davon bemerken.

Kapitel Sieben

46 West Street, Kenneth, Missouri

Als Cedric die Augen aufschlug, fiel dämmriges Abendlicht in die Wohnung. Durch die zerbrochene Fensterscheibe trieben kühle Luft und die Geräusche der langsam erwachenden Stadt herein. Dicht neben seinem Gesicht erkannte er einen Fuß des Flügels.

Mühsam drehte er den Kopf. Nur einen Schritt entfernt, so nah, dass ihre Fingerspitzen sich beinahe berührten, lag Dorian. Seine Augen waren weit geöffnet, und er starrte blicklos ins Leere. Ein Speichelfaden rann aus seinem Mundwinkel und versickerte im Teppich. Zwischen seinen Fingern hing noch ein Büschel von Cedrics Haaren.

Cedric schloss die Augen und tastete nach seinen inneren Barrieren. Sie waren wieder da, vollständig und ohne Riss, aber noch dünn und weich wie die Haut eines Säuglings. In diesem Zustand hätte er kaum die Chance, auch nur gegen einen Jungvampir zu bestehen. Sein Körper fühlte sich bleischwer und zerschlagen an. Seit Jahrhunderten war Cedric der Menschlichkeit nicht mehr so nahe gewesen.

Mühsam richtete er sich auf und schleppte sich hinüber zur Küchenzeile und dem Wärmeschrank, in dem er seine Blutkonserven aufbewahrte. Er stürzte den Inhalt einer Konserve hinunter, dann noch eine. Und eine dritte. Wann war er zum letzten Mal so gierig gewesen?

Nach der vierten Konserve fühlte er sich endlich etwas besser. Stark genug immerhin, um zu überlegen, wie er weiter vorgehen sollte. Dorians rasselnde Atemzüge drangen schwach zu ihm herüber. Es würde eine ganze Weile dauern, bis er sich erholte. Cedric hatte wichtige Teile seines Gehirns massiv geschädigt, so dass Dorian für etliche Stunden, vielleicht sogar Tage, unter Gedächtnisschwund leiden würde – sowohl, was die gerade vergangenen Ereignisse betraf, als auch Geschehnisse in der unmittelbaren Zukunft. Früher oder später allerdings würde er sich wohl erholen.

Cedric warf die leeren Konserven in den Abfalleimer. So wie die Dinge lagen, gab es vermutlich nur eine vernünftige Lösung: Er würde Dorian der Polizei übergeben. Was Dorian getan hatte, war immerhin ein schwerer Verstoß – zum einen gegen die Hausordnung von White Chapel und zum anderen ein, wie es im Strafrecht hieß, »bösartiger Missbrauch seiner Fähigkeiten zum Schaden von anderen«. Da würde das, was Cedric getan hatte, wohl als Notwehr durchgehen. Und dann blieb nur zu hoffen, dass man Dorian tief genug wegsperrte, dass er nicht allzu schnell einen Weg herausfand.

Cedric seufzte leise. Eigentlich hätte er in seinem Zustand nichts anderes tun dürfen, als sich hinzulegen und zu regenerieren. Aber wenn man ihn auf der Wache befragte, war sein Anliegen ganz sicher überzeugender, wenn er in einem möglichst bejammernswerten Zustand war.

Cedric schüttelte über sich selbst den Kopf. Es war unglaublich. Er fing schon an zu denken wie Kris.

Er ging zu der Kammer hinüber, in der sein eigener Sarg stand. Dort bewahrte er auch die Liege auf, die er seinerzeit für die verhängnisvolle Therapie mit Katherine benutzt hatte – und die Stahlfesseln, die so stabil waren, dass nicht einmal eine sehr alte Progressive sie zerreißen konnte. Cedric lächelte schmal, als er danach griff und, die Seile in der Hand, in den Wohnraum zurückkehrte. Genau das Richtige für Dorian. Er hatte in seinem Leben schon vielen Vampiren Fesseln angelegt. Aber noch nie hatte er so eine grimmige Befriedigung verspürt wie in dem Augenblick, als er die Schlingen mit höchster Präzision um Dorians Brust, Taille, Oberschenkel, Knie und Fußgelenke zuzog. Nicht so fest, dass er sich an den Stahlseilen schneiden würde. Katherines Blut klebte noch an den Fesseln. Aber fest genug, dass Dorian sich keinesfalls würde befreien können, falls er früher als erwartet aufwachte. Er würde das progressive Blut schon riechen.

Cedric hob den schlaffen Körper hoch und trug ihn in die Kammer zu seinem Sarg. Sollte Dorian schlafen. Er hatte erst einmal seine Ruhe. Cedric verschloss den Deckel mit drei schweren Vorhängeschlössern. Zur Sicherheit.

Dann lud er sich die Kiste auf den Rücken und trug sie zum Fahrstuhl. Das Loch in der Fensterfront im Wohnraum starrte ihn an wie ein großes, lidloses Auge. Er musste einen Glaser anrufen, der sich darum kümmerte, dachte Cedric. Ehe die Nachbarn aus den angrenzenden Büros kamen und ihn deswegen belästigten. Aber nicht jetzt. Nicht, ehe er Dorian nicht versorgt wusste.

Mit leisem Klingeln schloss sich die Fahrstuhltür hinter ihm.

Kapitel Acht

Callahan Castle, Kinlochliath, Schottland

Es war das Abendlicht, das Kris weckte. Schwefelgelb und blutrot ließ es die Schatten in den Ecken der Kammer der alten Burg noch düsterer scheinen.

Neben ihm auf dem provisorischen Bett saß Red und beobachtete ihn mit aufmerksamem Blick. Er hatte sich gewaschen, rasiert und die Kleidung gewechselt. Im Dämmerlicht sah sein Gesicht nun wieder glatt aus, jugendlicher als noch Stunden zuvor. Aber das konnte nicht über den melancholischen Ernst in seinen Augen hinwegtäuschen. Kris hatte diesen Ausdruck in den letzten Wochen immer öfter die unerfahrene Entschlossenheit überschatten sehen, die den Jungen auszeichnete, seit Kris ihn kannte. Red wurde erwachsen. Es war erschreckend und faszinierend zugleich.

Kris lächelte und setzte sich auf. »Man könnte dich für einen Vampir halten mit diesem wehmütigen Blick.«

Wie erwartet, erschien augenblicklich ein betroffener Ausdruck auf Reds Gesicht. »Das meinst du doch wohl nicht ernst!«

Kris lachte leise und strich sich die vom Schlaf wirren Haare aus der Stirn. »Natürlich nicht. Es ist schön, dich hier zu sehen. Wo ist Chase?«

Reds Gesicht entspannte sich ein wenig. Er warf einen kurzen Blick über die Schulter. »In der Kiste. Er schläft.«

Kris stand auf. »Dann wecken wir ihn. Es wird Zeit für unsere Besprechung.«

Red hob, augenscheinlich überrascht, die Brauen. »Er sagt, schlafende Vampire kann man nicht wecken.«

Kris lächelte schief. »Chase hat noch viel zu lernen.« Er trat an die Kiste.

Der jüngere Vampir lag auf den Kissen, die Knie leicht angezogen, und rührte sich nicht. Noch nicht. Es war interessant, dachte Kris, dass Chase der Ansicht war, man könne schlafende Vampire nicht wecken. Im Grunde konnte das nur bedeuten: Er hatte es sehr nachdrücklich versucht. Und das wiederum machte Kris mehr Sorgen, als er sich selbst eingestehen wollte. Behutsam stieß er Chase' Bewusstsein mit seiner Gabe an – vorsichtig genug, dass der jüngere Vampir später nicht merken würde, dass er geweckt worden war. Es war vielleicht besser, wenn er Chase für eine Weile in dem Glauben ließ, Vampirschlaf sei in allen Fällen absolut. Besser, wenn er nicht ahnte, warum Kris' eigener Schlaf zurzeit so totenähnlich war.

Vorsichtig trat Kris zwei Schritte zurück und beobachtete, wie sein Zögling erwachte. Blinzelnd setzte Chase sich auf. Im ersten Moment hing noch ein Schleier vor seinen Augen. Doch nur Sekundenbruchteile später war sein Blick bereits wieder wach und scharf. Wenn Chase einmal älter war, dachte Kris, würde er ein beeindruckender Vampir sein. Und einer, vor dem man sich in Acht nehmen musste. Er zwang ein Lächeln auf sein Gesicht.

»Ah, du bist wach. Das ist gut. Bereit für unsere Besprechung?«

Chase antwortete nicht sofort. Sein Blick wanderte von Red zu Kris und wieder zurück. Seine Miene war sehr düster an diesem Abend, düsterer noch als am Morgen, als er Kris zurückgelassen hatte, um Red zu holen. Endlich stand er auf, klappte den Deckel der Kiste zu und setzte sich darauf.

»Wir haben nur noch zwei Konserven.« Seine Stimme klang

nüchtern – womit sie auch direkt beim Thema waren. Kris hatte das Timbre von Chase' Blutgabe bisher nur selten gehört. Aber er zweifelte nicht daran, dass es nicht mehr lange dauern konnte, bis es sich endgültig durchsetzen würde. Zumindest, wenn Chase bald besser und regelmäßiger ernährt wurde.

Kris nickte langsam. »Ja, das wäre auch mein erster Punkt gewesen. Du brauchst eine eigene Quelle, Chase. Red reicht nicht mehr lange für uns beide. Und daher denke ich, das Erste, was wir tun sollten, ist, zu sehen, ob es hier in der Siedlung Menschen mit Wahrem Blut gibt.«

Er sah, wie sich Chase' Finger einen Augenblick lang um die Kante der Konservenkiste verkrampften. Aber er sagte nichts. Er nickte nur knapp.

Red, der bisher schweigend auf dem Bett gesessen hatte, erhob sich nun ebenfalls, um sich neben Chase auf die Kiste zu hocken. Zu dicht für Kris' Empfinden.

»Wir bleiben also hier.«

Es war eine Feststellung, keine Frage. Red musste wissen, wie lange es dauern konnte, wenn Kris und Chase das Blut jedes einzelnen Menschen in diesem Ort testen wollten. Seinem Gesicht war allerdings nicht abzulesen, was er darüber dachte. Kris spürte eine unbestimmte Unruhe, die von dem Jungen ausging – seiner eigenen ganz ähnlich. Im letzten Augenblick unterdrückte er ein besorgtes Stirnrunzeln.

»Eine Weile sicherlich, ja.«

Red warf einen Blick zum Fenster hinüber. Eine nachdenkliche Falte war zwischen seinen Brauen erschienen. »Aber irgendwann werden wir weiterziehen, richtig?«

Kris antwortete nicht sofort. Er war sich nicht sicher, was in diesem Fall die beste Antwort war. Chase wollte zurück nach Kenneth, und das so bald wie möglich, das wusste er. Aber

Red? Da war Kris sich nicht sicher. Er glaubte nicht einmal, dass Red selbst sich sicher war, was das betraf. Er schüttelte den Kopf und entschied sich, erst einmal auf einen konkreten Kommentar zu verzichten. »Vermutlich. Aber falls es hier tatsächlich Wahres Blut gibt, würde ich so bald keinen Grund dazu sehen.«

Er sah, wie Chase' Gesicht sich verfinsterte und wie er einen langen Blick mit Red tauschte. Vermutlich, dachte Kris, hatten die beiden schon miteinander gesprochen. Das Pochen regte sich in seiner Brust, nervös und schnell, und ein säuerlicher Geschmack legte sich auf seine Zunge. Er hasste es, wie nah die beiden sich waren. Wie gut sie sich kannten. Aber das durfte weder Red noch Chase so genau wissen. Er zwang sich, seine Stimme ruhig zu halten.

»Fürs Erste sollten wir uns auf die Probleme konzentrieren, die unmittelbar auf uns zukommen – und das ist in erster Linie unsere Blutversorgung. Wir gehen in die Stadt, sobald es dunkel wird. Was ist mit dir, Red?«

Noch einmal huschte Reds Blick zum Fenster. »Ich bin verabredet. Nach Einbruch der Dunkelheit.«

Elizabeth also. Immerhin das lief also nach Plan. Kris zwang sich zu einem Lächeln. »Das trifft sich doch gut. Wir nehmen dich mit auf die andere Seite.« Er schob die Hände in die Hosentaschen. »Und da wir heute noch einige Menschen vor uns haben, würde ich vorschlagen, wir verzichten auf dein Blut. Einverstanden?«

Er sah, wie ein kleiner Schatten über Reds Gesicht huschte, und für einen Augenblick fühlte er einen warmen Funken der Erleichterung in seiner Brust glühen. Da war wieder diese Unruhe in Reds Augen, eine Sorge und Enttäuschung, die Kris guttat. Chase hin oder her, Red wollte, dass *er* von ihm trank. Er wollte es genauso sehr, wie Kris von ihm trinken wollte. Das würde sich nicht ändern. Auf keinen Fall würde Kris zulassen, dass es sich *jemals* änderte.

»Einverstanden«, sagte Red. Dann aber holte er ein wenig angestrengt Luft.

»Kris … ist alles in Ordnung mit dir?«

Kris holte überrascht Luft. Was war das für eine seltsame Frage – und so plötzlich? Was zum Teufel hatte Red gesehen, während er schlief? Er warf einen Blick hinüber zu Chase. Aber der hatte nur die Stirn gerunzelt und gab ansonsten nicht zu erkennen, was er von der Sache hielt. Sie mussten darüber reden, dachte Kris – darüber, dass es Dinge gab, über die man mit Menschen nicht sprach. Niemals, auch mit Red nicht.

»Mach dir keine Sorgen«, sagte er endlich. »Mir geht es gut, ich bin nur müde.« Er sah Red fest in die Augen und sammelte ein wenig Dunkelheit in seiner Stimme. Er hasste es, das zu tun – Red zu beeinflussen. Aber Red durfte keine weiteren Fragen stellen. Weil Kris ihn unmöglich weiter anlügen konnte. Ein letztes Mal zwang er sich zu einem Lächeln. »Wenn es etwas gibt, worum du dir Gedanken machen musst, werde ich es dir sagen. Das verspreche ich dir.«

Sie ließen Red am Strand zurück, ehe sie sich in Richtung des Ortskerns auf den Weg machten. Die gelb beleuchteten Straßen von Kinlochliath waren bereits menschenleer, als triebe allein das Nahen der Nacht die Menschen in die vermeintliche Sicherheit ihrer vier Wände, wo sie die Türen verriegelten und die Läden schlossen, als könnten sie so die Dunkelheit aussperren.

Aus den Poren der winzigen Häuser jedoch, durch Türspalte, Fenster und die Fugen zwischen den Steinen drang noch immer das reine, atmende Leben hervor. Stimmengewirr und der Klang von Schritten tanzte gedämpft durch die stille Luft, die nach Salz schmeckte und nach Rauch, nach feuchtem Holz und klammer Wolle. Es roch nach Schweiß, nach gebratenem Fleisch, getrockneten Blumen, Kräutern und Kerzen.

Kris und Chase hielten sich im Schatten, unsichtbar für alle, die nicht nach ihnen Ausschau hielten. Es hatte etwas Nostalgisches, dachte Kris, durch ein so urtümliches Menschendorf zu schleichen und die alten Vampirtechniken anzuwenden, um nicht bemerkt zu werden. Es klang wie eine der romantischen Geschichten, die Céleste ihm erzählt hatte – damals, als sie ihm half, sich von Gregor zu befreien, und er von ihr lernte, was es wirklich hieß, ein Unsterblicher zu sein …

Ein Kribbeln in seinem Nacken riss ihn aus seinen Gedanken. Er warf einen Blick nach links und bemerkte, dass Chase ihn beobachtete. Kris atmete tief durch und zwang sich, seine Gesichtszüge unter Kontrolle zu halten. Chase wusste, was er seiner Schwester angetan hatte, oder zumindest ahnte er es. Er wusste allerdings nicht, wie oder warum – oder was es für Kris bedeutete. Und Kris lag auch nichts daran, dass Chase es herausfand.

Er richtete seinen Blick wieder nach vorn und ließ ihn suchend über die Hausfassaden schweifen. Allmählich näherten sie sich dem Zentrum der Ortschaft. Irgendwo hier musste es eine Bar geben, einen Pub oder etwas anderes dieser Art, wo die Menschen sich zusammenfanden und tranken, bis sie entspannt und unachtsam waren. Dort würden sie ihre Suche beginnen.

Noch einmal sah Kris kurz zu Chase hinüber, aber der beachtete ihn nun nicht mehr. Über Red gesprochen hatten sie immer noch nicht, aber das konnte warten. Musste warten. Dies war wichtiger. Kris rechnete nicht damit, dass sie sofort auf einen Menschen mit Wahrem Blut treffen würden, selbst wenn die Chancen gut standen, dass in einer Siedlung mit mehr als neunhundert Einwohnern zumindest einer darunter war. Aber so oder so musste Chase lernen, wie er von wilden Menschen trinken konnte, ohne dass diese sich später daran erinnerten. Dann konnte er sich hier im Dorf – wenn auch nicht optimal – jederzeit selbst versorgen und hatte keinen Grund mehr, Anspruch auf Red zu erheben.

In diesem Augenblick öffnete sich die Straße vor ihnen zu einem Platz und zog Kris' ungeteilte Aufmerksamkeit auf sich. Sie waren fast am Ziel – dies musste das Zentrum der kleinen Stadt sein. In der Mitte der kopfsteingepflasterten Fläche erhob sich die verwitterte Bronzeskulptur eines Mannes über einem Springbrunnen, in dem im Licht der Straßenlaternen funkelndes Wasser sprudelte. Rund um den Platz waren Häuser gruppiert, deren große Fenster und Aushängeschilder sie als Geschäfte und Werkstätten verschiedener Handwerker auswiesen. Bäcker, Schmied, Fleischer und Schuster. Krämerladen und Näherei. Ein Dorfplatz wie aus einem alten Bilderbuch, so fern von dem pulsierenden Leben der amerikanischen Großstädte, in denen Kris aufgewachsen war, als sei hier in diesem kleinen schottischen Ort seit zwei Jahrhunderten die Zeit stehengeblieben.

Das einzige Haus, das um diese Uhrzeit noch hell erleuchtet war, lag direkt gegenüber der Straße, die sie auf den Platz geführt hatte – und es war genau das, wonach Kris gesucht hatte. Schon von weitem konnte er den herb-bitteren Geruch des Bieres und den scharf-würzigen des Whiskys riechen und das Lachen und die Stimmen der Menschen hören, die sich dort eingefunden hatten. Er lächelte still. Volltreffer.

Leise zogen er und Chase sich unter den steinernen Bogen über dem Eingang der Bäckerei zurück, von wo aus sie ungesehen die Tür des Pubs beobachten konnten. Chase wirkte nun konzentriert und gleichzeitig ein wenig angespannt. Kris hatte ihn bereits auf dem Weg nach Europa in die wichtigsten Möglichkeiten eingewiesen, die ihm als Vampir mit der Gabe der Psychischen Manipulation offenstanden. Beispielsweise, wie man mit den Schatten verschmolz, bis man für die menschliche Wahrnehmung so gut wie unsichtbar wurde. Wie man mit seiner Stimme eine beruhigende oder verstörende Wirkung auf einen Geist ausüben konnte – und wie man seine Gedanken und Wünsche in den Kopf eines anderen schickte, so dass er sie für seine eigenen hielt. Doch bisher hatte Chase kaum eine Möglichkeit gehabt, diese Fähigkeiten auch praktisch anzuwenden. Der einzige Mensch, mit dem er Kontakt hatte, war Red. Und Red war schon so lange bei ihnen, dass er längst kein normaler Mensch mehr war.

In diesem Moment öffnete sich die Tür des Pubs, und ein Mann kam heraus. Er lachte und rief einen Abschiedsgruß über die Schulter, ehe er die Treppe vor dem Eingang heruntertstieg. Sein Gang schwankte ein wenig, aber seine Schritte waren noch fest dabei.

Kris warf Chase einen schnellen Blick zu und nickte. Dieser Mann war ebenso vielversprechend wie jeder andere Mensch in diesem Dorf.

Zeig, was du kannst, Chase.

Sie lösten sich aus der Dunkelheit des Hauseingangs und folgten dem Mann die Hauptstraße hinunter. Und als sie sich schließlich einige hundert Meter weit von dem Platz entfernt hatten, spürte Kris, wie eine Schwingung aus Chase' Richtung ihn erreichte. Unartikuliert, ohne klare Worte natürlich – dafür war Chase noch zu jung. Aber die Intention, die übermittelt wurde, war unmissverständlich.

Verlasse die Hauptstraße! Der Weg nach rechts ist besser.

Kris sah nach rechts und erkannte eine schmale Gasse, die sich abseits vom Schein der Laternen in der Nacht verlor. Wie nicht anders zu erwarten, setzte Chase das Gelernte hervorragend um. Ob der Weg durch die Dunkelheit wirklich besser war, wusste natürlich keiner von ihnen. Aber es bestand eine reelle Chance, dass der Mensch es trotzdem glaubte, wenn Chase so allgemein blieb und nicht erklärte, warum dieser Weg besser sein sollte – obwohl der Gedanke doch gegen alle menschlichen Urinstinkte ging.

Ein grimmiges Lächeln erschien auf Chase' Gesicht, als er den Gedanken ein zweites und dann ein drittes Mal ausschickte. Der Mann wurde langsamer, sah sich noch einmal um – und bog dann tatsächlich in die Seitengasse ein.

Kris und Chase wechselten einen Blick. So weit, so gut. Jetzt hieß es handeln.

Chase beschleunigte seinen Schritt und glitt lautlos hinter den Mann, während Kris ein Stück zurückblieb. Zielsicher legte er seine Hand auf den fremden Mund.

»Sei still!«, hörte Kris ihn flüstern.

Der Mann hielt augenblicklich inne. Und obwohl Kris sein Gesicht nicht sehen konnte, wusste er, dass es erschlaffte, dass seine Augen sich überrascht weiteten und seine Mimik unter Chase' Fingern weich wurde.

»Es ist alles gut«, wisperte Chase. »Dir wird nichts geschehen. Sei ganz ruhig und lass mich trinken.«

Der Mann war eine gute Handbreit größer als Chase, breitschultrig und nicht unbedingt untrainiert. An reiner Körperkraft hätte er sich vielleicht zumindest ansatzweise mit ihm messen können. Aber er war und blieb doch nur ein Mensch, der noch nie einem Vampir begegnet war, und so hatte er selbst Chase' bisher kaum ausgebildeter Blutgabe nichts entgegenzusetzen. Reglos verharrte er in Chase' Griff, und schon im nächsten Moment drehte er fügsam den Kopf zur Seite, um seinen Hals freizugeben. Chase zögerte nicht eine Sekunde. Mit einem präzisen Biss grub er seine Zähne in das helle Fleisch über der Hauptschlagader. Der Mensch stöhnte schmerzvoll auf und sank in seine Arme. Mit tiefen Zügen begann Chase, sein Blut zu trinken.

Kris atmete auf. Das lief noch besser, als er gehofft hatte. Langsam näherte er sich Chase und seinem Opfer – als der junge Vampir plötzlich innehielt.

Überrascht blieb Kris stehen. *Viel zu früh!*, dachte er und runzelte die Stirn. Der Mensch war doch noch bei Bewusstsein!

Da sah er, wie Chase erstarrte und seinen Kopf mit einem heftigen Ruck zurückzog. Ein erstickter Schrei drang über die Lippen des Menschen, kaum laut genug, um das Plätschern des Flusses zu übertönen. Doch was Kris im nächsten Augenblick einen Schauer über den Rücken laufen ließ, war nicht die Stimme des Mannes.

Es war das heisere Röcheln, das aus Chase' Kehle brach. Der Mensch rutschte aus seinen Armen zu Boden, und Chase strauchelte.

Mit nur einem Schritt war Kris bei ihm und hielt ihn fest, bevor auch er stürzen konnte. »Chase! Was ist los?«

Chase wischte sich mit einer fahrigen Bewegung über den Mund. Er war totenbleich und sein Blick ein wenig verschwommen, und er wehrte sich nicht dagegen, dass Kris ihn stützte. Seine Finger krallten sich in Kris' Ärmel, als hätte er keine Kontrolle über sie.

»Ich … weiß nicht …« Ein verkrampftes Husten schüttelte seinen Brustkorb. Seine Stimme klang schleppend – unsicher, als könne er seinen eigenen Worten nicht folgen. »Das Blut … der Mensch …«

Wieder hustete er. Würgte. Hustete und würgte noch einmal.

Kris warf einen hastigen Blick auf den Menschen. Es war nichts Ungewöhnliches an ihm zu sehen oder zu riechen. Der

Mann hatte Alkohol getrunken, reichlich davon. Aber das konnte doch nicht die Ursache sein?

Kris festigte seinen Griff um Chase' Hüfte. Der junge Vampir hustete noch immer unterdrückt, und seinem Körper fehlte jede Spannung.

»Wir brechen ab. Ich bringe dich nach Hause.«

Chase lachte röchelnd auf – und stieß im nächsten Augenblick einen erstickten Schmerzenslaut aus. Mit verzerrtem Gesicht presste er die Hände auf den Bauch.

»Scheiße! Was zur Hölle ist das, Kris?« Seine Stimme klang rau und brüchig. Etwas Dunkles in seinem Gesicht zog Kris' Blick auf sich – und als er näher hinsah, stockte ihm der Atem. Unter dem linken Auge auf dem Wangenknochen hatte sich die Haut schwarz verfärbt, wie ein Bluterguss mit fransigen Rändern, der in beängstigendem Tempo größer wurde. Ja, dachte Kris – was zur Hölle *war* das?!

Er zögerte nicht länger. Was auch immer dies war, sie konnten hier nicht stehen bleiben. Chase brauchte sauberes Blut, und das so schnell wie möglich. Er packte den jungen Vampir, der inzwischen nur noch japsend atmete, und warf ihn sich über die Schulter. Dann klemmte er sich den bewusstlosen Menschen unter den anderen Arm – um den musste er sich später kümmern. Er rannte los.

Für den Weg zurück zur Burg brauchte er kaum zwei Minuten. Trotzdem bot Chase, als Kris ihn kurz darauf behutsam auf die morschen Sofapolster in ihrer Kammer sinken ließ, einen entsetzlichen Anblick. Inzwischen war nicht nur sein Gesicht, sondern auch sein Hals und seine Arme mit dunklen Flecken übersät. Darauf hatte die Haut begonnen, Blasen zu schlagen, von denen einige bereits aufplatzten. Eiter und Wundwasser sickerten klebrig in den Stoff seines Shirts und trockneten auf der glühend heißen Haut zu einer gelblich-grünen Kruste, während Chase weiter keuchte und röchelte und sein Körper sich unter dem trockenen Husten wand.

Kris starrte auf die nässenden Blasen.

Eiter.

Aber so schnell? Und so viel? Was zum Teufel ging hier vor?

Energisch schüttelte er den Gedanken ab. Ihm blieb keine Zeit zum Grübeln. Chase' Atmung setzte zwischen den Hustern immer wieder für etliche Sekunden aus, und obwohl Kris nicht wusste, woher er diese Sicherheit nahm, wurde ihm mit einem Mal eiskalt bewusst, dass dies gefährlich war.

Lebensgefährlich.

Er ließ den bewusstlosen Menschen vor dem Bett auf den Boden fallen und hastete zu der Kiste an der Wand, um die letzten zwei Konserven herauszuholen. Dann kehrte er eilig zu Chase zurück, richtete seinen Oberkörper behutsam auf und öffnete den ersten Beutel mit den Zähnen. Blut rann über seine Hand. Kris presste die Öffnung gegen Chase' bleiche Lippen. Der junge Vampir schien inzwischen kaum noch bei Bewusstsein zu sein. Er zitterte am ganzen Körper, und mehr als die Hälfte des Blutes floss daneben, obwohl er gierig schluckte. Doch die Wunden verschwanden nicht.

Mit einem Fluch warf Kris die Konserve zur Seite. Chase' Zittern hatte nun auch von ihm Besitz ergriffen. Heiße Schauer rannen über seine Haut, und er fühlte sich schwindelig. Wie mechanisch griff er nach der zweiten Konserve, um sie Chase einzuflößen. Doch er wusste vom ersten verzweifelten Schluck an, dass es nichts helfen würde. Nutzlose, wässrige Brühe! Red – wo war Red? Er musste ihn holen.

Aber konnte er sich auf Reds Blut überhaupt noch verlassen? Kris erinnerte sich plötzlich wieder zu deutlich daran, wie er am Morgen für einen winzigen Augenblick gemeint hatte, einen Geschmack wahrgenommen zu haben, den er nicht kannte.

Flüchtig genug, um bestenfalls als Ausrede für einen Themenwechsel im Gespräch mit Chase herzuhalten. Vielleicht täuschte er sich. Aber wenn doch …

Kris ballte die bebenden Hände zu Fäusten. In seinen Armen krümmte sich Chase unter Krämpfen. Er konnte ihm kein Blut zu trinken geben, das vielleicht verseucht war, selbst wenn es von Red kam.

Kris schloss die Augen und atmete tief durch. Es gab nur noch eins, was er für Chase tun konnte. Auch wenn allein der Gedanke daran die Finsternis in seiner Brust brodeln ließ und eine Welle von Ekel durch seinen Körper trieb.

Er hatte keine Wahl.

Mit einer abgehackten Bewegung griff Kris in seinen Kragen und riss daran, dass die Knöpfe seines Hemdes aufsprangen. Dann streifte er das Hemd zurück, bis sein Hals und seine Schulter freilagen, und zog Chase entschlossen an sich.

»Trink!«

Endlose, schreckliche Sekunden lang reagierte Chase nicht. Nur sein unregelmäßig stockender Atem streifte die Haut an Kris' Kehle.

Mit der freien Hand packte Kris Chase am Nacken – so fest, dass er die durch die Hitze spröde gewordene Haut unter seinen Nägeln reißen fühlte. Chase stöhnte schmerzvoll auf.

»Verdammt, Chase! *Trink!*«

Ein röchelnder Atemzug weitete mühsam Chase' Brust. Und dann endlich spürte Kris, wie sehnige Finger sich krampfartig um seine Oberarme schlossen. Tief gruben sich Chase' Zähne in das Fleisch an seinem Hals. Kris unterdrückte ein Keuchen. Greller Schmerz schoss durch seine Adern.

Und im nächsten Moment spürte er – Licht.

Vertrautes Licht. Eine Melodie, die zu seinem Blut sang.

Céleste.

Kapitel Neun

Hotel La Lumière, Paris

Die Tür zum Bad des Hotelzimmers steht weit offen. Kris hat sich vor den Spiegel gestellt, die Hände auf den glatten Rand des Waschbeckens gestützt. Eisige Nachtluft dringt durchs offene Fenster und streicht über die bloße Haut seines Oberkörpers. Aber er friert nicht. Er ist froh über die Kälte.

Draußen glitzert Paris. Leuchttafeln, Laternen, Lichterketten und Schaufensterbeleuchtung tauchen die größte Stadt Europas selbst im dunkelsten Winter in strahlenden Glanz. Tief atmet Kris ihren Duft ein. Einen Duft, der ewig alt schmeckt. Schwer und rein. Unbewegt und würdevoll wie die fast ausschließlich konservativen Einwohner dieser Stadt. Kris liebt Paris. Und er hasst es gleichermaßen.

Hinter ihm im Schlafzimmer, auf dem breiten Bett, sitzt Céleste. Er kann sie im Spiegel sehen, ihre blauen Augen, die ihn beobachten, unablässig jede seiner Bewegungen verfolgen. Und doch ahnt sie nichts von der Nadel, die er sich Sekunden zuvor in den Arm gestochen hat. Nichts von dem brennenden Wirkstoff, der sich gerade in diesem Moment in seinen Adern verteilt. Sie hat es nicht gesehen. Oder?

Sie hat die Knie an die Brust gezogen und die Arme darum geschlungen. Lächelt unsicher wie das junge Mädchen, das sie seit Jahrhunderten nicht mehr ist. Das Mädchen, das Kris niemals kennengelernt hat.

Er richtet seinen Blick wieder nach vorn auf seine eigenen Augen. Tiefschwarz und unergründlich starren sie zurück. Nicht einmal er selbst kann seine Gefühle noch lesen. Er hat sie tief in sich vergraben, und das ist gut so. Sonst könnte er nicht tun, was er jetzt tun muss.

Langsam dreht er sich um und geht zurück ins Schlafzimmer. Célestes Lächeln heißt ihn willkommen. Kris setzt sich neben sie auf die Bettkante. Dicht. Sehr dicht. Er kann die Wärme, die ihr Körper verströmt, auf seiner Haut spüren. Die Wärme der Menschen, von denen sie früher am Abend auf der Versammlung trinken durften.

»Wir müssen reden.«

Céleste nickt. Ihr Lächeln verblasst. »Ich weiß.« Ihre Stimme ist leise. Zaghaft fast.

Kris wartet. Er weiß, sie hat noch etwas zu sagen. Sie hat immer etwas zu sagen.

»Es tut mir leid … wie ich dich behandelt habe. Ich hätte dir das nicht antun dürfen.« Céleste schlägt die Augen nieder und verbirgt ihr Strahlen. Ihre Worte ersterben in einem Flüstern. »Du warst immer für mich da. Aber ich hatte solche Angst, dass du fortgehst. Verzeih mir.«

Kris schweigt. Ihr Lied und ihr Licht, so gedämpft es nun auch schimmert, sind so vertraut. So warm. In diesem Augenblick wäre es leicht, ihr zu vergeben. Zu ihr zurückzukehren. Ihren Streit zu begraben. Er liebt sie doch, und sie liebt ihn. Seit so vielen Jahren.

Behutsam neigt er sich vor und gibt seiner Schwester einen Kuss auf die Wange. Sekundenlang berührt seine Haut ihre, wie ein Streicheln. Er verharrt mit seinem Gesicht dicht vor ihrem, so dass er ihren Atem spüren kann.

»Lass uns vergessen«, flüstert er. »Alles, was war.«

Céleste schließt die Augen. Ihre Lippen zittern, und sie nickt.

Kris legt seine Hand sanft um ihren Nacken und küsst flüchtig ihren Mund, ehe er sie noch näher zu sich zieht. Er spürt ihr Herz, das nah an seiner Brust pocht, viel hastiger jetzt als noch Sekunden zuvor. Seine zweite Hand gleitet ein Stück ihren Rücken hinauf. Verfängt sich in ihrem Haar.

Es ist beinahe zu einfach. Natürlich ist es das. Er tut das nicht zum ersten Mal für sie. Und doch ist heute alles anders.

Bevor er die feinen Nadelstiche ihrer Zähne spürt, spürt er die warme Feuchtigkeit ihrer Tränen auf seiner Haut.

Die Badewanne des Hotelzimmers ist bis zum Rand gefüllt mit weißem Stoff und blutigem Wasser. Kris starrt auf die Laken, die unter dem Druck des Strahls aus dem Wasserhahn wie unruhige Geister durch die blassrote Flüssigkeit wabern. Heutzutage ist es so einfach, Blut aus Textilien auszuwaschen. Man braucht nicht einmal Seife.

Es war schnell vorbei. Zu schnell fast. Céleste hat sich nicht gewehrt. Gierig hat sie sein Blut getrunken, wie berauscht. Und mit ihm das BRA-47, das ihre Heilkräfte zerstört hat. Auch aus den Wunden an Kris' Hals, die ihre Zähne hinterlassen haben, quellen noch immer tiefrote Rinnsale.

Und trotzdem – sie hätte sich wehren können, als er das Messer unter seinem Kissen hervorholte. Es zumindest versuchen. Aber sie hat es nicht getan. Sie hat nicht einmal gezuckt. Und nun liegt sie in dreiundzwanzig Kisten verschlossen in Kris' Koffer. Bis auf ihr Herz, das noch leise pochend auf dem Nachttisch liegt.

Vielleicht, denkt Kris, hat sie es doch gewusst.

Vielleicht hat sie es sogar gewollt.

Aber diesen Gedanken will er nicht zulassen. Sie ist fort, endgültig. Was ihm bleibt, ist Dunkelheit.

Kapitel Zehn

Im Wald bei Kinlochliath, Schottland

Der Nachthimmel war gesprenkelt mit Millionen leuchtender Sterne. Die Wolken, die den Tag über den Himmel bedeckt hatten, hatten sich inzwischen vollständig aufgelöst. Ein kreisrunder Mond warf sein silbriges Licht durch die Zweige der knorrigen Eichenbäume und malte verzerrte Muster auf den Waldboden.

Es war Red nicht schwergefallen, die Stelle wiederzufinden, an der er sich am Morgen von Elizabeth getrennt hatte. Seine Spuren im Unterholz waren noch recht deutlich zu sehen. Doch als er am verabredeten Treffpunkt ankam, war er dort noch allein.

Red setzte sich auf einen morschen Baumstamm, der vermutlich vor etlichen Monaten einem Sturm zum Opfer gefallen war, und sah hinauf in das schattige Geäst. Die Stimmen des nächtlichen Waldes wisperten und raschelten. Doch menschliche Schritte konnte er noch keine hören.

Vielleicht würde Elizabeth gar nicht kommen? Vielleicht hatte Morna sie doch erwischt und ausgehorcht – und sie überzeugt, dass der Kontakt mit Red nicht gut für sie war? Red wusste nicht recht, ob er sich das wünschen sollte. Er wollte Elizabeth gern wiedersehen, das musste er zumindest vor sich selbst zugeben, wenn er es sonst schon niemandem eingestehen konnte. Aber ein erneutes Treffen mit ihr würde auch bedeuten, dass er schon sehr bald zu einem Entschluss kommen musste, wie er weiter mit ihr umgehen sollte.

Red seufzte. Er war nicht besonders gut darin, selbst Entscheidungen zu treffen. Keine Wahl zu haben machte das Leben zwar nicht immer angenehm, aber doch um vieles einfacher.

In diesem Augenblick hörte er in einigen Metern Entfernung das Knacken eines Astes, der unter einem Schuh brach. Red richtete sich auf. Also doch. Leichte Schritte näherten sich rasch durch das Unterholz. Und nur kurze Zeit später tauchte Elizabeth zwischen den Bäumen auf. Auf dem Rücken trug sie wieder ihren abgewetzten Rucksack. Als sie Red sah, erschien ein Lächeln auf ihrem Gesicht – überrascht und froh, als hätte sie nicht damit gerechnet, ihn tatsächlich anzutreffen.

»Du bist hier!«

Langsam stand Red auf und lächelte ebenfalls, auch wenn das Lächeln ein wenig zaghaft geriet. Sein Herz hatte unerwartet schnell zu schlagen begonnen, und ein Kribbeln breitete sich in seinem Magen aus, als ob darin etwas flatterte. »Wie versprochen.«

Elizabeth nickte. Selbst in der Dunkelheit leuchteten ihre Augen. »Wie versprochen.«

Sie stieg über einen Ast hinweg und kam näher, bis sie direkt vor Red stand. »Wow – du siehst gut aus.«

Red zuckte überrascht zusammen. Etliche Sekunden lang sah er sie nur verwirrt an.

Ein Grinsen erschien auf Elizabeths Gesicht. »Gewaschen und so, meine ich. Ich hätte dich fast nicht erkannt.«

Red atmete hörbar aus. Richtig – er war ja am Nachmittag endlich den ganzen Schmutz losgeworden, den er seit Wochen mit sich herumtrug, und die lästig juckenden Bartstoppeln. Jetzt war es ihm regelrecht peinlich, wie er am Morgen noch ausgesehen – und vor allem gerochen haben musste. Seine Ohren wurden ein wenig warm. »Also, so wie jetzt … hmm … sehe ich normalerweise aus.« Er rieb sich verlegen den Nacken.

Elizabeth legte ein wenig den Kopf schief und blinzelte mit schelmischem Gesichtsausdruck zu Red herauf. »Keine Sorge. Mir hast du dreckig auch schon gut gefallen.«

Red spürte, wie er sich ein wenig versteifte und sein Herz noch einen Schritt schneller schlug. Warum musste sie jetzt so etwas sagen?

Elizabeth seufzte leise. »Das war nur ein Witz, okay?« Das Lächeln kehrte sofort wieder auf ihr Gesicht zurück, aber es war sichtbar weniger locker als noch kurz zuvor. Sie ließ den Rucksack vom Rücken rutschen und lehnte ihn gegen den Baumstamm, auf dem Red eben noch gesessen hatte. Dann stieß sie mit dem Fuß ein paar lose Steine und Äste zur Seite und zerrte schließlich eine Wolldecke aus dem Rucksack hervor.

»Hier.« Sie drückte Red einen Zipfel in die Hand. »So haben wir es ein bisschen bequemer.«

Red nickte nur und half ihr, die Decke auf dem Boden auszubreiten. Dann setzten sie sich nebeneinander hin. Der Bodennebel kroch leise über sie hinweg und verwischte alle scharfen Kanten. Auf einem Baum in der Nähe schrie ein Käuzchen. Die knorrigen Äste der Eichen über ihnen wiegten sich im leichten Wind und warfen schwankende Schatten auf die Decke und ihre Gesichter.

Elizabeth war nun still. Ganz ruhig saß sie da und musterte Red eindringlich, als müsse sie sich versichern, dass er wirklich da war.

Endlich stieß sie einen leisen Seufzer aus und ließ sich rücklings auf die Decke sinken. Mit der Hand klopfte sie leicht neben sich.

Vorsichtig legte Red sich ebenfalls hin, so nah neben sie, dass ihre Schultern sich fast berührten. Eine ganze Weile lagen sie so da, sahen durch das schwarze Gewirr der Zweige hinauf zum Mond und lauschten dem Käuzchen, das unbeirrt seine Rufe in die Nacht schickte. Der feuchte Wind vom See her war hier unten nur schwach zu spüren, und die klamme Luft war zwar kühl, aber nicht unangenehm im Kontrast zu der Wärme, die sich allmählich zwischen ihren Körpern aufstaute. Allmählich entspannte sich das nervöse Ziehen in Reds Magen ein wenig.

Und schließlich sah er aus dem Augenwinkel, wie Elizabeth den Kopf in seine Richtung drehte.

»Red?«

Red wandte ebenfalls den Kopf, bis er ihr direkt in die Augen sehen konnte. Ihr Gesicht war seinem nun sehr nah. Er konnte sein Spiegelbild in ihren geweiteten Pupillen sehen.

Elizabeths Stimme war nur ein Flüstern. »Darf ich deine Hand halten?«

Red spürte sein eigenes Nicken kaum, so schwach war es. Aber für Elizabeth war es genug. Schmale Finger schoben sich zwischen seine.

»Das ist alles total verrückt«, murmelte Elizabeth. »Ich weiß nicht, warum ich das mache.«

Red antwortete nicht, schloss nur seine Hand ein wenig fester um ihre. Nein, er wusste es auch nicht. Aber – und das spürte er in diesem Augenblick sehr deutlich – es tat ihm gut, ihr nahe zu sein. Zu fühlen, wie warm sie war. Wie lebendig. Und wie menschlich.

»Du wolltest mir von den Vampiren erzählen«, flüsterte Elizabeth. »Warum du nicht willst, dass ich mit euch gehe.«

Red zögerte einen Moment mit der Antwort. Wäre es nach ihm gegangen, sie hätten gut und gern noch eine Weile warten können, ehe sie die friedliche Stimmung mit diesem unangenehmen Thema zerstörten. Seinetwegen hätten sie es auch ganz ausklammern können. Aber er wusste, das ging nicht.

Nur deswegen trafen sie sich schließlich überhaupt hier. Er drehte sich auf die Seite und richtete sich ein Stück auf, ohne Elizabeths Hand loszulassen. Ihr Gesicht im Mondschein war ernst und offen.

»Weil …« Er stockte. Den ganzen Tag hatte er darüber nachgedacht, wie er es ihr sagen sollte. Welche Worte er benutzen wollte, um seine Sorge zu erklären. Aber jetzt, wo er sie aussprechen sollte, kamen sie ihm dumm und albern vor. Er atmete tief durch.

»Weil du unschuldig bist.«

Elizabeths Augen wurden groß. Verständnislos sah sie zu ihm auf. »Unschuldig?« Ein kleines Lachen rutschte über ihre Lippen. »Denkst du das wirk- …?«

Red legte die freie Hand auf ihre Lippen und schnitt ihr so das Wort ab. »Ich rede nicht von Sex.« Er starrte sie an, so eindringlich er konnte, und sah das Lachen von ihrem Gesicht verschwinden. Noch einmal atmete er tief durch. »Ich rede davon, dir die Stärke eines Vampirs zunutze zu machen, indem du ihm deinen Körper verkaufst. Denn das tust du, wenn du ihn von dir trinken lässt.« Er schüttelte leicht den Kopf, als er sah, dass Elizabeth widersprechen wollte. »Ich sage nicht, dass das nur schlecht ist. Es ist … es kann großartig sein, und du fühlst dich so lebendig wie nie zuvor. Es stärkt deinen Körper und dein Herz, es verändert deine Art, die Welt zu sehen und zu denken. Es befreit dich in vieler Hinsicht. Aber … das ändert nichts daran, dass du dafür einen Teil von dir aufgeben musst, der dann den Vampiren gehört. Du wirst nie wieder nur ein Mensch sein.« Er streckte die Hand aus und strich Elizabeth die feuchten Haare aus der Stirn. »Siehst du, ich könnte hier und jetzt mit dir schlafen, und selbst wenn es dein allererstes Mal wäre – ich könnte dich niemals so berühren, wie ein Vampir es kann. Vor mir bist du sicher. Aber wenn du mit uns kommst, dann wird irgendwann einer von ihnen Anspruch auf dich erheben. Sie werden von dir trinken und dich berühren. Und ich möchte nicht, dass das passiert. Ich möchte nicht, dass du dich so veränderst. Verstehst du das?«

Eine ganze Weile sagte Elizabeth gar nichts, sah ihn nur an. Still – und sehr nachdenklich. Dann aber richtete sie sich auf, bis sie fast mit Red zusammenstieß. Red wich reflexartig ein Stück zurück. Und trotzdem war Elizabeths eindringlicher Blick plötzlich wieder sehr nah.

»Hast du jemanden an die Vampire verloren?«, wisperte sie.

Red schloss die Augen. Wie jedes Mal, wenn dieses Thema zur Sprache kam, war da diese eisige Hand, die seine Brust zusammendrückte.

»Ein Mädchen?«

Ein kalter Wind, der durch das Loch blies, das Blue hinterlassen hatte.

Red nickte langsam.

Ihm gegenüber blieb es still. Er öffnete die Augen wieder, um Elizabeth ins Gesicht zu sehen. Enttäuschung verdunkelte ihre Züge.

»Es tut mir leid«, sagte er leise. »Das hat nichts mit dir zu tun.«

Elizabeth senkte den Kopf. »Nein, ich weiß. Ich verstehe.« Sie lächelte, aber es sah sehr traurig aus. »Gegen eine verlorene Liebe habe ich keine Chance, nicht wahr?«

Red schluckte mühsam. Elizabeth schien ihm plötzlich sehr weit weg zu sein, obwohl sie noch immer so dicht vor ihm saß, dass er selbst in der Dunkelheit die winzigen Tupfer auf ihrer Haut sehen konnte. Und in diesem Augenblick wurde ihm mit untrüglicher Sicherheit bewusst, dass er das nicht wollte. Was auch immer es war, das er für sie fühlte, er hielt es nicht aus, sie so traurig zu sehen. Und er wollte auch nicht, dass sie ihn falsch verstand.

Red streckte die Hand aus und legte sie unter Elizabeths Kinn. Elizabeth hob den Kopf und sah ihn überrascht an. Red lächelte vorsichtig.

Dann schloss er die Augen und küsste sie.

Es war nicht zu vergleichen mit ihren ersten beiden Küssen, die zögernd gewesen waren, so zurückhaltend, dass man sie schon schüchtern nennen musste. Aber Red wollte sich nicht länger zurückhalten. Er wollte Elizabeth schmecken, sie fühlen und riechen und ihr Leben auf seiner Haut spüren. Ihr Mund öffnete sich leicht unter seinem, und er ließ seine Hände über ihre Hüften wandern, um sie näher an sich zu ziehen.

Diesmal würde er nicht weglaufen.

In seinen Armen sank Elizabeth zurück auf die Decke. Ihr Atem ging ein wenig schneller, und Red spürte ihre Finger in seinem Nacken, die sich in sein Haar gruben. Die andere Hand glitt über seinen Rücken und suchend am Saum seines Pullovers entlang, bis sie einen Weg unter den dicken Wollstoff gefunden hatte.

Haut an Haut.

Ein heißer Schauer rann durch Reds Körper. Elizabeths Lippen schmeckten nach Salz, ihr Atem nach einem Hauch von schwarzem Tee und wilden Kirschen. Fremd und aufregend und anders als alle Frauen, die Red in seinem Leben geküsst hatte. Und zugleich fühlte sich der Körper unter ihm vertraut an – die sanfte Kurve ihrer Taille und die kühle Glätte der Haut an ihrem Bauch, wo sich die feinen Härchen zitternd aufrichteten, als er behutsam ihre Jacke ein Stück nach oben schob. Es war, als hätte er sie schon einmal berührt, schon einmal seine Lippen ihren Hals hinab zu ihrem Schlüsselbein wandern lassen und schon einmal ihre Finger gespürt, wie sie die Form der

Muskulatur seines Oberkörpers erkundeten. Sie war wie eine Heimkehr und zugleich wie eine völlig neue Welt – fremd und wild wie das Land, in dem er sie gefunden hatte. Und in diesem Augenblick wusste Red, dass er sie nicht mehr loslassen wollte. Er konnte bei ihr ein neues Zuhause finden, wenn er es schaffte, sich von der Vergangenheit zu befreien.

Und dafür gab es nur einen Weg.

Er zog sich ein Stück von Elizabeth zurück, die Unterarme rechts und links von ihrem Kopf aufgestützt, so dass sein Gesicht dicht über ihrem schwebte. Fragend sah sie zu ihm auf, die Lippen noch immer leicht geöffnet und erwartungsvoll zitternd.

»Was hast du eigentlich Morna erzählt?«, flüsterte Red.

Ein Schatten flog über Elizabeths Gesicht, und sie runzelte irritiert die Stirn. »Dass du weitergezogen bist. Wieso?«

Red richtete sich noch ein Stück auf und strich ihr besänftigend über die Wange. »Schon gut. Ich dachte nur«, seine Stimme kratzte heiser in seiner Kehle, »anstatt dich mitzunehmen, könnte ich vielleicht auch einfach hierbleiben. Bei dir. Wenn du denkst, dass das jetzt noch geht.«

Ein Lächeln leuchtete in Elizabeths Augen auf und vertrieb die Falten von ihrer Stirn. Sie streckte die Arme nach oben und verschränkte die Finger in Reds Nacken. »Oh ... Das wäre schön«, wisperte sie. Erleichterung, leicht und frei, schwang in ihrer Stimme. »So schön!«

Red spürte, wie auch auf seinen Lippen ein Lächeln erschien. Er beugte sich zu ihr hinunter und küsste sie noch einmal. »Na gut«, flüsterte er. »Dann bleibe ich.«

Unter ihm reckte sich Elizabeth ihm entgegen, um seinen Kuss zu erwidern. Ihre Umarmung war für einen Moment lang so fest, dass es beinahe weh tat – als wolle sie ihn nie wieder loslassen. Und Red hätte dagegen in diesem Augenblick nichts einzuwenden gehabt. Er wollte nicht nachdenken über das, was er gerade versprochen hatte, und nicht darüber, was es bedeutete. Dass es heißen konnte, sich von Kris verabschieden zu müssen, von Chase und von allem, wofür er bisher gelebt hatte. Er wollte nicht daran denken. Er wollte überhaupt nicht denken. Er wollte nur fühlen, mit allen Sinnen, die Wärme spüren und das Leben, das er so lange vermisst hatte. Also schloss er Elizabeth in die Arme, so fest er konnte, liebte sie mit all der Verzweiflung und Leidenschaft, die er über so viele Monate in sich verschlossen hatte. Sie war die Einzige, die ihm das jetzt noch geben konnte.

Die Einzige.

Kapitel Elf

Callahan Castle, Kinlochliath, Schottland

Kris lag auf den morschen Polstern und starrte an die feuchte Decke der Kammer, noch lange nachdem Chase sich von ihm gelöst hatte. Chase lag nun ruhig, er schlief tief und fest. Seine Wunden waren vollständig verheilt, und nur noch eine dünne, verkrustete Schicht auf seiner Haut zeigte an, wo die Nekrosen ihn entstellt hatten. Neben dem Bett auf dem Steinboden lag noch immer der Mensch. Kris konnte sein Herz in der Dunkelheit schlagen hören.

Er musste den Mann untersuchen und zurück ans Ufer bringen, bevor die Sonne aufging, dachte er sicher zum hundertsten Mal. Aber er konnte sich nicht rühren. Die Finsternis, die in seinem Inneren brodelte, hatte ihn fest im Griff, stärker als je zuvor, und ließ ihn matt und kraftlos zurück. Sie schwappte durch seinen Körper wie schwarze Wellen, die ihn verschlucken und unter sich begraben würden, wenn er nicht bald etwas trank. Aber von wem sollte er hier und jetzt Blut bekommen?

Kris betastete die klebrige Wunde an seinem Hals, die Chase' Zähne hinterlassen hatten. Sie heilte nur langsam. Zu langsam. Vampire wurden schwach, wenn sie ihr Blut anderen Vampiren schenkten. Sie wurden schwach und verloren schlimmstenfalls die Kontrolle über ihre Gabe. Deswegen war es verboten. Aber für Kris war diese Erfahrung nichts Neues. Er war schließlich zeitlebens eine Hure gewesen.

Für Gregor, für Céleste. Und jetzt für Chase.

Aber vielleicht, dachte er mit zynischer Belustigung, hatte er es diesmal übertrieben. Sein Blut hatte geheilt und zerstört. Aber vor allem zerstörte er nun sich selbst. Stück für Stück. Er musste trinken, und das bald, oder er würde sterben. Oder schlimmer – für alle Ewigkeit in dieser Dunkelheit gefangen sein, aus der es keinen Ausweg gab.

Mühsam richtete Kris sich auf. Dort in der Ecke mussten noch die leeren Konserven liegen, die er so frustriert von sich geworfen hatte. Ein letzter Schluck mochte noch darin übrig sein. Oder zwei. Konservenblut. Ekelhaft. Aber besser als nichts.

Er zwang die bittere Galle hinunter, die ihm die Kehle hochstieg, als er sich auf die Füße kämpfte. Bis zur Wand waren es nur wenige Schritte. Und dort waren die Blutbeutel. Wenige kostbare Tropfen glänzten dumpf darin. Mit steifen Bewegungen ging Kris in die Knie und griff nach den fast leeren Konserven, riss sie auf und leckte gierig die kümmerlichen Reste vom Plastik. Es half ein wenig. Kaum genug, um seinen brennenden Durst auch nur ansatzweise zu stillen – aber doch ausreichend, um sich einen letzten Rest Würde zu bewahren und nicht auch noch die Spritzer von der Wand und vom Boden zu lecken. Schwer atmend lehnte Kris sich mit dem Rücken gegen die feuchten Steine und wartete, dass sein Herzschlag sich ein wenig beruhigte, während sein Kopf bereits wieder zu arbeiten begann. Was war da heute bloß passiert? Was war mit dem Blut dieses Menschen? Wieder dachte er daran, dass auch Red am Morgen etwas seltsam geschmeckt hatte. Lag es also an dieser Gegend, und waren dementsprechend dann alle Bewohner des Dorfes betroffen? War es etwas, das sie aßen oder tranken, etwas, das Rückstände in ihrem Blut hinterließ? Das Wasser dieses Sees, vielleicht. Das war möglich – und wenn diese Vermutung zutraf, dann waren sie schon sehr bald in großen Schwierigkeiten. Denn dann konnte es nicht mehr lange dauern, bis auch Reds Blut verseucht war.

Er musste es wissen, dachte Kris. Er musste das Blut dieses Menschen untersuchen – so weit ihm das mit seinen wenigen Mitteln möglich war.

Entschlossen rappelte er sich auf und suchte in den Taschen, die ihre wenigen Habseligkeiten enthielten, nach dem kleinen Koffer, in dem er einige einfache Laborgerätschaften verstaut hatte. Spritzen und Petrischalen, Reagenzgläser aus Kunststoff, Handschuhe und Pipetten, einige Streifen verschiedener Indikatorpapiere und Lösungsmittel. Er hatte sie vor allem deshalb eingepackt, um als reisender Wissenschaftler glaubwürdiger zu erscheinen. Aber jetzt war er froh darüber. So konnte er wenigstens versuchen, herauszufinden, was geschah, wenn sich das Blut dieser Menschen mit dem von Vampiren mischte.

Behutsam setzte Kris eine Spritze in die Ellbeuge des bewusstlosen Mannes neben dem Bett und nahm mit bedächtigen Bewegungen eine Blutprobe aus der Vene. Zum ersten Mal betrachtete Kris ihn nun auch genauer. Er war recht jung, nur wenige Jahre älter als Red vermutlich, auch wenn sein breites Kreuz und das kantige Gesicht unter den verschwitzten dunklen Locken im ersten Augenblick darüber hinwegtäuschten. Sein Blut aber stand in krassem Gegensatz zu seinem kräftigen Äußeren. Es war blass und wässrig, kaum besser vermutlich als das verdünnte Konservenblut.

Und doch so gefährlich.

Kris roch es jetzt deutlich. Der Mann hatte am Abend zuvor Alkohol getrunken und stark gewürzten Fisch gegessen – aber da war noch etwas anderes. Das Aroma seines Blutes tränkte die feuchte Luft in der Kammer in Sekundenschnelle und breitete sich wie ein pelziger Film auf Kris' Zunge aus. Intensiv, ein wenig säuerlich und eigentümlich metallisch – und spätestens jetzt war kein Zweifel mehr möglich: Es war der gleiche Geschmack, den Kris so viel schwächer auch in Reds

Blut wahrgenommen hatte. Schnell verschloss er das Probenröhrchen und nahm mit einer zweiten Spritze eine Probe von seinem eigenen Blut. Nicht, dass er auch nur einen Tropfen hätte entbehren können. Cedric hätte ihm einen gerechtfertigten Verweis für so leichtsinniges Verhalten erteilt. Aber er hätte ihn auch verstanden, da war Kris sich sicher. So bedrohlich die Situation sein mochte, so aufregend war sie auch. Worauf war er da nur gestoßen?

Er schob die Probenröhrchen in seine Hosentaschen und stand auf. Für einen Moment schwankte die Welt um ihn herum, schwarze Punkte tanzten vor seinen Augen, und er musste sich an der Wand abstützen. Vielleicht, gestand er sich widerwillig ein, sollte er mit den Tests doch warten, bis er von Red getrunken hatte. Und vor allem musste er endlich diesen Mann zurück ins Dorf bringen, ehe sein Fehlen auffiel. Kris rieb sich über die Augen. Es war wirklich erschreckend, wie kraftlos er sich fühlte. Aber bis ans andere Ufer würde er es wohl noch eben so schaffen. Und mit etwas Glück würde er dort vielleicht auch Red wiedertreffen. Notfalls würde er am Strand auf ihn warten müssen.

Entschlossen hob er den schlaffen Körper des Menschen vom Boden. Dann machte er sich auf den Weg.

Am Strand unterhalb der Siedlung legte Kris den bewusstlosen Mann schließlich ab. Es wäre dringend nötig gewesen, jetzt noch einen Teil seiner verbliebenen Kraft darauf zu verwenden, dass der Mensch sich an nichts erinnern würde, wenn er aufwachte. Aber damit, das wusste Kris, würde er einen völligen Kontrollverlust riskieren. Und das konnte er sich nicht erlauben. Nicht hier. Die Behandlung des Mannes würde warten müssen, bis er getrunken hatte. Aber dafür brauchte er Red.

Er hatte den Gedanken kaum zu Ende gedacht, als er hinter

sich, kaum hundert Meter entfernt, ein Rascheln im Unterholz am Waldrand hörte. Schritte. Leise Stimmen. Und Lachen. Ruckartig hob Kris den Kopf und wandte sich um. Er kannte diese Stimmen. Eine davon besonders gut. Red – er war hier! Als hätte er ihn gerufen.

Aber er war nicht allein.

Reglos blieb Kris sitzen und starrte zum Eichengehölz hinüber. Es war eine kluge Entscheidung gewesen, nicht noch mehr von seiner Kraft zu verbrauchen, um seine Gabe bei dem Menschen einzusetzen, das spürte er plötzlich deutlich. Auch so war er näher an seine Grenzen geraten, als gut war. Sehr viel näher. Die Welt flimmerte vor seinen Augen, obwohl er sich nicht rührte. Die Dunkelheit pochte wild in seiner Brust. Er kannte dieses Gefühl. Es konnte vernichtend sein. Kris biss die Zähne zusammen und verfluchte sich selbst. So weit hätte es nicht kommen dürfen. Er brauchte Hilfe. Dringend.

Als die zwei Gestalten zwischen den Bäumen auftauchten, zuckten seine Finger. Aber er rührte sich noch immer nicht.

Sie gingen Hand in Hand, dicht nebeneinander. Etliche quälende Sekunden schienen sie ihn nicht einmal zu bemerken – bis Red wie angewurzelt stehen blieb. Kris spürte sein Zögern wie ein schmerzhaftes Prickeln auf seiner Haut, spürte die Unentschlossenheit, die an seinen überreizten Nerven zerrte. Etwas stimmte nicht. Warum kam er nicht hierher, zu ihm? Er musste doch fühlen, dass Kris ihn brauchte! Dunkelheit breitete sich in ihm aus wie zähflüssiger Teer.

Und dann schrie Elizabeth auf.

»Colin!«

Ihre Stimme fuhr wie ein Stromschlag durch Kris hindurch. Wie betäubt beobachtete er, wie sie auf ihn zustürzte und neben dem jungen Mann auf die Knie fiel, der immer noch bewusstlos im grauen Sand lag. »Colin … Colin, was …?«

Red aber blieb einige Schritte entfernt stehen. Sein andauerndes Zögern brannte wie Feuer auf Kris' Haut.

Elizabeth hob den Kopf und starrte Kris fassungslos an. »Was hast du mit ihm gemacht?«

Ihre Stimme war fast erschreckend ruhig. Schneidend und völlig frei von Hysterie.

Sekundenlang sagte Kris nichts, sah nur mit leerem Blick auf den reglosen Menschen hinunter. Ja, dachte er, was hatte er eigentlich mit ihm gemacht? So betrachtet, war es recht ungewöhnlich, dass er schon so lange bewusstlos war.

»Kris?« Reds Stimme riss ihn aus seiner Versunkenheit. Er war näher getreten, die Stirn tief gerunzelt. Kris konnte sein Blut riechen, das Blut, das er gerade in diesem Augenblick so dringend brauchte. Red spürte das, das wusste Kris. Und ihm war auch schmerzhaft klar, dass Red sich deswegen bewusst von ihm entfernt hielt. Warum nur?

Kris schüttelte den Kopf, um das taube Gefühl abzuschütteln, das sich über seine Gedanken gelegt hatte.

»Er wird bald wieder aufwachen«, sagte er und spürte, wie ein mechanisches Lächeln auf seinem Gesicht erschien. »Mach dir keine Sorgen.«

Elizabeths Mund blieb einen Moment lang offen stehen. Ihre Augen funkelten vor Wut. »Was denkst du dir eigentlich? Glaubst du, nur weil du ein Vampir bist, kannst du mit uns machen, was du willst?«

Kris spürte, wie seine Hände zu zittern begannen. Er hatte keine Zeit und vor allem keine Geduld, mit einem Menschenmädchen zu streiten! Er hatte das Gefühl, ihren Anblick nicht eine Sekunde länger ertragen zu können.

»Ihm ist nichts geschehen, Elizabeth, ich verspreche es dir.« Er stand auf – vorsichtig, weil das Flimmern vor seinen Augen immer stärker wurde – und sah zu Red, der noch immer mit tief gerunzelter Stirn das Gespräch verfolgte. »Lass uns gehen. Die Sonne geht bald auf.«

Für ein paar Sekunden sagte Elizabeth nichts. Dann aber reckte sie das Kinn vor und machte einen Schritt nach vorn.

»Du kannst ihn nicht haben«, sagte sie laut und deutlich. »Red bleibt bei mir.«

Ihre Worte durchzuckten Kris wie ein Blitz. Doch noch bevor er reagieren konnte, rührte sich endlich auch Red. Mit einem entschlossenen Schritt trat er zwischen sie.

»Es reicht. Elizabeth, bitte.« Er warf Kris einen Blick zu, der schien, als wolle er um Verzeihung bitten. Aber Verzeihung für was? Kris wurde plötzlich eiskalt. Die Finsternis in seinem Inneren begann sich zu bewegen und Blasen zu werfen. Er sah Elizabeth nicht mehr an, starrte nur auf Red, der seinen Blick mit mühsam aufrechterhaltener Gelassenheit erwiderte. Und in der Tiefe seiner Augen erkannte Kris das Versprechen, das Red in dieser Nacht dem Menschenmädchen gegeben hatte.

Er würde ihn verlassen.

Kris rang tonlos um Atem, ballte die Fäuste, bis seine Handflächen aufsprangen. Aber der Schmerz war nichts gegen den sengenden Frost in seinem Inneren.

»Nein«, flüsterte er rau. »Ich brauche dich!«

Langsam schüttelte Red den Kopf. Kris sah, wie schwer es ihm fiel, die Worte auszusprechen, sah die Sorge und die unausgesprochenen Fragen. Was vorgefallen war, warum es Kris so schlecht ging, und was mit diesem bewusstlosen Mann geschehen war. Aber Kris sah auch die Entschlossenheit in Reds Augen, all das hinter sich zu lassen. Eine unumstößliche Entschlossenheit, die Kris die Kehle zusammenpresste.

»Ich bin ein Mensch, Kris«, sagte Red. »Ich möchte zu Menschen gehören.«

Die Finsternis bäumte sich auf, so heftig, dass Kris schwarz vor Augen wurde und er Red nur noch wie durch einen Schleier sehen konnte. *Nein!,* dachte er, das konnte er nicht zulassen!

Sein Mund formte die Worte ohne sein Zutun, während sich seine Hände bereits nach Reds Schultern ausstreckten. »Aber das kannst du nicht mehr«, hörte er sich wispern, mit einer Stimme wie Sturmgeheul aus weiter Ferne. »Du gehörst zu mir!«

Das Blut wich aus Reds Wangen, als die Worte in ihn hineinflossen. Seine Pupillen weiteten sich, und Kris spürte, wie unter seinen Fingern ein Schauer durch seinen Körper lief. Keuchend entwich die Luft aus Reds Lungen. »Hör auf damit!«

Es war zu spät.

»Nur zu mir«, flüsterte Kris rau. »Für immer!«

Wie ein verblassendes Echo hörte er Céleste lachen. Oder weinte sie?

Ich kann nicht loslassen, was ich liebe, mein Bruder. Ich kann es nicht!

Nein, dachte Kris, sie hatte es nicht gekonnt. Genauso wenig, wie er es konnte. Mit einem Ruck riss er Red an sich, vergrub den Kopf in seiner Halsbeuge und trank; hielt ihn mit seinen Armen und allen Sinnen fest. Er trank, trank und trank, spürte wie Reds Widerstand endlich brach und die Barriere zwischen ihnen fiel. Wie sie wieder eins wurden wie zwei Teile eines Puzzles, die perfekt ineinander passten. Nur am Rande seines Bewusstseins nahm er das Ziehen und Zerren des Menschenmädchens wahr, das verzweifelt versuchte, Red von ihm zu trennen. Sie hatte keine Chance. Kris trank von Reds Leben, seiner Wärme wie ein Verdurstender, bis das Hämmern in seiner Brust zu einem leisen Pochen geschrumpft war. Bis er seinen Körper wieder spüren konnte und er Reds schmerzvolles Keuchen zwischen den erstickten Atemzügen erschreckend deutlich wahrnahm – im gleichen Augenblick, als ein harter Schlag mit schmerzhafter Wucht seine Nieren traf.

Kris keuchte auf und stolperte rückwärts. Ungläubig starrte er auf Red, der nun ebenfalls zurückwich. Die Sorge und das Schuldgefühl waren aus seinem Blick verschwunden. Seine Augen glühten vor Zorn.

»Ich habe gesagt, du sollst *aufhören*!«

Noch immer rang Kris nach Atem. Was hatte er getan? Seine Knie waren plötzlich weich und zitterten wie Espenlaub. Er ertrug es kaum, Red weiter ins Gesicht zu sehen. Aber sich abwenden konnte er auch nicht. Er hatte sich ihm aufgezwungen. Das würde er sich niemals verzeihen. Und Red ihm auch nicht.

»Red …«

»Kein Wort!« Red machte noch einen Schritt rückwärts und drängte zugleich Elizabeth zurück, die nun erhitzt und verstört wirkte – kein Wunder bei dem, was sie gerade hatte beobachten müssen.

»Ich will *nichts* von dir hören.« Reds Stimme bebte vor Wut, aber er wurde nicht laut. Dafür drang seine Enttäuschung tief in Kris ein wie ein scharfes Messer. »Du hast es versprochen, erinnerst du dich? Du hast gesagt, ich kann gehen, wann ich will.« Bitterkeit verdunkelte seine Miene. Endlose Sekunden schien selbst die Zeit den Atem anzuhalten.

Dann sprach Red es aus.

»*Jetzt* gehe ich.«

Kris fühlte sich wie erstarrt. Er wusste, jetzt war die letzte Gelegenheit, etwas zu tun. Seine Gabe zu nutzen, damit Red sich nicht abwandte. Aber allein beim Gedanken daran wurde ihm schlecht. Er hatte Red heute schon einmal verraten. Und sich selbst.

Reglos sah er zu, wie Red sich umdrehte und in die Hocke ging, um den Menschen auf seine Arme zu heben, ehe er sich in Richtung Dorf wandte. Kris sah er nicht noch einmal an.

»Chase wäre heute Nacht fast gestorben!«

Die Worte drängten aus Kris heraus, noch ehe sich Red mehr als fünf Schritte von ihm entfernt hatte.

Red verharrte. Aber er sah nicht zurück.

Kris holte mühsam Luft. Dies war seine letzte Chance. Chase. Die einzige Möglichkeit, Red vielleicht noch zu halten, wenn er selbst es schon nicht konnte.

»Das Blut der Menschen in diesem Dorf ist giftig für uns.« Er machte einen zittrigen Schritt auf Red zu. »Wenn du hierbleibst, dann ... betrifft es bald auch dich.«

Nun endlich warf Red doch einen Blick über die Schulter zurück. Seine Augen waren seltsam leer. Doch in ihrer Tiefe konnte Kris dumpfen Schmerz erkennen. Und auch Reds leise Stimme, obwohl sie nicht einen Augenblick schwankte, klang gequält – und unendlich traurig.

»Dann verschwindet ihr besser so schnell wie möglich von hier«, sagte er.

Kris wollte etwas sagen, etwas erwidern, das helfen würde, diesen schrecklichen, schwarzen Riss zwischen ihnen zu überbrücken, ehe er so tief war, dass eine Heilung unmöglich wurde. Aber er konnte es nicht. Er wusste nichts. Endlose Sekunden noch sah Red ihn an, ehe er sich abwandte.

Dann ging er an Elizabeths Seite über den Strand davon und ließ Kris zurück. Allein mit dem Dämmerlicht des anbrechenden Tages und dem Gefühl des Sandes, der zwischen seinen Fingern zerrann.

Und erst als die Menschen schon längst zwischen den Bäumen verschwunden waren, wurde Kris klar, dass er diesem Colin am Ende doch nicht die Erinnerung genommen hatte.

Kapitel Zwölf

28 Forest Lane, Kinlochliath, Schottland

Der Mann war schwer. Er war mindestens so groß wie Red und noch dazu breiter gebaut, und nach einigen hundert Metern, die Red ihn durch den noch von Nachtschatten verhangenen Wald getragen hatte, waren ihm bereits allmählich die Arme lahm geworden. Jetzt, wo er und Elizabeth sich dem kleinen Haus näherten, in dem sie mit Morna lebte, brannten seine Muskeln vor Anstrengung. Aber das störte ihn nicht. Er hatte schon schlimmere Belastungen ertragen, ohne zu jammern. Es war sogar gut, dass es weh tat, in gewisser Weise. Weil es ein realer, körperlicher Schmerz war, der nichts mit dem dumpf nagenden Gefühl des Verlustes in seiner Brust zu tun hatte.

Hinter dem Küchenfenster brannte Licht. Red versuchte, seinen Atem ruhig zu halten und sich darauf vorzubereiten, was ihn dort drin erwarten würde – aber das war schwerer, als er sich selbst eingestehen mochte. Aus dem Augenwinkel warf er einen kurzen Blick zu Elizabeth. Sie wirkte genauso angespannt, wie er sich fühlte. Die Grimasse, zu der sich ihr Gesicht verzog, als sie bemerkte, dass er sie ansah, sollte vermutlich ein Lächeln sein. Aber Red brachte es nicht über sich, es zu erwidern – nicht zuletzt deshalb, weil in diesem Augenblick die Haustür aufflog und Morna herausgestürzt kam. Im feuchtgrauen Licht der Morgendämmerung war ihr Gesicht kalkweiß, und ihre Augen waren von Schreck geweitet. Und jetzt, wo er sie wieder vor sich hatte, wurde Red auch klar, was ihm an dem jungen Mann auf seinen Armen so bekannt vorgekommen war. Die Ähnlichkeit zwischen ihm und Morna war unverkennbar.

Elizabeth trat inzwischen rasch vor und schob sich zwischen ihre Freundin und Red. »Keine Angst, es geht ihm gut.« Sie fasste Morna an der Schulter, ehe diese ihrer Fassungslosigkeit lautstark Luft machen konnte. Und das würde sie, da war Red sich sicher. »Lass uns reingehen. Bitte!«

Mornas Gesicht war noch immer eine Maske verstörten Entsetzens. Endlose Sekunden lang reagierte sie überhaupt nicht, sondern stand nur wie versteinert da und starrte auf die blutroten Male, die viel zu deutlich auf der weißen Haut des Mannes zu sehen waren. Bissspuren von Vampirzähnen. Sie begriff es – natürlich. Es war ja nicht zu verkennen. Für einen Augenblick glaubte Red, sie würde doch anfangen zu schreien. Aber dann drehte Morna sich um, noch immer ohne ein einziges Wort, ging die paar Schritte zurück, die sie aus dem Haus gemacht hatte, und öffnete weit die Vordertür. Mit verkniffenem Mund ließ sie Red und Elizabeth vorangehen, durch den dunklen Flur ins Schlafzimmer, wo Red endlich den schlaffen Körper des Mannes auf ein rustikal wirkendes Holzbett legen konnte. Hinter sich hörte er, wie Morna die Haustür mit einem Knall zuschlug, der bis ins Dorfzentrum zu hören sein musste. Und nur Sekunden darauf erschien Elizabeths Freundin auf der Schwelle. Ihr lockiges Haar stand wild von ihrem Kopf ab, und in ihrem Nachthemd wirkte sie bleich und wütend wie ein Rachegeist. Sie hatte sich bis hierher zurückgehalten. Jetzt aber würde sie nicht mehr schweigen.

»Wie *konntest* du, Lizzy?« Ihre Stimme bebte, als sie mit zornigen Schritten den Raum betrat. Anklagend starrte sie Elizabeth an. »Ich hab es dir gesagt, stimmt's? Ich habe dir *gesagt,* er stürzt uns ins Unglück, ich habe gesagt, er sollte besser *verschwinden*!« Ihr funkelnder Blick traf Red, der unwillkürlich die

Stirn furchte, als könne er so einen Schutzwall zwischen sich und der wütenden Frau errichten. »Von wegen, er schleppt keine Vampire ins Dorf! Und was ist das hier?« Sie deutete mit zitterndem Finger auf den Hals des Mannes. Auf die Bissspuren. »*Was ist das?*«

Elizabeth, die gerade eine Decke über den Mann auf dem Bett breitete, wandte sich um. Ihre Augen waren leicht gerötet und glitzerten verräterisch im trüben Licht. »Hör auf, Morna! Tu nicht so, als hätte ich gewollt, dass das passiert!«

Morna schnaufte wütend. »Sei doch nicht albern! Es ist völlig egal, ob du es gewollt hast oder nicht. Was hast du dir bloß dabei gedacht?«

Elizabeth schluckte. Ihr Blick flackerte. Dann aber stellte sie sich neben Red, so dicht, dass ihre Schulter seine Brust streifte. »Gar nichts«, sagte sie leise, aber sehr deutlich. »Ich habe nicht gedacht. Nur gefühlt.« Sie atmete tief ein und sprach rasch weiter, ehe Morna zu einer Erwiderung ansetzen konnte. »Red hat gesagt, er will hierbleiben. Er sagt sich von den Vampiren los! Und Colin geht es gut, er wacht bald wieder auf!« Sie wandte den Kopf, um Red anzusehen. Auf ihren blassen Wangen waren rote, aufgeregte Flecken erschienen, und in ihren Augen stand die verzweifelte Hoffnung, er würde ihre Worte bekräftigen, so dass sie sie auch selbst glauben konnte. »Oder, Red?«

Langsam nickte Red, während er sich unbehaglich die schmerzenden Oberarme massierte. Elizabeths Nähe und ihr Geruch ließen sein Herz schneller schlagen – und obwohl gerade jetzt wirklich nicht der günstigste Zeitpunkt war, sie an sich ziehen zu wollen, konnte er nicht verhindern, dass kleine Schauer über seine Haut rannen und von dort aus bis in seine Brust und seinen Magen rieselten. Red schüttelte sich innerlich. Er musste jetzt einen klaren Kopf bewahren!

»Ich denke schon«, sagte er. »Nach einem Vampirbiss für eine Weile weggetreten zu sein ist völlig normal, soweit ich weiß. Wenn er aufwacht, wird er sich vermutlich besser fühlen als je zuvor.« Er sah auf Colin hinunter und spürte, wie die Worte einen schalen Geschmack auf seiner Zunge hinterließen. Was er hier sagte, entsprach seinen eigenen Erfahrungen. Aber er wurde das Gefühl nicht los, dass die Dinge diesmal vielleicht anders lagen. Weil auch Kris heute so anders gewesen war als sonst. Erschreckend anders. Etwas war geschehen in der Zeit, während Red Elizabeth im Wald geliebt und diese folgenschwere Entscheidung getroffen hatte. Etwas, das die Probleme, die Kris vielleicht in der letzten Zeit gehabt hatte, endgültig an die Oberfläche geschwemmt hatte. Natürlich hätte Red im Grunde froh darüber sein können, weil es ihm den Abschied leichter machte. Aber tief in seinem Inneren wusste er es besser; wusste, dass Kris dort am Strand nicht Herr seiner selbst gewesen war, und der Gedanke drückte ihm den Magen unangenehm zusammen. Er vertrieb sogar das Gefühl, Elizabeth nahe sein zu wollen.

»Also schön – Stopp! Auszeit!« Mornas Stimme riss ihn aus seinen düsteren Gedanken. »Wie wäre es, wenn ihr wenigstens mal vorne anfangt?« Sie schüttelte den Kopf und rieb sich etwas fahrig über die Stirn. Ihrem Gesicht war deutlich anzusehen, dass sie schwer darum kämpfte, ihre Fassung zurückzugewinnen. »Was in Dreiteufelsnamen ist überhaupt passiert, seit du gestern behauptet hast, er wäre weg?«

Elizabeth holte tief Luft und warf Red einen flehenden Blick zu. *Lass mich das erklären!*, sagte dieser Blick, und Red nickte erleichtert. Wenn Elizabeth diese verfahrene Situation so beschreiben konnte, dass Morna sich wenigstens etwas beruhigte, dann war er mehr als einverstanden damit.

Ein flüchtiges Lächeln streifte Elizabeths Mundwinkel.

Doch sie kam nicht mehr dazu, mit ihrer Erklärung anzufangen – denn in diesem Augenblick ertönte vom Bett her ein leises Stöhnen. Red, Elizabeth und Morna fuhren herum.

Colins Augäpfel hinter den geschlossenen Lidern hatten begonnen, sich zu bewegen, und kleine Schweißtröpfchen bildeten sich auf seiner blassen Stirn. Aber davon abgesehen, rührte er sich nicht.

»Ach wirklich – alles in Ordnung?«, knurrte Morna. »Dass ich nicht lache!«

Red schüttelte den Kopf. »Ich denke, er träumt«, erklärte er schnell, ohne zu wissen, ob das, was er gerade sagte, die Wahrheit war. »Er wacht sicher jeden Moment auf.« Oder sonst, dachte er, würde ein Eimer kaltes Wasser ins Gesicht sicher Wirkung zeigen. Er selbst war auf Insomniac Mansion mehr als einmal so geweckt worden.

Morna und auch Elizabeth schwiegen jetzt, betrachteten nur weiter angespannt Colins Gesicht, in dem nun immer wieder Muskeln unter der hellen Haut zuckten. Auch seine Finger verkrampften sich, zerknitterten den rauen Stoff des Bettbezugs und öffneten sich wieder.

»Colin«, flüsterte Elizabeth und legte ihre Hand leicht über seine. »Colin, hörst du mich?«

Colins Lider flatterten. Seine aufgesprungenen Lippen öffneten sich, formten Worte, ohne dass Laute zu hören gewesen wären. Sein Kopf rollte von einer Seite zur anderen. Und dann endlich öffnete er die Augen. Ein milchiger Schleier lag über seiner Iris, und sein Blick zuckte von einem zum anderen, als könne er nicht recht zuordnen, wen er da vor sich hatte.

»Lizzy«, murmelte er endlich und lauschte mit erstaunter Miene dem Wort nach. »Wo bin ich? Was ist passiert?«

Elizabeth lächelte tapfer, obwohl ihre Finger sich nun fest um seine schlossen. Zu fest, wenn es nach Red ging. Wer genau war dieser Colin eigentlich für sie?, dachte er unbehaglich. Ein Freund?

»Ganz ruhig«, sagte Elizabeth sanft. »Komm erstmal zu dir.«

Colin ließ ein seltsames Geräusch hören, halb Seufzen, halb Stöhnen. Dann löste er seine Hand aus Elizabeths und richtete sich schwerfällig auf. »Morna …«, sagte er langsam und lächelte verzerrt in ihre Richtung, während er sich die verschwitzten Locken aus der Stirn wischte.

Dann blieb sein Blick an Red hängen, und seine Augen weiteten sich in einer Mischung aus Überraschung und zorniger Fassungslosigkeit. *»Du!«*

Red fuhr unwillkürlich zusammen. Er wusste genau, er begegnete diesem sturmgrauen Blick zum ersten Mal. Und trotzdem erkannte Colin ihn. Ohne jeden Zweifel.

»Das ist Red.« Elizabeth berührte Colin an der Schulter – beinahe zaghaft diesmal, als mache auch ihr dieser plötzliche Umschwung in seiner Stimmung Angst. »Er …«

Colin aber schien ihr gar nicht zuzuhören. Er starrte Red noch immer unbeirrt an. *»Vampir!«*, zischte er mit heiserer Stimme. Sein Blick loderte vor plötzlich aufflackerndem Hass. Red zuckte zurück.

»Nein!« Elizabeth schüttelte hastig den Kopf. »Red ist ein Mensch, Colin!«

Ein raues Lachen stolperte Colins Kehle hinauf. »Ganz sicher nicht.« Seine Augen waren nun wieder erschreckend klar, der Schleier spurlos verschwunden. »Er ist vielleicht noch sterblich, aber ein Mensch ist er schon längst nicht mehr!«

Red hatte das Gefühl, nicht atmen zu können. Damit hatte er nicht gerechnet. Ein Vampir? Er? Aber das war doch Unsinn … Er runzelte finster die Stirn. »Was willst du damit sagen?«

Er hatte kaum ausgesprochen, als plötzlich ein heiserer Laut über Colins Lippen brach. Er stieß Elizabeth zur Seite, die erschrocken aufkeuchte, sprang auf die Füße und stürzte auf Red zu – die Hände wie Klauen ausgestreckt, als wollte er nach ihm greifen. Red sah die Bewegung wie in Zeitlupe an sich vorbeiziehen. Reflexartig wich er aus, packte Colins Arm mit beiden Händen und riss ihn zu sich heran, um ihm sein Knie in die Eingeweide zu stoßen. Colin japste und sackte vornüber.

»Colin!«, schrie Morna mit sich überschlagender Stimme – während Red mit Entsetzen feststellte, dass er bereits den Revolver gezogen und die Mündung gegen Colins Kopf gepresst hatte. Es war alles so schnell gegangen, dass er nicht einmal bewusst bemerkt hatte, was er tat. Auf plötzlich zittrigen Beinen trat er einen Schritt zurück und senkte die Waffe.

Sehr langsam richtete Colin sich auf. Ein düsteres Lächeln war auf seinem Gesicht erschienen, und in seinen Augen glomm ein boshaft belustigter Funke.

Er weiß etwas. Red spürte, wie bei dem Blick ein Schauer über seinen Rücken lief. *Etwas, das er nicht wissen dürfte.* Er schluckte hart.

»Das also nennst du menschlich, ja?«, flüsterte Colin.

Elizabeth hatte sich inzwischen wieder gefasst. »Verdammt noch mal, Colin, was ist denn los mit dir?« Ihre Stimme bebte leicht. Auch Morna starrte völlig entgeistert auf Colin, der sich nun endgültig aufrichtete und die Hände in die Hosentaschen schob. Sein Kiefer war angespannt, seine Brauen waren finster zusammengezogen. Seine Haare fielen schweißfeucht in seine Stirn, und er war immer noch blass. Aber sein Blick funkelte. Für einen winzigen Moment, dachte Red, sah er Chase erschreckend ähnlich …

Chase.

Kris' Stimme klang ihm plötzlich wieder deutlich im Ohr. Eindringlich. Flehend. Verzweifelt. Red presste die Lippen zusammen. Hatte Kris die Wahrheit gesagt? War Chase beinahe *gestorben*? Aber er war ein Vampir! Unsterblich! Es klang einfach zu unwahrscheinlich, als dass Red hätte glauben können, dass Kris sich so etwas ausdenken würde.

Red schüttelte den Kopf. Er würde es nicht erfahren. Und er musste sich an den Gedanken gewöhnen, dass es nicht mehr seine Angelegenheit war, was aus den Vampiren wurde. Er hatte sich für seine Seite entschieden. Auch wenn sich diese Entscheidung für den Augenblick noch alles andere als gut anfühlte.

»Du irrst dich«, sagte er so ruhig wie möglich und schob den Revolver zurück in das Halfter an seinem Gürtel. »Ich töte Vampire. Ich gehöre nicht zu ihnen. Nicht mehr.«

Colin musterte ihn aus schmalen Augen, und für eine ganze Weile war es, als seien sie ganz allein im Raum. Elizabeth und Morna waren still geworden, wagten vielleicht nichts mehr zu sagen, damit sich die angespannte Stimmung nicht mit einem Knall entlud. Red hörte sie nicht einmal mehr atmen.

»Beweis es«, sagte Colin.

Red erwiderte seinen Blick, ohne zu blinzeln. »Wie?«

Er sah, wie sich Colins Brustkorb unter einem bedächtigen Atemzug weitete. Seine Hand hob sich zu seinem Hals, wo noch immer die Spuren von Vampirzähnen zu sehen waren – tiefrot und dunkelviolett wie ein sehr scharf umrissener Bluterguss. »Als ich bewusstlos war«, erklärte er langsam, ohne den Blick von Red zu lösen, »habe ich etwas gesehen. Bilder von dir. Ich habe gesehen, wie dieser Vampir von dir getrunken hat. Ich habe es gefühlt. Du *sehnst* dich danach. Versuch nicht, mir das Gegenteil zu erzählen – ich weiß es besser. Wie willst du mir da glaubwürdig erzählen, dass du *ganz plötzlich* auf unserer Seite stehst?«

Red schluckte. Colins Worte riefen ein unbestimmtes Gefühl der Übelkeit in ihm hervor – und Wut. Weil sie einen

Punkt tief in seinem Inneren berührten, der so privat und intim war, dass es Red Herzrasen verursachte, wenn er nur daran dachte, diese Empfindungen mit jemandem zu teilen, der keinen Anteil daran hätte haben sollen. Warum wusste Colin davon? Warum wusste er Dinge, die er unter keinen Umständen hatte beobachten können? Warum wusste er von Gefühlen, die Red mit Kris verbanden und nur mit Kris? Das war nicht normal. Er konnte sich jedenfalls nicht erinnern, jemals solche Bilder gesehen zu haben, nachdem Kris von ihm getrunken hatte. Wieder musste Red daran denken, wie bleich und ausgezehrt Kris am Strand ausgesehen hatte. Und mit welcher Verzweiflung er sich den Zugang zu Reds Blut erzwungen hatte. Was zur Hölle war da denn nur los?

»Das ist etwas anderes«, sagte er und bemühte sich, seine Stimme gelassen zu halten. Ganz gelang es ihm allerdings nicht – und wie zur Antwort sah er, wie das grimmige Lächeln auf Colins Gesicht breiter wurde.

»Ich dachte mir, dass du das sagen würdest.«

Red atmete tief durch. »Ihr werdet mir glauben müssen«, sagte er so ruhig wie möglich. »Hierzubleiben war meine eigene, freie Entscheidung. Und wenn du doch weißt, was diese Vampire für mich bedeuten, dann sollte dir doch auch klar sein, was es mich kostet, sie aufzugeben. Also lass mich in Frieden, einverstanden?«

Colin hob die Brauen. Seine Augen blitzten auf. »Du willst hierbleiben?«

»Colin, Red«, schaltete sich Elizabeth nun wieder ein. »Kommt wieder runter. Beide.« Sie räusperte sich und sah von einem zum anderen. »Vielleicht erklären wir das besser von Anfang an.«

Colin runzelte die Stirn und trat einen Schritt auf Red zu. »Du kannst hier nicht einfach so eindringen«, sagte er leise, aber sehr deutlich. »Deine Entscheidungen interessieren hier niemanden. Ob du bleiben kannst oder nicht, wird *das Dorf* entscheiden. Nicht du.«

»Colin …«, begann Elizabeth. Doch Morna unterbrach sie.

»Er hat recht.« Sie legte Colin besänftigend eine Hand auf den Arm. Doch ihre Miene stand seiner, was Grimmigkeit betraf, in nichts nach. »Das hier geht uns alle an.«

Auf Elizabeths Wangen erschienen rote Flecken, und sie holte tief Luft. Doch Morna warf ihr einen Blick zu, der sie verstummen ließ.

»Lizzy. Ich weiß, du kannst in dieser Angelegenheit nicht vernünftig sein. Um ehrlich zu sein, bin ich mir nicht ganz sicher, ob dir überhaupt noch ein Funke gesunden Menschenverstands geblieben ist. Aber denk doch mal nach. Er hat *Vampire* in unser Dorf gebracht! Sie haben Colin angegriffen. Du wirst das nicht leugnen können, und das weißt du!« Sie warf Red einen entschuldigenden Blick zu. »Nimm's nicht persönlich. Ich würde dir gern glauben, dass du all das hier genauso meinst, wie du es sagst. Aber wir können das nicht über die Köpfe der anderen hinweg entscheiden.« Sie sah Red eindringlich an. »Wie ich das sehe, wird es das Beste sein, du begleitest uns gleich ins Dorf und erzählst dort deine Geschichte. Und zwar diesmal die ganze. Und wenn das Dorf dann beschließt, dass du bleiben kannst, ist alles gut. Wenn sie aber wollen, dass du gehst …«

Sie beendete den Satz nicht. Aber Red hatte verstanden.

Elizabeth drehte sich zu ihm um. Sie war noch immer blass. »Wäre das für dich in Ordnung, Red?«

Red nickte und sah aus dem Augenwinkel, wie Colin die Arme vor der Brust verschränkte. Dieser Mann, das wusste Red, würde alles tun, um zu verhindern, dass er blieb. Und wenn es nur wegen Elizabeth war.

Er presste die Lippen zusammen und ballte hinter dem Rücken die Hände zu Fäusten. Na schön, dachte er. So schnell würde er sich nicht geschlagen geben. Dann würde *er* eben alles tun, um bleiben zu dürfen.

Und wenn es nur wegen Elizabeth war.

Kapitel Dreizehn

Callahan Castle, Kinlochliath, Schottland

Auf der anderen Seite der Insel, abgewandt vom Seeufer und dem Dorf, und geschützt vor allen Blicken, war es ruhig. Nur der Regen, der vor einer Weile eingesetzt hatte und nun unbeirrbar und schnurgerade wie Bindfäden aus dem wolkenverhangenen Himmel fiel, rauschte leise und kräuselte plätschernd die bleigraue Oberfläche des Sees. Ein schmaler Pfad führte von der Burg bis in eine kleine Kiesbucht, die zwischen schroffen Gesteinsblöcken verborgen lag.

Kris hatte sich auf einen Findling nahe der Wasserlinie gesetzt. Kleine Wellen brachen sich ab und zu daran und bespritzten seine Hose mit winzigen Tropfen. Der Vormittag musste inzwischen weit vorangeschritten sein, aber der Tag konnte sich nicht recht dazu entschließen, hell zu werden. Das aschfarbene Zwielicht hatte sich seit dem frühen Morgen kaum verändert, war nur vom Regen und ein paar fahlen Schlieren durchzogen. Kris hatte das Zeitgefühl schon vor einer ganzen Weile verloren, und er war bis auf die Haut durchnässt. Aber das kümmerte ihn nicht. Er hatte längst den Punkt erreicht, an dem er nasser nicht mehr werden konnte, also war es jetzt auch egal. Sein Kopf fühlte sich seltsam leer an, oder vielleicht war er auch einfach so voll, dass er keine einzelnen Gedanken mehr unterscheiden konnte.

Er hätte nach Chase sehen sollen. Das war das Einzige, was immer wieder aus dem trüben Sumpf in seinem Kopf aufstieg. Aber die Vernunft war nicht stark genug, um ihn zum Handeln zu treiben. Chase würde schon nach ihm suchen, wenn er aufwachte. Und er würde ihn finden. Da war Kris sich sehr sicher. Schließlich teilten sie jetzt sein Blut.

Und tatsächlich hörte er irgendwann, eine weitere bleigraue Ewigkeit später, Schritte hinter sich auf dem Weg.

Kris drehte sich nicht um. Chase brauchte keine Einladung.

Der jüngere Vampir hockte sich ans Ufer, so dicht an den Wassersaum, dass die Wellen wieder und wieder über seine Stiefel schwappten. Mit den Händen formte er eine Schale und warf sich Wasser ins Gesicht, während der Regen noch aus seinen Haaren tropfte; rieb den gelblichen Schorf fort und den säuerlichen Geruch, der selbst jetzt noch stechend zu Kris herüberdrang, von seinen Wangen, seinem Hals und seinen Armen. Und schließlich setzte er sich neben Kris auf den Findling und sah ebenfalls auf das Wasser hinaus. In der Hand hielt er einen nassen Kiesel, so groß wie ein Taubenei, den er zwischen den Fingern hin und her drehte. Eine ganze Weile schwiegen sie. Sahen sich nicht mal an. Schließlich aber holte Chase aus und warf den Kiesel in den See hinaus. Das Platschen, mit dem er auf die Wasseroberfläche auftraf, ging unter im stetigen Rauschen des Regens. Langsam ließ Chase den Arm wieder sinken und wandte sich Kris zu.

»Wo ist er?«

Kris gab keine Antwort. Er ahnte, dass Chase ohnehin an seinem Gesicht würde ablesen können, was passiert war. Er konnte das Stirnrunzeln beinahe hören.

»Ich würde dir raten, mir jetzt genau zu erzählen, was passiert ist.« Chase' Stimme klang finster.

Kris hob leicht die Schultern. »Ich habe dich nicht nach deinem Rat gefragt.« Sein rechter Mundwinkel zog sich zu einem zynischen Lächeln nach oben. »Aber ich schätze deine Dankbarkeit, Chase. Ich habe dir gern das Leben gerettet.«

Wenn überhaupt möglich, war Chase' Schweigen nun noch grimmiger als vorher.

»Warum hast du ihn nicht aufgehalten?«, fragte er schließlich. »Du bist doch sonst nicht so zimperlich.«

Kris ließ die Finger über die raue Oberfläche des Findlings gleiten und schwieg. Natürlich, er hätte Chase erklären können, dass er es nicht wollte. Dass es ihm wichtig war, wenn Red aus freien Stücken bei ihm blieb und nicht unter Zwang. Aber obwohl das im Grunde die Wahrheit gewesen wäre, kratzte es doch nur an der Oberfläche und trieb schlimmstenfalls Risse in die Eisschicht, die die Abgründe verbarg, die darunter lagen. Abgründe, über die Kris mit Chase nicht reden wollte, über die er aber reden *würde,* wenn jemals wieder Tageslicht darauf fallen sollte. Er wollte nicht darüber nachdenken. Nicht über Céleste und auch nicht über das, was noch tiefer lag – über Gregor. Seinen Vater. Über die Nächte im Käfig, von denen Kris nicht wusste, ob die Dunkelheit, in der sie verschwanden, die des Verlieses war oder doch seine eigene.

Chase neben ihm seufzte. »Und was hast du jetzt vor, um ihn zurückzuholen?«

Kris sprang vom Findling. Wasser spritzte, und Kies knirschte unter seinen Sohlen. »Gar nichts. Ich habe kein Recht mehr auf ihn. Wir lassen ihn hier, wie er es wollte.«

Chase riss die Augen auf. Zum ersten Mal, seit Kris ihn kannte, hatte er das Gefühl, Chase wirklich aus der Fassung gebracht zu haben. »Jetzt drehst du total ab, oder? Was soll der Mist?«

Langsam schüttelte Kris den Kopf. »Wir können nicht hierbleiben. Das wirst du dir wohl schon gedacht haben, nach allem, was letzte Nacht passiert ist. Ich werde Red nicht zwingen, uns zu begleiten. Und du auch nicht.«

»Du bist doch echt ein selten dämlicher Idiot!« Auch Chase

stand nun auf. Seine Stimme glich einem wütenden Knurren. »Was hast du gemacht, dass er abgehauen ist? Und erzähl mir nicht, dass er dich wegen dieser Tussi abgeschossen hat! Das ist doch Schwachsinn!«

Kris runzelte unwillig die Stirn. Das Letzte, was er vorhatte, war, Chase über die Einzelheiten seines Fehltritts in Kenntnis zu setzen.

»Zerbrich dir nicht den Kopf darüber«, sagte er tonlos. Dann griff er in den Kragen seines Mantels und zog ihn ein Stück zur Seite, bis sein Hals frei lag. »Trink lieber. Du kannst es brauchen.«

Er konnte Chase' Blick auf seiner Haut brennen fühlen. Ein Blick voller Verlangen – und Ekel. Kris verstand das gut.

Eindringlich musterte er Chase, der vor ihm stand wie zu Eis erstarrt. »Du hast keine Wahl. Red ist weg. Und wenn du von den anderen Menschen trinkst, stirbst du. Ich kann dich nicht noch einmal retten.«

Er sah, wie Chase' Kiefer sich verkrampfte, wie er mit sich kämpfte, der Versuchung nicht einfach nachzugeben. Kontrolliert zu bleiben, wie er es immer war. Aber er verlor. Er brauchte das Blut dringender als Kris.

Der Preis für die Unsterblichkeit.

»Und wer rettet dich, Kris?«, murmelte er rau. Dann biss er zu.

Chase bemühte sich sehr, vorsichtig zu sein – Kris konnte es spüren, während die Welt um ihn verschwamm, zu einem trübschwarzen Nichts wurde, in dem er seine Kraft wie einen glühenden Strom davonfließen sah. Unwiederbringlich für immer. Aber er stürzte nicht. Er blieb bei sich, was nicht unbedingt besser war, als das Bewusstsein zu verlieren, weil er so den überwältigenden Ekel mit jeder Faser seines Körpers spüren konnte. Als Chase ihn losließ, fiel Kris vornüber, würgte und hustete. Doch da war nichts, was er hätte erbrechen können. Und noch immer spürte er Chase' glühenden Blick auf sich, intensiver noch als zuvor.

»Hol ihn zurück«, flüsterte Chase. Seine Stimme war heiser von einer Erregung, die ihm fremd war. Und die er darum fürchtete. »Hol ihn verdammt noch mal zurück! Das ist ja abartig!«

Kris wischte sich fahrig die Haare aus dem Gesicht und schwieg. Abartig, ja. Das war es tatsächlich.

Chase hinter ihm atmete angestrengt ein und wieder aus. »Verdammt noch mal, Mann.« Die Worte klangen noch immer seltsam schneidend. »Du musst doch einen *Plan* haben!«

Langsam hob Kris den Kopf und zwang sich, endlich Chase' Blick zu erwidern. Es stimmte, dachte er. Selbstverständlich würde er nicht »nichts« tun, und »gar nichts« schon gar nicht. Tatsächlich hatte er immer noch diesen einen letzten Trumpf. Aber nach allem, was bis hierher geschehen war, hatte er das Gefühl, dass es ein noch größerer Verrat an Red gewesen wäre, diese Karte jetzt auszuspielen.

Und doch ... wenn er es jetzt nicht tat – wann dann?

In der Hosentasche schloss Kris die Hand um die beiden Glasröhrchen mit den Blutproben. Seine eigene – und die des Menschen. Dann hob er den Kopf, um zum Himmel hinaufzusehen. »Weißt du, mit etwas Glück«, sagte er langsam, »haben wir hier ein wissenschaftliches Kuriosum entdeckt.« Er spürte, wie sich seine Mundwinkel wie von selbst zu einem freudlosen Lächeln verzogen. »Wenn ich genug Hinweise sammeln kann, ist es möglicherweise sogar außergewöhnlich genug, dass Cedric deswegen herkommen würde.«

Chase' Augen weiteten sich für einen Moment. »Du niederträchtiges Aas!«, sagte er – aber Kris glaubte tatsächlich, Anerkennung in seiner Stimme zu hören. Anerkennung für eine Hinterhältigkeit, für die er sich selbst schämte.

Aber es war nun einmal, wie es war: Er konnte Red nicht gehen lassen. Er konnte es nicht, und er durfte es nicht. Seinetwegen nicht und auch nicht wegen Chase. Er *musste* diesen letzten Trumpf ausspielen. Cedric nach Schottland locken, so bald wie nur möglich.

Denn wenn Cedric kam, würde auch Blue kommen.

In der Kammer am Ende der Treppe war noch alles unverändert. Die leeren Blutbeutel lagen noch an der Wand, und die Flecken von Blut und Eiter auf den alten Matratzen waren noch immer nicht ganz getrocknet. Der säuerliche Gestank hatte sich größtenteils verzogen und hing nur noch flüchtig in der feuchten Luft, als würde der Raum selbst ein fremdartiges Gift ausatmen. Auch der Koffer mit Kris' provisorischen Laborutensilien lag noch genauso neben dem Bett, wie er ihn zurückgelassen hatte. Langsam ging Kris daneben in die Knie und überprüfte den Inhalt auf Vollständigkeit. Nichts war kaputtgegangen oder ausgelaufen. Kris atmete auf und sah zu Chase, der hinter ihm auf der Türschwelle erschienen war und sich nun schweigend auf dem Bett niederließ. Er hatte Kris' Plan nicht weiter kommentiert, was vermutlich bedeutete, dass er ihn guthieß – oder zumindest keine bessere Idee hatte. Er würde Kris jedenfalls nicht dazwischenfunken. Dafür war die Sache auch für ihn zu wichtig.

Auf dem breiten Fenstersims reihte Kris drei Petrischalen auf und legte zwei Pipetten und ein Glasstäbchen fein säuberlich auf einem Tuch daneben ab. Dann zog er ein Paar Latexhandschuhe über, ehe er die Probenröhrchen aus seiner Hosentasche holte. Er glaubte zwar nicht, dass dieses merkwürdige Blut ihm allein durch Hautkontakt schaden würde, aber man konnte nie wissen. Vorsichtig öffnete er schließlich die Probe mit dem Menschenblut und ließ mit der Pipette einen großen

Tropfen in die erste Schale fallen. Dann nahm er mit der zweiten Pipette einen Tropfen seines eigenen Blutes und setzte ihn mit einigen Millimetern Abstand daneben. Erst als beide Probenröhrchen wieder fest verschlossen waren, griff er nach dem Glasstab. Zu gern hätte er seine Materialien vorher sterilisiert. Aber keimfreies Arbeiten war in dieser Umgebung ohnehin unmöglich.

Vorsichtig setzte Kris den Glasstab in den Menschenblutstropfen und zog eine feine Spur hinüber zu dem Tropfen Vampirblut. Nach allem, was er bei Chase gesehen hatte, erwartete er eine schnelle und heftige Reaktion. Und er wurde nicht enttäuscht. Nur Sekunden später begann sich das Vampirblut zu verändern. Der Tropfen geriet in Bewegung, fast als würde er ein Eigenleben entwickeln. Feine Blasen trieben an die Oberfläche. Kris hielt den Atem an. Eine gelblich-weiße Schicht setzte sich auf dem Blut ab.

Eiter.

Eiter!

Abgestorbene weiße Blutkörperchen. Genau wie bei Chase. Und jetzt wusste Kris auch wieder, warum ihm das sofort ins Auge gesprungen war: Es erinnerte ihn an Katherines Tagebuch.

Es befinden sich Viren in unserem Blut. Unter dem Elektronenmikroskop waren sie deutlich zu sehen. Der Kopf. Die spinnenartigen Beine, die sich an meine weißen Blutkörperchen anheften …

So hatte es dort gestanden. Kris hatte es noch genau vor Augen. In seinen letzten Tagen in White Chapel hatten sie schließlich eben diesen Abschnitt zu überprüfen, zu belegen versucht. Und wenn weiße Blutkörperchen tatsächlich die Wirtszellen für diese Viren waren, dann …

Kris ballte die Hände zu Fäusten. Alle Erschöpfung war in diesem Moment vergessen und zittriger Erregung gewichen. Eiter. Auch bei den In-Vitro-Infektionen, die er und Cedric durchgeführt hatten, hatten sie Eiterbildung beobachten können – und zwar einige Minuten bis Stunden, nachdem das Vampirblut mit dem Menschenblut gemischt worden war. Ein deutlicher Hinweis darauf, dass der Virus bei Kontakt mit gesunden Zellen seine Wirtszelle dazu anregte, weitere Viren zu bilden, und sie anschließend zur teilweisen Selbstzerstörung zwang. So wurden die neuen Viren freigesetzt und die gesunden Zellen infiziert. Völlig ungewöhnlich war die Reaktion also nicht. Was Kris so sehr aus der Fassung brachte, war vielmehr die Geschwindigkeit und Intensität, mit der sie vonstatten ging. So schnell konnte die Zelle unmöglich die Proteine bilden, die für die Virenkapseln benötigt wurden. Hastig griff Kris noch einmal nach dem Koffer mit den Laborutensilien und zog zwei Streifen Indikatorpapier heraus, mit denen er den Relacingehalt des Blutes würde bestimmen können. Bei einer normalen Infektion erhöhte sich der Relacingehalt deutlich, da die zerstörten Blutkörperchen natürlich möglichst schnell regeneriert werden mussten. Wenn er mit seiner Vermutung recht behielt, dürften die Zellen bei einer derartigen Reaktionsgeschwindigkeit für solche Vorbereitungen allerdings keine Zeit gehabt haben.

Noch einmal setzte er einen Tropfen jeder Blutprobe in eine zweite Petrischale und maß den Relacinwert seines Blutes. Das gelbe Papier färbte sich am Saum des Blutflecks sofort in einem hellen Purpur – ein für Kris' Verhältnisse erschreckend niedriger Wert. Normalerweise hätte er eine dunkelviolette Färbung erwartet. Andererseits erschien es ihm kaum verwunderlich, dass dies heute nicht der Fall war, nach allem, was er seinem Körper in den letzten vierundzwanzig Stunden zugemutet hatte.

Entschlossen schüttelte er den Gedanken ab. Jetzt über seine Schwäche nachzudenken war mehr als kontraproduktiv. Er konnte es ja ohnehin nicht ändern. Kris wartete, bis sich das Zittern, das seine Hände befallen hatte, wieder legte. Dann vermischte er noch einmal die beiden Blutproben. Die Reaktion fiel ebenso deutlich aus wie beim ersten Versuch: Blasenwurf und rasend schnelle Bildung eines feinen Films aus gelblich grünem Eiter. Doch als Kris schließlich den zweiten Indikatorstreifen in die Probe tauchte, geschah – nichts. Die Verlaufzone blieb, wie sie war: blassgelb. Kein Relacin. Überhaupt keins. Anscheinend hatte sein Blut alle verbleibenden Regenerationskräfte verbraucht und versucht, den Schaden zu beheben – und dennoch waren sämtliche Wirtszellen des Virus, der sein Blut zu Vampirblut machte, zerstört. Es war in der Petrischale zu Menschenblut geworden.

Mühsam atmete Kris mehrmals tief durch. Es war, als würde plötzlich ein zentnerschweres Gewicht auf seiner Brust liegen. Sein Herz pochte wie rasend. Er musste mit Cedric sprechen, dachte er. Unbedingt. Selbst wenn nichts von dem, was heute am Strand passiert war, geschehen wäre, hätte kein Weg daran vorbeigeführt. Sie mussten das Blut dieser Menschen genauer untersuchen und ihre Nahrungsmittel. Was sie aßen, was sie tranken – was *Red* in den letzten Stunden gegessen und getrunken hatte, denn auch bei ihm hatte die Verseuchung ja bereits begonnen. Sie mussten die Ursache für diesen wahnsinnigen Effekt finden.

Dieses Blut bedeutete Sterblichkeit. Für all die, die sich seit Jahrhunderten für unsterblich hielten.

Kris drehte sich zu Chase um, der noch immer auf dem Bett saß und vorgab, nicht an dem interessiert zu sein, was Kris tat. Aber natürlich war er das doch. Sehr interessiert sogar.

»Ich spreche mit Hannah«, sagte Kris und bemühte sich,

seine Stimme so sachlich wie möglich zu halten. »Sie soll Kontakt zu Cedric aufnehmen.«

Chase hob die Brauen. »Hannah?«

Kris nickte. »Sie wartet darauf, dass ich mich melde. Zuhause. Sie hat es versprochen.«

Chase' Blick war nicht schwer zu deuten. Genauso hatte er ausgesehen, als er Kris ein »hinterhältiges Aas« genannt hatte. Kris wusste selbst, es war nicht gerade ein Zeichen tiefer und aufrichtiger Freundschaft, dass er Hannah so ausnutzte. Aber er glaubte und hoffte, dass Hannah es verstehen würde. Oder zumindest verzeihen. Schließlich war es nicht das erste Mal.

Chase hob die Schultern, als wolle er Kris' Bedenken beiseitewischen. »Ich warte so lange hier«, sagte er. »Versau es nicht, okay?«

Kris lächelte schief. Auf Chase war einfach Verlass. Er wusste genau, welche Angelegenheiten ihn etwas angingen und welche nicht.

»Sicher nicht. Bis später.« Er wandte sich ab und verließ den Raum, um sich einen Ort zu suchen, wo er ungestört Kontakt mit Hannah aufnehmen konnte.

Nein, dachte er, während er die düsteren Treppen hinaufstieg. Er würde es auf keinen Fall versauen. Er *durfte* es nicht versauen. Schließlich war es seine letzte Chance. Seine allerletzte.

Kapitel Vierzehn

Ol' MacLovett's Breakpoint, Kinlochliath, Schottland

Die Luft im »MacLovett's« war – wie so oft am Vormittag – klebrig vom Alkohol des Vorabends, dem fettigen Geruch von Speck und Rührei aus der Küche und altem Staub, der träge durch das trübe Licht trieb, das den Pub nur notdürftig erhellte. Stimmengewirr waberte gedämpft durch den Raum und hing im matten Schein der nackten Glühbirnen unter der Decke. Die rustikalen Tische und auch die Theke waren bereits jetzt, um kurz vor elf, dicht besetzt mit Menschen, die sich angesichts der nahenden Mittagspause trafen, ihr drittes bis fünftes Bier an diesem Tag tranken und sich Dinge erzählten, die ohnehin schon jeder wusste.

Elizabeth kam selten hierher, weil sie in diesem Pub mehr als an jedem anderen Ort in Kinlochliath das Gefühl hatte, die Zeit würde einfach stehenbleiben. Jeder hatte hier seinen festen Platz, den er für eine feste Zeit besetzte, und immer die gleichen Gerichte und Getränke bestellte, bis der Nächste kam und ihn ablöste. Man sagte Hallo, Guten Morgen oder Guten Abend, je nach Uhrzeit, und nichts veränderte sich jemals. Wann immer man ins »MacLovett's« kam, konnte man sicher sein, einen gefüllten Schankraum voller wohlbekannter Gesichter vorzufinden und über die immer gleichen Themen zu reden, die nur mit der Jahreszeit wechselten. Man wusste so sicher wie das Amen in der Kirche, dass nichts, wirklich *nichts* Unvorhergesehenes geschehen konnte. Deshalb sah auch zuerst niemand auf, als Elizabeth, Colin und Morna eintraten.

Doch als Red hinter ihnen auf der Schwelle erschien – groß, fremd und mit diesem Hauch von düsterem Geheimnis, den er mit sich trug, verstummten die Gespräche. Nicht schlagartig, als wäre eine Bombe eingeschlagen oder etwas ähnlich Dramatisches passiert. Es war mehr wie ein leise tröpfelndes Begreifen, das langsam von Tisch zu Tisch floss und die murmelnden Gespräche erstickte. Ein Wispern und Tuscheln breitete sich aus, die Menschen stießen sich an und bewegten sich unruhig – bis schließlich alle Köpfe in ihre Richtung gewandt waren und es im Schankraum sehr, sehr still wurde.

Elizabeth beobachtete nervös das ungläubige Staunen auf den vertrauten Gesichtern. Sie wusste, wie sie sich fühlen mussten. Sie hatte ja selbst eine Weile gebraucht, um es zu glauben: Ein fremder Mensch. In Kinlochliath.

Das war ungefähr das Gleiche, als wenn ein UFO auf dem Marktplatz gelandet wäre. Vor allem, wenn es dann auch noch ein Mensch wie Red war.

In diesem Augenblick, noch ehe die Stille in aufgeregtes Murmeln umkippen konnte, trat Colin einen Schritt weiter in den Raum hinein. Elizabeth sah seine Augen blitzen. Sein Gesicht war so hart, wie sie es selten an ihm gesehen hatte. Er wirkte seltsam fremd dadurch und so gar nicht wie der Mann, mit dem sie in ihrem Leben schon so viel Zeit verbracht hatte. Ein dumpfes Gefühl der Beklemmung stieg in Elizabeth auf, und sie rückte dichter an Morna heran, die kurz hinter Colin stehen geblieben war.

»Freunde – wir sind in Schwierigkeiten!« Colins tiefe Stimme füllte den Raum vollständig aus. Jeder der Gäste sah nun zu ihm hin. Er ließ seinen Blick von einem zum anderen wandern, bis er sich sicher sein konnte, auch wirklich die gesamte Aufmerksamkeit auf seiner Seite zu haben. Dann wandte er sich um und griff nach Reds Arm, um ihn nach vorn zu ziehen. »Das hier ist Red. Er kommt aus Amerika.« Colin machte eine dramatische Pause, um seine Worte wirken zu lassen, ehe er ihnen die Krone aufsetzte. »Und er ist auf der Flucht – vor Vampiren!«

Elizabeth zuckte zusammen. Ein entsetztes Raunen ging durch den Raum. Was sagte Colin denn da? Das war doch nicht, was sie besprochen hatten …

»Hört mir zu!« Colin hob die Stimme und sprach weiter, ehe die Unruhe zu einem Tumult werden konnte, der alles übertönte. »Lizzy hat ihn in den Bergen gefunden. Sie hat ihm Unterschlupf gewähren wollen. Aber die Vampire haben ihn aufgespürt. Sie sind hier!«

Nun sprangen die ersten Menschen von ihren Stühlen. Andere schienen noch gar nicht begriffen zu haben, was sie gerade gehört hatten, und starrten nur ungläubig auf die kleine Gruppe an der Tür.

»Was redest du da, Mann? Bist du besoffen?« Die Stimme gehörte zu Drew, einem von Colins engsten Freunden. Doch er klang ein wenig unsicher – schließlich war es schwer, Colins Worte anzuzweifeln, während Red mitten im Raum stand wie ein lebendiger Beweis.

Lynn, eine der Bedienungen im »MacLovett's«, knetete nervös die Schürze vor ihrem rundlichen Bauch. »Vampire?«, fragte sie mit etwas zittriger Stimme. »Du meinst – *echte* Vampire?«

Colin nickte düster. »Ja. Verdammt echte. Ich bin ihnen begegnet.« Und mit diesen Worten griff er in den Kragen seiner Jacke und zog ihn beiseite. Das Mal an seinem Hals war selbst im schwachen Licht überdeutlich zu sehen, als besäße es ein eigenes Leuchten. Ein Stöhnen ging durch den Raum.

»Aber!« Colin machte noch einen Schritt nach vorn. »Ich sage euch: Wir brauchen keine Angst zu haben! Red hier hat mich vor ihnen gerettet! Sie mussten sich nach Callahan Castle zurückziehen, und wir konnten entkommen! Sie sind nur zu zweit – und er weiß, wie man sie töten kann! Mit seiner Hilfe, und wenn wir alle zusammenarbeiten, machen wir sie ein für alle Mal fertig!« Er wandte sich noch einmal zu Red um. Das grimmige Lächeln, das so fremd an ihm wirkte, war auf sein Gesicht zurückgekehrt. »Stimmt's, mein Freund?«

Elizabeth hatte das Gefühl, innerlich zu Stein zu erstarren. Sie sah, wie Reds Gesichtszüge entgleisten und wie selbst Morna überrascht die Augen aufriss. Was um alles in der Welt tat Colin da?

In diesem Moment kam Leben in Red. Er machte einen Schritt auf Colin zu, bis er direkt vor ihm stand. Seine Finger schlossen sich grob um seinen Oberarm. »Was hast du gerade gesagt?« Seine Stimme war heiser vor unterdrücktem Zorn.

Colin aber zuckte nicht einmal mit der Wimper. »Ich dachte, du wolltest beweisen, dass du auf unserer Seite stehst«, flüsterte er so leise, dass nur Red, Elizabeth und Morna es hören konnten. »Es wäre besser für dich, mitzuziehen, wenn du das wirklich ernst gemeint hast.«

Langsam – sehr langsam – ließ Red Colins Arm los. Für einen Augenblick glaubte Elizabeth, dumpfen Schmerz in seinen Augen zu sehen. Einen Schmerz, der so tief ging, dass es ihr selbst in der Seele weh tat. Dann aber nickte er. »Ich verstehe«, murmelte er, und sein Gesicht verschloss sich.

Im Schankraum war es wieder still geworden. Erst nach einer gefühlten Ewigkeit räusperte sich Drew. Sein aknenarbiges Gesicht war finster.

»Verstehe ich das richtig«, sagte er langsam, »dass da draußen auf der Insel zwei Vampire sitzen, die dich angegriffen haben – und dass dieser … *Red* … uns zeigen kann, wie man sie tötet?«

Colin nickte. »So ist es.«

»Warum hat er sie dann nicht längst selbst erledigt?« Die Stimme kam aus einer der hinteren Ecken des Raums. Finnegan

MacNeill, ein sehniger Mann mit schlohweißem Haar, erhob sich dort von seinem Stuhl. Die buschigen Brauen hatte er skeptisch gesenkt.

Colin setzte zu einer Antwort an – doch diesmal war Red schneller als er.

»Man kann Vampire nicht töten«, sagte er. Seine Stimme klang laut und klar in der stickigen Luft des Pubs. »Man kann sie höchstens vorübergehend außer Gefecht setzen.« Er räusperte sich. »Ich nehme doch an, es hat sich auch hier herumgesprochen, dass Vampire unsterblich sind. Außerdem sind sie nicht dumm.« Er ließ seinen Blick durch den Schankraum schweifen. »Hört zu. Colin hat bei seinem Bericht etwas Entscheidendes nicht erwähnt. Und zwar, dass sein Blut für die Vampire nicht genießbar war. Ich habe es gesehen, und Elizabeth auch – der Vampir war geschwächt, nachdem er von Colin getrunken hatte, sehr geschwächt sogar!« Er drehte sich zu Elizabeth um, als wolle er um ihre Zustimmung bitten. Elizabeth brachte es eben so fertig, benommen zu nicken. Sie hatte das Gefühl, dass die Situation ihr über den Kopf wuchs, als sei sie unvermittelt in einem Theaterstück gelandet, um eine Rolle zu spielen, von der sie den Text nicht kannte. Und da war auch das flüchtige Lächeln, das Reds Mundwinkel streifte, nur ein schwacher Trost.

»Ich kann es mir nicht erklären«, fuhr er noch etwas lauter fort, »aber es scheint, dass die Vampire von euch nicht trinken können. Und daher, wenn ihr meinen Rat wollt: Sie jetzt anzugreifen ist das Risiko nicht wert! Sie werden von allein verschwinden.«

Colin fuhr herum. Seine Augen blitzten, und die Wut zeichnete harte Linien in sein Gesicht. »Damit sie der ganzen Welt erzählen können, dass wir hier sind? Hast du etwa Angst? Oder stellst du dich auf ihre Seite?«

Da war ein drohender Unterton in seinen Worten, der Elizabeth einen Schauer über den Rücken jagte. Er war ihr plötzlich so fremd, dachte sie. Dies war nicht der Colin, den sie kannte und liebte. Selbst Morna schien ganz entgegen ihrer Art völlig verunsichert, geradezu verstört.

»Colin hat recht.« Das war wieder Drew. »Willst du uns nun helfen oder die Vampire schützen? Wenn wir dir vertrauen sollen – dann musst du uns schon einen Grund dazu geben!«

Eine ganze Weile sagte Red gar nichts, während sich das zustimmende Murmeln legte, das nach Drews Worten aufgebrandet war, und sich erwartungsvolle Stille über den Raum legte. Elizabeth sah, wie Reds Adamsapfel sich bewegte, als müsse er etwas Zähes hinunterschlucken.

Dann aber hob er den Kopf und sah offen von einem zum anderen.

»Ihr habt recht«, sagte er leise, aber sehr deutlich. »Warum solltet ihr mir vertrauen?« Sein Blick blieb an Elizabeth hängen, und für einen Moment glaubte sie, einen Funken darin zu sehen, der ihr Herz schneller schlagen und ihren Magen sich kribbelnd zusammenziehen ließ. Ein Funke, der sie an das erinnerte, was sie in der Nacht geteilt hatten, und an das kurze, friedliche Glück, das nun schon so unendlich weit entfernt schien. Wie hatte sie nur jemals glauben können, es könnte einfach sein? Aber wie, dachte sie, hätte sie auch ahnen sollen, dass nicht nur sie sich in dieser Nacht verändert hatte – sondern dass auch Colin nicht mehr er selbst war?

Red zog inzwischen mit einer langsamen, fast bedächtigen Bewegung seinen Revolver und hielt ihn in die Höhe. Das graue Licht glänzte matt auf dem Metall des Laufs. Einmal mehr ging ein Raunen durch den Schankraum.

»Ich werde es euch zeigen«, sagte Red. »Jetzt sofort, wenn ihr wollt.«

Kapitel Fünfzehn

Im Untergrund von Kenneth, Missouri

Der Weg von der Brandruine Insomniac Mansions zurück zu Cedrics Wohnung erschien Frei wie ein skurriler Traum. Natürlich konnten sie mit einem Menschen an ihrer Seite nicht einfach mitten durch die Stadt laufen oder ein Taxi nehmen, das war ihr selbst von Anfang an klar gewesen. Aber dass es einen Tunnel gab, der sie in die stillgelegte Kanalisation von Kenneth brachte, daran hätte sie im Leben nicht gedacht.

Hannah hatte sie ein Stück den Victoria Hill hinuntergeführt, und von der zerrütteten Straße ab in den Wald hinein. Zwischen zwei ausladenden Roteichen lag, gut verborgen unter Gestrüpp, der Eingang zu einem Schacht, durch den sie steil abwärts in den Tunnel kletterten. Von dort aus liefen sie direkt in die Richtung, in der Frei noch kurz zuvor den dumpfen Nachtglanz der riesigen Stadt gesehen hatte.

Hannah war den ganzen Weg über grimmig und streitlustig. Frei sprach sie nur an, wenn es unbedingt nötig war. Und auch der Mensch hielt es offenbar für besser, sich ruhig zu verhalten. Frei war dankbar dafür – und auch für den Rucksack mit den Blutkonserven. Kurz bevor sie in den Tunnel hinuntergeklettert waren, hatte sie sich noch einmal zurückgezogen, um zu trinken. Trotzdem machte es sie unangenehm zittrig, ständig diesen verlockenden Geruch in der Nase zu haben. Mehr als einmal musste sie stehenbleiben und tief durchatmen, um Eloy nicht gierig an die Kehle zu springen, obwohl sie eigentlich nicht hungrig war. Und sie fragte sich, ob es Hannah wohl genauso ging. Manchmal, wenn das Vampirmädchen sich umdrehte, um über die Schulter zu schauen, glaubte Frei, einen Hunger in ihren Augen zu sehen, der ihrem eigenen in nichts nachstand. Dabei war Hannah eine Konservative. Der Gedanke verwirrte Frei.

Je näher sie der Stadt kamen, desto mehr Sinneseindrücke strömten ihnen entgegen. Frei hörte die Schritte unzähliger Füße. Stimmen, die redeten, lachten, stritten, ohne dass einzelne Worte zu unterscheiden gewesen wären. Motorengeräusche, das Glucksen von Wasser. Es roch nach Blut und so vielen anderen Dingen, die Frei nicht eindeutig benennen konnte. Die Gerüche trieben in zähen Schwaden durch den Gang und vermischten sich mit den Geräuschen und dem düster glühenden Licht, das manchmal durch kleine Abflussgitter in den Tunnel fiel; sie drangen durch jede Pore in Freis Körper, bis ihr schwindelig wurde.

Ja, das war Kenneth. Die Innenstadt. Kein Zweifel.

Frei zog den Kragen von Reds Pullover bis über ihre Nase. Jetzt roch sie vor allem die Wolle und das schwindende Aroma des Menschen, der ihn getragen hatte, und ihr Herz und Atem beruhigten sich ein wenig. Trotzdem war sie froh, dass sie Kenneth diesmal mit Hilfe der stillgelegten Kanalisationstunnel durchqueren durfte, statt sich, wie auf ihrem Weg mit Hank, mitten durch diese Masse aus lebendigen Leibern quetschen zu müssen. Allein bei dem Gedanken wurde ihr schlecht.

Nach einiger Zeit ließ die überwältigende Flut der Sinneseindrücke endlich wieder ein wenig nach, so dass Frei es wagte, den Pullover von der Nase rutschen zu lassen. Und nur wenige hundert Schritte weiter nahm sie – erst flüchtig, dann immer deutlicher – unter den Gerüchen, die zu ihnen herunter drangen, etwas wahr, das sie kannte: den still vertrauten Duft von Weiden, Gras und Wasser. Von schlafenden Krokussen und Kiefern. Der Asia Park.

Freis Herz schlug ein wenig schneller. Der Asia Park! Dann war sie jetzt fast zu Hause! Sie straffte die Schultern und richtete sich auf. Nur noch ein paar Meter, dann war sie wieder bei Cedric. Bestimmt wartete er schon auf sie. Sie würde ihm von Kris erzählen, und dem Dorn, den er in ihren Geist getrieben hatte. Von der feinen Schlinge des Versprechens, das Frei ihm gegeben hatte und das ihnen den Weg zu Red weisen konnte. Bei dem Gedanken pochte Freis Herz aufgeregt. Kris hatte es gesagt: Cedric würde wissen, was zu tun war.

Und dann, so hoffte sie, würde endlich alles gut werden.

Das letzte Stück des Weges war zugleich das gefährlichste.

Nachdem sie durch einen zwischen Rhododendron verborgenen Kanaldeckel wieder an die Oberfläche gestiegen waren – gar nicht weit von der Bank, auf der Frei und Cedric so oft gesessen hatten –, mussten sie noch gut und gern dreihundert Meter zurücklegen, ohne dass einer der zahlreichen Spaziergänger oder Jogger im Asia Park bemerkte, dass einer von ihnen kein Vampir war. Eloy selbst allerdings schien diese Aufgabe recht gelassen zu nehmen. Überhaupt bewegte er sich mit einer Anmut und Gewandtheit, die nur noch wenig Menschliches an sich hatte und die Frei wirklich hätte vergessen lassen können, dass er ein Sterblicher war – wenn er nur nicht so sehr nach Mensch gerochen hätte.

Aber alles ging gut. Niemand drehte sich auch nur nach ihnen um. Und endlich standen sie versteckt zwischen den hohen Sträuchern am Rand der West Street, direkt gegenüber dem Gebäude, in dem im siebten Stock Cedrics Wohnung lag. Das Loch in der Scheibe war verschwunden, als wäre Frei niemals hinausgesprungen. Bei der Erinnerung an den Sturz lief ihr ein Schauer über den Rücken. Es brannte kein Licht. Hoffentlich war Cedric überhaupt zu Hause? Frei spürte, wie sie innerlich zu zittern begann. Sie konnte nicht gut schätzen, wie lange der Weg durch die Kanalisation gedauert hatte. Aber es musste sicher schon auf den Morgen zugehen, selbst wenn die Sonne sich noch nicht zeigte. Er war doch nicht etwa auf der Suche nach ihr? Oder …?

Wie dumm, dachte sie, es war doch Dienstag, und vermutlich war er ganz normal auf der Arbeit in der Station und brauchte heute eben ein bisschen länger.

Cedric konnte einfach nichts passieren.

Hannah stieß sie in die Seite, und Frei zuckte zusammen.

»Geh vor und mach die Tür auf!«, zischte Hannah.

Frei nickte hastig. Dann drängte sie sich aus dem Gebüsch zurück auf den Weg und trat beherzt auf den Gehweg hinaus, als sei sie eine Spaziergängerin, die gerade aus dem Park kam. Es war alles in Ordnung, beruhigte sie sich selbst. Warum sollte sie irgendwem auffallen? Einmal davon abgesehen, dass sie einen viel zu großen Pullover trug, der ein recht ansehnliches Loch aufwies – direkt über Freis Bauchnabel. Die Wunde darunter war inzwischen so gut wie verheilt und ziepte nur noch ein wenig. Aber die Ränder des Wollgewebes waren immer noch blutig, und das Loch gab den Blick frei auf noch mehr blutig verschmierte und zerrissene Kleidung.

Frei reckte das Kinn. Sie war jung, und sie war progressiv. Sie durfte das.

Sie zwang sich, keinen Blick zurück zu dem Gebüsch zu werfen, in dem sich noch immer Hannah und Eloy verbargen. Stattdessen trat sie an den Straßenrand, wartete, bis die Fahrbahn frei war, und lief schließlich hinüber.

Die verspiegelte Glastür zum Foyer des Bürogebäudes öffnete sich, und Frei spähte in die verlassene Halle. Neonröhren verbreiteten kühles Licht, und die Stockwerkanzeige über der Fahrstuhltür leuchtete still. Niemand war zu sehen.

Frei trat vor den Sensor der Lichtschranke, ehe die Tür sich wieder schließen konnte, und sah auf die andere Straßenseite hinüber. Zwei Autos fuhren von links vorbei, eines von rechts. Ein junger Vampir mit Hund schlenderte für Freis Begriffe viel zu gemächlich den Gehweg entlang und bog schließlich in den Park ab. Noch fünf Autos rauschten vorbei.

Und dann war die Straße frei.

Hannah und Eloy lösten sich aus dem Gebüsch wie zwei Schatten, huschten über die Straße und an Frei vorbei ins Innere des Gebäudes. Mit einem Aufatmen folgte sie ihnen. Die Tür schloss sich und machte sie für alle Augen von draußen unsichtbar.

Hannah schob die Hände in die Taschen. Zum ersten Mal seit die Europäer aufgetaucht waren, sah Frei, wie ein grimmiges Grinsen auf ihrem Gesicht erschien. »Das war echt knapp.« Ihre Augen funkelten. »Die blöde Töle hätte uns fast gehabt.« Sie legte eine Hand auf den Griff des Revolvers an ihrer Hüfte. »Ich hätt das Vieh plattgemacht, im Ernst.«

Eloy legte ihr leicht eine Hand auf den Rücken. Er lächelte, aber er sagte nichts. Überhaupt war er die vermutlich schweigsamste Person, der Frei je begegnet war. Aber sie empfand das nicht unbedingt als unangenehm.

Frei räusperte sich und wandte sich zum Fahrstuhl um. Cedric hatte ihr einmal erklärt, wie sie in die Wohnung kommen konnte, wenn sie allein draußen und er drin war. Frei hatte das damals noch nicht einmal denken wollen – sie allein draußen! –, aber nun war sie froh, dass sie wusste, auf welchen der vielen Knöpfe sie drücken musste, damit oben in Cedrics Wohnung die Klingel ertönte.

Bange Sekunden verstrichen, und Frei drückte zur Sicherheit noch einmal.

Doch dann setzte sich mit leisem Rauschen der Fahrstuhl in Bewegung.

Als sich die Wohnungstür öffnete, nahm Frei sich keine Zeit, sich groß im Raum umzusehen. Für sie zählte nur Cedric, der – gewohnt bleich und mit tiefen Schatten unter den Augen, aber ansonsten unversehrt – vor ihr stand.

»Cedric!«

Mit ein paar Schritten war sie bei ihm und fiel ihm um den Hals, drückte ihn so fest sie konnte, bis sie hörte, wie der Atem mit einem leisen Keuchen aus seinen Lungen wich.

»Ist ja gut«, murmelte er. »Lass mich leben.«

Es war ein dummer Scherz, und Frei schaffte es nicht, darüber zu lachen, vielmehr war sie kurz davor, vor Erleichterung zu weinen. Aber es war schön, dass er dumme Scherze machte, weil das bedeutete, dass es ihm gutging, dass ihm nichts Schlimmes zugestoßen war. Denn erst jetzt wurde Frei wirklich bewusst, wie viel Angst sie um ihn gehabt hatte, und darum konnte sie sich noch nicht überwinden, Cedric wieder loszulassen, obwohl sie seine Brust jetzt mit weniger Kraft umklammerte.

Und Cedric ließ sie, zumindest für einen Moment, während seine Hand beruhigend über ihren Rücken strich. Schließlich aber schob er sie mit sanfter Gewalt ein Stück von sich weg.

»Möchtest du mir vielleicht ein paar Dinge erklären, Frei?«

Frei hob den Blick und bemerkte, dass er über ihre Schulter hinweg zu Hannah und ihrem Menschen sah, die etwas unschlüssig im Eingang stehen geblieben waren.

Frei räusperte sich und spürte, wie ihre Ohren ein bisschen wärmer wurden. »Cedric, das sind Hannah und …«

»Eloy.« Hannah trat einen Schritt vor, ehe Frei ihren Satz

beenden konnte. »Er ist Jäger bei den *Bloodstalkers.*« Sie reckte herausfordernd das Kinn.

Cedric hob die Brauen. Anscheinend, dachte Frei, wusste er im Gegensatz zu ihr sehr genau, was die *Bloodstalkers* waren. Und sie glaubte zu erkennen, dass er alles andere als begeistert über diese Eröffnung war – andererseits allerdings auch nicht gerade überrascht. Er musterte Hannah und Eloy eine Weile mit abschätzendem Blick. Schließlich aber hob er die Schultern. »Ist nicht mein erster.«

Für einen Moment schien Hannah tatsächlich sprachlos, und beinahe hätte Frei nervös gekichert. Dass Hannah die Worte fehlten, schien irgendwie unpassend. Dann aber schüttelte sie mit grimmiger Miene den Kopf. »Ich frage lieber nicht weiter.«

Für einen winzigen Bruchteil einer Sekunde sah Frei, wie Cedrics Mundwinkel zuckten, als müsse er sich ein trockenes Lachen verkneifen. Doch dann kehrte der düstere Ausdruck in seine Augen zurück.

In diesem Augenblick regte sich plötzlich ein leises Summen in Freis Kopf, und sie zuckte zusammen. Unwillkürlich fuhr ihre Hand zur Schläfe, und sie spürte das feine Band des Versprechens vibrieren, als wolle es sie daran erinnern, dass es wichtigere Dinge zu bereden gab als die Frage, ob Hannah und Eloy nun *Bloodstalkers* waren oder nicht. Und natürlich war das vollkommen richtig.

Frei räusperte sich. »Cedric …«

Cedric wandte sich zu ihr um. Als er sie ansah, erschien auf seinem Gesicht ein überraschter Ausdruck. Als könne er ihr an der Miene ablesen, dass es um etwas sehr Wichtiges ging. Und das war es ja auch. Unendlich wichtig.

Frei holte tief Luft. »Cedric … ich habe mit Kris gesprochen! Er will dich sehen.«

Einen Augenblick lang war es im Raum sehr still. Cedrics

Miene war wie gefroren, als könne er noch nicht recht begreifen, was er da hörte.

»Es gab einen Ort des Versprechens«, schaltete sich Hannah ein. Ihre Stimme klang seltsam scharf. »Ich schätze, du weißt, was das ist, oder?«

Cedric runzelte finster die Stirn. Ganz offensichtlich sagte ihm der Begriff sehr wohl etwas – im Gegensatz zu Frei. Doch sie wagte in diesem Moment nicht zu fragen.

»Blue war zufällig da, als er sich gemeldet hat«, fuhr Hannah im gleichen groben Tonfall fort. »Er hat nicht gesagt, wo er ist, aber er hat ihr einen Wegweiser in den Kopf gepflanzt oder so was. Ich hoffe mal, du kannst damit was anfangen.« Sie verzog das Gesicht, und nicht zum ersten Mal hatte Frei das Gefühl, dass Hannah wirklich wütend war, weil Kris mit Frei gesprochen hatte und nicht mit ihr.

Cedric zog nachdenklich die Brauen zusammen. Dann sah er zu Frei. »Und er will mich sehen, sagst du. Hat er verraten, warum?«

Frei schüttelte den Kopf und warf noch einen schnellen Blick zu Hannah hinüber. »Nein, eigentlich hat er gar nichts gesagt. Nur, dass ich zu dir gehen soll.« Sie schluckte mühsam, weil ihre Kehle sich plötzlich ganz trocken anfühlte. »Aber wir werden doch gehen, oder? Wir suchen ihn auf jeden Fall!«

Cedric antwortete nicht sofort. Sein Blick war noch immer sehr finster, und Frei glaubte, nun auch auf seinen Zügen Ärger zu sehen – worüber auch immer.

Endlich aber nickte er. Frei atmete hörbar auf, und für einen Augenblick glaubte sie ein nachsichtiges Lächeln in Cedrics Augen aufleuchten zu sehen. Dann wandte er sich wieder an Hannah.

»Und ich nehme an«, sagte er langsam, »du wirst darauf bestehen, uns zu begleiten.«

Hannahs Gesicht war betont ausdruckslos. Ihre Stimme allerdings war nun ruhig – und entschlossen. »Das werde ich.« Sie räusperte sich und sah zu dem Menschen hinüber, der immer noch bewegungslos an der Wohnungstür stand. »Eloy kann uns fliegen – wohin auch immer. Er hat Zugang zu einem Privatflugzeug.«

Cedric verengte kritisch die Augen, und auch Frei musterte Eloy überrascht. Sie hatte schon mehrmals gedacht, dass dieser Mensch wahrscheinlich sehr hilfreich sein konnte, wenn man draußen unterwegs war. Aber dass er so hilfreich sein würde, damit hatte sie nun doch nicht gerechnet.

Cedric ließ den Blick von Hannah zu Eloy und wieder zurück wandern. Dann nickte er knapp.

»Du wirst dieses Menschenmädchen allerdings nicht mitnehmen können.« Er warf einen kurzen Blick auf das Bündel in Hannahs Armen. Seine Miene war nun streng. »Und ich werde sie auch nicht heilen, wenn es das ist, was du hoffst.«

Frei wusste, was es bedeutete, wenn er in diesem Tonfall sprach: Widerspruch zwecklos. Hannah allerdings, die Cedric weniger gut kannte, schien das nicht so klar zu sein. Sie presste die Lippen zusammen.

»Es war *dein* Wächter, der sie verstümmelt hat.«

Cedric hob eine Braue. »Und es war sie selbst, die unerlaubt in meine Forschungsstation eingedrungen ist.«

Hannah holte tief Luft und kämpfte ganz offensichtlich gegen eine wütende Erwiderung. Es dauerte mehrere Sekunden, bis sie sich wieder zum Sprechen durchringen konnte. Frei konnte nur zu gut nachvollziehen, wie sie sich fühlen musste. Sie hatte solche Diskussionen zu oft selbst mit Cedric geführt.

Aber schließlich gab Hannah nach.

»Ich bringe sie zur OASIS, bevor wir aufbrechen«, murmelte

sie. Ihre Miene war finster. »Vielleicht kümmern sie sich dort um sie.«

Cedric nickte langsam, und Frei fiel ein, dass sie längst hatte fragen wollen, was eine OASIS war. Ob sie wirklich danach roch – und ob das etwas mit Red zu tun hatte.

Cedric legte ihr die Hand auf den Oberarm. »Keine Sorge. Wir werden auf der Reise viel Zeit zum Reden haben.«

Frei zuckte ein wenig zusammen. Richtig. Cedric würde wissen, was zu tun war.

Cedric sah von einem zum anderen. Dann wies er auf die grünen Sofas zwischen den Bücherregalen. »Also dann. Ich schlage vor, wir setzen uns erst einmal.« Sein Blick blieb an Frei hängen, und er musterte sie ernst. »Und dann werden wir sehen, was Kris uns hinterlassen hat – und wie wir damit arbeiten können.«

Frei antwortete nichts darauf. Ihre Kehle war vor Nervosität plötzlich wie zugeschnürt. Doch Cedric verstand die unausgesprochene Frage in ihren Augen auch so.

»Wir handeln so schnell wie möglich. Sobald die Sonne aufgegangen ist, brechen wir auf.« Ganz kurz nur legte er Frei eine Hand auf den zerwühlten Haarschopf. »Diesmal finden wir sie. Das verspreche ich dir.«

Kapitel Sechzehn

Auf dem Marktplatz von Kinlochliath, Schottland

Red verengte die Augen und sah durch den strömenden Regen zu der mit Sägespänen ausgestopften Vogelscheuche hinüber, die am anderen Ende des Dorfplatzes aufgerichtet war. In seinem Rücken spürte er die Blicke der Dörfler, die sich mit Gewehren und Pistolen bewaffnet am Rand des Platzes aufgereiht hatten. Die Nachricht von Reds Anwesenheit im Dorf – und von dem bevorstehenden Spektakel – hatte sich wie ein Lauffeuer herumgesprochen, und nun waren Hunderte von ihnen gekommen, um bei seiner Demonstration zuzusehen. Der Revolver lag vertraut in Reds Hand. Doch die Hand zitterte.

Er konnte noch immer nicht glauben, dass er hier wirklich stand. Dass er wirklich auf diese ausgepolsterte Vogelscheuche schießen wollte, um den Bewohnern von Kinlochliath zu zeigen, wie man Vampire außer Gefecht setzte. Nicht, dass er wirklich glaubte, Erfolg damit zu haben, indem er sie auf ein unbewegtes Ziel schießen ließ. Ganz abgesehen davon, dass gewöhnliche Munition Chase oder erst recht Kris allerhöchstens juckte. Red war sich recht sicher, dass er den Dörflern kaum würde weiterhelfen können – vor allem nicht, ehe die beiden Vampire von allein auf den Gedanken kamen, weiterzuziehen. Sie brauchten Blut, Blut, das sie hier nicht bekommen konnten. Also würden sie fortgehen und Red zurücklassen. Endgültig.

Red machte sich nichts vor. Es war noch viel schwerer, sich von Kris zu trennen, als er befürchtet hatte, auch wenn er wegen seines Verhaltens am Strand noch immer wütend auf ihn war. Tief in seinem Inneren wusste er es besser. Deswegen tat es auch so weh, dass er sie jetzt verriet. Denn genau das tat er, indem er sein Wissen mit den Dörflern teilte – ob er damit nun erfolgreich war oder nicht. Und deswegen stand er auch noch immer reglos da und konnte sich nicht überwinden, auch nur einen einzigen Schuss abzugeben.

Red festigte den Griff um die Waffe und dachte daran, wie hoffnungsvoll Elizabeth ihn angesehen hatte. Er hatte einen Grund, hier zu sein. Und es war zu spät, um zu zweifeln. Er riss den Arm in die Höhe.

Das vertraute Krachen der Schüsse erschütterte die Luft. Dreimal. Der scharfe Geruch von Schwarzpulver kitzelte seine Nase. Langsam drehte Red sich um, um den Blicken der Dorfbewohner zu begegnen. Er musste nicht hinsehen, um zu wissen, dass von der Puppe erschreckend wenig übrig geblieben war.

Niemand rührte sich. Sie waren tief beeindruckt, alle miteinander, auch wenn manche von ihnen es zu verbergen versuchten. Red fühlte sich plötzlich eindrücklich an den ersten Tag seines Trainings bei Tony erinnert. An seine hilflosen Versuche, zumindest grob in die Richtung der Übungspuppe zu schießen und sich wenigstens nicht vom Rückstoß von den Beinen werfen zu lassen. Heute hatte er mit einer Hand geschossen, und er spürte kaum eine Belastung in seinen Muskeln. Und auch, wenn viele der Männer und Frauen, die ihn jetzt mit großen Augen anstarrten, nicht ganz so unbedarft im Umgang mit Waffen sein mochten wie er damals, begriff er doch, dass seine Vorstellung etwas nahezu Unmenschliches an sich gehabt haben musste. Red spürte erstaunt, dass dieser Gedanke ihn mit grimmiger Befriedigung erfüllte. Wie hätten sie ihn erst angesehen, dachte er, wenn er auf ein bewegtes Ziel geschossen hätte?

In jedem Fall, so viel war sicher, würden sie mehr Vogelscheuchen brauchen.

»Wenn ihr euch die Puppe aus der Nähe anseht«, erklärte er nüchtern, »werdet ihr feststellen, dass ich an drei Stellen getroffen habe. Hals, Augen und Herz – sofern man bei einer Vogelscheuche davon sprechen kann. Man nennt sie auch die Vitalpunkte der Vampire. Dort verlieren sie besonders schnell und besonders viel Blut – der einzige Weg, um sie vorübergehend daran zu hindern, euch anzugreifen. Meine Patronen explodieren, wenn sie ihr Ziel treffen, um den Effekt zu verstärken. Aber ich nehme an, dass man auch mit gewöhnlicher Munition eine ähnliche Wirkung erzielen kann.«

Langsam steckte er den Revolver zurück in sein Halfter und ließ den Blick über die versammelten Menschen schweifen. »Also, möchte es jemand versuchen? Einen Angriff dürfte die Lady dort hinten noch überleben.«

Red spürte seine Mundwinkel unwillkürlich zucken, als ihm klar wurde, dass er, ohne es zu merken, Tonys Art zu reden übernommen hatte – nur dass seine Stimme nicht so laut und beeindruckend war wie die des hünenhaften Vampirs.

Er war nicht überrascht, dass Colin der Erste war, der vortrat. Red runzelte die Stirn. Die ganze Situation zwischen ihm und Mornas Bruder war unangenehm persönlich – und das nicht nur, weil Red sich inzwischen sicher war, dass Colin und Elizabeth bis vor einigen Tagen zumindest inoffiziell ein Paar gewesen waren. Der Gedanke fühlte sich alles andere als gut an. Doch andererseits sah Red auch nicht ein, warum er diesem aggressiven Mann, der ihn kaum zwei Stunden zuvor im Pub so in die Ecke gedrängt hatte, das Feld überlassen sollte. Zumal, was Elizabeth betraf, aus jedem Blick und jeder Bewegung sprach, dass sie sich für ihn entschieden hatte. Nicht für Colin. Und wenn Colin nun glaubte, er könne sich mit Red messen – dann war es nicht Reds Problem, wenn er dabei vor aller Augen möglicherweise schlecht abschnitt.

Ein Muskel zuckte in Colins Kiefer, als er sich neben Red stellte. Davon abgesehen war sein Gesicht regungslos. »Welches Auge ist egal?«

Red hob eine Braue. Das war eine dumme Frage. Chase hätte ihn dafür einen Idioten genannt. Oder ihn ausgelacht. Red tat nichts dergleichen. Er war nicht Chase.

»Völlig egal«, sagte er. »Am besten beide.«

Colin nickte und hob seine Waffe – eine kleine, schwarze Pistole. Regen rann aus den dunklen Locken über seine Stirn, seine Wangen und in seine Augen. Er blinzelte mehrmals.

»Vampire werden dir keine Zeit zum Zielen lassen«, kommentierte Red trocken. »Du wärst längst tot.«

Er sah, wie Colin die Lippen zusammenpresste. Dann schoss er – und traf die Vogelscheuche mitten in die Stirn.

»Daneben«, sagte Red, ohne hinzusehen. »Drei, zwei, eins. Tot.«

Colin zischte wütend und feuerte erneut. Der Schuss ging noch weiter daneben als der erste.

»Immerhin, beinahe hättest du die Kehle getroffen.«

Es war Colins Miene deutlich anzusehen, dass er die Pistole am liebsten zu Boden gepfeffert hätte. Aber diese Blöße gab er sich natürlich nicht.

Red wandte sich wieder zu den Menschen hinter ihm um, die, wenn das überhaupt möglich war, noch stiller geworden waren. »Ich habe euch gesagt, es hat keinen Sinn«, erklärte er sehr ruhig. »Vielleicht glaubt ihr mir jetzt. Selbst wenn ihr monatelang trainiert und Hunderte von Vogelscheuchen tötet – ihr macht euch keine Vorstellung davon, wie schnell Vampire sind. Greift sie nicht an! Sie werden euch fertigmachen – nicht umgekehrt.«

Er hatte noch nicht ganz ausgesprochen, als plötzlich ein Kribbeln durch seinen Kopf zuckte wie ein elektrischer Schlag. Im letzten Augenblick konnte Red sich davon abhalten, zusammenzuzucken und den Revolver wieder aus dem Halfter zu reißen. Er brauchte nicht lange zu überlegen, was die Ursache gewesen sein könnte. Hatte er wirklich geglaubt, sie würden ihn in Ruhe lassen? O nein. Das war nicht Chase' Art. Nie gewesen. Fast hätte er gelacht. Aber das hätte vor all den Dörflern, die von dem Ruf nichts mitbekommen hatten, doch zu seltsam gewirkt.

»Wir sind Hunderte!« Es war der aknenarbige Mann, der Colin im Pub unterstützt hatte, der sich nun einmischte. Drew war sein Name, wenn Red sich recht erinnerte. Er war wütend. Stinkwütend sogar, vermutlich weil Red seinen Freund gedemütigt hatte. »Sie sind nur zu zweit. Wir wissen jetzt, worauf es ankommt – erzähl uns nicht, wir hätten keine Chance, du arroganter kleiner Scheißer!«

Das Kribbeln hatte nachgelassen, aber verschwunden war es nicht. Die Botschaft war eindeutig. Und sehr, sehr dringend. Vermutlich musste Red froh sein, dass der Sender nicht persönlich hier auftauchte. Besser, er zog sich jetzt zurück, bevor Chase doch noch auf dumme Gedanken kam. Red starrte Drew durchdringend an. »Tut, was ihr nicht lassen könnt. Ich habe euch gewarnt.« Er wandte sich schroff ab. Mit großen Schritten hielt er auf den Rand des Platzes zu.

»Hey!« Colins Stimme übertönte das aufgeregte Murmeln und das Rauschen des Regens. »Wohin gehst du?«

Red blieb kurz stehen und sah über die Schulter zurück. Er war jetzt selbst wütend. Wütend auf Colin, auf sich selbst – und auf diese verdammten Vampire. »Wonach sieht es denn aus? Ich lasse euch ins Verderben rennen.«

»Red!«

Das war Elizabeth. Aber Red wollte auch sie nicht hören, nicht jetzt. Er wollte nicht, dass sie ihm nachlief, und auch nicht, dass sie sah, mit wem er gleich sprechen würde. Wenn er das zuließ, würde er nicht mehr verhindern können, dass ein Vampir sie berührte.

»Bring sie zur Vernunft!« Es war ein Befehl, vorgebracht mit einer Grobheit, die sie ganz sicher nicht verdient hatte. Aber er wusste sich nicht anders zu helfen. Elizabeth zuckte sichtlich zurück, als hätte sie sich an etwas verbrannt. Für einen Augenblick sah sie aus, als wollte sie noch etwas sagen, vielleicht doch zu ihm laufen und ihm folgen.

Aber sie tat es nicht. Sie stand einfach da, und zwischen all den Menschen sah sie so verloren aus, dass Red das fast schmerzliche Bedürfnis verspürte, seine harschen Worte irgendwie abzumildern. Ihr zu zeigen, dass sein Tonfall nicht persönlich gemeint war.

Stattdessen drehte er sich um und verließ den Marktplatz, so schnell er konnte.

Es war leicht, Chase zu finden. Oder vielmehr fand Chase Red, kaum dass er sich einige Straßen vom Dorfzentrum und den dort versammelten Menschen entfernt hatte. Er hockte auf einer Mauer, ganz in der Nähe des Flusses, der Kinlochliath in zwei Hälften teilte, als sei es das Natürlichste auf der Welt.

Red blieb stehen. »Ich habe gehört, du wärst so gut wie tot.«

Chase sprang mit einem lockeren Satz von der Mauer. Das nasse Haar hing ihm in dunklen Strähnen ins Gesicht. »Witzig. Ich habe gehört, du wärst jetzt komplett durchgeknallt.« Er schüttelte den Kopf. »Komm mit! Ich will mit dir reden.«

Red zögerte einen Moment. Chase wollte reden. Aber er war sich nicht sicher, ob er selbst das auch wollte. Allerdings war es auf jeden Fall das Klügste, wenn er dafür sorgte, dass Chase möglichst schnell von dieser Straße verschwand. Nach allem, was gerade auf dem Marktplatz geschehen war, schien es Red noch weniger wünschenswert als zuvor, im vertrauten Gespräch mit einem Vampir gesehen zu werden. Und er glaubte nicht, dass es Chase besonders gekümmert hätte, wenn er ihn einfach aufgefordert hätte zu verschwinden. Also nickte er nur und folgte ihm die Böschung zum Fluss hinab, wo sie sich im Schatten der Brücke verbargen, die die beiden Ufer miteinander verband. Vom Regen, der immer noch unbeirrt aus dem Himmel fiel, war hier kaum etwas zu merken. Dafür stank es nach Moder, Schimmel und brackigem Wasser.

Red verschränkte die Arme vor der Brust und lehnte sich gegen einen der schmierig feuchten Pfeiler. »Also?«

Chase schwieg noch eine ganze Weile. Seine Miene war grimmig.

»Das Mädchen«, sagte er endlich. »Elizabeth. Ist sie schuld daran, dass du jetzt so bescheuert bist?«

Red atmete tief durch. Er hatte es ja geahnt. »Hör mal, Chase«, sagte er ärgerlich. »Spar dir das. Ich habe mich entschieden. Hau einfach ab und lass mich in Frieden leben, okay?«

Chase stieß ein höhnisches Lachen aus. »In Frieden! Das glaubst du doch nicht wirklich, oder?« Er schüttelte ungeduldig den Kopf. »Die hassen dich, Mann! Selbst einem Blitzmerker wie dir sollte das nach der Nummer gerade klar sein. Was sollte das überhaupt?« Er schnaufte verächtlich. »Als ob du diesen Weichbirnen irgendwas beibringen könntest. Du gehörst hier nicht her, kapierst du das endlich? Hast du vergessen, dass wir zurück nach Kenneth wollen?«

Red zog die Brauen zusammen. »*Du* willst zurück nach Kenneth, Chase. *Ich* will hierbleiben.«

Chase stieß einen verächtlichen Laut aus. »Ach wirklich. Seit wann das denn?«

»Kannst du mir sagen, was ich in Kenneth soll?« Red sah Chase ärgerlich an. »Du und Kris, ihr beide. Ehrlich, ich wäre sehr dankbar, wenn ihr endlich aufhören würdet, mir ständig zu erzählen, was ich will!«

Chase' Blick war eiskalt und sehr klar. »So. Verstehe. Und was ist mit Blue?«

Red schloss kurz die Augen und versuchte, das schmerzhafte Ziehen in seiner Brust zu ignorieren. »Blue ist jetzt ein Vampir. Ich nicht. Und wenn du es genau wissen willst, ich habe nicht die Absicht, daran etwas zu ändern. Reicht dir das als Antwort?«

Eine ganze Weile sagte Chase gar nichts. Doch sein Blick ließ Red nicht einen Moment lang los.

»Blue wird herkommen«, sagte er endlich. Seine Stimme klang zu nüchtern für das düstere Glühen, in dem seine Iris leuchtete. »Noch heute Nacht. Sie sucht nach dir.«

Nach allem, was er in den letzten Stunden erlebt und gefühlt hatte, hätte Red erwartet, dass eine Nachricht wie diese ihn mehr aus der Fassung bringen würde. Er hatte mit Freude gerechnet oder vielleicht auch mit Angst, da war er sich nicht sicher. Mit Aufregung in jedem Fall. Aber die Worte hallten nur seltsam dumpf in ihm wider.

Blue würde herkommen. Das änderte alles.

Chase wusste das – genauso wie Kris es wusste. Und darum war dieses bevorstehende Zusammentreffen alles, nur kein Zufall. Die Erkenntnis begann in Reds Inneren zu zittern. Und zum ersten Mal seit langem konnte er Chase' Blick nicht standhalten. Er wandte sich ab.

»Das löst das Problem nicht«, brachte er endlich hervor und starrte auf den Fluss, mit Augen, die plötzlich unerträglich brannten.

Chase schnalzte ungeduldig mit der Zunge. »Was zum Teufel *ist* das Problem?«

Red ballte die Hände zu Fäusten. »Du weißt genau, was das Problem ist, Chase!«

Eine Weile blieb Chase still. Dann hörte Red, wie er langsam Luft ausstieß. »Ich weiß vor allem«, sagte er leise, »wie es ist, jemanden zu verlieren.«

Red zuckte zusammen. Chase' Stimme, obwohl fast tonlos, drang wie eine scharfe Nadel in seinen Kopf. Da war keine Wehmut in den Worten, nicht einmal Schmerz. Nur Entschlossenheit.

Red atmete tief durch und zwang sich, Chase wieder anzusehen. »Was willst du damit sagen?«

Etliche Sekunden lang zeigte das Gesicht seines Freundes nicht die kleinste Regung. Er sah Red nur an, mit demselben starren Blick wie zuvor. Dann lachte er. Es klang fassungslos und resigniert zugleich. »Gar nichts. Ich will gar nichts sagen.« Seine Augen funkelten. »Aber eins ist sicher. Ich verliere niemanden mehr. Auch dich nicht.«

Eine Ewigkeit, so schien es, war es still zwischen ihnen. Nur der Regen rauschte unbeirrt.

Und dann zerfetzte ein Geschoss Chase' Kehle.

Für einen endlosen Moment begriff Red nicht, was geschah. Blut spritzte in sein Gesicht, als weitere Schüsse in Chase' Körper einschlugen. Immer und immer wieder. Er sah dieselbe entsetzte Verblüffung auf dem Gesicht seines Freundes, ehe er zwei Schritte nach vorn taumelte.

Und stürzte.

Red riss seinen Revolver aus dem Halfter, noch bevor Chase in das niedrige Wasser klatschte, das gegen das Ufer zu seinen Füßen schwappte. Doch er wusste, er würde nicht schießen. Wenn er traf, würde Colin sterben.

Mornas Bruder stand oben auf der Straße, kaum fünfzig Meter von ihnen entfernt. Bei ihm waren Drew, Finnegan und vielleicht zehn weitere Personen, die Red auf dem Marktplatz gesehen hatte. Sie alle waren bewaffnet. Und sie alle waren bessere Schützen, als er erwartet hatte.

»Fallenlassen!« Colins Stimme schwankte leicht vor Erregung. Trotzdem drangen die Worte klar durch den Regen zu Red herüber. »Ich sage es nur einmal: Waffe weg und Hände hinter den Kopf! Oder ich mach dich fertig, Vampirfreund!«

Mit einem dumpfen Laut fiel der Revolver ins Gras der Böschung. Langsam, sehr langsam hob Red die Hände in den Nacken. Aus dem Augenwinkel versuchte er zu sehen, was mit Chase war. Warum stand er nicht wieder auf?

Kris' Worte kamen Red in den Sinn.

»Chase wäre heute Nacht fast gestorben!«

Er hatte plötzlich das Gefühl, als ob eine Schlinge sich immer fester um seine Kehle zuzog. Er hatte nicht mehr daran gedacht. Chase hatte doch eben noch ganz normal gewirkt!

Colin trat inzwischen näher. Drew und Finnegan hielten sich dicht hinter ihm, die Waffen eisern auf Red gerichtet, während die zurückbleibenden Männer und Frauen weiterhin auf Chase zielten, der reglos mit dem Gesicht nach unten im seichten Wasser des Flusses lag.

»Den Revolver.« Colin deutete mit dem Kinn auf die Waffe zu Reds Füßen. »Schieb ihn zu mir rüber.«

Red biss die Zähne zusammen und tat, was Colin sagte. Hastig suchte er mit den Augen die Reihen der Menschen ab, die noch immer oben auf der Straße standen. War Elizabeth bei ihnen? Er konnte sie nicht sehen.

Colin hob Reds Revolver auf und wog ihn einen Augenblick lang mit nachdenklichem Gesicht in der Hand. Dann steckte er seine eigene Pistole weg, packte den Griff mit beiden Händen und richtete den Lauf auf Chase. Der Donner der Schüsse brach sich unter den steinernen Bögen, die die Brücke trugen, dass Reds Ohren klingelten. Blut färbte den Fluss tiefrot und trieb in trägen Schlieren davon. Und spätestens jetzt war Red klar: Chase bluffte nicht.

Er war genauso leblos, wie er aussah.

Ein seltsam dumpfes Gefühl breitete sich in Reds Kopf aus. Er begriff es nicht. Er begriff es einfach nicht. Es war nicht möglich, dass diese Menschen sich ihnen genähert hatten, ohne dass sie auch nur das Geringste davon bemerkt hatten! Es war nicht möglich, dass sie *Chase erschossen hatten!*

Und doch war genau das passiert.

Eine Hand packte ihn am Arm und drehte ihm grob die Hände auf den Rücken. Die Mündung einer Pistole presste sich zwischen Reds Schulterblätter. »Ich wusste die ganze Zeit, dass du nichts als ein dreckiger Vampirspitzel bist!«, zischte Colin. »Wenn du dich rührst, ohne dass ich es dir sage, knall ich dich ab, ich schwör's!«

Nur kurz dachte Red daran, sich gegen ihn zur Wehr zu setzen. Nach allem, was er bei Hannah und Kris gelernt hatte, wäre es ihm vielleicht sogar gelungen, sich aus dem Griff zu befreien und Colin die Waffe abzunehmen. Aber was würde ihm das helfen? Er konnte nicht fliehen, nicht ohne Chase … Und Red zweifelte nicht eine Sekunde daran, dass Colin es ernst meinte. Verdammt ernst. Er würde ihn erschießen – vermutlich sogar mit Genugtuung, wenn Red ihm Anlass dazu gab.

Er konnte nicht denken. Jeder Gedanke war wie betäubt, verschwand in einem Schleier aus Entsetzen.

Kris – wo war Kris? Warum war er nicht hier?

Red sah noch, wie Drew und Finnegan Chase' schlaffen Körper aus dem Fluss zerrten und ihn mit Stricken fest verschnürten. Dann stieß Colin ihn vorwärts, die Böschung hinauf. Die Menschen, die oben gewartet hatten, schlossen einen Kreis um sie, bis er nicht mehr sehen konnte, was unter der Brücke geschah. Die Gruppe drängte vorwärts, und Red blieb keine andere Wahl, als mitzugehen. Zurück auf dem Weg, den er kurz zuvor erst gegangen war, zurück zum Marktplatz.

Doch schon als sie kaum hundert Meter hinter sich gebracht hatten, hörte Red den Schrei. Er erschütterte die Luft wie das Dröhnen eines Nebelhorns, ein Laut so rau und wild, dass er Red bis ins Mark erzittern ließ. Der Schrei eines Vampirs in Todesqualen.

Chase!

Red fuhr herum, ohne noch einen einzigen Gedanken an die Pistole in seinem Rücken zu verschwenden, riss sich los aus dem Griff, der ihn hielt – da traf ihn ein harter Faustschlag gegen den Kiefer und schmetterte ihn zu Boden. Auf Händen und Knien landete er im feuchten Schotter und wollte sofort wieder aufspringen. Doch ein Tritt in die Nieren warf ihn auf die Seite. Red keuchte und spuckte und hörte jemanden fluchen – Colin. Weitere Schläge und Tritte prasselten nun von allen Seiten auf ihn ein, und er riss die Arme hoch und rollte sich zusammen, um wenigstens seinen Kopf zu schützen, während der Schrei noch immer die Luft zerriss. So nah. Und er konnte doch nichts tun. Reds Sicht verschwamm. Die Welt rückte in weite Ferne. Nicht einmal mehr den Regen konnte er noch auf seiner Haut spüren. Chase' Todesschrei verschwand hinter dem Rauschen des Blutes in Reds Ohren. Ein heftiger Tritt traf seinen Hinterkopf.

Dann wurde die Welt still.

Und schwarz.

Kapitel Siebzehn

28 Forest Lane, Kinlochliath, Schottland

Elizabeth stürzte den Whisky in einem Zug hinunter und knallte das Glas mit solcher Wucht auf den Tisch, dass die Wasserkaraffe bedenklich wackelte.

»Was denkt er sich?« Sie griff nach der Whiskyflasche und schenkte sich nach. Es war ihr viertes Glas, der vierte dreifache innerhalb der letzten fünfzehn Minuten, und das vierte Mal, dass sie zu ihrer bitteren Schimpftirade ansetzte, die ihr doch so überhaupt nicht weiterhalf. Allmählich schwamm ihr ein wenig der Kopf. Aber das war gut. Es war gut, die Demütigung und den Zorn zu betäuben. Elizabeth hoffte, dass es ihr helfen würde, klarer zu sehen, was sie tun musste – auch wenn dieser Gedankengang absurd klang. Mit all dieser Wut im Bauch würde sie sonst vielleicht etwas sehr, sehr dummes tun.

Es war allerdings gut möglich, dass sie das so oder so würde.

Morna saß ihr gegenüber am Küchentisch und beobachtete sie besorgt. Aber sie hielt sie auch nicht auf.

»Er kann mich nicht einfach hier einsperren! Ich bin nicht sein Eigentum!« Elizabeth kippte auch den vierten Whisky hinunter, ohne nur einmal abzusetzen. Ihre Kehle brannte, und Tränen stiegen ihr in die Augen. Tränen, die nicht nur von der Schärfe des Alkohols kamen.

»Lizzy …«, begann Morna vorsichtig.

»Ich erkenne ihn überhaupt nicht mehr!« Elizabeth ballte die Fäuste. »Wer ist dieser Scheißkerl eigentlich?«

»Hör auf damit, Lizzy.« Morna schüttelte den Kopf. »Er macht sich Sorgen um dich, das weißt du genau.«

»Sorgen!« Elizabeth stieß ein höhnisches Lachen aus. »Als ob es ihm auch nur ein bisschen um mich ginge!«

»Natürlich geht es ihm um dich!« Auch Morna wurde jetzt lauter. »Denkst du nicht, er ist zu Recht wütend, nachdem du ihn vor allen anderen für einen Fremden verlassen hast?«

Elizabeth erstarrte. Ungläubig sah sie Morna an, während sie beunruhigt bemerkte, dass es ihr allmählich schwerfiel, ihren Blick zu fixieren. Ihre Zunge bewegte sich unangenehm schwerfällig. »Auf wessen Seite stehst du eigentlich?«

Morna runzelte die Stirn. »Du bist betrunken, Lizzy, und ich werde jetzt nicht mit dir streiten. Aber lass dir eins gesagt sein: Es ist nicht in Ordnung, wie du dich zuletzt verhalten hast. Hast du eigentlich mal darüber nachgedacht, wie weh du uns damit tust?« Sie schüttelte ärgerlich den Kopf. »Wir waren immer auf deiner Seite, Lizzy. Immer! Aber Red hat uns nur angelogen, seit er hier aufgetaucht ist. Erst hat er gesagt, er sei vor den Vampiren auf der Flucht – dann waren es plötzlich seine Freunde. Kurz darauf hat er behauptet, sie zu verlassen und auf unserer Seite zu sein, und *dann* hat er sich trotzdem noch mit ihnen getroffen! Mach endlich die Augen auf, Lizzy! Ich weiß nicht, was er sich davon verspricht, aber er spielt dir was vor!«

Elizabeth fuhr sich mit der Zunge über die aufgesprungenen Lippen, ohne dass es viel geholfen hätte. Mornas Worte bohrten sich schmerzhaft in ihre Brust. Und tief in sich wusste sie natürlich, dass womöglich etwas Wahres daran war. Aber das wollte sie einfach nicht so sehen. Wie Red sie geküsst hatte. Seine Trauer, als er ihr von dem Mädchen erzählte, das er verloren hatte, und wie er sich danach an ihr festhielt. Sein Blick, als er sagte, er wolle bei ihr bleiben und neu anfangen – das war echt gewesen. Es konnte einfach keine Täuschung sein.

»Er hat nie gesagt, dass er die Vampire hasst«, presste sie endlich mühsam hervor. »Das war Colin. *Er* hat das behauptet, *er* hat gelogen, Morna! Red … es hat ihm weh getan, die Vampire zu verlassen, weil sie seine Freunde sind! Aber er hat es trotzdem getan! Für mich, verstehst du das nicht?« Die Tränen ließen sich jetzt nicht mehr zurückhalten. Heiß und zornig rannen sie über ihre Wangen. Das Salz brannte auf Elizabeths wunder Haut.

Noch einmal schüttelte Morna den Kopf. Ihre Miene war etwas weicher geworden. »Tut mir leid, Liz. Aber das ist verliebter Unsinn.«

Sie zog die Flasche weg, als Elizabeth erneut danach greifen wollte. »Schluss jetzt. Du hast wirklich genug gehabt.«

»Nein!« Elizabeth hieb mit der Faust auf den Tisch, und diesmal kippte die Karaffe wirklich. Wasser ergoss sich über den Tisch und auf den Fußboden. Aber Elizabeth kümmerte sich nicht darum. Plötzlich war alles in ihr völlig klar. Selbst der Nebel des Alkohols in ihrem Kopf war wie weggewischt.

»Nein, ich habe nicht genug«, zischte sie wütend. »Ich lasse nicht zu, dass er Red etwas antut. Und den Vampiren auch nicht!«

Mit einem Ruck drehte sie sich um und ging zur Tür.

Hinter ihr polterte ein Stuhl zu Boden, als Morna aufsprang. »Lizzy! Bleib hier!« Mit hastigen Schritten umrundete sie den Tisch und packte Elizabeth am Arm.

Elizabeth fuhr herum. »Lass mich!«

Aber Morna ließ sie nicht. »Niemand wird Red etwas antun!«, sagte sie eindringlich. »Denkst du wirklich, Colin könnte das? Bleib hier, bis er wiederkommt, Lizzy – bitte! Und wenn du's für mich tust.«

Elizabeth starrte ihre beste Freundin an, ohne sie wirklich zu sehen. Noch nie hatte sie Morna gegenüber so brennende Wut empfunden. »Bist du meine Freundin oder meine Gefängniswärterin?« Sie hörte ihre eigene Stimme gefährlich leise klingen. »Es ist mir egal, was Colin sagt. Er ist nicht mehr der, den ich kannte. Und er kann mir nicht befehlen, hierzubleiben.« Mit einer schroffen Bewegung machte sie sich von Morna los. »Du musst mir nicht helfen. Sag ihm einfach, ich bin weggelaufen. Leb wohl, Morna.«

Und ohne noch eine Antwort abzuwarten, wandte sie sich um und stürmte mit großen Schritten durch den Flur, durch den Vorgarten und auf die Straße, während sie sich schmerzlich bewusst war, dass nicht nur Morna, sondern auch alle Nachbarn durch die Fenster ihre Flucht verfolgten. Die Flucht von Colins untreuer Freundin, die jetzt auch noch verrückt geworden war.

Doch erst, als sie bereits zwischen den Bäumen am Ende der Straße untergetaucht war; als sie durch das dichte Unterholz rannte, so schnell sie ihre Beine trugen, wurde ihr wirklich klar, was sie gerade eben gesagt hatte.

Leb wohl.

Ein Abschied, der endgültig klang. Und nach allem, was sie bisher getan hatte und noch tun würde, dachte Elizabeth, war es gut möglich, dass sie nun wirklich niemals mehr in das kleine Haus am Waldrand zurückkehren konnte.

Aber darüber wollte sie jetzt nicht nachdenken. Sie brauchte Hilfe – Hilfe für Red. Und ihr fiel im Augenblick nur ein einziger Ort ein, an dem sie die finden konnte.

Sie musste nach Callahan Castle, in die Burg auf der Insel Dorthin, wo der Vampir mit den schwarzen Augen wartete.

Kapitel Achtzehn

Callahan Castle, Kinlochliath, Schottland

Kris konnte sich nicht erinnern, wann er zum letzten Mal so unruhig gewesen war. Seit seinem unerwarteten Gespräch mit Blue war er in eine innere Rastlosigkeit verfallen, die ihn wie einen Tiger im Käfig durch die verfallenen Gänge, Säle und Kammern der Burg streifen ließ, ohne dass er hätte sagen können, was er eigentlich suchte. Oder ob er überhaupt etwas suchte. Er wusste nur, dass er es auf diese Weise vermutlich nicht finden würde. Aber das hielt ihn nicht im Geringsten davon ab, seine ziellose Wanderung fortzusetzen. Und dass er nicht wusste, wo Chase sich gerade aufhielt, machte seine Unruhe nur noch schlimmer. Denn Chase war aufgebrochen, um Red zurückzuholen. Ob er ihn allerdings schon gefunden hatte, wusste Kris nicht, und es machte ihn wahnsinnig.

Das Dorf war in Aufruhr. Schon seit Stunden spürte Kris die hektische Betriebsamkeit, die vom anderen Ufer herüberschwappte und die Luft zum Pulsieren brachte – eine Aufregung, die nicht einmal der erstickend dichte Regen lindern konnte, der seit dem Morgen aus dem düstergrauen Himmel fiel.

Es musste mit Red zu tun haben. Kris war sich da absolut sicher. Red hatte das verschlafene Dorf wachgerüttelt, erweckte es zu neuem Leben. Der Gedanke drehte Kris den Magen um. Er war hin und her gerissen zwischen Hoffnung und Selbstvorwürfen, so stark, dass ihm schwindelig davon wurde. Und dass sein Unwohlsein auch damit zusammenhängen konnte, dass er schon wieder Chase von sich hatte trinken lassen – darüber wollte er gar nicht erst nachdenken.

Er war so sehr mit seinen Gedanken beschäftigt, dass er das Boot auf dem See erst bemerkte, als es schon beinahe das Ufer der Insel erreicht hatte. Ein kleines Ruderboot, besetzt mit nur einer einzigen Person. Kris erkannte sie sofort. Wie vom Schlag getroffen, blieb er stehen und starrte ungläubig aus dem Fenster des Wehrgangs, über den er eben noch gelaufen war. Es war wie eine Erschütterung, die die feuchte Stille in unzählige Splitter zerbersten ließ.

Elizabeth. Und sie war ganz allein. Schließlich hatte er selbst dafür gesorgt – auch wenn sich das auf schreckliche Weise gegen ihn gewandt hatte.

Was zum Teufel wollte sie hier?

Kris rannte die Stufen hinunter, ohne noch einen zweiten Gedanken zu verschwenden. Sein Herz hämmerte wie rasend – eine Empfindung, von der er fast vergessen hatte, wie sie sich anfühlte. Etwas war geschehen, etwas Furchtbares, und es hatte mit Red zu tun. Kris wusste es mit tödlicher Sicherheit. Elizabeths ganze Präsenz verströmte diese schreckliche Furcht – die Furcht, jemanden in Gefahr zu wissen, den sie liebte. Und wen Elizabeth liebte, das wusste Kris ebenso sicher.

Er erreichte den Strand fast im gleichen Moment, als auch das Boot knirschend auf den Kies auflief und Elizabeth über die Bordwand in das seichte Wasser sprang.

Sie hatte ihn längst gesehen. Ihr Gesicht war aschfahl, und ihre Augen waren groß und dunkel. Für einen Moment schien es fast, als wolle sie bei seinem Anblick zögern, vielleicht sogar umkehren. Aber sie tat es nicht. Stattdessen reckte sie entschlossen das Kinn nach vorn.

»Elizabeth.«

Kris blieb stehen und bemühte sich, seinen jagenden Puls

zumindest etwas zu beruhigen. »Was ist passiert? Wo ist Red?«

Elizabeth machte einen Schritt auf ihn zu, bis sie kaum noch eine Armlänge von ihm entfernt war. Ihre Lippen zitterten.

»Sie haben sie angegriffen«, flüsterte sie. »Sie haben Chase erschossen, und Red …«

Ihre Worte drangen wie eisige Nadeln in Kris' Bewusstsein.

»Was ist mit Red?« Er konnte nicht verhindern, dass seine Stimme einen Klang annahm, der viel zu schneidend war, wenn er Elizabeth keine Angst machen wollte. Aber das war jetzt nicht so wichtig.

»Ich weiß nicht, was sie mit ihm vorhaben.« Elizabeth ballte die Fäuste, dass ihre Knöchel weiß hervortraten. »Wahrscheinlich haben sie ihn im Schmiedekeller eingesperrt. Ich will ihn da rausholen, aber … ich kann das nicht allein. Du musst mir helfen, bitte!«

Kris starrte sie an, diese zierliche Person, deren Wille doch so stark war. Sie war hierhergekommen, obwohl sie ihn hasste. Obwohl sie ihn fürchtete. Für Red. Und gegen die Menschen im Dorf, bei denen sie aufgewachsen war. Für Red verriet sie alles, was sie kannte.

Und sie ahnte nicht einmal, was sie damit in Kris anrichtete.

Sanft legte er ihr eine Hand auf die Schulter. »Keine Angst, Elizabeth. Ich bin auf deiner Seite.« Er spürte, wie ein düsteres Lächeln seine Lippen verzog. »Zeig mir, wo er ist.«

Elizabeth nickte – ein wenig verkrampft, aber entschlossen. Ihr Blick wich seinem nicht einen Moment lang aus. »Ich hatte gedacht«, sagte sie leise, »du könntest mich als Geisel nehmen. Dann werden sie sich nicht trauen, dich auch anzugreifen.«

Kris hob überrascht die Brauen. Dann schüttelte er den Kopf. »Keine schlechte Idee. Aber das wird nicht nötig sein.« Er ließ ihre Schulter los und streckte ihr stattdessen die Hand entgegen. Zögernd schlossen sich ihre schmalen Finger um seine. Kris' Lächeln vertiefte sich, als er spürte, wie die Dunkelheit sich in ihm sammelte. Heute würde er sich nicht zurückhalten. Wer seinen Red anrührte, hatte keine Gnade verdient. Er zog Elizabeth an sich und hob sie auf seine Arme. Dann neigte er den Mund dicht zu ihrem Ohr. Ihr Atem streifte warm und zitternd seine Wange. »Denk immer nur an eins«, flüsterte er. »Lass meine Hand nicht los. Dann wird dir nichts geschehen. Ich verspreche es dir.«

Kapitel Neunzehn

Kinlochliath, Schottland

Ein leichter Wind war aufgekommen und trieb ihnen den Regen in den Rücken, als Kris Elizabeth am Strand absetzte. Die feinen Tropfen benetzten die Haut in Elizabeths Nacken und schickten einen frösteligen Schauer durch ihren ganzen Körper. Ihre Finger fühlten sich bereits jetzt ein wenig verkrampft an, so fest klammerte sie sich an die Hand des Vampirs neben ihr. Sie durfte ihn nicht loslassen. Unter keinen Umständen. Das hatte er gesagt, und sie glaubte ihm aufs Wort. Je näher sie dem Dorf kamen, desto mehr hatte sie das Gefühl, sich im Zentrum eines Sturms zu befinden, gefangen in einer geisterhaften Stille, während um sie herum Kräfte entfesselt wurden, die alles vernichteten, was sie berührten. Kris' Gesicht war vollkommen reglos, die Haut seiner Finger glatt und kühl wie Porzellan, das sich nur durch das schnell pochende Blut in Elizabeths Hand leicht erwärmte. Doch in seinen Augen sah Elizabeth ein düsteres Glühen, das sämtliche Härchen an ihrem Körper sich zitternd aufrichten ließ, wann immer sein Blick sie nur streifte.

Schon von weitem konnte sie das Murmeln unzähliger aufgeregter Stimmen hören, das mal lauter, mal leiser zu ihnen herüberschwappte. Die Bewohner von Kinlochliath waren noch immer – oder schon wieder – auf dem Marktplatz versammelt. Der Rest des Dorfs war verlassen, wie ausgestorben. Nicht einmal die Lampen hinter den fest verschlossenen Vorhängen brannten, obwohl es inzwischen dämmerte und das wenige Licht, das der Regen noch nicht verschluckt hatte, immer weiter schwand. Es war, als hielte das ganze Dorf ängstlich den Atem an, als hätte sich alles Leben ins Herz der Siedlung zurückgezogen, wo es nun aufgeregt vibrierte. Je näher sie kamen, desto deutlicher konnte Elizabeth eine Stimme erkennen, die sich immer wieder über die anderen erhob. Eine Stimme, die sie kannte.

»Wir lassen uns nicht versklaven!«, rief die Stimme. »Wir geben auch nicht einen von uns auf!«

Colin.

Kein Zweifel.

Und schließlich, als sie um die letzte Ecke bogen, die den Blick auf den Marktplatz versperrte, sah sie ihn auch. Wie erstarrt blieb Elizabeth stehen – im gleichen Augenblick, als auch Kris neben ihr scharf einatmete.

Der Platz war von Straßenlaternen erhellt, die gelblich trüb durch den Regen blinzelten. Ihr Schein glänzte auf den nassen Gesichtern und Haaren der Menschen, die sich in kleinen Gruppen über das Kopfsteinpflaster verteilt hatten, sich im Dunst ihrer eigenen Körperwärme aneinanderdrängten und die Köpfe zusammensteckten, die Mienen grimmig und verzerrt vor Angst und Wut. Sie alle starrten in die gleiche Richtung – hinüber zur Schmiede, wo Colin, flankiert von Drew und Finnegan, auf eine umgedrehte Regentonne geklettert war. Doch es war nicht er, der Elizabeths Blick in einer Mischung aus Ekel und grausigem Entsetzen anzog.

Über ihm, an einer Seilwinde, mit der für gewöhnlich schwere Lasten auf die Höhe des oberen Stockwerks gezogen werden konnten, hing ein schlaffer, regloser Körper. Er war nackt, die bleiche Haut schimmerte im letzten Rest des schwindenden Tageslichts, nur durchbrochen von den schwarzen Flecken der zahllosen Wunden, die ihn entstellten. Ein abgebrochener Zaunpfahl war durch seinen Bauch getrieben worden und ragte auf der anderen Seite wieder heraus. Im leichten Wind schwankte er hin und her, aber davon abgesehen rührte er sich nicht. Nur seine Augen leuchteten noch immer. Eisblau und stechend klar selbst in den Schatten, die ihn langsam verschluckten. Lebendig, obwohl das Leben aus ihnen gewichen war.

»Wir haben einen von ihnen erledigt!«, rief Colin und stieß die geballte Faust in die Luft. »Dies ist der Beweis! Vampire *können* getötet werden! Und den anderen kriegen wir auch noch! Wir holen uns Elizabeth zurück!«

Ein Würgen stieg Elizabeths Kehle hinauf, und sie schmeckte bittere Galle. In ihren Ohren rauschte es, und fast hätte sie sich die Hand vor den Mund geschlagen – wenn nicht in diesem Augenblick der Griff der Porzellanfinger um ihre zu einer Schraubzwinge geworden wäre. Kris' Schmerz durchfuhr Elizabeth wie ein elektrischer Schlag – so reiner, klarer Zorn, dass sie das Gefühl hatte, in Stücke gerissen zu werden.

Und im nächsten Augenblick brach ein Meer der Finsternis über den Platz. Von einer Sekunde zur anderen erstarb der aufbrandende Jubel der Menschen, die Colin in den Kampf hatten folgen wollen. Wie ein Mann drehten sich alle um – gerade noch rechtzeitig, um den Tod zu sehen, den sie heraufbeschworen hatten, ehe die Dunkelheit sie verschlang. Eine Woge des Entsetzens brandete Elizabeth entgegen und riss sie mit sich, ertränkte sie in Angst und Schwärze. Sie konnte nichts sehen, nichts hören außer den Schreien, jeder einzelne eine hauchfeine Klinge, die sich tief in ihre Lungen bohrte, bis sie glaubte, zu ersticken. Sie riss den Mund auf, rang keuchend nach Atem und konnte doch nichts spüren außer Schmerz, Furcht und wieder Schmerz, der sie bei lebendigem Leib verbrannte. Sie schrie und krümmte sich, versuchte verzweifelt, sich klein zu machen, aus ihrem eigenen Körper zu fliehen, um den unerträglichen Qualen irgendwie zu entkommen – da war es plötzlich, als würde ein dickes Tuch über sie fallen. Sanft und weich hüllte es sie ein, linderte die Pein wie liebevoll streichelnde Finger.

Lass mich nicht los, flüsterte eine samtige Stimme. *Dir geschieht nichts. Denk daran, was ich versprochen habe.*

Und nun spürte Elizabeth auch wieder Kris' Hand in ihrer, spürte seinen Arm, den er schützend um sie gelegt hatte, um sie vor seinem Zorn zu schützen, der die Menschen, die seinen Freund getötet hatten, unter sich begrub.

Bebend klammerte Elizabeth sich an ihn. »Töte sie nicht!«, wisperte sie und spürte, wie ihre Stimme brach. »Bitte!«

Doch entweder hörte Kris sie nicht, oder er wollte sie nicht hören. Als wäre sie nicht schwerer als eine Feder, hob er sie in die Höhe. Sein Griff war ebenso sanft wie seine Stimme, zärtlich fast, und doch hielt er sie so fest, dass sie sich nicht einen Fingerbreit mehr rühren konnte. Langsam wich die Dunkelheit aus ihrem Geist, und der Marktplatz schälte sich aus den Schatten. Sie sah die Menschen, die sich jammernd und wimmernd am Boden krümmten und wanden, unfähig, der Finsternis, die sie verschlang, allein zu entkommen.

Übrig war einzig Colin. Er stand noch immer auf seinem Fass, die Augen weit aufgerissen, und starrte ihnen entgegen. In der Hand hielt er Reds Revolver, den er mit weit ausgestrecktem Arm auf Kris' Brust gerichtet hielt. Der Lauf zitterte. »Bleib zurück! Monster!«

Ein Schuss löste sich. Die Bewegung, mit der Kris ihm auswich, war leicht, beinahe spielerisch.

»Mörder.« Seine Stimme war sanft, so gefährlich sanft. Sie traf Colin wie ein Faustschlag in die Magengrube. Stöhnend sackte er in sich zusammen.

Elizabeth krallte ihre Finger in den Stoff von Kris' Hemd, bis ihre Finger blutige Furchen auf seiner Brust hinterließen. Furchen, die sich noch unter ihrer Berührung sofort wieder schlossen, ehe nur ein Tropfen Blut herausrinnen konnte.

»Ihr verdient alle den Tod.«

Sie konnte Kris' Lächeln nicht sehen, aber sie konnte es hören. Ein grausames Lächeln voll mörderischen Hasses.

»Nicht!«, stieß sie atemlos hervor. »Bitte, bitte nicht!«

Mit leerem Blick starrte Colin zu Kris empor. »Wo ist Elizabeth? Was hast du ihr angetan, du Bestie?«

Kris machte einen Schritt auf ihn zu, und Colin krümmte sich zusammen. Ein Wimmern kam über seine Lippen, und Elizabeth sah, wie er verzweifelt versuchte, sich aufrecht zu halten. Der Angst nicht nachzugeben.

Er hatte keine Chance.

Kris' Hand legte sich federleicht auf ihren Kopf. Zärtlich und beruhigend. »Du wirst sie nie wiedersehen«, sagte er. »Weil ich sie töten werde.«

Ein heiserer Schrei brach aus Colins Kehle. *»NEIN!«*

Der Laut schnitt Elizabeth tief ins Herz. Sie wand sich verzweifelt, versuchte sich aus Kris' Griff zu befreien – vergeblich. »Colin!«, versuchte sie zu rufen, doch es kam nur als heiseres Flüstern heraus. »Colin, ich bin doch hier!«

Aber Colin hörte sie nicht, und er sah sie nicht.

»Du wirst alles verlieren«, fuhr Kris fort. »Alles.«

Er wandte sich zu den übrigen Dörflern um, die noch immer zitternd am Boden kauerten, sich gegenseitig umklammerten und doch keinen Halt fanden in dem Grauen, das sie umgab. »Ihr hättet in Frieden leben können. Jetzt geht eure Welt unter.«

Ein Knistern und Knacken, das selbst das Rauschen des Regens durchdrang, erregte Elizabeths Aufmerksamkeit. Der beißende Geruch nach Qualm stieg ihr in die Nase. Vom anderen Ende des Platzes drang ein entsetzter Aufschrei zu ihr herüber.

»Die Schmiede brennt!«

Elizabeth riss den Kopf in die Höhe – und tatsächlich schlugen in diesem Augenblick Flammen aus dem Dach des Gebäudes, leckten an den Steinen und tauchten den Marktplatz, die Menschen und die baumelnde Leiche des Vampirs über ihnen in ihr rotes, zuckendes Licht. Ein Stöhnen und Wimmern ging durch die Menge.

»Euer Dorf wird bis auf den letzten Stein niederbrennen. Ich nehme euch eure Heimat, wie ihr mir meinen Sohn genommen habt.« Kris hob die Stimme kaum, und doch drang sie in jeden Winkel, jedes Ohr der Menschen, die sich noch enger zusammendrängten. Einige begannen, in panische Betriebsamkeit zu verfallen. *»Holt Wasser!«*, schrie jemand – doch was sollte Wasser aus winzigen Eimern gegen ein Feuer ausrichten, das nicht einmal der strömende Regen löschen konnte? Zugleich gingen nun auch andere Gebäude am Rand des Platzes in Flammen auf, und in der Ferne wuchsen ebenfalls dampfende Rauchsäulen in einen Himmel, dessen inzwischen nachtschwarze Wolken den Widerschein des Feuers in düsterem Orange reflektierten.

Tränen stiegen Elizabeth in die Augen. »Hör auf!«, flehte sie. »Bitte, bitte, hör auf! Das habe ich nicht gewollt!«

Sanfte Finger strichen über ihre Wange. Viel zu kühl für die Hitze, die ihnen von den brennenden Gebäuden entgegenschlug. »Sieh genauer hin!«, flüsterte Kris dicht an ihrem Ohr.

Elizabeth riss die Augen auf. Und den Bruchteil einer Sekunde sah sie, was kein anderer Mensch sehen konnte. Sie sah die Häuser von Kinlochliath, düster, nass und unversehrt, hinter dem Bild der einstürzenden Mauern, die im flammenden Inferno vergingen. Keuchend rang sie nach Atem. Eine Illusion?

Kris hatte sich inzwischen wieder zu Colin umgewandt, der sich noch immer nicht aus seiner Lähmung hatte befreien können.

»Der Revolver«, sagte Kris und streckte die Hand aus, während er mit dem zweiten Arm weiter Elizabeth festhielt, als wöge sie nichts. »Gib ihn mir.«

Colin leistete keinen Widerstand mehr. Folgsam legte er Reds Revolver in Kris' Finger. Kris lächelte freudlos. »Ich danke dir. Und jetzt gib mir meinen Menschen zurück.«

Kapitel Zwanzig

Im Schmiedekeller, Kinlochliath, Schottland

Der Schmiedekeller war ein düsterer, enger Schacht hinter einer feuerfesten Stahltür, die mit einem schweren Riegel gesichert war. Kris hatte Elizabeth abgesetzt und zog sie nun an der Hand hinter sich her die ausgetretenen Stufen hinunter. Es gab kaum Licht hier unten, abgesehen vom weißlichen Strahl einer Taschenlampe, die er von einem Haken neben der Tür mitgenommen hatte. Ihr Schein glänzte dumpf auf den feuchten Steinen.

Kris musste sich sehr beherrschen, um sein Schritttempo an das von Elizabeth anzupassen und nicht wie von Furien gehetzt voranzustürmen. Die Dunkelheit brodelte und wütete noch immer in seinem Inneren, aber gemessen daran war sein Kopf erstaunlich klar. Kris wollte lieber nicht darüber nachdenken, was geschehen konnte, wenn der Zorn, der seine Gedanken wachhielt und auf sein Ziel fokussierte, abflaute und der Adrenalinspiegel, der sein Blut zum Kochen brachte, sank. Aber für den Moment war das nicht wichtig. Jetzt musste er Red finden. Nur das allein zählte. Und er war nicht mehr weit davon entfernt. Sobald sie die Stahltür passiert hatten, spürte Kris Reds Gegenwart mit einer Intensität, die ihn beinahe überwältigte. Er spürte Schmerzen, Hilflosigkeit und dumpfe Verzweiflung.

Die Treppe mündete in einen engen Flur, von dem mehrere Türen abgingen. Aber Kris brauchte nicht eine Sekunde, um zu wissen, welche von ihnen die richtige war. Mit einem Krachen splitterte das morsche Holz, als Kris mit voller Kraft dagegen trat. Die Reste der Tür donnerten gegen die Wand.

Und dort, zwischen Metallplatten und wuchtigen Eisenstangen, saß Red.

Er hatte sich erschöpft gegen die Wand gelehnt, die Knie an die Brust gezogen, wie um sich gegen die Kälte zu schützen, die aus den Wänden drang. Sein Gesicht war dunkel vor Schmutz und verschmiertem, getrocknetem Blut. Sein rechtes Auge war zugeschwollen, die Unterlippe aufgeplatzt. Als Kris und Elizabeth in den Raum stürmten, sprang er auf die Füße – nur um sich kurz darauf mit schmerzverzerrtem Gesicht an der Wand abzustützen.

Kris blieb stehen, einen Schritt hinter der Schwelle. Er wusste nicht, was ihn so plötzlich zögern ließ. Doch erst, als Red sich langsam wieder aufrichtete und ihn ansah, als Kris die Erleichterung erkannte, die auf seinen Zügen aufleuchtete, wagte er endlich, die letzten Schritte nach vorn zu tun. Hinter sich spürte er, wie Elizabeth zurückblieb, spürte ihr Zögern, während sie im leeren Türrahmen verharrte und ihre Hand umklammerte, die Kris nun zum ersten Mal, seit sie ihn auf der Insel um Hilfe bat, losgelassen hatte. Aber er konnte in diesem Augenblick nicht auf sie achten. Sie musste jetzt allein stehen.

»Kris«, flüsterte Red. Die Worte kamen nur mühsam über seine geschwollenen Lippen.

Ein schmerzliches Lächeln streifte Kris' Mundwinkel. Es war erst Stunden her, seit sie sich am Strand getrennt hatten. Ihm aber schien es, als wären seitdem Jahre vergangen.

»Es tut mir leid«, sagte er leise und streckte behutsam die Hand aus. »So schrecklich leid.«

Er hatte selten etwas so ehrlich gemeint. Dabei wusste er nicht einmal genau, wofür er gerade um Verzeihung bat. Für das, was er eben getan hatte? Für seinen Kontrollverlust am Morgen? Dafür, dass er nicht dagewesen war, als Red und Chase in Gefahr waren? Oder dafür, dass er Reds Wünsche und tiefste Gefühle missbrauchte, um ihn doch bei sich zu behalten? Für alles, vermutlich. Und für noch so viel mehr.

»Du hättest das nicht tun dürfen.« Die leisen Worte verklangen beinahe in der Dunkelheit jenseits des weißen Lichts der Taschenlampe.

Kris senkte den Kopf. »Ich weiß.«

Red seufzte. Dann streifte er den Wollpullover über den Kopf, dessen hoher Kragen seinen Hals geschützt hatte. Unter den Ärmelsäumen seines T-Shirts trieb die kühle Kellerluft eine Gänsehaut auf seine bloßen Arme. Und nun konnte Kris auch sehen, wie sehr sie ihn wirklich geschunden hatten. Der Anblick der riesigen Blutergüsse und Prellungen, die sich selbst durch den hellen Stoff des T-Shirts abzeichneten, schnürte ihm die Kehle zusammen.

»Na los«, sagte Red. »Trink schon.«

Kris starrte ihn an, kaum fähig, zu begreifen, was er da hörte. »Ist das dein Ernst?«

Ein gequältes Lächeln erschien auf Reds Gesicht. »Du brauchst es doch.« Er hob die Hand und deutete auf sein geschwollenes Auge. Auf die Platzwunde an seiner Stirn. »Und ich brauche dich.«

Kris spürte, wie ihm das Atmen plötzlich schwerfiel. Ja, so war es, dachte er. Er musste nicht nur von Red nehmen. Er konnte ihm auch geben. Und das würde er. Alles, was er noch hatte, wenn es sein musste. Entschlossen wischte er auch die letzten Zweifel beiseite und überbrückte den Schritt, der sie trennte – er schloss Red in die Arme und trank. Nahm die vertraute Wärme und das Leben, das er so dringend brauchte, während die Finsternis in seinem Inneren endlich zur Ruhe kam, die Wogen sich glätteten und er nicht mehr das Gefühl hatte, am Rand eines gähnenden Abgrunds zu balancieren.

Als er Red wieder losließ, war das Gesicht des Jungen kreidebleich, und ein verbissener Zug lag um seinen Mund. Aber er hielt sich allein aufrecht. Ertrug das alles einfach so. Das Relacin, das durch den Biss in seine Blutbahn gelangt war, so wenig es auch sein mochte, hatte die Schwellung an seinem Auge zurückgedrängt, und die Blutergüsse an seinen Armen waren zwar nicht verschwunden, aber doch blasser geworden. Ein mattes Lächeln verzog Kris' Mundwinkel, ohne dass er etwas dagegen tun konnte. Sein tapferer Red. Der beste Jäger, den die *Bloodstalkers* je gehabt hatten. Der beste.

»Danke«, sagte Red leise.

Kris schluckte mühsam. Dann schüttelte er den Kopf. »Nein«, sagte er und sah über die Schulter zu Elizabeth, die noch immer reglos auf der Schwelle stand. »Danke ihr. Ohne sie wäre ich nicht hier.«

Er sah, wie Reds Augen sich weiteten – und Kris begriff, er hatte sie bisher gar nicht bemerkt. Jetzt aber schob er sich, ohne zu zögern, an Kris vorbei, hin zu Elizabeth, um sie in den Arm zu nehmen.

»Red!« Sie klammerte sich an ihm fest wie eine Ertrinkende. »Du musst mich mitnehmen!«, flüsterte sie mit tränenerstickter Stimme. »Bitte, bitte lass mich nicht hier!«

Red hielt sie fest, strich ihr wieder und wieder über den Rücken, streichelte ihren Nacken und murmelte ihr beruhigende Worte ins Ohr, bis das Zittern ihrer Schultern endlich nachließ.

Dann wandte er sich zu Kris um. Seine Augen waren dunkel. Und nun war auch wieder eine Spur der Enttäuschung darin zu sehen, die Kris bereits am Strand getroffen hatte.

»Ist es wahr, was Chase gesagt hat?« Auch seine Stimme

klang jetzt wieder weniger weich. Verzerrt von einer quälenden Hoffnung und der Ahnung so vieler Fragen, die er jetzt nicht zu stellen wagte. »Blue kommt hierher?«

Elizabeth versteifte sich in seinen Armen.

Kris konnte Reds Blick nicht länger standhalten. Er senkte den Kopf. »Ja«, murmelte er. »Heute Nacht noch.«

Lange Zeit blieb Red still. Nur seine Hand streichelte noch immer Elizabeths Rücken, glitt tröstend durch ihr Haar – obwohl sie alle spürten, dass es von nun an sehr schwer für ihn sein würde, ihr Trost zu geben. Endlich löste er sich von ihr und trat einen Schritt zurück. Er nahm ihr Gesicht in beide Hände und sah ihr fest in die Augen.

»Dann kannst du nicht mit uns kommen«, flüsterte er.

Elizabeth schüttelte schwach den Kopf. Tränen rannen über ihre Wangen.

»Bitte versteh das.« Reds Stimme war so eindringlich, dass es Kris beim Zuhören durch Mark und Bein ging. »Ich habe dir gesagt, es gibt da draußen kein Leben für uns Menschen, und das habe ich auch so gemeint. Und ich … kann nicht hierbleiben.«

»Aber ich auch nicht!« Die Worte brachen so laut aus Elizabeth hervor, dass Kris zusammenfuhr. Wütend schlug sie Reds Hände zur Seite. »Es gibt hier auch kein Leben mehr für mich! Und das ist eure Schuld!«

Red zuckte zurück, als hätte er sich verbrannt. Entgeistert starrte er Elizabeth an – ehe sich eine düstere Ahnung auf seinem Gesicht ausbreitete. »Was meinst du damit?«

Elizabeth presste die Lippen zu einem farblosen Strich zusammen und schüttelte den Kopf.

Entschlossen trat Kris einen Schritt vor und legte Red die Hand auf die Schulter. »Sie hat recht«, sagte er leise. »Sie kann nicht hierbleiben. Dieses Dorf gibt es nicht mehr.«

Red erstarrte. Sehr langsam drehte er sich zu Kris um.

»Was«, wiederholte er, und eine gewisse Schärfe schwang nun in seiner Stimme, »meinst du damit?«

Kris schloss kurz die Augen und atmete tief durch. »Du wirst es gleich sehen«, zwang er sich zu sagen. »Zuerst einmal müssen wir zurück zur Burg.«

Er sah von Red zu Elizabeth und wieder zurück. Doch bei keinem der beiden sah er nun noch Widerspruch auf den bleichen Gesichtern. Das Begreifen hatte sie beinahe eingeholt, und sie wagten kaum zu atmen – aus Furcht, dass es dann über sie hereinbrechen würde.

Langsam ließ er die Luft aus seinen Lungen entweichen und versuchte, nicht daran zu denken, was Red gleich wirklich würde sehen müssen. Chase hing immer noch da draußen. »Bleibt dicht bei mir. Dann wird uns niemand sehen.«

Kapitel Einundzwanzig

Auf dem Marktplatz von Kinlochliath, Schottland

Als Red hinter Kris und Elizabeth aus der Schmiede trat, bot sich ihm ein seltsamer, fast skurriler Anblick.

Der Regen hatte endlich nachgelassen. Dafür war nun die Nacht endgültig über das Dorf am See gefallen, und durch eines der ersten Löcher in der dichten Wolkendecke blinzelte der Abendstern. Doch er wirkte seltsam blass im Licht der Straßenbeleuchtung. Der Marktplatz war überfüllt mit Menschen, die aufgeregt hin und her liefen. Sie wirkten geradezu kopflos, wie panisch. Schreie und ängstliche Stimmen erfüllten die Luft. Red sah mehrere Männer und Frauen, die eine Eimerkette gebildet hatten, mit deren Hilfe sie Wasser gegen eine regennasse Hauswand schütteten. Andere schleppten ganze Säcke ihrer Habseligkeiten aus den Gebäuden oder standen, nur mit Nachtwäsche bekleidet, in Gruppen zusammen und starrten mit angstgeweiteten Augen auf die Fassaden ihrer Wohnhäuser. Kinder weinten, Vieh lief ziellos und verschreckt durch die Straßen. Das ganze Dorf schien in einem absoluten Ausnahmezustand zu sein, ohne dass Red den Grund dafür erkennen konnte. Er sah zu Kris hinüber, der mit regloser Miene das Szenario beobachtete. War das sein Werk? Red fröstelte unwillkürlich. Was *sahen* diese Menschen? Und wo waren Colin und seine Leute? Red konnte nirgends ein bekanntes Gesicht entdecken.

In diesem Moment wandte Kris den Kopf, um seinen Blick zu erwidern. Red zuckte zusammen. Da war etwas in den

Augen des Vampirs, das Reds Herz nervös schneller pochen ließ. Ein dumpf glimmender Zorn, der sich gegen die verschreckten Dörfler richtete.

»Glaub mir. Sie haben es nicht anders verdient«, sagte Kris düster.

Und noch bevor Red genauer nachfragen konnte, war der Vampir bereits hoch in die Luft gesprungen, bis zum Giebel der Schmiede hinauf, wo an einer Seilwinde ein dicker Strick hing.

Red folgte ihm überrascht mit den Augen – und erstarrte, im gleichen Augenblick, als Elizabeth neben ihm ein seltsames Geräusch von sich gab, halb Schluchzen, halb trockenes Würgen.

Chase!

Mit einer fließenden Bewegung zog Kris ein Messer aus seinem Gürtel und trennte den Strick mit einem einzigen Schnitt. Weich landete er neben Red. Chase' reglosen Körper trug er behutsam auf seinen Armen.

Red hatte das Gefühl, im nächsten Augenblick zusammenbrechen zu müssen. Fassungslos starrte er auf die zahllosen Wunden, die Chase' Haut zerrissen, zum Teil halb verheilt, als habe der Körper mit aller Macht versucht, sich zu retten – und sei am Ende doch gescheitert. Die blauen Augen hinter dem Haarvorhang waren weit geöffnet – und doch leblos und starr. Kein Funke glomm in ihrer Tiefe. Nichts war geblieben. Chase war …

Kris drehte sich um. Verbarg den schrecklichen Anblick, indem er sich zwischen Red und das schob, was von seinem besten Freund geblieben war.

»Gehen wir«, hörte Red ihn leise sagen.

Eine warme Hand schob sich in seine. Zitternd und schweißfeucht. Ein schwacher Trost an einem Ort, an dem es keinen

Trost mehr geben konnte. Und Red griff zu, klammerte sich daran mit aller Kraft, die er noch hatte.

Doch er sah Elizabeth nicht an.

Der Weg zurück zur Burg floss an ihm vorbei wie ein dichter Nebel aus schattigen Gedanken. Red war nicht imstande, seine Empfindungen zu fassen oder zu begreifen, und vermutlich war das auch gut so. Es war ähnlich wie damals, als Chase zum Vampir geworden war: Sein Kopf nahm die Information einfach nicht als Wahrheit auf, mehr wie eine vorübergehende skurrile Verwirrung, die sich mit der Zeit wieder legen würde. Chase war kein Vampir. Und er würde von nun an auch nicht einfach weg sein.

Nur am Rande registrierte er, dass Kris ihn und Elizabeth über den See trug und sie in die kleine Kammer führte, wo immer noch die Konservenkiste stand, in der Chase so oft geschlafen hatte. Auch jetzt legte Kris ihn hinein und schloss behutsam den Deckel über ihm. Aber Red sah nicht hin. Er wandte sich von Kris und Elizabeth ab und stellte sich ans Fenster, starrte über den See zurück zum Dorf, wo er immer noch die Menschen hektisch umherlaufen sah wie Kellerasseln, nachdem man eine feuchte Bodenplatte angehoben hatte. Er reagierte nicht darauf, als Kris ihn fragte, ob er allein sein wolle, und auch nicht auf Elizabeth, die sich neben ihn stellte und versuchte, ihm Nähe zu geben – die Nähe, die sie vermutlich selbst so dringend brauchte. Red wollte keine Nähe. Er wollte auch nicht allein sein. In diesem Augenblick wünschte er sich nur, seinen Kopf einfach ausleeren zu können, bis nichts mehr darin übrig war. Irgendwann wandte Elizabeth sich ab, und Red hörte, wie sie sich zu Kris aufs Bett hockte. Ihn vermutlich beobachtete, aber er drehte sich nicht um, um zu sehen, ob diese Vermutung zutraf. Er blieb einfach stehen und sah zu, wie die immer finster werdende Nacht nach und nach die Berge und den See verschluckte und ein kränklich gelber Vollmond hinter den Wolkenfetzen emporstieg. Er stand dort, während Millionen und Abermillionen Sterne den schwarzen Himmel sprenkelten, während die Leere, nach der er sich so sehnte, sich nach und nach bis in den letzten Winkel seines Körpers ausbreitete – nur um sich gleich darauf bis zum Bersten mit schmerzhaft prickelnder Unruhe zu füllen.

Und er stand immer noch so da, als kurz nach Mitternacht in der Ferne, vibrierend zwischen den schlafenden Bergketten, das Dröhnen eines Motors ertönte.

Kapitel Zweiundzwanzig

Callahan Castle, Kinlochliath, Schottland

Es dauerte eine ganze Weile, bis er begriff, was das Geräusch bedeutete. Dann aber schnitt das Begreifen tief in den Kokon aus Lethargie, den Red um sich gewebt hatte. Mit einem Ruck fuhr er herum – und sah direkt in die tiefschwarzen Augen von Kris, der einen Finger auf die Lippen legte. Red schluckte. Wie lange hatte der Vampir schon hinter ihm gestanden, ohne dass er es bemerkt hatte?

Kris warf einen vielsagenden Blick zum Bett hinüber. In der Dunkelheit konnte Red schemenhaft Elizabeths Silhouette erkennen, die sich fest auf der schäbigen Matratze zusammengerollt hatte und gleichmäßig atmete. Sie schlief friedlich. Red konnte sich sehr gut denken, wer dafür gesorgt hatte, dass ihr das gelang. Er nickte und versuchte, den Kloß hinunterzuwürgen, der sich in seinem Hals bildete. Was auch immer gleich geschehen würde, es war besser, wenn Elizabeth erst einmal nicht dabei war. Schon bald würde es ohnehin sehr viel komplizierter werden, als gut für sie alle war.

Kris neigte sich vor, bis sein Mund dicht an Reds Ohr war. »Sie werden im Vorhof landen«, wisperte er fast tonlos. »Komm.« Damit wandte er sich um und verschwand in den Schatten des Treppenschachtes.

Red fuhr sich mit der Zunge über die Lippen, die plötzlich furchtbar trocken und spröde waren, und folgte ihm. Nur kurz darauf traten sie aus dem Haupteingang auf den Vorhof hinaus. Das Motorengeräusch war inzwischen deutlich lauter geworden, und Red fragte sich unwillkürlich, ob Elizabeth davon nicht ohnehin wach werden musste, egal, wie sehr sie sich bemüht hatten, leise zu sein. Aber Kris würde sich darum schon gekümmert haben. Und wenn nicht, dann konnte er jetzt auch nichts mehr daran ändern. Red legte den Kopf in den Nacken und starrte in den Himmel, bis ihm die Augen tränten. Aber er sah nichts, gar nichts, obwohl der Motor nun direkt über ihnen erklang – abgesehen von einem großen Schatten, der sich nun vor den Mond schob.

Und dann senkte sich ein tiefschwarzer Helikopter in den Vorhof der Burg. Für endlose Sekunden war das Dröhnen so laut, dass Red sich die Hände auf die Ohren pressen musste. Der Wind der Rotorblätter zerrte an seinen Haaren und seinem Pullover und trieb eine Gänsehaut auf seine Arme. Dann war alles wieder still. Nur der Wind blieb und wurde nur langsam schwächer, während die Rotorblätter lautlos nachdrehten. Einen unendlichen Augenblick schien es, als sei die Zeit eingefroren – bis sich an der Seite des Helikopters fast lautlos eine Tür öffnete. Eine schmale Treppe fuhr mit leisem Scheppern auf das zersprungene Pflaster des Vorhofs aus. Und in der entstandenen Öffnung erschien die schmale Gestalt eines Mannes. Schwarze Locken wurden vom Wind in ein bleiches Gesicht getrieben. Cedric.

Red spürte, wie etwas in ihm zu zittern begann, während er beobachtete, wie der Vampir die wackeligen Stufen hinunterstieg und eine Hand nach oben ausstreckte – nach dem Mädchen, das sich in diesem Augenblick in die Öffnung schob und sich an der Tür des Helikopters festhielt. Und erst jetzt wurde ihm bewusst, dass er die Hände so fest zu Fäusten geballt hatte, dass seine Fingernägel sich schmerzhaft in das Fleisch seiner Handflächen gruben. Sein ganzer Körper bebte, als stünde er unter Strom.

Sie war es. So surreal es auch schien. Das Mädchen, nach dem er so viele Monate gesucht hatte. *Blue.* Sie war wirklich hier.

Sie wirkte so klein und zerbrechlich, als könne sie jeden Augenblick einfach von einem leichten Luftzug davongetragen werden. Ihr Haar war länger geworden und fiel ihr in hellen Strähnen über die Ohren und auf die schmalen Schultern.

Sie trug seinen Pullover. Er reichte ihr fast bis auf die Knie.

Red spürte, wie sich eine Hand sanft auf seinen Rücken legte – zögernd, als müsse sie erst um Erlaubnis bitten. Aber Red wies sie nicht zurück. Nicht jetzt. Kris wusste, wie es in ihm aussah. Vermutlich hätte er es besser beschreiben können als Red selbst. Reds Knie waren so weich, dass er befürchtete, im nächsten Augenblick umzufallen, dabei wollte er in diesem Moment nichts lieber, als auf Blue zuzurennen und sie an sich zu drücken, zu spüren, dass sie es wirklich war – und in ihren Augen zu sehen, ob sie ihn endlich wiedererkannte.

Aber er tat es nicht. Nichts davon. Stattdessen wartete er. Wartete, bis sie Cedrics Hand genommen hatte und vorsichtig aus dem Helikopter geklettert war. Und selbst als die beiden schließlich näher kamen und kaum eine Armlänge von ihm und Kris entfernt stehen blieben, rührte er sich nicht.

Blue hielt die Augen zu Boden gerichtet, als fürchtete sie sich davor, ihm ins Gesicht zu sehen. Red hingegen fiel es schwer, seinen Blick auch nur eine einzige Sekunde von ihr zu nehmen. Selbst Hannah, die nun, ohne die Stufen zu beachten, aus dem Helikopter in den Hof sprang, bemerkte er nur aus dem Augenwinkel, genau wie den fremden Menschen, der ihr etwas langsamer folgte.

»Cedric«, hörte er Kris hinter sich sagen und zwang sich nun doch, den Blick loszureißen. Zumindest für einen Moment.

»Danke, dass du gekommen bist.«

Cedric nickte langsam. Seine gelben Augen waren ernst und

sehr eindringlich. Red war froh, dass er Kris ansah und nicht ihn. »Du siehst nicht gut aus.«

Kris' Hand verschwand von Reds Rücken. »Es gibt viel zu erzählen«, sagte er leise. »Gehen wir rein. Es ist nicht besonders gemütlich, aber besser als hier draußen.«

Cedric hob eine Braue. »Schottische Verhältnisse?«

Kris ließ ein leises Lachen hören, aber es klang sehr freudlos. »Schlimmer.«

Red sah, wie Cedric einen Blick auf Blue warf, die immer noch auf ihre Füße starrte, die Schultern verkrampft. Dann wandte er sich an Red.

»Ich schlage vor«, sagte er ruhig, »ihr zwei kommt später nach.«

Für einen Moment lang glaubte Red, zu sehen, wie Blues Brust sich heftig hob und senkte. Aber sie sagte nichts und hob auch nicht den Kopf. Red schluckte trocken. Selbst wenn er in diesem Augenblick gewusst hätte, was er sagen sollte, er hätte keinen einzigen Ton herausgebracht. Aber er schaffte es wenigstens zu nicken.

Ein letztes Mal spürte er Kris' Hand, die flüchtig seine Schulter berührte. Dann erklangen hinter ihm die Schritte von drei Vampiren und einem Menschen. Eine Tür, die auf- und wieder zuschwang.

Er und Blue waren allein.

Eine Ewigkeit, so schien ihm, blieb es still zwischen ihnen. Geisterhaft still, als wäre all dies nur ein Traum, in dem Red weder Geräusche hören noch sich bewegen konnte. Blue stand vor ihm, die Arme wie schützend um sich geschlungen. Und noch immer sah sie ihn nicht an. Sie war so klein. Sie reichte ihm kaum bis zur Schulter. War sie immer so klein gewesen?

Weitere endlose Sekunden verstrichen. Und schließlich begriff Red, dass nicht sie es sein würde, die den ersten Schritt tat.

Mühsam atmete er tief durch und wusste im gleichen Moment, dass er nicht mehr als ein Flüstern herausbringen würde.

»Hallo, Blue.«

Sie zuckte heftig zusammen, als hätte er ihr einen Revolver auf die Brust gesetzt. Dann aber hob sie endlich den Blick. Ihre Augen waren groß und glänzten hell im Mondlicht. Auf der Farm hatte Blue dunkle Augen gehabt. Rehbraun.

»Hallo«, wisperte sie. Ihre Lippen zitterten. »Ich … habe dich gesucht.«

Ein Kloß bildete sich in Reds Hals. Vergeblich versuchte er, ihn herunterzuschlucken und stattdessen zu lächeln. »Ich dich auch.«

Er wagte kaum, die Frage zu stellen. Der Hoffnung Raum zu geben. »Erinnerst du dich an mich?«

Sekundenlang sagte Blue nichts darauf. Sie sah ihn nur an mit ihren großen Augen, die so traurig waren, dass Red das Herz weh tat. Dann aber schüttelte sie den Kopf – eine so winzige Bewegung, dass sie kaum zu sehen war. »Nein. Tut mir leid. Nur daran … wie du bei mir warst. In der Zelle.« Ein bisschen zu hastig holte sie Atem. »Es tut mir auch leid, was ich dort getan habe! Furchtbar … furchtbar leid.«

Red schwieg. Das Begreifen, obwohl es nicht unerwartet kam, traf ihn schmerzhaft tief. Sie erinnerte sich nicht. Immer noch nicht. An keinen einzigen der kostbaren Momente, die er seit so vielen Monaten mit sich trug.

»Du musst mich für ein Monster halten.« Ihr Flüstern klang bitter.

Reds erster Gedanke war, entschieden zu widersprechen. Blue – ein Monster? Niemals!

Aber in Wahrheit wusste er noch viel zu genau, wie sich ihr

unmenschlich starker Griff an seinem Kragen angefühlt hatte. Er konnte noch immer ihr Fauchen und Kreischen hören. Und er erinnerte sich viel zu gut an den blinden Hass auf ihrem Gesicht, als sie ihn angegriffen hatte. Red schloss für einen Moment die Augen und versuchte, das Bild von sich zu schieben. Aber es ging nicht.

»Willst du immer noch, dass ich dich töte?«

Blue fuhr sichtlich zusammen. »Nein!« Sie schüttelte heftig den Kopf. »Ich meine ... Es ist schwer zu erklären, ich ... Ich hasse mich selbst so!« Sie presste die Lippen zusammen und legte hastig die Hand vor den Mund, wie um die langen Fangzähne zu verbergen, die im Mondlicht aufschimmerten. Noch einmal schüttelte sie den Kopf. Eine einzelne Träne rann über ihre bleiche Wange.

Mitleid schnürte Red die Brust zusammen. Vorsichtig hob er einen Arm und näherte seine Finger Blues Gesicht. Zuerst sah es aus, als wolle sie hastig zurückweichen. Dann aber ließ sie zu, dass er ihr behutsam den warmen Tropfen von der Wange wischte.

»Ich denke nicht, dass du ein Monster bist«, sagte er leise. »Ich ... bin so froh, dich zu sehen.«

Und im gleichen Moment, als er es aussprach, wusste er, dass es die reine Wahrheit war. Er hätte keine Worte finden können, um zu beschreiben, was er gerade fühlte. Aber er begriff plötzlich mit beeindruckender Klarheit, dass es für ihn keine Rolle spielte, ob Blue sich an ihre gemeinsame Vergangenheit erinnerte oder nicht. Nicht einmal, ob sie jetzt einen anderen Namen trug. Und tatsächlich war es ihm in diesem wundersamen Augenblick auch beinahe egal, dass sie ein Vampir war. Sie sprach wie Blue, bewegte sich wie Blue und sah aus wie Blue, und sie stand vor ihm, real und sehr lebendig. Natürlich war sie vor einem Jahr ein anderer Mensch gewesen – doch traf das nicht auf ihn genauso zu? So war das nun einmal … wenn man lebte.

Das Lächeln fiel Red nun schon etwas leichter. Vor allem, da nun auch auf Blues Gesicht endlich ein Lächeln erschien – klein und noch immer traurig. Aber es war da.

Sie machte einen winzigen Schritt auf ihn zu und lehnte die Stirn an seine Schulter. Zaghaft fast, als habe sie Angst, ihn zu berühren. Ihre Finger gruben sich in den Stoff seines Pullovers. »Ich hatte solche Angst, ich würde dich nicht finden.«

Behutsam legte Red die Arme um sie, spürte, wie ihre schmale Brust sich mühsam weitete und ihr Herz hastig flatterte wie ein kleiner Vogel. Vorsichtig strich er über ihren Rücken, legte seine Wange an ihr Haar. »Aber jetzt bin ich bei dir«, murmelte er. »Wir sind zusammen, es wird alles gut.«

Ein trockenes Schluchzen rüttelte an Blues Brustkorb, und sie drückte ihr Gesicht noch ein wenig tiefer in seinen Pullover. Etliche zeitlose Momente standen sie nur so da, spürten die Gegenwart des anderen und lauschten auf die Melodie ihres Atems, die in der Nachtluft verklang. Am liebsten wäre Red für immer in diesem Augenblick geblieben, in diesem Gefühl, etwas lang Verlorenes endlich wiedergefunden zu haben; hätte zu gern alles vergessen, was zwischen dem Hier und Jetzt und ihrer gemeinsamen Zeit auf der Farm geschehen war.

Doch er wusste, irgendwann würde er sich der Realität stellen müssen. Einer Realität, in der es nicht nur ihn und Blue gab, sondern auch Elizabeth, deren heile Welt er zerstört und der er ein Versprechen gegeben hatte, das er nicht würde halten können. In der er einen Menschen namens Chase gekannt hatte, der erst unsterblich geworden und nun tot war.

Behutsam schob er Blue ein Stück von sich, um ihr in die Augen sehen zu können. Besser, er brachte es gleich hinter sich, auch wenn es ihm weh tat, die Stimmung zerstören zu müssen. Sanft legte er seine Fingerspitzen an ihre Wange.

»Ich muss dir etwas sagen.«

Blues Augen im Nachtlicht waren noch immer groß und sehr ernst. »Was immer du willst.«

Red atmete tief durch. Es fiel ihm schwer, viel schwerer, als er gedacht hatte. Aber er hatte Elizabeth schon einmal zu oft verraten. Wenigstens jetzt musste er ehrlich sein – und Blue die Wahrheit sagen, ehe die beiden sich zum ersten Mal gegenüberstanden.

»Es … gibt ein anderes Mädchen. Ich habe sie hier im Dorf kennengelernt. Wenn wir nach Kenneth zurückkehren … wird sie uns begleiten.«

Für einen Moment betrachtete Blue ihn verwundert, beinahe verständnislos, und es sah aus, als wolle sie zu einer Frage ansetzen.

Dann aber malte sich Begreifen auf ihrem Gesicht. Die Worte erstarben auf ihren Lippen, noch ehe sie ihren Mund verlassen hatten. Sie trat einen Schritt von Red zurück. Doch ihre Hand blieb fest in seinen Pullover verkrampft, als könne sie ihre Finger nicht dazu bringen, ihn freizugeben.

»Ich dachte, ich würde dich nie wiedersehen«, murmelte Red.

Er sah Blue mühsam nach Atem ringen. Sie kämpfte darum, die Fassung zu bewahren, ihre Enttäuschung nicht zu zeigen, das erkannte er deutlich. Aber es gelang ihr nicht.

»Wer …«, begann sie nun doch, brach ab und schüttelte den Kopf. Ihre Finger lösten sich von Reds Pullover, und sie vergrub ihr Gesicht in den Händen.

Red spürte, wie sich in seiner Kehle ein unangenehmer Klumpen bildete.

»Es tut mir leid.«

Die Worte klangen so blass. So dünn. Sie machten nichts wieder gut – im Gegenteil. Aber er hatte keine anderen.

Blue ließ die Hände sinken. Ihr blasses Gesicht war zu einer Grimasse verzerrt, die vielleicht ein Lächeln hatte sein sollen. »Nein«, sagte sie. »Nein, das muss es nicht. Ich … verstehe das.«

Red schüttelte hastig den Kopf. »Nein, das tust du nicht! So ist es nicht! Es gibt niemanden, der dich ersetzen kann! Niemanden, hörst du? Es ist nur …« Er sah zum Burgtor, dorthin, wo der nachtschwarze See im Mondlicht funkelte. »Ich bin jetzt für sie verantwortlich«, schloss er leise und konnte nicht verhindern, dass seine Stimme einen bitteren Klang annahm. »Ich kann sie nicht hier zurücklassen.«

Blue schwieg. Sie schwieg sehr lange, sah ihn einfach nur an mit ihren großen, ausdrucksvollen Augen. Endlich nickte sie – nur eine winzige Bewegung ihres Kopfes. »Ist schon gut«, flüsterte sie. »Wenn ich dir nur eine Weile folgen darf … dann bin ich glücklich.«

Ein dumpfer Schmerz regte sich bei ihren Worten tief in Reds Innerem und zog sich quälend langsam durch seinen ganzen Körper bis in die Fingerspitzen. Doch erst, als der Schmerz auch seine Lippen berührte, erkannte er, dass es in Wahrheit ein Lächeln war – ein winziges Stück Erleichterung unter all dem Kummer.

»Natürlich darfst du das.« Ganz flüchtig nur strich er Blue über die Wange. Spürte das feine blonde Haar, das sich an ihren Schläfen lockte, seine Handfläche kitzeln. »So lange du willst.« Er holte mühsam Atem und versuchte, irgendwie das Stechen zu ertragen, das sich bei seinen nächsten Worten tief in seine Brust bohrte. »Aber jetzt sollten wir nach oben gehen. Sie warten sicher schon auf uns. Es … wird Zeit, dass wir nach Hause kommen.«

Blue nickte erneut. Ein wenig hilflos vergrub sie die Hände tief in den Taschen ihrer Jacke, als wüsste sie nicht, wohin sonst mit ihnen.

Und als Red sich umwandte, um in die Burg zu gehen und zu sehen, was Kris und Cedric über ihr weiteres Schicksal entscheiden würden, wusste er, dass sie ihm folgte.

Kapitel Dreiundzwanzig

Callahan Castle, Kinlochliath, Schottland

Während sie die schmale Treppe in die kleine Kammer hinaufstiegen, konnte Red bereits die Stimmen von Kris, Cedric und Hannah hören, die sich leise und eindringlich miteinander unterhielten. Doch erst, als sie auf der Schwelle stehen blieben, konnte er auch verstehen, was gesprochen wurde.

»Es war noch zu viel von dem Gift in seinem Körper«, sagte Cedric gerade. Er stand neben Kris vor der Konservenkiste, deren Deckel nun weit geöffnet war. »Das hat er nicht verkraftet.«

Kris nickte. Red konnte sein Gesicht nur im Profil sehen. Aber das reichte, um zu erkennen, dass seine Miene finster war. Sehr finster.

Hannah und der fremde Mensch saßen auf dem Bett mit den morschen Matratzen. Neben ihnen lag Elizabeth. Sie schlief noch immer tief und fest. Als Hannah Red und Blue entdeckte, räusperte sie sich verhalten.

Augenblicklich drehten Kris und Cedric sich um.

»Da seid ihr ja.« Cedrics Stimme war ebenso ernst und besorgt wie sein Gesicht. »Kommt rein und setzt euch. Wir müssen eine Entscheidung treffen, und wir haben nicht viel Zeit dafür.«

Ein wenig zögernd machte Red noch ein paar Schritte in den Raum hinein. Es widerstrebte ihm, näher an die Kiste heranzutreten. Näher an das Begreifen, dass der Körper, der darin lag, wirklich der von Chase war. Dass er nicht mehr atmete und auch nie mehr atmen würde.

Schließlich stellte er sich an die Wand in der Nähe des Fensters. Auf dem Sims waren mehrere Schalen und Gerätschaften aufgereiht, deren Zweck er kaum erahnen konnte. Das Einzige, was er erkannte, war, dass Blut darin klebte. Fröstelnd verschränkte er die Arme vor der Brust.

Blue hatte sich still neben ihn gestellt. Sie sagte nichts, aber Red konnte die unausgesprochenen Fragen in ihren Augen sehen. Nur brachte er es nicht über sich, ihr die Situation zu erklären. Er war froh, dass Cedric das für ihn übernehmen würde.

Cedric ließ derweil seinen Blick von einem zum anderen schweifen und blieb schließlich an Blue hängen. Sein Gesicht war noch immer sehr ernst. Sicher hatte Kris ihm bereits alles erzählt – und auch Hannah, deren Gesicht ungewohnt aschgrau und eingefallen wirkte. Also war Blue die Einzige, die noch davon erfahren musste. Red spürte, wie sein Magen sich schmerzhaft zusammenzog. Nein, dachte er, er wollte das wirklich nicht hören. Aber hatte er eine Wahl? Wohl kaum, wenn er nicht davonlaufen wollte. Und das würde er nicht. Das hatte Chase nicht verdient.

»Heute Nacht«, begann Cedric schließlich, »ist etwas Schreckliches passiert.« Er räusperte sich, und Red erkannte, dass selbst ihm die Ereignisse zu schaffen machen mussten, obwohl er doch nicht einmal direkt daran beteiligt gewesen war. »Heute Nacht … ist ein Vampir getötet worden.«

Red hörte Blue neben sich scharf nach Luft schnappen. Er schloss die Augen – aber dem dumpfen Schmerz, den Cedrics Worte in ihm auslösten, konnte er dadurch nicht entgehen. Es war eine Sache, begriff er, es zu denken. Es ausgesprochen und in Worte gefasst zu hören machte den Gedanken zu einer schrecklichen Wahrheit.

Chase war tot. Und es schnürte ihm die Luft ab.

»Cedric, du … du hast gesagt, Vampire können nicht sterben!« Auch Blues Stimme klang noch immer ein wenig atemlos.

Cedric hob die Brauen und musterte sie eindringlich. »Alles was lebt, kann sterben«, sagte er sehr ruhig. »Manchen fällt es nur schwerer als anderen.«

Blue öffnete den Mund und schloss ihn wieder, als wolle sie etwas sagen und könne die Worte nicht finden. Red konnte das sehr gut nachfühlen. Auch in ihm tobten so viele Gedanken. Doch keiner von ihnen fand den Weg auf seine Zunge.

»Kris und ich vermuten, dass die Ursache, weshalb Chase so lebensgefährlich verletzt werden konnte, ein Gift ist, das sich im Blut der Bewohner dieses Dorfes befindet«, fuhr Cedric fort. »Kris hat dazu ein paar Tests gemacht, und wir konnten eben noch feststellen, dass sich die gleichen Ergebnisse auch mit dem Blut dieses Mädchens erzielen lassen.« Er warf einen flüchtigen Blick auf die schlafende Elizabeth – und nun war Red auch klar, warum sie noch immer nicht aufgewacht war. Vermutlich würde das auch noch eine ganze Weile dauern.

»Wir werden sie mitnehmen und in White Chapel die einzelnen Komponenten ihres Blutes weiter testen.« Cedric schüttelte finster den Kopf. »Aber all das können wir verfolgen, wenn wir wieder in Kenneth sind. Die Entscheidung, von der ich eben sprach, betrifft vielmehr die Frage, was wir mit Chase tun wollen.«

Sein Blick richtete sich auf Red – so eindringlich, dass Red das Gefühl bekam, als hinge diese Entscheidung allein an ihm. Sein Magen zog sich erneut krampfhaft zusammen, und er schmeckte bittere Galle, die seine Kehle hinaufstieg.

»Ich schlage«, fuhr Cedric ernst fort, »eine Feuerbestattung vor.«

Red presste die Lippen zusammen. Das Bild von Chase'

entstelltem Leichnam in Kris' Armen stieg vor seinem inneren Auge auf. Die Erinnerung an diesen letzten, leblosen Blick, den er niemals vergessen würde. Nur mühsam konnte er sich zu einem Nicken zwingen.

»Ja«, murmelte er und hörte, wie belegt seine Stimme klang. »Gute Idee.«

Sollten sie ihn verbrennen und die Kiste gleich mit. Red wollte diesen Anblick nicht ein einziges Mal mehr ertragen müssen.

»Ich verliere niemanden mehr«, hatte Chase gesagt. *»Auch dich nicht.«* Wenn er nur gewusst hätte, dachte Red, wie wahr diese Worte auf eine makabere Art werden würden.

Eine leichte Berührung an seinem Arm ließ ihn zusammenzucken. Blue hatte ihre Finger in die Wolle seines Pullovers verhakt. Ganz leicht nur, und doch war dieser flüchtige Kontakt wie ein Rettungsanker, der ihm Halt gab.

Und als er den Blick wieder hob, sah er, dass ein kleines, mitleidiges Lächeln auf Cedrics Gesicht erschienen war.

»Dann ist es beschlossen«, sagte er. »Wir halten uns nicht lange damit auf.« Es klang wie ein Versprechen. »Wenn die Sonne aufgeht, liegt all das schon weit hinter uns.«

Kapitel Vierundzwanzig

Callahan Castle, Kinlochliath, Schottland

Kris stand neben Cedric am Ufer des Sees in der kleinen Kiesbucht, wo er nur wenige Stunden zuvor noch mit Chase gesprochen hatte. Jetzt erwies er ihm an dem gleichen Ort die letzte Ehre.

Die Flammen, die die Konservenkiste verzehrten, die nun zu Chase' Sarg geworden war, loderten hoch in den sternenübersäten Nachthimmel. Echtes Feuer, diesmal. Und echter Tod.

Red war nicht bei ihnen. Er hatte nur stumm den Kopf geschüttelt, als Kris ihn fragte, ob er sie begleiten wollte. Er wartete mit Blue, Hannah und Eloy und der schlafenden Elizabeth im Hubschrauber auf sie. Kris konnte es ihm nicht verdenken. Jeder von ihnen musste auf seine eigene Art mit seiner Trauer fertigwerden. Mit dem Verlust – und den Erkenntnissen, die er mit sich brachte.

Auch Hannah hatte sich aus gutem Grund dagegen entschieden, Kris und Cedric bei ihrer letzten Wache Gesellschaft zu leisten. Sie hatte kein Bedürfnis nach einem zweiten Abschiedsfeuer innerhalb weniger Stunden. Denn auch Insomniac Mansion hatte gebrannt. Der Gedanke lag seltsam schwer in Kris' Magen, während er mit leerem Blick auf die züngelnden Flammen starrte – obwohl er sich nicht dorthin zurückwünschte.

»Bist du dir sicher, dass wir dieses Mädchen mitnehmen sollten?« Cedrics leise Stimme riss ihn aus seiner Versunkenheit.

Kris runzelte die Stirn. Darüber hatten sie bereits ausführlich gesprochen. »Wir haben keine andere Möglichkeit, das Blut zu konservieren, bis wir in Kenneth sind.«

Cedric hob eine Braue und musterte ihn eindringlich. »Das war es nicht, was ich meinte. Was ich sagen wollte, war: Wollen wir dieses Blut wirklich in unserer Welt haben?« Er machte eine kurze Pause und schüttelte dann leicht den Kopf. »Manche Dinge bleiben besser unentdeckt. Ich denke, das wissen wir beide. Willst *du* die Sterblichkeit zurück, Kris?«

Kris schwieg eine Weile und lauschte dem Knacken und Knistern der Funken, die in die Nacht stoben.

»Es könnte alles ändern«, murmelte er schließlich. »Es könnte der Heilige Gral sein.«

Cedric nickte langsam. Doch auf seinen Zügen lag ein Schatten des Zweifels. »Oder die Büchse der Pandora.«

Kris ließ die Worte einen Moment auf sich wirken und spürte dem Kribbeln nach, das wie ein Echo des Funkenfluges durch seinen Körper rieselte.

»Aber die Geheimnisse im Dunkeln zu lassen«, sagte er dann und spürte, wie ein selbstironisches Lächeln seine Mundwinkel streifte, »befriedigt uns nicht, nicht wahr? Keinen von uns.«

Cedric verengte die Augen und musterte ihn prüfend. Da war noch mehr. Kris sah es ihm an. Dinge, die Cedric nicht aussprach, die aber wichtig genug sein mussten, um ihn selbst im Angesicht dieser unglaublichen Entdeckung umzutreiben.

Dann aber schüttelte er den Kopf. »Du hast recht. Das tut es nicht.« Er schob die Hände mit scheinbarer Gelassenheit in die Taschen seines Mantels. Doch Kris hatte das leichte Zittern seiner Finger bereits gesehen.

Eine ganze Weile schwiegen sie beide. Die Flammen warfen zuckende Schatten auf ihre Gesichter.

»Was ist mit dir?«, fragte Kris schließlich. »Willst du die Sterblichkeit zurück?«

Cedric hob leicht die Schultern. »Nicht für mich«, sagte er. »Aber ich wüsste ein junges progressives Mädchen, das sich das mehr als alles andere auf der Welt wünschen würde.«

Kris verschränkte die Arme vor der Brust und starrte nachdenklich in die Flammen. *O ja,* dachte er, *Red würde das auch gefallen.*

Wieder war es eine Weile still zwischen ihnen.

»Die Wahrheit ist«, sagte Cedric dann unvermittelt, »dass nicht nur Frei nach euch gesucht hat.« Er holte ein wenig angestrengt Luft, ehe er Kris das Gesicht zuwandte. Seine gelben Augen glitzerten im Feuerschein. »Ich möchte, dass du wieder für mich arbeitest.«

Kris sah ihn ehrlich überrascht an. »Ich dachte, du wärst froh gewesen, mich los zu sein.«

Eine steile Falte erschien zwischen Cedrics Brauen. Im unsteten Licht der Flammen wirkte sein Gesicht plötzlich sehr düster. »Das war ich auch. Aber die Zeiten haben sich geändert. Sagen wir, ich weiß jetzt, was ich an dir hatte.« Er sah Kris eindringlich an. »Meine Bedingungen von damals gelten nach wie vor. Du kannst jederzeit für mich arbeiten – so lange du es nur für mich tust. Dann werde ich dich, wenn ich kann, auch vor dem schützen, was dich aus Kenneth vertrieben hat. Selbst wenn es die *Bloodstalkers* sind. Also?«

Nun wusste Kris wirklich nicht mehr, was er sagen sollte. Schweigend erwiderte er Cedrics Blick. Aber auch Cedric schwieg jetzt.

»Warum?«, fragte Kris endlich. »Was ist passiert?«

Cedric schüttelte nur den Kopf. »Sag einfach ja oder nein. Mein Angebot steht.«

Nachdenklich fuhr Kris sich mit den Fingern durch die Haare. »Nun ja«, murmelte er dann. »Ein besseres bekomme ich in Kenneth wohl nicht.«

Ein schmales Lächeln erschien auf Cedrics Gesicht. »Also abgemacht. Dann sprechen wir später über die Details.« Er nickte Kris noch einmal zu. »Jetzt sollten wir allerdings allmählich aufbrechen. Wir haben immerhin eine Progressive an Bord.« Mit diesen Worten wandte er sich um und ging voran den Pfad zur Burg hinauf.

Etliche Sekunden noch blieb Kris am Strand zurück und sah gedankenverloren in das Feuer, das inzwischen langsam herunterbrannte. White Chapel also. Es war das Letzte, womit er gerechnet hatte. Aber was auch immer dort vorgefallen war – die Station schien seine Bestimmung zu sein. Vorerst.

Kris schüttelte den Kopf und schob den Gedanken beiseite. Ein letztes Mal schickte er einen stummen Gruß in die Flammen. Dann wandte er sich ebenfalls ab. Cedric hatte recht. Es war Zeit, nach Hause zurückzukehren.

Kenneth wartete auf sie.

Und wer wusste, was sonst noch.

DRITTER TEIL: ÜBER MENSCHLICHKEIT

Menschlich zu sein bedeutet doch nichts weiter,
als ein Gewissen zu haben.
Sei es nun gut oder schlecht.

Kapitel Eins

Zwischen den Wolken und dem Nordatlantik

Frei starrte durch das kleine Fenster des Jetflugzeugs hinunter auf das nachtschwarze Meer. Es gab nicht viel zu sehen dort draußen, seit Stunden nicht, während sie der Sonne hinterherflogen – immer mit genügend Abstand, dass sie sie die ganze Reise über nicht ein einziges Mal zu sehen bekommen würden. Der nächtliche Nordatlantik bot nicht viel Abwechslung. Ein paar graue Schaumkronen auf dem dunklen Wasser und hier und da die Lichter eines Überseekreuzers. Frei war den Anblick schon seit einer ganzen Weile leid. Aber es war immer noch besser, als sich umzudrehen.

Weil das unweigerlich bedeutete, Red anzusehen.

Er hatte sich wie selbstverständlich neben sie gesetzt, bevor das Flugzeug startete. Schon in dem schwarzen Helikopter, auf dem Rückweg zu diesem schottischen Vampirlord, wo sie den Jet geparkt hatten, hatte er neben ihr gesessen. Aber er lächelte nicht, und seine Schultern waren angespannt. Er berührte sie auch nicht. Nicht einmal zufällig. Wenn sie sich aber zu ihm umdrehte, das wusste Frei, würde er ihren Blick erwidern, würde sie ansehen auf diese unsichere, etwas hilflose Art. Wie er sie jedes Mal ansah, seit dieses andere Mädchen – das *Menschenmädchen* namens Elizabeth – wieder aufgewacht war.

Elizabeth würde bemerken, dass sie sich ansahen. Weil Elizabeth, auf der anderen Seite des Flugzeugs, Red ebenfalls beobachtete. Und dann würden sie alle drei peinlich berührt den Blick wieder abwenden, weil keiner von ihnen wusste, wie er mit der Situation am besten umgehen sollte. Das Meer, so eintönig es sich auch präsentierte, war da deutlich unkomplizierter. Frei wünschte sich nur, die Zeit würde etwas schneller vergehen.

Weiter vorn im Flugzeug sprachen Kris und Hannah leise miteinander. Frei gab sich Mühe, nicht zu genau hinzuhören. Hannah war wütend, traurig und froh zugleich, so viel bekam sie dennoch unweigerlich mit. Das sanfte Auf und Ab von Kris' Stimme dagegen ging beinahe vollständig unter im Motorenrauschen. Es war leicht, so zu tun, als würde sie überhaupt nichts von der Unterhaltung mitbekommen. Alle anderen taten das schließlich auch. Trotzdem hätte Frei im Moment nichts lieber getan, als Cedric zu bitten, ihr etwas auf dem Flügel vorzuspielen. Sie vermisste das Gefühl der Ruhe, die sie nur dann spürte, wenn sie den Klang des Instruments hörte. Aber bis sie dazu kamen, würde Frei noch eine ganze Weile warten müssen. Und so blieb ihr nur der Ozean.

Für mehr als zehn Stunden.

Als sie schließlich auf der kleinen Landebahn etwas außerhalb von Kenneth aufsetzten, war Frei unendlich müde. Es war längst weit nach der Zeit, zu der sie sich gewöhnlich schlafen legte – aber dieser Rhythmus war in den vergangenen Tagen ohnehin gründlich durcheinander geschüttelt worden. Und in dieser endlosen Nacht hatte sie nicht einmal die Sonne, die sie daran erinnerte, dass es Zeit war, sich irgendwo in eine finstere Ecke oder eine Kiste zu verkriechen.

Hunger hatte sie auch.

Eloy kletterte als Erster aus dem Flugzeug und machte die Gangway bereit, damit sie alle bequem aussteigen konnten, während er den Kleinbus holte, der sie und ihr Gepäck zurück zu Cedrics Wohnung bringen sollte. Wieder einmal war Frei beeindruckt, wie nützlich dieser Mensch war und wie selbstverständlich er mit den Vampiren umging – fast als sei er selbst einer. Nicht nur, dass er alle möglichen Arten von Fahr- und Flugzeugen steuern konnte, er war auch stark, umsichtig und klug. Und dabei unauffällig wie ein Schatten. Auf ihrem Weg nach Schottland hatte Frei am Rande mitbekommen, dass all das hier dem Vampir gehört hatte, dem Eloy zuvor gedient hatte. Er musste ein mächtiger Mann gewesen sein. Zumindest mächtig reich. Frei wurde die Kehle eng, wenn sie darüber nachdachte, was mit dem Franzosen passiert war, und sie wusste, dass auch Cedric sich Sorgen machte. Eloy selbst allerdings schien das Verschwinden seines ehemaligen Mentors nicht besonders zu kümmern. Und er musste es ja wissen. Also versuchte Frei, sich zu beruhigen oder wenigstens von dem Gedanken abzulenken.

Sie sah zu Red, der nun zwar nicht mehr neben ihr saß, dafür aber dicht bei ihr stand – so nah, wie es eben möglich war, ohne dass sie sich streiften. Das Bedürfnis, sich einfach an ihn zu lehnen, war überwältigend. Aber natürlich tat Frei das nicht. Stattdessen zupfte sie nur an dem Loch in seinem alten Pullover, das allmählich immer größer wurde. Sie mussten reden. So bald wie möglich. Sie hatte ihm so viel zu sagen und noch mehr zu fragen. Vermutlich ging es ihm ähnlich. Frei sah es in seinen Augen. Aber sie würden nichts davon herausbringen, solange Elizabeth in der Nähe war. Elizabeth, die seit Beginn ihrer Reise kein einziges Wort gesprochen hatte. Frei konnte nicht anders, als zumindest etwas Mitleid für sie zu empfinden. Sie verstand die Verzweiflung, die sich auf Elizabeths Gesicht abzeichnete, wann immer sie sich unbeobachtet glaubte, nur zu gut. Weil sie selbst sich so sehr nach Reds Nähe sehnte und sich doch nicht sicher war, ob sie sie überhaupt in Anspruch nehmen durfte. In dieser Umarmung auf dem Hof hatte sie geglaubt, vor Glück zerspringen zu müssen, weil sie ihn berühren durfte. Weil da, entgegen all ihren Befürchtungen, kein Hass in seinen Augen war. Keine Angst. Kein Abscheu. Er war genau so, wie sie ihn aus dem kurzen Moment, den sie in der Zelle von White Chapel geteilt hatten, in Erinnerung hatte. Er stieß sie nicht weg.

Aber dieses wunderbare Gefühl war seither keinen einzigen Augenblick lang zurückgekehrt. Seit sie erfahren hatte, dass es Elizabeth gab – weil sie wusste, dass Elizabeth Red mindestens ebenso liebte wie sie selbst. Frei ertrug das einfach nicht. Aber was für ein Recht hatte sie, dagegen zu protestieren?

Gar keins.

Frei fühlte sich furchtbar schlecht deswegen. Aber sie begann, Elizabeths Anblick zu verabscheuen.

Und wann immer sich ihre Blicke trafen, wusste sie, dass es Elizabeth genauso ging.

Kapitel Zwei

46 West Street, Kenneth, Missouri

Schon lange bevor der Kleinbus endlich in die West Street einbog, beschlich Cedric das unangenehme Gefühl, dass etwas nicht stimmte.

Er hätte nicht sagen können, was dieses Gefühl hervorrief. Es war nur eine üble Ahnung, die sich einfach nicht vertreiben ließ. Sie kribbelte in Cedrics Nacken wie die Beine einer hartnäckigen Fliege, und da half es auch nichts, dass er sich immer wieder zu beruhigen versuchte.

Rein äußerlich schien auf der Straße, in der er nun seit fast fünfzig Jahren lebte, alles seinen gewohnten Gang zu gehen. Die Großraumbüros ober- und unterhalb seiner Wohnung waren wie üblich hell erleuchtet, und nur seine Fenster waren dunkel. Die Scherben auf dem Gehweg waren längst weggekehrt, und die Blutflecken, die Frei nach ihrem Sprung hinterlassen hatte, waren spätestens unter dem starken Frühjahrsregen, der kurz nach ihrer Ankunft in der Stadt eingesetzt hatte, fortgeschwemmt worden. Nichts deutete darauf hin, dass irgendetwas Ungewöhnliches vorgefallen war.

Aber Cedric wusste es besser. Und das ungute Gefühl blieb.

Der Fahrstuhl, der sie aus der Tiefgarage in den siebten Stock befördern sollte, war für sieben Personen ziemlich eng. Es war ein Glück, das die Fahrt nur wenige Sekunden dauerte. Trotzdem hatte Cedric bereits in diesen kurzen Augenblicken das Empfinden, dass sich die Luft mit einer fast unerträglichen

Spannung auflud. Und als die Fahrstuhltür endlich mit einem leisen Zischen zur Seite glitt und sie alle in die Wohnung spuckte, war es, als hätte er seit einer Stunde nicht mehr geatmet.

Still und dunkel lag der Wohnraum vor ihnen. Das kühle Licht der Straßenbeleuchtung ließ die Möbel nur als schwarze Silhouetten vor der Fensterfront erscheinen.

Langsam trat Cedric weiter in die Wohnung hinein und blieb schließlich neben dem Flügel stehen. Die anderen verharrten noch beim Eingang, obwohl sich die Tür längst hinter ihnen geschlossen hatte – als wagten sie sich nicht näher heran, ehe er sie nicht hereinbat.

Cedric legte die Hand auf den Rahmen des Flügels und ließ den Blick aufmerksam durch den Raum schweifen. Nichts hatte sich verändert. Und alles war ruhig.

Zu ruhig.

In diesem Augenblick erklang hinter ihm, wie zur Antwort auf seine Gedanken, ein erstickter Schrei. Cedric fuhr alarmiert herum und sah, wie Frei sich zwischen Red und Kris hindurch drängte und nach vorn stürzte, durch den Raum hastete, bis sie beim Tisch an der Fensterfront stand.

Und jetzt, wo er noch einmal genauer hinsah, erkannte er es auch.

Es war ihm nicht sofort aufgefallen, weil sich die schlanken Stängel von Freis Gladiolen noch immer unverändert stolz und aufrecht in die Höhe reckten. Doch die länglichen Gebilde, die aus dem Blütenstand ragten, waren nicht die zur Nacht geschlossenen Knospen. Es waren nur noch die nackten Staubblätter, sorgsam von jedem einzelnen Blütenblatt befreit. Wie blutrote Tropfen sprenkelten die vertrockneten Überreste den Tisch und den Boden davor. Cedric sah, wie Frei die Hand vor den Mund presste. Sie atmete heftig, und ihre Schultern zuckten. Cedric wusste, was es bedeutete, wenn sie so atmete. Es war lange her, dass Frei die Kontrolle verloren hatte. Aber das bedeutete natürlich nicht, dass es nie wieder vorkommen konnte. Sie war erschöpft, aufgewühlt, und sie hatte seit Stunden nichts getrunken. Und jetzt ihre Blumen …

Cedric handelte sofort. Mit ein paar Schritten war er bei ihr, legte den Arm um sie und zog sie weg vom Tisch. Frei krallte die Finger in seinen Ärmel und fiel keuchend gegen ihn.

Cedric festigte seinen Griff um ihren Brustkorb. »Kris!«

Hinter ihm erklangen eilige Schritte auf dem Teppich. Kris zögerte niemals, wenn es wichtig war. Einen Augenblick später tauchte er neben ihnen auf. Cedric drückte das zitternde Mädchen in seine Arme. Er musste nichts sagen, damit Kris wusste, was er zu tun hatte. Er zog sie an sich und strich ihr sanft über den Kopf, flüsterte ihr etwas zu, das Cedric nicht verstand.

Langsam verebbte das Zittern, das Freis Körper schüttelte.

Cedric atmete auf und warf Kris einen dankbaren Blick zu. Dann ging er eilig hinüber zum Wärmeschrank. Fürs Erste schien die Gefahr gebannt zu sein. Doch erst, als Frei mit gierigen Schlucken das Blut aus einer Konserve sog – so hastig, als hinge ihr Leben davon ab, aber ansonsten ohne Anzeichen zu geben, dass sie in Raserei verfallen würde –, wagte er endlich, seinen Blick auf den Tisch zu richten. Das kalte Licht der Straßenbeleuchtung schimmerte matt auf dem alten Holz.

Und nun endlich erkannte Cedric auch, was Frei wirklich so verstört hatte. Er sah es, und er roch es.

Blut.

Vampirblut.

Auf der glänzend polierten Tischplatte zeichneten sich zwischen den verschrumpelten Blütenblättern Buchstaben ab. Buchstaben in einer ausladend geschwungenen Handschrift, stumpf und ein wenig verschmiert. Nur zwei Worte.

Bis bald!

Cedric wurde innerlich eiskalt. Sekundenlang stand er reglos da und starrte auf die Nachricht, die ihn zu verhöhnen schien. Dass er es geahnt hatte, schmälerte sein Entsetzen nicht im Geringsten.

Dorian war entkommen. Die Polizei hatte ihn nicht halten können. Und wenn er sich sogar die Mühe gemacht hatte, zurückzukommen, um Cedric seine Genugtuung ins Gesicht zu schleudern – dann war er sehr siegessicher.

Verflucht, dachte Cedric. Sie waren nicht einmal achtundvierzig Stunden fort gewesen! Aber achtundvierzig Stunden konnten viel Zeit sein für einen Vampir wie Dorian.

Nur mühsam konnte Cedric sich beherrschen, nicht mit der flachen Hand auf den Tisch zu schlagen. Ruhig bleiben. Eins nach dem anderen. Er musste handeln, sofort – und das konnte er nur, wenn er einen klaren Kopf bewahrte. Und immerhin – er musste nicht länger allein mit der Situation zurechtkommen. Langsam drehte er sich wieder um.

Frei lag noch immer in Kris' Armen. Sie atmete jetzt wieder normal und hielt ihr Gesicht an Kris' Schulter verborgen. Ihre Hand hatte sie fest um die leere Blutkonserve geschlossen.

Cedric warf noch einen Blick auf die unentschlossene Gruppe an der Wohnungstür und seufzte leise. Dann räusperte er sich. Jeder hier im Raum schien nun auf seine Anweisungen zu warten.

»Kris. Ich brauche dich.«

Kris hob den Kopf und sah ihn aus seinen dunklen Augen fragend an.

»Wir müssen in die Station«, erklärte Cedric knapp. »Jetzt. Die Einzelheiten erläutere ich dir unterwegs.«

Er hatte kaum ausgesprochen, als Eloy wie auf Kommando vortrat. Cedric hob abwehrend eine Hand. »Danke, Eloy. Ich fahre diesmal selbst. Du wirst vielleicht hier gebraucht. Red, du kümmerst dich um Frei, solange wir nicht da sind. Sie braucht jetzt jemanden an ihrer Seite, dem sie vertrauen kann.«

Er sah Red schlucken – doch dann nickte er.

Cedric erwiderte das Nicken ernst. »Geht nirgendwo hin, solange wir euch keine Anweisungen geben, und schon gar nicht allein. Keiner von euch, vor allem die Menschen.« Er sah von Elizabeth zu Red und Eloy, und schließlich zu Hannah. »Hannah, du hast eine mentale Verbindung zu Kris. Er bleibt mit dir in Kontakt. Wir sehen nach, was in White Chapel los ist, und kommen zurück, sobald wir können. In dringenden Angelegenheiten informieren wir dich. Zieht euch dann sofort zurück. Ich nehme an, du wirst einen Ort kennen, an dem ihr vorübergehend sicher seid.«

Hannah tauschte einen Blick mit Kris – der nach kurzem Zögern fast unmerklich den Kopf neigte. Dann erst nickte sie stumm. Aber auch ohne ihre Zustimmung hätte Cedric gewusst, dass sie selbstverständlich einen solchen Ort wussten. Sie waren *Bloodstalkers*. Wenn sie keinen Rückzugsort kannten, dann gab es keinen. Und das wollte Cedric gar nicht erst denken. Er atmete einmal tief durch. So weit möglich, war damit alles geregelt. Mehr konnte er im Moment nicht tun.

Und nun endlich erlaubte er sich, zu Frei hinüberzugehen. Sie kauerte noch immer am Boden neben Kris, der beruhigend seinen Arm um sie gelegt hielt. Aus großen Augen sah sie Cedric an, als er neben ihr in die Hocke ging.

»Lass mich nicht hier«, flüsterte sie.

Cedric bemühte sich um ein Lächeln, ohne dass es ihm gelang. »Ich kann dich nicht mitnehmen, das weißt du. Nicht jetzt. Und das willst du doch eigentlich auch gar nicht.« Er sah auf und warf einen Blick auf Red, der noch immer unschlüssig an der Tür stand und sich offenbar nicht recht entschließen konnte, näher heranzutreten.

»Er ist bei dir. Keine Angst.« Er legte Frei sanft die Hand auf den Kopf. »Und wir sind bald zurück, das verspreche ich dir.«

Frei nickte, nur eine winzige Bewegung. Aber die Unsicherheit verschwand nicht aus ihren Augen.

Noch einmal sah Cedric sich zu Red um und winkte ihm, näher heranzutreten. Doch erst, als auch Kris ihm ermutigend zulächelte, durchquerte er mit zögernden Schritten den Raum. Schweigend kniete er sich neben Kris, der seinen Griff um Freis Schultern löste und ein Stück von ihr abrückte.

Sehr langsam, fast ängstlich streckte Red den Arm aus. Und auch Frei verharrte mehrere Sekunden wie ein verschrecktes Tier, ehe sie sich vorsichtig gegen Reds Schulter sinken ließ. Als sie sich berührten, zuckten sie beide kurz zusammen. Dann aber legte Red seinen Arm fest um Freis Schultern. Seine Miene war verbissen, aber entschlossen.

Diesmal gelang Cedric das Lächeln, auch wenn es nur schmal war. Er nickte Kris zu und stand auf.

»Wir sind bald zurück«, wiederholte er noch einmal lauter. »Hoffen wir, dass bis dahin alles ruhig bleibt.«

Ein letztes Mal warf er einen Blick in die Runde, sah jeden einzelnen noch einmal eindringlich an. Dann ging er zur Tür, um den Fahrstuhl zu rufen.

Kapitel Drei

46 West Street, Kenneth, Missouri

Eine knappe Minute später standen Cedric und Kris in der Tiefgarage vor dem sportlichen Kleinwagen, der sündhaft teuer gewesen war und den Cedric trotzdem nur in den seltensten Fällen benutzte. Er hasste es, selbst zu fahren. Selbst an normalen Tagen bedeutete es entschieden zu viel Stress, sich mit den Unzulänglichkeiten der anderen Verkehrsteilnehmer auseinandersetzen zu müssen, während sein Kopf mit wichtigeren Problemen beschäftigt war. Heute aber würde er nicht darum herumkommen. Es war bald fünf Uhr, die Stadt würde von der Rush hour aus allen Nähten platzen, und es konnte Ewigkeiten dauern, bis Carl hier eintraf, wenn er ihn jetzt anfunkte. Und einen anderen Fahrer wollte Cedric unter keinen Umständen. Gerade heute nicht.

Er warf seinen Mantel auf die Rückbank, setzte sich auf den Fahrersitz und startete den Motor, während Kris auf der anderen Seite einstieg. Mit leisem Brummen glitt der Wagen auf die belebten nächtlichen Straßen von Kenneth hinaus.

White Chapel lag – trotz seiner abgeschiedenen Lage – keine fünfzehn Kilometer von der West Street entfernt auf der anderen Seite der großen Hängebrücke Silver Bridge, die als Hauptverkehrsader die Stadtteile beidseits des Violet River miteinander verband. Der kürzeste Weg dorthin allerdings führte mitten durch die Innenstadt. Cedric atmete tief durch. Es war nicht zu ändern. Um diese Uhrzeit würde es nirgends wesentlich leerer sein.

Jenseits des Asia Park lag die Hauptstraße am Rand der Fußgängerzone unter einer Glocke aus dem dumpf glühenden Licht der Neonreklamen, Leuchttafeln, Straßenlaternen und Schaufensterbeleuchtung. Unzählige Vampire verstopften hier die breiten Gehwege oder warteten dicht gedrängt auf S-Bahnsteigen und Busbahnhöfen. Ein undefinierbarer Smog aus Stimmen, Motoren und Schritten füllte die Luft und drang selbst durch die geschlossenen Autofenster. Der Verkehr kroch trotz der sechsspurigen Fahrbahn nur im Schneckentempo dahin. Es dauerte vier Ampelschaltungen, bis Cedric sich endlich in den Hauptstrom eingefädelt hatte und sich mitziehen lassen konnte von der gewaltigen Lawine aus Blech, Gummi und Gestank. Hinter der Brücke, das wusste er, würde es etwas besser werden. Aber bis dahin half nur, die Zähne zusammenzubeißen und durchzuhalten.

Aus dem Augenwinkel bemerkte er, dass Kris ihn stumm beobachtete. Natürlich, er wartete auf die versprochenen Details. Und allmählich wurde es wohl wirklich Zeit, ihn darüber aufzuklären, was geschehen war – und warum Cedric ihn hier so dringend brauchte.

Cedric wandte kurz den Kopf, um Kris einen Blick zuzuwerfen. Dann atmete er tief durch. Es überraschte ihn selbst, wie sehr es ihm widerstrebte, das Thema anzusprechen. Aber noch länger zu warten wäre nichts anderes als dumm gewesen.

»Ich nehme an, der Name Dorian Keaton ist dir ein Begriff.«

Das Polster des Beifahrersitzes raschelte, als Kris sich aufsetzte. Cedric spürte seinen überraschten Blick. »Leiter des Lehrstuhls für molekularbiologische Psychoanalytik in Boston. *Relacin und die Heilkraft der Psyche* – eins der einschlägigsten Fachbücher der letzten Dekaden überhaupt. Nenn mir einen Biowissenschaftler, der ihn nicht kennt.«

Ein kurzes, trockenes Lachen rutschte Cedric über die Lippen. Kris' Antwort verwunderte ihn nicht im Geringsten. Wer in der Forschung auch nur entfernt mit ihrem Fachbereich zu tun hatte, der kam auf Dauer weder um die Ergebnisse herum, die Dorian im Lauf der Jahrzehnte über die Wirkungsweise von Arretin und Relacin veröffentlicht hatte, noch um Cedrics umfassende Untersuchungen zur Sequenzierung und Synthetisierung dieser beiden Enzyme. Ihr privater Konkurrenzkrieg hatte inzwischen eine lange Tradition.

»Wenn ich es genau bedenke, bestand das Literaturverzeichnis meiner Masterarbeit fast ausschließlich aus Artikeln von ihm.« Kris lächelte schief. »Die restlichen waren von dir.«

Cedric schwieg. Das Lachen war längst wieder aus seiner Kehle verschwunden und hatte nur einen säuerlichen Geschmack zurückgelassen. Er starrte durch die Windschutzscheibe auf die Rücklichter des Autos vor ihm und weiter nach vorn auf die Pfeiler der Silver Bridge, die nun hinter einer Kurve in Sichtweite kamen. Noch zwanzig Minuten. Wenn sie Glück hatten.

Inzwischen hatte es wieder zu regnen begonnen. Dicke Tropfen klatschten auf die Scheiben und zogen im blinkenden Licht der Werbeanzeigen und Scheinwerfer glitzernde Spuren über das Glas. Cedric schaltete den Scheibenwischer ein.

»Er ist hier«, sagte er schließlich. »Er hat deinen Platz eingenommen.«

Kris atmete scharf ein, und Cedric spürte, wie ein bitteres Lächeln auf seinem Gesicht erschien.

»Unsere Beziehung ist … nennen wir es speziell.« Er schüttelte den Kopf. »Kurz gesagt: Er hasst mich. Schon immer eigentlich, aber seit der Eröffnung von White Chapel ganz besonders.«

Eine Weile blieb es auf dem Beifahrersitz still. Dann räusperte sich Kris. Es klang ein wenig mühsam.

»Will er deine Stelle?«

Cedric seufzte verhalten. »Vielleicht will er das. Wahrscheinlich sogar. Aber noch viel mehr will er mich fertigmachen.« Er warf noch einen Blick zu Kris hinüber, der ihn aufmerksam aus seinen dunklen Augen musterte. »Und ich fürchte, dass ich vorgestern einige massive Schädigungen an seinem Stammhirn verursacht habe, hat unser Verhältnis nicht unbedingt entspannt.«

Für einen Moment sah er, wie Kris' glatte Gesichtszüge aus dem Gleichgewicht gerieten. »Du hast …« Er brach ab und schüttelte fassungslos den Kopf.

Cedric verengte die Augen und sah wieder nach vorn. »Er war auf der Jagd nach Frei. Ich hatte keine Wahl.«

Kris schwieg. Doch selbst sein Schweigen klang nun düster. Er verstand. Und spätestens jetzt musste ihm allmählich dämmern, auf was er sich eingelassen hatte, als er Cedric zusagte, wieder mit ihm zu arbeiten.

Cedric schloss seine Hände fester um das Lenkrad. Es kostete ihn einige Mühe, seine Stimme ruhig zu halten.

»Ich kann nicht vernünftig arbeiten ohne einen fähigen Biotechniker an meiner Seite«, erklärte er so sachlich wie möglich. »Dass du deine Stelle wieder antrittst, war die einzige halbwegs sinnvolle Lösung, die mir eingefallen ist. Deswegen habe ich alles getan, um Frei bei ihrer Suche nach Red zu helfen. Ich wusste, du würdest dort sein.« Er verzog den Mund. »Dass du dich so bald von selbst melden würdest, hätte ich allerdings nicht erwartet.«

Kris antwortete nicht sofort. Eine nachdenkliche Falte war zwischen seinen Brauen erschienen. »Die Situation gestaltet sich ja nun anscheinend noch um einiges komplizierter.«

Cedric nickte ernst. »So ist es. Und wir haben im Augenblick auch nicht viel Handlungsspielraum, fürchte ich. Erst einmal müssen wir herausfinden, wie die Lage ist. Und dann sehen wir weiter.« Noch einmal sah er zu Kris hinüber, musterte eingehend das schmale Gesicht, das so wenig von dem verriet, was hinter seiner Stirn vor sich ging. »Das ist deine letzte Möglichkeit auszusteigen. Also, wie ist es? Kann ich auf dich zählen?«

Die Falte zwischen Kris' Brauen vertiefte sich um eine Winzigkeit. Dann aber nickte er. Sein Blick, als er Cedric in die Augen sah, war offen und ernst.

»Das kannst du. Bedingungslos.«

Den Rest der Fahrt verbrachten sie schweigend.

Sie hielten direkt vor den Stufen, die zum Eingang von White Chapel hinaufführten. Der Regen war stärker geworden und hing wie ein düsterer Vorhang zwischen ihnen und der Station, die sich schwarz und abweisend über ihnen erhob. Nirgendwo im Gebäude brannte Licht. Die Parkplätze, auf denen für gewöhnlich Pei Lins und Dorians Autos standen, waren leer.

Cedric stieß die Autotür auf und lief die regennassen Stufen hinauf. Kris folgte ihm auf den Fersen. Schon nach wenigen Schritten waren sie bis auf die Knochen durchnässt.

Vor dem Eingang zog Cedric seine Schlüsselkarte heraus und zog sie durch den Schlitz neben der gläsernen Schiebetür. Die Konsole piepte, die rote Leuchtdiode an der Seite blinkte zweimal – und blieb rot. Zwei Worte erschienen auf dem Display.

Zugriff verweigert.

Ein Kribbeln jagte durch Cedrics Körper wie ein elektrischer Schlag. Er wechselte einen langen Blick mit Kris und sah auf dem Gesicht des jüngeren Vampirs die gleiche düstere Ahnung, die auch in ihm aufstieg. Er versuchte es noch einmal.

Zugriff verweigert.

Cedric spürte, wie er zu zittern begann. Rasch tippte er den siebenstelligen Notfallcode in das Nummernfeld neben dem Kartenschlitz. Jeder Angestellte von White Chapel hatte einen solchen persönlichen Code, der ihm bei Kartenverlust oder technischem Defekt Zugang zur Station erlaubte.

Zugriff verweigert.

Cedric fluchte lautstark und hieb mit der Hand auf die Konsole.

Zugriff verweigert.

Ausgesperrt.

Was zum Teufel war hier los?

Er sah zum Vordach hinauf, das über die Stufen hing. »Sid! Sid, wo steckst du?«

Nichts geschah. Und nichts rührte sich. Kein Vibrieren in den Wänden oder dem Boden. Kein Kichern. Kein Atmen. Nur der Regen rauschte gleichförmig aus dem noch immer nachtschwarzen Himmel.

»Sid!« Cedric ballte die Faust und hämmerte gegen die Eingangstür, dass das Sicherheitsglas erzitterte. Seine Kehle fühlte sich mit einem Mal seltsam eng an. Wo steckte der verfluchte Wächter? Er musste doch längst bemerkt haben, dass sie hier waren! »Mach endlich diese Tür auf!«

»Er ist nicht da«, sagte Kris hinter ihm. Seine Stimme war leise und sehr besorgt.

Cedric fuhr herum. »Das ist nicht möglich, das weißt du genauso gut wie ich!«

Kris musterte ihn ernst. »Kannst du ihn spüren? Ich nicht.« Er schüttelte den Kopf und seine Miene verfinsterte sich. »Ich kann überhaupt niemanden spüren.«

Nur mühsam konnte Cedric seinen Atem zur Ruhe zwingen. Mit Daumen und Zeigefinger presste er seine Nasenwurzel zusammen. Es stimmte, was Kris sagte. Cedric war kein Meister darin, Präsenzen zu erspüren. Er war kein Psychomanipulator. Aber wenn er die Mauern der Forschungsstation berührte, dann fühlte das Gebäude sich leer an. Erschreckend leer.

Es war nicht möglich, wiederholte er noch einmal in Gedanken. Sid konnte White Chapel nicht verlassen, niemals. Was auch immer geschehen war, er war irgendwo da drin. Verletzt durch einen leichtsinnigen, zu intensiven Kontakt mit Dorian, oder …

Cedric schüttelte den Gedanken ab. Er wollte nicht wissen, wohin er ihn führen würde. Zu spekulieren hatte keinen Sinn. Sie mussten Fakten wissen.

»Versuchen wir es mit deinem Code.« Er deutete auf die Konsole, an der die Diode noch immer höhnisch rot leuchtete.

Kris hob erstaunt die Brauen. »Meinen Code?«

Cedric runzelte ungeduldig die Stirn. »Weißt du ihn nicht mehr?«

»Doch, aber …« Kris brach ab. Ein Lächeln huschte über sein Gesicht, als er an Cedric vorbei trat und die Ziffern in das Nummernfeld eingab. Aber Cedric sparte es sich, die Tatsache zu kommentieren, dass er Kris' Daten nicht aus dem hausinternen Schlüsselsystem gelöscht hatte, wie er es hätte tun sollen. Es war offensichtlich, dass Kris ihm diesbezüglich nun eine zumindest unterbewusste Absicht unterstellte. Aber Cedric hatte im Moment wirklich keine Nerven, um sich darüber Gedanken zu machen, ob diese Vermutung der Wahrheit entsprach. Vor allem, da das Piepen der Konsole ihm in diesem Augenblick verriet, dass auch Kris' Nummer ihnen keinen Zutritt zur Station verschaffte. Cedric ballte die Hände zu Fäusten. Verflucht.

Kris drehte sich wieder zu ihm um. Das Lächeln war von seinem Gesicht verschwunden. »Was jetzt?«

Eine Weile starrte Cedric mit leerem Blick auf die Eingangstür. Er hatte nicht übel Lust, sie einfach einzuschlagen. Aber das war keine Option. Noch nicht.

Entschlossen hob er den Kopf. »Wir fahren zu Pei Lin. Sie muss wissen, was hier los ist.«

Kris sah ihn überrascht an. »Denkst du wirklich, das ist eine gute Idee?«

Cedric verzog grimmig den Mund. »Eine hundertmal bessere jedenfalls, als Dorian persönlich zu fragen. Und eine tausendmal bessere, als hier herumzustehen. Gehen wir!«

Er wandte sich um und lief durch den Regen zurück zum Auto.

Für einen Augenblick verharrte Kris, als wolle er noch etwas sagen. Aber dann folgte er ihm ohne weitere Einwände.

Pei Lin wohnte zusammen mit ihrem Lebensgefährten in einer Hochhaussiedlung ein gutes Stück abseits der Innenstadt. Es war ein aufgeräumtes, friedliches Viertel – so ruhig, wie es mit so vielen Vampiren auf so engem Raum nur möglich war, und auch für ein mittelmäßiges Gehalt einigermaßen bezahlbar.

Die Wohnung von Cedrics Assistentin lag im vierten Stock neben zwei anderen. Eine saubere dunkelgraue Fußmatte lag vor der Tür auf dem moosgrünen Linoleum, das so blank aussah, als würde niemals jemand hier entlanglaufen. Es roch nach Putzmittel und Bohnerwachs. Auf dem schlichten Messingschild neben der Klingel standen die Namen *Mae* und *Riboa*.

Cedric straffte sich und tauschte einen Blick mit Kris. Dann drückte er auf den Knopf. Ein blechernes Schrillen drang gedämpft durch das Holz der Tür. Es dauerte eine Weile, bis sich in der Wohnung etwas regte. Dann aber hörte er die vertrauten, zierlichen Schritte der Chinesin – weich in dicken Socken auf Parkett. Ein Schlüssel knackte im Schloss, zweimal. Und schließlich erschien Pei Lins schmale Gestalt hinter dem mit einer Kette gesicherten Türspalt. Sie trug einen bequemen Wollpullover und verwaschene Jeans, und ihre Haare waren zu einem lockeren Zopf geflochten – ein ungewöhnlicher Kontrast zu der förmlichen Aufmachung, die sie bei der Arbeit trug. Ihre Mandelaugen weiteten sich entgeistert, als sie erkannte, wer da vor ihrer Tür stand.

»Cedric!« Ihr Blick huschte zu Kris, und nun wurde sie bleich unter der asiatischen Tönung ihrer Haut.

Cedric zwang ein Lächeln auf sein Gesicht, auch wenn er wusste, dass Pei Lin ihn sofort durchschauen würde. Es gab nichts zu lächeln. »Entschuldige, dass wir dich so überfallen. Dürfen wir reinkommen?«

Pei Lin zögerte. Noch einmal flog ihr Blick von Cedric zu Kris und wieder zurück. Dann aber nickte sie schnell und schloss die Tür. Die Kette rasselte, und schließlich gab Pei Lin den Weg in ihre Wohnung frei.

Sie führte Cedric und Kris durch einen engen Flur in eine kleine Küche und bedeutete ihnen, sich auf die Eckbank aus dunklem Holz zu setzen. Die ganze Zeit über hielt sie den Kopf gesenkt und sah zu Boden.

»Tut mir leid, es ist schrecklich unordentlich«, murmelte sie.

Cedric und Kris wechselten einen Blick. Vermutlich gab es kein unpassenderes Wort als *unordentlich,* um Pei Lins Wohnung zu beschreiben. Die Räume waren zwar klein und die Regale dicht an dicht vollgestellt mit den verschiedensten Dingen – aber dennoch war hier nichts dem Zufall überlassen. Selbst mit einem flüchtigen Blick konnte man sofort sehen, dass alles mit einem System angeordnet war, in dem jedes Staubkorn seinen festen Platz hatte.

Schließlich setzte sich Pei Lin ihnen gegenüber auf einen Stuhl und sah auf ihre nervös verschränkten Hände hinunter. Es war bezeichnend, dachte Cedric, dass sie ihnen nichts zu trinken anbot. Ganz sicher war das kein Zeichen von mangelnder Aufmerksamkeit – auch wenn Pei Lin sich im Fall einer

Nachfrage sicher genau damit entschuldigen würde. Cedric aber verstand sehr gut, dass sie ihn und Kris so bald wie möglich wieder loswerden wollte. Er seufzte leise und zog seine Schlüsselkarte aus der Tasche. Er hatte nicht die Absicht, seine Assistentin unnötig zu bedrängen. Aber wer sonst sollte ihm sagen, was vorgefallen war?

»Ich hätte gern von dir gewusst, Pei Lin«, sagte er behutsam und legte die Karte zwischen sie auf den Tisch, »wie es sein kann, dass ich keinen Zutritt mehr zu meiner eigenen Forschungsstation habe.«

Er sah Pei Lin schlucken. Jetzt endlich hob sie den Kopf, um ihm in die Augen zu sehen. Natürlich hatte sie längst gewusst, warum er hier war.

»Niemand … niemand kann dort noch hinein«, flüsterte sie. »White Chapel ist bis auf weiteres geschlossen. Die Polizei war da. Wir konnten nichts tun.«

In Cedrics Magen regte sich dumpfer Zorn. Die Polizei. Sie hatten ihn also nicht schnell und tief genug weggesperrt. »Dorian …«, knurrte er.

Mit einer seltsam abgehackten Bewegung sprang Pei Lin wieder auf die Füße. »Hör mal, Cedric, ich würde wirklich gern länger mit dir reden und mit dir auch, Kris. Wir haben uns ja so lange nicht gesehen. Aber Jacob kommt gleich nach Hause, und er hat es nicht gern, wenn dann Besuch hier ist, also …«

»Pei Lin.« Kris' sanfte Stimme unterbrach sie, ehe Cedric auch nur überlegen konnte, was er sagen sollte, um einen Rauswurf zu verhindern.

»Bitte. Es ist sehr wichtig, dass du uns alles erzählst. Niemand wird davon erfahren. Aber wir brauchen deine Hilfe.« Die Worte waren wie ein Streicheln. Selbst Cedric spürte, wie sich bei dem Klang die Aufregung in seinem Magen ein wenig beruhigte, obwohl er doch gar nicht gemeint gewesen war. Dieser Teufelskerl, dachte Cedric ein wenig unbehaglich. Er wurde immer mächtiger. Und inzwischen war er auch stark und vor allem klug genug, zu verbergen, was er wirklich konnte. Es hätte beängstigend sein können. Aber im Augenblick war Cedric einfach nur froh, Kris wieder an seiner Seite zu haben. Es erleichterte vieles.

Pei Lins Blick flog inzwischen nervös von einem zum anderen. Zögernd setzte sie sich wieder hin, auf die äußerste Stuhlkante.

Und schließlich blieb ihr Blick an Cedrics Augen hängen. Sie starrte ihn an, als könne sie in seinem Gesicht die Antwort finden, was nun zu tun war.

»Er sagt, du verlierst die Kontrolle«, brachte sie heraus. Ihre Stimme klang brüchig. »Er sagt, du kannst den progressiven Wahnsinn nicht mehr lange aufhalten.«

Mühsam versuchte Cedric, seinen Atem ruhig zu halten. Aber seine Brust fühlte sich plötzlich eng an, so dass er glaubte, kaum noch Luft zu bekommen. Der progressive Wahnsinn? Wie von selbst hob sich seine Hand zur Schläfe, berührte den äußeren Augenwinkel. Seine Iriden, gelb gefärbt durch Katherines Blut. Zusammen mit den Narben an seiner Schulter waren sie Zeugnis des Tages, als seine progressive Geliebte ihn gebissen hatte. Die Geliebte, die nun fort war.

Ja, dachte Cedric bitter, das war eine Geschichte, die wunderbar mit langsam durchbrechendem Wahnsinn zusammenpasste. Genau das würde Dorian erzählt haben. Und den Wächtern für innerstädtische Sicherheit war es ganz sicher egal, wie viel davon der Wahrheit entsprach. Oder wie sicher Cedric selbst sich war, dass für eine Infektion seines Geistes nach wie vor nur minimale Gefahr bestand.

Pei Lins Stimme war sehr leise geworden, als wolle sie selbst nicht hören, was sie zu sagen hatte. »Er will dich wegsperren lassen.«

Cedric schloss kurz die Augen. »Und die Leitung von White Chapel übernehmen«, ergänzte er düster.

Pei Lin nickte schwach. Dann aber stand sie erneut auf, kaum weniger ruckartig als zuvor. »Ihr müsst jetzt wirklich gehen. Das ist alles, was ich weiß.«

Langsam erhob Cedric sich ebenfalls. Ja, sie sollten gehen, dachte er. Er konnte von Pei Lin nicht verlangen, sich offen auf seine Seite zu stellen. Oder sich gar gegen die Ordnungshüter und das Gesetz aufzulehnen. Was das betraf, hätte er jeden auf der Welt gefragt. Aber nicht Pei Lin. Sie hatte ihm erzählt, was sie wusste. Es gab sonst nichts, was seine ehemalige Assistentin für ihn tun konnte. Fast nichts.

»Nur eins noch.« Cedric stützte die Hände auf die Tischplatte, um das Zittern zu verbergen, das seine Finger befiel. »Was ist mit Sid?«

Aber Pei Lin schüttelte nur den Kopf. »Ich weiß es nicht. Ehrlich.« Sie ging zur Küchentür und hielt sie auf. Ihre Augen waren dunkel vor unterdrückter Angst. »Geh jetzt, Cedric, bitte! Ich kann dir nicht helfen.«

Cedric sah zu Kris. Der nickte fast unmerklich. Es war wirklich an der Zeit, aufzubrechen.

Sie folgten Pei Lin durch den Flur zurück zur Wohnungstür. Bevor sie gingen, sah Cedric seine ehemalige Assistentin noch einmal ernst an. »Ich danke dir für alles, meine Liebe. Ich verspreche dir, ich werde alles tun, damit du nicht in diese Sache hineingezogen wirst.«

Pei Lin nickte. Aber es wirkte ein wenig verkrampft, und sie sah weder Cedric noch Kris an, als sie auf den linoleumgrünen Flur hinaustraten. Hinter ihnen schloss sich die Tür mit einem seltsam endgültigen Klacken – gefolgt von dem Klappern, mit dem Pei Lin die Sicherungskette wieder vorlegte.

Kapitel Vier

46 West Street, Kenneth, Missouri

Die Sonne kroch langsam hinter den Wolken über den Horizont und tauchte den Raum in ein mattgraues Licht.

Red saß noch immer auf dem Boden, den Rücken an die Schranktüren der Küchenzeile gelehnt. Neben ihm, zusammengerollt und den Kopf auf seinen Oberschenkel geschmiegt, lag Blue. Frei. Wer auch immer.

Sie hatte die ganze Zeit über, seit sie hier saßen, nichts gesagt, ihn nicht mal angesehen. Aber sie hielt sich an ihm fest, als hätte sie Angst, er könnte verschwinden, wenn sie einen Moment nicht aufpasste. Selbst jetzt, wo sie bereits seit einer Weile schlief und ihre Hand nur locker auf seinem Knie lag, zuckte sie jedes Mal zusammen, wenn er seine Sitzposition auch nur um Millimeter veränderte. Dabei hatte Red nicht die Absicht zu verschwinden. Nicht im Geringsten.

Er vergrub seine Finger behutsam in den weichen Locken und streichelte den Haaransatz in ihrem Nacken, wieder und wieder, bis ihr Atem sich beruhigte.

Red seufzte und lehnte den Kopf gegen den Schrank hinter ihm. Sein Blick wanderte hinüber zu Elizabeth. Sie hockte noch immer bei der Tür, unter den Garderobenhaken, und sah nur gelegentlich zu ihnen herüber. Doch wann immer er ihren Blick festzuhalten suchte, wandte sie sich ab und sah stattdessen zu Hannah und Eloy, die hinter dem Tisch an der Fensterfront standen und die Straße beobachteten. Sie unterhielten sich leise und eindringlich. Aber Red hörte nicht zu. Er hatte genug eigene Sorgen. Er wollte nicht wissen, welche Probleme die anderen hatten.

Noch einmal versuchte er, Elizabeths Blick zu fangen. Als ihre Augen sich trafen, bemühte er sich zu lächeln und wusste, dass es traurig geriet und sehr kläglich. Etliche Sekunden starrte Elizabeth ihn an. Dann presste sie die Lippen zusammen und senkte den Blick.

Sie würden das klären müssen, dachte Red. Seit ihrem verzweifelten Streit im Schmiedekeller hatten sie nicht ein einziges Wort miteinander gesprochen. Aber was hätte er ihr sagen sollen? Er hätte ja nicht einmal mehr richtig benennen können, was er eigentlich für sie fühlte. Vor zwei Tagen hatte er noch geglaubt, sie lieben zu können, wenn er es nur zuließ. Dieses Mädchen, das so unberührt, so menschlich war. Aber …

Red befreite vorsichtig seine Finger aus Blues Haaren und strich sanft über die weiße Haut über ihrem Wangenknochen. Loslassen war so viel schwerer, als er geglaubt hatte. Wenn nicht sogar unmöglich – jetzt, wo er sie endlich gefunden hatte. Er hätte das von Anfang an wissen müssen. So betrachtet, war alles, was geschehen war, seine Schuld. Sogar, dass Chase …

Red schüttelte sich innerlich. Er durfte so nicht denken, oder es würde ihn früher oder später auffressen.

In diesem Augenblick brach das Summen des Fahrstuhls unerwartet laut in die Stille. Hannah und Eloy fuhren herum, Elizabeth sprang auf die Füße, als hätte sie etwas gestochen, und auch Blue schreckte mit einem leisen Keuchen in die Höhe.

Red blieb sitzen. Aber er sah den beiden Vampiren, die nun die Wohnung betraten, aufmerksam entgegen. Und schon als sich die Eingangstür öffnete, wusste er, dass sie keine guten Nachrichten zu überbringen hatten.

Für etliche Sekunden standen Kris und Cedric auf der Schwelle. Dann räusperte sich Cedric.

»Setzen wir uns.« Er wies auf die grünen Sofas in der Sitzecke und legte seine Hand auf Elizabeths Schulter, die zusammenzuckte und vergeblich versuchte, im Schatten zu verschwinden. »Du auch.«

Langsam stand Red auf und streckte Blue eine Hand entgegen, um ihr ebenfalls auf die Füße zu helfen. Sie schwankte ein wenig auf vom Schlaf unsicheren Beinen. Doch als Red ihr den Arm bot, um sich darauf zu stützen, presste sie die Lippen zusammen und schüttelte den Kopf.

»Es geht schon«, murmelte sie. »Danke.«

Die anderen hatten inzwischen auf den Sofas Platz genommen. Cedric saß in einem Sessel gegenüber. Red überließ Blue den letzten freien Platz und hockte sich neben sie auf die Lehne des kleineren Sofas. Eine Weile herrschte angespanntes Schweigen.

Dann aber räusperte sich Hannah.

»Also, Jungs.« Sie sah von Cedric zu Kris und wieder zurück. »Was war los in White Chapel?«

Sie musste einige Sekunden auf ihre Antwort warten. Und am Ende war es Kris, der sie gab, nicht Cedric. Kris lächelte, aber es wirkte ein wenig gezwungen.

»Wir heißen Cedric willkommen«, sagte er, und seine Stimme klang sehr trocken ironisch dabei, »auf der Seite der Gesetzlosen.«

Red sah, wie einige tiefe Falten auf Cedrics Stirn erschienen. Niemand lachte. Dies war alles andere als komisch. Red sah zu Hannah, doch auch die hob nur fragend die Brauen.

Cedrics Mund war nur noch eine schmale, verkniffene Linie. »Es scheint«, erklärte er schließlich, und die Falten gruben sich noch etwas tiefer in seine Haut, »man will mich festnehmen.«

Blue riss überrascht die Augen auf, und Hannah hustete, als hätte sie sich an Cedrics Worten verschluckt. »Wieso?«

Cedric schüttelte grimmig den Kopf. »Das ist eine lange und komplizierte Geschichte. Fest steht, dass ich White Chapel zurzeit nicht auf dem traditionellen Weg betreten kann. Und ich glaube außerdem, dass mein Wächter auf irgendeinem Weg … ausgeschaltet wurde.«

Für eine Weile war das Schweigen im Raum so absolut, dass es fast beängstigend war. Reds Nackenhaare richteten sich prickelnd auf. Der Wächter? Ausgeschaltet? Wie sollte das möglich sein? Red erinnerte sich zu gut an den weißhaarigen Vampir mit dem teuflischen Grinsen, der sie alle mit einem Fingerschnipsen überwältigt hatte. Und auch wenn sie nur Menschen gewesen waren – so jemanden schaltete man nicht einfach aus.

Kris sah von einem zum anderen. Er musste zumindest ahnen, was Red durch den Kopf ging. Vermutlich wusste er es sogar ziemlich genau.

»Zum Glück«, sagte er sehr ruhig, »wissen wir ja inzwischen, dass es auch alternative Wege gibt, um nach White Chapel zu kommen.« Er sah zu Cedric hinüber, als wolle er zu verstehen geben, dass er diese Entscheidung am Ende ihm überlassen wollte.

Cedric aber nickte langsam, obwohl sein Gesicht nach wie vor grimmig war. »Wie es aussieht, bleibt uns nichts anderes übrig. Ich muss Sid finden. Und zwar so schnell wie möglich.«

Wieder fiel unbehagliches Schweigen über die Gruppe.

Und wieder war es Hannah, die es schließlich brach. »Also … was auch immer ihr vorhabt.« Sie tauschte einen Blick mit Eloy. Der nickte fast unmerklich, und Hannah sah wieder zu Kris. »Wir kommen nicht mit.«

Kris' Brauen zuckten in die Höhe. Er sah ehrlich überrascht aus – und nicht gerade begeistert. »Ach so?«

Hannah sah ihm fest in die Augen und nickte. »Es liegt nicht an dir.« Ihre Stimme klang ein wenig gepresst. »Wir haben im Flugzeug geklärt, dass du ein mieses Arschloch bist, und ich habe dir gesagt, es ist okay, weil es schon immer so war. Ich meine das auch so. Aber – diese ganze Wissenschaftssache. Das ist deine Welt, nicht meine. Und das weißt du auch.« Sie sah zu Eloy, und ein winziges Lächeln erschien in ihren Mundwinkeln, das der Mensch ebenso zurückhaltend erwiderte. Aber Red hatte es gesehen. Und Kris ganz sicher ebenso.

»Ich fange neu an«, fuhr Hannah fort, und ihre Stimme klang jetzt sicherer. »Ohne dich. So wie ich es geplant hatte, als du weg warst. Und wenn du blöder Idiot auch nur ein wenig Anstand im Leib hast, dann lässt du mich jetzt einfach gehen, okay?«

Kris sagte gar nichts. Auch seinem Gesicht war nicht anzusehen, was er von dieser Eröffnung hielt. Etliche Sekunden lang sahen er und Hannah sich an, als seien sie ganz allein im Raum. Dann aber senkte Kris langsam den Kopf, wie in stummer Zustimmung.

Cedric seufzte. Es klang halb resigniert, halb erleichtert. »Ich kann niemanden zwingen, sich mir anzuschließen«, sagte er, und seine Stimme klang müde dabei. »Ich hoffe nur, Eloy wird uns seine Fahrdienste ein letztes Mal zur Verfügung stellen.«

Eloy sah fragend zu Hannah. Die aber nickte nur. »Wir werfen Sie im Haywood Forest hinter der Station raus. Kein Problem.«

Cedric nickte langsam. »Gut. Ich danke euch.« Er sah von einem zum anderen und stand schließlich langsam auf. »Wir sollten dann jetzt alle versuchen, uns noch ein paar Stunden auszuruhen. Die Sonne geht auf, und wir haben anstrengende Tage hinter uns.«

Red sah, wie Hannah den Mund öffnete – vermutlich um eine erstaunte Frage über die Zeitverzögerung zu stellen, nachdem er doch eben noch auf Eile gepocht hatte. Aber Cedric schüttelte nur den Kopf.

»Ich brauche Frei.« Sein Blick traf auf Blues, die merklich zusammenzuckte. Ein schiefes Lächeln verzog flüchtig seine Lippen. »Ich weiß, dass du und Sid nicht die besten Freunde seid. Aber ich würde dich gern bitten, mir dabei zu helfen, ihn zu finden.«

Red sah Blue schlucken. Ihre Hände verkrampften sich zu Fäusten. Er konnte nur ahnen, warum sie solche Angst vor dem Wächter hatte. Es machte ihn selbst ganz unruhig.

Blue aber nickte. »Wenn du glaubst, dass ich dir nicht nur lästig bin …«, murmelte sie.

Das Lächeln auf Cedrics Gesicht war nun deutlicher zu sehen. »Niemals, Frei. Das weißt du doch.« Er nickte und sah noch einmal in die Runde. »Also. Gehen wir schlafen. Bei Sonnenuntergang brechen wir auf.«

Kapitel Fünf

Haywood Forest, Kenneth, Missouri

Eloy fuhr sie über Umwege aus der Stadt hinaus und in einem großen Bogen bis an den Rand des Haywood Forest, der sich hinter einem weitläufigen Getreidefeld im Osten von White Chapel erstreckte. Dort trennten sie sich.

Es fielen keine großen Abschiedsworte, obwohl Red das seltsame Gefühl hatte, es müsse doch noch etwas zu sagen geben. Wortlos standen sich Hannah und Kris gegenüber, während sich der Rest der Gruppe schweigend im Hintergrund hielt. Hannahs Schultern waren verkrampft und ihre Lippen verbissen zusammengepresst. Sie musste nichts sagen, um die Nacht mit hilfloser Traurigkeit zu füllen.

Schließlich trat Kris noch einen Schritt auf sie zu und beugte sich ein Stück herunter, um mit den Lippen leicht ihre Stirn zu berühren.

»Leb wohl«, sagte er leise und lächelte.

Hannah nickte. »Du auch«, murmelte sie. Dann wandte sie sich brüsk ab, und ohne noch einmal jemanden anzusehen, sprang sie auf den Beifahrersitz neben Eloy und knallte die Tür hinter sich zu, so dass jenseits der verspiegelten Scheiben nur noch ein Schatten von ihr zu sehen war. Ihren steifen Rücken und die abweisend vor der Brust verschränkten Arme aber konnte man noch immer erahnen.

Der Motor des Minibusses röhrte auf. Kris trat zurück und stellte sich zwischen Red und Cedric. Gemeinsam beobachteten sie, wie der Bus wendete und sich schließlich rasch entfernte.

Eine ganze Weile noch war seine kleiner werdende Silhouette auf der Straße zu sehen, die zurück in Richtung Stadt führte, ehe die Dunkelheit ihn endgültig verschluckte. Und schließlich verklang auch das Dröhnen des Motors. Die Nacht war wieder still.

Kris legte Red leicht eine Hand auf die Schulter. Und als Red aufsah, bemerkte er ein schiefes Lächeln auf dem Gesicht des Vampirs, das wie ein flüchtiger Schatten über seinen Zügen hing.

»Also, Red. Ich denke, jetzt ist es an dir, uns den Weg zu zeigen.«

Red schluckte trocken. Es war ein seltsames Gefühl, dachte er. Voranzugehen, das war er nicht gewöhnt. Aber es war nicht abzulehnen. Nicht nur Kris. Auch Cedric, Blue und Elizabeth. Sie alle sahen ihn an, schweigend und erwartungsvoll. Er war jetzt der Einzige von ihnen, der diesen Weg schon einmal gegangen war. Und auch wenn der Wald in der Dunkelheit und so ganz ohne den Schnee, der beim letzten Mal in den Zweigen gehangen hatte, ein Gesicht trug, das Red noch nicht kannte – er wusste genau, in welche Richtung er gehen musste.

Unwillkürlich legte er die Hand auf den Griff des Revolvers an seinem Gürtel. Der Revolver, den Colin ihm abgenommen hatte. Der Revolver, der Chase getötet hatte. Kris hatte ihn Red zurückgegeben, kurz bevor sie aufbrachen. Das blanke Holz fühlte sich fast schmerzlich vertraut an. Red schloss die Augen und atmete tief durch. Dann nickte er.

Er würde sie nicht enttäuschen. Keinen von ihnen. Vor allem nicht Chase.

Entschlossen wandte er sich um und tauchte als Erster ein in die Schatten des Haywood Forest. Das Abflussrohr war gar nicht weit von hier. Und auch White Chapel nicht.

Der Mond war nicht mehr voll in dieser Nacht. Aber er leuchtete so hell, dass er düster regenbogenfarbene Ränder um die vorbeijagenden Wolken malte.

Red fand den Weg zu der steilen Böschung, wo das Abflussrohr in ein ausgetrocknetes Flussbett mündete, tatsächlich ohne Schwierigkeiten wieder. Und selbst wenn er sich des Weges nicht so sicher gewesen wäre, hätte er sich vermutlich kaum schwergetan. Man roch die Stelle schon von weitem.

Schon im Winter war es nicht gerade eine angenehme Vorstellung gewesen, auf allen vieren durch halbgefrorene Fäkalien zu kriechen. Doch damals hatten sie wenigstens die Schutzanzüge gehabt, von denen die Brühe abperlte wie von einem Lotosblatt – und Red war zudem von einer Motivation getrieben worden, die alles andere nebensächlich scheinen ließ. Zumindest konnte er sich nicht daran erinnern, dass der Abfluss so widerlich gestunken hatte. Diesmal allerdings zog sich sein Magen vor Übelkeit zusammen, als er die Böschung hinabsprang und bis zu den Knöcheln in dem Schlamm einsank, der sich unter dem Rohr gebildet hatte, aus dem stetig eine trübbraune Flüssigkeit tröpfelte.

Er wandte sich um und beobachtete, wie die anderen ihm folgten. Kris, Cedric und Blue überwanden die zwei Meter ebenfalls im Sprung. Nur Elizabeth blieb noch einen Moment am Rand der Böschung stehen und musterte den steilen Hang mit kritischem Blick. Kris streckte ihr eine Hand entgegen, um ihr beim Abstieg behilflich zu sein. Aber sie schüttelte den Kopf und kletterte schließlich zuerst auf das breite Rohr und von dort aus auf den Grund des Flussbetts hinab.

»Also«, sagte Red, als schließlich alle wohlbehalten unten angekommen waren, und sah ein wenig unschlüssig zu der dunklen Öffnung des Rohrs hinauf, »da wären wir.«

Er wartete einige Sekunden, ob irgendjemand Anstalten

machen würde, vor ihm in das Rohr zu klettern. Von hier aus war es schließlich sozusagen unmöglich, den richtigen Weg zu verfehlen. Aber niemand rührte sich. Cedric musterte Red abschätzend aus seinen hellen Augen.

»Ja dann«, sagte er bloß. »Nur zu.«

Red räusperte sich ein wenig verlegen. Dann aber dachte er daran, dass Chase ihn für sein Zögern vermutlich ausgelacht hätte. Es gab keinen Grund zu zögern. Also zögerte Red auch nicht länger. Er griff nach dem Rand des Rohres und schwang sich mit einem kräftigen Klimmzug in die Dunkelheit hinein.

In der Waschküche, wo der Tunnel endete, war es stockfinster. Beim letzten Mal, als Red hier gewesen war, hatten die Neonlampen an der Decke alles in ihr weißes Licht getaucht. Diesmal erkannte er die schnurgeraden Reihen der Waschmaschinen und Trockner nur als schemenhafte Umrisse im grünlichen Licht des Notausgangsschilds über der Tür. Das Gitter vor der Lüftung, durch das sie vor fast vier Monaten weiter in die Forschungsstation eingedrungen waren, war inzwischen wieder angebracht worden. Die Ventilatoren dahinter aber schwiegen. Alles war still.

Red beobachtete, wie seine Begleiter einer nach dem anderen aus dem Abflusskanal kletterten. Kris, Blue, Elizabeth. Und zuletzt Cedric. Der Leiter dieser Station, in die sie gerade einbrachen. Es war einfach zu surreal. Aber so gesehen, dachte Red, war es wohl nur logisch, dass sie diesmal nicht den Weg durch die Lüftungsschächte nehmen würden. Jetzt, wo sie drin waren, brauchten sie nicht mehr heimlich zu sein. Es war ja niemand hier, den ihr Eindringen stören könnte.

Niemand außer dem Wächter.

Red spürte, wie sich seine Nackenhaare aufstellten bei dem

Gedanken, was bei seiner letzten Begegnung mit dem weißhaarigen Vampir mit den düster glühenden Augen passiert war. Will war gestorben. Sarah schwer verletzt entkommen. Und die anderen? Michael, Claire und Bruce? Cedric hatte behauptet, sie würden noch leben. Aber das war inzwischen schon etliche Wochen her. Monate sogar.

»Also.« Red spürte Cedrics Blick, der über ihn hinwegglitt, als er von einem zum anderen sah. »Wir teilen uns auf. Ich gehe vor zum Heizungskeller und schalte den Strom ein. Kris, du nimmst Elizabeth und gehst mit ihr in die Biotechnik. Wir übrigen suchen nach Sid. Frei – du gehst mit Red.«

Red hörte Blue neben sich scharf einatmen. Als würde sie der Gedanke, mit ihm allein zu sein, erschrecken, dachte er und spürte einen kleinen Stich in der Brust.

»Ihr übernehmt das zweite Stockwerk und das Dach.« Cedric musterte Blue eindringlich. Seine Augen reflektierten das Licht der Notfalllampe in einem geisterhaften Hellgrün. »Es ist sehr wichtig, dass du dir eins klarmachst, was diese Suche angeht. Sid ist ein Teil von White Chapel. Er *ist* sozusagen White Chapel – ich fürchte, jetzt gerade noch viel mehr als sonst. Du solltest daher alles, was du siehst, wie ein lebendiges Wesen betrachten.«

»Ein … lebendiges Wesen?«, murmelte Blue. »Ja … ich glaube, ich verstehe.«

Cedric nickte ernst. »Sei vorsichtig, versprich mir das.« Noch einmal sah er zu Red und dann wieder zurück zu Blue. »Ihr zwei seid jetzt füreinander verantwortlich.«

Red warf Blue einen unsicheren Blick zu. Füreinander? Es war ein seltsamer Gedanke, dass dieses so zerbrechlich wirkende Mädchen, das kaum zwölf Stunden zuvor noch zitternd in seinen Armen gelegen hatte, für ihn Verantwortung übernehmen sollte. Andererseits war es aber auch nicht weniger seltsam, zu denken, dass er – ein Mensch – für die Sicherheit einer Vampirin zuständig war.

Blue aber nickte nur. Ihr Gesicht war angespannt, aber entschlossen. »Wir finden ihn, Cedric. Bestimmt.«

Cedric warf ihr einen letzten langen Blick zu. Dann erwiderte er ihr Nicken, ehe er sich abwandte und in der Dunkelheit verschwand. Eine Tür ging ganz in der Nähe leise quietschend auf und schlug wieder zu. Cedrics Schritte entfernten sich dumpf auf dem Flur.

Nur kurze Zeit später klickte es leise unter der Decke, und im nächsten Moment erhellte kaltweißes Licht die Waschküche. Hinter dem Lüftungsgitter begannen sich mit leisem Brummen die Ventilatoren zu drehen. Red atmete auf.

Erst jetzt im Hellen wurde wirklich klar, wie deutlich die Spuren waren, die der Abwasserkanal auf Haut und Kleidung hinterlassen hatte. Sie alle sahen reichlich unappetitlich aus und rochen auch so. Aber das war nun nicht zu ändern. Cedric hatte es mehrmals gesagt: Sie hatten keine Zeit zu verlieren. Die Station war riesig, und der Wächter konnte überall sein.

Red wischte sich die schmierigen Hände an der Hose ab und griff mit der Rechten nach seinem Revolver. Mit der anderen nahm er entschlossen Blues Hand in seine und ignorierte, dass sowohl sie als auch Elizabeth unwillkürlich zusammenzuckten. Red aber sah nur Kris an, der still und ernst lächelte. »Wir sehen uns später.«

Kris nickte. Sein Blick war trotz des Lächelns sehr besorgt. »Pass auf dich auf.«

Red erwiderte das Nicken. »Versprochen. Ich komme zurück, mach dir keine Sorgen.«

Kris' Lächeln verzerrte sich für einen Augenblick. Er begriff sehr gut, worauf Red damit anspielte. Was zwischen ihnen vorgefallen war, war längst nicht aus der Welt. Aber er sagte nichts mehr.

Vor der Tür der Waschküche trennten sie sich. Wie sie es besprochen hatten.

Kapitel Sechs

Forschungsstation White Chapel, Kenneth, Missouri

Der kürzeste Weg in die Biotechnik führte über den Lastenaufzug am Ende des Flurs, in dem der Wäschekeller lag, hinauf ins Erdgeschoss, wo sich die Labore und Versuchsräume befanden. Der Aufzug war ein vergittertes, träges Monstrum, das krachte und dröhnte, als Kris den Hebel umlegte, der es in Bewegung setzte. Behäbig glitt es die wenigen Meter den düsteren Schacht hinauf, ehe es mit einer leichten Erschütterung wieder zum Stehen kam.

Kris drückte die schwere Tür auf, die sie vom Flur trennte, und ließ Elizabeth den Vortritt. Das Mädchen machte zwei rasche Schritte auf den grauen Kunststoffbelag hinaus, als könne sie dem Aufzug nicht schnell genug entkommen. Schon auf der kurzen Fahrt aufwärts hatte sie unverwandt auf die dunklen Flecken und Spritzer gestarrt, die die Innenwand des Schachts sprenkelten. Und nach allen Erfahrungen, die das Mädchen in den letzten Tagen hatte machen müssen, konnte sie vermutlich zumindest ahnen, was es war: Die progressiven Versuchsobjekte, die ebenfalls mit diesem Fahrstuhl transportiert wurden, blieben nicht immer in ihrer Apathie gefangen. Und auch wenn sie die Stahlfesseln selbst nicht zerreißen konnten, waren manche von ihnen doch wütend genug, dass sie einen abgetrennten Arm oder ein Bein nicht einmal richtig bemerkten. Aber von solchen Details, dachte Kris, blieb Elizabeth, die nun etwas unschlüssig auf dem Flur stand und sich umsah, doch besser verschont.

Auch hier oben brannte inzwischen Licht. Zu beiden Seiten erstreckte sich der fensterlose Gang mit den immer gleichen Türen. Links von ihnen endete er in einem Durchgang aus vergittertem Sicherheitsglas. Dahinter konnte Kris die Eingangshalle von White Chapel erahnen, die noch in Dunkelheit getaucht war.

Kris schloss die Tür zum Lastenaufzug hinter sich und trat hinter Elizabeth. Sanft legte er eine Hand auf ihren steifen Rücken. »Wollen wir?«

Unter dem Klang seiner Stimme lockerte sich Elizabeths Haltung unwillkürlich ein wenig. Kris führte sie den Gang entlang und weiter in die Station hinein. Während sie liefen, horchte er aufmerksam auf jedes Geräusch, öffnete sein Bewusstsein weit für jede noch so kleine Schwingung, die ihm hätte anzeigen können, dass ein anderer Vampir – Sid – sich in seiner Nähe aufhielt. Aber White Chapel schien genauso leer und verlassen wie am Morgen. Nicht einmal der vielstimmige Atem der Menschen und Bluter im zweiten Stock war zu hören. Ob sie beschlagnahmt worden waren? Vermutlich, schließlich konnte man sie nicht über Tage, vielleicht sogar Wochen unversorgt in der Station lassen.

Vor der Tür zum Labor und der dahinterliegenden Biotechnik blieben sie stehen. Über dem mattschwarzen Schlüsselfeld leuchtete ein rotes Lämpchen. Verschlossen. Aber als Kris die Kuppe seines Zeigefingers auf das Feld legte, wechselte die Farbe der Diode von Rot zu Grün.

Kris musste unwillkürlich lächeln. Cedric hatte seine Signatur also tatsächlich nicht aus dem hausinternen Schlüsselsystem gelöscht. Als hätte er von Anfang an gewusst, dass Kris irgendwann wieder hier auftauchen würde.

Er schob die Tür auf. Der scharfe Geruch nach Chemikalien drang ihm entgegen. Im Labor sah noch alles genauso aus, wie er es in Erinnerung hatte – penibel aufgeräumt und sauber, Janets Tisch links, Pei Lins rechts. An Pei Lins Mikroskop war noch der Monitor angeschlossen, doch sie hatte die Proben, an denen sie zuletzt gearbeitet haben musste, weggeräumt. Oder waren auch sie beschlagnahmt worden? Gut möglich. Auch die Laborjournale fehlten.

Kris sah zu der Luftschleuse hinüber, die in die Biotechnik führte. Ein aufgeregtes Kribbeln, gar nicht unangenehm, regte sich in seinem Magen. Es war fast, wie nach Hause zu kommen, dachte er und unterdrückte ein selbstironisches Kopfschütteln. Dies war kaum der richtige Augenblick für Nostalgie.

Er wandte sich zu Elizabeth um, die in der Mitte des Raums stehen geblieben war und den Blick über die Einrichtung wandern ließ. Die Hand hatte sie über Mund und Nase gelegt, als versuchte sie, den stechenden Geruch der Lösungsmittel auszusperren. Dabei, dachte Kris belustigt, musste ihre Hand ja noch viel übler riechen.

»Wir müssen uns umziehen«, erklärte er und trat zu der Wäschetruhe bei den Spinden, die an der Wand neben der Luftschleuse aufgereiht waren. »In der Biotechnik ist Schutzkleidung Pflicht, und ich denke nicht, dass wir die nächsten Stunden unter den Besucherüberwürfen verbringen wollen.«

Elizabeth nickte stumm, und Kris öffnete die Truhe und nahm zwei eingeschweißte Stapel säuberlich gefalteter Schutzkleidung heraus. »Da drüben kannst du dich waschen.« Er deutete auf ein tiefes Waschbecken, fast so groß wie eine Badewanne, und legte eines der Päckchen auf den Rand. »Ich warte so lange draußen.«

Elizabeth runzelte die Stirn und musterte ihn einen Moment lang mit rätselhaftem Blick.

»Interessieren dich solche Dinge denn überhaupt?«, fragte sie dann unvermittelt leise. »Wenn eine Frau sich auszieht?«

Kris hob überrascht die Brauen. Fast hatte er nicht damit gerechnet, dass sie überhaupt noch etwas sagen würde. Seit sie Schottland verlassen hatten, schien es, als habe sie den größten Teil ihrer Energie und Lebendigkeit dort gelassen. Sie war fast wie eine Puppe, zumindest hatte er diesen Eindruck gewonnen. Jetzt aber glomm in ihren Augen ein wacher Funke, der Kris erstaunte.

Er lächelte schief. »Warum sollte es nicht?«

Elizabeth hob leicht die Schultern. »Du bist ein Vampir«, sagte sie, ohne den Blick von ihm abzuwenden. »Ich dachte … ihr seid so anders.«

Kris musterte sie nachdenklich. Er ahnte, dass mehr hinter ihrer Frage steckte, als die Worte aussagten. Aber er konnte es noch nicht recht greifen. Er nickte langsam. »Vielleicht liegt es daran, dass wir so viel älter sind als ihr. Die meisten von uns jedenfalls. Auch als Vampir wird man nicht automatisch alt und weise. Aber je älter wir werden, desto weiter entfernen wir uns von euch.« Er dachte noch einen Augenblick über seine nächsten Worte nach. »Zu wissen, dass man nicht sterben wird, ändert vieles. Das Denken, das Fühlen, die Sicht auf die Welt – und insbesondere auf alles Sterbliche. Aber ich würde behaupten …«, er lächelte leicht, »wir sind alle auf unsere eigene Art privilegiert. Nicht jeder ist für die Unsterblichkeit gemacht.«

Eine steile Falte erschien zwischen Elizabeths Brauen. Ihre Finger zupften unruhig am Ärmelsaum ihrer verschmierten Jacke. »Willst du damit etwa sagen, du warst auch mal ein Mensch?«

Kris betrachtete sie verblüfft. Er hatte noch nie darüber nachgedacht, dass das vielleicht gar keine so offensichtliche Tatsache war. Er selbst hatte es immer gewusst, natürlich, schließlich war er bei seiner eigenen Verwandlung dabei gewesen, und schon zuvor hatte es in der Welt der Menschen etliche Mythen,

Geschichten, Lieder und Filme über Vampire gegeben. Aber woher sollte ein Mädchen wie Elizabeth, das weit jenseits dieser Zeit aufgewachsen war, davon erfahren haben?

»In gewisser Weise«, sagte er nachdenklich, »bin ich wohl immer noch einer. Nur eben ohne die nötige Menschlichkeit.« Er zuckte leicht die Schultern. »Und um auf deine Frage zurückzukommen: Nein, es würde mich wohl kaum noch berühren, dir dabei zuzusehen, wie du dich ausziehst.« Er lächelte. »Was aber nicht daran liegt, dass du keine begehrenswerte Frau bist. Nur sind diese Dinge für mich nicht mehr wesentlich, wenn du verstehst.«

Elizabeths Stirnrunzeln vertiefte sich. »Dann ist es für dich nur wichtig, ob du von mir trinken kannst oder nicht?«

Kris seufzte leise. Wie schwierig es war, dachte er, ihr diese Dinge zu erklären, wo sie doch noch nie erlebt hatte, wie wundervoll die Verbindung zwischen Vampir und Mensch sein konnte. »So könnte man es sagen, ja.«

Elizabeth sah ihn etliche Sekunden lang unverwandt an. Dann drehte sie sich um, streifte sie mit entschlossenen Bewegungen ihre Kleider ab, bis sie nur noch in ihrer Unterwäsche dastand, die zumindest nicht völlig von dem Brackwasser aus dem Abflussrohr getränkt war. Die schmutzigen Sachen ließ sie einfach liegen, wo sie waren, und ging mit etwas staksigen Schritten zum Waschbecken, um sich die stinkenden Überreste der Kloake von Händen und Gesicht zu waschen. Eine Gänsehaut überzog ihren blassen Rücken, als der kühle Zug der Lüftung daran vorbeistrich.

Kris schüttelte leicht den Kopf, aber er sagte nichts. Er wurde einfach nicht schlau aus diesem Mädchen. Doch für lange Überlegungen, ermahnte er sich, hatten sie jetzt auch keine Zeit. Also legte er ebenfalls rasch seine Kleider ab und stellte sich neben Elizabeth an das Becken. Aus dem Augenwinkel sah er, dass auf ihren Wangen nervöse rote Flecken aufgeblüht waren. Sie hielt den Blick starr auf ihre Hände gerichtet, rieb sie unter dem kalten Wasser, bis sie krebsrot waren, obwohl der Schmutz längst verschwunden war.

Schließlich trat Kris von ihr weg und griff nach seinem Schutzanzug.

»Wir ziehen die Anzüge in der Schleuse an. Entferne die Folie nicht, ehe wir drin sind.«

Und nun endlich gab Elizabeth ihre verkrampfte Haltung wieder auf. Mit einer abgehackten Bewegung drehte sie sich zu ihm um. Das Päckchen mit ihrer Schutzkleidung hielt sie fest vor die Brust gedrückt. Ihre Augen waren groß und dunkel, ihre Stimme war voll von wütendem Vorwurf.

»Als Red mir von dem Mädchen erzählte, das er an die Vampire verloren hatte, dachte ich, ihr hättet sie getötet!«, stieß sie hervor. »Oder sie hätte ihn für einen von euch verlassen. Ich hätte nicht gedacht, dass ich … gegen sie antreten müsste!«

Kris hielt seine Gesichtszüge sorgsam unter Kontrolle, um sich seine Überraschung nicht anmerken zu lassen. Eine ungute Ahnung beschlich ihn, wenn er sie so ansah. Er hatte keine Antwort darauf. Er wusste ja nicht einmal, was Red ihr alles erzählt hatte. Unschlüssig blieb er stehen, wo er war, und wartete, ob sie noch etwas sagen würde. Er spürte, dass noch etwas in ihr gärte, das darauf drängte, endlich herausgelassen zu werden.

Und tatsächlich – nach etlichen mühsamen, flachen Atemzügen hob Elizabeth erneut das Kinn. Ihr Gesicht war aschfahl.

»Sie ist doch ein Vampir«, wisperte sie fast tonlos. »So wie du. Und wenn sie auch nur sein Blut will, so wie du … Warum bleibt er dann bei ihr? Warum bleibt er bei *dir*? Ich verstehe das nicht.«

Kris schwieg verblüfft. Sie war zu aufgewühlt, erkannte er. Er hätte sie jetzt beruhigen müssen. Aber ihre Worte berührten ihn auf seltsame Art und Weise – weckten etwas in ihm, das er nicht ignorieren konnte. Weich und vertraut breitete sich in Sekundenschnelle eine tödliche Ruhe in ihm aus. Sie stellte seine Verbindung zu Red in Frage. Und das war das Einzige, was sie niemals tun durfte.

Er trat einen Schritt auf Elizabeth zu, legte eine Hand unter ihr Kinn und zwang sie, ihm in die Augen zu sehen. Er spürte, wie ein Zittern durch ihren Körper lief, spürte, dass sie zurückweichen wollte, aber er hielt sie mit seinem Blick gefangen. »Ach wirklich? Bist du sicher, dass du das nicht verstehst?« Seine Stimme war nun sehr sanft. Wie schwarzes Wasser tropfte sie in Elizabeths Geist. Unter seinen Fingern spürte Kris ihre Halsschlagader hastig pochen, als ihr Herzschlag sich beschleunigte. »Was glaubst du denn, warum *du* bei ihm bleibst?«

Elizabeth riss die Augen auf. »Wie meinst du das?«, flüsterte sie.

Kris atmete langsam ein und wieder aus. Tief unten in seinen Eingeweiden pochte die Dunkelheit. Aber er durfte ihr jetzt nicht nachgeben. Sie war nur ein Mensch, sie konnte es nicht verstehen. Und so absurd es auch klang – er musste ihr dankbar sein. Ohne sie hätte er Red vielleicht niemals wiedergesehen.

Langsam ließ er sie los und schüttelte den Kopf. »Denk nicht weiter darüber nach«, sagte er. »Wir müssen zusehen, dass wir mit den Versuchen beginnen. Wir haben schon viel zu viel Zeit verloren.«

Er wandte sich um, drückte auf den Knopf, der die Luftschleuse öffnete, und ging voran.

Für einen Augenblick noch spürte er Elizabeths Blick im Nacken. Wütend, verwirrt – und furchtsam, obwohl sie sich das nicht eingestehen wollte. Dann aber folgte sie ihm.

Kapitel Sieben

Forschungsstation White Chapel, Kenneth, Missouri

Im Treppenhaus roch die Luft abgestanden und muffig, mit flüchtigen Resten von Putzmitteln. Einige der Neonröhren unter der Decke waren kaputt, so dass das Licht sich von Absatz zu Absatz in seiner Helligkeit veränderte.

Frei stieg in raschem Tempo hinter Red die Stufen hinauf. Sie hielt sich noch immer an seiner Hand fest, die sich warm und kräftig um ihre Finger geschlossen hatte – so kräftig, dass es beinahe weh tat, als wolle er unter keinen Umständen Zweifel daran aufkommen lassen, dass sie von nun an zusammen bleiben würden. Vor allem vermutlich, dachte Frei und spürte, wie diese Ahnung seltsam schwer in ihrem Magen lag, bei ihm offenbar nicht.

Während sie liefen, lauschte sie aufmerksam in die Stille der Station. Nichts deutete darauf hin, dass sich in den Wänden, der Decke oder dem Boden ein lebendiges Wesen verbarg, wie Cedric gesagt hatte. Da war kein Atem, kein Herzschlag, keine noch so winzige Bewegung. Die einzigen Geräusche waren der Klang ihrer Schritte auf dem Kunststoffboden und das leise Rascheln ihrer Kleidung.

Den zweiten Stock, und das Dach – so hatte Cedric es angeordnet. Frei hatte damit gerechnet, dass diese Nachricht sie mehr schrecken würde. Aber seit sie hinter Cedric in das Abflussrohr im Wald geklettert war, war sie von einer seltsamen Ruhe erfüllt. Wieder in White Chapel zu sein war nicht so schlimm, wie sie es sich vorgestellt hatte. Es war nicht wie eine

Rückkehr, in keiner Weise. Es machte eben doch einen gewaltigen Unterschied, ob man aus freien Stücken einen Ort betrat oder ob man dort eingesperrt war. Da konnte sie nicht einmal die Aussicht schrecken, in die Zelle zurückzukehren, in der sie so lange gelitten hatte.

Vor der Tür, die auf den Flur in den zweiten Stock hinausführte, blieb Red stehen und drehte sich zu Frei um.

»Warte.«

Überrascht verhielt Frei ebenfalls in ihrem Schritt und sah ihn fragend an. Sein Gesicht zeigte eine seltsame Mischung aus Anspannung, Unsicherheit und Angst vielleicht – aber auch Hoffnung. Und noch immer hielt er fest ihre Hand. Seine Finger waren warm und ein bisschen feucht.

»Ich dachte nur, wir …«, er lächelte zögernd, »… also, wir haben ja noch gar nicht wirklich miteinander geredet.« Er schüttelte den Kopf, als Frei den Mund öffnete, um etwas zu sagen.

»Ich weiß, wir sollten uns besser beeilen. Und es ist auch nicht gerade romantisch hier. Aber ich wollte nur wissen … Also, ich frage mich schon die ganze Zeit, warum du mich eigentlich gesucht hast.«

Etwas in seiner Stimme, seinem Blick traf Frei schmerzhaft in die Brust, eisig und brennend heiß zugleich, wie der Eisspeer, den der französische *Bloodstalker*-Vampir in ihren Bauch gestoßen hatte. Und sie spürte plötzlich, dass von ihrer Antwort alles abhängen konnte – ob ihre Wege sich wieder trennten, wenn das hier vorbei war, oder ob sie und Red eine Chance auf ein winziges Stück gemeinsamer Zukunft hatten. Ob er ihr weiter erlauben würde, ihm zu folgen – oder ob er sich am Ende doch für Elizabeth entschied. Freis Mund war mit einem Mal staubtrocken. Aber sie zwang sich, Reds Blick nicht auszuweichen.

»Na ja, es ist so … Du bist der Einzige, der mich kennt«, sagte sie leise. »Nur du weißt, wer ich war – und darum auch, wer ich wirklich bin. Ich … ich glaube, in Wahrheit suche ich nach mir selbst.«

Eine ganze Weile sagte Red nichts. Aber seine Schultern sanken eine Winzigkeit herab, und der Griff seiner Finger um ihre lockerte sich – kaum spürbar nur, aber Frei merkte es dennoch. Dies war nicht die Antwort, die er sich erhofft hatte. Er verstand sie falsch, begriff Frei, völlig falsch! Sie räusperte sich verzweifelt. »Das ist aber nicht alles!«, fügte sie hastig hinzu und hörte ihre Stimme heiser klingen vor Anspannung. »Ich weiß nicht, wie ich es dir erklären soll, es ist nur …« Sie holte Luft. »Seit wir uns begegnet sind – also, diese Begegnung, an die ich mich erinnere …« Sie spürte, wie ihr Gesicht glühend heiß wurde, als sie an die Situation in der Zelle dachte. An ihren Kontrollverlust, den sie am liebsten für immer aus ihrem Gedächtnis verbannt hätte. Aber Red musterte sie nur aufmerksam.

»Es hat sich so richtig angefühlt«, flüsterte Frei. »Und ich wollte das zurück. Ich wollte *dich* zurück. Unbedingt.«

Red schwieg noch immer. Auf seinem Gesicht war ein winziges Lächeln erschienen. Aber es wirkte ein wenig traurig.

Frei versuchte verzweifelt, den Kloß hinunterzuwürgen, der sich in ihrer Kehle bilden wollte. »Ich weiß, das ist schrecklich selbstsüchtig von mir! Ich sollte dich nicht vor diese Wahl stellen, du solltest glücklich werden mit einem anderen … Menschen …« Ihre Stimme versagte. Aber noch bevor sie erneut ansetzen konnte, machte Red einen Schritt nach vorn und zog sie in seine Arme. Seine Brust weitete sich angestrengt, und sie hörte seinen Atem zittern.

»Du bist so dumm!«, flüsterte er rau. »Als ob ich ohne dich glücklich sein könnte! Als ob ich dich jemals wieder hergeben würde!«

Endlose Sekunden standen sie so da, fest umschlungen. Reds Hand glitt immer wieder über Freis Rücken, auf und ab, während sein freier Arm sie an seine Brust gedrückt hielt, als wolle er sie wirklich nie wieder loslassen. Und Frei hätte in diesem Augenblick wirklich liebend gern den Rest der Ewigkeit so verbracht, eingehüllt in seinen Geruch, der so warm und gut und vertraut war. Eine winzige Welt, abgeschirmt von der Realität, wo sie nicht darüber nachdenken musste, wie sie die Unendlichkeit überstehen sollte.

»Ich könnte dich töten«, murmelte sie in Reds Pullover. »Das weißt du.«

Für einen Augenblick hielt die streichelnde Hand inne, und sie spürte, wie Red sich eine Winzigkeit anspannte.

Dann aber drückte er sie nur noch ein wenig fester an sich. »Na und?«, flüsterte er. »Ich dich doch auch.«

Für einen Sekundenbruchteil wusste Frei nicht, ob sie lachen oder weinen sollte. Alles, was sie fühlte, war unendliche Erleichterung und Glück. Weil er sich nicht vor ihr fürchtete. Weil er sie akzeptierte, so wie sie jetzt nun einmal war.

»Kann ich dich was fragen?«, meinte sie leise, das Gesicht immer noch an seiner Schulter verborgen.

Reds Atem streifte ihr Haar, als er nickte. »Ja, sicher.«

Frei holte tief Luft. »Wie war ich? Als Mensch, meine ich?«

Reds Brust weitete sich zwischen ihren Armen, als er ebenfalls ein wenig angestrengt durchatmete, als fiele ihm die Antwort nicht gerade leicht.

»Um ehrlich zu sein, ich erinnere mich nicht besonders gut«, sagte er schließlich. Es klang ein wenig zögernd. »Es ist wie ein Traum – ein sehr heller und sehr friedlicher Traum. Aber ich könnte nicht darauf schwören, wie verklärt ich die Vergangenheit inzwischen sehe. Ich will dir nichts Falsches erzählen.« Er ließ sie los und schob sie an den Schultern ein Stück von sich, um ihr wieder ins Gesicht sehen zu können. »Eins weiß ich aber noch sicher. Du hast sehr viel gelacht.«

Frei schluckte. »Dann ... waren wir glücklich zusammen?«

Red nickte. »Ja«, sagte er leise.

Frei holte zitternd Atem. »Ich wünschte, ich könnte diese Person wieder sein«, flüsterte sie. »Ich will wieder glücklich sein.«

Red sah sie an, lange und eindringlich, und obwohl ein Lächeln auf seinem Gesicht lag, wirkte es nun wieder ein wenig traurig. »Aber du bist jetzt eine andere. Du hast sogar einen anderen Namen.« Er zögerte kurz, ehe er ihn aussprach. »Frei.«

Frei schloss kurz die Augen und lauschte dem Wort nach, das zitternd zwischen ihnen hing. Frei. Der Name, den sie sich selbst gegeben hatte – nur aus seinem Mund hörte er sich falsch an.

Red seufzte leise und schüttelte den Kopf. »Mach dir nicht so viele Sorgen darum. Es ist nicht so wichtig.« Sanft berührte er mit den Fingerspitzen ihre Wange. Und diesmal war sein Lächeln nichts als warm und voller ehrlicher Zuneigung. »Ich will die Person lieben, die du bist – nicht nur die, die du warst.« Er strich ihr mit einer leichten Handbewegung eine zerzauste Haarlocke aus der Stirn.

»Also, gehen wir?«

Da war ein Unterton in der Art, wie er »wir« sagte, eine leise Schwingung, die einen warmen Schauer Freis Rückgrat hinabfließen ließ. Erleichtert erwiderte sie sein Lächeln und nickte.

»Trotzdem. Ich habe es lieber, wenn du mich Blue nennst.« Sie war selbst überrascht, wie leicht und sicher ihre Stimme klang. Es war, als ob das Lächeln warm und hell durch ihren ganzen Körper strömte.

Auch Reds Lächeln wurde breiter, ehe es verblasste und nur

ein schwaches Licht auf seinem Gesicht zurückließ. »Einverstanden«, sagte er.

Dann zog er den Revolver aus dem Halfter an seiner Seite und schob die schwere Tür auf.

Kapitel Acht

Forschungsstation White Chapel, Kenneth, Missouri

Das Erste, was Frei auffiel, als sie aus dem Treppenhaus auf den Flur hinaustraten, waren die Stahltüren zu den Zellen, hinter denen die Versuchsobjekte gelebt hatten. Hatten, im wahrsten Sinne des Wortes, fügte sie in Gedanken hinzu. Denn jetzt waren die Türen offen. Dahinter lag nur Dunkelheit.

Frei schob sich an Red vorbei und versuchte, mit allen Sinnen den Gang abzutasten, zu spüren, ob sich dort etwas regte. Ob dort etwas *lebte*.

»Sid …?«, flüsterte sie.

Aber da war nichts. Nichts außer Leere.

»Sid?«, wiederholte Frei lauter und lauschte auf den Nachhall ihrer Stimme.

Schweigen antwortete ihr – ein Schweigen, das sich trostlos auf ihrer Haut anfühlte. Es war eigenartig. Dabei hätte sie nicht einmal selbst sagen können, warum sie so fest damit gerechnet hatte, dass sie Sid hier finden würden. Vielleicht, weil dies der Ort war, wo sie ihn zum ersten Mal getroffen hatte? Eine Gänsehaut kroch über Freis Nacken, als sie daran zurückdachte. Die Erinnerung war seltsam verzerrt und leicht verschwommen – und doch eine der allerersten und eindrücklichsten, die sie besaß. Wie sie aus der Dunkelheit gestürzt war, hinein ins grelle Weiß, und blind vorangehastet, immer dem schwachen, aber so süßen Duft frischer Luft nach – bis vor ihr eine dürre Gestalt direkt aus der Decke gefallen war. Frei erinnerte sich an düster glühende Augen, wie blauschwarz glimmende Kohlen und ein wildes Grinsen. Ein Kichern, das in den Wänden vibrierte und den Boden erzittern ließ …

»Blue?«

Beim Klang von Reds Stimme fuhr sie heftig zusammen.

»Alles in Ordnung?« Red musterte sie besorgt. »Du bist ganz bleich.«

Frei starrte ihn an, noch ganz gefangen von dem, was gerade so flüchtig an ihr vorbeigestrichen war. »Hast du das gehört?«

Red runzelte verwirrt die Stirn. »Was gehört?«

Frei schloss die Augen. »Das Lachen«, flüsterte sie, ging in die Hocke und legte eine Hand leicht auf den Boden. Nichts war zu spüren. Aber sie hatte es doch gehört? So intensiv konnte doch keine Erinnerung sein?

Red gab keine Antwort und rührte sich auch nicht, lauschte vielleicht ebenso wie sie.

Noch einmal beschwor Frei vor ihrem inneren Auge das Bild herauf, spürte, wie die Angst tief in ihr etwas zum Zittern brachte, als sie in den Wänden jemanden …

… Atmen hörte …

Ein Arm brach aus dem Boden und packte Frei an der Kehle, so fest, dass ihr erschreckter Schrei in einem Röcheln erstickte. Sehnige Finger schlossen sich eisern um ihren Hals und drückten zu – doch noch bevor sie auch nur einen klaren Gedanken fassen konnte, zerfiel der Arm bereits wieder in eine glibbrige Masse undefinierbarer Substanz, die rasch im Boden versickerte und sich auflöste, als wäre sie nie da gewesen.

Japsend rang Frei nach Atem. Die Haut an ihrer Kehle, dort, wo die Finger sie berührt hatten, kribbelte und brannte, als wäre gerade eine Welle Starkstrom hindurchgeleitet worden. Ihr Schädel summte unter den Nachwirkungen der Berührung, und sie konnte Red kaum sehen, der den Revolver gezogen hatte und auf die Stelle gerichtet hielt, wo gerade noch der Arm gewesen war.

Sids Arm.

Frei sprang auf, obwohl ihre Beine sich weich anfühlten und wackelig, als hätte jemand ihre Knie gegen nasse Schwämme ausgetauscht. »Wir müssen aufs Dach!«

Sie wusste nicht, woher sie diese Sicherheit nahm. Oder den Mut, dieser Eingebung zu folgen. Aber ihr Instinkt sagte ihr, dass sie Sid dort finden würden – an diesem Ort, wo sie sich noch so viel besser an ihn erinnerte als hier. Erinnerungen, begriff Frei, während sie bereits vorwärtsstürmte. Sie mussten der Schlüssel sein. Erinnerungen, die sie in das lebende Wesen fließen ließ, das die Forschungsstation war, auf umgekehrte Weise, wie sie die geraubten Erinnerungen an Red aus Cedrics Geist gezogen hatte.

Und Berührung – Berührung half.

Sie sah sich nicht um, ob Red ihr folgte. Sie rannte einfach. Sie durfte diese Spur nicht verlieren!

»CEDRIC!«, brüllte sie, als sie das Treppenhaus erreichte, und hoffte, dass er sie hören konnte. »AUFS DACH!«

Sie nahm die Absätze jeweils mit einem Sprung, jagte der Fährte aus frischer Luft nach, die sie schon damals geleitet hatte, hinaus aus der Station, den kahlen Gängen, dem bleichen Licht …

Der Wind riss an der Tür, als Frei sie aufstieß und auf das Dach hinausstürzte. Der Geruch der Freiheit, so unfassbar nah, umwehte sie, zerrte an ihren Haaren und trieb sie vorwärts, obwohl ihre Beine schmerzten, zitterten wie Espenlaub und sie kaum tragen wollten. Das mondbeschienene Dach vermischte sich mit dem Anblick eines anderen Szenarios im glutroten Dämmerlicht – der gleiche Ort und doch unendlich weit entfernt, an jenem Abend, als ihre erste Flucht so schrecklich geendet hatte. Frei stolperte vorwärts, zwischen zersprungenen Bodenplatten hindurch auf den großen Funkmast in der Mitte des Daches zu. Dort oben hatte er gesessen, wie eine Spinne in ihrem Netz, die auf ihre Beute wartet. Von dort oben hatte er über sie gelacht und mit gleißender Energie nach ihr geworfen, sie absichtlich verfehlt und sie in ihrer Angst hin und her getrieben, bis sie einfach zusammengebrochen war …

Wie von weit entfernt hörte Frei Red, der ihren Namen rief, ihren alten Namen, immer und immer wieder – oder war es Kris? Kris, der kam, um sie zu retten?

Frei fiel auf die Knie und presste die Hände auf den zerrütteten Boden, der bebte und zitterte.

Sie hatte recht gehabt. Er war hier.

Sid war hier!

Eine Hand griff nach ihrer Schulter, warm und vertraut. Und wie ein Schatten ragte kurz darauf Reds Silhouette vor ihr auf, den Revolver mit beiden Händen auf eine Gestalt hoch über ihnen gerichtet.

Eine Stimme drang klar durch die Nachtluft, begleitet von einem schrecklichen Kichern. Und hinter weißen, zotteligen Haaren sah Frei dunkle Augen wie Kohlen glühen.

»Guten Abend! Ich bin der Wächter von White Chapel. Bitte nennen Sie das Passwort!«

Kapitel Neun

Forschungsstation White Chapel, Kenneth, Missouri

Cedric stand in den kläglichen Überresten seines Büros, als Freis Schrei ihn erreichte. Die Polizisten – und an ihrer Seite vermutlich die Wächter für innerstädtische Sicherheit – hatten auf ihrer mutmaßlichen Suche nach Belegen für Cedrics Kontrollverlust vor nichts haltgemacht. Die Regale waren ausgeräumt, sämtliche Schubfächer seines Schreibtischs und selbst die Truhe mit den Blutkonserven vollständig geleert. Die Ordner mit den Versuchsprotokollen der vergangenen sieben Jahre fehlten, ebenso wie seine Notizbücher und sogar die Tasse mit kalt gewordenem Tee, von der er genau wusste, dass er sie vor seiner Abreise nach Schottland auf dem Tisch hatte stehenlassen. Nichts von ihm war in dem kahlen Raum zurückgeblieben. Nicht einmal sein Laborkittel.

Aber all das verlor in dem Augenblick an Bedeutung, als Freis Stimme verzerrt durch das Treppenhaus drang. Cedric zögerte nicht eine Sekunde, ihr zu folgen. Er konnte sich nicht erinnern, in den letzten Jahrzehnten auch nur ein einziges Mal so schnell gelaufen zu sein.

Aufs Dach.

Denn Sid war dort. Er spürte es jetzt ebenfalls, während er die Treppen emporhastete, spürte die Mauern von White Chapel und die Stufen unter seinen Füßen erzittern, als das Leben, das Sid der Station einhauchte, aus seinem totenähnlichen Zustand erwachte und zu einem zentralen Punkt floss, um den Körper des Wächters zu formen.

Doch warum das ausgerechnet auf dem Dach geschah, einem Ort, wo Sid sich wie jeder andere Mitarbeiter von White Chapel kaum jemals aufgehalten hatte, begriff Cedric erst, als er die Tür aufstieß, so heftig, dass sie trotz des reißenden Windes gegen die Wand knallte.

»Sid!«

Der Nachtwind griff nach seinen Haaren und riss ihm die Stimme von den Lippen. Das Bild, das sich ihm bot, war erschreckend vertraut und hatte doch seinen ganz eigenen Irrsinn: Er sah Frei, die bebend zwischen zerborstenen Bodenplatten kauerte, und Sid, der kichernd am Funkmast klebte und seinen ausgestreckten Arm auf sie richtete. Auf sie – und auf Red, der mit gespreizten Beinen vor ihr stand und mit seinem Revolver auf Sid zielte, der Frei beschützte und damit Kris vertrat, der diesen Part zuletzt übernommen hatte. Nein, eine Szene dieser Art sah Cedric nicht zum ersten Mal in den letzten Monaten, und das war ganz sicher kein Zufall. Frei hatte White Chapel ihre Erinnerung an Sid gegeben – und damit einen Fixpunkt, an den der Wächter sich klammern konnte, nachdem er sich selbst verloren hatte. Sie hatte Sid gefunden. Für den Augenblick.

»Red – nicht schießen!«

Red rührte sich nicht, hörte ihn vielleicht gar nicht über dem Rauschen des Nachtwindes in seinen Ohren. Aber durch den Körper des Wächters ging nun ein Ruck. Langsam wandte er sich von Frei und Red ab und Cedric zu – und ein einziger Blick in seine flackernden Augen bestätigte Cedrics schlimmste Befürchtung: Die schon zuvor so labile Psyche des Wächters war nun vollends verwirrt und unstet. Er erkannte ihn nicht einmal, betrachtete ihn mehr wie ein lästiges Insekt, das ihm vor den Augen herumschwirrte. Und ohne einen Willen, der sie formte, hielt die instabile Materie, aus der Sids Körper bestand, nicht richtig zusammen. Die Gestalt an der Antenne zuckte und wurde immer wieder seltsam unscharf, als sei er kurz davor, auseinanderzufallen. Doch es war Sid, der echte Sid, ohne Zweifel, und er war dabei, Energie zu sammeln.

Viel zu viel Energie für seinen dürren Körper.

Cedric warf noch einen Blick zu Red, der sich nicht rührte und auch die Waffe nicht senkte.

»Nicht schießen!«, wiederholte er noch lauter und so eindringlich er konnte, während er langsam näher trat. »Er fliegt dir um die Ohren!«

Der Revolver in Reds Händen zuckte kurz, als wolle er Cedric so bedeuten, dass er ihn gehört hatte – aber er nahm ihn nicht herunter und sah sich auch nicht um. In seiner angespannten Haltung erkannte Cedric verbissene Entschlossenheit.

Ein wildes Grinsen entblößte Sids Fangzähne, als er Cedric triumphierend anfunkelte – noch immer ohne ein Anzeichen von Erkennen zu zeigen. »Unbefugten ist der Zutritt zur Station nicht gestattet.« Die Muskeln spielten unter seiner Haut. »Sie haben zehn Sekunden, um White Chapel zu verlassen. Ich zähle: Zehn …«

Auch Frei drehte sich jetzt zu Cedric um. Ihr Gesicht war tränenüberströmt. Ihre Augen aber waren klar und wach, während immer noch mehr Tränen herausfielen, ohne dass sie es wirklich zu bemerken schien – halb verstrickt in ihrer Erinnerung, wie sie war.

»Cedric!«

Ihr Ruf war drängend. Aber Cedric konnte sich jetzt nicht um sie kümmern.

»Neun …«

Er musste irgendwie zu Sid durchdringen, der inzwischen den stürmischen Wind zu sich zog, um auch ihm seine Energie zu nehmen, bis sie durch seine immer transparenter werdenden

Glieder floss wie ein düster glühender Strom. Tief unter seinen Füßen spürte Cedric White Chapel bis in die Grundfesten erzittern, als im Treppenschacht auch die letzten Lichter ausgingen, um dem Wächter ihre Energie zu schenken.

»Acht …«

»Cedric, meine Erinnerung!«, rief Frei. »Sie ist gleich zu Ende! Was sollen wir machen?«

Und Sid lachte. Ein tiefer, kehliger Laut, der die aufgewühlte Luft erzittern ließ.

»SIEBEN!«, brüllte er.

Cedric überlegte nicht länger. Wenn Sid Erinnerungen brauchte, um zu bestehen, dann würde Cedric ihm Erinnerungen geben. Was auch immer dann geschehen mochte. Er rannte los.

»Sechs!« Sids Stimme war zu einem erwartungsvoll zitternden Flüstern herabgesunken. »Fünf und vier!«

»Verschwindet von hier!« Cedric packte Red an der Schulter und drückte seinen Arm mitsamt dem Revolver nach unten. »Geht zu Kris in die Biotechnik und bleibt dort!«

»Dre-e-i-i!«

Mühsam rappelte Frei sich hinter Cedric auf. »Aber Cedric, was ist mit …«

»JETZT!«, brüllte Cedric.

Und Frei gehorchte. Aus dem Augenwinkel sah Cedric noch, wie sie nach Reds Hand griff und ihn quer über das Dach zur Tür zerrte, die in den Treppenschacht führte, verfolgt von Sids triumphierendem Lachen. Dem Wächter von White Chapel konnte man nicht entkommen, indem man rannte.

»Zwei!«

Die Tür schlug hinter Frei und Red zu. Aber Cedric hörte es kaum. Er starrte zu seinem Wächter und Schützling hinauf, dessen Gestalt inzwischen kaum noch Substanz besaß. Der hagere Körper war nahezu durchsichtig, wie trübschwarzes Glas, hinter dem rotgolden glühend die Energie toste. Der Anblick tat Cedric in der Seele weh. Dorian würde dafür bezahlen, was er Sid angetan hatte, dachte er zornig.

Entschlossen streckte er die Hand aus und holte tief Luft, legte alle Verbundenheit, die die Jahre zwischen ihm und Sid geschaffen hatten, in seine Stimme.

»Sid! Komm sofort da runter, hörst du mich? Glaub mir, du willst nicht, dass ich dich holen komme!«

Für einen Wimpernschlag erstarrte die Gestalt des Wächters, als wäre sie einen winzigen Augenblick lang eingefroren.

Cedric dachte an den verschüchterten Jungen, der Sid gewesen war, als sie sich zum ersten Mal begegneten. An das Kind, das irrtümlich zum Vampir geworden war und sich ständig selbst zerriss, weil sein schwacher Körper die Blutgabe nicht beherrschen konnte. Ein Kind, dessen Gestalt mit Hilfe von Cedrics Gabe zu der eines jungen Mannes herangewachsen war und dessen Geist doch immer der eines Kindes blieb – eines wilden und unbändigen Kindes, das zugleich so anhänglich und auf eine zerzauste Art liebevoll war wie ein Klammeräffchen.

Er musste sich daran erinnern. Er musste.

»Schluss jetzt mit dem Unfug.« Unbeirrt starrte Cedric zu Sid hinauf und streckte seine Hand noch ein wenig weiter aus, während er sich bemühte, seine Stimme ruhig zu halten. »Komm her, aber ein bisschen plötzlich!«

Sids Gestalt zuckte und flackerte. In seinem Inneren, dort, wo sein Herz schlug, verdichtete sich die Energie zu einem gleißend pulsierenden Ball. »Eins …?«, murmelte er, aber seine Stimme klang plötzlich zweifelnd. Seine Muskeln zuckten, als überlegte er bereits, zu Cedric herabzuspringen.

»Sid!«, wiederholte Cedric streng. »Ich sagte: *Sofort!*«

Es war, als ob ein Schauer durch den dürren Körper des Wächters ginge. Mit einem geschmeidigen Satz glitt er durch die Luft zu Cedric hinab und landete direkt vor ihm. Sehnige Finger schlossen sich mit festem Druck um Cedrics, der gerade erleichtert aufatmen wollte.

Doch dann sah er den verzweifelten Schmerz in Sids Augen; einen Hilfeschrei, der seine Lippen nicht erreichte. Cedric erkannte rasende Wut in seinem Blick, und lichterloh brennenden Zorn, weil er nicht gegen das ankämpfen konnte, was ihn von innen heraus zerriss: Dorians Berührung, die ihn gezeichnet und vergiftet hatte.

»Boom, Baby!«, wisperte Sid.

Dann zersprang er in Millionen Scherben.

Es war dunkel um Cedric. Dunkel und absolut still. Aber nicht, weil die Welt um ihn verschwunden gewesen wäre. Er war es, der blind war und taub. Taub, weil die Explosion, die Sid zerriss, auch seine Trommelfelle zerfetzt hatte. Und blind, weil die Splitter von Sids Körper zu Tausenden in seine Augen eingedrungen waren. Cedric konnte fühlen, wie das Blut seine Wangen und seinen Hals hinabrann – aus seinen Augen, die nicht annähernd so schnell heilten wie der Rest seines Körpers, der sich innerhalb von Sekunden regenerierte. Auch die Geräusche kehrten rasch zurück – oder wären zurückgekehrt. Nur gab es keine.

Der Wind war verstummt. Und Sid war fort.

Wirklich ganz fort?

Weit um sich her ertastete Cedric nur leeren Raum. Das zerstörte Dach, die verlassenen Räume und Gänge von White Chapel. Irgendwo dort unten mussten Kris und die anderen sein. Aber Cedrics betäubte Sinne konnten sie nicht fühlen. Die Forschungsstation, die nicht mehr seine war, schwieg.

Und doch musste dort etwas sein, ein beharrlicher Funke des unsterblichen Lebens, unstet flackernd wie eine Kerzenflamme im Luftzug. Es glomm leise und warm an Cedrics Fingern, als er die Hand ausstreckte.

Doc!, flüsterte eine vertraute Stimme. *Doc! Ach Doc, wo sind Sie denn bloß gewesen?*

Erleichterung durchflutete Cedric. Nein, Sid war nicht fort. So leicht besiegte man den Wächter von White Chapel nicht.

»Das spielt jetzt keine Rolle«, murmelte er und hörte seine eigene Stimme erschreckend heiser und brüchig klingen. »Ich bin zurück.«

Die Flamme, die er nun schützend in der hohlen Hand barg, erzitterte und flackerte zornig auf.

Dann machen wir ihn jetzt fertig, nicht wahr? Wir treiben diesen Dreckskerl aus!

Alarmiert hob Cedric den Kopf und starrte in die Schwärze. »Was willst du mir damit sagen, Sid?«

Aber noch bevor er die Frage ganz ausgesprochen hatte, wusste er bereits die Antwort.

White Chapel war nicht leer. War es nie gewesen, zu keinem einzigen Zeitpunkt. Dorian war hier. Er hatte sie längst erwartet.

So schnell er es auf seinen noch unsicheren Beinen vermochte, richtete Cedric sich auf. Mit der freien Hand tastete er nach seinem Gesicht und spürte noch immer warmes Blut, das einfach nicht gerinnen wollte. Es würde noch eine ganze Weile dauern, bis er wieder sehen konnte. Auch, weil er nicht zulassen würde, dass diese Wunde sich so bald schloss. Cedric brauchte seine Augen in diesem Moment nicht. Er konnte seine Sinne seinem Wächter anvertrauen. Bedenkenlos.

Ein grimmiges Lächeln breitete sich auf seinem Gesicht aus.

»Ja«, sagte er leise. Es war ein Versprechen, das er zu halten gedachte. »Wir treiben ihn aus. Und diesmal für immer.«

Kapitel Zehn

Forschungsstation White Chapel, Kenneth, Missouri

Der Raum hinter der Luftschleuse, in dem die Biotechnik untergebracht war, war im Vergleich zum Rest von White Chapel eher klein – so klein, dass er fast beengt wirkte. Trotzdem fühlte Elizabeth sich ein wenig verloren, als sie zwischen dem Tisch mit der gekachelten Arbeitsplatte und dem Laborschrank mit den Glastüren stand und Kris beobachtete, der mit routinierter Sicherheit verschiedene Gerätschaften aufbaute. Nicht, dass sich das groß von dem Gefühl unterschieden hätte, das sie mit sich herumschleppte, seit sie Schottland verlassen hatten. Ein Gefühl, das Elizabeth sich keinesfalls endgültig eingestehen wollte, weil sie fürchtete, darunter zusammenzubrechen, wenn sie das Begreifen zuließ.

Elizabeth schauderte und verschränkte die Arme vor der Brust – gerade als Kris sich zu ihr umdrehte. Seine Augen über dem Mundschutz waren wieder ruhig und freundlich, erkannte Elizabeth erleichtert. Keine Spur mehr von der kalt aufflackernden Wut, die sie eben so unerwartet in ihm heraufbeschworen hatte. Allein bei dem Gedanken daran beschleunigte sich ihr Herzschlag.

»Setz dich ruhig.« Kris deutete auf einen Stuhl neben der Arbeitsplatte. »Es dauert noch einen Moment.«

Elizabeth atmete tief durch. Vermutlich war es besser, wenn sie nicht zu viel darüber nachdachte, was eben vor den Türen des Labors geschehen war. Wenn sie sich nicht fragte, was sie geritten hatte, sich vor Kris' Augen einfach auszuziehen und ihm all ihre bitteren, verzweifelten Gedanken vor die Füße zu werfen. Was um alles in der Welt hatte sie sich denn bloß davon erhofft?

Während sie sich zögernd auf der Stuhlkante niederließ, hoffte sie inständig, dass es wenigstens nicht mehr allzu lange dauern würde. Unter der Atemschutzmaske hatte sie allmählich das Gefühl, nur unzureichend Luft zu bekommen, und obwohl die Schutzbekleidung weit geschnitten war, war sie doch viel zu warm für die Temperaturen im Labor. Vor allem da Elizabeth auch vor Nervosität schon schwitzte und ihr der glatte Stoff unangenehm an der Haut klebte.

Sie räusperte sich unbehaglich. Sie sollte sich auf das konzentrieren, was vor ihr lag, dachte sie. Das war immerhin unheimlich genug.

»Wonach suchen wir eigentlich?«, fragte sie leise. »Ich meine, dieses Gift in meinem Blut – was für eine Art Stoff könnte das sein? Weißt du das schon?«

Kris sah auf, offenbar überrascht, dass sie tatsächlich eine Frage stellte, die mit den anstehenden Versuchen zusammenhing. Vermutlich hatte er geglaubt, dass sie das im Grunde gar nicht interessierte. Aber da täuschte er sich. Es interessierte sie sogar sehr, auch wenn sie selbst nicht hätte sagen können, warum eigentlich. Aber sie wollte verstehen, was sie tat. Wenn das hier schon ihr neues Leben sein musste. Als er das begriff, vertiefte sich der erstaunte Ausdruck auf Kris' Gesicht. Dann aber glätteten sich seine Züge, und er lächelte flüchtig.

»Wir gehen davon aus, dass es etwas ist, das sich über die Nahrungsaufnahme in deinem Blut angereichert hat«, erklärte er. »Ein Spurenelement vielleicht, ein Salz oder ein Protein, das sich nur in deiner Heimatregion findet.« Er hob eine Schulter und seufzte verhalten. »Bisher kann ich natürlich nur sehr vage Vermutungen anstellen. Es könnte im Prinzip alles sein. Grob gesagt, werden wir versuchen, alle entsprechend in Frage kommenden Komponenten aufzuschlüsseln, die in deinem Blut vorhanden sind. Und eigentlich bräuchten wir Cedric dazu. Er könnte das sehr viel schneller und besser sehen.« Kris schüttelte leicht den Kopf und griff nach einem Kasten mit Spritzen und leeren Blutröhrchen, ehe er sich einen zweiten Stuhl heranzog und sich Elizabeth gegenübersetzte. »Nun ja. Aber ich denke, wir können immerhin schon etwas an Vorarbeit leisten, damit wir nachher zügig vorankommen.« Er streckte eine Hand nach ihrem Arm aus, verharrte aber im letzten Moment, ehe er sie berührte, und sah ihr aufmerksam ins Gesicht. »Darf ich? Es geht ganz schnell.«

Elizabeth nickte. Ihr Mund war plötzlich trocken.

»Bitte.« Ihre Stimme klang unangenehm belegt in ihren eigenen Ohren. »Dafür bin ich ja hier.«

Mit klopfendem Herzen sah sie zu, wie ein weiteres Lächeln auf Kris' Gesicht erschien, ehe er den Ärmel ihres Schutzanzugs hochschob und die Nadel der Spritze vorsichtig unter ihre Haut stach. Es übte eine seltsame Faszination auf sie aus, zu beobachten, wie ihr Blut in Sekundenschnelle zischend in das schmale Glasröhrchen gesaugt wurde. Kris wechselte das Röhrchen zweimal, ohne die Nadel aus der Vene zu ziehen. Er ging dabei sehr behutsam vor, und bis auf den winzigen Stich zu Beginn spürte Elizabeth gar nichts – als sei es überhaupt nicht ihr Arm, der da auf Kris' Oberschenkel auflag. Nicht ihre weiße, sommersprossengesprenkelte Haut, nicht ihre Adern, die bläulich darunter schimmerten, und auch nicht ihr Blut, so dunkelrot, dass es beinahe violett schien.

Schließlich legte Kris die Spritze zur Seite und stand wieder auf, um ein Notizbuch aus einer Innentasche seines Schutzanzugs zu ziehen. Elizabeth hatte ihn darin in den letzten Tagen öfter etwas notieren sehen – meistens, wenn er im Gespräch mit Cedric war. »Also dann«, sagte er. »Ich denke, es kann losgehen.«

Elizabeth runzelte die Stirn. Seine Worte von vorhin hatten etwas in ihrem Kopf zum Schwingen gebracht, das vom Anblick des Blutes in der Spritze noch verstärkt wurde. Nachdenklich rieb sie sich mit dem Handrücken über die Stirn. Der Schweiß begann allmählich auf ihrer Kopfhaut zu jucken. Der Kontakt mit den Gummihandschuhen, stellte sie fest, machte das allerdings nicht unbedingt besser. »Also, wir suchen etwas, das für meine Heimatregion einzigartig ist?«, sagte sie langsam. »Dann würde ich zuerst auf Mineralien testen, glaube ich.«

Kris, der gerade nach der nächsten freien Seite in seinem Buch blätterte, hielt mitten in der Bewegung inne und hob überrascht die Brauen. »Ach so?« Er musterte sie interessiert. »Wieso meinst du?«

Elizabeth räusperte sich ein wenig nervös. Hoffentlich sagte sie jetzt nichts völlig Absurdes. »Na ja, also … die Gesteinsschichten in den Highlands sind je nach Region sehr individuell mit Mineralien angereichert. Deswegen ist auch das Wasser jeden Sees anders und hat seinen ganz eigenen Geschmack. Man sollte auch keinen guten Whisky jemals mit Wasser verdünnen, das nicht aus dem gleichen See stammt, weißt du.«

Ein feines Lächeln verengte Kris' Augen um eine Winzigkeit. »Ah, verstehe. Schottisches Fachwissen. Sehr hilfreich, ich muss schon sagen. Danke.«

Elizabeth konnte nicht anders. Sie musste das Lächeln erwidern. »Meine beste Freundin arbeitet in einer Brennerei. Ich habe mir diesen Vortrag schon sehr oft anhören müssen.«

Ein unerwartet stechender Schmerz zog durch ihre Brust, als ihr bei dem Gedanken an Morna plötzlich das Gesicht der Freundin wieder vor Augen stand. Elizabeth hatte sie nicht mehr gesehen, nachdem sie aus dem Haus am Waldrand geflohen war. Auf dem Marktplatz war sie immerhin nicht gewesen, soweit sie das beurteilen konnte. Aber hatte Morna das vor Kris' Zorn gerettet? Wie mochte es ihr gehen?

Und Colin?

Elizabeth biss sich auf die Unterlippe und war froh, dass Kris das unter dem Mundschutz nicht sehen konnte – und dass er sich gerade über sein Notizbuch beugte, um es aufzuschlagen. Mit einer fast andächtigen Bewegung schrieb er das aktuelle Datum auf die nächste freie Seite.

»Mineralien also«, murmelte er, während er notierte, was Elizabeth eben gesagt hatte. »Wenn es, wie vermutet, die Leukozyten an den Rezeptorproteinen angreift und so eine Lyse der Zellen veranlasst, vielleicht ein Mineralsalz, das bei ausreichender Sättigung des Blutes eine entsprechende kristalline Struktur aufweist …«

Langsam legte er den Stift ab und richtete sich auf, um Elizabeth anzusehen. Seine Augen funkelten. »Elizabeth, ich denke, das war ein geradezu genialer Hinweis.«

Elizabeth lächelte. Ein wenig überraschte es sie selbst, wie sehr sie sich über das Lob freute. Sie öffnete den Mund, um etwas zu erwidern – als neben ihnen, so dicht, dass sie beide zusammenfuhren, Händeklatschen erklang.

Kris' Gesichtszüge gefroren. Sehr langsam drehte er sich um, und auch Elizabeth folgte seinem Blick.

An der Tür, eine Schulter lässig gegen die Wand gelehnt, stand der schönste Mann, den sie je gesehen hatte, und applaudierte ihnen. Ein träger, wohlwollender Applaus, begleitet von einem Lächeln, das den ganzen Raum in warmgoldenes Licht tauchte.

Elizabeth starrte ihn ungläubig an. Wo kam er so plötzlich her? War er etwa die ganze Zeit hier drin bei ihnen gewesen? Wie konnte es sein, dass sie ihn nicht bemerkt hatten?

Bernsteinfarbene Augen musterten sie mit einer Belustigung, die so liebevoll war, dass Elizabeth das Gefühl bekam, dass es auch in ihrem Inneren augenblicklich heller und wärmer wurde. Der Mann wirkte sehr jung und auf den ersten Blick ein wenig zerbrechlich. Seinem Lächeln aber wohnte eine Kraft inne, die Elizabeth augenblicklich gefangen nahm. Es durchdrang ihre Seele bis in ihren tiefsten Kern und beleuchtete sanft jeden noch so engen, dunklen Winkel, ohne sie bloßzustellen. Noch nie in ihrem Leben hatte sie solchen Frieden gespürt, und wie von selbst stand sie auf, um diesem Lächeln, diesem Licht ein wenig näher zu sein – als eine Hand sie grob an der Schulter packte und zurück auf den Stuhl stieß. Und in die Dunkelheit.

Elizabeth rang überrascht nach Atem. Ein Schatten war auf sie gefallen, der nichts mit dem bleichen Licht der Neonröhren zu tun hatte.

Kris.

Er stand neben ihr, die Finger noch immer unerbittlich um ihre Schulter geschlossen. »Elizabeth«, sagte er, und seine Stimme war plötzlich wieder voll mit dieser Finsternis, die sie frösteln ließ – und die doch zugleich auch wie eine weiche Decke über sie fiel und sie schützte vor dem Licht, das plötzlich viel zu intensiv auf ihrer Haut zu brennen schien. Sanft, fast zärtlich streiften Kris' Fingerspitzen die Haut an ihrem Hals. »Sieh ihn nicht an. Bleib dicht bei mir, verstehst du mich?«

Ein leises Lachen erklang von der Tür her. Der Fremde richtete sich mit geschmeidiger Gelassenheit auf und schob die Hände in die Taschen seiner Jeans. Er trug gar keine Schutzkleidung, bemerkte Elizabeth verwirrt. Als sei er sich absolut sicher, dass nichts auf dieser Welt ihm etwas anhaben konnte.

»Sieh an, sieh an«, sagte er freundlich. Seine Stimme war weich und fast eine Spur zu tief für seine schmale Erscheinung – so volltönend wie der Gesang eines Cellos. Elizabeth wollte in dem Klang ertrinken. »Wenn das nicht Gregors kleiner Sohn ist. Genial wie eh und je. Und dabei so störrisch wie ein junger Hund.«

Undeutlich spürte Elizabeth, wie Kris' Hand an ihrer Schulter sich verkrampfte, aber sie vermochte die Reaktion nicht klar zu bewerten. Zu gefangen waren ihre Sinne trotz Kris' Warnung von dem, was sie sah und hörte. Von der Verheißung in jedem melodiösen Atemzug, jeder noch so winzigen Bewegung. Alles an diesem Mann lockte sie, näher zu kommen, ihm alles zu geben, was sie hatte, und noch mehr, sich zu verlieren in diesem Licht und seiner Wärme. Dort musste sie nichts sein. Nichts und niemand. Sie konnte sich in ihm aufgeben. Wenn er sie nur ließe …

»So eine Überraschung, dich hier zu sehen«, fuhr der Vampir leichthin fort. »Du und Cedric also, na so etwas. Ob Gregor damit wohl einverstanden gewesen wäre, mein Lieber?«

Wovor hatte Kris sie warnen wollen?, dachte Elizabeth verwirrt. Es gab hier keine Gefahr. Nur ein Versprechen unendlichen Glücks in den bernsteinfarbenen Augen. Und wer brauchte denn eine warme Decke, wenn er in der Sonne liegen konnte …?

Kris' Worte, obwohl so dicht neben ihr, flossen an ihr vorbei, ohne sie zu berühren. »Du kanntest meinen Vater?«

Ein Schatten der Enttäuschung fiel über das Gesicht des fremden Vampirs. »Willst du damit sagen, du erinnerst dich nicht an mich?« Langsam trat er auf Kris zu, und Elizabeth spürte, wie ihre Seele sich öffnete, um mehr von seiner Nähe aufzunehmen. Der Vampir aber blieb vor ihnen stehen, so nah, dass er Kris um ein Haar berührte – von Elizabeth jedoch schmerzlich weit entfernt. Er beachtete sie gar nicht. Er hatte nur Augen für Kris. Und Kris hielt sie unerbittlich fest und ließ sie nicht aufstehen. Elizabeth wollte schreien vor Frust und Verzweiflung, aber sie brachte keinen einzigen Laut über die Lippen. Wie erstarrt sah sie zu, wie der fremde Vampir sich noch ein winziges Stück vorbeugte, bis seine Lippen dicht an Kris' Ohr waren.

»Dabei sind wir doch eins«, flüsterte er, und trotz des sanften Tonfalls lief Elizabeth plötzlich ein Schauer über den Rücken. »Dein Blut ist in mir.«

Kris' Augen weiteten sich entsetzt. »Nein!«, stieß er hervor. »Das ist nicht wahr! Du lügst!«

Der Fremde lächelte. Liebevoll. Und siegessicher. »Gregor war so stolz auf dich. Er liebte es, dich zu teilen. Und du hast es genossen. Du warst geradezu süchtig danach. Weißt du das denn nicht mehr?«

Alles Blut war aus Kris' Gesicht gewichen. Er sah aus, als müsse er sich im nächsten Augenblick übergeben. Seine Finger lösten sich von Elizabeths Schulter, und er versuchte, zurückzuweichen, aber die Arbeitsplatte war ihm im Weg.

Der Fremde hob die Hand und strich ihm zärtlich durch das zerzauste Haar. »Oh, ich verstehe. Mein armer Junge. Du tust es also immer noch. Natürlich, wie solltest du auch nicht? Du bist gezeichnet. Einmal eine Hure – immer eine Hure. Und das mit diesem Engelsgesicht. Aber du solltest damit aufhören, wirklich.«

Kris schüttelte den Kopf – ein schwacher Protest gegen die liebkosende Hand, die ihn nicht freigab. Der Anblick brannte lichterloh in Elizabeths Brust.

»Warum?«, brachte Kris endlich atemlos hervor. »Warum habt ihr das getan?«

Das Lächeln des Fremden war unverändert sanft. »Warum, fragst du? Ganz einfach: Dein Blut war viel zu stark, um an einen Vampir allein verschwendet zu werden. Es war in niemandes Interesse, dass du eines Tages alle überflügelst. Da lag es doch sehr viel näher, diese immense Kraft unter einigen Auserwählten gerecht aufzuteilen.« Er richtete sich auf und trat einen winzigen Schritt zurück. »Und sieh mich an, wie ich durch das letzte Jahrhundert gegangen bin. Als wäre ich nicht einen Tag gealtert, nicht wahr? Eher im Gegenteil.« Er lachte und legte leicht den Kopf schief. »Dein Blut, mein Freund, ist ein Jungbrunnen. Nun ja – es war zumindest einer.« Der Vampir zuckte leichthin die Schultern. »Inzwischen bist du zu erschreckender Gewöhnlichkeit verkommen. Wirklich bedauerlich.«

Elizabeth hörte, wie Kris' Atem schnell und flach ging, sie spürte, wie die Dunkelheit sich aufbäumte. Aber Kris' Finsternis konnte es nicht aufnehmen mit dem gleißenden Licht, das auf der Oberfläche der Schwärze funkelte wie auf einem endlosen Ozean, ehe es sich hineinfraß. Ein unerbittliches Leuchten, das die Dunkelheit von Sekunde zu Sekunde mehr zerfaserte. Und sie schließlich auflöste.

Jegliche Spannung wich aus Kris' Körper. Er stöhnte schmerzvoll auf und taumelte, als hätte ihm jemand einen Schlag versetzt. Und wäre nicht die Arbeitsplatte hinter ihm gewesen, er wäre wohl gestürzt. »Nein«, flüsterte er noch einmal und starrte mit leeren Augen den fremden Vampir an. Doch der griff nur an ihm vorbei nach dem Notizbuch und blätterte es rasch durch. Leise pfiff er durch die Zähne und hob eine Braue. Dann glitt sein Blick hinüber zu Elizabeth.

»Ach so. So ist das also. Du bist ein kleines Wunderkind.«

Mit einer fließenden Bewegung ging er vor ihr in die Hocke. Sein plötzliches Interesse traf Elizabeth wie ein Faustschlag vor die Brust. Ihr Herz begann wie wild zu schlagen, als wolle es ihre Rippen sprengen.

Der Vampir lächelte. »Da habt ihr ja etwas ganz Reizendes entdeckt.«

Als er seine Hand an ihre Wange legte, entfuhr Elizabeth ein erstickter Schrei, der sich selbst in ihren eigenen Ohren erschreckend deutlich nach einem verzückten Keuchen anhörte. Ihr Körper reagierte auf die Berührung mit einer Intensität, die sie überwältigte – als würde sie bei lebendigem Leib in Stücke gerissen, unter sengenden Schmerzen, die so wundervoll waren, dass sie sich wünschte, sie würden niemals aufhören.

»Hab keine Angst, Liebes.« Der Vampir nahm ihr Gesicht in beide Hände, und die Schmerzen verglommen zu einem süßen Ziehen tief in ihrem Inneren, das prickelte und pochte und Hitze durch ihre Adern trieb. »Mein Name ist Dorian. Ich werde von nun an sehr gut auf dich aufpassen. Niemand wird uns je wieder trennen, einverstanden?«

Und tatsächlich erschien es Elizabeth in diesem Augenblick wie das einzig Wünschenswerte, das es auf dieser Welt geben konnte. Bei diesem Vampir namens Dorian zu sein. Sein Licht zu sehen und zu fühlen und seinen Worten zu lauschen …

»Nicht …« Wie von weit entfernt hörte sie Kris' Stimme, rau und wund, die versuchte, zu ihr durchzudringen. »Elizabeth, denk an …«

Ein leises Zischen glitt über Dorians Lippen, und plötzlich erschien ihr der Klang von Kris' Worten ganz unerträglich, wie ein nervenzerfetzendes Schaben, dem sie sich entziehen musste, wenn sie nicht verrückt davon werden wollte. Hektisch presste sie sich die Hände auf die Ohren und begann leise zu summen, ohne wirklich zu hören, welches Lied sie gerade anstimmte.

Dorian lachte nachsichtig. »Du, Kris, solltest jetzt lieber ruhig sein«, erklärte er liebenswürdig, während seine Finger behutsam über Elizabeths Wange streichelten, um sie zu besänftigen. Klares Licht glomm in den Bernsteinaugen.

»Ganz ruhig, mein Herz. Er kann dir nichts tun. Ich bin ja

bei dir.« Seine Stimme hüllte sie ein, weich und tröstlich wie warmes Wasser, das ihren Körper umspülte. Verschwommen nahm Elizabeth wahr, wie Dorian sich zu Kris umwandte.

»Faszinierend, nicht wahr? Ganz unglaublich geradezu. Was hältst du von einem Experiment?« Mit einer bedächtigen Bewegung strich er sich einige honigfarbene Haarsträhnen aus dem Gesicht. »Wäre es nicht hochspannend, zu sehen, wie ihr Körper auf Vampirblut reagieren würde?«

Irgendwo unter dem wilden Sturm aus Glücksgefühlen, den er in ihr entfachte, regte sich eine dumpfe Ahnung von Furcht in Elizabeths Brust. Vampirblut? In ihrem Körper? Sie öffnete den Mund, um etwas zu sagen – doch da hatte Dorian sich ihr bereits wieder zugewandt, und das Leuchten seiner Augen wischte jeden Gedanken fort. Selbst Kris' Antwort, die nur wie ein undeutliches Rauschen zu ihr durchdrang. Es gab nur Dorian und seine Wünsche. Sie würde alles tun, um ihm nah zu sein – nein, nicht nur nah. Sie wollte eins mit ihm sein. Nichts anderes war wichtig.

Als er sie in seine Arme zog, ließ sie es nur zu willig geschehen. Sie spürte, wie seine Wärme berauschend durch sie hindurch strömte und ihr doch zugleich quälend fern blieb. Es war nicht genug, dachte sie benommen, sie brauchte ihn mehr. Sie wollte ihn in sich spüren! Mit aller Kraft klammerte sich Elizabeth an ihn und hörte ihn leise lachen.

»Ruhig, ruhig, mein Liebling«, wisperte er dicht an ihrem Ohr. Sein Haar streifte kitzelnd ihre Wange. »Du bekommst ja, was du dir wünschst.«

Wieder hörte Elizabeth Kris Stimme, die nach ihr rief – aber sie wollte es nicht hören, nicht jetzt. Nicht, wo sie doch bekommen konnte, wonach sich ihr ganzer Körper verzehrte!

Dorians Hand legte sich in ihren Nacken und drückte ihren Kopf behutsam ein Stück nach unten. Benommen spürte

Elizabeth die glatte Haut seines Halses an ihren Lippen. Und darunter, pulsierend und glühend heiß, das Pochen des Blutes in seiner Hauptschlagader.

»Beiß zu«, lockte Dorian. »Nimm dir, was du brauchst. Trink!«

Elizabeth hörte Kris schreien, ein Tosen von Worten, die sie nicht verstand und die sie nicht kümmerten. Ohne auch nur einen zweiten Gedanken zu verschwenden, verbiss sie sich in das kühle Fleisch, so fest und so tief sie konnte. Die Haut unter ihren Zähnen gab nach, dehnte sich, als wolle sie sich weigern, ihr den Zugang zu dem gleißenden, flüssigen Licht darunter zu gewähren. Ihre Finger verkrampften sich in Dorians Shirt, ihr Kiefer knackte, als sie ihre Anstrengungen verdoppelte.

Und die Haut riss.

Ein Schwall heißen Blutes quoll in Elizabeths Mund und lief ihren Rachen hinab, rann über ihr Kinn und benetzte ihre Zunge, tränkte ihren verdurstenden Gaumen. Im ersten Augenblick schmeckte es ganz wie ihr eigenes – salzig und ein bisschen metallisch. Und doch war es so viel lebendiger durch Dorians Herzschlag, sprudelnd und so kostbar wie nichts anderes auf der Welt.

Ein weiterer Schwall Blut strömte in ihren Mund, und diesmal schmeckte es süß. Die Welt begann zu schwanken und sich zu drehen. Elizabeth wurde schwindelig. Sie keuchte erschreckt und versuchte, sich aufzurichten, aber Dorian hielt sie nun eisern an seine Brust gedrückt. Sie hatte das Gefühl, als würde ihr Körper schrumpfen, um alles Leben aus ihr herauszupressen. Das Blut rann durch ihre Kehle und verbrannte sie von innen. Sie japste und versuchte um sich zu schlagen, doch ihre Glieder gehorchten ihr nicht mehr. Ihre Sicht verschwamm, und plötzlich war nirgends mehr Licht. Nur noch brüllender, wütender Schmerz, der sie auffraß und mit jedem Schluck stärker wurde.

Und Angst. Todesangst.

In diesem Augenblick erschütterte ein Krachen die Station. Die Wände des kleinen Raums zitterten und bebten. Dorians Griff um Elizabeths Schultern lockerte sich eine Winzigkeit, und sie spürte seine Verwunderung mit einem weiteren Schwall Blut ihre Kehle hinabrinnen. Aber sie konnte die Empfindung nicht greifen, nicht verstehen.

Es schmerzte! Es schmerzte so furchtbar!

Dorians Zauber war verloschen. Und jetzt, wo es zu spät war, wo sie sein Gift bereits in sich aufgenommen hatte, erkannte Elizabeth auch seine wahre Natur. Erkannte, wie trügerisch das Licht war, mit dem er sie zu sich gelockt hatte. Und trotzdem konnte sie nicht aufhören, sich an ihm festzukrallen und immer mehr und mehr von seinem Blut in sich aufzunehmen, als sei es ein Zwang, dem sie einfach nicht widerstehen konnte, so lange diese warme, lebendige Flüssigkeit ihre Lippen umspielte.

Elizabeth!

Die lautlose Stimme erklang plötzlich direkt in ihrem Kopf, dröhnte wie ein Donnerschlag, der ihren Schädel zu sprengen drohte. Kris, erkannte sie benommen. Er versuchte noch immer, zu ihr durchzudringen. Seine lautlose Stimme klang drängend – verzweifelt fast.

Elizabeth, hör sofort auf! Denk an Red! Willst du, dass er dich so findet?

Red.

Elizabeth spürte, wie beim Klang des Namens etwas in ihr erstarrte.

Nein. Red durfte sie nicht so sehen. Und plötzlich begriff sie trotz des Nebels aus Schmerzen in ihrem Kopf, dass es das war, was Kris ihr die ganze Zeit hatte sagen wollen. Woran sie hatte denken sollen und an wen.

Red!

Dorians Blut sprach nun von schallender Belustigung. Von Grausamkeit. Und Mordlust.

Tränen rannen über Elizabeths Wangen. Sie durfte das nicht zulassen. Er durfte Red nichts antun!

Mit aller Willenskraft, die sie noch aufbringen konnte, löste sie eine ihrer verkrampften Hände aus Dorians Shirt und tastete blind hinter sich, spürte kühles Glas unter ihren Fingern.

Die Spritze mit ihrem Blut. Sie lag nicht einmal eine Armlänge von ihr entfernt.

Und bevor sie auch nur eine Sekunde länger zögern konnte, griff sie entschlossen zu und rammte die Nadel tief in Dorians Hals.

Kapitel Elf

Forschungsstation White Chapel, Kenneth, Missouri

Red! Komm zu mir! Ich brauche deine Hilfe!

Mit aller Kraft wiederholte Kris den lautlosen Ruf. Wieder und wieder. Red näherte sich, er wusste es, er war längst auf dem Weg zu ihm – und mit ihm Blue, die mit der Kraft ihres progressiven Körpers jegliche Hindernisse gewaltsam aus dem Weg räumte.

Jetzt aber übertönte Dorians animalisches Heulen alles – und Kris konnte nur hoffen, dass Red rechtzeitig hier sein würde. Denn allein konnte er nicht beides schaffen: Dorian endgültig außer Gefecht setzen und das Menschenmädchen retten.

Dorian hatte Elizabeth losgelassen, die nun von Krämpfen geschüttelt am Boden lag. Die Spritze, mit der sie ihr eigenes Blut in Dorians Körper gejagt hatte, steckte noch immer im Hals des Vampirs, der die Hände gegen seine Kehle gepresst hatte und vor Schmerzen brüllte. Säuerlicher Gestank schwängerte die Luft, als eitrige Nekrosen an seinem Hals und auf seinem Gesicht aufbrachen. Nekrosen, die sein Körper umgehend heilte. Dorian war nicht Chase. Er war uralt und auf der Höhe seiner Kraft. Er würde an so einer kleinen Dosis nicht sterben.

Kris fühlte sich noch immer wie betäubt von dem mentalen Schlag, den Dorian ihm Minuten zuvor so beiläufig versetzt hatte. Seine Finger zitterten unkontrolliert, als er nach zwei weiteren Spritzen griff, um sie mit den übrigen Blutproben zu füllen, die er von Elizabeth genommen hatte. Kris schloss die

Augen und atmete mehrmals tief ein und wieder aus, um sich zu konzentrieren.

In diesem Moment traf ihn ein gewisperter Befehl.

»Gib mir dein Blut!«

Dorians Stimme war brüchig. Kraftlos. Und doch hatte sie kaum etwas von ihrer Macht eingebüßt. Kris fuhr herum und sah Dorian auf sich zustolpern. Sein Gesicht war verzerrt und sein Shirt fleckig von Blut und Eiter, die noch immer aus den Wunden auf seinen zuvor so makellosen Wangen troffen.

Eines der Probenröhrchen fiel zu Boden und zerbrach. Kris fluchte und schloss die Hand fest um die letzte Spritze, die ihm geblieben war.

RED!, drängte er lautlos – und nun endlich, endlich hörte er draußen, jenseits der Luftschleuse Türen krachen. Schritte. Und aufgeregte Stimmen.

Dorian machte einen weiteren Schritt auf ihn zu. »Dein Blut!«, flüsterte er eindringlich. Seine Stimme zitterte in der vergifteten Luft. Unter dem eindringlichen Timbre stellten sich Kris' Nackenhaare kribbelnd auf. Die Worte, so schwach sie auch waren, drangen tief in ihn ein, dorthin, wo bisher nur Céleste ihn hatte berühren können. Zumindest hatte er das geglaubt.

Dorian lächelte, nicht mehr als eine verzerrte Grimasse. Und doch verfehlte es seine Wirkung nicht.

»Gib es mir!«

Kris spürte seinen Widerstand bröckeln und zerfallen, ohne dass er auch nur das Geringste dagegen hätte unternehmen können. Vor Dorian, begriff er, war er kaum mehr als ein Mensch.

Langsam öffnete er die um die Spritze geschlossene Hand und ging auf die Knie, um Dorian seinen Hals darzubieten.

Einmal eine Hure – immer eine Hure.

Zitternde Finger, blutverschmiert, griffen nach seinen Schultern. »Braver Junge«, wisperte Dorian und beugte sich über ihn – da zerbarst das Milchglas der Schleusentür mit ohrenbetäubendem Klirren.

Dorian richtete sich mit einem Ruck auf und fuhr zischend herum.

Zu spät, dachte Kris.

Drei Schüsse krachten.

Hals.

Augen.

Herz.

Er musste nicht hinsehen, um zu wissen, dass Red jedes Mal getroffen hatte.

Blut spritzte in Kris' Gesicht und durchtränkte seinen Schutzanzug, als Dorian gegen ihn taumelte und dann endgültig zusammenbrach.

Totenstille fiel über den Raum.

Schwer atmend blieb Red einen Moment hinter der Schwelle stehen, während er langsam den Revolver sinken ließ. Sein Blick kreuzte sich mit dem von Kris – und auf seinem Gesicht erschien ein Lächeln, als Sorge sich in Erleichterung verwandelte.

Dann aber wanderten seine Augen zu Elizabeth, die ebenfalls sehr still geworden war.

Blass und reglos lag das Mädchen in einem See aus Blut. Nichts davon war ihres. Und doch – sie war nahe daran, so leblos zu sein, dass es keinen großen Unterschied mehr machte.

Ein erstickter Laut kam über Reds Lippen. Den Revolver noch in der Hand, fiel er neben Elizabeth auf die Knie, berührte ihre Wange und sagte immer und immer wieder ihren Namen – aber sie rührte sich nicht. Nur ihr Atem, zittrig und unregelmäßig, zeugte davon, dass sie die Schwelle zwischen Leben und Tod nicht endgültig überschritten hatte.

Kris sah zu Blue, die noch immer bei der zerstörten Tür stand. Blass und verstört sah sie aus, als begreife sie nicht ganz, was gerade vor ihren Augen geschehen war.

Dann aber trat sie entschlossen nach vorn und kniete sich an Elizabeths andere Seite, ohne darauf zu achten, dass das Blut am Boden ihre Hosenbeine tränkte.

»Red.« Ihre Stimme war leise, aber fest. »Lass mich das machen. Bitte.«

Kris warf ihr einen erstaunten Blick zu. So viel Selbstvertrauen kannte er nicht von ihr. Und er begriff im ersten Moment auch nicht, was sie überhaupt vorhatte.

Bis es ihm wieder einfiel. Cedric hatte es ihm gesagt, aber Kris hatte es über all dem, was inzwischen geschehen war, völlig aus den Augen verloren: Blue, obwohl sie eine Bluterin war, hatte eine Blutgabe, die sie nutzen konnte. Die seltene Gabe der Organischen Manipulation. Und auch wenn sie jung war und unerfahren – sie konnte heilen. Wenn es in diesem Raum jemanden gab, der Elizabeths Leben retten konnte, dann war sie es.

Kris lächelte unwillkürlich, obwohl dieses Lächeln sehr schief geriet. Welch eine Ironie!

Auch Red schien überrascht, aber er zog seinen Arm zurück, griff stattdessen nach Elizabeths Hand und ließ zu, dass Blue sich über das Mädchen beugte und ihre Hand auf dessen Stirn legte. Mit angespannter Miene verfolgte er, wie Blue die Augen schloss und tief durchatmete.

Zuerst geschah nichts. Zumindest nichts, was Kris oder Red hätten sehen können, abgesehen davon, dass Blues Atem ein wenig schneller ging, als müsse sie eine große körperliche Anstrengung bewältigen.

Dann aber, so langsam, dass es endlose Sekunden lang kaum wahrnehmbar war, kehrte ein wenig Farbe in Elizabeths bleiche Wangen zurück. Ihre Brust hob und senkte sich gleichmäßiger, und fast glaubte Kris, ihr Herz zu hören, das in einen kräftigeren Rhythmus zurückfand.

Blue öffnete die Augen. Und als sie Red ansah, leuchtete ein Lächeln darin.

Auch Kris spürte, wie eine Welle der Erleichterung über ihn hinwegspülte. Elizabeth lebte, auch wenn sie noch immer nicht wieder bei Bewusstsein war. Diesen Verlust würde Red nicht auch noch verkraften müssen.

»Blue«, sagte er und lächelte. »Ich bin beeindruckt.«

Das Lächeln in Blues Augen erreichte nun ebenfalls ihre Lippen. »Sie kommt durch«, erklärte sie, und Kris hörte berechtigten Stolz in ihrer Stimme.

Red starrte noch immer auf Elizabeth hinunter, als müsse er sich versichern, dass sie wirklich nicht mehr unmittelbar vom Tod bedroht wurde – und dass sie tatsächlich noch immer ein Mensch war.

Vorsichtig stand Kris auf, stieg über Dorians schlaffen Körper hinweg und ging zu Red und Blue hinüber, um Red sanft eine Hand auf die Schulter zu legen. Red sah auf. Und obwohl sein Gesicht noch immer dunkel war vor Anspannung, konnte Kris nun endlich auch auf seinen Zügen die Erleichterung sehen. Ohne Elizabeths Hand loszulassen, warf er einen Blick über die Schulter zu dem Vampir, den er noch kurz zuvor ohne Zögern erschossen hatte. Eine steile Falte erschien auf seiner Stirn. »Wer ist das?«

Auch Kris sah zu Dorian hinüber und zog nachdenklich die Brauen zusammen. Es konnte nicht lange dauern, bis er beginnen würde, sich wieder zu regen. Für den Moment mochten Reds Patronen ihn ausgeschaltet haben, zumal er bereits zuvor geschwächt gewesen war. Aber einem so alten und mächtigen Konservativen wie Dorian vermochten selbst derartig präzise Schüsse auf Dauer ebenso wenig anzuhaben wie eine kleine Dosis vergiftetes Blut.

»Ich bin mir nicht ganz sicher«, antwortete er ausweichend, als ihm bewusst wurde, dass Red ihn noch immer erwartungsvoll ansah. »Ein alter Rivale von Cedric, wenn ich ihn richtig verstanden habe.«

Red hob fragend die Brauen.

Doch er kam nicht dazu, nachzuhaken. Denn in diesem Augenblick erklang ein Geräusch von der Luftschleuse her – das Knirschen von Scherben unter festen Schuhsohlen.

»Sehr richtig«, sagte eine vertraute Stimme. »Dorian gehört mir.«

Kris fuhr herum, und auch die anderen beiden wandten ruckartig die Köpfe. Er hörte Blue heftig nach Luft schnappen. »Cedric!«

Auch Kris konnte kaum verhindern, dass ihm der Mund offen stehen blieb. Dort an der zerstörten Tür, das war Cedric – und doch war er es nicht. Die ohnehin schmale Gestalt war eingefallen, geradezu hager. Durch die sonst pechschwarzen Locken zogen sich silbrige Strähnen. Die Zähne hatte er zu etwas gefletscht, das eine schreckliche Mischung aus grimmigem Lächeln und teuflischem Grinsen war. Und dort, wo zuvor seine Augen gewesen waren, klafften nun zwei leere schwarze Höhlen, aus denen dunkles Blut über seine Wangen rann. Bläuliche Kohlen glommen in ihrer Tiefe – ein Funkeln, das Kris beinahe ebenso vertraut war wie die Augen, die zuvor dort ihren Platz gehabt hatten. Und doch gehörten sie nicht zu Cedric. Und Cedric war auch nicht blind, obwohl der Blick der glimmenden Kohlen keinen von ihnen streifte.

»Bleibt, wo ihr seid«, sagte er mit einer Stimme, die ungewohnt rau und tief klang, als dringe sie aus einer Höhle tief in der Erde herauf. »Niemand von euch rührt sich.«

Keiner widersprach. Niemand von ihnen dachte auch nur daran. Stumm beobachteten sie, wie Cedric an ihnen vorbeiging, den glühenden Blick noch immer unverwandt auf sein Ziel gerichtet. Neben Dorian blieb er schließlich stehen und sah etliche Sekunden starr auf ihn herunter – bevor er ihm unvermittelt kräftig in die Seite trat. Mehrere Rippen brachen mit einem hörbaren Knacken.

Dorian stöhnte auf. Seine Lider flatterten und hoben sich, sein unsteter Blick zuckte hin und her – und blieb schließlich starr an Cedric hängen.

Mit einer geschmeidigen Bewegung ging Cedric in die Hocke und beugte sich über Dorian, um ihm ins Gesicht zu sehen.

»Hallo, Arschgesicht«, sagte er mit höhnischer Befriedigung – und selbst wenn Kris zu diesem Zeitpunkt noch irgendeinen Zweifel daran gehabt hätte, dass Cedric dort nicht allein war, spätestens jetzt hätte er Sid erkannt.

Cedric hob die rechte Hand, so dass Dorian sie sehen konnte. Und nicht nur er – auch Kris, Red und Blue begriffen nun, was mit Cedrics Augen geschehen war.

Er hielt sie zwischen seinen blutverschmierten Fingern.

Dorian riss die Lider weit auf, sein Mund öffnete sich, um etwas zu sagen. Doch Cedric ließ ihn nicht dazu kommen.

»Ich gebe dir«, sagte er kalt – und nun war er es ohne Zweifel wieder selbst, der sprach –, »meinen progressiven Wahnsinn. *Alter Freund.*«

Das Licht unter der Decke zuckte, flackerte auf, und die Neonröhre zersprang. Scherben prasselten von der Decke, und der Boden erzitterte unter einem triumphierenden Lachen.

BOOM, Baby!

Und in einem letzten Aufblitzen von bläulichem Licht sah Kris, wie Cedrics Hand sich um die Augäpfel zur Faust ballte, wie sein Arm herabstieß und sich tief in Dorians Brustkorb grub.

Dann war alles dunkel.

Apokalypse: Ein neuer Morgen

Auf Regen folgt immer Sonnenschein.
Genau wie auf Sonnenschein wieder Regen folgt.
Aber das ist okay.
Wir brauchen das so,
damit uns die Hoffnung nicht verlorengeht.

Haywood Forest, Kenneth, Missouri

Zu viert standen sie an jenem düsteren Morgen auf der kleinen Lichtung im Wald, ein ganzes Stück entfernt von der Stelle, wo das Abflussrohr in das ausgetrocknete Flussbett mündete, und sahen in das Loch hinunter, das sie in der vergangenen Stunde gemeinsam ausgehoben hatten. Es war so tief, dass Blue den Grund im Dämmerlicht nur erahnen konnte. Und trotzdem fragte sie sich unwillkürlich, ob es wirklich tief genug war.

Sie warf einen Blick zu Cedric, der die Arme vor der Brust verschränkt und die Stirn in tiefe Falten gelegt hatte. Sid war längst aus seinem Körper gewichen, und er sah wieder so aus wie immer – nun ja. Fast. Als er den Kopf hob, um sie anzusehen, war Blue wie jedes Mal überrascht von der Farbe seiner inzwischen geheilten Augen. Im schattigen Halbdunkel des morgendlichen Waldes ein unbestimmtes Grau. Grünbraun bei Licht. Nicht mehr gelb. Es waren jetzt Dorians Augen, die gelb waren. Dorian, den Cedric eisern ruhiggestellt hielt und der in diesem Moment in Folie verschweißt als unförmiges Bündel einige Schritt entfernt im welken Laub lag.

Als hätte er Blues Gedanken erraten, nickte Cedric ihr zu. »Bringen wir es hinter uns.«

Mit diesen Worten wandte er sich ab, um Dorian vom Boden aufzuheben. Sein Gesicht, als er das schlaffe Bündel in die Grube fallen ließ, zeigte nicht die kleinste Regung.

Schweigend begannen sie, das mühsam ausgehobene Loch wieder zuzuschütten. Niemand sagte ein Wort, bis sie nicht auch den sorgsam aufgeschichteten Laubhaufen wieder über der Grabungsstelle verteilt hatten und nur noch ein sehr aufmerksamer Beobachter erkannt hätte, dass hier soeben ein Vampir beerdigt worden war.

Schließlich aber sah Kris zum Himmel, der sich inzwischen mit einem milchiggrauen Schleier überzogen hatte, und ließ dann seinen Blick von einem zum anderen schweifen.

»Es wird Zeit für uns zu gehen«, sagte er ruhig. »Ehe es für Blue zu hell wird.«

Red an seiner Seite nickte. Sein Blick aber war seltsam leer, und Blue wusste, dass er an Elizabeth dachte. Elizabeth, die in der Station zurückgeblieben war. Er hatte sich nicht von ihr verabschiedet. Weil sie sich an nichts von alldem, was geschehen war, erinnern konnte – auch an ihn nicht. Dafür hatte Kris gesorgt. Für sie war es in Anbetracht der Tatsache, dass es keinen Ort gab, an den sie zurückkehren konnte, sicher das Beste. Trotzdem konnte Blue sehen, dass es Red in der Seele weh tat, so an sie zu denken.

Entschlossen trat sie neben ihn und griff nach seiner Hand; spürte, wie seine Finger sich warm und fest um ihre schlossen. Und als er sie dankbar ansah, hatte Blue das Gefühl, ihr Herz müsste überfließen.

Cedric musterte sie inzwischen auf diese eindringliche Art, die sie so gut von ihm kannte. Dass seine Augenfarbe jetzt eine andere war, hatte daran nichts geändert.

»Blue, bist du sicher, dass du sie begleiten willst?«

Blue lächelte. Ihr alter Name – für ihn war er neu, und er kam ihm noch ein wenig stockend über die Lippen. Auch sie selbst gewöhnte sich erst wieder daran. Aber es war ein gutes Gefühl. »Ja, ganz sicher. Ich … komme ja wieder.«

Sie sprach nicht aus, wie froh sie gewesen wäre, wenn er sie ebenfalls begleitet hätte. Er wusste das sehr gut. Aber er konnte und würde das nicht tun, und Blue verstand das. Sid war seit seinem und Cedrics letztem gemeinsamen Auftritt wieder verschwunden – zumindest körperlich. Innerhalb von White Chapel war seine allgegenwärtige Anwesenheit nun wieder fast zu deutlich zu spüren. Cedric würde nach Sids Körper suchen und nach einer Möglichkeit, den Wächter von der Station zu lösen. Also würden sie ohne ihn ein letztes Mal nach Schottland zurückkehren. Um Chase' sterbliche Überreste zu bergen – und Nahrungsmittel aus dem inzwischen vermutlich verlassenen Dorf mitzubringen, damit sich jenes rätselhafte Gift noch möglichst lange in Elizabeths Blut hielt.

Cedrics Lächeln geriet ein wenig schief. »Natürlich wirst du wiederkommen. Und wenn es nur ist, um mir auf die Nerven zu fallen, ob ich inzwischen ein Heilmittel für dich gefunden habe.«

Blue schluckte. Ein Heilmittel. Eine Medizin, die sie von der Unsterblichkeit befreien konnte. Der Schlüssel dazu mochte tatsächlich in Elizabeths Blut liegen. Aber das, so viel war ihr in den letzten Stunden bewusst geworden, war nicht mehr das Wichtigste, worauf es ihr ankam.

Sie schloss ihre Finger noch ein wenig fester um Reds Hand und sah ihn an. Er erwiderte ihren Blick mit einem Lächeln, und in seinen Augen sah sie, dass sie die richtige Entscheidung getroffen hatte.

Sie wollte leben. Gemeinsam mit ihm. Egal, wie.

Cedrics Lächeln gelang ihm im zweiten Versuch schon deutlich besser.

»Bis später, Blue«, sagte er. »Genieß deine Freiheit.«

Und nun musste Blue Red doch für einen Augenblick loslassen, um Cedric zu umarmen.

»Danke«, flüsterte sie. »Für alles.«

Seine Hand streifte flüchtig durch ihr Haar. »Nun geh schon. Das ist kein Abschied für immer. Kris wird schon auf dich aufpassen. Er kann es sich gar nicht leisten, dich zu verlieren.«

Blue sah sich zu Kris um, dessen Lächeln plötzlich ein wenig gequält wirkte. »Er hat recht«, bestätigte er. »Das kann ich wirklich nicht.«

Blue verstand nicht ganz, was er damit meinte. Aber es war ihr auch egal. Nur ein wenig widerstrebend ließ sie Cedric los und kehrte zurück an Reds Seite. Es fühlte sich richtig an. So richtig wie noch nie zuvor. Sie würden zusammen gehen. Und alles andere würde sich zeigen.

Nur noch einmal sah sie sich um, als sie die Lichtung verließen. Doch Cedric war bereits verschwunden.

Blue schluckte den Kloß hinunter, der sich in ihrer Kehle bilden wollte. Es war Zeit, nach vorn zu sehen. Die Nacht würde nur allzu bald vorüber sein.

Über ihnen in den Ästen der Bäume kündigten die ersten Singvögel den neuen Morgen an.

FRANKA RUBUS
Die Blutgabe
Roman
480 Seiten
ISBN 978-3-7466-2684-0
Auch als E-Book erhältlich

Mensch – oder Vampir?

Vampire haben die Herrschaft an sich gerissen und Menschen zu Sklaven gemacht. In den Machtkampf zwischen alten und jungen Vampiren gerät der Mensch Red September, als er loszieht, um seine Geliebte zu suchen. Er schließt sich Extremisten an, die sich zum Ziel gesetzt haben, alle neuartigen Vampire auszurotten. Von ihnen lässt er sich zu einem Vampirjäger ausbilden, doch dann muss Red feststellen, dass seine Geliebte selbst zum Vampir geworden ist. Er steht nun vor einer schweren Entscheidung: Seine Geliebte zu erlösen oder aber selbst ein Vampir zu werden …

»[…] ungewöhnlich, spannende und absolut lesenswerte Geschichte«
MEDIA-MANIA.DE

Mehr Informationen erhalten Sie unter www.aufbau-verlag.de
oder in Ihrer Buchhandlung

atb aufbau taschenbuch